贾平凹研究资料汇编

主　　编　韩鲁华　王春林　张志昌
副 主 编　张文诺　张亚斌　杨　辉

《秦腔》研究

蒋正治　郭　娜　编

陕西师范大学出版总社

图书代号：WX22N0557

图书在版编目（CIP）数据

《秦腔》研究 / 蒋正治，郭娜编. —西安：陕西师范大学
出版总社有限公司，2022.5
（贾平凹研究资料汇编 / 韩鲁华，王春林，张志昌主编）
ISBN 978-7-5695-2728-5

Ⅰ.①秦⋯　Ⅱ.①蒋⋯②郭⋯　Ⅲ.①贾平凹—小说研究
Ⅳ.①I207.42

中国版本图书馆CIP数据核字（2021）第271327号

《秦腔》研究

QINQIANG YANJIU

蒋正治　郭　娜　编

出版统筹	刘东风　郭永新	
责任编辑	马凤霞	
责任校对	宋媛媛	
封面设计	张潇伊	
出版发行	陕西师范大学出版总社	
	（西安市长安南路199号　邮编710062）	
网　　址	http://www.snupg.com	
印　　刷	陕西龙山海天艺术印务有限公司	
开　　本	720 mm×1020 mm　1/16	
印　　张	22	
插　　页	2	
字　　数	350千	
版　　次	2022年5月第1版	
印　　次	2022年5月第1次印刷	
书　　号	ISBN 978-7-5695-2728-5	
定　　价	78.00元	

读者购书、书店添货或发现印装质量问题，请与本公司营销部联系、调换。

电话：（029）85307864　85303629　传真：（029）85303879

总　序

　　自 1978 年《满月儿》引起当代文坛的关注，贾平凹的文学创作，已走过了四十余年的历程。四十余年来，贾平凹始终保持着旺盛的艺术创造生命力，特别是在《废都》之后，几乎每两三年出版一部长篇小说，业已是当代文学史上的一个奇观。也许是一种历史宿命，贾平凹的文学创作与对其的研究，呈一种互动的、正向的发展态势。自 1978 年 5 月 23 日《文艺报》刊发邹荻帆先生关于贾平凹文学创作的评论文章《生活之路——读贾平凹的短篇小说》之后，也特别是《废都》之后，有关贾平凹的研究与探讨，已然成为当代文学研究中作家研究方面富有典型性的一个显学案例。当我们对贾平凹文学创作与研究进行历史性梳理后发现，不论是贾平凹的文学创作，还是贾平凹研究，与中国改革开放这四十余年，产生了一种感应性的脉动或者律动，从中可以探寻到当代文学创作与研究的历史走向。

　　这并非一个虚妄的判断，因为既有贾平凹千余万字的文学作品呈现在读者面前，更有数千万字的研究文章、专著摆在了那里。

　　从当代文学研究来看，资料文献的整理与研究，越来越受到学界的关注与重视，并且进行着卓有成效的研究实践，取得了累累硕果。学术研究从某种意义上来说，是一种历史的沉淀，也是一种历史的总结与发现。在学术研究的发展过程中，沉淀了许多资料文献，到了一定历史阶段，自然也就需要进行历史的归纳总结，而立足当下，从中也会有一些新的发现。对某种文学现象的研究资料进行收集整理，以期为后来的研究提供某种方便，本就是一项重要且不容忽视的基础性研究工作。就对当代作家研究资料整理而言，毫无疑问，贾平凹应当是其中一个极为重要的对象。

于是，我们便组织编辑了这套"贾平凹研究资料汇编"丛书。

贾平凹的文学创作研究，已经形成了一个具有独特意义的文学研究现象。不仅研究成果丰硕，而且涉及面也非常广阔，体现出了作家个体研究的水准与高度，其间所涉及的问题，也是当代文学研究中所遭遇的境遇之命题。可以说，贾平凹的文学创作研究已经构成了一部作家个案研究史，而这部作家个案研究史，在某种程度上，亦显现着新时期文学研究历史的脉象。

从历史纵向来看，贾平凹文学研究确实有一个肇始、发展、丰富深化的历史进程。这个历史进程，大体可分为初期、中期和近期三个时段。这三个时段的划分，是以《废都》和《秦腔》研究为节点的。初期研究，就对文学体裁的关注而言，主要集中在散文与中短篇小说上，诗歌研究也有，但很少。这也是与贾平凹的文学创作情景相契合的。贾平凹前期的文学创作，致力于散文与中短篇小说，这也正是他们那一代作家在文学创作上由散文、短篇小说而中篇进而长篇的发展路数。20世纪90年代，更确切地说，自《废都》之后，贾平凹的长篇小说创作，成为研究者关注的一个极为重要的焦点。值得注意的是，贾平凹几乎每出版一部长篇小说，都有一批研究文章问世，而且直至今天，关于《废都》等长篇的研究成果仍然不断出现。这个时期，对于贾平凹文学创作整体性的研究著作与论文，也逐渐多了起来；贾平凹的文学创作，更成为硕士、博士论文的选题对象。进入21世纪，尤其是《秦腔》出版并获得茅盾文学奖之后，长篇小说研究、整体研究与比较研究、传播影响研究，成了贾平凹研究中几个重要的理论视域。当然，在这四十余年间，贾平凹的散文研究成果虽不如小说研究成果丰富，但始终延续着。另外，他的书法绘画作品，也受到了研究者的关注，出现了一批研究成果。这方面的研究虽然并不是很多，但书法绘画乃至收藏等方面的研究，尤其是文学与书画艺术的互动研究，拓宽了贾平凹研究的视野与维度，是贾平凹研究中不可或缺的有机构成部分。

关于贾平凹文学创作研究，可以从如下几个方面加以归纳总结。

贾平凹文学创作整体研究。这一研究，不仅着眼于贾平凹文学创作的整体特征，而且往往是将其创作置于整个中国当代文学背景之下加以论说的，从中可以看出贾平凹文学创作与当代文学历史建构的息息相关与内在关联性。不过，早期的研究文章主要以评论家的主观感受、心理映照为主，多侧重于贾平凹文学创作阶段的划分，厘清不同阶段的创作特色。近期的研究文章，则呈现出更加宏观和多元的研究视域，更为全面深入地从批评史的角度来讨论批评与创作的互动关系，不仅打通了贾平凹文学创作的时间关节，而且试图对贾平凹创作不断走向历史化和经典化的进程加以学理性的归纳探究。在这一背景下的研究中，需要重点提及的是陈晓明《穿过"废都"，带灯夜行——试论贾平凹的创作历程》一文。其梳理了贾平凹1980年至2013年的小说创作，勾勒出贾平凹三十多年来文学创作的风格、特色变化，肯定了贾平凹对当代中国"新汉语"写作的杰出贡献，对贾平凹的文学创作，给予了具有文学史意义的评价判断。此外，李遇春《"说话"与贾平凹的长篇小说文体美学——从〈废都〉到〈带灯〉》一文，以中国传统文学中的"说话"体小说为视角，从贾平凹小说创作对传统小说的继承、化用等方面，分析了贾平凹自《废都》至《带灯》以来的长篇小说文体美学特征，指出贾平凹对中国古代"说话"体小说的现代性转化及对中国传统"块茎结构"艺术的创造性转化，认为贾平凹在继承中国传统文学"史传"与"诗骚"传统基础上富有卓见地创造了以意象支撑结构的日常生活叙事方式。对于贾平凹以意象为其艺术建构核心的论说，笔者在《精神的映像——贾平凹文学创作论》，以及系列论文中有比较充分的论说，此处不再赘言。

贾平凹文学创作的艺术风格、审美特征研究。这方面的研究，已深入作家文学建构的潜心理层次。早期这方面研究，如丁帆《谈贾平凹作品的描写艺术》一文，指出贾平凹对作品人物的塑造是抒情性的，表现出对新生活的向往、对美的追求，其人物具有"姿""韵"兼备的美学特点，认为贾平凹的文学创作具有诗美特质及生活美感复现的特点。王愚、肖云儒《生活美的追求——贾平凹创作漫评》一文，对贾平凹早期文学创作的艺术风格进行细致、具体的探讨与挖掘，认为贾平凹创作的艺术特色在于着重表现社会变型期普通百姓的生活美和深居乡土的乡民的心灵美，具有诗的意境。刘建军《贾平凹小说散论》一文，开篇指出贾平凹小说的艺术特色在于汲取传统小说资源的同时具有强烈的表现欲和浓重的主观色彩，渲染着诗的意境和情绪，是散文化的小说，认为贾平凹文学创作的艺术实质在于真实和主观抒情性。笔者《审美方式：观照、表现与叙述——贾平凹长篇小说风格论之一》一文，以历时性的描述、分析、研究对贾平凹小说的美学风格作了比较准确、精当的界定，认为贾平凹的小说创作追求一种清新优美、空灵飘逸的美学风格，并从审美观照视角、审美表现方式、具体的叙述结构形式等方面详细阐释。

从整体上把握、宏观上研究的论文大多以文学史的发展为背景，出现了一批视角独特、观点新颖的评论文章。对贾平凹文学创作的内在美学风格的观照与作家审美个性、审美心理的把握作出精准的判断，则令始于 90 年代的贾平凹研究得以进一步深入，并使这种研究具有当代文学普遍意义上的阐发。

贾平凹文学创作的比较研究。这是指研究者将贾平凹的文学创作与东方文学中不同时代、不同作家的作品进行比较论说，或者是将贾平凹的文学创作与西方文学中不同时代、不同作家的作品进行比较探析。一般而言，贾平凹文学创作的比较研究大致可分为影响研究和平行研究两类。

影响研究又可分为三类：

一是中国传统文化思想对贾平凹文学创作的影响。如栾梅健《与天为徒——论贾平凹的文学观》一文，较为全面地论述了贾平凹文学观的形成原因，认为传统文化资源中的"天道"、自然观是形成贾平凹文学观的基础；而客观的地理环境和主观的个体生理条件、个人气质特色、家庭背景等因素均影响了贾平凹的小说创作。胡河清《贾平凹论》一文，从道家文化思想观念对贾平凹小说创作的影响切入，着重分析了传统文化中阴阳观、《周易》思想对贾平凹早期作品《古堡》《浮躁》《白朗》《废都》等的影响，认为在中国当代作家群中，贾平凹对阴阳观（男女性别）的观照最得中国传统文化色彩的熏染。张器友《贾平凹小说中的巫鬼文化现象》一文，从巫术、鬼神文化等对贾平凹小说创作的影响切入，认为巫术、鬼神等民间文化资源是贾平凹文学建构的重要组成部分，巫术、鬼神等文化现象参与、渗透于贾平凹笔下商州世界的独特人文环境、自然景观，并影响着乡民真实、真切的生活经历和情感变化。樊星《民族精魂之光——汪曾祺、贾平凹比较论》一文，从中国传统文化思想资源对汪曾祺、贾平凹小说创作的影响切入，指出汪曾祺小说世界中表露出的士大夫的幽远、高邈境界在贾平凹小说创作中得到了继承和发扬，认为虽然中国传统文化思想资源对汪曾祺、贾平凹二人的小说创作影响程度不同，但两位作家在复现民族魂、反观社会的多变性与复杂性上是相一致的，承续了中国文学的另一种文脉，对当代文学的历史建构具有特殊意义。

二是西方文化、文学传统资源对贾平凹文学创作的影响研究。有关西方文化、文学传统资源对贾平凹文学创作的影响研究的文章是双向的，也就是说，有的研究文章是从西方文化、文学传统资源对贾平凹文学创作的影响这一角度展开论述，而有的研究文章则是从贾平凹的文学创作这一角度来看西方社会对中国文化、文学的接受程度。21世纪以来，贾平凹的文学创作在欧美、日本等国家的影响力越来越大。《西方读者视角中的贾平凹》以及《欧洲人视野中的贾平凹》等文集中讨论了贾平凹的作品在欧美国家的传播。如韦建国、户思社《西方读者视角中的贾平凹》一文，认为贾平凹的主要作品在国外连获大奖、引起巨大反响的主要原因，是其作品展现了人类文明发展史必经的特定阶段，真实地描绘了社会转型时期人们的复杂心态。姜智芹《欧洲人视野中的贾平凹》一文，从三个方面探讨了贾平凹作品在英语、法语世界的传播：一是国外的译介与影响，二是国外的研究，三是传播与接受的原因。吴少华《贾平凹作品在日本的译介与研究》一文，重点介绍了贾平凹的小说在日本的翻译和研究情况。上述研究、评介文章是从贾平凹的文学创作这一角度，来看西方社会对中国文化、文学的接受程度。黄嗣《贾平凹与川端康成创作心态的相关比较》一文，从创作心态、气质、心理的角度，比较了贾平凹与川端康成在文学建构上的相似性。沈琳《试析加西亚·马尔克斯对贾平凹创作的影响》一文，认为贾平凹继承了马尔克斯作品中的孤独感，指出商州农村的建构与拉美农村存在相似性。笔者《特殊视域下特殊时代的人性叙写——〈古炉〉与〈铁皮鼓〉叙事艺术比较》，通过对贾平凹《古炉》与君特·格拉斯《铁皮鼓》的文本梳理，指出中国当代文学本土化、民间化叙事的确立与世界文学整体叙事中的当代性建构有着某种相似性、关联性，认为两位作家在文化差异的背景下虽然有着迥异的艺术个性，但都对人类的某些共同经历进行了有情书写。

三是中国文学思想对贾平凹文学创作的影响。具有代表性的研究如雷达的《心灵的挣扎——〈废都〉辨析》、陈晓明的《废墟上的狂欢节——评〈废都〉及其他》，他们都指出《金瓶梅》《红楼梦》《西厢记》等世情小说对《废都》创作的影响。而李陀《中国文学中的文化意识和审美意识——序贾平凹著〈商州三录〉》和李振声《商州：贾平凹的小说世界》，则共同指出贾平凹"商州系列"小说的艺术特质带有明显的明清笔记体小说的印痕。王刚《论贾平凹小说创作的审美视角与话语建构》一文，指出作家身上具有明显的现代作家（如张爱玲、沈从文、孙犁、川端康成等）审美意识的影响痕迹。

关于贾平凹文学创作的平行研究，多以同一国别、同一民族的作家为比较对象，从同一类型的文本出发，分析其艺术风格、创作个性等方面的异同。有关作家之间地域文化差异性研究，如赵学勇《"乡下人"的文化意识和审美追求——沈从文与贾平凹创作心理比较》一文，认为沈从文对湘西世界的建构是其审美理想的总体表征，含蓄朴素的文字风格、淡化人物的主观情绪及对意境的创造，是沈从文独特的审美追求；而构成贾平凹笔下商州的审美境界，是一个静达、高远、清朗的世界，其审美追求是对沈从文笔下营造出的古朴、旷达的湘西世界独特审美意蕴的发展与延续。李振声《贾平凹与李杭育：比较参证的话题》，从贾平凹小说创作对西部文化资源的承袭与李杭育小说创作对吴越文化资源的承袭进行比较论证，认为贾平凹、李杭育为繁荣、壮大地域文化书写作出了卓越的贡献。梁颖《自然地理分野与精神气候差异——路遥、陈忠实、贾平凹比较论之一》一文，对西部作家的杰出代表路遥、陈忠实和贾平凹的创作进行比较，指出三位作家所处的不同自然地理环境对其创作产生了不同程度的影响，认为路遥的小说建构带有陕北高原刚毅与悲凉的色彩，陈忠实的文学创作具有关中地区厚重与朴实的因子，贾平凹的文学创作则具有陕南地区灵秀与清奇的特色。李吟《莫言与贾平凹的原始故乡》，认为莫言的创作追求的是放纵的情感表露，由野向狂，追求狂气、雄风和邪劲，而贾平凹则是有所节制的吟唱，由野向雅，雅俗相得益彰。

有关贾平凹文学创作的研究，还体现出跟踪式研究的特点。而这一方面主要是对于贾平凹长篇创作的跟踪研究，相比较而言，关于《废都》《怀念狼》《秦腔》《古炉》《带灯》《老生》等的研究又比较集中。毋庸置疑，《废都》研究已经成为中国当代文学研究中一个标志性的案例。《废都》是当代文学，甚至当代社会，必然要重提的一个话题。无论谁，是致力于文本探析，或者工于当代文学史的建构，是对当代文学给予充分肯定，还是予以严厉批评，都难以绕过《废都》，也不能无视它的存在。倘若不是如此，恐怕中国当代文学的文本建构，就会留下一个明眼人一眼便看得出的空白，而进行历史叙述，也会留下一个令人惋惜的缺憾。所以，你赞成也好，批评也罢，甚或是给予枪炮似的批判，你都在阅读《废都》，都在审视《废都》。

整理包括作家作品研究在内的文学研究资料的价值意义，自不必多言。就现当代作家的研究资料汇编而言，已有几种丛书问世了。但是，就某位作家文学创作研究的资料整理来看，多为选编，全编性质的少之又少。而对于一位还健在的作家，对其研究资料进行整理、编辑和出版，似乎要更难一些。因为作家的创作还在进行着，亦有新的研究成果不断涌现，又何以给出定论的评价呢？但是，作家创作有终结的时候，而对作家作品的研究却没有终结的时候。当然，这一持续性的研究，是建立在作家文学创作所具有的文学史价值意义基础之上的。换一种角度来看问题，要对某位作家研究资料进行整理汇总，则要看其是否具有文学研究史料的价值意义。毫无疑问，贾平凹是一位具有文学史价值意义的作家，贾平凹研究亦是具有支撑当代文学研究史料价值的存在。

接下来要面对的问题是：全编还是汇编。从收集资料的角度来说，自然是尽可能全面地将收集到的资料，统统纳入，不论文章长短，见解看法深浅，以期给人一幅完整、全面的研究景象。如此下来，且不说那些见于报纸及网络上的浩瀚资料，更不说成百上千的学位论文和研究专著，仅就刊于学术期刊的文章而言，研究成果就已有五千余篇。单就字数来看，研究文字是贾平凹文学创作的数倍。鉴于此，似乎还是需要作出某种选择，而编辑一套研究资料汇编则更为切实可行。

故此，编者在对贾平凹文学创作研究及其与之相关联的学术研究成果，进行全面系统的收集、梳理基础上，又有所权衡取舍。原则上，各类媒体的新闻报道类文章不入选，有关贾平凹研究的博硕论文亦不入选，仅于研究总目中稍作体现，而研究专著，只作极个别的节选。遴选时，编者尽可能选择那些兼具学术严肃性和科学性的文章。无论学术上持肯定还是否定观点，只要是具有建设性意义的文章，都是对于学术研究、学术生态的一种积极建构，乃至对于作家的文学创作，也是具有积极意义的。学术研究的多元化与多样性，是学术研究应有的状态，只要是从学术层面研究探讨问题，言之有理有据的各种观点、思路方法，都应当受到尊重。即便某些文章在理论视域等方面有不成熟的地方，也没有求全责备，有一定的创新和开拓性即可。

最后，说明一下丛书的编选体例问题。大体上，按照论说对象进行分类编选，如创作整体研究、长篇小说研究、中短篇小说研究、散文研究、书画研究等。其中，由于长篇小说文章甚多，研究成果凡能独立成卷的，均独立成卷。各卷整体上按自述与对话、综合研究、思想研究、比较影响研究等几个大的板块进行编选，但是，具体到各卷，则在此基本思路下，根据具体情况进行增删调整。因此，丛书在总体统一的体例下，又保持了各卷的差异性特征。

对一位作家的研究作多卷本汇编，本就是一种尝试，由于编者学识有限，不足、不妥之处在所难免，敬请专家学人、广大读者批评指正！

韩鲁华

目　录

自述与对话

文本分析

宏观研究

比较视野

自述与对话

ZISHU YU DUIHUA

《秦腔》后记

贾平凹

在陕西东南，沿着丹江往下走，到了丹凤县和商县（现在商洛专区改制为商洛市，商县为商州区）交界的地方有个叫棣花街的村镇，那就是我的故乡。我出生在那里，并一直长到了十九岁。丹江从秦岭发源，在高山峻岭中突围去的汉江，沿途冲积形成了六七个盆地，棣花街属于较小的盆地，却最完备盆地的特点：四山环抱，水田纵横，产五谷杂粮，生长芦苇和莲藕。村镇前是笔架山，村镇中有木板门面老街，高高的台阶，大的场子，分布着塔、寺院、钟楼、魁星阁和戏楼。村镇人一直把街道叫官路，官路曾经是古长安通往东南的唯一要道，走过了多少商贾、军队和文人骚客，现还保留着骡马帮会会馆的遗址，流传着秦王鼓乐和李自成的闯王拳法。如果往江南岸的峭崖上看，能看到当年兵荒匪乱的石窟，据说如今石窟里还有干尸，一近傍晚，成群的蝙蝠飞出来，棣花街就麻碴碴地黑了。让村镇人夸夸其谈的是祖宗们接待过李白、杜甫、王维、韩愈一些人物，他们在街上住宿过，写过许多诗词。我十九岁以前，没有走出过棣花街方圆三十里，穿草鞋，留着个盖盖头，除了上学，时常背了碾成的米去南北二山去多换人家的苞谷和土豆，他们问："哪里的？"我说："棣花街的！"他们就不敢在秤上捣鬼。那时候这里的自然风景和人文景观依然在商洛专区著名，常有穿了皮鞋的城里人从 312 国道上下来，在老街上参观和照相。但老虎不吃人，声名在外，棣花街人多地少，日子是极度的贫困。那个春上，河堤上的柳树和槐树刚一生芽，就会被捋光了，泉池里石头压着的是一筐一筐煮过的树叶，在水里泡着拔涩。我和弟弟帮母亲把炒过的干苕蔓在碾子上砸，罗出面儿了便迫不及待地往口里塞，晚上稀粪就顺了裤腿流。我家隔壁的厦子屋里，住着一个李姓的老头，他一辈子编草鞋，一双草鞋三分钱，临死最大的愿望是能吃上一碗苞谷糁糊汤，就是没吃上，队长为他盖棺，说："别变成饿死鬼。"塞在他怀里的，仍是一颗熟红苕。全村镇没有一个胖子，人人脖子细长，一开会，大场子上黑乎乎一片，都是清一色的土皂衣裤。就在这一群人里谁能想到有那么多的能人呢。宽仁善制木。本旺能泥塑。东街李家兄弟精通胡琴，夜夜在门前的榆树下拉奏。中街的冬生爱唱秦腔，吃了上顿没下顿的，老婆都跟人去讨饭了，他仍在屋里唱，唱着旦角。五林叔一下雨就让我们一伙孩子给他剥玉米棒子或推石磨，然后他盘腿搭手坐在那里说《封神演义》，有人对照了书本，竟和书本上一字不差。生平在偷偷地读《易经》，他最后成了阴阳先生。百庆学绘画，拿锅黑当墨，在墙上可以画出二十四孝图。刘新春整理鼓谱。刘高富有土木设计上的本事，率领八个弟子修建了几乎全县所有的重要建筑。西街的韩姓和东街的贾姓是棣花街上的大族，韩述绩和贾毛顺的文墨最深，毛笔字写得宽博温润，包揽了全村镇门楼上的题匾。每年从腊月三十到正月十五，棣花街都是唱大戏和闹社火，演员的补贴是每人每次三斤热红苕，戏和社火去县上会演，总能拿了头名奖牌。以至于外地来镇上工作的干部，来时必有人叮咛：到棣花街千万不敢随便说文写字。再是我离开了故乡生活在了西安，以写作出了名，故乡人并不以为然，甚至有人在棣花街上说起了我，回应的是：像他那样的，这里能拉一车！

就在这样的故乡，我生活了十九年。我在祠堂改作的教室里认得了字。我一直是病包儿，却从来没进过医院，不是喝姜汤捂汗，就是拔火罐或用瓷片割破眉心放血，久久不能治愈的病那都是"撞了鬼"，就请神作法。我学会了各种农活，学会了秦腔和写对联、铭锦。我是个农民，善良本分，又自私好强，能出大力，有了苦不对人说。我感激着故乡的水土，它使我如芦苇丛里的萤火虫，夜里自带了一盏小灯，如满山遍野的棠棣花，鲜艳的颜色是自染的。但是，我又恨故乡，故乡的贫困使我的身体始终没有长开，红苕吃坏了我的胃。我终于在偶尔的机遇中离开了故乡，那曾经在棣花街是一件惊天动地的事情。记得我背着被褥坐在去省城的汽车上，经过秦岭时停车小便，我说："我把农民皮剥了！"可后来，做起城里人了，我才发现，我的本性依旧是农民，如乌鸡一样，那是乌在了骨头里的。

我必须逢年过节就回故乡，去参加老亲世故的寿辰、婚嫁、丧葬，行门户，吃宴席，我一进村镇的街道，村镇人并不看重我是个作家，只是说：贾家老四的儿子回来了！我得赶紧上前递纸烟。我城里小屋在相当长的年月里都是故乡在省城的办事处，我备了一大摞粗瓷海碗，几副钢丝床，小屋里一来人肯定要吃捞面，腥油拌的辣子，大疙瘩蒜，喝酒就划拳，惹得同楼道的人家怒目而视。所以，棣花街上发生了任何事，比如谁得了孙子，是顺生还是横生，谁又死了，埋完人后的饭是上了一道肉还是两道肉，谁家的媳妇不会过日子，谁家兄弟分家为一个筐篮致成了仇人，我全知道。1979年到1989年的十年里，故乡的消息总是让我振奋，土地承包了，风调雨顺了，粮食够吃了，来人总是给我带新碾出的米，各种煮锅的豆子，甚至是半扇子猪肉，他们要评价公园里的花木比他们院子里的花木好看，要进戏园子，要我给他们写中堂对联，我还笑着说：棣花街人到底还高贵！那些年是乡亲们最快活的岁月，他们在重新分来的土地上精心务弄，冬天的月夜下，常常还有人在地里忙活，田堰上放着旱烟匣子和收音机，收音机里声嘶力竭地吼秦腔。我一回去，不是这一家开始盖新房，就是另一家为儿子结婚做家具，或者老年人又在晒他们做好的那些将来要穿的寿衣寿鞋了。农民一生三大事就是给孩子结婚，为老人送终，再造一座房子，这些他们都体体面面地进行着，他们很舒心，都把邓小平的像贴在墙上，给他上香和磕头。我的那些昔日一块套过牛，砍过柴，偷过红苕蔓子和豌豆的伙伴会坐满我家旧院子，我们吃纸烟，喝烧酒，唱秦腔，全晕了头，相互称"哥哥"，棣花街人把"哥哥（gē gē）"发音为"哥哥（guǒ guǒ）"，热闹得像一窝鸟叫。

对于农村、农民和土地，我们从小接受教育，也从生存体验中，形成了固有的概念，即我们是农业国家，土地供养了我们一切，农民善良和勤劳。但是，长期以来，农村却是最落后的地方，农民是最贫困的人群。当国家实行起改革，社会发生转型，首先从农村开始，它的伟大功绩解决了农民吃饭问题，虽然我们都知道像中国这样的变化没有前史可鉴，一切都充满了生气，一切又都混乱着，人搅着事，事搅着人，只能扑扑腾腾往前拥着走，可农村在解决了农民吃饭问题后，国家的注意力转移到了城市，农村又怎么办呢？农民不仅仅只是吃饱肚子，水里的葫芦压下去一次就会永远沉在水底吗？就在要进入新的世纪的那一年，我的父亲去世了。父亲的去世使贾氏家族在棣花街的显赫威势开始衰败，而棣花街似乎也度过了它暂短的欣欣向荣岁月。这里没有矿藏，没有工业，有限的土地在极度地发挥了它的潜力后，粮食产量不再提高，而化肥、农药、种子以及各种各样的税费迅速上涨，农村又成了一切社会压力的泄洪池。体制对治理发生了松弛，旧的东西稀里哗啦地没了，像泼去的水，新的东西迟迟没再来，来了也抓不住，四面八方的风方向不定地吹，农民是一群鸡，羽毛翻皱，脚步趔趄，无所适从，他们无法再守住土地，他们一步一步从土地上出走，虽然他们是土命，把树和草拔起来又抖净了根须上的土栽在哪儿都是难活。我仍然是不断地回到我的故乡，但那条国道已经改造了，以更宽的路面横穿了村镇后的塬地，铁路也将修有梯田的牛头岭劈开，听说又开始在河堤内的水田里修高速公路，盆地就那么小，交通的发达使耕地日益锐减。而老街人家在这些年里十有八九迁居到国道边，他们当然没再盖那种一明两暗的硬梁房，全是水泥预制板搭就的二层楼，冬冷夏热，水泥地面上满是黄泥片，厅间蛮大，摆设的仍是那一个木板柜和三四只土瓮。巷口的一堆妇女抱着孩子，我都不认识，只能以其相貌推测着叫起我还熟悉的他们父亲的名字，果然全部准确，而他们知道了我是谁时，一哇声地叫我"八爷"（我在我那一辈里排行老八）。我站在老街上，老街几乎要废弃了，门面板有的还在，有的全然腐烂，从塌了一角的檐头到门框脑上亮亮地挂了蛛网，蜘蛛是长腿花纹的大蜘蛛，形象丑陋，使你立即想到那是魔鬼的变种。街面上生满了草，没有老鼠，黑蚊子一抬脚就轰轰响，那间曾经是商店的门面屋前，石砌的台阶上有蛇蜕一半在石缝里一半吊着。张家的老五，当年的劳模，常年披着褂子当村干部的，现在脑中风了，流着哈喇子走过来，他喜欢地望着我笑，给我说话，但我听不清他说些什么。堂兄在告诉我，许民娃的娘糊涂了，在炕上拉屎又把屎抹在墙上。关印还是贪吃，当了支书的他的侄儿家被人在饭里投了毒，他去吃了三大碗，当时就倒在地上死了。后沟里有人吵架，一个说：你张狂啥呀，你把老子×咬了?! 那一个把帽子一卸，竟然扑上去就咬×，把×咬下来了。村镇出外打工的几十人，男的一半在铜川下煤窑，在潼关背金矿，一半在省城里拉煤、捡破烂，女的谁知道在外边干什么，她们从来不说，回来都花枝招展。但打工伤亡的不下十个，都是在白木棺材上缚一只白公鸡送了回来，多的赔偿一万元，少的不过两千，又全是为了这些赔偿，婆媳打闹，纠纷不绝。因抢劫坐牢的三个，因赌博被拘留过十八人，选村干部宗族械斗过一次。抗税惹事公安局来了一车人。村镇里没有了精壮劳力，原本地不够种，地又荒了许多，死了人都熬煎抬不到坟里去。我站在街巷的石碌子碾盘前，想，难道棣花街上我的亲人、熟人就这么很快地要消失吗？这条老街很快就要消失吗？土地也从此要消失吗？真的是在城市化，而农村能真正地消失吗？如果消失不了，那又该怎么办呢？

父亲去世之后，我的长辈们接二连三地都去世，和我同辈的人也都老了，日子艰辛使他们的容貌看上去比我能大十岁，也开始在死去。我把母亲接到了城里跟我过活，棣花街这几年我回去次数减少了。故乡是以父母的存在而存在的，现在的故乡对于我越来越成为一种概念。每当我路过城街的劳务市场，站满了那些粗手粗脚衣衫破烂的年轻农民，总觉得其中许多人面熟，就猜测他们是我故乡死去的父老的托生。我甚至有过这样的念头：如果将来母亲也过世了，我还回故乡吗？或许不再回去，或许回去得更勤吧。故乡呀，我感激着故乡给了我的生命，把我送到了城里，每一作想故乡那腐败的老街，那老婆婆在院子里用湿草燃起熏蚊子的火，火不起焰，只冒着酸酸的呛呛的黑烟，我就强烈地冲动着要为故乡写些什么。我以前写过，那都是写整个商州，真正为棣花街写的太零碎太少。我清楚，故乡将出现另一种形状，我将越来越陌生，它以后或许像有了疤的苹果，苹果腐烂，如一泡脓水，或许它会淤地里生出了荷花，愈开愈艳，但那都再不属于我，而目前的态势与我相宜，我有责任和感情写下它。法门寺的塔在倒塌了一半的时候，我用散文记载过一半塔的模样，那是至今世上唯一写一半塔的文字。现在我为故乡写这本书，却是为了忘却的回忆。

我决心以这本书为故乡树起一块碑子。

当我雄心勃勃在 2003 年的春天动笔之前，我奠祭了棣花街上近十年二十年的亡人，也为棣花街上未亡的人把一杯酒洒在地上，从此我书房当庭摆放的那一个巨大的汉罐里，日日燃香，香烟袅袅，如一根线端端冲上屋顶。我的写作充满了矛盾和痛苦，我不知道该赞歌现实还是诅咒现实，是为棣花街的父老乡亲庆幸还是为他们悲哀。那些亡人，包括我的父亲，当了一辈子村干部的伯父，以及我的三位姊娘，那些未亡人，包括现在又是村干部的堂兄和在乡派出所当警察的族侄，他们总是像抢镜头一样在我眼前涌现，死鬼和活鬼一起向我诉说，诉说时又是那么争争吵吵。我就放下笔盯着汉罐长出来的烟线，烟线在我长长的呼气中突然地散乱，我就感觉到满屋子中幽灵飘浮。

书稿整整写了一年九个月，这期间，我基本上没有再干别事，缺席了多少会议被领导批评，拒绝了多少应酬让朋友们恨骂，我只是写我的。每日清晨从住所带了一包擀成的面条或包好的素饺，赶到写作的书房，门窗依然是严闭的，大开着灯光，掐断电话，中午在煤气灶煮了面条和素饺，一直到天黑方出去吃饭喝茶会友。一日一日这么过着，寂寞是难熬的，休息的方法就是写毛笔字和画画，我画了唐僧玄奘的像，以他当年在城南大雁塔译经的清苦来激励自己。

我画了《悲天悯猫图》，一只狗卧在那里，仰面朝天而悲号，一只猫蹑手蹑脚过来看狗。我画《抚琴人》，题写："精神寂寞方抚琴。"又写了条幅："到底毛颖是吞虏，沧浪随处可濯缨。"我把这些字画挂在四壁，更有两个大字一直在书桌前："守侯"，让守住灵魂的侯来监视我。古人讲：文章惊恐成。这部书稿真的一直在惊恐中写作，完成了一稿，不满意，再写，还不满意，又写了三稿，仍是不满意，在三稿上又修改了一次。这是我从来都没有过的现象，我不知道是年龄大了，精力不济，还是我江郎才尽，总是结不了稿，连家人都看着我可怜了，说：结束吧，结束吧，再改你就改傻了！我是差不多要傻了，难道人是土变的，身上的泥垢越搓越搓不净，书稿也是越改越这儿不是那儿不够吗？

　　写作的整个过程中，有一位朋友一直在关注着，我每写完一稿，他就拿去复印。那个小小的复印店，复印了四稿，每一稿都近八百页，他得到了一笔很好的收入，他就极热情，和我的朋友就都最早读这书稿。他们都来自农村，但不是文学圈中的人，读得非常兴趣，跑来对我说："你要树碑子，这是个大碑子啊！"他们的话当然给了我反复修改的信心，但终于放下了最后一稿的笔，坐在烟雾腾腾的书房里，我又一次怀疑我所写出的这些文字了。我的故乡是棣花街，我的故事是清风街，棣花街是月，清风街是水中月，棣花街是花，清风街是镜里花。但水中的月镜里的花依然是那些生老病离死，吃喝拉撒睡，这种密实的流年式的叙写，农村人或在农村生活过的人能进入，城里人能进入吗？陕西人能进入，外省人能进入吗？我不是不懂得也不是没写过戏剧性的情节，也不是陌生和拒绝那一种"有意味的形式"，只因我写的是一堆鸡零狗碎的泼烦日子，它只能是这一种写法，这如同马腿的矫健是马为觅食跑出来的，鸟声的悦耳是鸟为求爱唱出来的。我唯一表现我的，是我在哪儿不经意地进入，如何地变换角色和控制节奏。在时尚于理念写作的今天，时尚于家族史诗写作的今天，我把浓茶倒在宜兴瓷碗里会不会被人看作是清水呢？穿一件土布袄去吃宴席会不会被耻笑为贫穷呢？如果慢慢去读，能理解我的迷惘和辛酸，可很多人习惯了翻着读，是否说"没意思"就撂到尘埃里去了呢？更可怕的，是那些先入为主的人，他要是一听说我又写了一本书，还不去读就要骂母猪生不下狮子，狗嘴里吐不出象牙。我早年在棣花街时，就遇着过一个因地畔纠纷与我置了气的邻居妇女，她看我家什么都不顺眼，骂过我娘，也骂过我，连我家的鸡狗走路她都骂过。我久久地不敢把书稿交付给出版社，还是帮我复印的那个朋友给我鼓劲，他说："真是傻呀你，一袋子粮食摆在街市上，讲究吃海鲜的人不光顾，要减肥的只吃蔬菜水果的人不光顾，总有吃米吃面的主儿吧?!"

但现在我倒担心起故乡人如何对待这本书了，既然张狂着要树一块碑子，他们肯让我树吗，认可这块碑子吗？清风街里的人人事事，棣花街上却能寻着根根蔓蔓，画鬼容易画人难，我不至于太没本事，要写老虎却写成了狗吧。再是，犯不犯忌讳呢？我是不懂政治的，但我怕政治。十几年前我写《商州初录》，有人就大加讨伐，说："调子灰暗，把农民的垢甲搓下来给农民看，甭说为人民写作，为社会主义写作，连'进步作家'都不如！"雨果说：人有石头，上帝有云。而如今还有没有这样的人呢？我知道，在我的故乡，有许多是做了的不一定说，说了的不一定做，但我是作家，作家是受苦与抨击的先知，作家职业的性质决定了他与现实社会可能要发生摩擦，却绝没企图和罪恶。我听说过甚至还目睹过一个乡级干部对着县级领导，一个县级干部对着省级领导述职的时候，他们要说尽成绩，连虱子都长了双眼皮；当他们申报款项，却恓惶了还再恓惶，人在喝风屙屁，屁都没个屁味。树一块碑子，并不是在修一座祠堂，中国从来没有像今天这样渴望强大，人们从来没有像今天需要活得儒雅，我以清风街的故事为碑了，行将过去的棣花街，故乡啊，从此失去记忆。

（选自《秦腔》，作家出版社 2005 年版）

在热爱的写作中不顾一切
——贾平凹获"华语文学传媒大奖"的演说

贾平凹

按照惯例，获奖的人都要在这里说一段话的，我该说些什么呢？我只能如实地说，当前三届"华语文学传媒大奖"授予了史铁生、莫言、格非三位杰出的作家，我在遥远的西北曾热烈地为他们鼓过掌，在祝贺着他们的同时又不止一次地羞愧于我的年长和平庸。是的，前边走过了伟岸的身影，后边的大脚又跨踏而至，我想，我这个被争议的、在奔跑队列中又腿脚愈来愈沉重的作家，将无法靠近这项文学界重要的奖项。我没有料到第四届的大奖会授给我，真的没有料到！所以，意外的喜悦使我惊恐紧张又内心充满了感激，感激评委对我的理解和肯定。你们的理解和肯定将使我从此有更多的写作信心，如果我的野心还在，我会在我热爱的写作中不顾一切，继续那马拉松式的长跑。

今天是4月8日，天空清明，清明的天空肯定游荡着诸多的神灵。可以说，四年来的每一个4月8日，诸神里肯定有文学之神光临。沈从文称他的写作是要建一座希腊的小庙，就是为着文学之神的居住。沈从文在中国文坛上建造了一座神庙，这倒让我想到了秦岭和秦岭上成百上千个现在还存在的庙。秦岭并不是国山，如泰山，但它的南麓和北麓是我生活和写作的地方，我太熟悉和热爱那里，就让我说说其中三个庙的事。

我要说的第一个庙建在很陡峭的一个崖头上，庙里供养的是叫娲的女神。女娲和伏羲是中华民族的始祖，但长久以来庙里的香火并不旺盛，去朝拜的只是些老太太，跪在那里为求得孙儿而口中念念有词。我向往过女娲补天的神话，十数年前去过这个庙，正是冬天，雪下得撕棉扯絮，又狂风大作，冷得使我觉得天空有无数的刀子在翻搅。就是这个庙，在前两年，夜里庙内曾多次突然有红光放射，于是被视为民族要复兴的瑞兆，当地就大兴土木翻修，筹备大型祭典。女娲不再仅管生育，而被正名为民族之神。

还有一个庙在另一个山头。去这个庙不容易，羊肠小道要走几十里，乱石和杂草又把路覆盖得时断时续，而且得提竹棍打蛇，野蜂蜇了立即要在伤痛处涂上鼻涕。庙里的住持叫澄昭，弟子无数。去庙里的人绝大多数是草根蚁命的百姓，他们不会给庙里布施多少钱，能带的也只是一篮土豆，几块豆腐，或一瓶菜油和醋，在庙里祈求日子平安、身体健康和解除苦难，然后吃一顿斋饭。澄昭是佛学界的高僧，但他从来都说家常话。在他病得厉害的时候，去看他的人很多，哭声一片，他说了一句话：我会把心留给你们的。第二天就圆寂了。火化后灰烬里果然滚出一颗人心的舍利。这颗"心"现在仍保留着。

我还要再说秦岭上一座山上的另一座庙。这座山的下边是因保存最完整的泥塑而著名的水陆庵，游人如织，庵外各类吃喝小贩云集，热闹得像个集市。但是，水陆庵只是山上那个庙的一个道场，而庙叫悟真寺，却极少人登临，甚至好多人还不知道它。它冷落且破败，只住有一个和尚。这和尚每日除了习经诵课外，就几乎是一个农夫或樵夫，默默地在山林旁掘地种粮弄菜，提了镢头在岩巅洞底采灵芝挖药材。我喜欢这个庙，常常去那里，和这个和尚就成了朋友。是他让我领略了什么叫坚持，什么叫守候，需要如何的隐忍和静虑才能使生命处于大自在状态。这个和尚和我同岁，法名叫性云。

沈从文建造的是文学上的小庙，我说的尽是秦岭上那些我曾经探访的破旧小庙，这就在大师面前暴露了我蠢昧的村相。我时常冒出一个念头：如果我当年不以偶然的机会进大学读书，如果不是在大学里当时去向不明的状况下而开始了写作，我现在会是什么样子呢？肯定是一位农民，一个矮小的老农。或许日子还过得去，儿孙一群，我倚老卖老，吃水烟，蹴阳坡，看着鸡飞狗咬。或许生活陷入了困顿，我还得揉着膝盖，咳嗽着，进城去打工。

也因此，我庆幸我从事了写作的工作，也更珍惜了手中的这支笔。

这就是我要说的话。谢谢大家。

（原载《当代作家评论》2006 年第 3 期）

《秦腔》获第一届
"红楼梦奖：世界华文长篇小说奖"感言

贾平凹

当8月初的新闻发布会通知我获得"红楼梦奖"后，我就急切盼望着来香港。我曾经两次来过香港，上一次距今也十年了。别人来香港可能是购物，香港是购物天堂呀；我来香港却都是与文学有关，香港应该是我发展文学的一个福地。站在这里，我首先要说的是谢谢，谢谢浸会大学文学院，谢谢决审团的各位评委，谢谢张大朋先生，你们给了我这样一个机会，授予了我这样重要的文学奖。

新闻发布会后，有媒体来采访我，我谈了三层意思，一是针对全球华文长篇小说创作，香港设立了这项奖，也只有香港才能设立这项奖，这项奖肯定影响力和公众性非常大。二是以"红楼梦"为奖名，表明这项奖的高贵和设奖机构的勃勃野心。《红楼梦》是一部伟大的作品，它代表了汉语长篇小说最高成就，以此命名，给当代华文作家提出了奋斗的目标，让我们能够永远面对着一种永恒和没有永恒的局面而激励反省。三是决审团的各位评委来自各个地区，又都是华文领域里的权威和尊贵，能得到他们的理解和认可，那是作家的荣光。至于我，在那么多优秀的华文作家和作品中，我仅是普通的一员，《秦腔》出版恰好赶上了时候，这项奖能授予我和我的《秦腔》，实在是出乎我的意料，更是我和《秦腔》的幸运。

当代的华文写作，可以说是极其繁荣的，但从世界范围来看，我们的写作并不强势，仍需要突破。怎样使我们的长篇小说既能追赶世界文学的潮头，又能充分体现华文写作的特质，这是我们这一代作家最为焦虑最感兴趣又最用力实践的事。我们到底有什么？我们目下正缺什么？这就不能不说到《红楼梦》。《红楼梦》是我们最珍贵的遗产，它一直在熏陶着我们。我以前曾写过文章，评论我所崇拜的现当代作家沈从文和张爱玲，我觉得他们的写作都依然在《红楼梦》的长河里。沈从文的湘西系列让我看到了《红楼梦》的精髓；张爱玲更是几乎一生都在写《红楼梦》的片段。我同所有的华文作家一样，熟读过这本大书，可以说，优秀的民族文学一直在滋润着我，传统文化渗透在我的血液中，所以在写《秦腔》时，我自然在语感上，在节奏上，在气息和味道上受到《红楼梦》的影响。当然，《红楼梦》是一座大山，我的写作仅仅是一抔黄土了。至于《秦腔》这本书，是我对中国大陆在世纪之交社会巨变时期所作的一份生活记录，也是对我的故乡我的家族的一段感情上的沉痛记忆。写这本书，我的心情非常沉重和惊恐不安，越是分明的地方越是模糊不清，常常是将混沌的五官凿出来了，混沌却死了。但是在叙述的过程中，语言的狂欢又使我忘乎所以，不顾了一切。我尽可能地写出我所生活的所熟悉的那片土地的人们的生存状况和他们的生存经验，又尽可能地表现民族审美下的华文的做派和气息。它写得很实，实到使读者在阅读时不觉得那是小说而真是经历了那个叫清风街的人人事事，同时以实写虚，大而化之，产生多义。我在《秦腔》的后记说过，以这本书为故乡树一块碑子，故乡从此失去记忆。《秦腔》的写作，使我的灵魂得到了一种安妥，而成书后我却不知道它将是个什么样的作品，能不能出版，出版后又会是何等的命运。值得一提的是，它出版后虽同我以往的作品一样，依然引起了争论，但它的命运比《废都》要好得多。我也曾担心这本书的脚步走得不远，因为所写的内容和写作的方式可能不会被别的地区的和生活在另一种环境里的读者所理解，因此，"红楼梦奖"授予《秦腔》，能得到来自各个地区的评委们认可，仅这一点，给了我极大的慰藉和鼓励。

我们常常说，水是文学的象征，今年的雨水特别多，我想这可能是文运要昌盛吧。而今日的这个大厅里，我站在这里，有一种敬畏，感觉到文学之神就在空中游荡，在注视着我们。那么，为了华文写作，为了华文长篇小说能走向成熟，我们将努力再努力，去作出更多一些的更新一些的突破吧。

（见香港浸会大学文学院网：http://redchamber.hkbu.edu.hk/sc/winners/1st/dream）

贾平凹长篇小说《秦腔》访谈

贾平凹　韩鲁华

韩鲁华　《秦腔》先在今年的《收获》一、二期上连载，后由作家出版社出版了单行本。在文学界直至社会上产生了强烈的反响，先是一些报刊、广播、电视等媒体报道，后有上海方面几家单位联合召开的研讨会，西安建筑科技大学主持召开了《秦腔》首发式暨新闻发布会。随后，北京又组织了研讨会。据说，兰州方面、苏州方面也有研讨会，《当代作家评论》等要出评论专辑。从目前我所得到的信息看，大家对这部史诗性的厚重之作都给予了很高的评价，这是我所期待的，也是出乎我意料的。因为你的小说自《废都》之后，可以说每一部作品都是肯定与否定、赞扬与批评共存的。而这次却是（到目前为止）一片赞扬声，这在你近十年间是绝无仅有的。这话说着，刚听到有人写文章批判你。对一个作品一致肯定或否定，在我看来都是不正常的。因为在我的印象中或者以我的阅读经验，一部伟大的作品，一部经典性的作品，一部可以载入史册的作品，比如《红楼梦》，比如《阿Q正传》，比如你的《废都》，等等，都是在肯定与否定、赞扬与批评乃至批判中，逐渐被社会、人们所接受的。这次访谈，我首先要问的是，你对《秦腔》有什么不满意的地方？

贾平凹　虽然当时在写《秦腔》时先后改动了四次，出版后回过头来想一想，翻着看一看，我觉得还有好多不满意的地方。比如在《秦腔》里还有好多的细节应该用进去的，觉得写得再慢些就更好了。这一点我觉得很遗憾。再一个，关于那个引生，他的好多奇思异想过后还可以再丰富些。还有一些人物，比如夏天义、夏天智啊，包括白雪啊，过后可以再写得充实一些，因为自我感觉很多精彩的细节和话都没有用进去，只有在以后再版时增加好多东西。还有，写到后边的一些章节比如抗税的地方，节奏还应该再缓，但到那个地方总有个事件在那里，写写就难控制了。

韩鲁华　电影是一种遗憾的艺术，文学创作也是这样。当时有可能想到了，但写的时候却忘了。作品是写给读者看的，在目前的情景下，我以为是一个平面化、世俗化、感觉化、娱乐化的时代，它拒绝深刻、消解意义特别是拒绝思考。就文学作品的阅读而言，一般人更愿意接受那些充满娱乐性的快感性的娱乐化的作品，比如具有刺激性、离奇性故事情节的作品。而《秦腔》的叙事，可以说这些感觉化的方面都不具备，甚至是有意拒绝。我很喜欢《秦腔》的起句，我觉得这句话写得非常精彩："要我说，我最喜欢的女人还是白雪。"这句话有《百年孤独》等作品的气势。现在我要问的不是这，而是阅读的切入问题，《秦腔》很难给人一种阅读的快感，比较难于进入你所写的审美的情境，甚至阅读起来有沉闷之感，但一旦真正进入里面，进入作品中所规定的特定情境后，里面就有许多情致与韵味很吸引人。在创作的时候直至今天，你对这些方面有什么考虑？为什么要这样？

贾平凹　书出版后，在上海、北京研讨会上，好多评论家谈到，《秦腔》的写作可以说是一种冒险写作。在一般观念上，传统小说主要是以情节、故事来推动，没有故事没有情节，小说就难以完成。我觉得，《秦腔》的写作确实是一种冒险性的，你要是写得不好就弄成了一堆肉了，就没有骨头了，就撑不起来了，就一塌糊涂了。但之所以这样来写，我有自己的一个考虑，《秦腔》确实是我最想写的一部书，也是用我自己的生命灵魂去写的一部书。以前在文坛上我是写商州小说的，写得特别多，基本上也讲的是泛商州的事情，而具体写我老家、家乡、村镇、家族，我的父老乡亲这些真正和自己生命有直接关联的人却不多。所以我在《秦腔》后记中写道："动用了我生命情感和生活积累仓库里的最后一块宝藏。"这是我最想写的一个东西，这完全是内心涌动一定要写的东西，最早产生的时候倒不一定就要写成小说，而是要写出来为快，内心里有那么多东西不写出来就不美。回到老家后，有太多的感想，是多年一直积存积累积压的东西，有一种想一吐为快的感觉，就想把这段社会这段历史记录下来。至于说读者的口味不一，怎样来写，这样写行不行，当时我还是很有信心的。在后记里我也写了担心，之所以把担心写出来，我自信大部分读者能进入。部分没有接触我的小说习惯于看情节的读者有可能难以进入。一些普通读者进入特别慢，小说的人物特别多，搞不懂人物关系时还得回过头来看。读不进去，这是很正常的，拿我自己来说，我也有很多经典作品经常读不进去，胡适也说，也没有一口气把《红楼梦》读完过。我读《尤利西斯》就用了将近一年，读一读放一放。不是说我的作品写得很好，人在阅读上会有各种障碍，受文化素养、生存环境、审美情趣等因素的影响。

韩鲁华 不知你是否认同我的一个看法：你有一个悲哀，整体创作的悲哀。在当代文学中，你是最善于思考的一个人，是最具有探索精神的人。有一个问题，在你的创作中，你往往最用心、最富有探索性、最能给文学艺术出难题的地方，不要说普通读者，就是研究者、评论界都常常把它给忽视掉了，甚至不认可你了；而你没有用心的或不是最用心的地方，却反而得到了人们的认可，大加评论、肯定。从听到的反响看，基本上也是这样。更多的人只停留在现实层面，而没有进入文化层面，更没有深入精神层面。作品我看了一遍，还未看完第二遍，但后记我至少看了三遍。我不仅看重这部作品所揭示的乡村在城市化过程中的消失问题（这在《土门》中也有反映，是前身），而且更看重这部作品所提出的艺术挑战：细节组缀支撑作品，情节结构与性格结构模态在你的作品中被打破了。这是一种小说艺术写法上的挑战，我想更多听听你在这方面的思考。

贾平凹 我有这样一个特点，每写一部长篇，我都有个后记，当时的一些想法、思考的问题都在后记里写了。因为作家不是理论家，他没有在一个细流的层面上思考问题。实践中感悟的一些东西我觉得蛮重要的，就把它写在后记中，包括一些想法，一些艺术上的探索。但是关注的人不是很多，或者不太注意，或者他注意了却不言传。在很长一段时日里，理论界追逐一种新锐的东西，对很具体的似乎不热点的东西有时就疏忽过去了，尤其是我的创作，但实际据我了解，还是有人在看，只是没有写出文章而已。比如，在北京研讨会上，李敬泽在看完《秦腔》后说："很惊奇作家和时代联系有个秘密通道。在《废都》中我们已看到作者和这个时代有一个秘密交换的通道，在《秦腔》中也是这样。"作家有超前性、前瞻性，和职业有关吧。有些东西还不是很适应，不很留意，一些思考可能不合时宜，得经过一段时期才能看清。至于用这种形式创作，我一直有这种想法。自从《废都》以后，在《浮躁》后记中，我说过以后再也不写《浮躁》这样的书，以后我将写自己感兴趣的。从那以后，我的小说故事性就少了，但在过渡期还有一些遗留。《秦腔》相对圆熟了些。这种写法更适应自己的审美。《浮躁》那种写法即传统的写法（"五四"以后的写法，50年代以后），要求有大的情节、层层推进故事，后边大家都按照这套路写作，以故事以情节取胜，这样下来，一些作品虚假的东西就产生了，鲜活性就没有了。这种大量的复制，没有了生活。就像把一棵树的根在水里涮得干干净净没有土了，读者就会感到厌烦，就感到虚假，虚构的东西夸张的东西编造性的痕迹就多了，这种写法掌握不好离文学精神就有些远。自己不满意于这种，就有意识地很固执地改变一下，结合这种试验，如果《秦腔》还算成功的话，起码已实验了十年。

韩鲁华 我在读《秦腔》时，更多思考的不是清风街的故事，而是在清风街故事的背后深层隐含着的东西。你知道，我以意象主义来概括你的小说艺术的基本特征，以主体精神表现型来归结你的文学创作类型。令我不解的是，全国那么多大小评论家，却往往以现实主义等来评说你，看重的是你作品文本显示出来的故事、人物及其性格即形而下的东西，而对你形而上的思考却关注很少。我有时在想，是不是我搞错了？但越反复读你的作品，尤其是小说，我就越坚定了自己的看法，我甚至认为在评论界，没有几个人真正读懂你与你的文学艺术创造。这次，读《秦腔》又发生了一定程度的困惑：乡土叙事情结的终结。因为大家多是在谈城市化问题，难道你真的在这部作品中就要走向细节现实主义，而丢弃意象主义？走向现实描写而背离了这种精神表现？结论是：你用更真、更实的东西表现你更虚、更玄、更自己的一种精神建构。对此，你如何看待？

贾平凹 我感觉，不是让现实牵着你走，而是你的这种精神情感或是生命情感到了这一步了，要把它表现出来。我这样想，我自己的创作是主观精神型的，还比较同意你的这种说法。用传统的现实主义来严格要求我的作品都有些不符合。作家写作的时候不是从理论上来考虑和要求自己的，而完全是以生活以感情的东西来着手自己的作品的。当然有些作品角度不一样，有些作品从意念观念入手，表现一些很空、很虚的东西。当然，这个空不是空洞，比如《怀念狼》有它观念性的东西在里边，到写《秦腔》时，《秦腔》排除任何观念进入，得到的效果就不一样了。从现实主义上讲它有很多成功的东西，实际上每一部作品，现实主义或多或少都有，只是多少而已。各种流派都是相互借鉴的，一切理论都是在作品产生之后才完成的。《秦腔》实际上有很多象征的东西，题目就是一个整体意象，它根本不是写戏曲的。中国有那么多地方戏曲，唯有陕西才叫"腔"，别的地方都叫"剧"，我更看重的就是后面这个"腔"。在这部作品中，也写了戏曲，写了秦腔整个地走向衰败，这也是一个意象。再一个，引生这个人物也有大量的意象，网上有人说《秦腔》虚构过头了，他是按照现实主义要求我了。这是文学观不同产生的后果。

在我的文学观念中，小说情节和故事都可以虚构，而细节一定要真实，细节越真实情节越虚构，文章才能越深刻，才越有多义性。这是我的一种文学观，细节不真实，即使情节真有其事，读者都不会相信。

韩鲁华 从20世纪80年代初《卧虎说》等开始，你一直在强调整体性、混沌性等，在《浮躁》前言、《废都》后记、《白夜》后记等中，对此都有表述。在《秦腔》后记中，也隐约地表达了这个意思。这部作品与以前的作品相比有所变化，变化还比较大，更实了。但这种整体、混沌式的叙事方式并未变化，但更实，实中是生活漫流式的整体、混沌、茫然，我想在这方面听听你更深入的思考，问问你的看法。

贾平凹 有人说喜欢我的早期作品，还有人喜欢后期作品。我不能总写早期作品，我个人喜欢后面的作品。前面的更有技巧性，更显技巧性，更能让人看得清，能摘录，后期作品则更多的是自己生活中体验的东西，渐渐就没有技巧了，就混沌了。这混沌就是一种整体把握。太具体了，就不是那回事了。如此，《山海经》中就把混沌看作一个活物，要给它开洞凿七窍，结果凿了七天七夜，七窍凿好了，混沌却死了。所谓"最分明处最模糊"，道教阴阳图的线画起来清楚，解释起来是说不清的，即你中有我，我中有你。在《秦腔》中，是不要求进入观念的，仅仅呈现这段生活，具体作什么判断不重要。以前是用观念进入写作，而时间长了，你就发现，观念是一件很可笑的事情，时空在不断变化，而事实永远是事实，是不变的。再一个，我坚持这种写法，在我的创作上，我是比较固执的一个人，我一般不受人影响。骨子里的犟在艺术上还是有好处的。

韩鲁华 关于呈现的问题。我在《秦腔》首发式上的评介中，谈到这部作品的四个还原，这是就内容而言的。我注意到，在谈论《秦腔》时，你用了一个词：呈现。呈现与再现不同，与表现也不同，与象征更不同。这个"呈现"中，蕴含着你所追求整体、混沌及其原生态的还原，我认为这几者是相互融合的。我现在想问的是，在你创作时，是如何思考"呈现"与"还原"的？这里势必要涉及细节问题。正是在这"呈现""还原""细节"以及"混沌""流年式表述"（我把它称作生活漫流式）的叙述中，感觉到这部作品对于传统小说艺术在创作方式上的挑战。你又是如何思考这个问题的？

贾平凹　实际上，每一个流派和主义、观点出来后，肯定会总结大批很优秀的作品，只是派别产生之后，后面的弟子老顺着那条路走就异化了，或者慢慢就进入末流了。社会在不停的前进中对这些末流不满足了就想加入新成分了，进行革命了，就往前走了。我对一些末流现象不满意，所以就想寻找一种出路。刚才说这个"还原"，不管胡塞尔等，他们的作品我都没有看过，我在西安建筑科技大学谈语言谈还原成语时就说：在众多语言呈现在人的面前无法复述时往往被概括为成语，而成语一旦形成、概括出来后，谁都在用，被人用了多年后，原意就消失了。中国的许多词的原意就没有了，消失了，变为另外的东西了。本来活生生的牛，通过机器最后加工成罐头。我想做的是，把罐头再送回去，还原成牛。这是语言角度，小说创作上也是受这启发，创作《废都》时，我就想把小说还原成"说话"，是聊天的说话，对"五四"后传统的现实主义写法不满意。我们聊天时，从茶水开始，聊了一宿可能就说到了飞机，从茶水说到飞机是怎么转换的，毫无痕迹，你却不确切地知道，我就想这样。一个作家对社会不是开药方，只是对社会日常生活进行还原。这种写法如时光流淌，时光流淌是不知不觉的，突然就中午了，晚上了。为啥我追求"混沌"？你获得的是多义的思考，只有写得越真，大的情节写得越虚，你才把你所要表达的意思写出来。生活本来就是混沌茫然的，你为啥却硬要把它弄得清清如水呢？那不适合我。

韩鲁华　访谈到此，不得不引出一个非常重要的问题，那就是《秦腔》的叙述视角。有关叙述视角，鲁布斯等人都有许多概括，这里就不多说了。我想首先说的是《秦腔》的基本视角——引生。在阅读中我也感觉到了，有些叙述是在引生控制之下，有些就超出了引生的视野，并且我总认为：这个引生是个二重性的，就像鲁迅的狂人一样，一个是现实的引生，一个是上帝的引生。其实，还有一个引生，那就是你贾平凹的引生。这三者过渡却很自然。在创作时，你是怎么想的？你想建构怎样的叙事艺术形态？

贾平凹　从我创作实践上看，其实也是在不停地想在写法上进行试验，想提升作品的维度。就像对待一包烟，男的怎么看，女的怎么看，老的怎么看，少的怎么看。当时在写作中，神怎么看，佛家怎么看，道家怎么看，动物怎么看，就想增加作品的维度、多义性，想各个视角来透视这个问题。包括《废都》，其中就有牛的问题，有和尚的问题，有道士的问题，有男的女的各种人物对问题的看法，但那种进入比较生硬，因为还没有吸收更多的东西，思考就不圆满，产生好多很生硬的东西。后来，我就知道要完善叙事角度，在《秦腔》里，引生这个角色其实就是一个"串"，串细节，串故事，把四五十万字串起来。引生出现后，自如了，视角转换自如了，但转换必须不露声色。所以，引生就有他自己的眼光，有我的眼光，有上帝的眼光，必然形成个多棱镜。这里边就有很多转换技巧，就比如引生是故事中的一员，又是一个旁观者，有时得进去，有时又得跳出来，进入整个事态中去，他本身就是事态的一部分。这的确费了很多功夫。

韩鲁华　到目前为止，我与你谈的都是些比较棘手的小说艺术问题，而没有涉及内涵方面的问题，比如乡村城市化、情感于失落中的回归、农民的生存状态等等，这后面再谈。在我看来，《秦腔》对小说艺术上的冲击力要大于内涵上的冲击力，《废都》则是内涵冲击力更大些。我总是将《秦腔》与《废都》扯在一起，这是我的一个基本评价。接下来，我还得谈艺术创造问题。你以前的长篇中，意象或者象征性的意象建构非常明显，而《秦腔》中生活原生态的细节占据了主导地位，诸如《废都》中的怪异现象也少了许多。我想知道的是，你是否在由意象主义走向细节主义，或者说你要彻底改变"在存在之上建构自己的意象世界"的艺术追求。我已明显地感到，只用意象建构已无法概括《秦腔》了。

贾平凹　《秦腔》的写作多少也受到摄影的影响，我有个作品曾被拍成电影《野山》。当时《野山》出来的时期（1985 年前后），第五代摄影师在构图中不断提醒观众"这是我拍的"，有意味的形式特别强烈，不停地强调摄影师的存在。当时米家庆（电影《野山》摄影）却有一个观念：极力消除摄影师的存在，极力消除构图的存在（实际上还有构图，但你看不出来），把你牵到故事情节流动，不知道这是摄影作品，不知道这是人为作品，而是生活中真实发生的事情。这就代表了摄影的两种观点，"极力强调自己的存在"是现代艺术很重要的部分，强调有意味的形式，形式决定一切。在大家都不强调画面的时候，突然出现这种东西它就是革命，把东西拍到极致就是好东西，能产生很大的影响，但走到极端后也让人有厌烦感。到《秦腔》时，为啥读者感觉这都是真事情，就像前天发生的事情。实际上还是我写出来的，是我虚构出来的世界。

韩鲁华　由意象问题我又想到了绘画，你知道，我一直想从绘画与文学角度探讨你的小说，但因我不懂绘画，也就一直未敢贸然动笔。你的画我看过一些，有印象派、抽象派的特征。但我更想用意象派或写意派的方式来概括你的绘画。你也说过自己的文学创作受西方现代派绘画的影响或启发。我想知道：第一，你都受哪些画家影响？第二，你是如何将绘画的东西转换为文学的东西的？第三，你这样做的目的是什么？或者说你要达到怎样的艺术效果？第四，你认为你的效果达到了吗？

贾平凹 "文化大革命"结束前，我上大学的时候，对所学的《文学概论》有些不满足，然后就接触到了绘画。当时文学上好多新的东西没有传过来，中国每一次艺术的改革、新潮流的发生都是先进入绘画，然后才进入文学，先是诗歌，再是小说，进入慢得很，所以，我接受新的东西都是主要从绘画开始的，看西方绘画各种流派的理论是想受些启发，进行中西绘画的对比，从大的范畴上，主要表现就是现代派。现代派的核心东西一个是编，把一切推到极致，推到极致后才能引起人的注意，才能产生根本效果。这一点对我影响很大的就是思路的改变，把东西推到极致。但后来，进入80年代中后期，西方现代小说观念进入中国的时候，好多人也学，也在过渡，进入了翻译期。学海明威、博尔赫斯等等，还有更多的美国作家，模仿性太强，一方面强调极致，改变思维，一方面又想写出中国的味道来。这不是说从中国到中国，而是有个参考值，就是西方现代，然后再寻自己的出路。这就是绘画上思维的变化。具体说，我最欣赏的就是凡·高、毕加索等，倒不一定喜欢他们的具体作品，但他们的那种思维把艺术作品的维度都加大了，给人以一种广义的、多义的理解，这就给文学以启发，毕竟文学和绘画是两回事。这种文学观念、思维的转变，使我的脑子里现代成分多，现代意识强。最早80年代我就接触了那些东西，只是小说还没有，别人都不知道，别人以为我老写那些土不叽叽的东西。现在用新鲜观念看这些土东西，是受川端康成、马尔克斯等作家的影响。"河流始终在流着，河床始终不动弹。"从这个角度受启发，学别人的东西，最终改变的只是思维。

韩鲁华 文学也好，绘画也罢，换一种角度来看，都是用语言来表达作者之意的，文学用文字，绘画用色彩。我觉得这是一个大问题，它涉及面很广。这也是一个比较难的问题，为什么这么说？语言对于作家来讲，它不仅是一个继承，更重要的是一种创造，更是文学艺术确立的一个基本问题。这里有个语言的文白相间、土洋结合、虚实相生、内在张力等问题。你还说过拯救古典汉语（古语），吸收土语、方言等。问题是这些古语你一用都活了，就有了新的生命，且使用得非常典雅，就是一些土语进入你的作品里，还是非常典雅，譬如

《秦腔》。我又想到了你说过要建立新汉语写作。这就提出了一个更大的问题，你这个说法（新汉语写作）实际上是在向"五四"以来的文学语言挑战，至少你不满足于"五四"以来的文学写作语言。现代汉语相对于古代汉语就是一种新汉语，而你还要建立新的现代汉语，可能是出于很多考虑。你要建立怎样的一种新汉语写作？这种新汉语写作能不能建立起来？

贾平凹　语言问题是一个特别复杂的东西。不仅仅是一个技术性问题，更是一个根本性的东西，不光是情操的东西，啥人说啥话，是散发的外在东西。关于语言，中国作家历来主要有两种，一种是政治性比较强的作家，艺术上不是很考究，语言不是很讲究；一种是文体性强的作家，艺术性就特别老到，语言就特别讲究。人以类分，作家也是这样。对于自己说的建立新汉语写作，我一直有这样的考虑，作出一些努力，这一个人两个人不行，一代人也不行，得好几代人。现在多次提出这个问题，是希望引起更多人的注意，对语言建设有好处。古汉语文字在现在的生活中就用不成，"五四"前的那些民间的文字现在看起来就很困难，不能形成一种大众语言，现在再用古文写作就不行了。虽然有填古诗词的，但毕竟不是主流。现在所使用的语言都是"五四"以后的语言，"五四"那一批先贤在古文基础上、在大众基础上把古文转化为白话文，这个是功德无量的，这种转化难得很，现在的小说、散文语言都是在"五四"时期的白话文语言基础上发展起来的。那一时期的大批作家转化得比较好，语言也很儒雅，比如当时达到高峰的沈从文、林语堂、朱自清都是很儒雅的，现在说哪个作家的语言好不好，也都是以"五四"作家作为参照物的，但到了新时期大量的翻译作品进来后，进入了翻译期，对中国语言的鲜活性是不利的。我的意思是在"五四"时期的基础上吸收更为鲜活的民族语言。语言不是一成不变的东西，它是互相交融的，不停地需要更新。但现在流行的更多是翻译期的东西，就得把古文、"五四"时期的白话文、外文和民间话语结合起来。但是新时期以来，强调的不是很多。拿我自己的创作经验来说，当时也读《红楼梦》《聊斋》等，也学其中的语言，自己作品中也有文白夹杂的痕迹，这是早期作品，《浮躁》以前的，都有这种痕迹，后期作品就没有了。那是不成熟的表现，当时还觉得很有意思，后来就不要这些东西了，就觉得文白夹杂就有迂腐味、酸腐味。我也不同意使用翻译期的那种语言，用那种倒装句，或故意用短句，或用那种没死没活的长句。我在建大讲学时说过，语言与生命、身体、情感、情绪有关。也不同意使用大量的土语,坚决杜绝使用歇后语,它不雅,给人一种俗感。一切语言实际上是寻找自己的一种感觉、节奏、音律、张力。强调一个民族的语言的时候,就是强调民族问题,实际上就是民族自信心增强的时候,世界目前发展到这一步,中国人比任何时期都希望自己强大的时候,语言问题是必然摆出来的一个问题,它是一个代表民族特点的东西。

韩鲁华 这里是否隐含着一个问题,那就是"五四"以来的文学经过了近百年的发展,语言是否到了需要再次改进的时候?或者,需要对其进行新的超越,而超越,首先是语言系统的改变。台湾的现代汉语系统,你仔细分析就会发现它的表述方式和用词等与大陆的现代汉语系统有差异,还有香港、澳门的语言系统,还有世界华语系统,等等。我想知道,你新汉语写作的观念实际上是不是对"五四"以来的汉语文学系统的一个整体挑战?

贾平凹 也不能说是挑战吧,是想弄得更顺一些。语言如果不融会,也就僵死了。语言一步步转化,现在接触外国语言特别多,我现在不满意于翻译期的语言,转化过来,说话习惯不一致,出现了一些偏的东西。我的意思是,在大量融会的基础上,进一步强调中国语言的味道。只是现在好多人不注意语言,不讲究语言。而我自己特别讲究语言,语言是个很庞大的问题,我自己是在做自己的一些努力,也算是自己的一个追求吧。

韩鲁华 新汉语写作不仅涉及语言问题,还有其他问题,比如表达方式、叙事结构方式问题,还有语言的文化内涵、作者的主体精神、情感方式等等。在你看来,新汉语写作之下的叙事方式、叙事立场、叙事态度、叙事结构及作者的情感方式、艺术精神建构等,与传统的汉语写作应有什么不同?

贾平凹 语言的吸收啊,发展啊,融会啊是必然的,但主体不能离开汉文学的中国味道、汉民族的中国味道。比如菜你可以做辣、可以做甜,但都是中国菜。你做的绝对不是西方菜,你可以做粤菜,你可以做川菜,风格不一样,但你一看就是中国菜。你要把川菜做着做着做成西餐了,永远都做不过西方,那样也就失去自己了。学别人可以,但不能把自己全部抛弃,否则你永远只能在别人后边。世上的东西,你越依附谁,你就越没有自己。你必须坚持你自己的,才能吸引别人。语言是民族文化的体现,是民族习性的一种体现,什么人说什么话,你就得发自己的声音。

韩鲁华 再问一个乏味的问题,就是茅奖。我记得你在忠实获奖庆祝会上说过，其实大家早就给《白鹿原》获奖了，只是形式上迟了几年。在我看来，你、张炜、莫言、王蒙甚至张承志在20世纪80年代后期到90年代中期，你们均应该获奖了，只是不给你们举行这个获奖仪式罢了。你们无论获不获茅奖，都是最优秀的当代作家，获了奖的并不一定就是最优秀的作品。中国文学艺术水平的高低，也不能以获奖与否来论定。对中国的评奖，不仅是茅盾文学奖，包括鲁迅文学奖或其他奖，你是怎么看的？

贾平凹 我不是很想回答这个问题，连续三届茅盾文学奖，我都在边缘上，但最后都落选了。说心里话，每一个作家都希望有奖励，得到当然更好。它毕竟是一种肯定，让你有一种成就感，不仅仅是一个"加油"作用。从世俗角度上讲，也是一个世俗需要，人毕竟活在世俗中。奖得不了也没有啥，一部作品能不能传世，跟获不获奖没有必然关系。获了奖可能传世，可能不传世，不获奖的作品也可能传世，也可能不传世，关键要看作品。一部作品有自身的命运，有的作品命好，就碰上了。从世俗角度来讲，得一个奖，别人对待你的态度就不一样了，日子就过得更好一点，你创作就更有信心了。创作有个主观东西，也有个客观东西，这就跟庄稼地种粮一样，有个种好不好和种得好不好的问题，也有个环境问题。整天下冰雹、刮大风，你就长不高。你就得性格顽强，否则很快就夭折了。棒杀不好，捧杀也不好。你刚冒了头就把你打下去，冒了头就把你打下去……更重要的是写作环境。

韩鲁华 再说点历史和现实结合的问题，鲁迅、胡适、刘半农、郁达夫、林语堂等，连同沈从文、老舍等都是集教授与作家于一身的，后来，教授与作家就分离了。因而，作家学养不足，教授们艺术感觉迟钝，甚至干枯。现在，作家当教授，教授也混入作家行列，我以为这是好事。现在是做研究的歧视搞创作的，搞创作的内心里瞧不起做学问的。对此，你如何看？你以为做教授对搞创作是利还是弊？或者二者是矛盾还是相辅相成？

贾平凹 这完全是个人问题，每个人自身想法不一样。进入大学带研究生，我算是全国最早的。因为最早，那时很有争论，但过了几年，很多人都在带研究生，争论就少了。站的角度不一样，理解就不一样。比如，我刚才知道我的书法作品被选入语文课本。有的人就说，作家是整天忙着搞创作的，哪有那么多时间练习书法。我觉得这完全是站在书法以外谈问题，从一个很平庸的书法家角度来理解，我不能说我的书法多好，但你不能站在那个角度谈问题，哪有人不用整天下那个苦功夫也能成功？古时的高官很多也是很有名的书法家，你说人家也整天忙于事务，没有时间写，就不是书法家？作家到大学兼职越来越多，原因很多，不能说好与不好，但主要还是搞创作。30年代作家主要都在大学，现在好多理论家都在大学，原来理论家都在社会上，这几年大学出了很多大理论家，所以说情况都不一样，看个人能力怎样，有句话说"小花靠山神护佑"，真正的大树不是靠力来培栽。这更多是个人问题，各有各的原因，不能说好与不好，看个人情况。

韩鲁华 回到《秦腔》，我曾提到四个还原：家庭、社会、整体、精神情感，对这四个层面上的还原你如何看？我总觉得，《秦腔》其实是你的一种精神情感的还乡，但可悲的是，你在现在的清风街里，没办法找到你真正的家乡，你也不可能在精神上把故乡还回去。你有这种感觉，我也有。因为我也是农民，是从农村出来的。用李星的话说，是"农商城籍"。我从《秦腔》中读到了一种人类的精神情感还乡问题。城市化从社会发展层面上是不可替代的，但从精神上讲的人又不能把还乡去掉，城市化的进程究竟是忧还是喜？是一种进步还是一种毁灭？当读《秦腔》时，我有一种哭不出来的感觉，觉得你非常悲哀。

贾平凹 写这部作品，主要也就是写这种感觉这种感情的，中国是个农业国家，大量的中小城市一出城就是农村。大量城市居民也是从农民转过来的，没有说世世代代是城市居民的人，至少三代以前都是农村的。而农业国家的人，从乡下来的人对乡土都有皈依感，在中国，宗教不是很强烈，西方人对宗教有个皈依感，是精神寄托，中国的乡土情结其实就是一种类似宗教式的皈依感，这就和西方不一样。而活在世上总有个想皈依的东西。既然是这样，中国社会发生大转型，我说过一句话，"谈世界的时候不要非中国化"，因为中国人口很多，中国大量的农村发生转型了，面临的其实就是一个人类的问题。好多人包括我们自己，乡土的皈依感就混乱了，经常就把城市和乡村做比较，然后发现城市不好，乡村好。但是目前农村发生了这么多变化，人们一下没有了精神皈依感，就好像西方人没有了宗教，就有很多困惑。但是出路在哪里？有好多东西我也很困惑。人类永远看不清自己的前途在哪儿，人类的悲哀也就在此，如果经济学家告诉人们，农村城市化是农村的唯一出路，或许这是正确的。但这不是一朝一夕就能完成的，不是一代两代人就能完成的，必然会牺牲一代或两代人，不幸的是，我们正是这一代人两代人。或许换个思路，城市化道路目前不适合中国,更是中国这代农民一个严重的问题。正因为目前前景不明确,你不知道这是件高兴的事还是痛苦的事不知道该歌颂还是不歌颂它,所以作家就很茫然。我写《秦腔》时就很惊恐,就不知道出路在哪儿,只能把这一段痛苦的、矛盾的、无奈的东西写下来,将来过多少年后,人们看的时候会说:噢,中国发生过这样的事情。为以后的人留点资料,也算是我的小小野心。

韩鲁华 西方有位哲人说:上帝创造了乡村,人创造了城市。这大概还不确切,应该说上帝最先把人放在了乡村,后来人去创造了城市,人丢弃了乡村,乡村就被废弃了。还有一个问题:城市化就是一种进步?就是一种人类的进步?人类生态问题出现且越来越严重,那城市化是不是在加速人类的灭亡?乡村就成了符号?

贾平凹 西方有位哲人说的,这话我也听过。这也是上边我说过的,正因为人类前途无法看到,人生茫然、痛苦的地方就在这里,因为没有办法,没有出路,所以作品才写得很惊恐,这是我回答后边的问题。总的来说,作家是受苦与抨击的对象,是先知。作家职业的性质决定了他与现实社会可能要发生摩擦,却没有任何企图和罪恶。不是搞什么阴谋啊,为啥说作家要有前瞻性,他首先感觉到很苦闷的东西,为什么怀着惊恐的心理,就是寻不到一种出路,得不到答案。我说这段话什么意思呢,在中国这个社会,强调一种积极昂扬。其实我关心的是民生国运的问题,但是好多人不理解,以为宣传悲观思想,宣传消极思想。我说这话就是消除这些人的这种观念。我觉得作品或是文学的任务不是搞宣传,文学作品有宣传功能,但绝不是宣传工具。好多人把这个功能混淆了,把文学与政治的关系混淆了。我只是把这段历史记录下来,不是啥政策问题,只是从文学方面思考民生、国运问题。

韩鲁华 关于大视野的问题,你于20世纪90年代初提出大散文的概念,我对此从未发表意见,那时我的精力主要在你的小说研究上,对此还顾不上。其实,大散文更重要的是散文视野问题,不是什么狭义的艺术问题,我觉得你是在说散文的大视野,即大视野下的散文。由《秦腔》的阅读感到的问题是,作品写了一个清风街,但作品的视野却是一个历史时代民族与人类的视野。马尔克斯《百年孤独》也是写了一个村镇,人们习惯于邮票大小或巴掌大小的村镇,但它写了一个历史、一个氏族、一个民族、一个国家、一个人类的精神。《秦腔》与《百年孤独》是两回事,但也有某种相似性,还有《尤利西斯》等。请你谈谈

《秦腔》的创作视野。

贾平凹 有些作品是纪实性的作品，比如写战争年代的《斯大林格勒保卫战》等二战时期的文学作品，都是大视野。这种纪实性的作品写成这样是可以的。但是现在还有一种写法，虚构性小说作品，一写就是几百年的历史，好像那样才能反映大时代呀大社会呀。我欣赏的是追求大背景下来演绎几个人的故事。就像舞台剧必须有个背景，事件才发生，就好比你写在动乱年代一对男女的爱情，你不一定要写动乱，你可能具体写恋爱、婚姻问题，但是处处牵连着大动乱的社会背景。我追求的是这个。所谓视野，也就是你必须看到这个大的社会背景，你涉的人物和关系，和背景一丝一扣联系起来，作品就容易升腾起来，容易产生大的以点带面，或是在一滴水里可以看到整个世界，不至于就事论事。就事论事对人生就没有丝毫启示作用。我强调大的视野问题，也是个创作思维问题，任何艺术没有大的眼界，作品的境界、容量就小。视野的大小，作品中不一定能表现出来，但你能感觉背后的理性的东西。见的世面多了，你就处乱不惊。你没见过世面，一到大场面，你就战战兢兢的。你出席这个场面，你仅仅写这个场面你的表现，其实背后牵扯的东西多得很，主要要把背后的东西写出来。

韩鲁华 我没有拿《废都》与《红楼梦》作比，虽然有人说它继承了《红楼梦》如何如何。但是，我在《秦腔》中，真正感觉到了《红楼梦》的某种艺术内质。你如何看待这一问题？我还想到了张爱玲的《金锁记》，比如写下人的情景，包括对话、语式等，都与《红楼梦》相一致，但《秦腔》不是情景的相似，而是艺术精神的相近。这种感觉你是否认同？

贾平凹 所有中国作家，都受《红楼梦》影响。这是中国最辉煌的作品，肯定都受其影响。《红楼梦》写的是没落贵族，《金锁记》也是写没落贵族，时代不一样，但大致情景差不多，就容易吸收，容易让人感觉得到。我一直在说，张爱玲是在写《红楼梦》片段。但《秦腔》虽然也受《红楼梦》影响，比如叙事等等，但写的是纯粹的这个时代的农村，一个是雅的东西一个是很俗的东西，一个是上人，一个是下人，你就不能再模仿《红楼梦》的语气、语感，但精神还是能够相通的。我读《聊斋》《红楼梦》特别有感觉，能理解很多东西，感觉上能相通。当然《红楼梦》是很伟大的作品，我只能在皮毛上写些东西，就好像人家吃肉我喝些汤呀。确实受其影响，起码在缓缓的节奏上啊，人物的出场上啊，事物的描写上啊肯定受影响。当然，你上边提到的《尤利西斯》也影响着《秦腔》创作，比如说叙述角度的处理呀，人物的转换呀，但是它也比较沉闷，牵连了很多细碎的东西，不太让人看得进去。

韩鲁华 《秦腔》有可能被改编为影视剧吗？另据报道称，《秦腔》是你的封山之作。在我看来，封山与封笔是一个意思，那你此后再不写长篇小说了？这是你的意思还是新闻媒体的一种炒作？在我看来，只要有了积蓄，你不写是不可能的。我曾说过，对你的最大惩治办法就是不让你写作。

贾平凹 作品一出来，就有导演找我谈过，有三家来找我说这事。但拿回去却发现，改成电影难度大得很，改不动，要求我改。我又坚决不改，也不懂电影。曾有人把我的作品改成剧本，一改就发现糟糕得很。票房价值糟得很，哈哈。《野山》拍成电影反响挺好，因为叙述性强，随后的《美穴地》呀，叙事性弱了，难度就大了。

至于说封山之作，是缘于我说的那句话：把《秦腔》写完后，我动用了素材的最后一块宝藏。写了两年时间，也把我累得很，也掏空了，没啥写的了，就得过上好长一段时间，不会写长篇了。结果记者一听，马上说成是封山之作。我一看又没办法说，因为说不是，等于把人家晾到那儿了，所以别人问我，我只能含含糊糊的。出版社说这是一种炒作手段，我说你再没啥炒作的了，哈。这段时间我主要一个是休息，一个是下乡。

（选自《〈秦腔〉大评》，作家出版社 2006 年版）

关于《秦腔》和乡土文学的对谈

贾平凹　郜元宝

一、从"回去"到"告别"

郜元宝　你的新作《秦腔》改变了我以往对你的认识。迄今为止，你的创作较少取材于都市，大部分是有关乡土的。对乡土，你的感情很复杂，基本姿态是"回去"。每次关于乡土的叙述都是心理上的一次回家，好比人在外面世界有了种种遭遇，总想回到自己的家里。你的乡土叙述的起点也是"回去"，因为"回去"而有了新的经验，或触动了旧的记忆，这才诉诸笔端。在《秦腔》里，你的乡土生活经验获得了前所未有的总结，"回去"的心理再次出现，但同时又有了一种新的情绪，构成了这部作品的基调。

贾平凹　我的创作一直是写农村的，并且是写当前农村的，从"商州系列"到《浮躁》。农村的变化我比较熟悉，但这几年回去发现，变化太大了，按原来的写法已经没办法描绘，农村出现了特别萧条的景况，很凄惨，劳力走光了，剩下的全部是老弱病残。原来我们那个村子，我在的时候很有人气，民风民俗也特别淳厚，现在"气"散了，起码我记忆中的那个故乡的形状在现实中没有了，消亡了。农民离开土地，那和土地联系在一起的生活方式，将无法继续。1949年以来农村的那种基本形态也已经没有了，以前所形成的农村题材的写法也不适合了。

郜元宝　《秦腔》写了故乡很多复杂的人情、人事纠葛、新的社会变化与冲突，展现了农村许多社会问题——农业萧条，劳动力外流，贫困，土地被商业所蚕食，人情淡薄，新一代干部急于求成，不顾群众利益，干群关系恶化，诸如此类，但内核还是你自己的感情。你在经受一种考验，一种折磨，对你熟悉的、习惯的、一向密切关注的对象，你感到陌生，无从把握了。记忆中的故乡的消亡也是你观察和理解乡土的方式的终结吗？是不是你对乡土的认识就此止步，某种与你有关的中国乡土文学的形式可以终结，至少你以后不会再用那种方法来写了？

贾平凹 是这样的。原来那种写法写出来的农村是一码事，回到农村，面对的是另一码事。原来的写法一直讲究源于生活，高于生活，慢慢形成一种规矩，一种思维方式，现在再按那一套程式就没法操作了。我在写的过程中一直是矛盾、痛苦的，不知道该怎么办，是歌颂，还是批判？是光明，还是阴暗？以前的观念没有办法再套用。我并不觉得我能站得更高来俯视生活，解释生活，我完全没有这个能力了。

郜元宝 长期以来，你一直觉得能够把握自己的故乡，随着农村的巨大变化，也随着你个人认识的变化，现在好像没办法把握了。

贾平凹 真的没办法把握。在社会巨变时期，城市如果出现不好的东西，我还能回到家乡去，那里好像还是一块净土，但现在我不能回去了，回去后发现农村里发生的事情还不如城市。我的心情非常矛盾。

郜元宝 有人借弗洛伊德理论，说很多身在都市的农村作家写乡土，有一个回归母体的情结，我发现这个情结在你的创作里面已经很淡漠了。《秦腔》比你以往任何一部作品都说得更明白，就是故乡正在消逝，或者说正在死亡。不是说作为客观存在的故乡不存在了，而是说它在你脑海里的形象正在改变，甚至已经面目全非。你说写《秦腔》是为故乡立碑，"为了忘却的纪念"，树碑或纪念都是对已经过去的事情而言。不知道你写《秦腔》有没有想到鲁迅的《故乡》？《故乡》开头是"回去"，最后是"告别"，准确地说，一开始就是为了告别而回去，虽然有回归和告别双重主题，但总的心态是"告别"。写《秦腔》的你对故乡有深情的回忆，但主要是无可奈何的"告别"。

贾平凹 这就像是在单位受了气，回家找老婆孩子寻安慰，宣泄，但现在没有这个出口了。在外头受了气以后，老婆又跟你吵一架。这种现状，就让人想回家，却回不去了。

郜元宝 这是你个人心态的一个转变，却让我发生联想：是否中国作家传统型的乡土认识发生了根本改变，变得不可能了？

贾平凹 应该是这样。所以我才不得不换一种写法。

二、语言的纯粹化与世界的封闭性

郜元宝 《秦腔》的写法确实不一样。小说里面有段话，说故乡的人事牵牵连连，永远说不完，就像打核桃树上的核桃，老打不完。《秦腔》不分章节，漫无边际地写来，你自己说是"密实的流年式的叙写"，没有一个清楚的情节作为主导线索。其实这种写法也是有传统的，虽然现当代小说中很少见到，但《金瓶梅》《红楼梦》不都是非常"密实"的吗？

贾平凹 我倒没想到继承什么传统，只是觉得不能不这么写。我在后记里说过："只因我写的是一堆鸡零狗碎的泼烦日子，它只能是这一种写法"。

郜元宝 作为一个乡土色彩非常浓厚的作家，你以往总想跳出方言世界，加入知识分子启蒙话语，置身其外，看一看，评一评。《秦腔》放弃了这种努力，整套语言系统完全口语化了。比如提到清风街工作难开展，就说此地"费干部"，"费"字用得很好；说"喝淡了一壶茶"，也非常传神。类似这样的乡谈俯拾即是，而我们熟悉的浮在表面的流行规范的现代汉语表述方法几乎全回避掉了，非常干净。叙述语言和小说中人物的语言没有区别。你以前的小说总有作家的影子，这篇也有（在省城写东西的夏风），但你没给他太多说话的机会，他不再成为叙述的角度，他也无法打破方言世界的纯粹。叙述上不分章节，展现乡村生活的原始状态，无大起大落的情节主线，无数的细节缠绕在一起；语言上尽量回避不属于乡土的表述，充分口语化。这种写法，和"告别"的情绪一致。对行将消亡的事物，只有充分细致地加以描绘，才能告别。曹雪芹把家庭琐碎都写出来，每个细节都不放过，而鼓励他这样写的动机，恰恰是情感上对这个世界的埋葬与告别。

贾平凹 我的任务只是充分描绘故乡的生活，故乡的亲人们当然有他们对自己生活的解释，但这都是我的对象，我只描绘，不想解释，所以就写成这样了。

郜元宝 你是否因此建立了一个封闭的天地呢？我注意到你在后记中担心，没有类似生活经验的人未必能够进入。从"五四"到当代，强调乡土封闭性与原始形态的作家都有两副笔墨，比如鲁迅《故乡》里闰土的话，祥林嫂的话，都很真实，但知识分子身份的"我"也跳出来，说出诸如"世上本没有路，走的人多了，也便成了路"那种启蒙话语。《秦腔》不让夏风说这种话，意味着隐含作者不想跳出来，对这个世界指手画脚。他的任务只是把这个自身满足的世界雕刻出来。语言的纯粹化和世界的封闭性有关。有位韩国批评家着眼于中国高考阅卷给一篇文言文打满分这一现象，认为强调语言的独特性，意味着新的文化帝国的诉求在产生，因为帝国必须纯洁和统一其语言，拒绝外来语冒犯。这只是猜测，但任何一个国家要求纯洁语言，确实也往往是一种策略，至少是感到本位文化受污染，于是拼命强调独特性，拒绝别的东西渗入。你思考乡土中国问题，是作为思考中国问题的一个窗口，但乡土中国遇到的问题和整个中国遇到的问题不相等。关注乡土的人会克服种种障碍走进你构造的相对封闭的世界，另外一群人是否会被你这种语言或多或少排斥在外呢？当然，我还是希望不熟悉乡土不关心乡土却关心中国关心人类的读者会谦卑地进入你的小说世界。《红楼梦》也是一个封闭世界，读者不都看得津津有味吗？如果曹雪芹像晚清许多作家那样具有世界眼光，把什么都写进去了，人们反而会没兴趣去看。

贾平凹　我目睹故乡的传统形态一步步消亡，想要保存消亡过程的这一段，所以说要立一个碑。以后农村发展了，或者变糟了，与我都没有关系，但起码这一段生活和我有关系，有精神和灵魂的联系——亲属、祖坟都在那里。以后再回去，年纪大了，谁也不认识我了，发生什么变化我也不熟悉了。用这种不分章节、没有大事情、啰里啰唆的写法，是因为那种生活形态只能这样写，我最初的想法就是不想用任何方式，寓言啊，哲学啊，来提升那么一下。《高老庄》《土门》是出走的人又回来，所以才有那么多来自他们世界之外的话语和思考。现在我把这些全剔除了。

这种写法，生活中到处都是。比如咱俩说话，就咱俩说话，但实际上有很多事情同时发生，而这就需要像乔伊斯那种写法。比如咱俩对话：

你说："吃饭了没有？"

我说："吃过了。"

"吃的啥？"

"吃的饺子。"

"什么馅？"

"萝卜馅或是韭菜馅。"

你一句我一句，说完拉倒。但乔伊斯的写法，是对话的时候看见后面的风扇啊，窗子啊，一边对话，一边想到那里去了，不停地游离，全部写出来。他觉得现实生活实际就是这个样子。现实的枝蔓特别多，我想把生活的这种啰唆繁复写出来。不知道是谁说的，"最分明的最模糊"，越分明的地方越模糊不清。生活中所面对的就是这样，更深层的东西我还达不到。内容决定形式，照你说的，既然要"告别"了，写法肯定是另外的样式。

郜元宝 你以前写故乡，只是局部，这便于你和文坛交流。当前文坛关注什么问题，你在故乡总可以找到对应物。这种互动关系，如今你不在乎了。《秦腔》不是写故乡某一部分，而是故乡本身，全部，这就不允许你用某个单一的视角或几条线索来写，必须呈现出浑然的整体。这对你是个转变，就是要改变故乡和自己的关系。从局部写故乡，总是报道式的；从整体写故乡则是总结，而总结必然意味着告别和埋葬。《秦腔》之后，你还会写大部头的关于故乡的书吗？

贾平凹 我已经宣布，起码暂时不写。以前写商州，是概念化的故乡，《秦腔》写我自己的村子，家族内部的事情，我是在写故乡留给我的最后一块宝藏。以前我不敢触及，这牵扯到我的亲属，我的家庭。夏家基本上是我的家族，堂哥、堂嫂、堂妹，都是原型，不敢轻易动笔，等于是在揭家务事。后记里表达了这个意思，我说最害怕村里人有什么看法。有了看法，以后都不能回去了。这里面既有真实也有虚构，我就怕有人对号入座。这个东西把人掏空了，我也不知道以后会怎么写，也许很长时间里不会再写。

三、作家都是精神乞丐

郜元宝 鲁迅说："删夷枝叶的人，决定得不到花果。"你在小说里好像把很多作家删掉的枝叶全捡回来了。用一个备受误解的词概括，这就是"俗"。许多来自农村或坚持写农村的作家很善于用知识分子话语解释自己所描写的世界，包括自己的创作。你曾经也热衷于这种解释，但《秦腔》放弃了。结果，你所描写的世界，特别是那些"枝叶"，赤裸裸地呈现出来，没遮没拦。

比如"性"，比如人的动物本能，吃喝拉撒睡，在《秦腔》里只作为必不可免的日常生活的节来写，不加任何褒贬和任何解释，既不像劳伦斯那样歌颂之，也不像你以往某些作品那样有意张扬，比较平实，没有赋予什么微言大义，但也没有特别吃力地去把握"分寸"，只是把这些东西自然地安排在作品里。

你以前喜欢谈中国古代认知方式，儒家、易经、道家等等。还有那些古董，一旦动土，总要挖出很多。《秦腔》也有这些内容，中星爹就是算命占卜的阴阳先生，清风街也常常挖出古物，但你对这些明显有了距离感。看《秦腔》，读者不会将你等同于一个道家，或者易学家。你把以前喜欢的东西（民间智慧）都推给正在过去的世界。你曾经迷恋过，代它们发言，甚至依靠这些东西，但现在都打包放在记忆的箱子里。这些曾经是你的能力，认识世界的方式，你的依据，现在都交出去了，一律成为你描写的对象，而不是主体的依靠。贾平凹是乡土中国或民间智慧代言人的看法，已经不能成立了。你现在倒更像一个告别者，埋葬者。我觉得你不再相信以前所相信的，也不再依靠以前所依靠的。描写越丰富，你为自己在思想上保留的东西反而越少。

贾平凹　这可能和年龄有关系。佛经中的观念，要看破，要放下。五十岁以后，看世事就不一样了，心态也不一样了。但这都是无意识地走到这个状态。

郜元宝　中国作家常常以为，无论写什么，都要有自己的哲学。你曾经向人们证明有自己的哲学，而且很独特，但你在《秦腔》里把自己的哲学交出去了。随着你的世界变成过去，你的思想也变成了过去。你没有沾沾自喜地说我有思想。连自己的世界都不能把握，也就不存在支撑自己的思想。这让我想起尼采的话："艺术家是一个呈现者。"好像是一个通道，一股风从你这个通道经过。作家总喜欢说"I have something"，你在《秦腔》里要说的倒是"I have nothing"。一个人，无论怎样轰轰烈烈经历了这个世界，最后还是"赤条条来去无牵挂"，你不能从这个世界带走什么。

贾平凹　我觉得自己渺小，无能为力。我把这一部分呈现出来，就好了。活到五十以后就不"显摆"了，以前铺排的，过后一想，都幼稚得很。把一切都端出来，是什么就是什么。也只能端出来，所有的知识、思维方式都不起作用了。时代面前人渺小得很，就像秦腔一样。我有个朋友，是秦腔振兴办的主任，这个机构成立十八年了，但无可奈何，眼看它就衰败了。一个苹果烂了，没办法再救它，你挖，把坏的刨掉，第二天，那个地方又坏掉。像病来了，排山倒海就来了，这个专家那个专家开药方，出主意，都不济事。我也开不出任何药方来。

郜元宝　艺术家呈现世界的能力越强大，思想上就越被自己强大的呈现世界的能力所压迫。呈现世界的能力越弱小，思想上的优越感就越强大，越敢指手画脚。但思想的贫穷并非不思想、无思想，而只是思想的结果。人们越思想，越发现自己原来没有靠得住的思想。诚实的作家都是精神乞丐。

贾平凹　我以前的作品总想追求概括的高度、理念等等，一旦写家族，写亲戚，这些事情太熟悉，太丰富了，这些反而全用不上。这也是实际情况，知识越多，越琢磨不清。书读得多，就越糊涂。我所目睹的农村情况太复杂，不知道如何处理，确实无能为力，也很痛苦。实际上我并非不想找出理念来提升，但实在寻找不到。最后，我只能在《秦腔》里藏一点东西。至于说，抽象的理念，不知道应该是什么，抽象的理念好像都不对。

郜元宝　你好像建了一座公园，但没有绘制地图，不给闯入者提供路径。这对阅读应该是个挑战。

（原载《上海文学》2005 年第 7 期）

秦腔：一曲挽歌，一段深情

——上海《秦腔》研讨会发言摘要

陈思和　杨剑龙等

陈思和　贾平凹是我个人比较敬佩的作家，也是相交已久的朋友。当他在《上海文学》上发表《月牙儿》时，就引起了我、吴亮和程德培的注意，那时大家还都很年轻。如今很多年过去了，贾平凹先生已经是当代文坛上一位重要的作家。我个人认为在当代文坛上，有两位坚持最久的年轻作家，一位是贾平凹，一位是王安忆。他们在第一次全国短篇小说奖评选时，就同时得奖了。到现在二十多年了，他们是一直跟着文学的脚步，一步步地走过来的。有很多作家当时轰动一时，但后来慢慢就离开文坛，也有些是出现在文坛上比较晚的。在当代文坛发生了翻天覆地的变化之际，始终能以坚持不懈的创作来追随文学的脚步，他们算是为数不多的作家中的代表了。在时代的变化不息的思潮中，贾平凹始终在自己的世界中开拓对人生和生命的理解，坚持着自己对文学的理解。这一点，平常人很难做到。有些人说他是苦行僧，我觉得有些道理。下面就先请贾先生来谈一下。

贾平凹　我本性不爱交际，搞创作，待在家里的时间多一些。但还是要出门，这次到上海来，是来感受一些新的思想，帮助我吸收新的东西，有利于我的文学创作。上海一直是文化和文学的前沿阵地，它培养了很多著名的作家。它的评论界也很活跃，能让作家得到很多的收获。所以我今天坐在这里感到压力特别大，来了以后，我知道有很多我一直很尊重的评论家在场，这对我来说是个很难得的机会，是一个帮助我创作提高的机遇。我是一直在那片土地上生活的人，对那里农民的生活有切身的感受。就像对我的父亲一样，没有感情不可能写出那样"祭父"的文章。我对那片土地确实有一种很深的感情，有很多的东西我看到了，我经历了，所以我很想把这种感情表达出来，说不清是什么感觉，也许是悲伤吧，也许不仅仅是。我只是想把自己一直憋着的感情抒发出来。所以我写《秦腔》就像完成一个交代，心灵的交代。关于《秦腔》的内容，我只是想说出农村的现在的状况，农民的生存状态如何。这是我一直放在心里的东西，我把它表达出来了，就是这么多。我主要想听一下大家的意见。

杨剑龙 《秦腔》这部作品，首先它的叙事方式有了新的探索。它受到了西方魔幻现实主义创作的一定影响，小说叙述者是个疯子，而且整个的角度有一种引人入胜之处。这样用一种带有魔幻现实主义色彩的叙述方式来讲一个农村故事，带有很强的探索色彩。还有这篇小说很关注当下，把当下的现实状况呈现出来了。还有我觉得这部作品是用一种散文化的笔调来写的，并没有一个贯穿全书的情节线索。因为这部作品太切近他的自身了，都是用具体的事情来展示人物，这与他的其他作品有不同之处。小说中刻画了很多有个性的人物，包括夏家几个兄弟、疯子等，这都给人留下了很深的印象。

王鸿生 《秦腔》这部作品对于我们习惯的批评方法来讲，的确构成了挑战。在阅读时，可能进入文本容易，但是出来后该怎么看待这个文本却有些困难。近年来，文学研究中出现了很多的批评术语，但是批评家本身的文学鉴赏力可能都在退化。面对这部作品，我的感觉是平常所用的理论大多都派不上用场。我只能像听音乐一样去听它，它是慢板流水。所有的音乐都是很难解读的，你想知道音乐的味道就只有一遍一遍地去听。所以，《秦腔》给我的第一个感觉是，它的表现方式本身就是音乐性的。读着读着，你就被感染了，就品出它的味道来了。几十万字的生活细节，不容易啊。这部长篇的确是值得我们去品的，每一段每一节都值得去品，虽然活得慌慌张张的现代人已不太适应这样的读法了。如果有人想匆忙地把握它的内核，形成一些概括性的看法，恐怕就糟蹋《秦腔》的追求了。作者对乡村世界及其文化即将要消失这一事实怀着惊恐，对用怎样一种语言来描述这个过程也怀着惊恐。其实，商州这块土地他已经写了几十年了，从各个角度都有落笔，用各种办法反复书写过，《秦腔》只是一个总结，但这个总结怎么做，或者说故乡这块碑怎么立，他实在也是忐忑不安的。这种紧张感太耐人寻味了。夸张一点讲，贾平凹可以说是这个时代的"最后一个文人"了。他的生活方式，他的思维、心理和情感特征，在以后的作家中应该很少有了。所以我说陕南人是幸运的，他们拥有这样一位贴身的叙述者，这将使他们的声音、他们的生活、他们的历史踪迹不至于被时间之水所淹没。现在，他们已经被历史记忆了。关于这部作品的总体风格，如果要概括一下的话，我想用一个矛盾的说法：《秦腔》是"反史诗的史诗性写作"。一般来讲，史诗是记载英雄业绩的，很宏大很崇高，传统的史诗往往用于讴歌和赞美。而贾的这种矛盾、痛苦甚至惊恐的心理，不允许他去写一部这样的史诗出来。但《秦腔》的确又具有史诗的规模，它所包容的生活具有整体性，从政治、经济、权力一直到日常生活的细节，以及文化、信仰、习俗，展示几乎是全景式的。他对乡土的感觉太复杂，太悖谬，很难用观念化的东西来加以统摄。从这个意义上讲，它是"反史诗的史诗"。这种写法给文学史提供了重要的参照和启示。我们知道，鲁迅式的国民性批判，沈从文式的乡土恋歌，再到《古船》《白鹿原》那种有意识的文化寻根，还有90年代以来对土地的寓言化或乌托邦书写，已经构成了汉语长篇叙事的一系列范式。《秦腔》提供的叙述范式则具有现象学和历史学的双重特征。其实，竭力摆脱先验的或预设的观念，而致力于还原出生活的芜杂性、多层次和流动感，尤其在长篇创作中，会给主题和结构方面带来相当大的困难。以往有一些写原生态写得比较好的小说大多是中短篇。以四五十万字看似散漫的细节来聚焦乡村世界的巨大裂变，《秦腔》可说是唯一的。在无法对这一变化作单向度的情感反应时，贾平凹的这一选择既是无奈的，也是诚实的。他似乎是被迫又是有意识地追求着一种素朴到家的表达，但其中却不着痕迹地化入了他修炼多年的叙事技巧。小说中的故事时间有一年多，很细密、琐碎，不分章节，没有标记，但在叙述时间的处理上又显得极为严格、隐蔽。关于叙述人引生所携带的某些魔幻色彩，这个角色很有意思，他一方面参与故事的构成，另一方面又转述和评论他人的故事，极大地缩短甚至消解了叙述人和人物之间的距离。

罗　岗　我感觉到贾平凹是对文学有很大的野心的。他的《秦腔》是一首挽歌，是在写中国社会发生的巨大变化，原来的农村生活方式要成为绝唱。当代文坛上流行身体写作、私人写作，好像大的事情大家都不愿谈了，都忘记了另外一种写作：史诗的写作。原因是当一个作家没有一个面对世界的整体性的看法时，他就很难表达出来。我认为在贾的小说中一直有一种抗拒，在抗拒着时代中逐渐成为主流的东西。当他在抵抗这个时代时，他不完全具有否定的因素，而要把这否定的因素转化为肯定的因素，就是说，他要营造一个结结实实的生活。目的是什么呢？米兰·昆德拉曾经有一篇文章叫《被诋毁的塞万提斯的遗产》，还有一篇是《被遗忘的托马斯·曼的遗产》。就是说，从托尔斯泰到托马斯·曼，还有君特·格拉斯，一直坚持一种史诗性的写作。其中一个重要的因素就是要沉入那种生活的整体性中去。为什么呢？史诗性的写作本身就具有一个对抗现代化趋势的力量，印象最深的是《秦腔》的后记中说原来的乡村生活完全崩溃了，中国一百年来的历史就是在现代化的过程中被摧毁的过程。很多人会说这带来了很大的好处，为此欢呼。但在这个过程里，到底摧毁了什么东西？如果说这是一首挽歌的话，作者不是仅仅在哀悼这个一去不复返的景象，他还是在用文字还原一个活生生的现实，小而言之对我们当代文学的批评界，大而言之对文学在整个社会中的位置，《秦腔》的存在就提出了一个挑战，即我们该怎么面对这个现象。作为一个作家，贾平凹不能对这种现象作一个理性的思考，比如如何解决三农问题。作品中也写了很多很细致的农村政策的方面，可以用来对应。但这不是跟现实构成呼应的作品。它只是构成了一个完整的生活世界，这个生活世界遭到了外界各种观念的侵袭。我们在读的同时会感觉到这个世界多么丰满，但也知道这个世界，正在无可奈何地消失。这本身就构成了一种巨大的张力。他的野心不仅仅是描述这样一个世界，还企望用这个世界来抵抗时代的潮流。

朱静宇 《秦腔》表现的是古老农村在当今城市化运动面前所呈现出的不可避免的衰败与没落，年轻人无可奈何地大量离开土地去城里打工，而留下的那些老弱病残则为贫困与生计所累。在这里，作者将观念隐藏了起来，也不急于告诉读者什么，他只是说"如果慢慢去读，能理解我的迷惘与辛酸"①。应该说，这种叙述方法既切合了当今西北落后农村真实的状况，也切合了作者要为故乡树一块碑、为了故乡忘却的纪念这一愿望的。尽管《秦腔》表面看来自始至终都是一种不经意的叙述，不过稍一思考就会发现，其实通篇都被一层浓浓的象征意味所笼罩，因而整部小说显得十分含蓄、隽永与耐人寻味。且不说秦腔这一西北特有的戏曲形式寓示着当地农民的生活方式，而在当今被冷落以至竟成绝唱，自然象征了西北农村的蜕变与分化，小说中许多的人物与事件也都具有了隐喻性。贾平凹总是在不经意间，信笔所至，旁逸斜出，然而仔细咀嚼，却都具有深意。我觉得这是《秦腔》看似平淡，其实却是浓得化不开的一个重要原因。

---

① 贾平凹：《秦腔》，作家出版社2005年版，第565页。

郜元宝 这两年我读了"三腔"——李洱的《花腔》，莫言的《檀香刑》，实际上写的猫腔，一直到现在的"秦腔"。他们都想找到一个，或者说回到一个东西，就是一种声音，一种最好的说话方式。在这些中间，贾平凹的《秦腔》是更为成功的一个，它的成功就在于它的闲言碎语。它怎么能够把这些闲言碎语公然地堆在一起呢？而且不怕读者读不进去，因为他认为这就是生活的本身。可是这里面，我觉得还有中国作家的一种使命感。他觉得那就是农村啊，农村中有些问题是没有时间性的，它们是一直有的。民众的习俗、语言的方式等等，但是总有一点，就是当代性，就是农村中存在的那些问题。我不是说平凹不应该关注，而是关注的角度应该有所转换。当面对大问题时也像关注那些小问题一样。文章所凝铸的力量不应该总是被那些大问题所吸引，否则就不和谐了。实际上这个阅读已经改变了我对贾平凹以往的认识。认识一个作家是很困难的，因为他的写作在不停地变化。我感觉，贾对故乡的态度与以往不太一样了。在这以前，他不断地回家——无论是经验上的还是心理上的——每次都有新的收获，也包括不断地回忆，当他对当代生活有了某种体悟之后，他就想回去，回去之后就抓住了一些答案。用弗洛伊德的说法，这也是一种回归——在复杂的中国，好像只有一个人的故乡才能够提供给他一个理性的答案和精神的慰藉。但是在《秦腔》里面，他的态度转变了。表面上看，是又一次回家，但是这个回家的结果是很心酸的。从这个角度来说，平凹也是中国的一等伤心人，社会变化这样大，把他自己也甩出去了。当他面对以往的熟悉时，竟然惊恐，再也找不到以前的那种慰藉了。在中国传统中，乡土永远是写不完的。在这个小说里面，变化就在于，在现实中乡土是不会灭亡的，一代一代的人在传承着它的精神内核，农村在经济或者别的方面都在发生变化，而这一切，和作者所能把握的乡土是不同的。他写了这么多的乡土，正是应该有一个总结的时候，真实中的乡土也正在发生变化，也和他不再有什么关系了。所以真实的秦腔艺术正在消亡，而他面对以后的乡土时满怀的是恐惧，他把握不了。第二点是他写作态度的转变。在《秦腔》中他处理比较谨慎，性的描写少了一些。这里就包含着一种态度的转变。以往我感觉贾平凹那么喜欢周易，喜欢一些民间的智慧，但是这一次，他跟这些也保持了一定的距离。当然小说中也有阴阳先生，但不再是沉湎于或者说像我们以前以为的那样沉湎于那些东西。还有一个就是，在阅读过程中惹人发笑的连篇累牍的俏皮话。比如他说这个地方工作很难抓，就说这里是很"费干部的"。这就是一个成功，一个整体语言的改造。

栾梅建　我想简单讲四位作家的创作：鲁迅的《故乡》，赵树理的《李家庄的变迁》，高晓生的《陈奂生上城》，贾平凹的《秦腔》。如果放在我们乡土文学大的历史范围内来看的话，那么《秦腔》是有很大的研究价值的。《故乡》是我们 20 世纪乡土文学的一个起点，起点是一个破败凋零的形象；《李家庄的变迁》给我们形象地展示了农民翻身后的心理和情感；到《陈奂生上城》，农村的面貌有了很大的改变；而《秦腔》所描述的是西北或者说商州那个地方的琐屑的生活方式。他感受到了在似乎生气勃勃的农村土地承包之后，当今农村的重新衰弱与凋零，感受到了重又面临的艰苦局面。书中有这样一个场面，当夏天智去世之后，竟然连给他抬棺材的人都没有了。因为农村里的年轻人都跑出去打工了，农村里没有了青壮劳力，农村重新陷入另外一种破败和萧瑟之中。在这样的背景下，秦腔没有人去唱了，秦腔消亡了。这其实就是一个现代化的问题，或者说是城市化的问题。城市化在今天对农村的影响自然很大。我们可以想如果这样下去，农村有可能会没有人在其中生活，都跑到城镇去了。那农村还存在吗？那么在这个意义上讲，《秦腔》就是一首绝唱，或者正像罗岗老师所说的一样是一首"挽歌"，是农村生活的一首挽歌。所以从这个背景来分析的话，《秦腔》的出现不仅对现代文坛很有意义，即使过去很多年后，它的意义仍然是很大的。它的出现具有一种里程碑的作用。这是从宏观来讲，是第一个方面。那么从微观来讲，《秦腔》能不能承载这样的重任，或者说是否受得起这样高的评价呢，我认为是可以的。总体来说我觉得这部作品写得很是老到。贾平凹也说写完这部长篇之后，可能以后很多年都不会写长篇小说了。因为他写时费尽心力，做了大量的思考。比如说，从结构来讲，从白雪结婚开始写起，写到最后白雪跟夏风的离婚，在这种大的框架下来构思。还有赵引生这样的人物，他对我们整个乡土文学是个回应。并且里面用了大量的文学手法，比如象征、含蓄、魔幻等，像夏中义对乡土的留恋和执着在洪水来后，夏天义去世了，这是一个带有寓意的象征。夏雨和夏天智他们对音乐的不同看法所引起的分歧，夏天智对秦腔追求的执着，以及对流行歌曲的歧视，这也是不同的生活观念和世界观的分裂。这里把生活中的那种观念性的东西，含蓄地表现出来，把生活本身还原，慢慢地写来，让读者细细地品味生活的味道。初看时，进入比较缓慢一些，看到后来就被吸引住了，就像一杯茶，越品味道越是浓厚。

张　生　如果在1949年之后要选两个代表性的作家的话，那么我会选两个作家，一个是王蒙，一个是贾平凹。在我看完《废都》之后，我就在等待一部"废乡"的出现。我一直怀着期待。在我看了《秦腔》的后记后，我知道"废乡"终于出来了。他所写的这个农村，尤其是在《秦腔》里面写到的夏天智老人的死，其实就是一个"废乡"。作家没有责任去回答世界提出的问题，他们的任务是去感受这个世界。一个作家能够写出感人的作品，我期待伟大的中国文学。概括来说就是：第一，要有伟大的情感和真诚；第二，要让有文化和情感的中国人看得懂；第三，就是同情心。《秦腔》就是这样一部作品。我很希望贾平凹有一天能够把这个空格填起来。

刘志荣　贾平凹的这部小说叙述节奏很慢，写的虽然是一个村子一年多时间里的事情，给人的感觉却似乎是十年、二十年。一天一天琐碎泼烦的日子，每天的日子似乎都没怎么变化，然而一年多的时间积累下来，却发生了巨大的变化，类乎地覆天翻：不想来的一点一点来了，不想走的一点一点走了。一点一点来了的还不仅是农贸市场、酒店、卡拉OK、小姐、土地抛荒、农民闹事，来了的更有某种很深的惶惑；一点一点走了的也不仅是过去对土地的感情和一整套的生活方式，走了的，更有内在的精气神，一个地方的人生活的根。比如说小说里面写的秦腔，这个过去是跟陕西人的生命联系在一起的东西，但是这个东西正在消失，并且消失得很惨。这让人非常感慨。小说那种拉拉杂杂、慢悠悠的叙述节奏，流水账一样记录下了很多琐碎的事情，一点点的变化积累得多了，就发生了巨大的变化。还是灰扑扑的、琐琐碎碎的乡村日常生活，我们却已经有点陌生，有点惊恐，有点困惑：这就是我们的家园吗？这还是我们的家园吗？不单是读者阅读时会感到困惑，作者其实也困惑。我感到贾平凹在写作这部小说时的情感，不但有惊恐，还有很悲痛的因素在内，更有对于面临的巨大的变化，感觉到弄不明白的地方——这种弄不明白甚至不能仅仅用"困惑"而必须用"惶惑"来形容了，这种"惶惑"里面，有一些非常无奈——是我们大家都感觉无奈的东西。小说中还有一种内在的分裂感——似乎是当下文化本身的分裂。小说中的叙述者"我"和村子里走出来的作家夏风，都喜欢着秦腔女演员白雪。白雪色艺双全，为人朴实，似乎作者一心要把她写成秦腔、写成乡村生活的灵魂。然而白雪却生不逢时，秦腔在消亡，整个的乡村生活秩序在瓦解，不论是在感情上还是在生活上，她都找不到位置。贾平凹写出了这种揪住了人心的内在分裂感，写得真好！但还不够好。说起来，贾平凹其实写的是自己的根，自己最后的生活资源、最后一块"阵地"——清风街的原型便是他的故乡棣花街，里面的老老少少原型便是自己的乡邻乡亲，这样紧紧地与自己心灵相连的地方，写起来其实是需要更朴素一点的。直截地说，我觉得这部小说其实是不需要那么一个很有特点的叙述者的。小说表达的是一种非常朴素的感情，这种朴素的感情本身便是好的，不太需要过分的装饰。如此看来，小说中那个痴痴傻傻、疯疯癫癫、神神道道的叙述者，便显得太突兀，太有特点，从这样的凹凸不平的透镜中看过去，再朴素的感情也不免变形了。真要表现某种冲突、分裂、纠缠，一个普通的、朴素的叙述者的叙述效果其实更好，更可以牵动读者内心深处的那根弦。半痴不傻、半疯不癫、神神道道的叙述者，不但不一定能抓住读者，反而破坏了内心朴素的情感。成全自己的常常也是束缚自己的，怪力乱神，恶浊之气，用来形成风格有余，但抓住不放则有失。

倪文尖　一看这个题目我就知道这是一个大的作品，所以我对它怀有很大的期待。后记看完后我想我的期待可能没有落空。看得出他是用心用力来写的，并且写的是他所熟悉的生活方面。这个最难写，因为一个作家对他的生活越是熟悉，他的文字的呈现就越困难，更不用说是描述当代农村的一个变化。我感觉这个小说写得很瓷实、很细密。我们在阅读时，往往喜欢在形式方面或者叙述方面能有一个类似抓手的东西，以帮助我们读下去。翻下来后，我觉得好像小说就回到了"人物""事件"的那种最朴素的叙述方式中，仿佛是小说最原初的那种做法。好像也可以用西方的理论，比如来解读叙述者这个"傻子"的形象。根据我对贾平凹以前作品的了解，他的作品内容的神秘感以及对生活的态度都让我印象很深。但也许我现在用"神秘"这个词不够准确。另外我有一点担忧：《废都》当年被"评歪"了，或者说是"误评"了。贾平凹的创造一直遵循自己的脉络，但往往社会的阐释及批评的话语控制力比作家的意志强得多。《废都》的"误评"是社会转型及商业化带来的结果。贾平凹在写作时有两类预设的读者，一是东部的读者，二是家乡的父老们，那么这些隐含的读者对创作的影响又是什么呢？在商业化的今天，很多读者没有耐心去读一些真正有价值的作品，他们读不下去；而批评界呢，往往怀有对大作品的热情期待，这样会不会牺牲作品本身的丰富性呢？但愿《秦腔》不会。

程永新　贾平凹是中国作家中最有灵性的作家之一，读他的作品能带来极大的快感，就像在沙滩上捡彩石，俯拾皆是，赏心悦目，带有灵气。这关乎一个作家的天资，这不是后天培养能得到的，这是他的特性之一。还有，有人用乡土作家来概括他也是片面的。他本身是在关注我们生存的这个地球，关注各种生活的层面，就像是好莱坞的大片《后天》一样，极富想象力和表现力。你看了《秦腔》之后，不知道它的好处在哪里，很难说清楚。有人把它与福克纳的《喧哗与骚动》作比，因为《喧哗与骚动》里有一个白痴，而《秦腔》里有个"半疯"的引生。但需要说的是，引生不是真的疯子。他的思路比较清楚，还可以写东西。他又有灵性，对色彩和形状等外界的感觉特别敏感。他处于正常和不正常之间，类似于"人精"。这与《喧哗与骚动》是有差别的。

（原载《当代作家评论》2005 年第 5 期）

《秦腔》：乡土中国叙事终结的杰出文本

——北京《秦腔》研讨会发言摘要

张胜友　韩鲁华等

张胜友　贾平凹是新时期文学以来中国文坛最重要的作家之一，他依恋故土，深得秦之精华，多才多艺，特别是他的小说创作取得了非常高的成就，在文学界享有很好的声誉，同时得到社会各界广泛的喜爱和好评。他是一个很幸福的作家，同时占据了两个高地，纯文学高地和畅销书高地。贾平凹的文学现象很值得我们评论家、文学界认真地研究和探讨。

韩鲁华　我发言的题目是："关于贾平凹长篇新作《秦腔》的几点思考"。在谈《秦腔》之前，我先谈对于贾平凹创作的三个基本判断：一、从总体来看，贾平凹属于精神表现型作家，这类作家进行文学创作所注重的不是外在的客观世界的刻绘，而是内在主体精神的表现。二、贾平凹在艺术上追求的是意象的建构，因此他属于意象主义，在这一点上，我想特别强调他在《浮躁》序言中反复说过的："艺术家最高的目标在于表现他对于人间宇宙的感应，反映最动人的情趣，在存在之上建构他的意象世界。"我认为，这是他这么多年来文学艺术创作中追求的一个基本东西。这个意义就在于，贾平凹的意象世界建构，这样一个艺术创作模式，突破了"五四"以来所形成的以现实主义和浪漫主义为主体的艺术建构模式，也与西方现代文学思想观念相区别，他是用自己的创作，实现着"五四"以来的文学传统，并突破这个传统，和中国古典文学在艺术精神上进行对接。三、我感觉到，平凹是中国当代最坦诚，同时是最具叛逆性、最具有探索精神，也是最有争议的一个作家。他写了十多部长篇小说，我觉得写得最好的两部长篇，一部是《废都》，一部就是现在的《秦腔》。《秦腔》是1949年以来中国文学创作中不可多得的一部上乘精品，也是一部可以写入现当代文学史的作品，同时，还是一部给我们提出了几个难题的作品。

下面我主要谈三点：

一、这部作品彻底地突破了以基本情节支撑作品的创作模式，采取的是一种生活漫流式的细节连缀。他提出一个问题，是不是用细节性的东西照样可以把作品支撑起来，就好像我们陕北的窑洞一样，它不用大梁，也不用橡子，而是用一块一块的砖把它连接起来，和自然的环境融为一体，构成了一个浑然天成的人文情境。同时我也感到，这部作品没有采用传统小说理论中的基本观点，即用情节去展示人物的性格，而是带有反情节，甚至反人物、反性格的特点，这方面的例子中国当代文学也有，比如像马原、张承志的一些作品，但贾平凹的作品和他们的又不一样。

二、这部作品提出了一个问题，就是文学不仅仅是一种反映，也不仅仅是一种再现，同时还是一种还原，用他的话来讲，就是一种混沌式的呈现式的还原。实际上，这部作品从文学理论上，已经提出了文学能不能呈现、能不能还原的问题。关于呈现，就涉及要怎样呈现，还有呈现和再现、表现究竟是怎样的关系，这是他提出的一个问题。关于还原，我觉得这里有一个问题，这个还原和哲学现象学中提出来的还原，究竟是怎样一种关系，和这相联系的文学创作还原，不仅是一种现象上的还原，在平凹这里它还是一种精神本质的还原。在这部作品中，他的还原有四个层次：第一，生活现象式的还原；第二，生活整体式的还原；第三，生命情感式的还原；第四，文化精神式的还原。

三、平凹自 20 世纪 90 年代以来，一直就倡导建立新汉语写作。首先，就是他的语言大家都比较称道，实际上，这里还隐含一个问题，即"五四"以来所建构起来的以西方文学语言为参照系的现代文学传统，如何进一步本土化，如何承续"五四"以来被阻隔了的、已经断裂了的古代文学语言体系，如何将文学语言生活"原生化"，在文学语言中，如何渗透民族的思维方式和生命情感方式？好多人都说平凹有野心，实际上，他是一直在默默地用自己的创作，建构着自己的一套文学符号系统，在他建构的过程中，就向现代文学系统发出了一定的挑战。他的这种努力，我觉得，是和鲁迅、老舍、沈从文、张爱玲、赵树理等为建构中国文学新语言系统而创新是一致的。人们习惯于读情节性的作品，而《秦腔》则是由细碎的泼烦的事情构成的小说，所以比较难读，但是，你一旦读进去，就会被作品所描写的情致韵味和魅力所吸引。它不是鸭梨，不是红苹果，是陕西的羊肉泡馍，味道混沌醇厚。

牛玉秋 贾平凹终于写出了一部让我们都很满意的作品，这种满意和你对他的期待相符了，因为我们对他的期待值一直是很高的。《秦腔》抚慰了一代人的心灵，为传统的农耕文化奏响了安魂曲。《废都》是用放荡掩盖精神痛苦的作品，而《秦腔》则把他的创作推上了一个新的高峰，他以极其现实，甚至显得有些琐碎的日常生活场景，真实而深刻地揭示了极具典型意义的人类精神困境，使得小说在象征的层面上具有了普遍的人文关怀的意义。

雷　达 这部作品放在今天整个中国乡土叙事的背景下是非常非常重要的作品，也是贾平凹迄今为止最重要的一部作品。它突破了以往小说的写法，比较难读，但要慢读，慢读才能读出它的意义和味道。他抽取了故事的元素，抽取了悬念的元素，抽取了情节的元素，抽取了小说里面很多很多元素，可以说，这是一次冒着极大风险的写作，这样写太不容易，但《秦腔》却成功了。这部小说到底写了什么？我写了一篇文章，题目叫《因为害怕失去而写作》，我的意思是说现在乡土叙事比较复杂，我们意向里依靠的乡村价值中心受到了动摇，这是非常可悲的，贾平凹在作品里更多写的是一种留恋，是割舍不掉的东西，他的笔下充满了温暖。作品中引生这个人物最值得研究，他是唯美的，是真正没有功利主义的苦爱、酷爱，他是人类对爱情的理想，非常痛苦的爱情理想。这部作品的最大特点是越琢磨越有味儿。整个生活的团块结构靠对话向前滚动，能写这种小说的人我认为是不多的。这是一部沉重之作，写了生存本相，它要完成它的任务，它只能节奏缓慢，采取这种极独特的写法。

陈晓明 我一直非常尊重贾平凹先生，非常关注他的作品，他当年的《废都》就是非常重要的一部作品，当代重要作家的重要代表作，迄今为止我给学生上课，《废都》是指定学生必须读的十本小说之一。现在的《秦腔》深深地打动了我，是我在情感上和文学观念上非常认同的一部作品。这个认同使我想起一个概念，这个概念一直在我头脑中萦绕很久，即在这样一个全球化以及中国社会如此高度发达的时期，乡土中国存在采取哪种方式，文学对乡土中国的表达又会采取哪一种方式？读到《秦腔》，这个问题豁然开朗，所以我想起这么一个概念：乡土中国叙事的终结。这部作品，非常令人震惊地写出了乡土中国历史在这样一个后改革时代的命运。终结的第一点，这是乡土中国历史的终结，这方面作品本身展示得非常充分。第二点是乡土文化想象的终结，作品中写出的消失不是突然间消失的，是一点一点地消失，一寸一寸地消失，写得那样不知不觉，不惊不乍。白雪从对秦腔的癫狂到沦落为给红白喜事唱歌，体现了作家非常浓重的绝望感，这使我们想起了祥林嫂不断重复的口语，其实祥林嫂和白雪这两个形象是完全风马牛不相及的，但她们身上都注入了我们对传统文化想象终结的意味。第三点，乡土美学想象的终结。在一个全球化想象的时代，乡土中国的叙事是以何种方式存在，以何种方式建构的，我们其实一直没有找到一个最极端的表达方式，我们的文学叙事只是西方资产阶级文学想象的一种衍生物，而《秦腔》是把这一切推到极端了。他进行了一种阉割式的叙事，在小说中引生是非常具有象征意义的，阉割的行为对于所有叙事来说都是高潮，都是推到小说结束时再实行，但《秦腔》一开始就让引生把那个东西割掉了。我开始读时很吃惊，贾平凹是一个大师，为什么那么草率就让那个东西被割掉，往后读，方觉得这一点恰恰显示出贾平凹先生极其高妙的地方。作为乡土中国叙事，一开始就阉割了，他要把所有的想象和所有的激情，所有的现代性对于文学的想象全部剔除，于是引生对白雪的想象，纯粹是非常奇怪的很抽象的。

李敬泽　我特别感兴趣的是本书中的叙述者。有人认为这个叙述者不过是我们中外文学史上常见的疯癫或痴狂的叙述者的又一次出现，我感到恐怕情况更为复杂。其复杂性在于：第一，中外文学史上的癫狂叙述者用一个词叫圣愚，他是愚蠢的，又是圣，在他的癫狂、愚蠢之后有一个巨大的或者更根本的真理支撑着他，这是一个视角所采取的一个必然的两面结构，包括《尘埃落定》也是这样。而《秦腔》不一样，他无所不知又无所知，背后根本不存在我们过去所习惯见到的依靠的那个真理。第二，面对这个世界，这个叙述者，实际上采取了一种自我阉割的办法，自我阉割的姿态，他对他采取既不能也不愿作出阉割的那样一种叙述态度。

这部作品初读起来似乎很艰难，但直到后面我感觉到它的重要性，这种重要性就体现在这部小说有一个巨大的沉默的层面，甚至我认为它的主题就是沉默。乡土中国此时此刻的终结也是一种特殊的终结，当我们谈终结的时候，我们通常知道前景在哪儿，知道什么将开始，而此时此刻的终结没有人知道什么要开始和将要怎么开始。我们看到，一切就是在这样没有关于前景的想象空间的情况下崩解，一个巨大的沉默区域，是历史展现在那里。能意识到这个东西，知道沉默的巨大的区域风险在那儿摆着的，中国作家我觉得为数甚少，甚至我觉得在《秦腔》之前，没有看到哪个中国作家充分意识到这个问题。《秦腔》给我们的东西不仅是挽歌、爱、留恋，不仅仅是在一个向前和向后的方位上采取的情感取向，而是一个站在此地，站在广大的沉默的中心，感受到这种沉默的压迫，为此而焦虑，为此而不知所措，也为此在小说艺术上采取了现有的这样一个办法。从这个意义上讲，这部小说极端地瓦解了我们到目前为止的关于乡土写作的所有成规、想象方向，它无疑是一个非常重要的作品，是一个使我非常吃惊的作品。我的吃惊就在于贾平凹这个作家永远能和我们这个时代在出人意料的地方建立一个非常秘密而直接的联系，这种联系在十几年前我们在《废都》中曾经体会过，现在我相信对于中国的农村来说，对于我们如此广大的乡土来说，这一部《秦腔》也是建立了一个非常准确而秘密的联系通道。我真诚地希望今后我们的作家们如果要写乡土文学作品，真要看一看《秦腔》，想一想我们究竟应从哪儿出发。

孟繁华　贾平凹的创作有两部是最重要的，一部是《废都》，一部是《秦腔》。读完《秦腔》之后我觉得有一种透彻骨髓的绝望感，也就是说贾平凹将乡土中国的叙事彻底解构掉了。乡土中国的完整性已彻底被破解，这一点非常重要。《废都》把男性伟大的活动想象和夸张推到了极端的地步，而《秦腔》的清风街上再也没有完整的故乡可以讲，历史的整体性、乡土中国所有的想象再也不存在了。《秦腔》是对中国乡土叙事的最后抒写。

张颐武　这是一个宏大的著作，非常宏大，也非常沉闷。贾平凹思考有穿透力量的地方在哪儿？就在于他发现民族国家建制需要每个地方都有表征它的文化民俗形式在衰落，在断裂，秩序在瓦解。这像福克纳，有和福克纳灵魂相通的状态，发很深的历史感慨。贾平凹确有温旧梦寄遐思之感。从《秦腔》里读到一种非常矛盾的痛苦，原来我们想的中国革命都是基础在乡村，在风土，在民俗，但突然发现这个东西根断了以后，中国反而越崛起，怎么回事？可能是历史最大的挑战在我们面前，所以《秦腔》不是像张炜那样简单地宣告沙化了，完了，我不干了，而是它有一种真正的焦虑，真正的痛苦。《秦腔》是温旧梦寄遐思，旧梦是为了中国的新梦，所以我觉得这不是悲观之作，有很强的悲伤感觉，但不是悲观之作。

王　强　讲五点感受。一、《秦腔》是一幅中国传统的农村、农民风俗画卷，一幅"清明上河图"。二、《秦腔》以迷惘而心伤的笔触写足了伦理和人情。三、东方神秘文化集成。四、人物形象生动，细节耐人寻味，语言精彩。五、节奏沉着。用一句话来感受这部作品，我借用书中一副对联：忽然有忽然无，何处来何处去。水在流淌，混沌不清，可在混沌不清的到处流淌中，情感的青草在成长，人性的光亮在闪烁。

谢有顺 《秦腔》是一部需要有耐心才能读的作品，我自己是读了几次才把它读完。这也使我想到了一个问题，当代很多小说是能够很快地读完的，像《秦腔》这样一部作品，很多人都会提出来说它的人物很多，叙事非常细密，很琐碎，我相信很多人都会觉得很难往下读。这样的问题提出来之后我自己也在思考，这中间我读过胡适的一段话，胡适在考据《红楼梦》时讲，他坦言读了几遍《红楼梦》，没有一遍是读完的，这个话让我非常吃惊，《红楼梦》我个人也是读过几遍，没有一次是一次性读完。胡适的坦言让我想到，也许不能马上读完或者需要耐心、需要好几次才能读完的作品未必不是好的作品。从这个层面上我确实很认真地把《秦腔》读完，我觉得这样一部作品给我提供了很多的感受，尤其是在中国当代小说的背景下，这确实是一部非常有意思，也非常重要的作品。

首先我注意到的是贾平凹的几部长篇，他在时间的处理上很有意思，我特别考证了一下，《秦腔》写的时间是一年左右，《高老庄》（我对《高老庄》的评价是很高的）大概写了一个月，《废都》差不多一年的时间。中国的小说到现在为止大多数都是喜欢写非常长的时间，动不动就是百年历史的变迁或者说多少代家族的演变，在非常长的时间段里面要写好小说显然要比非常短的时间内写非常庞大的景象难度小得多，所以我很看重贾平凹身上的能力，可以在非常短的时间里面，非常狭小的空间里面，建立起来非常恢宏庞大的景象，这并不是每个作家都可以做到的。非常短的时间，就像《高老庄》这样一个回乡之行没有多少天。《秦腔》也是非常短的时间，但是它能够写得这么细密，这么严实，建构这么庞大的文学景象，这种能力一般的作家是没有的。

这个作品他写的是非常日常化的、非常琐碎的、非常细密的当代生活，这种能力也是在贾平凹身上非常突出的。很多人在写当代生活时可能是观念型的或者是被简化的，或者说可以被概括、分析、陈述，贾平凹笔下的当代生活是非常日常化的、非常细密的，像流水一样的，是很难用现成的结论概括的。这种叙事我觉得很有意思，因为一个作家的能力不在于观念、意念，我非常看重一个作家对自己当下切身的生活有没有表达的能力。在最日常的地方、最生活化的地方能写出真情或者写出当代生活里面非常根本性的东西，这也不是一般人可以做到的。

我来的时候刚好在飞机上翻一本胡兰成的书，他讲到日本的窑工，讲到烧窑的人跟他讲过的一句话，我看了以后非常吃惊，烧窑的窑工跟他讲，我如果经常做观赏性的陶器很容易就会慢慢地小气了，单薄了，最后走向怪僻，所以我经常要做一些日用的产品，比如平常吃饭用的碗、喝茶用的茶杯。烧日用的产品会平衡他烧艺术品的感受，这是非常大的艺术看法。我们一般艺术都是抽象的、概括的，但是日常的、日用的东西可能更显出作家的实力。《秦腔》实际上就是写一些日常的事情，最简单、最普通的事情，在这样的事情上能不能建立起当代生活的真实？这一点《秦腔》做到了，而且的确给我们提供了一个思路，在非常日常化的细节里面恰恰包含了中国人、中国文化、中国社会里面非常有意思的东西，像《金瓶梅》《红楼梦》这样的作品都是通过非常简单、非常日常的场景和细节，描绘的是一种中国式的生活。这可能涉及中国文化对社会、生活的理解，跟西方的文化不同。

第三，作家在面对这样一种现实，这个现实大家可以说它是衰败的挽歌，上海有个评论家说它是"废乡"，我觉得这个概括蛮有意思的。贾平凹写了《废都》以后他写了一个"废乡"，面对这样一个现实的时候，作家的处理方式令我深思。贾平凹面对这样一种正在消失的乡土生活也好，跟大地之间的血肉联系也好，他的那种心态或者那种感受不是那么简单可以通过一种缅怀、赞颂或者诅咒的方式来概括的。他在后记里面写得非常感人，他说"我的写作充满了矛盾和痛苦，不知道该赞歌现实还是诅咒人生，是为父老乡亲庆幸还是为他们悲哀"，我觉得这样一种写作感受内在包含了一些东西让我深思。我很担心中国的作家要么是赞颂现实，要么是诅咒现实，要么就为父老乡亲庆幸，要么为他们悲哀，我觉得这不是文学的态度，文学的态度可能不是是与非的态度，如果从最伟大的文学观来看，文学的态度可能更多的就是发现，是呈现，是一种更高的对生活的仁慈。《秦腔》做到了，在《秦腔》这部作品里很难找到对与错、是与非，即便一时间有隔阂和冲突，这个冲突也会很快被化解，不会被延续。中国乡村或者中国农村的变革，尤其是这几十年来，实际上积怨太深了，中国农村无论是哪种力量对它带来的伤害，包括农村的宗族之间，人与人之间的仇恨、积怨是非常深的。作家何以能够用一种非常仁慈的，非常平等的，不用善恶是非观来看待现实，这反映了贾平凹的艺术观念。这种艺术观念恰恰表明在他对这样现实的分析里面或者对当代现实的承担里面，他觉得没有一个人，也不知道该是谁，也不知道该是哪种力量为这样一种消失承担责任。这恰恰是文学的答案。如果他确实指出来是哪一种力量为大地的消失、乡土生活的消失承担责任，那么这部作品的格局就要小得多了。

这让我想起王国维评《红楼梦》，他认为悲剧有三种：一种是蛇蝎之人造成的，就是恶人和坏人造成的；一种是盲目的命运造成的；还有一种是没有原因的，它就是时代和人的错位。用王国维自己的话说就是通常之人情、通常之道德、通常之境遇所造成的。像林黛玉和贾宝玉之间的悲剧是谁造成的？是贾母造成的？是贾宝玉造成的？都不是，因为贾母相信金玉良言，要他跟宝钗配也没有什么错，宝钗也有她的可爱之处……没有一个人是有错的，在《红楼梦》里，所有的人都没有错，但是共同制造了伟大的悲剧，表明悲剧里面谁都有责任，他们共同建构了或者共同制造了这样一个人与时代的错误，这样一个伟大的没有是非、没有善恶观的悲剧。《秦腔》里有这样的含义，看不出作者真正有什么仇恨的东西，有什么要下是非判断的东西，这里包含着当代作家没有体会到的、文学里面非常深的东西。

由此我想起胡兰成说到林语堂写了一本《苏东坡传》，胡兰成很不喜欢，他讽刺林语堂，人真不能去写比自己高的人。他认为苏东坡要比林语堂高得多，为什么呢？他说苏东坡和王安石两个人是政敌，虽然是政敌，但他们平时能够和睦相处，见了面能够以礼相待，但是林语堂却帮苏东坡在这本书里面恨王安石。我觉得太精彩了，苏东坡自己都能不恨，林语堂在那边帮他恨。这可能是中国作家非常大的问题，多少作家在帮别人恨时代，帮人物恨乡政府干部，帮人物恨很多东西，当然，贾平凹没有这个，恰恰他走向了很广阔的艺术境界。从这一点上我非常认同，非常喜欢《秦腔》这部作品。

胡　平　我觉得贾平凹在艺术上真是当之无愧的大家，这部书非常老到，老到的程度已远远超过了《废都》。有的作品每一段都很晦涩，但读完之后也没有什么，但《秦腔》每一段都读得很清楚，很流畅，它说什么，你完全理解，但整个阅读过程你要说清感受却很困难，这是我没有在第二个作品中发现的情况，这是一个创造。《秦腔》颠覆了故事，我想到《红楼梦》，但它和《红楼梦》还不一样，《红楼梦》还有故事线索，它完全没有，这在美学上也是一个创造，我似乎没有见过和它完全一样的作品。它可以好几页是一段，但读来丝毫不觉得困难，不是密不透风，而是空隙很多。贾平凹的语言深得中国汉文字的特点，它把文言、现代白话、农民口语熔为一炉，其老到超过了他过去的所有作品。另外，叙述中不动声色的程度也是在我所见过的小说中最强的一部。确实是大家，功力太强了，这么大的作家在这个年纪还能拿出这样的作品，在中国也是独一份儿的。

王　干　《秦腔》的出现，可能是贾平凹人生第三境界。他创作的第一境界是技巧境界，如《商州初录》，以《废都》为代表进入智慧境界，《秦腔》里我看到了一个知天命的贾平凹，我觉得他的小说已经进入空谷无人的境界了。

李洁非　贾平凹在《秦腔》里回到了农民本位。几千年来中国是一个农民的国度，但我认为中国文学恰恰一直是农民生活和农民理想的最大遮蔽者，可以说采取了农民语言以及农民所喜欢的形式，但精神上是与农民相疏离的。40年代、50年代、60年代三个有代表性的农民题材作家，赵树理、柳青、浩然，他们都在不同程度地表现农民生活的同时走到了农民的反面。这种情况一直延续到后来，包括知青文学，实际上都是用农民这个酒杯浇自家的苦乐。过去的贾平凹也是这样，所以我说他过去的写作可视为《秦腔》之前的漫长而充实的准备。拿到《秦腔》，我确确实实觉得面对的是一个陌生的全新的贾平凹。这部书把他以前对文人传统和经典文本认同的任何痕迹一扫而尽，变成了一套纯粹的毫无杂质的农民话，原原本本呈现自身。他已经成为中国文学界的一个农民，这是目前唯一做到这一点的人。《秦腔》里作者不理会现实的实际原则，而在陈述一种理想，人来于土、归于土，还是通过这个陈述他完成了灵魂向农民的皈依，也找到了个人哲学。他要表现的是农民的内涵，要挽留的是农民这一古老身份代表的精神。可不可以这样讲，几千年里中国的主流文学终于有了一部陈述农民自己理念的、从内容到形式上都称得上纯粹的作品。《秦腔》确实是一块大碑子。另外，有人说读《秦腔》感觉到有点困难，但我一点都没有觉得有困难，相反读得非常过瘾，这种语言实在是太棒了。

白　烨　不光是细节密集，而且细节很精彩，这是这部作品非常大的长处。视角独特，他把多层次性用最低的视角写出来了。作品中塑造了三个非常重要的人物，一个是夏天义，代表了传统农民和传统农业生产方式的没落；一个是夏天智，代表了乡土文化的衰败；一个就是叙述人张引生。这部书写出来是真正可以当枕头的书，可以终其一生死而无憾。对于评论和阅读来讲可能是最有持久性和耐久性的一部书，需要我们今后不断阅读不断解读。

贺绍俊 《秦腔》是非常值得读的小说。阅读它同时也是对我们今天的阅读环境提出的一种挑战。《秦腔》体现了贾平凹的成熟，他对传统文化的理解体会到了炉火纯青的地步。我特别看重《秦腔》在叙事上的特点，这部作品具有一种叙事革命的意义。如果我们对现当代文学史描述的话，从叙事角度我们可能会感到有两种叙事的交错，一种是革命叙事，一种是日常叙事。一直以来革命叙事成为我们文学史的主流，从 80 年代以来日常叙事逐渐被很多作家挖掘出来，比如《长恨歌》，但《长恨歌》实际承接了张爱玲现代文学日常叙事的路子，《秦腔》则是承续了传统文化中的日常叙事，比如《红楼梦》。虽然我们看重《红楼梦》，但实际上在我们的写作史中这样一种传统文化日常叙事的脉基本上断了。我觉得在这一点上《秦腔》具有叙事革命性的意义。

白　描 大家虽对《秦腔》评论都很多，我注意到可能还是很谨慎地有所保留，我觉得《秦腔》是当代农村题材写作中一个非常重要的文学成果，一个重大的收获。现在好多作品很难和《秦腔》相比。第一比生活，第二比功力，第三比人格。老老实实的不卖弄，扎扎实实地写生活的那些具体的日常情景，这一点，当代作家很少能比得上贾平凹。这么长的作品，节奏拿捏得那么好，能收住气，气韵贯通，没有巨大的功力是做不到的。贾平凹已经超越了好多作家谈的对于现实改革中矛盾的焦灼，甚至对于腐败现象的激愤，《秦腔》里表现了一种大悲哀、大感伤、大痛苦。由此我想到了托尔斯泰，托尔斯泰对他笔下的人物常常像上苍在看他的子民一样，那种人类精神、悲悯精神，而《秦腔》里我们看到了那种眼神。有些作品翻一翻就行了，有些作品需要读，而《秦腔》真正是需要品味的。

张水舟 即使现在把《秦腔》放在世界文学丛林，比如《铁皮鼓》《喧哗与骚动》和辛格的作品，放在这些中间它也是毫不逊色的。《秦腔》最大的成功就是有个人物"我"——疯子张引生。他是把作者全知的无所不在的角度和人物的有限视角有机地、巧妙地、天衣无缝地结合在一起，超越了第一人称叙述和第三人称叙述的局限，从而创造了一种两者角度相结合的叙事可能性和完美的范例。贺绍俊说贾平凹在叙事上是有革命性的，我同意这个观点。读《秦腔》，两种视角的转换非常巧妙，是行云流水一般的，"我"即张引生既是贾平凹自己，又不是他自己，他是一部分作者，是作者的另一部分，是作者的另一个我。借用萨特的经典表述，"我是我所不是，我不是我所是"，在是与不是之间，在似是而非、似非而是之间，贾平凹成功地完成了非常杰出的文本。

王必胜 这部长篇是眼下文学的一个亮点。有一点，深让我们佩服，他把长篇作为一个时代文化的思考，也就是说，从当代农民文化中，展示生活，思考现实。像《秦腔》这样的作品，对当今农民文化进行了深刻而尽情的展示，在时空上，犹如一幅当今的"清明上河图"，一幅全息式的农村风情画，还不多见。在作品中，乡里俗事，现代文明之风的浸染，传统道德的羁绊，无不牵动着农村文化的发展与变异，更主要的是，小说把渐行渐远的乡土文脉根系，同渐渐侵袭而来的现代商业文化风习，在清风街上下进行着不大不小的碰撞，让我们看到了农民文化与现代化之间既清晰而又迷茫的联系，也看出作者面对新的文化发展的一种特有的乡土文化情结。

《秦腔》在展示文化方面，一是认知乡土文化包括农耕文化中深重的传统力量，哪怕是多年的积淀业已成为包袱和负担；二是如何在现代文明的观照下，融会传统文化的文明因子，把传统文化的精华进行现代文明的改造，作品写出了这种必然之态；三是认可有绝活技艺的农民文化精英，乡土文明的精粹，也是当代农村现代文明的重要构成。或许如作家自己所说，秦腔也是秦地秦人的声音。他通过这种普通人的声音，传递着与时代文化最重要的精神联结的乡土文化，思考它面对现代化的历史进程该何去何从，也让农村和农民成为我们文学热切关注的对象。

（原载《当代作家评论》2005 年第 5 期）

关于长篇小说《秦腔》的笔谈

王鸿生　胡国平　马军英

反史诗的史诗性写作 ①

《秦腔》对于我们习惯的批评方法，的确构成了挑战。在进入这个作品时，我们不会有什么知识的或语言方面的障碍，却需要极大的阅读耐心才能被吸附进去，因为它完全不依赖小说通常要依赖的情节、悬念和思想，生活本身有多么芜杂和散漫，它就有多么芜杂和散漫。这就造成了一种奇特的反差，作品的叙述极为明白晓畅，气息上浑然贯通，但进入文本容易，出来后该怎么来看待它却连一些专业读者也感到困惑。

近年来，文学研究中出现了很多的批评术语，但应该承认，不少批评家自身的文学鉴赏力却在退化。面对这部作品，我的感觉是平常所操持的理论和方法一下子都派不上用场。我只能像听乡村音乐一样去听它。它是一曲无尽的时而高亢时而幽咽的慢板流水。当然，所有的音乐都是很难用观念化的方式来解读的。你想知道音乐的味道吗？那就只有一遍一遍地去听，去领悟。秦腔是中国西部的地方戏曲，《秦腔》的结构和表现方式一如其书名，本身就是音乐性的。读着读着，你就被感染了，就品出它沉郁深厚的味道来了。近五十万字的篇幅，全部由精确的、密密匝匝的生活细节构成，实在令人叹服。对乡土中国的转型历程如此熟稔、具体的生活积累又如此丰厚的作家，在今天已经是罕见了。这部长篇的确是值得我们去品的，每一段每一节都值得细细地去品。当然，活得慌慌张张的现代人是不太适应这样的读法了，因为人们已习惯了快餐，习惯了文化上的"方便面""麦当劳"。如果有人一览之余就想匆忙地把握《秦

---

①　本部分作者为王鸿生。

腔》的内核，并形成某些主题性的概括，恐怕就糟蹋《秦腔》的追求了。

我注意到，在这部作品的后记里，贾平凹写到自己的创作心境时用了"惊恐"二字。对自己这么熟悉的生活还带着一种惊恐的感觉去写，而且一年多一直是这样一种心情，简直可以说他是焚香著书。在今天这个已经不把语言当回事的后现代文化氛围中，人们尽可以用语言来搞笑，来宣泄，来"戏说""大话"，但只有真正的作家才知道这是一种多么可怕的精神瘟疫。让语言成为切身经验，让写作成为生活的具体性和复杂性本身，让人们直接遭遇存在的痛苦，生出对自由的渴望，那需要文学家对生活和语言的双重真诚。在我看来，贾平凹的这种惊恐感、惊恐心态，的确体现了一种叙事伦理精神和一种当代汉语文学十分匮乏的暧昧的智慧。而这种精神和智慧，正是当代小说处理生活世界中各种复杂事物及其关系时不可或缺的。作者对乡村世界及其文化即将要消失这一事实怀着惊恐，对用怎样一副笔墨来叙述这个过程也怀着惊恐。其实，这块土地他已经写了几十年了，用各种办法反复书写，从各个角度都有落笔，《秦腔》只是一个总结，但这个总结怎么做，或者说故乡这块碑怎么立，他实在是忐忑不安的。这种紧张感特别耐人寻味。夸张一点讲，贾平凹就像是乡土世界的"最后一个文人"。他的生活方式，他的思维、心理和情感特征，在都市化浪潮后的中国作家中怕是很少再会产生了。陕西人的确是幸运的，他们拥有这样一位贴身的叙述者，这将使他们的声音、他们的世界、他们的生活踪迹不至于被时间之水所淹没。现在，他们已经进入了历史。

关于《秦腔》的总体风格，如果允许作出某种概括的话，我想可以采用一个悖谬的说法：反史诗的史诗性写作。一般来讲，史诗是记载英雄业绩的，很宏大很崇高，传统的史诗往往用于讴歌和赞美。而贾氏的这种矛盾、暧昧甚至惊恐的心理，根本不允许他去写一部这样的史诗，况且，他对乡土的感情太复杂，太悖谬，也很难用单一的观念化的东西来加以统摄。但《秦腔》的确又具有史诗的规模，它所包容的一切具有整体性，从政治、经济、权力一直到日常生活的细节，以及文化、信仰、习俗等等。《秦腔》展示的生活世界几乎是全景式的、全息性的。正是在这个意义上，它才是一种"反史诗的史诗"。在论及阎连科的长篇小说《受活》时，我曾用了《反乌托邦的乌托邦叙事》这一标题。21世纪初，这类关于乡土中国的悖谬性叙事的出现，非常值得给予深入的关注和阐释。就叙事范式而言，它们已经给现当代文学史提供了极为重要的参照和启示。我们知道，鲁迅式的国民性批判，沈从文式的乡土恋歌，再到《古船》式的民族寓言，《白鹿原》式的文化寻根，已经构成了汉语长篇叙事的一系列范式。如果《受活》的叙述范式是梦想和现实的诗学变奏，《秦腔》提供的叙述范式则具有现象学和历史学的双重特征。

其实，决然地摆脱统一的或预设的观念，而致力于还原出生活的芜杂性、多层次和流动感，尤其在长篇创作中，会给主题和结构方面带来意想不到的困难。以往有一些写原生态写得比较好的小说大多是中短篇，以四五十万字看似散漫的细节来聚焦乡村世界的巨大裂变，《秦腔》可说是唯一的。在无法对这一变化作单向度的情感反应时，贾平凹的这一选择既是无奈的，也是诚实的。他似乎是被迫但又是有意识地追求着一种朴拙到家的表达，其中却不着痕迹地化入了他修炼多年的叙事功力。比如，场景和时空的推移、切换，情境与事件的缀连、过渡，有点像传统的"回文"，又有点像一种"扯联体"，丝丝缕缕，拉拉扯扯，各种叙述元素的关系自然而随意地黏合起来，就像水溶解在水里。小说中的故事时间有一年多，很细密、琐碎，不分章节，没有标识，但在叙事时间的处理上又显得极为严格、隐蔽。

叙述人引生所携带的某些魔幻的色彩，曾引起一些争议。我注意到，作者从来就不否认乡村有这么一种通灵的思维方式存在。可以认为，引生的存在有生活和艺术的双重依据。这个角色很有意思，他一方面参与故事的构成，另一方面又转述和评论他人的故事，极大地缩短甚至消解了叙述人和人物之间的距离。《秦腔》是用引生进行第一人称叙事的，这可以看作贾平凹在有意识地进行换位思考。如果叙述人不是没文化的引生而是有文化的夏风，那么这第一人称就谈不上换位思考了，因为夏风的身份正对应着贾平凹本人。换位思考的好处是，作者有效地回避了自我过度介入文本的可能性。人大凡明白到迷茫的地步，就会变得虚怀若谷，就会在生活面前更加谦卑起来，而不会那么一厢情愿了。

是的，面对这部充满现象学意味的长篇小说，批评也应当变得谦卑起来。虽然我十分相信自己的上述想法和判断，但可以肯定地认为，关于这部作品还会有许多其他的阐释角度和分析方法，由于它的真实感和全息性，更由于它独特的语言质地和艺术韵味，它有能力满足人们不断产生的新的发现需要。因为读这部作品，就是在阅读生活本身。

去还是留：乡村的尴尬 [1]

在这本小说里，始终可以感觉到夏家作为清风街最大家族的强大气场。值得注意的是，夏家的最长一辈——天字辈的名字仁义礼智——以孔子五德（取前四德）命名。对家族的认同在宽泛的意义上就是对文化（这种文化对于中原汉民族来说就是儒家文化）的缅怀和信奉。无论是家族还是祖先文化都是祖灵存在的场域。祖灵的在场是孝之基础，孝又是儒家意识形态的核心，家与国、父／夫与君的同构均建立在"孝"的磐石之上。夏天礼的葬礼上众孝子孝孙的秩序就是孝／祖灵的一次亮相。

夏天智对秦腔的热衷意味着对祖先创造的文化的忠诚，如同形而下的食物一样，那是形而上的必需品（在和唱《拾玉镯》的王老师的谈话中，夏天智就明确把秦腔比喻成米和面）。对秦腔的忠诚是一种内在的祖灵崇拜。秦腔是祖灵得以缠绵不去的牌位。那么，唱秦腔就是祖灵献身的隆重仪式，是对祖灵的一次次召唤：无论是生老病死婚丧嫁娶（夏风白雪结婚，白雪早产，狗剩、夏天礼、夏天智之死），还是动土开张（庆玉造屋、万宝酒楼开张），都伴随着秦腔在村子上空游荡。

大地作为祖先们生息繁衍的地方，更为清风街人追怀祖先提供了一个坚实而广阔的场域。对大地的亲近（主要是以劳作的方式）也是乡民对自己身份的认同。前村主任夏天义之所以那么卖力地要淤七里沟，反对用鱼塘换七里沟，就是对土地的根深蒂固的认同。他曾对承包苹果园的新生说过："人是土命。"后来他又对书正说："农民就靠土么，谁不是土里变出的虫？！"

认同土地的夏天义和崇拜秦腔的夏天智构成一个二元同体结构。土地和秦腔作为祖灵再现的场域和仪式，成为清风街（更大一点就是中国乡村）存活的血液。清风街似乎是一个传统意义上的乡村，一个乡村社会的能指符，但它不是静止的不变的，可以所指中国自炎黄以来的乡村社会的任一历史形态，它是带着特定的面孔来到20世纪末21世纪初的特定的中国语境里面的。清风街面临着自己的命运。夏天智和夏天义先后离世，一个死于胃溃疡，一个死于七里沟的滑坡。何况，他俩生前已经陷在了孤立而尴尬的处境中：夏天智出版的

---

[1] 本部分作者为胡国平。

《秦腔脸谱集》没人看，即使送的是签名本。他如此卖力地弘扬秦腔文化，整天捣鼓收音机播放秦腔曲目，但村子里以陈星为代表的年轻人的兴奋点根本不在古老的秦腔上，而在流行歌上。他的秦腔脸谱展览也以被抢、砸而告终。夏天义的一生，据书正所说，"不是收地就是分地"，俨然一个土地爷。但他的七里沟终究没有淤成。他后来近乎任性地带着引生、哑巴和狗子来运去淤七里沟，似领着残兵游勇做最后的挣扎。他辛辛苦苦种出来的"麦王"被一只鸡叨走。他最后只能吃起土来，以表最后的衷心与绝望。

夏氏两兄弟的身后也后继乏人。小说里写到一些似是而非的后来人，都没有能力把祖业很好地继承下去。中星调到县剧团当团长，扬言要振兴秦腔，结果却去高巴县当县长搞政治了。在夏天智的葬礼上，中星终于道出了衷肠："秦腔要衰败，我也没办法么。"

白雪的秦腔唱功是夏天智最欣赏的。可是，她唱秦腔之出色很大程度上得力于姣好的面貌，她一出场观众趋之若鹜，她一旦因生育而离开剧团，秦腔的声势就一落千丈。在万宝酒楼的开张演出上，剧团的分裂让人看清秦腔的处境：一派人要唱流行歌，因为陈星把清风街的年轻人都动员成流行歌的追星族；另一派人要去死了人的西山湾唱秦腔，似乎是在为秦腔的命运唱丧歌。其实不仅是年轻人，就是上一辈的也很难从心底里理解和认同秦腔，乡村郎中赵宏声就说过，秦腔听着就像杀猪。

引生作为整个小说的叙述人，其形象丰富而独特。正是在这样一个人物身上，土地和秦腔得到了汇流。他不仅死心塌地跟随二叔夏天义淤七里沟，还在夏天智的熏染下喜欢起秦腔来。然而，他对夏天义的理解很有限，对土地的认同也不是由衷的。七里沟滑坡前下起大雨，果园塌方了，引生为此高兴异常，跑到夏天义那里报告"喜讯"，结果吃夏天义一个巴掌。同样，他对秦腔的热爱并非自觉。秦腔没能唱到炉火纯青，对秦腔的体悟更是半碗水深。他对秦腔的了解只是白雪写的一段文字。他对秦腔曲目的熟悉程度远远赶不上夏天智，夏天智死之前收音机里放的一段秦腔，他就一时没听出是什么来。

别忘了集癫狂与文明、朴实与嚣张、痴傻与清醒、天真与世故的引生（简直就是一个乡村的隐喻）是一个被他自己剪掉阳根的人。这一点暗示着，表面上丰富自足的乡村其实是具无根的躯体。虽然残留着其生猛和粗糙，但终究丧失了原有的繁殖力，正走在衰败的路上。

问题是，什么造成了乡村的岌岌可危？小说一开始就给我们展示了一个处在各种紧张关系中的清风街。"白果树上的鸟遭到灭绝，正是 312 国道改造的时候。"312 国道意味着国家现代化要求的均质化策略，就是要把中国变成同一个样子：市场。而清风街人拒绝 312 国道的改造是因为它从后塬（换种说法就是"土地"）穿过，破坏了风水。夏天义是反对市场因素对乡村的渗透的，当然要带头阻拦修国道。在他的领导下，清风街依然是一个以自然经济为主的小农社会。清风街除了农业外，尽是些传统的自给自足的作坊：染坊、理发店、压面房、铁匠铺……

　　市场通过抹除民族地域内在差异性所要达到的均质化目标掩饰着一种内部暴力，虽然其一现身往往就戴着面具：一种均质化带来的美好的远期目标，比如清风街的现任主任君亭给乡民的"奔小康"的允诺。当这种暴力超过一定限度、从隐在变为显在的时候，冲突就不可避免。清风街的"年终风波"就是一例。在清风街的乡民眼里，这就是一次官逼民反的战斗：瞎瞎骂收税人张学文是"土匪"，而张学文骂瞎瞎他们是"刁民"。夏天义就是在抵制这种内部暴力，虽然他不是反对收税本身，仅仅是为了乡村的差异性存在。他的抵抗行为其实是传统的反现代的社会主义对市场化这一强调效率的实用主义的社会主义的对抗。他的思维依然是东方／西方、传统／现代的二元对立的，只不过他并没有被"启蒙"成西方／现代优越论者，这个二元结构的优劣关系在他看来正好颠倒过来。所以对土地的认同就是对传统／东方的认同。所以，理所当然的，他要反对都市化（在这里是城镇化），防止像赵川镇一样把清风街变成县上计划的焦炭基地。这种都市化本身就隐藏着一个全球化的逻辑，这当然也是夏天义要反对的，当孙子孙女们反驳说"上海被外国人占了，却变得很好"，夏天义就叫了起来："帝国主义侵略有理有功啦？"所以，夏天义极力反对兴建农贸市场。

　　反对了这么多，夏天义真正意欲的回归之处是七里沟，就是土地。这和夏天智反对流行歌（被看成是与市场化同构的大众文化富有活力的一种，实质上是对市场意识形态所构造出来的消费主义幻觉的认同）、回归秦腔是一致的。问题是，正如前面分析的，这个回归是无力的、自以为是的回归，其实是抱残守缺，祭奠一座无神的庙宇（还记得那座没有神像的土地庙吗）。清风街的几个青壮劳动力在抬夏天智的棺材上一个土塄时，费了好些劲。上善的一句话说得十分感慨："不是四叔沉，是咱们的劳力都不行啦！"作为以在大地上劳作为主要生存手段和依据的乡民竟然劳力不行，这不啻为嘲讽。

乡村的衰败势不可挡，乡村何去何从呢？小说没有开出一个良方。或许只有像引生一样，"一直盼望着夏风回来"。夏风是清风街仅有的两个大学生之一，现在在省城工作。他业已离开乡村而成为城市知识分子。夏天义死后的墓碑是块白碑子，因为只有夏风才能写一段概括夏天义英武的一辈子的话。这当然是祖灵对子孙的召唤，更是在说，离开了夏风这样的城市知识分子，乡村社会（比如提出要竖白碑子的赵宏声）本身不能完成对夏天义的身份确认。城市恰恰是乡村自我建构的必不可少的他者。

事实上，在乡村看似自我循环的认同中，城市已经参与到乡村的"主体"建构之中。夏天智虽然对商业文化造就的流行歌百般痛恨，但他妄图把秦腔文化流传下去只好借助商业出版机制出他的《秦腔脸谱集》。无独有偶，唱《拾玉镯》的王老师为了让她的手艺不至于失传，首先想到的就是出一盒磁带。工业技术已成为具有手工性质的秦腔赖以苟延残喘的方式。秦腔已经不是原来的秦腔，乡村已经不是原来的乡村。想要消除乡村自我认同的身份焦虑，只有主动参与到建构中去。虽然，结果可能是，乡村只是一个在历史中游走的能指，乡村既不是城市，也不是"乡村"。这个"乡村"是历史语境的各种力量综合作用后不断变换面目的"乡村"。

妖魔化与神圣化——论白雪的形象塑造问题 [1]

贾平凹在小说《秦腔》的叙述上主要是采用了主人公疯子引生的视角，由引生讲故事，讲他的所见所闻，讲他自己的梦幻、经历、感受。但是，在许多地方，视角发生了变化，有时却采用作家自己的全知全能的视角，有时采用了其他主人公如另一男主人公夏风的视角。作家本人也明确意识到了这种视角上的变化，正如该书后记所说，"我唯一表现我的，是我在哪儿不经意地进入，如何地变换角色和控制节奏"。强调"不经意"，自然是对读者的阅读效果而言，一个不细心的读者不容易感受视角的变化，而读者不经意的原因主要在于尽管视角有了变化而叙述人称却没有变化。"变换角色"，就是作家用什么人的视角以及用什么样的情感态度等去看主人公所面对的人与事。"控制节奏"则意味

---

① 本部分作者为马军英。

着作家对其中的人和事的情感态度，以及基于这种情感上的对人物与事件的干预，也表现出作者那复杂的情感取向和审美态度。这种不断的视角变换与节奏控制，使作品内在的艺术视野和审美态度变化多端，从多方位多角度多侧面呈现了人物的不同侧面。在作品中，对女主人公白雪的叙述就涉及一个女性所面临的方方面面，涉及她的妊娠哺乳的生理过程以及与此相关的心理感受，涉及她在社会、家庭婚姻和事业中所充当的角色，等等。这样，既有现实中女性生活的经验，又有作者自身的情感评价，就使白雪这个人物形象变得极其复杂和分裂。

在《秦腔》中，白雪的形象主要是通过和白雪有着两性关系的人物的视角形成的。一个视角是来自那个爱恋并追求白雪且因爱而疯的疯子引生，另一个视角来自白雪的丈夫夏风。这两个主人公和白雪关系的不同，造成了在这两个主人公眼中所呈现出来的白雪形象的截然不同。

作为一个追求者，引生视野里的白雪是一个美丽如天使、慈悲如菩萨的善良女性，对他人充满了关爱和同情，对引生就更富有同情心。叙述者强调了一个事件：当引生偷走白雪的胸罩以之自慰时，不幸被白家发现并遭暴打，经不住羞辱而自我阉割，她得知后"呜地就哭了。……白雪说：'是我害了引生！'"在一般人那里，在清风街，也许更多的人会表现出诅咒他罪有应得或幸灾乐祸，引生此后就被老老少少男男女女所嘲弄羞辱，可是作为被亵渎者白雪本人却表现出一种难能可贵的同情心。这种对一个疯子的发自本能的同情心，那么不计利害——这次直接在丈夫面前显露出对待他者的同情心给丈夫造成一种不悦感。但是，这次不愉快并没有使女主人公改变她的同情心，以及同情心的表现方式，以至于最后引生发现这个女主人公就像大慈大悲的菩萨一样："我一抬头看见了七里沟口的白雪，阳光是从她背面照过来的，白雪就如同墙上画着的菩萨一样，一圈一圈的光晕在闪。这是我头一回看到白雪的身上有佛光。"女主人公在引生那里彻底神圣化。

这么一个对人有着菩萨心肠的女人，一旦事关家庭婚姻，对待苦苦爱恋她的引生就决不含糊。作家大量地书写了引生那强烈的爱恋和扭曲变态的行为，这给任何一个读者都会带来强烈的震撼。文本叙述了大量的二者邂逅的情景，白雪总是或自趋他处，或另走别道，若狭路相逢则低眼看地或目不斜视。白雪和引生之间终于有那么一次直接接触，但依然是男女间授受不亲：怀了孕的白雪要过河，河水上涨，不能过河。引生终于抓到了一个可以献殷勤的时刻，他要拉白雪过河，结果事与愿违，依然不成。最后引生只好无奈地折了一个树枝，通过这个树枝，白雪才同意让引生拉着过河。就在引生还沉浸在此次短暂的想象的满足时，"她说了声'谢谢'，抬起头，她已经走了。她走得急，篮子里洗过的一件东西掉下来。我说：'……哎，哎！'她没有回头，走得更急了"。作为一个有夫之妇，她对婚姻家庭奉献出了自己的忠诚。作家构造了这么一个极端的情景来说明白雪对家庭和婚姻的负责，为我们呈现出一个传统中国女性的作风，而这种中国传统女性却正是引生这位男主人公所梦寐以求的。

在一般人的想象当中，这么一个善良、富有同情心、对婚姻家庭尽职尽责的女性，她一定对丈夫温柔体贴，娶她的人一定很幸福。可是当视角变换成和她生活在一起的丈夫夏风时，白雪的形象却变得使我们目瞪口呆：这是一个争强斗胜整天为生活琐事争吵不已的女人。

白雪吩咐夏风"你去给咱买点烧鸡"，夏风就买了只整鸡，白雪就不停地啰唆埋怨起来："谁叫你买整鸡呀，平日我都是买一个鸡冠、鸡爪的，咂个味儿就是了。"夏风一辩护，她就甩出些伤感情的话："我就是穷演员么，你能行，却就找了个我么。"穷、没钱当然是一个客观因素，但白雪这种个性上的缺陷却是最主要的因素。对待丈夫总是不依不饶，上纲上线，吵架顶嘴，"我本来就是小人，就是俗人，鸡就住在鸡窝里，我飞不上你的梧桐树么！"哭闹起来惹得四邻不安，引来周围议论纷纷："夏风呀，你有啥对不住白雪的事了，让她生这么大的气！有了短处让白雪抓住啦？……算了算了，该饶人时就饶人，老婆怀孕期间，男人家都是那毛病，何况是文人哩，戏上不是说风流才子，是才子就风流么！"这种抓住生活中的琐事不放、一定要争强斗胜的行为，落得外人说三道四，既损坏了丈夫个人乃至家庭声誉又必然将家庭矛盾激化扩大，从而使夫妻关系陷入恶性循环之中。

每一次难得的家庭团圆也要在一阵啰唆埋怨后开场，最终使这场婚姻走到尽。面对夏风的责问"这日子怎么过？这过不成了么"，白雪的反应更是火上浇油："过不成了就离婚么！"于是虽然心理上不想离婚但嘴上那种决不服输的个性使婚姻走向尽头。

夏风说："这话可是你说的！"白雪说："是我说的，你是等着我说哩！"夏风说："离婚就离婚，谁还不敢离婚！"白雪说：

"那你写离婚书!"夏风说:"你要离婚的,你写!"白雪抱起了孩子进了小房间,她真的就写了。写毕了,白雪说:"写好了,你来签字吧!"夏风也就进来,一张纸上写了三四行,落着三滴眼泪,他改动了一个错别字,把自己的名字签了。白雪看着夏风签字签得那么快,一股子眼泪唰地又流下来,但再没哭出声,说:"夏风,你这得逞了吧?你就给别人说离婚的话是我先提出来的,离婚申请书是我写的!"抱了孩子就往娘家去,出门时又是一句:"你去办吧!"

白雪总显得歇斯底里,她不想走到这一步,但一点也不妥协的个性使她对家庭的破裂要负起很大一部分责任。在夏风的视角里,我们看到的是一个令人不寒而栗的泼妇形象:不温柔也不体贴,既缺乏心计又一味地咄咄逼人,争强好胜。

不过,不管是夏风的视角还是引生的视角,也不管二者在围绕白雪的情感活动中地位差异多大,作为一个具体的现实生活中的主人公其性格应该是一致的,但作品呈现给我们的却是迥然不同的形象。白雪这么一个形象应当来源于现实生活中的不同女性。另一方面,不管白雪这一人物形象在夏风和引生那里多么不同,但有一点是相同的,白雪是作为生活中的对象性人物出现在引生与夏风那里,作为审美观察的对象出现在作家的视野中的。这个人物永远都是作为对象——客体而非主体出场的。作为一个对象性存在,白雪在引生的视角里,是一个欲望的对象,可以被偷窥,可以被亵渎,可以通过白日梦得到想象性满足,更可以在潜意识里为自己的行为找到理由:不断地被神圣化——以至于她变成一个大慈大悲的菩萨。在夏风的视角里,男性正常的性欲要求却由于女性的特殊生理限制而得不到满足,日常生活中她又是一个永远也无法驾驭的对象,当然对之就必然有一种妖魔化倾向了。

其实在艺术创作中,一旦女主人公作为男性主人公所面对的异性,也就是说,当作品中主人公们的关系构成两性关系时,作为一个天然具有性别身份的作家主体,要保持一个客观的艺术观察者就变得异常困难。由于性别上的天然限制,作家往往很容易和男性主人公取得角色上的认同和一致。当然,男性作家也很容易将自己对异性的各种情感、情绪、愿望、欲望、体验以及想象通过对男主人公的叙述展现出来。这时男主人公身上有着作家的影子,而不同的男主人公对女主人公的观察视角与情感态度更折射出作家本人对待女性的各种复杂情结，更体现出现实生活中男性对待不同女人的态度。既有由于女性配偶的生理变化而形成的欲望无法满足的不悦，又有在日常生活中对于无法驾驭配偶的无奈不满，更有对待非配偶基于美貌而产生的神圣化和欲望的想象性满足的交织混合。对这种文学现象，王鸿生先生有一句极富有概括力的话：男作家写女性，有两种无法避免的倾向，或者妖魔化，或者神圣化，无法抵达女性的真实存在。我们揭示出来《秦腔》中关于白雪形象塑造的这一现象绝不是否定《秦腔》的思想艺术价值，事实上，《秦腔》是近年来少有的尽力去反映农村真实生活的一部作品，作家创作时"立碑"的愿望在作品中得到了很好的体现，那一个叙述者引生的形象给人留下了深刻的印象，而白雪的形象说到底是作家在整体上反映农村生活和塑造引生形象时不自觉而产生的"副产品"。

（原载《上海大学学报（社会科学版）》2006年第1期）

众说纷纭谈《秦腔》

李云雷　陈晓明　等

　　贾平凹的长篇小说《秦腔》出版后，在文坛引起较大反响，异见纷呈，有的称之为"乡土中国叙事的终结"，"为传统的农耕文化奏响了安魂曲"，有的将之与《红楼梦》《铁皮鼓》《喧哗与骚动》等名著相提并论。与此同时，也有批评家称之为"一部粗俗的失败之作"，还有报道称《秦腔》"专家九遍才读完，读者翻翻就结账"。但无论如何这是一部重要的作品，如何认识它对当前农村问题的揭示，如何评价它在艺术上的得失，不仅是文坛的重要话题，也是关心当下农村现实的人所不可忽略的。为此，特邀请一些批评家、研究者对这部小说进行座谈，现将主要观点整理如下：

宏大叙事与"社会主义传统"

　　李云雷　贾平凹的《秦腔》写的是改革开放以来到现在农村的变化，里面涉及很丰富、很复杂的内容，它的追求"包罗万象"，几乎包容了我们所能想到的农村中的一切事情。在写法上它也与一般西方长篇小说的样式不同，更接近中国古典世情小说的传统。小说出来后有很多争论，我们先请陈晓明老师讲讲。

　　陈晓明　这部作品凝聚了贾平凹对当代乡土中国的理解。乡土中国的历史与文化发展到今天正在经受着深刻的裂变。在中国社会全面走向脱贫致富的历史进程中，乡土中国也在遭受着种种困境。三农问题比任何时候都变得突出，因为乡土中国与"新新中国"高速发展很不相称，与城市的繁华盛世场景更不相称。年轻一代的农民涌向城市，土地荒芜，偏远的农村只剩下老弱病残无人料理……中国几千年文明建立在农业的基础上，即使是毛泽东时代，也是以农业为基础，社会主义的总路线也离不开农民积极参与和新农村的繁荣昌盛。

但这一切现在改变了，在中国参与全球化资本和技术角逐的伟大历史现场，农民和农村被边缘化了，农村在萎缩——主要是精神上的萎缩。这意味着中国几千年的社会性质、文化传统价值发生了根本改变，也意味着中国曾经进行的社会主义农村改造运动的遗产也无法继承。贾平凹以小说叙事的方式，彻底地回答了这些问题。更重要的是，他以其独特的文学方式表现了当代——也就是"后改革"时代中国农村的存在状况，也是"后改革"的文学对乡土中国直面的表现。很显然，贾平凹的小说叙事方式使我们不得不面对中国乡土叙事的主流历史，这个历史构成了中国现代性文学叙事的主导方向，从"五四"启蒙文学转向革命文学，也就是从"五四"资产阶级民主革命文学转向无产阶级革命文学，而中国的革命主要是农民革命，农民——也就是乡土叙事成为中国革命文学的主流，成为中国当代社会主义文学的主导方向。现在，这样一个源远流长的历史，这样一个主流的历史，遇到了挑战。贾平凹以他的方式，写出这样的乡土中国历史叙事终结的现场。显然秦安的形象表达了对当今农村历史走向的批判。秦安的悲剧就像是夏天义的历史再也无法承继，传统中国乡村和社会主义总路线的乡村都终结了，君亭们开启的是什么样的乡村的未来？贾平凹显然表达了迷惘和疑虑。

鲁太光　说"乡土中国叙事的终结"，我不太赞成。从鲁迅到现在，有不少作家描写乡村，各有各的写作方式。也许可以说是某种"乡土中国叙事的终结"，可我也觉得存在一些问题，是社会主义、集体主义的叙事传统终结呢，还是改革以后个人奋斗传统的终结？都很难说，很混杂。农村的社会主义叙事传统，从赵树理到周立波、柳青、浩然，直到现在也不能说没有影响。

李云雷　我觉得小说不是"宏大叙事的消解"，它其实包容了很多的"宏大叙事"，是对革命与改革的双重反思，也有对传统文化、民间文化消亡的描绘，在日常琐屑事情的描写中，写出了"大事情"。

陈晓明　包容不也是一种"消解"吗？小说对君亭是有一种包容和理解的。他是一种类型的乡村能人，没有他乡村就没法转动。君亭起码能抵挡一阵子。

鲁太光　抵挡一阵子，可是以后呢，该怎么办？

邵燕君　小说承认君亭主宰农村是一种现状，但越到后来越有一种绝望的情绪，也有一些怀疑：乡村就这样下去了吗？到最后反倒对夏天义代表的"社会主义传统"有一些怀念。他失败了，但失败得很悲壮，有一种英雄主义的色彩。

李云雷 贾平凹对君亭的态度，也与其早期作品，比如《浮躁》中对改革人物的态度不一样，没那么乐观了。小说中联系着"社会主义传统"的是夏天义，他在50—70年代是清风街的领导，而且在现实的发展思路上，他仍延续着社会主义、集体主义的传统，与君亭产生了分歧。这突出地表现在村里的主要工作是放在"淤七里沟"还是放在"建农贸市场"的争论上。小说最后写到给夏天义竖空白墓碑以及县上的人调研，这里隐讳的含义也许在于，"社会主义传统"的价值得到了重新认识，有可能成为政治实践的方向。正是在这里，作者表达了自己对现实弊端的反思，以及对乡村政治的希望。

余　旸 可能云雷与陈晓明老师都只说对了问题的一半。贾平凹对待新旧两种路线的态度是迷茫的、复杂的。否则，小说就只是意识形态的宣传品。而小说的复杂性就在于它并不是完全的那种主干式的。那种主干小说太容易提供倾向性了。而当贾平凹采用这种近似原生态的方法来完成小说，那他对待农村问题，就不仅仅只是简单地对某一方面认同了。比如跟随夏天义淤地的只有一个疯子，还有一个哑巴，那么你可以说夏所代表的这一路线（如果可以这么说的话）是完全被压抑的、被遮蔽的。但是这又由你如何看待疯子和哑巴来决定：按照一般知识分子的习惯，会把他们理解为对这一路线的遮蔽和压抑；可是按照一般人的正常逻辑，这一路线如果只有疯子和哑巴才来跟随的话，那么它也应该终结了。所以这个设计，实际上是一个双刃剑，并不能完全简化为任何一方面。当然，可以看出，贾在情感上是认同老一辈的，他特别突出了夏天义的悲剧意义，但是由于小说肌理上的复杂性、丰富性，又不能让我们完全认同夏天义。

个人经验与农村现实

余　旸 这部小说以极大的丰富性描绘了当下的农村现实。我家在河南信阳农村，小说中写到的很多事情与人物都让我很认同，比如青壮年都到外面去打工了，村里只剩下老人和孩子，只有到春节前后才热闹一些，才有些生机，平常都是很死寂的。再比如小说中写到人死后无人抬棺，在我们那里也有这样的情况，并且因为土地缺少，人死了都无处埋葬。整个农村呈现出衰败的情景。

刘晓南 撇开文学层面，《秦腔》给我最大的震撼是它写出了中国当代农村文明凋敝和衰败的现实。其实中国农村文明在20世纪80年代以前一直是在建设中的，但在改革开放后显然没有得到应有的重视，农村在城市化的侵袭中逐渐丧失自己固有的文明。

当然，中国幅员辽阔，各地农村的发展程度不一样，情况也很不相同。比如我们湖南老家乡下没人愿意种地，一年辛苦下来所得还不如出去打工挣的钱多。有的乡电费是两块钱一度，如此高昂的电费使农民买得起电器也无法用得起电。换了城里这么贵的电费估计一半人只开一盏灯了，而我们乡下的孩子即使有电灯也会点着油灯做作业。农村在资源享有上与城市不平等，直接导致了农村物质生活的落后。电视机产量过剩，只要把农村电费降下来就可以了，保证能打开广大的农村市场。

沿海地区发展得早，早就把土地卖给工厂，把农民转化为市民，以消灭农村的形式来消灭农村文明，这自然也是一个不错的办法。而广大中原地区则处于落后的灰色地带，他们无法也无力实现这种转化，在分崩离析的时候又无法自我建构，于是就落入了这种无根的境地。这也是现实一种。

范景刚　东南沿海一带的农村可能繁荣一些，但中西部的农村大部分都呈现出一种衰败的状况，像《黄河边的中国》所写的中原地区就是很衰败的。我没有看过《秦腔》，但听你们说农村的情况，也来谈一谈。现在农村的状况有很多问题，农村实行家庭联产承包责任制之后，每个家庭、每个农民都是原子式的，没有了集体，这样在跟政府、市场交往时，处于一种很被动的状态。农业是不能挣钱的，乡村企业、乡镇企业又解体了，这样农民的唯一出路就是到城市去。现在很多乡村、乡镇的财政都是靠外出打工者维持的。但城市无法容纳越来越多的农村劳动力，据一个分析说，到2050年中国还有一半的人口——大约八亿人在农村，那么这些人怎么办呢？一些精英知识分子不断鼓吹农村向城市靠拢，这是不符合实际的。中国和中国农村必须走一条新的道路。最近一些有识之士，像温铁军、何慧丽他们在做一些有益的尝试，在河南兰考重新组织合作社。村里的许多青壮年都出去打工了，他们组织起了"老人协会"，平常一起活动，制作手工艺品，互相交流，这些都起到了很好的效果。所以组织起来，走"合作化"道路，也就是你们所说的"社会主义传统"，在今天是很值得重新思考的。

秦腔与传统文化

张颐武 贾平凹思考的中心在于，秦腔之断裂在于现代国家原有的国民结构的变动。他点出了原有的象征结构已经无力表现当下的现实，它原来被赋予的巨大力量今天已经无足轻重，它不再成为组织和结构社会的必要方式。贾平凹表现的是这种风土和民俗在当下和国家脱钩的窘境，也表现了在新的全球化和市场化环境中，这种风土和民俗的表现已经不是国家的表征，它们已经不复有原来的文化含义，已经与国家的文化"脱节"，而社会的新的现实的合法性乃是来自经济的高速增长。

李云雷 农村文化的衰落既是相对于过去的，也是相对于城市的，这是农村政治、经济衰落的结果也是其反映。而之所以如此，既是我国现代化与市场经济发展的结果，也是全球化的必然要求。民族国家现代化的发展要求内部在市场等方面的统一，而伴随着交通、通讯、教育等各方面的整齐一致，各地的"地方性知识"必然会逐渐消泯或者整合为其他形式。而"传统"如果要生存，也必然会改换方式，并将失去以往的支配地位，仅成为现代化之后的某些因素。全球化建立在民族国家内部的整齐划一之上，并追求将民族国家也整齐划一。在这双重"整齐划一"的制约下，中国农村的民间文化消失乃是必然。

刘晓南 在 1949 年之前漫长的时代，农村一直有宗法统治的文化，宗祠、私塾和乡绅维系着礼教和道德，农村在与城市抗衡的过程中并不处于弱势。它的精神主体始终是强大的。1949 年后，中国共产党尤其重视农村文明建设，"农业学大寨""上山下乡"都试图将农村提升到与城市相同的水平上来，对城市文明的建设反而是有意压抑的。全民的"学农"与"下乡锻炼"使农村充满一种自豪的精神主体气质，社会主义农村文明取代了宗法统治的农村文明。而现在，广大农村显然处于一个信仰的空茫状态：不仅没有了人，也没有了精神。社会主义农村文明日渐式微和退却，当商业文明伴随着市场经济到来时，农村便毫无抵挡之力，任其长驱直入。问题是，这是一双完全不合脚的鞋子。农村在被动地亦步亦趋地模仿着都市文明，而这种以物质主义为核心的文明早在一个世纪前在西方就被不停地批判了。《秦腔》写清风街开饭馆，也模仿城里的样子收留妓女卖淫招徕生意，就反映出这种模仿的盲目性。农村已经没有任何精神武器来批判和抵挡这种所谓现代的都市文明，它对任何一种腐蚀都毫无选择地接纳和保存。《秦腔》就写出了农村主体精神的失落和空虚。在这一点上，我以为这是比《废都》更具现实性、更深刻的"废乡"。这种现实带给我强烈的恐慌：如此广阔的农村以及大量的农村人口将在这种"无枝可依"中何去何从？当我们对家园和土地不再有归属感，当我们失去了精神的根的时候，这个时代所隐藏的危机似乎就并不遥远了。

叙事：写作态度与阅读效果

邵燕君 我读这个小说，一开始很难进入。后来余旸他们跟我说，下半部好读一些，我继续读，发现后半部确实比较好读一些。是不是到后来作品的主题、线索明晰一些了，所以能够进入？我个人没有农村的生活经验，但是我读《金瓶梅》《红楼梦》也没有他们的生活经验，怎么能够进入呢？《红楼梦》这样的小说，虽然写得琐细，但有小的故事，有能吸引人的人物，所以好读。《秦腔》后半部，我觉得更好一些。

余　旸 我在阅读时没有感到丝毫的障碍，很好进入啊。我觉得上半部更好一些，它没有明确的线索，也就更加丰富、复杂。

李建军 叙事乃是小说不可或缺的元素，是万万不能取消的。贾平凹在《秦腔》里取消了那些对小说来讲至关重要的叙事元素，显然是一种幼稚的冲动和简单的热情。这样做不仅导致了叙事的危机，而且还因其混乱和琐碎而造成意义空间的促狭，让读者毫无必要地承受了巨大的阅读负担和阅读疲劳。《秦腔》中的描写，大多是自然主义的描写，按照生活的原生态展开粗糙的自然主义描写，则是在简单得近乎原始的形态下，与生活保持着消极意义上的相似。不仅如此，很多时候，琐碎、混乱的描写，往往是那些生活资源枯竭、叙事经验贫乏和丧失把握生活的思想能力的作家文过饰非的漂亮借口，投机取巧的捷径。《秦腔》的表面化和无意义的描写，就给我们提供了一个典型的个案。小说中的"恋污癖"与"性景恋"也让人反感。

刘晓南 这也是一种写法，体现了作者眼中某种世界的真实。正如福克纳的《我弥留之际》在众声喧哗中也不好进入，但并不妨碍它成为一道独特的文学风景。一种写法不可能十全十美，它在遮蔽某些东西的同时也可能敞开了另一些东西。许多文学史上的经典如托尔斯泰、陀思妥耶夫斯基的作品也都存在一些问题，但并不影响它们的伟大。

小说几乎通篇由对话组织，人物之间的交锋皆通过话语的机锋呈现。这些对话里蕴含了极丰富的戏剧感，每一段对白都是一场好戏，人物的性格、心态跃然纸上。小说还不时穿插戏文、秦腔曲谱、民谣，显示出某种"互文"的复调效果，懂秦腔的读者，当获得更会心的阅读享受。但小说所采取的艺术形式也真是一把"双刃剑"，大量冗长的对话也挤压掉了小说舒展的空间，内容显得过于紧促，密不透风。由于缺少叙述和描写的穿插铺垫，事件之间没有必要的过渡，也使小说的节奏显得缓慢单一。与其说《秦腔》是部长篇小说，不如说更像一个充满了台词的长篇剧本，这种风格的变化体现了作者不断挑战写作难度的追求，也确需要读者耐心地与阅读疲劳抗争，才能领教它的好处。

陈晓明　小说的叙事主要由对话构成，这是对宏大叙事最坚决的拒绝。这里到处都是人，并没有主要的人物，没有戏剧性冲突。这是对资产阶级现代小说的彻底背叛……乡土中国在整个现代性的历史中，是边缘的、被陌生化的、被反复篡改的、被颠覆的存在，它只有碎片，只有片段和场景，只有它的无法被虚构的生活。乡土中国的生活现实已经无法被虚构，像贾平凹这样的乡土文学最后的大师也已经没有能力加以虚构，那就是乡土文学的终结，就是它的尽头了。《秦腔》就是它的挽歌，就是对它的最后一次的虔敬。

刘晓南　我同意陈老师大部分说法，但不认为《秦腔》是对资产阶级现代小说的彻底背叛。"到处都是人，并没有主要的人物，没有戏剧性冲突"在资产阶级现代小说中也到处可见。我认为《秦腔》继承中国古典世情小说类似《金瓶梅》的叙事因素更多一些。

李云雷　我觉得《秦腔》在叙事上有很高的成就，但不认同"乡土中国叙事的终结"的说法，我认为小说成功的地方在于将个人体验、"地方性知识"融入了普遍性架构，而在艺术上也能够将个人风格与文学传统结合起来，并在表达独特经验的过程中创造出了一种新颖的形式。

李建军　《秦腔》的一个严重病象就是夸饰与虚假，就是缺乏必要的朴素与诚恳。他对人物对话的描写，是琐碎、累赘、单调和虚假的，对人物的心理活动和外部动作的描写，也多有夸张而虚假的渲染。

李云雷　我的观点与你不同，我觉得这部作品试图全面表达作者对中国农村历史与现实中诸多现象的丰富、复杂、细微的感受。这样的努力在很大程度上得到了成功，但成功的主要因素来自作者真诚而具有反思性的态度、细致而全面的观察，并非艺术上的表现。

刘晓南　我的看法也与建军老师不同。尽管我对《秦腔》的琐碎也颇不耐烦，感到疲惫，但小说中的对话还是饶有趣味的，每个局部都有微妙的心理和气韵流动。对话中可见钩心斗角、心理波澜、表里不一、性格情趣的种种奥妙，还是入情入理、耐人寻味的。

余　旸　按照传统的小说，有一条清晰的主线，有一个具体核心的写法的话，在反映农村的深度、广度上都很受局限。而借助《秦腔》这种写作方式，才能把农村这些年来的变化写得这么透彻，这么复杂，这么完整，这么栩栩如生。农村近二十来年的变化是各个方面的，影响也是多方面的，而最近的一些作品也力图反映农村的变化，比如《桥溪庄》等，它们能够反映出农村的一些新变化，但他们那种所谓传统的写法深度是有限的。《秦腔》就不一样了，它几乎触及了农村的点点滴滴，其矛盾是合力状态的，这样其深度又是互相加深的，而总体的倾向性还是被复杂地表达出来了。

李建军　作品中有不少"夸饰与虚假"的例子。

李云雷　从小说的角度来说，这些在细节上恰恰可能是成功的。小说中虽然有的地方不无夸饰，但仍在艺术虚构所允许的范围内，而一些不成功的细节描写，并没有伤及作品的整体艺术效果。就作品整体而言，表达出了作者的困惑、内心矛盾以及反思的努力。

对《秦腔》的总体评价

张颐武　《秦腔》不是一部现代和传统交锋的现代性大计的书写，而是这一斗争无奈的终结在新世纪的展开。秦腔一曲动地哀，但哀伤的调子里却洋溢着一个新的时代虽然怪异、粗俗却充满力量的可能性。

陈晓明　《秦腔》表达的就是乡土文学的挽歌，就是它的最后一次的虔敬。从此之后，人们当然还能以各种方式来书写乡土中国，但我说的那种最极致的、最畏惧的和最令人畏惧的写作已经被贾平凹献祭般地献上了，其他的就只能重复地写。

李建军　这是一部形式夸张、内容贫乏的失败之作，是贾平凹小说写作的又一个低谷。如果说每一本书都有自己的命运，那么，《秦腔》的命运也许像《废都》和它的兄弟们一样：在充分享受时代给它的虚妄而空洞的尊荣的同时，在被外国评委授予国际大奖的同时，还必须独自咀嚼因为肆无忌惮的粗俗和放纵而招来的讥笑和斥责——如果还没有丧失正常的感知能力和羞恶心的话。

李云雷　自从《废都》以来，贾平凹就尝试一种"奇书体"的写作，所谓"奇书体"是指我国古代一些"奇书"（如《金瓶梅》）的写作方式，这一方式的重要特点是意图创作出如生活本身一样丰富的作品，结构也以生活的逻辑而自然形成。这样一种追求自然无法达到，但可以无限接近，而《秦腔》在这一意义上可以称为贾平凹最成功的作品。如果与《白鹿原》《故乡面和花朵》《受活》《上塘书》等小说相比，《秦腔》置之其中毫不逊色，即使不是更为优秀的。

刘晓南　《秦腔》显示出贾平凹对他所熟悉的乡村题材的高超驾驭能力。乡村生活在他的笔下风生水起，神采飞扬。他生动地写出了这个时代的乡村政治与伦理精神，也写出了对处于式微瓦解状态的乡村文明与传统文化的凭吊和惋惜。《秦腔》将贾平凹在《白夜》《高老庄》中的那套笔墨用到了极致——精细而忠实的写实渗透于全篇的各个角落，简直就是一幅当代农村的工笔长卷。小说中的生活带着地道的农村气息，农民的心理刻画入微，农村社会的情状清晰可信。这种对土地的亲和之感，在许多乡土作家笔下已经丧失多时。从这个意义上说，贾平凹这部长篇力作令人欣喜。

（原载《文艺理论与批评》2005 年第 4 期）

文本分析

WENBEN FENXI

关于《秦腔》的几段笔记

范小青

得意

一个人在一年中总有几件得意的事情，至少会有几件比较得意的事情，比如，我在 2005 年读了《秦腔》。

《秦腔》是在蓝色书店买的，新鲜出炉，刚刚到货，摆在最新图书的架子上，进书店一眼就看见了。所以买回来也就趁着新鲜赶紧读起来。

有位评论家说他感觉贾平凹写《秦腔》的时候写得很得意，我完全有同感。一个人写作时很得意，是很了不起的，说明他行云流水，但这种了不起我们也有过，就不能算非常了不起，也不能算非常奇特。可写出来的文字让别人读的时候得意，这却是不容易，算得上奇特。这是我对《秦腔》的认识。我也奇怪地跟自己说，这又不是你写的，你得什么意呢？

读书读出感动来是一种状态。在别人的作品中读出自己的得意，又是另一种状态。我想我得的是会意。

读《秦腔》，就是一个会意连着一个会意的一种过程。读到这儿了，就忍不住停下来感叹，嘿，真就是应该这么写；读到那儿了，又感叹，嘿，真就是那么个事儿。把那些事，那些人，那些人的说话，都弄得那么到位，把握得那么准确，别说眼睛里没有一粒沙子，连鞋里也没有一粒沙子硌你。就这样一下一下地会意，心里很受用的，真是一种精神享受。用我们这地方的方言，叫作熨心，不知道陕西方言怎么说。大概读到有一半的时候，我一边得意着，一边甚至产生了一点不服气，后面还有那么长的篇幅呢，难道就真的没有一点点不尽如人意的地方？我开始有意在阅读中寻找破绽，哪怕是一点点不到位的瑕疵，不过我没有找到。

如果硬要说一点，觉得有些段子用得不十分妥帖。或者并不是因为段子本身不妥帖，而是我们早先已经熟悉了那些段子，不再有新鲜感。不像农村生活中那许多新鲜生动的细节令我们会意会心：夏天智生吞了四块咬不烂的熊掌，回去肚子好难过，半夜爬起来用手抠出来。他吐熊掌的时候，我就喷饭了。

语言

语言是个不言而喻的事情，但我还是忍不住多此一举记几笔。

《秦腔》并没有惊心动魄的冲击，没有曲折离奇的故事，它只有絮絮叨叨的农村生活琐事，四十多万近五十万字，能让人一口气读下去，语言功不可没。《秦腔》让我重新认识语言的非凡的魅力。

有时候看一个电影，只看了开头一两分钟，就不想看下去，无论它在内容介绍上写了什么。也有的时候，只有几秒钟，你就感觉到这个电影值得看。这是电影语言的作用吧。小说也一样。语言的力量强大而自信，稳住了全章。

理论上说不出更多的话，幸好萤火虫吃在肚子里。

工具书

读完的书一般都回到书架上去了，《秦腔》却被放在书桌上，在随手可以拿到的地方，和一堆工具书在一起。写作找不到感觉，两眼茫然朝天时，便想到拿《秦腔》出来翻翻。

《秦腔》是可以从任何一页看起的，随便从哪一页都可以往下读，都是一个开始，也都是一个结果。

《秦腔》印数也很可观，但还比不上字典。《现代汉语词典》印了多少册了？

水鸟是怎么飞的

我在一次谈创作的时候谈过飞鸟贴着水面飞，类似的感觉在读《秦腔》时也有。有的鸟飞得很高，展翅翱翔，很美，也有的鸟就一直贴着水面飞，始终不离不弃，却让人感受到飞得很高的那种境界和美感，这也是对《秦腔》的感觉。

地位和价值

也许《废都》在文学史上的地位或价值更特殊些，甚至更重要些，但《秦腔》是经典。

（原载《当代作家评论》2006 年第 4 期）

找不到历史

——《秦腔》阅读札记

南　帆

细节的洪流

进入《秦腔》，立即被细节的洪流淹没了。贾平凹在后记之中申明，他写的是"一堆鸡零狗碎的泼烦日子"[1]。无数重重叠叠的细节密不透风，人们简直无法浮出来喘一口气。泼烦的日子走马灯似的旋转，找不到一个出口。贾平凹是不是苦苦地在家长里短之间仔细翻检，试图发现所谓的"生活本质"？

贾平凹的语言简朴、传神，时常三言两语轻巧地勾出一幅清朗的大写意。一花一世界，一沙一天堂，他的众多散文和一批小说——诸如一系列商州故事——挥洒自如，才气十足，各色人等尽入彀中。然而，《秦腔》丧失了这种轻巧。这一段日子如此沉重，以至于他那支惯用的笔竟然搬不动了。贾平凹详细地刻画许多的局部，仿佛竭力与一个不听话的故事搏斗。尽管如此，人们仍然看不见一个持续运动的历史整体。历史似乎正在瓦解。

《秦腔》之中清风街的原型是贾平凹的故乡棣花街。故人的亡灵在这一部五百多页的著作里频繁出没。故乡是贾平凹的文学根系吗？写罢《秦腔》，贾平凹在后记里感慨无限："故乡啊，从此失去记忆。"[2]也许，他并没有从丰盛的、膨胀的细节背后找到什么——也许，表面的烦琐和拥挤背后是空心的、无根的、悬浮的。

根与土地

无根的生活没有"本质"。根显然必须与土地的意象衔接在一起。但是，

---

[1]　贾平凹：《秦腔》，作家出版社2005年版，第565页。

[2]　贾平凹：《秦腔》，作家出版社2005年版，第566页。

清风街的日子逐渐与土地失去了联系。312国道、农特产贸易市场、万宝酒楼，这些人气旺盛的场合均与田地里的生计无关。清风街只有几个人偶尔到果园走一走。至于偌大的七里沟，不过一个老人、一个疯子、一个残废人在那儿卖力气。

农耕文化的末路临近了吗？土地曾经如此顽固地主宰人们的生活想象，以至于占据了文化记忆的核心。多少人遥想故乡而潜然泪下。但是，故乡的形象常常是一片丰饶的或者贫瘠的土地。山川、田野、村落——没有土地的故乡简直不可思议。许多文人墨客不断地回忆故乡的土地，这是他们恒久的寄托。然而，《秦腔》里的土地开始大面积地荒芜。如果土地退出人们的意识，整个生活可能变得摇摇晃晃。再也没有什么能够代替土地成为生活的重心。

清风街的人们正处于这个时期：他们强烈嫌弃土地里讨生活的苦日子；另一方面，他们又不知道重新扎根在哪里。这是茫然的一群。贾平凹形象地描述了他们的命运："四面八方的风方向不定地吹，农民是一群鸡，羽毛翻皱，脚步趔趄，无所适从，他们无法再守住土地，他们一步一步从土地上出走，虽然他们是土命，把树和草拔起来又抖尽了根须上的土栽在哪儿都是难活。"[1]

苦恋

无根的生活松散、慵懒、得过且过。内在的贫乏叫人打不起精神来。没有一个完整的事件将众人集聚在一起，牵肠挂肚，同仇敌忾，琐碎的日子流水一般淌过。《秦腔》没有大情节。

然而，一场疯狂的恋情突如其来地闯了进来。这是典型的单相思。一个叫引生的穷小子疯疯癫癫地迷上了清风街的大美人白雪。他不顾白雪已经和风流倜傥的夏风成婚，自不量力地企图拆散一对乡村版的才子佳人。结局当然可想而知——他没有任何机会。尽管如此，引生痴心不改。迎着一切白眼、嘲笑和刻薄的讥刺，引生不管不顾、痛彻心扉、毫无自尊地爱着。他在每一个生活细节之中寻找白雪的踪迹，寄托情思。引生没有听说过柏拉图式的精神恋，但是，他认定自己的不洁性欲亵渎了白雪的高贵——他粗暴地阉割了自己。无论这种单相思多么可笑，引生在无望之中的苦恋都令人心酸。

---

[1] 贾平凹：《秦腔》，作家出版社2005年版，第561页。

引生的周围充斥着放纵的气息。半个村子的人泡在酒桌上。几个同龄的男女正在半公开地互相勾引。众多的家庭因为鸡毛蒜皮的小事和几文钱的小利吵得不可开交，甚至大打出手。没有人试图理解引生的悲苦。这个实利主义的环境里，引生被恰如其分地称为疯子。

粗鄙

然而，引生的苦恋不是一个单纯的悲情故事。还有另一些因素悄悄地在故事内部发酵，这是美学意义上的粗鄙。贾平凹有意地兑入粗鄙成分，故事的风格立即发生了微妙的变化。

《秦腔》的第一页就是表述引生对于白雪的痴情。引生光脚踩入白雪留下的脚窝子走到苞谷地深处，发现了白雪留下的一泡尿；他攀上白雪家茅厕边上涂满粪便的桑树偷窥，掉下来跌破了头；他盗走了白雪的胸罩躲在山上自渎；他挨了一顿痛殴之后冲动地用剃刀割掉自己的阳物……总之，诸多污秽之物加入之后，引生的痴情彻底摒弃了轻歌曼舞、风花雪月或者诗情画意的"文艺腔"，摒弃了忧郁、孤独、多愁多病身和倾国倾城貌之类的陈词滥调。显然，贾平凹尽可能避免人们将引生的痴情纯净化、浪漫化。换言之，这是穿行于鸡屎、粪坑、猪栏、肮脏的池塘、尘土飞扬的街道和拌嘴、詈骂、捧捧打打之间的苦恋。我甚至觉得，贾平凹仿佛故意将故事说得不三不四，从而在粗鄙之中寻觅一种特殊的快感，或者制造某种恶作剧式的谑趣。即使在故事的其他部分，贾平凹也时常将欢悦置于可笑，悲伤卷入尴尬。例如，白雪与夏风的女儿竟然是没屁眼——贾平凹决不肯时髦地让她得肺结核、白血病或者先天性心脏缺损。这种难言之隐有效地破坏了悲剧的庄严，使之成为半拉子的苦难。

为什么粗鄙成为贾平凹的美学趣味？我猜测，这或许有一个重要原因：贾平凹对于乡村失望了。记录商州时体验到的田园风情不再是沁人心脾的美学对象。幻象已逝，贾平凹深刻地意识到了乡村生活之中的鄙气。

叙述人

《秦腔》为第一人称叙述，叙述者是主人公引生。这部小说多半是在讲述他的故事。而且，只有他的疯话才能表白那种发狂的痴情。疯狂、可笑、动人，引生的叙述有机地结合了这三者。

可是，另一些时候，《秦腔》的叙述自作主张地转向了全知全能。一些引生视域之外的故事、场面和对话大摇大摆地插入，大段大段地铺陈。这是谁的声音？不知道。贾平凹仿佛根本不在乎这个问题。叙述学反复强调必须保持一个统一的视角，然而，贾平凹随心所欲地纵横俯仰，潇洒地将种种成规抛到脑后。

这是重大的疏忽，还是一种不羁的气度？我想起艺术史上的一个典故——王维画雪中芭蕉引起的争议。一些批评家认为，芭蕉是亚热带植物，不可能生长在雪地里；另一些批评家根据气象学和地理学的知识争辩，断定某些芭蕉的产地也曾经下过雪。我赞同的是第三种见解：如果存在更高的艺术旨趣，画家可以大胆地抛弃常识的限制。雪中芭蕉风神俊朗，至于二者能否并存是一个不重要的问题。这是一种艺术特权：大手笔有资格不拘小节。

我倾向于用相同的观点解释《秦腔》的叙述视角转换。当然，"更高的艺术旨趣"是一个不可或缺的前提。

魔幻

从镜子里看见恋人，如同一片叶子轻飘飘地飞上麦秸堆，通过祈祷挪用树木的寿命，花朵喝饱了水想和主人说话……《秦腔》之中出现了一些魔幻的片段。人们仿佛觉得，前现代历史的残余仍然时隐时现。

农耕文化和乡土社会的特征不仅表现为生产方式，同时表现为一套意识形态系统。宗教、神话、传说、巫术，这些内容在农耕文化和乡土社会的意识形态中承担了重要的功能，以至于相当大程度地主宰了人们的日常生活。现代社会摧毁了这一套意识形态系统。大工业生产的机器轰鸣驱走了神魔鬼怪。启蒙运动将理性确立为日常生活的原则。用韦伯的话说，这是一个祛魅的时代。对清风街来说，强大的现代文化正沿着312国道滚滚而来。浩大的声势如雷贯耳，各种神话巫术无处藏身。

然而，引生又奇异地召回了一个神秘的生活角落。他可以因为心爱的人变成蜘蛛、螳螂或者苍蝇，产生各种心有灵犀的感应。神话时代又回来了吗？不，这更多的是"精诚所至，金石为开"的意味。我一边阅读一边猜想，会不会有一个超现实的世界收拾全局，例如，《红楼梦》中的太虚幻境、《百年孤独》中的最后一阵飓风，或者，哪怕是《怀念狼》中的灵异气息？没有，一个小小的幻觉之后就平静如故。引生的神奇感觉夹杂在众多的生活细节之间，无法撼动坚固的生活结构。

的确，不可能再有神话为爱情提供奇迹。

秦腔

秦腔如此密切地交织在清风街的生活之中，同时，秦腔又无可挽回地衰落了。

清风街那么多人迷恋秦腔。他们时常声音嘶哑，嗓门充血，青筋毕露，倾尽全力地唱。苦恼的时候听秦腔，欢乐的时候哼秦腔，愤慨的时候吼秦腔，葬礼上播放的还是秦腔。秦安的脑子里长了瘤，痴呆木然，唯独能够对秦腔作出回应，甚至一只叫来运的狗也能呜呜咽咽地应和秦腔。的确，秦腔就是清风街一唱三叹的抒情形式。

然而，这或许恰恰包含了秦腔衰落的理由。一个艺术品种如此深刻地植根于地域文化，这往往意味着普遍性的匮乏。越是地域的就越是普遍的，这句话在许多时候近似于谎言。

清风街的地盘里，秦腔的对手不过是一个外来的流行歌爱好者。然而，就是那种"软不沓沓的，吊死鬼寻绳"的曲调却征服了许多人。年轻人的心目中，流行歌似乎代表了文明、时尚和光怪陆离的大城市文化。爱的代价、失恋、牵手、你是我最苦涩的等待——这些浅显的词句和主题谁都能听明白。

这个时代，浅显正在成为普遍性大面积地吞没狭窄的深刻。

清风街是秦腔的最后一块高地。县剧团无法在城镇找到舞台，演员们只能怏怏地退到清风街给婚丧喜庆助兴。这一块高地还能据守多久？尽管清风街拥有夏天智这种铁杆分子，但是，这个竟日画脸谱的老头甚至无法将他对于秦腔的痴迷和忠诚传给儿子夏风。

年轻一代之中，白雪是秦腔的传人。因此，她与夏风的冲突不是通常意义上的夫妻反目。守护文化传统的命脉还是抛弃文化传统的桎梏，他们在这个岔路口分道扬镳了。贾平凹对于文化传统的未来并不乐观。皑皑"白雪"阻挡不了炎炎"夏风"——两个主人公的名字暗示了冲突的结局。

文人

夏风似乎是清风街的多余人物。他是白雪的丈夫，引生的情敌。但是，人们既看不到他与白雪相爱，也没有发现他与引生正面对垒。同时，他与醉心于秦腔的夏天智格格不入。

因为出色的文学才能，夏风一方面成了清风街的偶像，另一方面又成功地逃离了清风街。他并不知道如何为故乡效力。利用自己的浮名托个人情，牵线搭桥，替父亲联系一个出版社编辑，给街头的乡亲分几根烟，仅此而已。事实上，他对清风街的贡献还不如乡村医生赵宏声。赵宏声及时地给乡亲诊病，写各种有趣的对联，说一些笑话调节紧张的气氛——这些才是乡村氛围的组成部分。

文人与故乡的关系常常是文学史上一个不衰的话题。故乡是他们梦魂萦绕的地方，一辈子伤感和记忆的地方，同时也是他们无所作为的地方。夏风肯定听到了一个时髦的概念：知识分子。知识分子在讲坛上慷慨陈词，充当社会的良心，承担社会道义，批判无知与蒙昧；然而，这些巨大而空洞的话语与嘈杂的故乡怎么也联系不起来。文人与故乡常常彼此引以为荣，可是，他们真的互相需要吗？贾平凹已经意识到夏风的尴尬，因此他不是夏风。或许贾平凹与夏风一般无奈，但他肯定比夏风深刻。

找不到历史

纷纷扰扰之中，清风街正在发生悄悄的蜕变。麻将，酒楼，骑摩托车的村干部，卖春小姐，承包砖窑和果园，农贸市场，电吉他伴奏的流行歌……没有人知道明天是什么。这一切就是历史吗？的确，没有人敢轻易动用"历史"这个字眼，因为方向不明。我相信贾平凹的心情十分复杂，爱恨交加，喜怒交加，但是没有明晰的判断。

蜕变的另一个意义是，某些故事逐渐退出了生活。县剧团已经如此不堪，秦腔可能将成为绝响，青壮年一个个出走打工，以至于连葬礼上抬棺木的人都凑不齐……乡村正在衰败。或许，乡村衰败的另一个重要表征是，某些人逐渐退出了生活，例如夏天义。

《秦腔》之中的夏天义是一个耿直的倔老头。倔强和自以为是恰恰是他从村干部位置上退下来的原因。如果说，当年《创业史》之中的梁生宝因为无私、坚毅而拥有了巨大的号召力，那么，现今的风气变了。识时务者为俊杰，如今的精英多半巧舌如簧，能言善辩，或者八面玲珑，或者江湖气十足。很难说夏天义淤七里沟的主张是否妥当，重要的是，他的作风和理念似乎都不合时宜。

那个时代过去了。突如其来的山崩埋葬了这个老人之后，后人甚至无法概括他的是是非非。历史评价缺席——夏天义的墓前只能竖一块无字的白碑子。

当然，故乡和亡灵，挽歌和迷惘，回望、感慨和唏嘘——对于《秦腔》说来，这一切已经足够。

（原载《当代作家评论》2006 年第 4 期）

尊灵魂，叹生命

——贾平凹《秦腔》及其写作伦理

谢有顺

一

《废都》之后，贾平凹已经成了一个写作和商业的神话，一个有着特殊含义的文学符号。这个神话持续了十几年时间，到现在，它越发显露出了复杂的面貌：一方面，贾平凹在这个神话效应中获得了盛大的声名；另一方面，文学界对他也产生了一些不满和批评。我注意到，自从他的《怀念狼》和《病相报告》这两个长篇小说出版以来，批评的声音就多了起来。一些人认为，贾平凹这些年的写作转型不但不成功，甚至还出现了衰退的迹象。

我的看法倒并不这么悲观。尤其是当我读到贾平凹最新的长篇小说《秦腔》之后对他的写作又一次充满期待，因为我在他身上依然看到了创造的精神，以及试图超越自己的努力——这在他那一代作家中是不多见的。一个作家，最需要警惕的是思想滞后和重复自己。当大部分当年领过风骚的作家都停止了写作，或者以一些无关痛痒的文字在那里自娱自乐时，贾平凹还能继续一种探索性的写作，并且时有让人侧目的新作问世，这种姿态本身就值得肯定。

我曾经在一篇文章中说，文坛上活跃的作家是有不同类别的，有些人，一眼就让人洞穿了自己隐秘的写作身份，往往以一句"先锋派"或"传统派"就可为他盖棺论定了，可见他的文字中有着某种过深的烙印，而少有让人揣摩回旋的余地。这样的作家并非少数，他们是在一条路上把文字给写死了。因此，我更看重的是另外一些作家，他们一直以自己的文字事实在文坛坚硬地存在着，你却很难给他们归类。他们的写作努力，好像仅仅是为了制服自己躁动的灵魂，为了平息自己内心的不安；他们是在与写作的斗争中赋予文字坚韧的美、力量和精神。我承认自己的内心更靠近这种文学——比如史铁生的《我与地坛》《病隙碎笔》，就是这方面的典范。

贾平凹也属于这类作家。他的写作意义还远没有被穷尽。

令我讶异的是，贾平凹一直想在自己的写作中将一些很难统一的悖论统一起来：他是被人公认的当代最具有传统文人意识的作家之一，可他作品内部的精神指向却不但不传统，而且还深具现代意识；他的作品都有很写实的面貌，都有很丰富的事实、经验和细节，但同时，他又没有停留在事实和经验的层面上，而是构筑起了一个广阔的意蕴空间，来伸张自己的写作理想。

我之所以说这是一个悖论，是因为中国当代文学从 20 世纪 80 年代开始，作家与作家之间，写作与写作之间，就已经有了难以弥合的裂痕。那些传统型的作家，身上有着中国文化的底子，但由于他们的写作方式缺乏现代叙事艺术的必要训练，而受到了年轻作家们的嘲笑；那些现代派的作家，虽然及时地吸收了现代艺术的成果，但由于他们没有能力将西方的艺术经验有效地中国化，同样显露出贫血的面貌，并面临着严厉的质疑。这种矛盾，就好比 20 世纪 80 年代中后期的文学革命，似乎总是在两个极端之间摇摆：要么是极端抽象（如一些只玩赏形式主义法则的先锋小说，或者那些充满玄想的诗歌），要么是极端写实（如一些过日子小说，或者过于泛滥的口语诗歌），匮乏的恰恰是将物质写实与精神抽象相平衡、相综合的大气象。

没有这种气象，就绝难产生真正意义上的大作家。但贾平凹却给了我意外的想象，他是有这种平衡和综合能力的。所以，他从来不甘于自己的现状，而总是在寻找变化和前进的可能，总是为自己建立新的写作难度，并愿意为克服新的写作难度而付出卓绝的努力。无论是他的小说还是散文，他应用的都是最中国化的思维和语言，但探查的却是很有现代感的精神真相——他是真正写出了中国人的感觉和味道的现代作家。仅凭这一点，你就不得不承认，贾平凹身上有着不同凡响的东西。

我尤其欣赏贾平凹身上那种独特的写实才能。在他的小说中，我们往往能读到一种深邃的、像大地一样坚实的真实感。我想，它是来源于贾平凹对当下的每一个生活细节、每一种精神线条的敏感以及他那杰出的对事实和场面的描绘能力。他对古白话小说遗产的娴熟运用，使他的小说语言获得了惊人的表现力。凝练的，及物的，活泼的，口语化的，民间的，每一个句子每一个词都渴望触及事物本身和人物的内心，这是贾平凹一贯的语言风格。他早在《废都》中便有了这样的探索，只是《废都》有太重的《金瓶梅》的痕迹，加上过于沉重的悲凉，大大阻碍了对人自身的想象——但我们依然不能否认《废都》之于中国当代文学的重大意义。到《高老庄》，就基本克服了这些缺陷，在语言的运用上，在结构的严谨上，在对人的精神想象上，贾平凹的独创性显得更加突出。我记得《高老庄》中有一个重要的场面，那就是在主人公子路父亲祭日的宴席上，几乎所有的重要人物都登场了，那个窄小的范围，可谓是乡村文明及其冲突的一次集中展示：

　　庆来娘说："刚才烧纸的时候，你们听着西夏哭吗，她哭的是勤劳俭朴的爹哪，只哭了一声，旁边站着看热闹的几个嘎小子都捂了嘴笑，笑他娘的脚哩，城里人不会咱乡下的哭法么！"大家就又是笑。这一笑，子路就得意了，高了嗓子喊："西夏，西夏！"西夏进门说："人这么多的，你喊什么？"见炕上全坐了老人，立即笑了说："你们全在这里呀，我给你们添热茶的！"骥林娘就拍着炕席，让西夏坐在她身边，说："你让婶好好看看，平日都吃了些啥东西，脸这么白？"庆来娘说："子路，你去给你媳妇盛碗茶去。"子路没有去，却说："西夏，你刚才给爹哭了？"西夏说："咋没哭？"子路说："咋哭的？"西夏偏岔了话题，说："子路你不对哩，菊娃姐来了，你也不介绍介绍，使我们碰了面还不知道谁是谁。"子路说："那现在不是认识了？这阵婶婶娘娘都在表扬你哩！我倒问你，是你给菊娃先说话还是菊娃先给你说话？"双鱼娘说："这子路！西夏毕竟是小，菊娃是大么！"西夏说："这是说，菊娃姐是妻，我是妾，妾要先问候妻的？"一句话说得老太太们噎住了。子路说："我是说，假如，我说的是假如，如果是妻是妾，你愿意是哪个？"骥林娘忙说："子路，子路！"要制止。西夏却说："我才不当妻哩，电影里的妾都是不操心吃的穿的，却能吃最香的穿最好的，跟着男人逛哩！这回答满意吧？婶婶，子路爱逗能，我这么说能给他顾住脸面了吧？！"骥林娘说："刚才竹青还对我说，子路的新媳妇傻乎乎的，我看一点都不傻么！"西夏说："我还不傻呀，光长了个子不长心眼了！"双鱼娘说："还是咱子路有本事，能降住女人哩!"没想话落，一直坐在那里的三婶却呼哧呼哧哽咽起来，说："子路有菊娃就够贤惠了，又有了西夏这么让人亲的媳妇，可怜我那苦命的得得，只一个媳妇，还是一只狼!"大家赶紧劝三婶，院子里锣钹哐地一下，悲怆的曲子就轰响了。骥林娘说："不说，不说，来客了，子路快招呼去!"

贾平凹的语言能力就在这么窄小的空间里表现得淋漓尽致。西夏与菊娃的关系，子路的应酬，亲朋好友的闲谈，狗锁的死要面子，迷胡叔的神里神气，蔡老黑、苏红、王厂长等人的与众不同，往往经由寥寥数笔或是几句简短的对话就跃然纸上，从而达到传统的白描手法也难以达到的生动效果。

就贾平凹这种对现实事象的表现力而言，我认为，在当今文坛是少有人可以与之相匹敌的。但我担心的是，喜欢贾平凹的读者，可能一进入他的小说就被他细致有趣、生机盎然的叙事所吸引，从而流连于故事的表面，忘却了故事背后作者的精神跋涉。确实，贾平凹以深厚的写实功底为基础的叙事魅力是特别的，他本也可以像另外一些作家那样，用纯粹的故事美学逍遥于历史风情或者欲望故事之中，但他的大部分作品，都自觉接受了灵魂内部的某种自我折磨，似乎一直在苦待自己。他那么尽力地去描绘中国现实中他所熟悉和关注的部分，恰好表明贾平凹是一个时刻都背负着精神重担的作家。他的写作，常常充满痛楚感，好像写作就是为了卸下这一精神的重担。

哲学家唐君毅说："人自觉地要有担负，无论是哪一面，总是痛苦的。"[1]这话用在贾平凹身上，非常合适。他的写作，总是想自觉地有所担负，同时又深陷于担负的痛苦之中。也正是这一点，成功地把贾平凹与那些拒绝背负精神重担、流于轻松自娱的作家区别了开来。这令我想起王国维之所以极为推崇李煜的词，认为李后主的词比宋道君皇帝写得好，原因也是在于"道君不过自道身世之戚，后主则俨有释迦、基督担荷人类罪恶之意，其大小固不同矣"[2]。可见担负（担荷）与否之于写作至关重要。而写作的担负、精神的重担，最重要的来源是作家必须对自身所处的境遇有自我觉悟。正如鲁迅，他的悲愤、他的批判力量的展开，都是源于他对自身为奴的境遇有深刻的自知。不理解鲁迅所处的环境和他对精神黑暗的洞察，也就永远无法理解鲁迅为何会那么沉重和激愤。因

---

① 牟宗三：《生命的学问》，广西师范大学出版社2005年版，第5页。

② 王国维：《人间词话》，安徽文艺出版社2003年版，第22页。

此，比起那些直接从西方现代派作家那里复制痛苦、焦虑、恐惧、绝望等精神经验的写作者来说，我更欣赏与细节中的中国人相结盟并在具体的中国生活中有所担负的作家，因为只有这样的人，才是活在真实的中国经验里，才有可能对当下中国人的精神境遇发言。

二

贾平凹的多数作品，都有着非常结实的中国化的现实面貌，他的确写出了商州、西安（包括整个西北）的生活精髓，尤其是他那强大的写实才能，以及出色的语言及物能力，使他的写作在表现当代生活方面成了一个范本。仅凭这一点，贾平凹已经可以在文学史上留下重重的一笔。但我觉得贾平凹的写作意义绝不仅限于此——贾平凹其实是一个自觉追求文学整体观的作家，也就是说，他是当代不多的具有整体性精神关怀向度的作家。他的作品，不仅关注现实，还关注存在的境遇、死亡和神秘的体验、自然和生态的状况、人性的细微变化等命题，不管贾平凹做得好不好，他毕竟是有这个意识的作家，他那开阔的精神视野值得研究。我们都知道，当代文学这些年来是越写越轻，已经很少有人自觉地进入这些命题，并使自己的作品保持这种整体性的精神品格了。因此，就当下的写作处境而言，中国确实太需要有文学整体观的作家了。

什么是文学的整体观？按我的理解就是一个作家的写作不仅要有丰富的维度，还必须和世界上最伟大的文学传统有着相通的脉搏和表情。过去，中国文学的维度基本上是单一的，大多只是关涉国家、民族、社会和人伦，我把它称为"现世文学"。这种单维度文学是很容易被不同时期的意识形态所利用的——20世纪的中国文学史就不乏这样的惨痛记忆。它描绘的只是中间价值系统（关于国家、民族和社会人伦的话语，只能在现世展开，它在天、地、人的宇宙架构中，居于中间状态），匮乏的恰恰是对终极价值的不懈追求。而那些优秀的西方文学，正是因为有了终极价值系统的存在或缺席这一参照，才使它们真正走向了深刻、超越和博大。这一点，是非常值得中国作家学习的。

因此，所谓的文学整体观，就是要从简单的现世文学的模式中超越出来，以一种整体的眼光来重新打量这个世界。实现文学整体观的关键，就是要把文学从单维度向多维度推进，使之具有丰富的精神向度和意义空间。刘再复先生在答颜纯钩、舒非问时，曾精辟地谈到文学的四个维度，他说，中国的现代文学只有"国家·社会·历史"的维度，变成单维文学，从审美内涵讲只有这种维度，但缺少另外三种维度。一个是叩问存在意义的维度，这个维度与西方文学相比显得很弱，卡夫卡、萨特、加缪、贝克特，都属这一维度，中国只有鲁迅的《野草》、张爱玲的《倾城之恋》属这一维度。第二个是超验的维度，就是和神对话的维度，和"无限"对话的维度，这里的意思不是要写神鬼，而是说要有神秘感和死亡体验，底下一定要有一种东西，就是"从哪里来到哪里去"的问题意识。本雅明评歌德的小说，说表面上写家庭和婚姻，其实是写深藏于命运之中的那种神秘感和死亡象征，这就是超验的维度。第三个是自然的维度，一种是外向自然，也就是大自然，一种是内向自然，就是生命自然。像《老人与海》，像杰克·伦敦的《野性的呼唤》，像更早一点梅尔维尔的《白鲸》，还有福克纳的《熊》，都有大自然维度；而内向自然是人性，我们也还写得不够。[1]

只有这四种维度都健全的作家，才是具有文学整体观的作家。在当代，除了史铁生、贾平凹、莫言、格非、余华、于坚等少数几个人之外，我觉得别的很多作家的文学观念都是不健全的，残缺的。从这种不健全的文学观念出发，他们的作品气象自然也是有限的，很难获得可进入伟大文学行列的博大品格。更让人遗憾的是，许多作家甚至连这方面的想象都没有，更别说朝这个方向进发了。正因为如此，我才看重贾平凹在这方面的努力。看得出，在他的内心，是有这种文学整体观的，他一直都在文学的多维度建构上竭力前行。他的写实才能，使他的作品在描绘国家、民族、社会和人伦这些现实事象方面，达到了一般人很难达到的真实和生动，另外，在其他三个维度上，贾平凹也具有这种自觉的精神意识。

在叩问存在意义的维度上，《废都》是最典型和深刻的作品。它通过对虚无、颓废、无聊等精神废墟景象的书写，反证了一个时代在理想上的崩溃、在信念上的荒凉——它在当时的精神预见性，至今读起来还触目惊心。虽然，《废都》曾因性描写等因素而备受批评，但事隔十几年之后回过头来看，我们不得不承认，它对于知识分子精神命运和存在境遇的探查，的确是达到了一定的高度。在此之前，中国当代文学中还真的没有多少作品能如此执着而准确地叩问人之为人的存在意义。

---

[1] 刘再复：《答〈文学世纪〉颜纯钩、舒非问》，载《文学世纪》2000年第8期。

在神秘感和死亡体验等超验的维度上，贾平凹也是有意识地在追求的。他是一个追问理想的作家，即便是批评声四起的《废都》里面的颓靡之气，在我看来，也是理想丧失之后的自我挣扎。比起那些空无一物只是轻松自娱的作家，贾平凹显然更有灵魂力度。而在《高老庄》里，贾平凹对神秘感和死亡体验等超验事物的追索，则体现在他那些务虚的笔法中。他自己曾说，这个虚，是为了从整体上张扬他的意象，比如说，小说里写到的石头的画、飞碟、白云湫等等，都属于务虚的意象，虽说它还远没有达到大虚的境界[①]，但比起《废都》中那头牛的运用，还是成功了许多。我倒不特别看重贾平凹在《高老庄》的虚里所张扬出来的深意，只是我从他对石头的怪画、飞碟的出现、白云湫的神秘等的欲言又止中，感觉到贾平凹的内心保存着许多作家所没有的品质：对世界、对死亡、对大自然、对神秘事物的敬畏。包括《秦腔》，贾平凹称自己一直是在惊恐中写作，这种"惊恐"，也是一种敬畏——对故土、对故人、对未知的前方道路的敬畏。这是令人动容的。在当下写作界，多少人都挂着私人化写作的标签，只满足于那种单一的欲望、有限的自我意识的绵延，内心对任何事物都不再敬畏。这种浅薄最终使他们无一例外地成了颓废现实和自我欲望的奴仆。要知道，个人是多么渺小，世界又是多么无边无际、神秘莫测，那些内心没有任何敬畏而轻易就把自我中那点微小的经验当作终极的作家，其实是一种对人的简化，也是一种对人世的无知。可以想象，如果人物的命运后面空无一物，如果没有了超越的精神维度，这样的文学便只能在现实里打转，而写不出更为深邃的存在真相。

在自然和生态的维度上，贾平凹更是自觉的践行者。从他早期作品开始，自然的人化和人与自然的协调就一直是他写作的基本母题。无论是小说，还是散文，贾平凹都大量地写到了山石、月亮、流水、狐狸、狼、牛等事物，并将自然生态和人文生态紧密相连。这方面典型的作品是《怀念狼》。他写道，当狼这种具有野性的生物消失之后，人的命运和人性也会随之变得可怕而疯狂，原来，人和狼的敌对关系中，也是存在着相互依存的关系的，这就是贾平凹的自然辩证法。他就这部作品接受廖增湖访问时说："人是在与狼的斗争中成为人的，狼的消失使人陷入了惶恐、孤独、衰弱和卑鄙，乃至于死亡的境地。怀

---

① 我认为，《高老庄》的遗憾，就在于贾平凹进入了大实的境界，而在虚的方面，他还没有跳脱用意象来象征的思路，只是把虚符号化，没有从作品的深处生长出大虚来。

念狼是怀念着勃发的生命,怀念英雄,怀念着世界的平衡。""人自下而上不能没有狼,一旦狼从人的视野中消失,狼就会在人的心中存在。"① 这样的写作方式,虽然不无生硬之处,但贾平凹在人的自然生态和人文生态如何结合的探索上所给出的思考路径,还是有独特价值的,它甚至成了贾平凹写作中最为恒久的命题。从他的"商州系列",到《高老庄》《怀念狼》《制造声音》,以及《猎人》等一系列作品,外向自然(大自然)就一直是贾平凹作品中潜在的主人公。此外,在内向自然(生命自然、人性)上,贾平凹也是有深刻发现的。像《黑氏》《龙卷风》《五魁》《美穴地》《油月亮》《小楚》等作品,在人性的刻画上,都是独树一帜的。而他前几年发表的《饺子馆》和《阿吉》等作品,深入了城乡人性冲突的隐秘地带,尤其是他对中国社会中深厚的交际文化、流言文化、段子文化如何影响一个人的成功与失败的描绘,更是为当代文学观察人性提供了新的视角。

指出贾平凹在文学整体观上的探索和成就,显然能为中国文学的发展提供一些有益的启示。同时,它也能帮助我们更理性而清晰地认识一个作家。特别是像贾平凹这样的具有神话色彩的作家,对他的褒贬,都很容易走向极端,而失之客观。如果我们能以更冷静的心态来看,就能发现,贾平凹身上其实一直还有一股劲,还有一股渴望创造的冲动,所以,他的新作总能带给读者一些新鲜的话题。

三

《秦腔》依然贯彻着贾平凹的文学整体观,同时,贾平凹在这部作品中还建构起了一种新的叙事伦理。阅读《秦腔》是需要耐心的,它人物众多,叙事细密,但不像《废都》《高老庄》那样,有一条明晰的故事线索,《秦腔》"写的是一堆鸡零狗碎的泼烦日子"②。因此,就叙事本身来说,《秦腔》是一个大胆的尝试。在四十几万字的篇幅里,放弃故事主线,转而用不乏琐碎的细节、对话和场面来结构整部小说,这需要作者有很好的雕刻细节的能力,也需要作者能很好地控制叙事节奏。《秦腔》做到了。在当代中国,像《秦腔》这种反宏大叙事、张扬日常生活精神的作品,是相当罕见的。

---

① 廖增湖:《贾平凹访谈录》,载《当代作家评论》2000年第4期。
② 贾平凹:《秦腔》,作家出版社2005年版,第565页。

我首先注意到的是，贾平凹几部重要的长篇，对于时间的处理有着其他作家所没有的自觉。《秦腔》里写的生活时间是一年左右，《高老庄》大概写了一个月，《废都》里的时间差不多也是一年左右。一部大篇幅的长篇小说，只写一年左右的现实生活，而且写得如此生机勃勃、如此真实有趣，这在中国作家中是不多见的才能。中国作家写长篇，大多数都喜欢写一个非常长的时间跨度，动不动就是百年历史的变迁，或者家族史的演变，但贾平凹可以在非常短的时间、非常狭窄的空间里，建立起恢宏、庞大的文学景象，其写作难度要比前者大得多。像《高老庄》，贾平凹只写了一次回乡之行，前后一个月左右，《秦腔》所写的清风街的故事，前后时间也不长，但他能写得这么细密，这么本真，这么有耐心，所创造的现实景观又是如此庞大。就正如作家王彪所说，贾平凹写作《秦腔》是"有野心的"，他"以细枝末节和鸡毛蒜皮的人事，从最细微的角落一页页翻开，细流蔓延、泥沙俱下，从而聚沙成塔，汇流入海，浑然天成中抵达本质的真实"[①]。这种能力对当代文学来说，值得珍重。

其次，《秦腔》写的是极为琐碎、密实、日常化的当代生活，这种生活是近距离的，要写好它很不容易。许多作家能写好虚构的历史场景，但一面对当下的日常生活，就手足无措了。这表明在许多时候，日常生活更能考验作家。书写日常生活，本是中国小说的伟大传统，中国历史上最伟大的小说，像《金瓶梅》《红楼梦》，写的都是那个时代的日常生活，从而生动地为我们保存了那个时代的"肉身"——日常生活是一个时代真正的"肉身"。在当代，虽然也有不少作家在写当下的日常生活，但这些人笔下的当代生活，多数是观念性的，或者是被简化过的，它可以被概括、分析、陈述；贾平凹笔下的当代生活不同，如同流水，看起来肆意流淌，其实是有它自己的河道的，你很难用现成的结论来概括它，它更多的是一种状态，就挺立、呈现在那里。贾平凹将它写出来了，这就是创造——我一直认为，能否在最日常化、最生活化的地方，写出真情，写出人性的困难，写出生存的根本处境，这是衡量一个作家写作才能的重要标准。

胡兰成在《中国文学史话》中记载了一件事，一个日本陶工对他说："只做观赏用的陶器会渐渐的窄小，贫薄，至于怪僻，我自己感觉到要多做日常使用的陶器。"[②]一个陶艺家要经常烧一些日用的产品，比如平常吃饭的碗、喝茶的

---

① 贾平凹、王彪：《一次寻根，一曲挽歌》，载《南方都市报》2005年1月17日。
② 胡兰成：《中国文学史话》，上海社会科学院出版社2004年版，第13页。

杯、装菜的碟，由此来平衡自己的艺术感受，以免使自己的感觉走向窄小、贫薄、怪僻，这是一个很大的艺术创见。因此，胡兰成说："人世是可以日用的东西"，也正因为它的日用性，"所以都是贵气的，所以可以平民亦是贵人"。[1]《秦腔》就是这样的思路，它写的是日常的事，最简单、最普通的事，但在这些事上能建立起当代生活的内在真实，能写出中国人、中国文化、中国社会里富有意味的东西。它所写的人世不正是"可以日用的"？它所传承的不正是《金瓶梅》《红楼梦》的伟大传统？

或许中国人对这一小说传统已经相当陌生，所以，《秦腔》引发争议是必然的，就连贾平凹自己也在后记中发出如是感叹：

> 我的故乡是棣花街，我的故事是清风街，棣花街是月，清风街是水中月，棣花街是花，清风街是镜里花。但水中的月镜里的花依然是那些生老病离死，吃喝拉撒睡，这种密实的流年式的叙写，农村人或在农村生活过的人能进入，城里人能进入吗？陕西人能进入，外省人能进入吗？我不是不懂得也不是没写过戏剧性的情节，也不是陌生和拒绝那一种"有意味的形式"，只因我写的是一堆鸡零狗碎的泼烦日子，它只能是这一种写法，这如同马腿的矫健是马为觅食跑出来的，鸟声的悦耳是鸟为求爱唱出来的。我唯一表现我的，是我在哪儿不经意地进入，如何地变换角色和控制节奏。在时尚于理念写作的今天，时尚于家族史诗写作的今天，我把浓茶倒在宜兴瓷碗里会不会被人看作是清水呢？穿一件土布袄去吃宴席会不会被耻笑为贫穷呢？如果慢慢去读，能理解我的迷惘和辛酸，可很多人习惯了翻着读，是否说"没意思"就撂到尘埃里去了呢？更可怕的，是那些先入为主的人，他要是一听说我又写了一本书，还不去读就要骂母猪生不下狮子，狗嘴里吐不出象牙。我早年在棣花街时，就遇着过一个因地畔纠纷与我家置了气的邻居妇女，她看我家什么都不顺眼，骂过我娘，也骂过我，连我家的鸡狗走路她都骂过。我久久地不敢把书稿交付给出版社，还是帮我复印的那个朋友给我鼓劲，他说："真是傻呀你，一袋子粮食摆在街市上，讲究吃海鲜的人不

---

[1] 胡兰成：《中国文学史话》，上海社会科学院出版社2004年版，第13页。

光顾，要减肥的只吃蔬菜水果的人不光顾，总有吃米吃面的主

儿吧？！"

"它只能是这一种写法"，贾平凹说得很自信，但在这话的后面，也蕴藏着许多困惑和悲凉。我想，要真正理解《秦腔》，最重要的是要把它当作一种新型的小说来读，那些猎奇的、"翻着读"的读者，是很难进入这种细密、琐碎、日常化的文字的。正如米兰·昆德拉在论到卡夫卡的小说时所说："要理解卡夫卡的小说，只有一种方法。像读小说那样地读它们。不要在 K 这个人物身上寻找作者的画像，不要在 K 的话语中寻找神秘的信息代码，相反，认认真真地追随人物的行为举止，他们的言语、他们的思想，想象他们在眼前的模样。"①读《秦腔》时也应如此。虽然贾平凹明言这部小说是要"为故乡树起一块碑子"，但它首先是一部小说，唯有理解了小说的基本品质，才能进一步了悟贾平凹在这部小说中所寄寓的写作用心和故土感情。

细心的读者不难发现，从写整个商州到写清风街的故事，这前后二十几年间，贾平凹尽管也写了像《废都》这样的都市小说，但他的根还是在故乡，在那片土地上，他的精神从那里生长出来，最终也要回到那里去，这是一个心里有爱的作家必然的宿命。诚如贾平凹自己所说："做起城里人了，我才发现，我的本性依旧是农民，如乌鸡一样，那是乌在了骨头里的。"②因此，我能理解贾平凹在《秦腔》中所投注的对故土那复杂的感情：他爱这片土地，但又对这片土地的现状和未来充满迷茫；他试图写出故乡的灵魂，但心里明显感到故乡的灵魂已经破碎。

在这样一个精神被拔根、心灵被挂空的时代里，人活着都是游离的、受伤的，任何想回到故土记忆、回到精神本根的努力，都显得异常艰难而渺茫。《秦腔》也不例外。《秦腔》写了夏天智、夏天义、引生、白雪、夏风等众多人物，也写了那么多细碎、严实的日常生活，按理说，故乡的真实应该触手可及了，然而，我在《秦腔》所出示的巨大的实中，却触摸到了贾平凹心里那同样巨大的失落和空洞。他说出的是那些具体、真实的生活细节，未曾说出的是精神无处扎根的伤感和茫然。所以，有人说贾平凹写作《秦腔》是为了寻根，是一次写作的回乡之旅，这些都是确实的，但寻根的结果未必就是扎根，回乡也不一定能找

① 米兰·昆德拉：《被背叛的遗嘱》，余中先译，上海译文出版社2003年版，第217页。
② 贾平凹：《秦腔》，作家出版社2005年版，第560页。

到家乡，从精神意义上说，寻根的背后，很可能要面对更大的漂泊和游离。因此，在《秦腔》后记的结尾处，贾平凹喊出了"故乡啊，从此失去记忆"的悲音，我读起来是惊心动魄的。它所说出的，何尝不是当代中国最为真切、严峻的精神处境？

确实，大多数现代人的生存状态几乎都是挂空的。故乡是回不去了，城市又缺乏扎根的地方，甚至大多数的城市人连思想一种精神生活的闲暇都没有了。孔子说，"老者安之，少者怀之，朋友信之"，这本是人生大道，然而，在灵魂挂空的现代社会，不仅老者需要安怀，一切人都需要安怀。哲学家牟宗三在《说"怀乡"》一文中说，自己已无乡可怀，因为他对现实的乡土没有具体的怀念，而只有对于"人之为人"的本质之怀念。"现在的人太苦了。人人都拔了根，挂了空。这点，一般来说，人人都剥掉了我所说的陪衬，人人都在游离中。可是，唯有游离，才能怀乡。而要怀乡，也必是其生活范围内，尚有足以起怀的情愫。自己方面先有起怀的情愫，则可以时时与客观方面相感通，相粘贴，而客观方面始有可怀之处。虽一草一木，亦足兴情。君不见，小品文中常有'此吾幼时之所游处，之所憩处'等类的话头吗？不幸，就是这点足以起怀的引子，我也没有。我幼时当然有我的游戏之所，当然有我的生活痕迹，但是在主观方面无有足以使我津津有味地去说之情愫。所以我是这个时代大家都拔根之中的拔根，都挂空之中的挂空。这是很悲惨的。"[1]

读《秦腔》，也同样能体会到这种"拔根""挂空""悲惨"的感受。贾平凹越是想走近家乡，融入故土，就越是发现故乡在远离自己。这并非他一个人的困境，而是现代人与土地之间的关系正在面临破裂和毁灭。《秦腔》以夏天智和夏天义的死来结尾，就富有这样的象征意味。秦腔痴迷者夏天智的死，既可以看作民间精神、民间文化的一种衰败，也可看作中国乡村最有生命力的部分正在面临消失——这种衰败和消失，并非一夜之间完成的，而是一点一点地进行的，到夏天智死的时候，达到了一个顶峰。那时，秦腔已经沦落到只是用来给喜事丧事唱曲的境地。而农村的劳动力呢，"三十五席都是老人、妇女和娃娃们，精壮小伙子没有几个，这抬棺的、启墓道的人手不够啊！"[2]人死了，没有足够的劳力将死人抬到墓地安葬，这是何等真实又何等凄凉的中国乡土现实。你

① 牟宗三：《生命的学问》，三民书局1989年版，第3页。
② 贾平凹：《秦腔》，作家出版社2005年版，第538页。

让身处其中的人怎能安怀？夏天义是想改变这种处境的，但最后他死在了一次山体滑坡中（这次山体滑坡把夏天智的坟也埋没了），清风街的人想把他从土石里刨出来，仍然没有主要劳力，来的都是些老人、小孩和妇女，刨了一夜，也只刨了一点点，无奈，只好不刨了，就让夏天义安息在土石堆里——这或许正是夏天义自己的心愿：和这一块自己热爱的土地融为一体。随着夏天智和夏天义的死，清风街的故事也该落下帷幕了，而那些远离故土出外找生活的人，那些站在埋没夏天义的那片崖坡前的清风街的人，包括疯子引生，似乎都成了心灵无处落实的游离的孤魂。正如夏天义早前所预言的，他们"农不农，工不工，乡不乡，城不城，一生就没根没底的像池塘里的浮萍"，一片茫然。

四

司马迁说，人在穷困之时，"未尝不呼天也，未尝不呼父母也"，其实，人在穷困之时，精神在贫瘠之时，又何止"呼天""呼父母"？他必然还会想归依大地和故土。中国人、中国文化自古以来都注重生命，而生命最核心的就是要扎根，要落到实处。张横渠说"为天地立心，为生民立命"，可见，天地之"心"和生民之"命"本是一。因此，我认为，最好的文学，都是找"心"的文学、寻"命"的文学，也就是使灵魂扎根、落实的文学。"人类有了命，生了根，不挂空，然后才有日常的人生生活。离别，有黯然销魂之苦；团聚，有游子归根之乐。侨民有怀念之思，家居有天年之养。这时，人易有具体的怀念，而民德亦归厚。"①《秦腔》所盼望和怀想的，正是这种"有了命，生了根，不挂空"的人生实现。它以故土为背景，既写出了作者找"心"、寻"命"的复杂感受，也写出了人与土地的关系破裂之后，生命无处扎根、灵魂无处落实、心无处归依的那种巨大的空旷和寂寞。由《秦腔》可以想见，贾平凹一直存着一颗温润的赤子之心，因为他一刻也没有放弃追索自身的"心"与"命"之归宿和根本。

为此，我把《秦腔》看作一种尊灵魂的写作。所谓尊灵魂，即不忘在作品中找天地之"心"、寻人类之"命"。这样的意识，在当代写作界，正变得越来越稀薄，此是当代文学之主要危机。由尊灵魂，而有生命叙事；由生命叙事，才得见一部作品的生机和情理。读《秦腔》，若不能深入这个层面，是断难在众多沉

---

① 牟宗三：《生命的学问》，三民书局1989年版，第3页。

实的段落里看出作者的苦心经营的。

> 父亲去世之后，我的长辈们接二连三地都去世，和我同辈的人也都老了，日子艰辛使他们的容貌看上去比我能大十岁，也开始在死去。我把母亲接到了城里跟我过活，棣花街这几年我回去次数减少了。故乡是以父母的存在而存在的，现在的故乡对于我越来越成为一种概念。每当我路过城街的劳务市场，站满了那些粗手粗脚衣衫破烂的年轻农民，总觉得其中许多人面熟，就猜测他们是我故乡死去的父老的托生。我甚至有过这样的念头：如果将来母亲也过世了，我还回故乡吗？或许不再回去，或许回去得更勤吧。故乡呀，我感激着故乡给了我的生命，把我送到了城里，每一作想故乡那腐败的老街，那老婆婆在院子里用湿草燃起熏蚊子的火，火不起焰，只冒着酸酸的呛呛的黑烟，我就强烈地冲动着要为故乡写些什么。我以前写过，那都是写整个商州，真正为棣花街写的太零碎太少。我清楚，故乡将出现另一种形状，我将越来越陌生，它以后或许像有了疤的苹果，苹果腐烂，如一泡脓水，或许它会淤地里生出了荷花，愈开愈艳，但那都再不属于我，而目前的态势与我相宜，我有责任和感情写下它。法门寺的塔在倒塌了一半的时候，我用散文记载过一半塔的模样，那是至今世上唯一写一半塔的文字。现在我为故乡写这本书，却是为了忘却的回忆。

这就是灵魂的伤怀，生命的喟叹。《秦腔》从这样的体验出来，以爱，以温暖，以赤子之心，写了一批正在老去的人，一片行将消失的土地。包括贾平凹选择"秦腔"做书名，也寄寓着这样的念想，秦腔是秦人的声音，而秦人自古以来就是大苦大乐的民众，他们的喜怒哀乐，都可以借由秦腔来表达。然而，在《秦腔》里，秦腔作为一种地方戏曲、一种传统文化的象征，无可挽回地在走向衰败，如同白雪（她也是秦腔艺人）的命运，一片凄凉。或许，在内心里，贾平凹并不愿意让秦腔成为故土上的挽歌和绝唱，但现实如此残酷，生存如此严峻，那股生命的凉气终究还是在《秦腔》的字里行间透了出来。

因此，《秦腔》的叙事，从表面看来，是喧嚣的，热闹的，但这种喧嚣和热闹的背后，一直透着这股生命的凉气——这股凉气里，有心灵的寂寞，有生命的迷茫，有凭吊和悲伤，也有矛盾和痛苦。这是贾平凹在《秦腔》中没有完全说出的部分，是整部作品的暗流，也是一种沉默的声音。《秦腔》的矛盾、冲突及其复杂性，正是体现于此。在当代中国，少有人能像贾平凹这样明晰、准确地理解农村这一独特、复杂的现实："以往许多写农村的作品，写得太干净，如一种说法，把树拔起来，根须上的土都在水里涮净了。建立在血缘、伦理根基上的土性文化，它是黏糊的，混沌的……往往这个时候我们难以把握，更多的是迷惘、矛盾。"①面对这种黏糊、混沌的状态，贾平凹所着力的是呈现——在最具体、最细节处呈现，在那些躁动而混茫的心灵中呈现。所以，贾平凹看重日常生活，看重在生活的细节中所建构起来的那个活泼、有生机的世界。这个世界还在扩展，还没有完成，但日夜都在遭受时代潮流的磨碾，它会被时代的强力意志吞食吗？它能在时代的喧嚣中重新找到自己的方向和边界吗？贾平凹无意回答这个问题，他只愿意在迷惘、矛盾中做真实的呈现。他在《秦腔》后记中也说："我的写作充满了矛盾和痛苦，我不知道该赞颂现实还是诅咒现实，是为棣花街的父老乡亲庆幸还是为他们悲哀……古人讲：文章惊恐成。这部书稿真的一直在惊恐中写作……"②在"赞颂"和"诅咒"、"庆幸"和"悲哀"之间，贾平凹再一次坦言自己"充满了矛盾和痛苦"，他无法选择，也不愿意作出选择，所以，他只有"在惊恐中写作"。在我看来，正是在这种矛盾、痛苦和惊恐中，贾平凹为自己的写作建立起了一种新的叙事伦理。

《秦腔》之所以会被认为是中国当代乡土写作的重要界碑，与贾平凹所建立起来的这种新的写作伦理是密切相关的。假如贾平凹在写作中选择了"赞颂现实"或者"诅咒现实"，选择了为父老乡亲"庆幸"或者为他们"悲哀"，这部作品的精神格局将会小得多，因为价值选择一清晰，作品的想象空间就会受到很大的限制。但贾平凹在面对这种选择时，他说"我不知道"，这个"不知道"，才是一个作家面对现实时的诚实体会——世道人心，本是宽广、复杂、蕴藏着无穷可能性，谁能保证自己对它们都是"知道"的呢？《庄子·齐物论》载："啮缺问乎王倪曰：子知物之所同是乎？曰：吾恶乎知之。子知子之所不知耶？曰：吾恶乎知之。然则物无知耶？曰：吾恶乎知之。虽然，尝试言之，庸讵知吾所谓知之非不知耶？庸讵知吾所谓不知之非知耶？"你知道这些吗？我不知。

① 贾平凹、王彪：《一次寻根，一曲挽歌》，载《南方都市报》2005年1月17日。
② 贾平凹：《秦腔》，作家出版社2005年版，第563—564页。

你知道你不知吗？我也不知。我只是一个"无知"，但我这个"无知"何尝不是一种生命的真知？这种真知，既是自知之明，也是生命通透之后的自觉，是一种更高的智慧。遗憾的是，中国当代活跃着太多"知道"的作家，他们对自己笔下的现实和人世，"知道"该赞颂还是诅咒，他们对自己笔下的人物，也"知道"该为他庆幸还是悲哀。其实这样的"知道"，不过是以作者自己单一的想法，代替现实和人物本身的丰富感受而已。这令我想起胡兰成对林语堂《苏东坡传》的批评。苏轼与王安石是政敌，而两人相见时的风度都很好。但是，"林语堂文中帮苏东坡本人憎恨王安石，比当事人更甚。苏与王二人有互相敬重处，而林语堂把王安石写得那样无趣……"①胡兰成的批评不无道理。相比之下，当代文学界的很多作家在帮人物憎恨（或者帮人物喜欢）这事上，往往做得比林语堂还积极。

但贾平凹没有在《秦腔》中"帮苏东坡本人憎恨王安石"，没有帮乡亲恨时代、恨干部，因为他深知，真正的文学精神不该纠缠在是非得失上，而应是一种更高的对生活的仁慈。

五

仁慈就是一种宽容和饶恕。饶恕生活，宽容别人，以慈悲看人世，这何尝不是一种更深广、更超越的文学观？写作最怕的是被俗常道德所累，被是非之心所左右，深陷于此，写作的精神格局就会变得狭小、平庸。然而，面对这样一个价值颠倒、欲望沉浮的时代，又有几个作家愿意在作品中放弃道德抉择的快意？唯有那些沉入时代内部、心存慈悲的人，才能看出在生活的表象下还隐藏着一个更高的生存秘密。胡兰成在论到张爱玲的小说时，就敏锐地发现了张爱玲身上那种宽容和慈悲。他说，张爱玲的小说也写人生的恐怖与罪恶、残酷与委屈，但我们在读她作品的时候，有一种悲哀，同时又是欢喜的，因为你和作者一同饶恕了他们，并且抚爱着那受委屈的。饶恕，是因为恐怖、罪恶与残酷者其实是悲惨的失败者；张爱玲悲悯人世的强者的软弱，而给予人世的弱者以康健与喜悦。人世的恐怖与柔和、罪恶与善良、残酷与委屈，一被作者提高到顶点，就结合为一。②除了胡兰成，还很少人能在张爱玲的小说中看到"饶恕"，看

① 胡兰成：《中国文学史话》，上海社会科学院出版社2004年版，第119页。
② 胡兰成：《中国文学史话》，上海社会科学院出版社2004年版，第171—172页。

到"悲悯"，看到"恐怖与柔和、罪恶与善良、残酷与委屈"被提高到顶点时能"结合为一"，看到生之悲哀与生之喜悦。因此，张爱玲的小说虽然苍凉，却也不乏柔和与温暖，这或许正是伟大的文学所特有的品质。

《秦腔》在处理现实时，同样潜藏着丰富的精神维度。贾平凹无意出示任何单一的答案，他重在呈现，重在以慈悲的眼光面对现实，并以一种宽广的心来理解那些微妙而复杂的世事沉浮。由此，我们就不难理解，贾平凹为何要选择引生这个疯子来充当《秦腔》一书的叙述者。疯子、狂人、白痴，对于常人而言，他们是残缺的，但也是神秘的，这些特殊的视角如果应用得好，可以为文学打开一个巨大、隐秘的世界。鲁迅的《狂人日记》和福克纳的《喧哗与骚动》，都堪称这方面的经典。《秦腔》以引生作为叙述者，显然是想让这个疯子扮演一个复杂的角色——他既知道一切，又什么也不知道；他既可以随意说话，也可以说了白说；他善于记住，也善于遗忘；他无道德、无是非，但也并非全然混沌一片。王船山说庶民是"至愚"，又是"至神"，这表明二者间的分际并不明显，而引生因为有着疯病，正好成了一个集"至愚"和"至神"于一身的人。由他来做叙述者，恰好最能体现作者的宽容、饶恕、仁慈和同情心，同时，他也是能将生之悲哀与生之喜悦结合为一的人。他的"至愚"，使他得以成为客观的、"不知道"的生活观察者；他的"至神"，则使他能超越众人之上，想别人所未想，做别人所不敢做的事。因此，引生既是"至愚""至神"的叙述者，也是整部《秦腔》中最仁慈又最宽容、最悲哀又最快乐的人物。

> 我连续三天再没去七里沟，夏天义以为我患了病，寻到了我家，他看见我好好地在屋门口，说："你在家干啥哩？"我拿眼瞧着土炕，我没说，只是笑。夏天义就走过去揭土炕上的被子，被子揭开了什么也没有。我却是扑过去抱住了夏天义，我不让他揭被子，甚至不让他靠近土炕。夏天义说："你又犯疯病啦？！"我叫道："你不要撵她！"夏天义说："撵谁？"啪啪扇我两个耳光，我坐在那里是不动弹了，半天清醒过来，我才明白白雪压根儿就没有在我的土炕上。我说："天义叔！"呜呜地哭。
>
> 夏天义拉着我再往七里沟去，我像个逃学的小学生，不情愿又没办法，被他一路扯着。刚走到东街口牌楼下，有人在说："二伯！"我抬起头来，路边站着的正是白雪。这个白雪是不是真

的？我用手掐了掐我的腿，疼疼的。夏天义说："你去你娘那儿了？"白雪说："我到商店买了一截花布。"我一下子挣脱了夏天义的手，跳在了白雪的面前，将那小白帕按在了她的鼻子上。白雪啊地叫了一声，跌坐在地上。夏天义立即将我推开，又踢了一脚，骂道："你，你狗日的!"一边把白雪拉起来，说："你快回去，这引生疯了!"

引生爱白雪，这种爱当然是不对等的：白雪是出名的美女、文化人，引生只是一个被大家当笑物的疯子。但引生愿意为白雪做一切，甚至愿意为她去死。他听赵宏声说，只要拿个小手帕在白雪面前晃一晃，白雪就会跟他走，他果然照着做了，结果，自然只能换来夏天义的"将我推开，又踢了一脚"，换来白雪对他的鄙夷和漠然，而"我"除了"呜呜地哭"，又能怎样呢？有意思的是，被人打骂和鄙视的"我"，虽然把这件事看作"在我的一生中……最丢人的事"，"但我没有恨白雪，也没有恨夏天义"①。这，就是对生活的仁慈，虽然出自引生之口，却也不妨理解为作者对世界的基本态度。

由"我没有恨……也没有恨……"这一独特句式所体现出来的写作伦理，和"我不知道"一样，都是超越是非、善恶、对错、得失的，它试图通达的是一个"通而为一"、超越道德的大境界。如果用米兰·昆德拉的话说，就是使小说留在"道德审判被悬置的疆域"。"悬置道德审判并非小说的不道德，而是它的道德。这道德与那种从一开始就审判，没完没了地审判，对所有人全都审判，不分青红皂白地先审判了再说的难以根除的人类实践是泾渭分明的。如此热衷于审判的随意应用，从小说智慧的角度来看是最可憎的愚蠢，是流毒最广的毛病。这并不是说，小说家绝对地否认道德审判的合法性，他只是把它推到小说之外的疆域。在那里，只要你们愿意，你们尽可以痛痛快快地指责巴奴日的懦弱，指责爱玛·包法利，指责拉斯蒂涅克。那是你们的事，小说家对此无能为力。"②确实，小说只是对世界的呈现，对人生的同情，对存在的领悟，它在人间道德上的无力，恰恰是为了建构起一个更为有力的世界——这个世界说出爱，说出仁慈，说出同情，说出生之喜悦和生之悲哀，说出更高的平等和超然。《秦腔》正是这样，所以它的叙事伦理是超越善恶的。作者拒绝在小说中进行任何

---

① 贾平凹：《秦腔》，作家出版社2005年版，第390页。

② 米兰·昆德拉：《被背叛的遗嘱》，余中先译，上海译文出版社2003年版，第7页。

道德审判，因为"艺术中的道德美……是极其容易消失的"①。你在《秦腔》里很难找到绝对的对与错、是与非，里面的人物之间即便一时有隔阂和冲突，这个冲突也很快就会被化解。正是有了这种超然和仁慈，贾平凹在《秦腔》中才能书写出一种和解的力量：人与人的和解，人与历史的和解，人与土地的和解。这中间，虽然也发生了许多冲突和矛盾，但你在《秦腔》里找不到怨恨。

正因为如此，"赞颂现实"或"诅咒现实"都无济于事，并不能为我们敞开现实的真实面貌。为此，贾平凹在《秦腔》中选择了一种仁慈、平等、超越善恶的立场，以此来重新表达中国当代的乡土现实。就文学而言，这是一种巨大的革命。翻开《秦腔》，我们很容易就能读到慈悲和谦逊，原因也正在于此。比如，贾平凹看到了故乡、土地正在衰败、行将消失的命运，但他承认，他不知道该是谁也不知道该是哪种力量来为这样一种消失和衰败承担责任。"我站在街巷的石磙子碾盘前，想，难道棣花街上我的亲人、熟人就这么很快地要消失吗？这条老街很快就要消失吗？土地也从此要消失吗？真的是在城市化，而农村能真正地消失吗？如果消失不了，那又该怎么办呢？"②这样的茫然和无奈，有时比任何现实的答案都更有力量。如果贾平凹在《秦腔》里具体指出是哪一种力量该为大地的消失、乡土生活的衰败承担责任的话，他这部作品的格局就要小得多了。

《秦腔》最为出色的地方，就在于它所呈现的现实是无解的，作家在写作态度上是两难的。这暗合了王国维在《〈红楼梦〉评论》中所阐释的思想。王国维认为悲剧有三种：一种是蛇蝎之人造成的；一种是由人物盲目的命运造成的；还有一种是没有原因的，是时代和人的错位，用王国维的话说，是"通常之道德、通常之人情、通常之境遇"造成的。③《红楼梦》的悲剧就属于第三种。像林黛玉和贾宝玉之间的悲剧是谁造成的？是贾母还是贾宝玉？都不是。因为贾母相信金玉良缘，要贾宝玉跟薛宝钗结成婚配，这并没有什么错，也合乎情理——宝钗也有她的可爱之处。因此，在《红楼梦》里，所有的人都没有错，但这些无错之人却共同制造了一个伟大的悲剧。这种无错之错反而说出每个人

---

① 苏珊·桑塔格：《反对阐释》，程巍译，上海译文出版社2003年版，第63页。

② 贾平凹：《秦腔》，作家出版社2005年版，第562—563页。

③ 王国维：《〈红楼梦〉评论》，见《王国维、蔡元培、鲁迅点评〈红楼梦〉》，团结出版社2004年版，第19页。

都得为这个悲剧承担一份责任。关于这一点，牟宗三先生也有过精彩的论述，他说："人们必得以林黛玉之不得与宝玉成婚为大恨，因而必深恶痛绝于宝钗。我以为此皆不免流俗之酸腐气。试想若真叫黛玉结婚生子，则黛玉还成为黛玉乎？此乃天定的悲剧，开始时已经铸定了。人们必得于此恨天骂地，实在是一种自私的喜剧心理。人们必得超越这一关，方能了悟人生之严肃。同理，读《水浒》者，必随金圣叹之批而厌恶宋江，亦大可不必。须知梁山也是一组织。《水浒》人物虽不能过我们的社会生活，但一到梁山，却亦成了一个梁山社会。自此而言，宋江是不可少的。不可纯以虚假目之也。必须饶恕一切，乃能承认一切，必须超越一切，乃能洒脱一切。"①

贾平凹的《秦腔》正是朝着这个方向走的，它虽然是乡土的挽歌，但它里面没有怨气和仇恨，也没有过度的道德审判，这是一个很高的写作境界。"必须饶恕一切，乃能承认一切，必须超越一切，乃能洒脱一切"，牟宗三先生这话说出了一种新的写作伦理，它和"帮苏东坡本人憎恨王安石"式的写作伦理正好相对。贾平凹在《秦腔》中，以其赤子之心的温润，在写作上回应和展开了这种全新的叙事伦理，我以为，这无论对于他本人，还是对于中国当代文学，都值得特别重视。

(原载《当代作家评论》2005 年第 5 期)

---

① 牟宗三：《生命的学问》，广西师范大学出版社2005年版，第192—193页。

乡村世界的凋敝与传统文化的挽歌

——评贾平凹长篇小说《秦腔》

王春林

一

首先应该承认，在阅读贾平凹《秦腔》的过程中，我的确曾经产生过与批评家李建军一样的阅读感受。在李建军看来，贾平凹是一位热衷于在自己的小说创作中毫无节制地描写恋污癖和性景恋事象的作家。"贾平凹至少在《废都》《土门》《怀念狼》《病相报告》，中篇小说《阿吉》及短篇小说《猎人》中无节制地描写过大量的恋污癖和性景恋事象。"[①] 在罗列了小说文本中的诸多相关段落之后，李建军认为《秦腔》在这一点上的表现较之于前作可谓有过之而无不及。"文学上的恋污癖，是指一种无节制地渲染和玩味性地描写令人恶心的物象和场景的癖好和倾向；而性景恋，按照霭理斯的界定，即'喜欢窥探性的情景，而获取性的兴奋'。"[②] 在对文学上的恋污癖与性景恋进行了如上界定之后，李建军不无忧虑地指出："恋污癖与性景恋却是贾平凹的小说作品中的常见病象。一个作家以如此顽固的态度和浓厚的兴趣表现如此怪异的趣味，实在是一个令人惊讶的精神现象，一个值得认真研究的严重问题。"[③] 应该承认，李建军的感觉是敏锐的，其判断也是基本合理的。在阅读贾平凹的《秦腔》以及他的其他一些小说作品时，我也同样注意到了李建军所揭示的病象的醒目存在。就我个人的基本理解而言，频繁出现于贾平凹诸多小说文本中的如此引人注目的恋污癖与性景恋描写，所说明的正是作家贾平凹自身的一种越来越外显化了的病态审美心理的存在。在我看来，类似的艺术描写其实并无必然存在的理由，即以《秦

---

① 李建军：《是高峰，还是低谷——评长篇小说〈秦腔〉》，载《文艺争鸣》2005年第4期。

② 李建军：《是高峰，还是低谷——评长篇小说〈秦腔〉》，载《文艺争鸣》2005年第4期。

③ 李建军：《是高峰，还是低谷——评长篇小说〈秦腔〉》，载《文艺争鸣》2005年第4期。

腔》为例，删去这些艺术描写实际上并不能构成对于《秦腔》艺术成就的损害。虽然，贾平凹自己很可能会以表现生活的完整性之类的理由来为自己的写作行为辩护。

从贾平凹的写作历程来看，在其《废都》之后的许多小说作品中，对于恋污癖与性景恋的一再重复的描写确实是一种无法否认的客观事实。这样一种小说病象的显豁存在，所说明的的确是贾平凹内心世界中潜藏着的一种顽固而突出的病态审美趣味。然而，强调贾平凹的病态审美心理的客观存在却并不意味着对于贾平凹小说创作的批判与否定。正如同每一个体都是不同程度上的变态者一样，其实哪一个作家又能标榜自己没有丝毫的病态心理存在呢？只不过更多的作家把它很好地掩盖起来，而贾平凹却极显豁地将其坦露于世人面前而已。更何况，如果仅仅局限于艺术领域，所谓病态的天才艺术家其实是不胜枚举的，而且经常地，正是这些病态的天才艺术家才会有惊世骇俗的艺术创造。对于贾平凹，我更愿意将其作为这样一位病态然而却天才的艺术家来加以理解。也正是在这样的意义上，我虽然认同李建军所指出的《秦腔》中确实存在着颇为醒目显豁的对于恋污癖与性景恋事象的并无必要的艺术描写，但同时却又实在无法同意李建军仅仅从这一点出发而对《秦腔》所作出的全面否定。李建军是我非常敬重的一位文学批评家，对于他那样一种锐利的批评锋芒，那样一种非凡的批评勇气，我也往往会有一种虽不能至但心向往之的真诚肯定。然而，在究竟应该如何评价贾平凹《秦腔》这一问题上，我却又实在无法接受李建军将其指称为"一部粗俗的失败之作"的最终结论。李建军说："由于拥有了这些基本的感觉形式，拥有了判断文明生活的基本理念和价值尺度，我们才怀疑，仅仅靠一部描写恋污癖和性景恋事象的书，一个作家是否能够为自己的故乡'树起一块碑子'，——即使能够竖立起来，那它又会是一块什么样的'碑子'呢？"① 在我看来，李建军在此处所作出的一种非常明显的以局部代整体的判断有失偏颇。《秦腔》中固然存在着描写恋污癖和性景恋事象的情形，但此种情形在这样一部长达四十五万言的长篇小说中所占的比例其实是很小的。由此而断言《秦腔》是"一部描写恋污癖和性景恋事象的书"至少在我看来是一种难以成立的偏激结论。正如同我们泼脏水不应该将孩子一同倒掉一样，我们同样不应

---

① 李建军：《是高峰，还是低谷——评长篇小说〈秦腔〉》，载《文艺争鸣》2005年第4期。

该因为《秦腔》中确实部分地存在着对恋污癖与性景恋事象的描写而对《秦腔》作出一种简单化的否定性评价。

恰恰相反，在我看来，《秦腔》不仅不应该被指称为"描写恋污癖和性景恋事象"的"一部粗俗的失败之作"，而且更应该得到一种高度的评价。我是贾平凹长篇小说的忠实阅读者，自《商州》以来，包括《浮躁》《废都》《土门》《白夜》《高老庄》《病相报告》《怀念狼》，一直到《秦腔》，这些长篇我都认真地阅读过，有的甚至还读过不止一遍。从我个人的阅读体验出发，我以为其中能够真正代表贾平凹迄今为止所达到的最高艺术水准者，实际上只有《废都》与《秦腔》。虽然我们也承认贾平凹的其他长篇尤其是《浮躁》《高老庄》也都达到了相当高的艺术水准，但实在地说，将来很有希望在文学史上被重新提及的恐怕只能是《废都》与《秦腔》。虽然《废都》十年前的问世曾经在文坛掀起一场轩然大波，虽然当时文坛上更多的是对于《废都》诋毁与否定的声音，但是在时过境迁之后的今天，在我们又经历了中国社会十年的变迁更迭之后，我们才有可能真正地认识到《废都》的价值与意义所在。如果说，在 20 世纪 90 年代之初，仍然被裹挟在 80 年代浓烈的理想主义氛围中的人们，还无法理解并认同贾平凹在《废都》中通过庄之蝶这样一个人物形象所表现出的知识分子精神的颓败与虚无的话，那么当人们真实地经历了十年来中国社会的沧桑变迁，当人们经验了十年来中国社会总体上的道德崩溃与精神沦丧，当人们目睹了十年来中国知识分子于物的挤压之下几乎惨不忍睹的精神变形的真实境况之后，我们才可以真正地理解并认同贾平凹那带有明显的文化与精神先知意味的《废都》的写作价值。"春江水暖鸭先知"，作家虽然不可能具有未卜先知的超常功能，但优秀的作家往往具有一种常人未必会有的高度敏感。而正是凭着这样一种高度的敏感，贾平凹才可以在 20 世纪 90 年代初就写出了现在看来确实带有突出预言色彩的这样一部以知识分子精神为主要言说对象的《废都》来。从这个意义上来看，虽然当年贾平凹因《废都》一书而承受过巨大的现实与精神压力，然而在看到十年之后有越来越多的人理解并认同《废都》深刻的思想艺术价值的时候，我想，贾平凹大约是能够释然地会心一笑的。

众所周知，贾平凹有着长期的乡村生活经验，而这也就使得对乡村世界的关注与表现成了贾平凹小说写作最突出的一个特征。在这个意义上，完全可以说《废都》是贾平凹小说写作中的一个异数，可以被视为贾平凹小说写作历程中唯一一部表现中国当代知识分子精神畸变的杰出作品。《废都》之外的其他长篇则基本上都可以被划归于以乡村世界为主要关注对象的乡土小说之中，虽然这些长篇之间的艺术成就并不平衡。我们之所以认定《秦腔》的思想艺术成就要明显地高出贾平凹其他的长篇小说，乃是因为虽然在其他乡土长篇小说中贾平凹也力图将当时真实的乡村景观呈现于读者面前，但是由于作家的视野被某种意识形态的或者文化意义上的因素遮蔽影响，作家的这样一种写作意图实际上却又往往无法得到较为完美的实现。比如在写作《浮躁》时，虽然作家对农村改革有一定程度上的理性思考存在，但从总体上看，作家还是更多地对改革持有一种肯定性的政治姿态，而这样一种带有突出意识形态色彩的姿态当然会影响到作家对于乡村世界更为深入透彻的洞察与表现。

再比如《高老庄》的写作，虽然小说也的确在某种程度上还原了乡村世界的原生态，但是带有鲜明启蒙色彩的视角性人物高子路的贯穿始终，在表达了某种鲜明的批判立场的同时也不可避免地妨害着作家对于乡村世界的一种完整与混沌性的艺术传达。从某种意义上说，作家只有在剥离了一切先验的无论是意识形态的抑或文化意义上的遮蔽之后方才有可能对乡村世界的真实（此种真实并非仅仅是一种外部图景的毕肖，而更指一种内在于人物精神世界之中的人性的真实）作一种深入透彻的艺术表现。《秦腔》正是这样一部相当罕见的表现当下中国乡村世界刻骨真实的优秀作品。在阅读《秦腔》的过程中，常常会有一种被作家所表现的惨烈乡村生存图景猛然击中的疼痛感产生。我觉得，《秦腔》是一部有大绝望大沉痛大悲悯潜存于其中的优秀作品。贾平凹在小说中对于当下时代中国乡村世界的凋敝图景，对于传统文化在乡村世界日趋衰微情形的堪称入木三分的真切展示，正可被视作《秦腔》最深刻的思想艺术主旨所在。我们知道的一个事实是，自有新文学以来，艺术成就表现最充分也最高的两个社会阶层便是"知识分子"和"农民"，而贾平凹则恰好凭借《废都》与《秦腔》这两部小说在这两个方面均取得了相当突出的成就。在我看来，《废都》与《秦腔》之所以能够成为贾平凹迄今为止最成功的两部长篇小说，最根本的原因之一便是作家写作时有着一种情感体验极其刻骨铭心的自我投入。《废都》中的庄之蝶绝对不可简单地等同于贾平凹自己，但其中极明显地投射着贾平凹诸多切己的体验却也是不争的事实。我们虽然不能说贾平凹的其他乡土长篇小说中便没有自我体验的投入，但只有在《秦腔》这样一部以作家生活了十九年之久的故乡为直接描写对象的、作家欲凭此而"为故乡树起一块碑子"的长篇小说中，贾平凹才会有一种更加刻骨的亲身体验的全部投入。

在这个意义上，我们也就完全可以说，《废都》与《秦腔》其实均是作家饱蘸着自己的血泪写出的真情之作。曹雪芹有句云："满纸荒唐言，一把辛酸泪。都云作者痴，谁解其中味？"写作《废都》与《秦腔》时贾平凹的精神心理状态几近之也。

二

其实，早在《秦腔》的后记中，对于自己这部长篇小说所可能招致的误解，贾平凹就已经有过相当准确的预言："如果慢慢去读，能理解我的迷惘和辛酸，可很多人习惯了翻着读，是否说'没意思'就撂到尘埃里去了呢？更可怕的，是那些先入为主的人，他要是一听说我又写了一本书，还不去读就要骂猪生不下狮子，狗嘴里吐不出象牙。"小说发表后部分人的反应与表现确也大致如此。然而，虽然预感到了小说发表后可能的遭遇，但贾平凹还是以一种甚为决绝的态度推出了《秦腔》，其中所凸显的正是作家的一种极强烈的艺术自信。那么，《秦腔》艺术上的成功之处究竟表现在哪些方面呢？我认为我们首先应该关注的是小说的语言。小说是语言的艺术。虽然小说仅有语言是绝对不够的，但一部真正优秀的小说却首先必须有一种充满艺术质感与艺术张力的既充分个性化而又充分及物的小说语言。语言之于小说的重要性，对已有近三十年小说写作经验的贾平凹来说，自然是十分清楚的。更何况，在中国文学界，贾平凹又一贯是以自己充满灵慧之气的语言特色而广为称道的。虽然贾平凹的小说语言在不同阶段也发生着不同的变化，但就此前作家的语言实践而言，断言贾平凹是当下中国文学界语言功力最为深厚的作家之一，恐怕还是能够得到大多数文学同道认可的。因此，对于贾平凹而言，顺乎自己此前的语言方式完成《秦腔》的写作似乎是一件十分顺理成章的事情。然而，本应顺理成章的事情却又偏偏发生了变化。就笔者对于《秦腔》的阅读而言，的确出现了一时无法接受贾平凹言语方式的变化、一时难以循由语言的渠道顺畅进入小说文本的情形，尤其是在阅读刚刚开始的时候。随之而生的自然是一个极大的疑问：贾平凹为什么要以这样的一种语言方式来建构《秦腔》的小说世界？这样的疑问当然随着对于小说文本逐渐深入的阅读理解而得以消除了。

　　事实上，正如贾平凹所言，《秦腔》的确是一部需要耐心地慢慢去读的小说。只有以这样一种平静耐心的姿态去面对《秦腔》，我们才可能真正地理解那弥漫于小说字里行间的贾平凹所谓"我的迷惘和辛酸"。其实，如我这样的阅读体验并非是独有的，据我所知，不仅仅是普通读者，即使是如我这般专以阅读小说为业的其他一些批评家同道，也都曾经产生过如我一样的阅读感受。应该说，这是一种阅读贾平凹此前的小说作品时所没有过的阅读情形。贾平凹本来完全有能力写出顺应大众阅读心理的小说作品来，但他为什么一定要以这样的一种语言面目呈现于读者之前呢？我认为，这与作家在小说中所欲传达的思想艺术主旨存在着直接的关系。我们注意到，还是在《秦腔》的后记中，贾平凹曾经讲过这样一番话："我的故乡是棣花街，我的故事是清风街，棣花街是月，清风街是水中月，棣花街是花，清风街是镜里花。但水中的月镜里的花依然是那些生老病离死，吃喝拉撒睡，这种密实的流年式的叙写，农村人或在农村生活过的人能进入，城里人能进入吗？陕西人能进入，外省人能进入吗？我不是不懂得也不是没写过戏剧性的情节，也不是陌生和拒绝那一种'有意味的形式'，只因我写的是一堆鸡零狗碎的泼烦日子，它只能是这一种写法，这如同马腿的矫健是马为觅食跑出来的，鸟声的悦耳是鸟为求爱唱出来的。"[①]什么样的思想艺术主旨便需要有什么样的语言形式载体，既然"写的是一堆鸡零狗碎的泼烦日子"，那么小说便只能是这样一种写法，便只能采用这样的一种语言形式，所谓"言为心声"的别一解大约也就是这样的一个意思了。通常意义上，"言为心声"只应被理解为语言应该真实地传达内心的声音，但在此处，却应该被反过来理解为具有什么样的内心想法那么就会具有什么样的语言形式，而且只有这一种语言形式才能够将真正的心声最为贴切地传达出来。那么，贾平凹为了传达自己苦心孤诣的"迷惘和辛酸"，为了真正地写出自己心目中的故乡来，所采用的究竟是一种怎样的语言书写方式呢？在我看来，这是一种具有极鲜明地域化特色的语言方式，是一种在很大程度上逼近了作家所表现的乡村世界中农民日常口语的语言方式。贾平凹本来具有极高明的语言提纯能力，但他在《秦腔》

---

① 　贾平凹：《秦腔》，作家出版社2005年版，第565页。

中却执意地要以这样一种同样可以"鸡零狗碎"称之的极端生活口语化的甚至可以被看作相当啰唆累赘的语言方式来完成自己的写作过程，其中肯定潜藏有作家深思熟虑之后的一种艺术追求。

应该说，这样的一种语言选择对于贾平凹而言是一种极富冒险意味的艺术行为。因为这是一种与当下时代普遍流行的时尚化写作的语言策略存在着极遥远距离的极为个性化的语言书写方式，贾平凹此种语言方式的写作便很可能触犯众怒，很可能为大众读者所坚决抛弃。在这个意义上，我们理应对贾平凹为了自己的艺术追求而甘愿冒天下之大不韪的行为方式表示充分的敬意。事实上，贾平凹这样一种语言方式的选择是极为成功的。这成功主要体现在以下两个方面：其一，正是因为选择了这样一种语言方式，贾平凹才成功地写出了那样一堆如他自己所言的"鸡零狗碎的泼烦日子"，才成功地表现出了乡村世界的凋敝与传统文化的衰微这样一种极为深刻的思想艺术主旨；其二，从《秦腔》正式出版之后的发行效应来看，到目前为止的发行量已达到了十八万册这样一个相当惊人的数字，如此巨大的发行量就充分说明了这部小说在广大读者中的受欢迎程度。一部采用如此非时尚化语言方式的纯文学作品在很短的时间内能有如此之大的发行量，令我们在惊讶之余不能不面对这样一个严肃问题，那就是我们总能够不时地听到有纯文学作家在抱怨读者阅读审美水平的低下，以至于他们作品的发行量总是那样低迷不振。但《秦腔》的成功却提醒我们，其实并不是大众的阅读审美水平有多么低下，关键还是看我们能不能真正地给他们奉献出足够精美的艺术作品来。只要我们的作家能够写出足够优秀的作品来，那么广大的读者还是能够慧眼识佳作的。

然而，需要特别注意的一点是，虽然我们极力强调《秦腔》语言的口语化与地域特色，但这并不意味着小说的语言就是粗鄙化的，就是缺乏艺术品位的。实际的情形正好与此相反，贾平凹《秦腔》中的语言艺术已经达到了一种堪以炉火纯青称之的高超艺术境界。这一点，只要我们随意从小说文本中摘录几段或写景或状物或写人的文字即可得到充分的证明。

柳条原本是直直地垂着，一时间就摆来摆去，乱得像泼妇甩头发，雨也乱了方向，坐树下的夏天智满头满脸地淋湿了。

秦腔的声音像水一样漫了屋子和院子，那一蓬牡丹枝叶精神，五朵月季花又红又艳，两朵是挤在了一起，又两朵相向弯着身子，只剩下的一朵面对了墙。那只有着帽疙瘩的母鸡，原本在鸡窝里卧着，这阵轻脚轻手地出来，在院子里摇晃。

枝柯像无数只手在空中抓。枝柯抓不住空中的云，也抓不住风，风把云像拽布一样拽走了。

老太太头发像霜一样白，鼻子上都爬满了皱纹，双手在白雪的脸上摸。摸着摸着，看见了白雪拿着的箫，脸上的皱纹很快一层一层收起来，越收脸越小，小到成一颗大的核桃，一股子灰浊的眼泪就从皱纹里艰难地流下来。

片段一和片段三旨在写景，以"泼妇甩头发"来形容狂风中柳条的神态，以"无数只手在空中抓"来形容树枝空疏，以"拽布一样拽走"写风把天上的云吹散；片段二重在状物，以"水""漫"来形容秦腔的声音，以"轻脚轻手""摇晃"来写母鸡出窝后的神态；片段四则是写人，通过老太太脸上皱纹的收缩变化，以致最后收缩"成一颗大的核桃"来写老太太哭泣的过程。以上均极形象生动而简洁传神，显示出了一种极高的艺术审美境界。在某种意义上，我们大约可以说这样的文字非贾平凹而不能写得出。而一个客观存在的事实却是，如以上所摘引的片段在《秦腔》中随处可见。这样看来，小说语言的炉火纯青与出神入化也就是一个不需要再加以论证的艺术命题了。

三

与这样的一种语言书写方式相对应，我们还应该充分注意到《秦腔》总体情节叙事特色方面的不同凡响与个性独具。如果说《秦腔》的语言的确与时尚化语言策略保持着足够远的距离，那么同样也可以说这部小说在总体的情节叙事方面不仅与流行的时尚化写作保持着足够清醒的距离，而且对于新文学史上现当代乡土小说的写作也形成了一定程度上的艺术超越。时下极为流行的时尚化写作一个十分突出的特征便是对于一种充满巧合意味的完满式戏剧性情节的构建，所承载表现的也往往是能够迎合大众读者阅读心理的情欲化传奇或者是对于某些官场黑幕的揭露与展示。应该说，对于这样一种媚俗化倾向极为明显的写作趣味，不只是贾平凹，当下相当一批纯文学作家也都能够保持一种足够的清醒。与其他大多数的纯文学作家相比较，贾平凹《秦腔》最具挑战性的一点是做到了故事情节与小说人物的"去中心化"。从当下中国小说总体的创作倾向来看，虽然亦有各种形式的实验探索行为存在，但基本上却还坚持着一种中心情节与中心人物的写作模式。也就是说，在一部相对成熟的小说作品中，故事演进总是围绕一种核心情节与一个核心人物而运转。而所谓故事情节与小说人物的"去中心化"，便是指一部具体的小说文本中，作家既放逐了中心情节，也放逐了中心人物。这样出现于读者面前的，就是一部既缺乏中心情节也不存在核心人物的小说文本。应该承认，类似这样一种情节与人物均"去中心化"的情形，曾经在中短篇小说中有过一定的尝试实验，但在篇幅巨大的长篇写作中，却是绝无仅有的。因为，采用这样一种情节叙事模式的作家显然存在着很大程度上要被读者拒绝接受的风险。然而贾平凹的《秦腔》却正是这样一部采用了"去中心化"的总体情节叙事模式的长篇小说。

具体来说，《秦腔》中事无巨细地讲述了那么多发生于清风街上的故事，但我们却很难断言其中的哪一个故事是小说的中心情节；小说中同样出现了众多的人物，但我们也很难确定哪一个人物就是作品中的中心人物。阅读《秦腔》的一个突出感受便是我们好像真实地面对着带有疯傻气息的引生，听他将清风街的人与事不无烦琐累赘地娓娓道来。这一点，在以下所摘引的这些叙事话语中便不难得到有力的证明。

> 清风街的故事从来没有茄子一行豇豆一行，它老是黏糊到一起的。你收过核桃树上的核桃吗，用长竹竿打核桃，明明已经打净了，可换个地方一看，树梢上怎么还有一颗？再去打了，再换个地方，又有一颗。核桃永远打不净的。

> 我这说到哪儿啦？我这脑子常常走神。丁霸槽说："引生，引生，你发什么呆？"我说："夏天义……"丁霸槽说："叫二叔！"我说："二叔的那件雪花呢短大衣好像只穿过一次？"丁霸槽说："刚才咱说染坊哩，咋就拉扯到二叔的雪花呢短大衣上呢？"我说："咋就不能拉扯？!"拉扯得顺顺的么，每一次闲聊还不都是从狗连蛋说到了谁家的媳妇生娃，一宗事一宗事不知不觉过渡得天衣无缝!

窃以为，在以上所摘引的两段叙事话语中的确潜藏着一个对于理解《秦腔》而言十分重要的叙事诗学命题，这一点我们不能不察。所谓"拉扯得顺顺的"，所谓"一宗事一宗事不知不觉过渡得天衣无缝"所说明的正是事与事之间不仅不存在明确的主次之分，而且作家在一个故事与另一个故事的衔接上处理得极其流畅自如而不留斧凿之痕。这种打了一颗核桃再打另一颗核桃的打核桃式的叙事方法正是贯穿于《秦腔》始终的基本叙事方式。同时，也正是依凭了这样一种打核桃式的叙事方法，《秦腔》才真正地实现了总体情节叙事的"去中心化"。如果说 20 世纪曾经产生过一种有极大影响的意识流的小说叙事方式，那么贾平凹《秦腔》中的这种叙事方式则殊几可以被命名为生活流式的叙事方法。只要是活动于清风街的人，出现于清风街上的事，均可以以一种极平等的方式被织进这张生活流的叙事网络之中。在这个意义上，如果一定要为《秦腔》确定中心情节与中心人物的话，那么可以说这清风街本身便是小说的中心人物，而这一年左右（《秦腔》的故事发生时间起自夏风与白雪结婚，终结于白雪与夏风的孩子刚刚出生不久，持续时间应为一年左右）的时间里发生于清风街上的所有故事一起构成了小说的中心情节。

说到《秦腔》情节与人物的"去中心化"所体现出的原创性价值，我们便完全有必要将其与自有新文学以来的中国现当代乡土小说作一粗略的比较。在我看来，在近百年历史的中国现当代乡土小说的发展演进过程中，曾经形成过三种极有影响的小说叙事模式：一为"启蒙叙事"，一为"阶级叙事"，一为"家族叙事"。所谓"启蒙叙事"，是指作家以一种极为鲜明的思想启蒙立场来看待乡村世界。这种叙事方式最有代表性的作家便是现代乡土小说的奠基者鲁迅先生。他的这种叙事方法曾影响了整整一代"五四"乡土作家，并对后来者如高晓声这样的作家产生了很大的影响，贾平凹在某种程度上也曾经受到过"启蒙叙事"的影响。所谓"阶级叙事"是指作家以一种马克思主义阶级斗争的立场看待乡村世界的生活，乡村世界中不同阶级之间的矛盾冲突成为小说最根本的中心内容。这种叙事方式的肇始当追溯到 20 世纪 30 年代以茅盾为代表的一批左翼作家的乡土小说写作，其发展的鼎盛时期为"十七年"乃至"文革"期间，如柳青《创业史》、周立波《山乡巨变》乃至于浩然的《艳阳天》与《金光大道》，均属于这种叙事方式的积极实践，甚至在新时期之初的一部分小说作品中，也都多少还残留着"阶级叙事"的痕迹。所谓"家族叙事"，是指作家在叙述乡村世界的故事时将着眼点更多地放置在了盘根错节的家族之间的矛盾冲突上，家族之间的争斗碰撞与交融整合为作家最为关注的核心内容。这种叙事方式主要兴盛于"文革"结束之后的新时期小说中，诸如张炜的《古船》、陈忠实的《白鹿原》、刘震云的《故乡天下黄花》、莫言的《红高粱家族》乃至于贾平凹自己的《浮躁》等小说，都突出地采用了"家族叙事"这样一种叙事方式。将《秦腔》与以上三种乡土小说的叙事方式相比较，其与"启蒙叙事""阶级叙事"之间存在着极明显的差异是一目了然的。另外，虽然《秦腔》中曾经提及夏、白两大家族，但作者的根本着眼点却并不在这两大家族上，或者说这两大家族均是作为清风街故事的一个有机部分而被加以叙述的。从这个意义上看，继续将其归于"家族叙事"的传统也便缺乏了充足的理由。在我看来，为了更准确地厘清《秦腔》在现当代乡土小说发展史上一种突出的原创性价值，不妨将其称为一部采用了"村落叙事"模式的乡土长篇小说。而也正是依凭了对于这样一种"村落叙事"模式的创造性运用，贾平凹的《秦腔》才在很大程度上实现了对于新文学史上现当代乡土小说写作的艺术超越。

四

同样值得注意的是贾平凹《秦腔》中叙事视点的设定，也就是傻子叙事的问题。近五十万言的《秦腔》中所有清风街上的人与事均是通过张引生这样一个带有疯癫色彩的人物形象展示在读者面前的。然而，应该注意的是，贾平凹虽然采用了傻子叙事的方式，但引生也仅是一个视点人物而已。依照通常的叙事原则，既然小说中明确地出现了第一人称"我"，那么小说文本便应严格地讲述展示"我"所见所闻的故事，不可以将"我"所未见未闻的故事纳入叙事范围之中。然而，贾平凹的《秦腔》中虽然出现了"我"，但实际上却并未严格地遵循第一人称的叙事常规，其讲述展示的人与事常常逾越于"我"所能见闻的范围之外。但这并不意味着贾平凹对于叙事学常识的有意冒犯，而是这样一个带有明显灵异色彩的半疯半傻的引生赋予了贾平凹一种逾越规范界限的叙事特权。我们注意到，小说中经常会出现这样一些叙事话语，比如："我知道我的灵魂又出窍了，我就一个我坐着斗'狼吃娃'，另一个我则撑着鼓声跑去，竟然是跑到了果园，坐在新生家的三层楼顶了。夏天义、上善和新生看不见我，我却能看见他们，他们才是一群疯子……我瞧见了鼓在响的时候，鼓变成了一头牛，而夏天义在喊着，他的腔子上少了一根肋骨。天上有飞机在过，飞机像一只棒槌。果园边拴着的一只羊在刨蹄子，羊肚子里还有着一只羊。"① 再比如，"现在我告诉你，这蜘蛛是我。……但我人在文化站心却用在两委会上。我看见墙上有个蜘蛛在爬动，我就想，蜘蛛蜘蛛你能不能替我到会场上听听他们提没提还我爹补助费的事，蜘蛛没有动弹。我又说：'蜘蛛你听着了没有，听着了你往上爬！'蜘蛛真的就往上爬了，爬到屋梁上不见了"②。正因为张引生既可以随意地化身为蜘蛛或苍蝇，也可以随意地灵魂出窍，所以贾平凹便可以不再严格地遵守第一人称的叙事常规。因此，严格地说，张引生并不是《秦腔》中的叙述者，而只是一个意义十分重要的视点式人物而已。那么，现在的问题就是，贾平凹为什么要在《秦腔》中设定这样一位处于半疯半傻状态的傻子作为视点人物呢？

首先应该承认，以傻子为叙述者或者视点人物，并非贾平凹的首创，在《秦腔》之前，中外小说中均已出现过一些类似的傻子形象，比如福克纳《喧哗与骚动》中的班吉，辛格《傻瓜吉姆佩尔》中的吉姆佩尔，阿来《尘埃落定》中的二少爷，莫言《檀香刑》中的赵小甲，等等。针对这样一种客观状况，或有批评者会对贾平凹此举作"重复"他人之讥。但我以为，这样的观点是难以成立的，问题的关键并不在于贾平凹也如同别的作家一样采用了傻子叙事的方式，而在于作家对于这一叙事方式的运用是否能够最恰当地传达作家于小说中所欲表现的思想艺术主旨。从这个意义上说，贾平凹《秦腔》中对于傻子叙事的运用是极为成功。从叙事学的角度来看，叙述视角的设定对于小说文本的成功与否有着极重要的意义。叙述视角"是一部作品，或一个文本看世界的特殊眼光和角度"，也是"一个叙事谋略的枢纽，它错综复杂地联结着谁在看，看到何人何事何物，看者和被看者的态度如何，要给读者何种召唤视野"③。因此，成功的视角革新，便"可能引起叙事文体的革新"④。在这样一种理论前提下，有论者对于傻子叙事的意义进行了相对深入的梳理与分析："傻子的非理性、悖于社会规范的乖张举动以及无所顾忌的超脱恰好使作家找到了一种绝好的面具，借助于这一合法化的面具，作家进行着更为深刻的主旨言说"，"新时期以来，当代

---

① 贾平凹：《秦腔》，作家出版社2005年版，第101页。
② 贾平凹：《秦腔》，作家出版社2005年版，第277页。
③ 杨义：《中国叙事学》，人民出版社1997年版，第191页。
④ 杨义：《中国叙事学》，人民出版社1997年版，第195页。

很多作家选择了傻子或白痴充当叙述者，选择傻子作为视角，其原因在于傻子在认知上表现为拒绝一切理性和道德判断，拒绝对事物的理性透视，也即巴赫金所说傻子具有'不理解'的特性"，"傻子视角由于'不理解'的特点，在呈现世界时它好比一面镜子，能客观反射事物的原貌和人物的外在行为。借助于傻子视角，作家实现的是对世界的客观冷峻的呈示，而作家情感和批判立场是隐匿在客观化的叙事之中的"。① 我以为，对于贾平凹《秦腔》中的傻子叙事，我们只有在这样的意义上去加以理解才可能更加契合作家的本意。

我们注意到，贾平凹在《秦腔》后记中曾经写下过这样一段话："我的写作充满了矛盾和痛苦，我不知道该赞歌现实还是诅咒现实，是为棣花街的父老乡亲庆幸还是为他们悲哀。那些亡人，包括我的父亲，当了一辈子村干部的伯父，以及我的三位姨娘，那些未亡人，包括现在又是村干部的堂兄和在乡派出所当警察的族侄，他们总是像抢镜头一样在我眼前涌现，死鬼活鬼一起向我诉说，诉说时又是那么争争吵吵。我就放下笔盯着汉罐长出来的烟线，烟线在我长长的吁气中突然地散乱，我就感觉到满屋子中幽灵飘浮。"应该承认，对《秦腔》的阅读感觉与贾平凹的自述是相当吻合的。贾平凹在《秦腔》中所表现的乃是当下中国的乡村现实，而当下中国的乡村则正处于现代化强烈的冲击之下，曾经在改革开放初期呈现出蓬勃活力的中国乡村正在日益走向衰颓与凋敝。面对这样一种残酷的乡村现实，贾平凹的确感觉到了言说的困难，感觉到了自己的确无从对于故乡、对于中国的乡村作出一种明晰清楚的理性化判断，确实不知道该赞歌现实还是诅咒现实，是为棣花街的父老乡亲庆幸还是为他们悲哀了。如果说贾平凹在《浮躁》中，在《鸡窝洼的人家》《腊月·正月》中的确曾经对改革开放初期中国乡村的蓬勃生机作出过竭力的肯定式表达，如果说一直到《高老庄》，贾平凹都还在借助于高子路这一形象而顽强地表达着自己对于中国乡村世界的一种启蒙信心的话，那么到了《秦腔》，贾平凹则的确既无力肯定也无力启蒙了。说到启蒙，我们便应该注意到小说中夏风这一人物形象。应该说，这是一个多少带有一些贾平凹自身痕迹的从乡村世界走出来的知识分子形象。熟悉贾平凹小说的读者应该知道，他不仅是一个经常出现于贾平凹小说中的人物形象，而且他往往会对贾平凹此前小说中的乡村世界施以一

---

① 　沈杏培、姜榆：《符号的艺术和艺术的符号》，载《艺术广角》2005年第2期。

种颇为有力的启蒙干预。《高老庄》中高子路的形象便是如此。然而，到了《秦腔》之中，夏风虽然也不时地由大都市返回清风街，返回自己曾经生活过的乡村世界，但是他实在已经没有能力对这乡村世界施加什么强有力的影响。在我看来，由高子路到夏风的这样一种变化，正说明了贾平凹本人对于乡村启蒙的极度失望，因此夏风便更多地只能以一个现代文明象征的功能性人物形象而出现于《秦腔》之中了。按照乡土小说的表现惯例，当然也按照贾平凹此前乡村小说的写作惯例，理应成为小说叙述者或者视点人物的应该是夏风而不是张引生这个半疯半傻的傻子。在我看来，小说叙述视点由夏风向引生的转移，所说明的其实正是作家贾平凹对于中国乡村现实基本认识的一种根本变化。从根本上说，面对当下中国乡村世界衰颓凋敝的客观现实，贾平凹确实已经无从作出理性的清晰判断了，对他而言，剩下唯一可以做的事情便是对这衰颓凋敝的乡村现实作一种客观的呈示与展现，而傻子叙事则正好能极有力地承担并实现作家的这样一种艺术意图。对于傻子叙事的叙事效果，论者曾有过这样的分析："傻子作为一个不合社会规范的形象，他本身也构成了对现实的否定力量。傻子作为社会独特的'这一个'，他的力量'在于他不受社会等级秩序的限制，他既作为局内人也作为局外人谈论事情，傻子居于社会秩序中却不使自己对之负有义务，他甚至能无所顾忌地围绕社会秩序谈论令人不快的真理'。"①我认为，对于贾平凹《秦腔》中的傻子叙事，我们也殊几可以作这样的一种理解和认识。

除了可以对当下的中国乡村世界进行客观的呈示与展现之外，我们还应该注意到《秦腔》中傻子叙事所具有的一种突出的灵异功能。按照小说中的描写，引生不仅可以化身为蜘蛛、苍蝇，可以灵魂出窍，而且还可以看到人身上的生命光焰，可以对未来事件的发展演进作出某种预言，可以看出人与物的前生与来世。比如引生曾经看出来运的前身是一位唱秦腔的演员，所以它便是一条连吠声都合着秦腔韵律的会唱秦腔的狗。对于傻子叙事所具有的这样一种灵异功能，我以为，我们不能以一种科学主义的态度加以轻易否定。正如同"女娲补天""太虚幻境"之类的故事穿插构成了《红楼梦》中的形上世界一样，我觉得《秦腔》中的灵异叙事也构成了《秦腔》中的形上世界，它的出现为小说文本提

---

① 沈杏培、姜榆：《符号的艺术和艺术的符号》，载《艺术广角》2005年第2期。

供了某种突出且必要的哲学背景，对于《秦腔》最终在艺术上的成功发挥着相当重要的作用。

五

然而，无论是具有地域化色彩的口语运用，还是总体情节叙事的"去中心化"，抑或傻子叙事方式的选择，作家所有的艺术努力最终还是为了成功地表现自己对于当下中国乡村现实的一种理解和看法，也即为了充分地表现乡村世界的凋敝。且让我们先来看乡村世界的衰颓与凋敝。众所周知，中国的改革开放是从农村开始的，由于极大地解放了农村的生产力，所以20世纪80年代的中国乡村的确表现出空前的蓬勃活力，这一点也正如贾平凹在小说后记中所说："故乡的消息总是让我振奋……那些年是乡亲们最快活的岁月。"然而，好景不长，由于国家政策的变化，更由于以市场化城市化为标志的现代化的强烈冲击，在进入20世纪90年代之后，中国乡村世界就不可避免地进入了它的凋敝时期。贾平凹笔下的清风街就是这样一个典型的标本。首先，中国城市化进程加快，吸引了乡村中大量的劳动力，大量的农民流入城市。虽然农民进入城市之后的命运遭际相当悲惨，要么做苦工出卖低廉的劳动力，小说中写到的白雪的侄儿白路即是这方面一个突出的代表；要么便是青春女性的出卖肉体，小说中的翠翠与韩家女儿即是这样的形象。但农村凋敝的现实却依然无法抵挡农民大量流入城市这样一股巨流，以至于在夏天智去世之后居然很难凑齐为他抬棺的男性农民，以至于君亭不能不发出这样的浩叹："还真是的，不计算不觉得，一计算这村里没劳力了么！把他的，咱当村干部哩，就领了些老弱病残么！"[1]俗话说，谷贱伤农，农民被迫离开土地直接源于两方面的原因，其一是粮食价格极为低廉，其二则是各种高额税费的强行征缴。这两方面原因结合的结果便是土地的大片荒芜，便是农民的被迫出走。提及高额税费的征缴，就必须注意到小说中对于清风街一场声势浩大的农民自发抗税风潮的逼真描写。从小说文本描写的情况来看，并不是农民不愿意缴纳税费，虽然也存在个别奸诈农民（比如三蘸）的恶意抗税行为，但从总体上来看，大多数农民还是因为手中无钱而被迫抗税的。虽然这次抗税风潮被及时地平息下去了，但它却在很大程度上暴露了在当

---

① 贾平凹：《秦腔》，作家出版社2005年版，第494页。

下的中国乡村世界中农民与管理者之间的矛盾已经达到了怎样一种尖锐激烈的程度。对于这一点，明眼人不可不察。

农民大量流入城市所带来的一个直接后果便是大片土地的荒芜，这一点在清风街同样有直接的表现。正是在这样的背景之下，才有夏天义租种离乡者土地行为的发生，而君亭与夏天义、秦安关于到底应该先建农贸市场还是应该先在七里沟淤地的争执才有了深刻的现实意义。从传统的观念来看，土地为农民之本，作为一个农民无论如何也不应该抛弃土地，夏天义与秦安便是这样一种理念的坚决捍卫者。然而，如果着眼于乡村的现实情况，如果充分地考虑到土地的经营不仅无法改变农民的生存困境，反而还有可能使农民的生存困境进一步加剧，那么君亭发展农贸市场的思路其实还是很有一些现实依据的。

虽然从小说文本的实际情况来看，贾平凹无意于对君亭与夏天义、秦安的争执作出某种非此即彼的是非判断，虽然作家的本意是要对当下中国乡村客观的生存状况作一种尽可能真实的呈示，但从《秦腔》客观上所达到的艺术效果来看，小说中对于夏天义与土地之间那样一种血肉关系的展示，对于夏天义这个人物形象的描写刻画，应该说还是小说中最能击痛并打动人心的地方。小说中的夏天义曾经在新中国成立后相当长的一个时期内担任清风街的领导，在这长期的工作过程中，他与土地之间形成了一种相当深厚的感情。正因为对土地充满了深厚的感情，所以当312国道改造要侵占清风街后塬的土地的时候，身为村干部的夏天义才会组织村民去挡修国道，并为此而背了个处分。正因为对土地充满了感情，所以夏天义担任村干部时最大的一个愿望便是能够在七里沟淤地成功，因为在他看来："土农民，土农民，没土算什么农民？"①虽然"出师未捷身先死，长使英雄泪满巾"，虽然因为在七里沟淤地未能成功而被迫下台，但下台之后的夏天义却依然情系土地，依然希望能够靠个人的努力继续七里沟淤地的事业。小说中不无荒诞意味但更具悲壮色彩的一个情节便是年事已高的夏天义带着一个哑巴孙子，带着一个傻子引生在七里沟进行淤地劳动。在夏天义充满悲壮色彩的淤地过程中，我们可以明显感觉到一种知其不可为而为之的愚公精神的存在。很显然，夏天义的淤地事业肯定只能以失败而告终，但这一人物对于土地的那样一种深情眷恋，他身上所体现出来的那样一种悲壮的抗争精

---

① 贾平凹：《秦腔》，作家出版社2005年版，第86页。

神，却给读者留下了极为深刻的印象。应该说，小说对于夏天义死亡过程的设计也是极富艺术意味的，因为夏天义一生致力于对土地的坚决保护，致力于七里沟淤地事业，所以作者便让夏天义在七里沟淤地过程中遭遇山体滑坡而死："这一天，七里沟的东崖大面积地滑坡，它事先没有迹象……它突然地一瞬间滑脱了，天摇地动地下来，把草棚埋没了，把夏天智的坟埋没了，把正骂着鸟夫妻的夏天义埋没了。"① 给视土如命的人一个天然土葬的结果，将这一结果与夏天义临死前不久喜欢上吃土的行为联系起来，与小说中关于夏天义是土地爷再世的暗示联系起来，我们就简直可以说夏天义是一个土地的精灵了。这样一个极富象征意味的老农民的去世在很大程度上更有力地说明了当下中国乡村世界的衰颓与凋敝状况。

在小说的后记中，贾平凹曾经表达过对当下中国乡村状况的极度忧虑："这里没有矿藏，没有工业，有限的土地在极度地发挥了它的潜力后，粮食产量不再提高，而化肥、农药、种子以及各种各样的税费迅速上涨，农村又成了一切社会压力的泄洪池。体制对治理发生了松弛，旧的东西稀里哗啦地没了，像泼去的水，新的东西迟迟没再来，来了也抓不住，四面八方的风方向不定地吹，农民是一群鸡，羽毛翻皱，脚步趔趄，无所适从，他们无法再守住土地，他们一步一步从土地上出走，虽然他们是土命，把树和草拔起来又抖净了根须上的土栽在哪儿都是难活。"② 于是，贾平凹不由得感叹道："我站在街巷的石磙子碾盘前，想，难道棣花街上我的亲人、熟人就这么很快地要消失吗？这条老街很快就要消失吗？土地也从此要消失吗？真的是在城市化，而农村能真正地消失吗？如果消失不了，那又该怎么办呢？"③ 很显然，贾平凹的这一系列问题正是从中国乡村世界的衰颓与凋敝的状况中而生发出来的。贾平凹无法回答这样的问题，我们也同样无法回答这样的问题。无法回答问题的贾平凹所能做到的只能是对于当下中国乡村世界凋敝现状的客观呈示，而我们则必须直面这样的现状并对这样的现状继续进行深入思考。

① 贾平凹：《秦腔》，作家出版社2005年版，第510页。
② 贾平凹：《秦腔》，作家出版社2005年版，第515页。
③ 贾平凹：《秦腔》，作家出版社2005年版，第516页。

六

虽然从总体的情节叙事来看,《秦腔》的确是一部明显的"去中心化"的长篇小说,但在其中我们还是能够梳理出两条基本的故事主线来。一条是与夏天义有关的关于土地、关于乡村世界凋敝现状的描写;而另一条则是与夏天智有关的关于秦腔、关于传统文化不可避免地失落衰败的描写。而在某种意义上,我们也完全可以说,乡村世界的凋敝过程同时也正是秦腔,正是农村中传统文化日渐衰败的过程,二者是互为因果地同步进行的。而小说的标题则很显然正来自这样一条故事主线的充分展开。应该说,贾平凹在小说中对于秦腔这一条故事线索所投注的精力是丝毫不亚于关于土地的那一条故事线索的。

具体来说,《秦腔》中关于秦腔衰落这条线索的描写是围绕夏天智和白雪这两个人物而充分展开的。白雪是县秦腔剧团的演员,白雪这一人物也就自然而然地涉及秦腔剧团一波三折最后却仍不免失败解体的悲剧命运。由于市场化与时尚化的猛烈冲击,秦腔剧团的命运在短短的一年时间内便发生了天翻地覆的变化。在白雪结婚时,县秦腔剧团还颇威风地到清风街演出,剧团中的名角王老师也还可以摆摆谱。然而,等到夏中星被任命为剧团团长的时候,剧团居然就准备一分为二成为两个演出队了。虽然夏中星行使团长的权威,将剧团再次合二为一并雄心勃勃地要到全县各乡镇巡回演出以重振秦腔雄风,但这在某种意义上也已经是秦腔的回光返照了:巡回演出中最糟糕的一次居然只剩下了一个观众,而这个观众事实上却是回剧场来找丢了的钱的。因此,虽然夏中星个人依托剧团这个跳板最后当上了县长,但等到他卸任剧团团长的时候,这剧团也就只能面临自行解散的命运了。到最后,自行解散后的剧团演员便只能各自组成若干个乐班去走穴卖艺了,与夏风离婚后的白雪便以此为生计。然而,即使是这样的走穴也并不就是一个稳定的受农民欢迎的举措,在清风街的一次演出中他们就明显地受到了唱流行歌曲的陈星的强烈冲击。与秦腔剧团的最终解体相联系的则是白雪与王老师这两个秦腔演员的不幸遭遇。王老师唱了一辈子秦腔,但就是想出一盘带有纪念意义的唱腔盒带而不得。白雪本来有机会调到省城去工作,但因为对秦腔事业的热爱而留在了剧团。然而秦腔的衰颓之势却并非靠个人的努力便可以改变的,热爱秦腔的白雪最终还是落了个被并不喜欢秦腔的丈夫夏风遗弃的不幸结局。提及白雪与夏风这一对夫妻,我们应该注意到，如果说白雪是传统文化的象征的话，那么夏风便可被看作现代文明的一种象征。这样，他们两人的结合与分手便隐喻象征着传统文化与现代文明从根本上的互不相容互相排斥，在这个意义上，他们结合之后白雪所生的那个没有肛门的怪胎也就具有了鲜明的寓言意味。这一怪胎的出现在很大程度上隐喻着传统文化与现代文明最终难以交融。白雪之外，小说中另一个与秦腔有着更深的渊源关系的人物是夏天智。夏天智曾经担任过学校的校长，可以说是一位当下中国乡村世界中的知识分子。夏天智酷爱秦腔，只要有时间，不是在马勺上画秦腔脸谱，便是在大喇叭中播放秦腔。可以说，夏天智的整个生命都是与秦腔缠绕在一起的，或者说，秦腔便可以被视作夏天智全部的生命意义所在。与白雪相比较，夏天智对秦腔的痴迷与投入程度使得只有他才可以被称作秦腔的精灵。然而，尽管夏天智对秦腔如此依恋和痴迷，尽管他也可以利用父亲的权威命令夏风设法出版自己的秦腔脸谱集，但是，他既无法彻底地阻止白雪与夏风婚姻的失败，也无法实现帮助王老师出一盘唱腔盒带的愿望，更无法从根本上力挽狂澜地阻止秦腔最终失落与衰败的命运，最后只能无可奈何地目睹这一切无法改变的事实逐渐发生。然而，从一种象征的意义上来看，贾平凹在小说中所倾力描写的秦腔更应该被理解为传统文化的象征。这样看来，与其说夏天智是秦腔所孕育的一个文化精灵，倒不如说他是在中国乡村世界绵延日久的传统文化的化身。如果把夏天智理解为乡村世界中传统文化的化身，那么小说中诸多艺术描写的意义也就随之而一目了然了。比如，清风街上无论谁家发生了纠纷，只要夏天智一到，这样的纠纷马上就可以被解决，甚至在夏氏家族内部，夏天智在这一方面也拥有着超越其兄夏天义、夏天礼的权威力量。从这个角度来看，夏天智其实更应该被理解为一种传统道德精神的象征性人物。细读《秦腔》文本，我们便不难发现在清风街的日常生活中，夏天智的为人行事中总是体现着扶危济困的传统道义，总是闪烁着一种迷人的人性光辉。不管是他对秦安的关心匡扶，还是他对若干贫困孩子的资助，都一再强化着夏天智作为一种传统道德精神载体所独具的人格魅力。结合贾平凹的《秦腔》后记来看，夏天智身上无疑闪动着贾平凹父亲的影子，而夏天义身上则不时地晃动着那位当了一辈子村干部的伯父的影子。正因为作者在这两位人物身上倾注了满腔感情，所以他对这两个人物的塑造刻画才会格外地丰满动人，才会给读者留下无法磨灭的印象。然而，与夏天智对于传统道德精神的坚持与恪守形成鲜明对照的却是清风街在市场经济冲击下的道德日渐败坏。首先是在夏家的下一代人，尤其在夏天义的五个儿子之间，经常会因为赡养老人等家务事而大吵乃至大打出手，虽有夏天智的强力弹压而最终也无济于事，其中尤以庆玉的表现为甚。其次是一些市场经济条件下的腐败现象开始出现于清风街并渐呈蔓延之势，其中最突出的一个标志便是丁霸槽酒楼上妓女卖淫现象的出现。最后则是曾经在夏家延续多年的过春节时那种格外充满人情味的各家轮流吃饭的传统最终消失。当四婶说出"我看来，明年这三十饭就吃不到一块了，人是越来心越不回全了"①的时候，这样一种传统的必然终结也就是不可挽回的了。在这个意义上，如果说夏天智对于秦腔的失落衰败无能为力的话，那么这样一种美好的传统文化、传统道德精神最终的必然消失终结就更加回天无力了。从这样一个角度来看，夏天智的死亡其实也就在强烈地预示着一个时代的结束。

七

无可奈何花落去，似曾相识燕不归。从中国社会一种必然的发展趋势来看，中国乡村世界的凋敝与寄寓于这乡村世界之上的传统文化、传统道德精神的失落，的确是一种无法改变的事实。虽然贾平凹对于自己生活了十九年之久的故乡充满了依恋之情，对于在故乡传延达数百年之久的秦腔充满了热爱之情，对于故乡那块土地上所生长的体现着传统文化与传统道德精神的父老乡亲充满了敬仰之情，但一种忠实于现实的责任感还是促使他饱蘸着自己的血泪写出了《秦腔》，并在《秦腔》中格外真实且充满真情地为故乡、为土地、为传统文化与传统道德精神唱出了一曲哀婉深沉的挽歌。或许在读过《秦腔》之后，确也会有人给小说扣上种种不合时宜的政治帽子，对于这一点，贾平凹在小说后记中已说得很明白："但我是作家，作家是受苦和抨击的先知，作家职业的性质决定了他与现实社会可能要发生摩擦，却绝没企图和罪恶。"实际的情形也确实如此，从对于当下中国乡村现状那样一种惊人的洞察与穿透来看，贾平凹的《秦腔》的确堪称一部极富思想与艺术勇气的决绝之作。还是在小说后记中，贾平凹说："树一块碑子，并不是在修一座祠堂，中国从来没有像今天这样渴望强大，人们从来没有像今天需要活得儒雅，我以清风街的故事为碑了，行将过去

---

① 贾平凹：《秦腔》，作家出版社2005年版，第511页。

的棣花街，故乡啊，从此失去记忆。"①的确应该承认，贾平凹以《秦腔》为故乡树一块碑子的愿望成功实现了。如果说对贾平凹而言是"故乡啊，从此失去记忆"的话，那么对广大读者而言，则正是凭借着《秦腔》这样一部厚重沉实的长篇力作，才得以重建了我们对于棣花街、对于清风街、对于当下中国乡村世界的记忆。

（原载《海南师范学院学报（社会科学版）》2005 年第 5 期）

---

① 贾平凹：《秦腔》，作家出版社2005年版，第519页。

乡土经验与"中国之心"

——《秦腔》论

吴义勤

对于中国文坛 2005 年又是一个令人振奋的"长篇小说年",老、中、青作家在长篇领域里的共同表演再次激起了广大读者对中国文学的期待与信心。在这些作品中,贾平凹的《秦腔》可谓风头最健,引起的争议也最大,肯定者认为"这是贾平凹《废都》之后最好的一部作品;是 1949 年以来中国文学创作史上一部不可多得的上乘精品——可以进入经典作品行列的作品;是可以写入现当代文学史的一部作品;更是给我们提出了几个难以回答的问题的作品;是将从事文学研究的人置于非常尴尬境地的作品——提出了一些现有理论无法阐释的问题"①。否定者则视这部作品为"一部粗俗的失败之作"②。不同意见的反差之大,争论之激烈都是近年来所罕见的,堪称继《废都》之后的又一次"贾平凹现象"。如果说当初的《废都》现象更多由媒体策划炒作而成的话,那么《秦腔》则正好相反,它所引起的热烈争鸣自始至终都有着浓烈的学术色彩,它在纯文学和纯理论层面上所引发的许多话题都有着相当的学术深度和现实意义,而这也恰恰正是《秦腔》独特文学价值的体现。因为,在这样一个时代,文学很多时候都是令人失语的,泡沫性的炒作之外,能够真正在学术层面上引起读者话语欲望的情况实在是太少见了。从这个意义上来说,围绕《秦腔》的争论其实并没有我们想象的那么"严重",各种"分歧"之间的"对"与"错"的较劲也并不重要,重要的是它提供了一个认真检视中国当代文学的历史和现实的视角与平台,促成了一种真正意义上的文学对话的发生,并使我们可以通过对一个特殊文学标本的解剖来重新思考一些具有超越性和普遍性的更深层次的文学问题或

---

① 韩鲁华、许娟丽:《生活叙事与现实还原》,载《当代作家评论》2005年第5期。
② 李建军:《〈秦腔〉:一部粗俗的失败之作》,载《中国青年报》2005年5月18日。

理论问题。

一、乡土叙事传统与"百科全书式"诗学

在 20 世纪中国文学的发展历程中，乡土叙事一直是一条主线，并因此形成了稳定而顽固的叙事传统。虽然，这种叙事传统有很多矛盾甚至对立的模式与走向，学术界对此的概括、认识和理解也各有不同，但总的来看，"厌乡"和"怀乡"仍然是这个传统中最基本、最醒目的两个模式，中国乡土文学的诸种叙事形态可以说都是从这两个模式中演绎出来的。而从精神指向和思维惯性来看，这两个模式在对乡土的态度上又有着内在的同一性，这表现在：其一，中国乡土文学的叙事伦理是典型的启蒙伦理，对乡土的批判、歌颂、怀念甚至"怜悯"都是建筑于"高高在上"的启蒙立场之上的。在这个意义上，鲁迅和沈从文其实并无本质的不同，他们都是把乡土作为他者或客体来观照的，乡土从来也没有获得过与作家平等的主体地位。其二，中国乡土文学的叙事方式都是以土地的抽象化和符号化为手段的，乡土的被悬置常常使乡土被遮蔽，无法呈现自身，最终变成了暧昧的工具性的存在。这两点其实也正是中国的乡土叙事虽然传统悠久、规模庞大，却似乎总是令人失望地无法触摸到中国乡土经验的本质和内核，总是给人"不及物"之感的原因。贾平凹新时期以来的写作，总体上看仍是这种乡土启蒙叙事传统的一部分，虽然，他自称是"一个农民"，但从新时期之初的《腊月·正月》等中短篇小说到 20 世纪 90 年代后期的《高老庄》等小说都无一例外地贯穿着对乡土和农民进行启蒙的叙事视角，因此，不管小说写的是什么"乡下事"，知识分子话语系统不证自明的优越性和崇高感却总是天然地制造了其与真实的乡土之间的隔阂、矛盾与游离。这大概也是贾平凹困惑和痛苦的地方。在我看来，《秦腔》正好是一个转折。贾平凹在这部小说中找到了一条反抗和突破乡土启蒙叙事传统的方式，找到了一条让"自我成为自我，乡土成为乡土"的方式。

首先，叙事者启蒙身份的消解。《秦腔》的叙事人问题曾引起了文学界的广泛争议，有些批评家甚至认为小说的叙事是失败的，缺乏逻辑根据。对此，我有不同的看法。我觉得，《秦腔》的叙事人实际上是三个：一是白痴引生，他是小说的显叙事人和主叙事人；二是作家夏风，他是小说的次叙事人；三是隐含作家，他是小说的隐叙述人。正是三个叙事层次、三种叙事视点的冲突、矛盾、

对话构成了小说的叙事张力与叙事魅力。白痴引生作为小说的主叙事人，似乎对小说的真实性或逻辑性造成了伤害。因为作为第一人称的叙事，小说对那些叙事人未能亲历的场景的叙述确实令人怀疑，而魔幻、荒诞、神秘、超验成分的加入也并不能从根本上弥补小说叙事上的裂痕。但是对《秦腔》来说，这样一个叙述人的设立却是有着非同寻常的意义的，一方面，他以一个疯疯痴痴的非理性的形象彻底颠覆了启蒙叙事传统中理性的正人君子式的叙事者形象，可以说，"疯子"的定位正是对叙事者身份的有效回避。另一方面，他又以自己"全知性"的"疯言疯语"烛照出了知识分子启蒙话语系统的虚假性。在小说中，引生实际上是一面"镜子"，具有鲜明的"镜像功能"，夏风、隐含作家在这面镜子面前都只能自惭形秽，根本无法行使真理代言人式的启蒙职责。我们看到，与引生相比，夏风在爱情、亲情、家庭、伦理等方面都堪称"失败者"，也从根本上失去了启蒙的资格。他对白雪的爱情远没有白痴引生纯洁、执着、无功利，他对乡土文化的感情也没有引生深厚，作为一个被夏天智驱逐出家门的"浪子"，他有着"负心汉"和"不孝子"的原罪，因而他的所谓成功与荣耀最终全部都变成了"道德劣势"。他不仅不能启蒙他人，而且还不得不接受引生的道德审判。这也是在小说中夏风作为一个作家，却似乎还远没有那个身体和心智都不健全的引生更具有理直气壮的叙事资格的原因。而对隐含作家来说，夏风又正是自我的一面"镜子"，他反讽性地隐喻了作家本人的困惑与矛盾。诚如贾平凹在《秦腔》后记里所表白的那样："这部书稿真的一直在惊恐中写作，完成了一稿，不满意，再写，还不满意，又写了三稿，仍是不满意，在三稿上又修改了一次。""我的写作充满了矛盾和痛苦，我不知道该赞歌现实还是诅咒现实，是为棣花街的父老乡亲庆幸还是为他们悲哀。"①

其次，"百科全书式"日常乡土诗学的建构。启蒙叙事是一种现代性的叙事，它追求的是对于叙事对象理性而逻辑的掌握。就乡土小说而言，它造成的直接后果就是乡土经验的被简化、被遮蔽，以及乡土美学的原生性和丰富性的丧失。《秦腔》对启蒙叙事传统和启蒙叙事话语的背弃，使其具有了从日常生活层面切入并原生态地呈现乡土经验的可能性。这方面，贾平凹充分显示了他对自我乡土经验的自信，他以密实的流年式的写法和现象学的具象呈现的方式，

---

① 贾平凹：《秦腔·后记》，载《收获》2005年第2期。

倾其所有地奉献出了他的乡土经验。日常的生活画面、精彩的人生戏剧、丰富多彩的乡村细节……使得小说成了名副其实的乡土经验的集大成之作。小说虽然叙述的只是清风街一年间发生的故事，但是作家的美学追求已经远远超越了时间的域限，他要建构的是一个大而全的原生态的乡土世界，在这个世界里，不仅三教九流悉数登场，而且乡村日常生活的几乎所有方面，比如"生老病离死，吃喝拉撒睡"，婚丧嫁娶，风俗人情，乃至自然界的风雨雷电，等等，也都得到了淋漓尽致的表现。小说采取的是空间叙事的方式，这种叙事具有很高的经验"浓度"与经验"密度"，时间似乎是静止的，但是这种经验的高密度拼接，却正好使小说拥有了"百科全书"的结构功能。正是在这种"百科全书式"的结构中，乡土获得了它长期被改写的主体性，获得了全方位、多层次、立体性的展示自我的机会，乡土藏污纳垢的本性得以真正呈现。应该说，在这部小说里贾平凹对乡土的美学想象和文化想象都达到了极致。这是一种真正放松的写作，贾平凹从高度紧张的现代性焦虑和启蒙焦虑中解放出来，同时也解放了乡土。小说的叙事就像流水，时而波涛汹涌，时而风平浪静，但是它不是人为操纵控制的，而是依土地的本性，在经验的河床上自然流淌的，"清风街的事，要说是大事，都是大事，牵涉生死离别，牵涉喜怒哀乐。可要说这算什么呀，真的不算什么，太阳有升有落，人有生的当然也有死的，剩下来的也就是油盐酱醋茶，吃喝拉撒睡，日子像水一样不紧不慢地流着"。

对于贾平凹来说，"经验"的流淌带给小说的不仅是自我解放的快感，还有着浓郁的美学、文化学、民俗学、社会学和心理学价值。我们完全可以理解贾平凹在呈现乡土经验时的欣赏、赞美、炫耀甚至不乏卖弄的得意姿态，因为在他眼中，乡土生活的藏污纳垢本身就有天然的美感。只有从启蒙叙事的偏执传统中走出来，作家才能发现、宽容和理解这种美感，才会超越建筑在优越感基础上的批判性伦理取向，而建构一种平等、宽容的乡土叙事新伦理。

二、"中国经验"与"中国之心"

《秦腔》所追求的"百科全书式"的乡土诗学，体现了贾平凹对于中国经验的思考。但是，中国经验在中国乡土文学中经由知识分子话语的转换，常常会发生某种程度的变异，这个变异的最严重的后果就是对李敬泽所说的"中国之心"的偏离。在山东大学举行的一次演讲中，李敬泽指出当代中国文学的最大

"窘境"就是难贴中国之"心"，他说："回到文学上，'心'的意义上的文学一直是非常少非常弱的。而'灵魂'意义上的文学一直是中国文学主流，也是文学阐释的主要方向。中国小说的现代建构从根本上说是个'灵魂'，是希伯来式的想象对文学、世界和自身的梳理。真正能够触摸到'中国之心'的小说是凤毛麟角。"又说："'心'与'灵魂'，无法绝对地分出好坏，但对中国之心的漠视与抑制百年来没有改变。关于中国之心的言说在现代小说中一直是被高度抑制的，那么现在，贴近中国之心，重新走向中国之心，理应成为现代小说的根本性取向。"①

我在这里大段引用李敬泽的话，是因为他确实洞穿了一个被掩藏很久的问题，并揭示出了中国小说一个世纪以来被遮蔽的"真相"，他所说的窘境其实正是中国启蒙文学现代性叙事的窘境，他所说的"根本性取向"也正是贾平凹在《秦腔》中所追求的叙事目标。首先，在这部小说中贾平凹成功地在乡土小说中实现了以明清小说的叙事风格替代现代知识分子话语系统的尝试。贾平凹对中国传统叙事资源的看重一直贯穿着他的写作历史，在他看来，小说的创新和突破，西方化固然是一条路线，但是中国小说的叙事传统特别是明清小说的叙事传统则是另一条常常被忽略的更重要的路线。因为明清小说的叙事传统比现代知识分子叙事显然更适合中国经验的表达，更符合中国人的审美期待与审美习惯，也更能贴近"中国之心"与"中国精神"。明清小说家的写作立场总是贴近底层民间的立场，民间的生活观与价值观与小说的生活观具有天然的同构性，作家对市井众生和民间生活情态、人情世故的执迷使明清小说洋溢着浓郁的人间烟火气，这是明清小说深受市民喜爱的独特魅力所在。贾平凹的小说对这种叙事传统有着天然的亲和力，这也是他的《废都》等小说总是有着浓烈的《金瓶梅》《红楼梦》印迹的原因。而《秦腔》对清风街芸芸众生的描写同样也深得明清小说叙事传统的精髓，《金瓶梅》《红楼梦》的流风遗韵在小说中随处可见。

其次，在《秦腔》中贾平凹对乡土的本性和"中国之心"的乡村形态进行了多维度的挖掘。就《秦腔》的"百科全书"美学而言，上文我们提到的小说对乡村的人生世态的具象化、细节化的"密实"呈现只是作家诗学建构的一个方面，而作家更深层次的追求则是对乡村的"中国之心"的独到发现与体认——

---

① 李敬泽：《小说精神与中国之心》，载《齐鲁晚报》2005年10月18日。

对土地味道的品尝，对乡下人精神、心理、思维、情感的透视。可以说，在《秦腔》中贾平凹要建构的正是中国最底层农民的"心灵博物馆"。小说以群像化的手法写活了各种不同类型的农民，写出了他们复杂而微妙的"中国之心""乡土之心"。

夏天义是老一代农民的典型，在他身上，我们看到的是中国农民对土地的纯正情感。他的价值观以土地为中心，他对土地有着质朴而执着的感情，他坚信农民离开了土地就不能称其为农民。也正因此，他才要租种进城打工的俊德家抛荒的土地，他才要坚决反对君亭建农贸市场、反对用鱼塘换七里沟的计划，他才要让孙子辈到七里沟接受教育，他才要一个人到七里沟去像当代愚公一样独自翻地，他才会对孙子辈离开土地如此地伤感："而使夏天义感到了极大的羞耻的就是这些孙子辈，翠翠已经出外，后来又是光利，他们都是在家吵闹后出外打工去了。夏天义不明白这些孩子为什么不踏踏实实在土地上干活，天底下最不亏人的就是土地啊，土地却留不住了他们！""后辈人都不爱了土地，都离开了清风街，而他们又不是国家干部，农不农，工不工，乡不乡，城不城，一生就没根没底的像池塘里的浮萍吗？夏天义叹息着这是君亭当了村干部的失败，是清风街的失败，更是夏家的失败！"小说最后夏天义吃土的细节以及其最终死于七里沟滑坡的情节无疑有着强烈的象征意义，这些隐喻了夏天义这代农民与土地割舍不断的情感与命运。但令人遗憾的是，这种情感和命运又充满了悲剧性，不仅与时代的气氛、与君亭等后代的追求格格不入，而且同代人对他也并不理解。具有反讽意味的是，我们看到在小说中夏天义最坚定的支持者其实只有哑巴和白痴引生两个人，其他人如三踅等只有需要利用夏天义时才会成为他的支持者。某种意义上，夏天义算得上是中国大地上的"最后一个农民"。在这里，贾平凹令人痛心地唱响了一代农民对于土地的挽歌，把"农民之死"和"土地之死"的悲壮图景真实而心酸地展现在我们面前。

夏天智是乡村知识分子的典型。如果说夏天义是"土地之心"的代表的话，夏天智就是乡村"文化之心"的代表。他对秦腔的热爱和夏天义对土地的热爱遥相呼应，他表征了中国农民价值观的另外一个方面，即对乡村的文化人格和道德化生存方式的执着。他在深夜为夏家四周埋"固本补气大力丸"的细节就很有象征意味，象征他这一代人对乡村生存方式的迷恋。作为乡村退休的小学校长，他享受着乡下人对他的知识崇拜、道德崇拜和精神崇拜。他乐善好施，无论在家族内部还是在清风街都是令人尊敬的"权威"。但是，在小说中，我们看到，夏天智同样是一个复调式的人物，他内心的矛盾以及与时代的不可避免的冲突注定了他悲剧性的结局。一方面，夏天智有着根深蒂固的文化虚荣感，他所浸淫其中的乡村文化本身就具有相当的复杂性和两面性，其中封建性愚昧文化因子对他的影响本身就难以摆脱。从这个意义上说，他其实正是他所崇拜的文化的牺牲品。例如，为了陪商业局局长吃熊掌，他出于乡村知识分子的脸面"哲学"和"受宠"心理，穿得正正规规，差点热昏、饿昏；而一听说林县长要见他，他更是激动得寝食不安。可见"官本位"思想对"文化人"夏天智同样杀伤力巨大。另一方面，无论在家族还是在秦腔问题上，他也慢慢地成了"失败者"。文化的虚荣不但不能拯救夏天智和乡村的命运，甚至连其自身也正在成为"问题"。他无法挽救夏风与白雪的婚姻，把夏风赶出家门也并不能掩盖他的"失落"。秦腔是他的精神寄托，但对秦腔的衰落他同样无可奈何。小说从头到尾写了好几次秦腔在清风街的演出，但每一次都无一例外地以闹剧收场。秦腔剧团面临解散，在演出现场甚至还敌不过乡村业余歌手陈星演唱的流行歌曲。秦腔演员们只能靠在乡村婚丧仪式中"走穴"生存。夏中星当秦腔剧团团长时制订了雄心勃勃的振兴秦腔计划，可演出到最后不但没有一个观众，还差点被人打了。夏天智出版了秦腔脸谱，每天坚持在家里播放秦腔，可他的收音机最后还是哑了。他身患癌症，最后死去。他的死既是身体的死亡，更是一种"心死"，他所隐喻的正是乡村文化之死。

在《秦腔》中，村官也是一个非常重要的人物形象谱系。从老一代村官夏天义到新一代村官夏君亭、秦安、上善、金莲、竹青等，贾平凹令人信服地诠释了中国式乡村意识形态的复杂性与戏剧性。如果说乡村是中国民间社会的典型缩影的话，那么村官无疑处于这个民间社会结构的最上层，他们是乡村意识形态的主体，也是乡村"权力意识"和"权力之心"的载体。小说所展现的权力斗争主要在两个层面展开：一是现任村官和老书记夏天义的冲突；一是现任村官之间的矛盾纠葛。就前者而言，夏天义是一个有着光荣革命历史的老干部，尽管他的价值观念也许与时代发展之间有了隔阂，但是他对土地、对国家、对党的信仰都是真诚而无私的。然而，在建农贸市场和用鱼塘换七里沟等事件上，为了在与现任村官君亭的斗争中取得优势，他也不得不采用"合纵连横"的意识形态手段。他在用电问题上对三匝的要挟与利用、他在串联和签名告状上的热心都让我们看到了乡村权力意识形态的巨大影响力。就后者而言，我们看到，现任村官君亭玩弄意识形态手腕的能力又显然比夏天义远远高出一筹。他先是用向派出所"打小报告"的手段，让玩麻将的秦安乖乖交出了村支书的宝座，又通过巧妙的"捉奸计"使得三踅帮夏天义告状的计划流产，而对付上善的"二心"他更是借对上善与金莲偷情事情的轻轻一点就起到了敲山震虎的作用。甚至在家庭内部，君亭在意识形态方面的能力也大有用场。他在丁霸槽酒楼嫖妓被老婆发现，可一回到家他就把老婆收拾得服服帖帖，并且第二天还让其公开到酒楼道歉。应该说，发生在村官之间的意识形态戏剧其实只是小说中最为表层的部分，而从深层来看，在清风街的每一个角落上演的每一个故事背后无不有着意识形态的内涵，从社会层面上的缴费收税风波，到清风街居民之间的日常交往与矛盾，再到各个家庭内部的一幕幕喜剧、闹剧或悲剧。比如夏天智家的父子冲突、夏天义家子女间的争吵等等，都有着显而易见的乡村意识形态和"阶级斗争"的痕迹。这对贾平凹来说，也许正是极为伤感之处，他试图回乡，但记忆中的想象中的乡土，已经回不去了，那种原始的、纯净的乡土已经不存在了，他还原的乡土，其心脏和血液里流淌着的都是意识形态的音符。中国式的"乡土之心"是什么？贾平凹给出了意识形态的答案。这样的结果，多少有点残酷，但又是不得不正视的真实。

《秦腔》对乡土"中国之心"的建构还表现在对中国式的乡村道德和伦理关系的透视上。中国的乡村是建筑在儒家伦理学说基础上的，而伦理其实就是一种关系。贾平凹正是通过清风街人与土地的关系、人与人之间关系的变化，折射了中国乡村和中国乡土的伦理变迁。就人与土地的关系而言，农民离开土地正在成为一种不可抗拒的趋势，与此同时，土地对农民的意义也正在消失。"农贸市场""砖厂""酒楼""鱼塘"等在小说中都是与"土地"意象相对立的象征意象，它们的崛起对应的正是土地的衰落。七里沟是小说关于土地的最后的象征，它在最后的崩塌正是对于土地命运的隐喻。土地公、土地爷的重现、"麦王"的诞生、"泰山石敢当"的石碑都无法抗拒这种命运。与此相呼应，农民的流失也是乡土的永恒之痛。清风街的下一代都选择离开土地，剩下的都是老弱妇孺，当夏天智死时，我们看到清风街连抬棺的劳动力都凑不够。这无疑是一个象征性的细节——它象征了土地和农民的双重异化。就人与人的关系而言，贾平凹面对的同样只能是人伦关系破碎的现实。小说中，羊娃在省城杀人被抓、屈明泉砍死金江义的老婆、书正夫妇因签名事件对夏天义进行讹诈等情节勾画的都是乡村人伦关系异化的情景。在清风街，夏家是望族，也是乡村伦理关系的表率。夏家四个兄弟分别以"仁义礼智"命名，也许正是对伦理文化的绝好诠释。小说写道："在清风街，天天都有置气打架的，常常是父子们翻了脸，兄弟间成了仇人，唯独夏天义夏天礼夏天智一辈子没吵闹过，谁有一口好的吃喝，肯定是你忘不了我，我也记得你。"但是，在小说的现实中，夏家这种温情脉脉的人伦关系已是越来越难以维持了。夏天礼热衷于赎卖银圆，最后死于凶杀，夏天义、夏天智在家族内的权威也日渐消失。夏天义不仅在村里失去了象征性的"父亲"伦理权威（下台的村支书），而且在家里也已经成了被儿子欺辱的对象。苞谷风波、与庆玉的红木桌冲突、在儿子家轮流吃饭的悲哀都让我们看到了亲情伦理死亡的悲哀。而儿女们关于父母迁坟出钱多少的争吵，以及父亲死后儿女们关于立碑经费分摊问题的争吵都是乡村亲情伦理和道德伦理崩溃的真实写照。夏天智本是清风街道德文化的典范，但夏风对白雪爱情的背叛也让他建构的道德大厦顷刻间坍塌。夏家逢年过节仍然要一起吃喝，但是这已越来越成为一种勉强的仪式，那种情感的、道德的、人伦的内涵其实早就被耗空了。比较而言，小说中两条狗倒似乎比人更具有伦理内涵和道德内涵。来运和赛虎的爱情可歌可泣，它使小说中人间的爱情比如白雪与夏风的爱情相形失色。就是对于秦腔的理解，狗也比人更强。文化人夏风跟赵宏声说："我就烦秦腔。"而狗来运则甚至能唱秦腔："音乐还在放着，哑巴牵着的那只狗，叫来运的，却坐在院门口伸长了脖子鸣叫起来，它的鸣叫和着音乐高低急缓，十分搭调，院子里的人都呆了，没想到狗竟会唱秦腔。"不仅如此，在夏天智死后来运表现出来的情义和道德，无疑让未能尽孝的夏风自惭行秽。在坟地，"来运突然地后腿着地将全身立了起来，它立着简直像个人，而且伸长了脖子应着秦腔声在长嚎。来运前世是秦腔演员这可能没错，但来运和夏天智是一种什么缘分，几天不吃不喝快要死了却能这样长嚎，我弄不清白"。正是在这个意义上，两条狗的命运以及人对狗的残酷与残暴，才更衬托了人性的黑暗。

三、细节叙事与"震惊"效果

关于《秦腔》的争论与对其叙事艺术的认识有很大的关系，事实上，贾平凹的这部小说在叙事领域的探索也恰恰是最为独特和用力的。小说采取密实流年式的叙事，这种叙事方式，正如上文所说到的，对于乡土经验的传达有其优势，它有助于让小说最大可能地呈现乡土的"百科全书式"的具象并贴近"乡土之心"，但是另一方面它又有先天的局限，那种高密度的乡村生活经验、乡村生活细节，极易给人沉闷、堆砌之感，极易造成阅读和审美疲劳。因此，对贾平凹来说，如何突破经验的重围，达到艺术上的"破闷"效果，是《秦腔》能否取得叙事成功的关键，"我唯一表现我的，是我在哪儿不经意地进入，如何地变换角色和控制节奏"①。我们看到，正是在这一点上，贾平凹显示了其叙事上的不俗功力，而其过往小说写作中的许多局限，在《秦腔》中也都有效地转化成了艺术上的优势。这无疑标志着贾平凹对叙事艺术的把握又达到了一个新的境界。

首先，叙事人是小说"破闷"的重要叙事手段。小说的主叙事人引生是一个白痴性的人物，但是整部小说却都笼罩在他超常的视线之内，由于其身份的超常性，小说故事在虚与实、真与假等问题上的纠缠变得不再重要。而他思维的奇特、情感的执着、认知的怪异又恰恰赋予了小说叙事以更大的自由度与灵活性。可以说，经由他的目光、情感和思维的过滤，小说对于日常生活叙事的逻辑困难被自然而然地化解了，而平淡、沉闷、流水账似的生活经由他主观性、偏执性的"误读"也变得神秘、荒诞充满了戏剧性。更重要的是，叙事人一方面对世界的认识存在"智障"，另一方面却又是一个比正常人更有洞见的"全知性""上帝式"的叙事人。他的视角是复合的，兼有了第一人称和第三人称的叙事的共同特征。正是他使小说叙事的显在层面和隐在层面、可见的与不可见的、现实的与历史的、过去的与未来的、可能的与不可能的都有了超常拼接的可能性。第一人称叙事在进入人物内心时的盲点以及主观视野一维性的局限性都因为叙事人的特殊身份迎刃而解。不仅如此，小说不仅赋予叙事人窥视一切的特权，同时还让他兼有了发现者和阐释者的双重身份。实际上，他凭"特异功能"沟通了人间与冥界、人与自然、人与动物，其对生活中各种"秘密""真相"或"隐情"的发现与道破，恰恰构成了小说内蕴上最为绝妙的反讽。小说的意味由此变得深不可测。正因为他的存在，小说所揭示的各种深层价值冲突变得清晰而集中，而情节的转折和反逻辑性的叙事也变得情有可原，水到渠成。

---

① 贾平凹：《秦腔·后记》，载《收获》2005年第2期。

其次，日常生活戏剧性的发现是小说流水账式的叙事具有高潮迭起的震惊效果的保障。《秦腔》整体上追求的是对乡土和乡民众生相的还原，因此，素描乃至白描无疑是贾平凹的拿手本领，那些油画般的乡土风俗场景、那些精雕细刻的日常生活细节、那些具象的浮雕式的人物形象都体现了贾平凹对于乡土经验的熟识与自信。他笔下的乡土正是因为其出色的白描功夫而变得感性、立体、丰满。某种意义上，《秦腔》呈现的正是乡村生活细节的盛宴，比如书正端汤的细节、夏天礼吃烧饼和卖羊的细节、梅花掏雷庆口袋里钱的细节、引生偷白雪胸罩的细节等等，都足见贾平凹乡土生活体验的深厚以及对乡村各式人等性格、心理、人性精细入微、出神入化的了解与把握。但是，贾平凹显然并不满足于这种"百科全书式"的展览，他还希望赋予这种"百科全书式"的乡土以内在的冲突和戏剧性。他追求的是静态场景中的动态效果。因此，我们可以看到，在《秦腔》中贾平凹充分展示了他发现和挖掘日常生活戏剧性的能力，整部小说就像一部多幕剧，一个又一个的戏剧性场景、戏剧性情节、戏剧性人物在小说中不断涌现，而整个剧情也是一个高潮接一个高潮，不仅毫无流水账和沉闷之感，而且把乡村生活的内在张力演绎得淋漓尽致。一方面，《秦腔》特别重视对戏剧性的事件的描写。小说从头到尾写了很多"死亡"，从夏天礼到夏生荣到夏天智再到夏天义，各种葬礼既有"文化仪式"的意味与内涵，是乡土生活、乡土文化的活标本，同时，这种死亡葬仪的描写又有很强的戏剧性，它在最短的时间里把所有的人生都聚焦在同一视点里，使各自流淌的生活突然有了交叉与交汇，有了冲突，有了戏剧性。小说中的婚嫁、庆寿、建房等场景和事件也都具有同样的叙事效果。另一方面，小说又特别注意对生活中所掩藏的内在戏剧性的挖掘。作家并不满足于事件本身的外在戏剧性的表现，而总是在事件背后挖掘情感、道德、伦理和人性的冲突，以此赋予小说一种内在的紧张感。比如，在夏天智家白雪的婚姻风波中，既有着代际的冲突，文化的冲突，又有着人性的、道德的和伦理的纠葛；在夏天义、夏君亭、三踅关于鱼塘是否承包的争论中，我们也看到了权力意识形态的复杂以及正义、邪恶、阴谋、欲望之间的奇妙冲突；而在抗税事件中，人性中反抗的激情与丑恶的宣泄、群体的狂热与自私的欲望等也都处于一种特殊的张力关系中。对小说来说，外在事件的戏剧性是一维的时间性的，但由此引发的内在戏剧性却是持久的、反复的、多维的，它贯穿小说的始终，使小说具有了绵长的韵味。

再次，怪诞、神秘、夸张、魔幻性情节的设置也是小说重要的叙事"破闷"手段。《秦腔》所采取的叙事手法总体上看是非常写实的，但他的写实又分明有着"极端"的效果。这是贾平凹的特长与魅力所在，也是他的小说最受人诟病的地方。贾平凹对神秘、荒诞的事物有特殊的偏好，这既是他的文化背景、审美趣味和思维习惯决定的，也与他的个人气质和话语风格密不可分。《废都》等小说屡遭非议，虽有特殊的背景，但也不能说与他在性描写上的夸张而极端的表达无关。而《秦腔》对于怪诞、神秘、荒诞等怪力乱神的表现，虽说较《废都》等小说大有收敛，但作家在此方面的"神来之笔"仍然时有所见。《秦腔》所受到的指责很大程度上也都来自于此。比如，三踅嘴里进蛇、引生自残、夏天荣之死、乡人打狗、引生坟地里砸自己粪便以及夏风小孩没屁眼等细节都有夸张和极端之处。对贾平凹来说，对乡土生活这种怪诞、神秘、夸张的处理，一方面是他的认识论决定的。他始终认为乡土民间的生活就是一种混沌的、藏污纳垢的生活，他自言："建立在血缘、伦理根基上的土性文化，它是黏糊的、混沌的"，而"以往许多写农村的作品写得太干净"①。在贾平凹的世界观中，生活的神秘与荒诞从来都是无法掩盖的。另一方面这种处理更是一种叙事手法，正是这些荒诞、神秘而夸张的情节使小说中原生态的生活不断被搅浑，生活的褶皱被放大，并使密实的生活细节有了惊奇和延宕的效果。从叙述学的意义上说，这正是一种行之有效的"破闷"手法。与此对应，语言层面上方言土语的运用，与"粗俗"语言的大量登场，也有着异曲同工之妙。这既是对语言等级性和意识形态性的打破，又有助于完成对乡土"混沌"形象的还原，也是叙事"破闷"的重要手段，因为对于一部由"无边无际没完没了的闲言碎语"②组成的小说来说，语言的陌生化常常是克服语言滞闷压力的有效路径。

最后，大量对联和秦腔曲牌的插入也有着重要的"透气"功能。前文说过，《秦腔》的语言总的来看是以生活化的方言、口语为主，但是知识和文化气息的语言在小说中也大量存在，比如关于脸谱的那些诗赞以及日常生活中不时出现的对联，都有着从语言的惯常流向中被打断、惊醒的叙事功能。这种反差既是语态的反差，又是价值的反差，对于破除叙事的沉闷有着显而易见的作用。而秦腔，众所周知，其在小说中既是重要的情节因素，又是一个象征性的因素。

---

① 贾平凹、王彪：《有关〈秦腔〉的几个问题》，载《南方都市报》2005年1月17日。

② 郜元宝、贾平凹：《关于〈秦腔〉和乡土文学的对谈》，载《文汇报》2005年4月1日。

关于秦腔的内涵及象征意义，评论界已有多种阐释，上文我也略有提及。在这里，我更想强调的是秦腔的叙事学意义。对贾平凹来说，秦腔当然是小说重要的价值寄托，但这种寄托可能更是虚化的而不是实在的。"音乐还在放着，哑巴牵着的那只狗，叫来运的，却坐在院门口伸长了脖子鸣叫起来，它的鸣叫和着音乐高低急缓，十分搭调，院子里的人都呆了，没想到狗竟会唱秦腔。"这样的描写无疑是反讽而具有象征性的。在小说中，秦腔首先是一种更高分贝的声音，它是一种唤醒的声音，既是一种道德唤醒、文化唤醒、价值唤醒，又是一种叙事唤醒，它让读者不至于被密实流年的生活窒息；同时，秦腔还是一种形象、一种图谱，它在小说中的频繁出现，无疑有着特殊的视觉效果，它使平面的密实的文字大幕被撕开了"天窗"，从而有了立体感和透气口，也因此在语言的视觉层面上达到了"破闷"的效果。

（原载《当代作家评论》2006 年第 4 期）

生活叙事与现实还原

——关于贾平凹长篇新作《秦腔》的几点思考

韩鲁华　　许娟丽

对于贾平凹的文学创作，笔者曾经作过三个判断。

第一，从总体看，贾平凹属于主体精神表现型作家，这类作家进行文学创作，所注重的不是外在世界的刻绘，而是内在主体精神的表现。外在世界只是他主体精神的一种对象化的象征物，因此，他追求的不是形似，而是神似。虽然他也描写了许多非常真实的细节，但这些细节，只是他主体精神的一种载体，其意义则往往在这些细节的背后。因此，现实主义等理论尺度不适合他，比如俄罗斯批判现实主义。而我们却更看重的是贾平凹所描绘的形而下的现象世界，而忽视了他形而上的精神世界，因而，对他的评论常发生与创作实际的错位。

第二，艺术上他追求的是意象的建构，属意象主义。笔者在论述贾平凹的文学艺术创造的时候，特别强调他在《浮躁》序言中的一段话对于正确理解他文学创作的提示作用。（在笔者看来，文学批评，首先要了解作家的创作意图及实际情况，在此基础上去谈其成败优劣，而不能先入为主地用自己的思想去框套。）他说："我欣赏这样一段话：艺术家最高的目标在于表现他对于人间宇宙的感应，发掘最动人的情趣，在存在之上建构他的意象世界。"[①]笔者始终认为这是把握贾平凹整个文学创作艺术追求的一个纲。贾平凹文学创作区别于中国当代作家的特异之处，就在于在存在之上所建构起来的审美意象世界。贾平凹意象世界建构的艺术创作模式，突破了"五四"以来所形成的以现实主义与浪漫主义为主体的艺术建构方式，也与西方现代文学思想观念相区别。他实现了跨越"五四"以来几十年的文学传统与中国古典文学艺术在精神上的对接，

---

① 贾平凹：《静虚村散叶》，陕西人民教育出版社1990年版。

但绝对不是古典艺术的复制，而是在新的文学艺术背景之下的一种中国文学的救赎，是要走出一条建立在本民族文学艺术美学思想基础之上的、在中西比较中建立起新的中国文学艺术精神的发展道路。正是从这种意义上，我们应该给予其最充分的肯定。可以说，贾平凹意象建构创作艺术模式的自我确认，就不仅仅只有个人创作的意义，而具有了中国文学发展的整体意义，因为他确认的不仅仅是个体的自我，还是中国文学艺术生命的自我。贾平凹以自己的创作实践证明，中国古典文学艺术传统可继承、借鉴的并非仅仅是表现方法、描写方式或者抒情性、意境等，在新的历史文化语境和文学语境下，中国古典文学艺术从精神到思维方式、表现方式，乃至哲学思想、文学观念等仍然可以得到再生。他所探寻到的意象建构创作模式，提供了一种现代艺术与传统艺术对接的思路。

第三，他是中国当代最坦诚、最具叛逆性、最有探索精神，也最有争议的一位作家。我总觉得，贾平凹的文学创作，自20世纪90年代后，便被主流创作所排斥，处于边缘地带。其实，我们从《土门》《高老庄》《怀念狼》，还有现在的《秦腔》，可以看到，贾平凹在做着向主流创作的靠拢，但总是出力不讨好。不是他于理性上想背离主流意识形态，而是他的艺术特质决定了他的创作只能如此。他总要给人们出一些难题，因此，批评或者争议就成为不可避免的事情。

到目前为止，贾平凹已经创作了十多部长篇小说，在笔者看来，最具文学艺术冲击力的有两部：一部是《废都》，再一部就是《秦腔》。对于《秦腔》，笔者有如下的基本判断：这是贾平凹《废都》之后最好的一部作品；是1949年以来中国文学创作史上一部不可多得的上乘精品——可以进入经典作品行列的作品；是可以写入现当代文学史的一部作品；更是给我们提出了几个难以回答的问题的作品；是将从事文学研究的人置于非常尴尬境地的作品——提出了一些现有理论无法阐释的问题。

贾平凹的文学创作，笔者总觉得有点反传统小说的味道。《秦腔》向我们提出的第一个问题是：长篇小说是否可以不去结构支撑作品的基本情节，而用漫流式的细节连缀，把作品支撑起来？这就像用砖或石头去箍窑洞。一块一块的砖，借着黏合与力的作用，形成了个拱形，不要墙的支撑，也不要柱子和梁，常常是借着地势，与这砖箍的拱形连为一体。建筑与自然的地理融为一体，浑然天成。现代小说理论的最大难题在于，首先是如何解释细节支撑作品基本构架的问题；其次是囫囵混沌的叙述，没有高潮，就像一架山，一条河，朦朦胧胧地涌了过来；再次，人物的性格，不是靠情节去展现，而是在细节缀连的生活涌动中呈现出来的。反情节，甚至反人物、反性格的小说不是没有，但贾平凹绝对与马原等不一样，其作品与那些诗化小说也大相径庭，和张承志的理性思考式的作品、与《狼图腾》似的准小说更是不同。他似乎在做着与传统小说艺术模态建构相背离的新的艺术实验。也许正因为如此，他的小说才让持传统小说理论者难以接受。但问题是，小说是应该按照已有的理论去创作，还是理论应该随着创作实践的发展，而去调整自己，或者去总结出新的理论？答案是后者。创作实践永远处于发展变化之中，我们没有理由用不变的理论去框套不断变化了的创作实践。

《秦腔》提出的第二个问题是：文学不仅仅是一种反映，也不仅仅是一种再现，还是一种还原，一种混沌的呈现式的还原。这里有两个问题，需要我们去思考：一是现实生活的呈现；二是现实的还原。关于呈现，又有这么几个问题：第一，呈现什么；第二，怎么呈现；第三，呈现与再现、表现又是怎样一种关系。当然，最大的问题是，这个呈现，能否构成文学创作上的一个基本概念。

这里就不得不牵扯到现象学的一些问题。当代美国学者詹姆士·艾迪说："现象学并不纯是研究客体的科学，也不纯是研究主体的科学，而是研究'经验'的科学。现象学不会只注重经验中的客体或经验中的主体，而是集中探讨物体与意识的交接点。因此，现象学研究的是意识的意向性活动、意识向客体的投射、意识通过意向性活动而构成的世界。"[1]现象学有几个概念：还原、呈现、意识、经验、意向性等。胡塞尔在谈意识问题时，提到了自我呈现。他所说的回归事物本身和意向性，通过对自我的呈现来实现回归。在此，我们是否可借用一下这个概念呢？其他不说，就贾平凹这部《秦腔》而言，是可以借用过来的。贾平凹在小说首发式上说："我只是呈现，呈现出这一段历史。在我的意识里，这一历史通过平庸的琐碎的日子才能真实地呈现，而呈现得越沉稳、越详尽，理念的东西就愈坚定突出。"自然不能将贾平凹所说的呈现与胡塞尔现象学的呈现画等号，但是，这二者之间有无某种相似之处呢？从作家这么多年的创作和不断发表的关于创作的言论来看，笔者以为贾平凹的创作，是可以用现象

---

① 米·杜夫海纳：《审美经验现象学》，韩树站译，文化艺术出版社1992年版，第1—2页。

学的呈现来加以阐释的。《秦腔》呈现的是什么呢？贾平凹说他在这部作品中写了一堆琐碎泼烦的日子，说他这是一种密实的流年式的叙写。笔者更想用生活漫流式的叙述加以概括。

这部小说写了一个名叫清风街的村子一年多的生活。这生活是围绕着几个层面展开的。清风街社会层面的生活，一是建农贸市场，与之相对的是在一条山沟里淤地，前者是现任村支书干的，后者是原村支书干的。二是收缴各种农业税费，引发了清风街的抗税事件。三是家族生活，有两个大家族，夏家和白家，着力点在夏家。四是家庭生活，主要是夏天智家。五是情感生活，这主要是夏风、白雪和傻子引生。这些都是表层生活。

深层是乡村在城市化过程中，所带给人们的生命情感的无归宿和精神飘游以及困惑、眷恋与挽留、叹息。贾平凹似乎在写最后的乡村，这在中国现当代文学中还是少见的。贾平凹的敏锐在于，当一种生活刚刚开始的时候，他就预感到了未来的恐惧。

中间层次是中国正在经历的乡村社会及其文化形态的历史变革与转型。这是人类生命及其命运在从乡村走向城市的过程中产生的痛苦、悲悯、恐惧与震撼。有人说上帝创造了乡村，人类创造了城市，人类正在以自己创造的城市，消失着上帝创造的乡村。这是悲剧还是喜剧？人类生存环境和历史文化生态的严峻性，就说明了问题。所以，不要只看作品的表层故事。贾平凹经常是设置一些迷魂阵，你一钻进去就出不来了。他在作品中有时候提出的问题非常尖锐，比如三农问题，这是社会问题，还可能解决，现在中央政府正致力解决三农问题。但他于深层提出的问题，人们常常是难以解决的，比如谁能把乡村消失过程中的恋土情结、生命情感的郁结问题解决了。大家都知道现代城市文明代表着历史发展的一种趋向，可就是把这乡土情结丢不掉。

怎么呈现的？整体、混沌、茫然地呈现。贾平凹在《废都》后记中，有一段话："好的文章，囫囵囵是一脉山，山是不需要雕琢的，也不需要机巧地在这儿让长一株白桦，那儿又该栽一棵兰草的。"[1] 在谈创作时，他常用到的词还有整体、茫然、混沌等。我们在解读其作品时，也印证了这一点。《秦腔》是对现实整体、混沌、苍茫原生状态的呈现。

---

① 贾平凹：《废都》，北京出版社1993年版。

从小说角度看，还有一个叙述视角。下面就需要谈到《秦腔》的叙述角度问题。这部作品选择了一个非常特殊的叙述角度，就是傻子引生。引生代表上帝的眼睛。作品整个叙述是通过引生的这双上帝之眼来完成的。人们读这个作品，很容易被引生对白雪的痴情所迷惑，而忽视了他这双上帝之眼。从表面看，别人都是正常的，唯独引生处于疯癫状态。其实，他是最清醒的。接下来就是夏风。是引生在叙述清风街的故事，别人都被现实的生活物象所迷惑，只有引生是跳出三界之外的。夏风清楚清风街在城市化进程中消失着，他在做着痛苦的生命与情感的剥离。这种叙述视角，在现当代文学史上不是没有，却少见，其独特之处在于，既处于事中，又超于事外。令人深思的是，一切都在一个被人为地认定的傻子控制的叙事之中。而他的叙述，不是以强烈的矛盾冲突为主干，小说没有主干情节，而是由一个连一个的细节构成的。这非常难叙述，极易造成一堆散料的堆砌，支撑不起来作品。贾平凹却用一个个细节把作品支撑起来了，就像用一块块积木，构成了一个完整的图案。表面看，他是随心所欲，实际上是精雕细刻，衔接得天衣无缝。这在现代小说中不敢说独一无二，但的确是十分少见的。这与《尤利西斯》《百年孤独》等的叙事有某种联系，与《红楼梦》的叙述也存在着一定的承续关系。这种叙述在《废都》中已经出现，在《白夜》《高老庄》中得到了进一步的发展，一路下来就到了《秦腔》。这种叙事，成功者也很少，贾平凹把它叙说得如此精致，这在现当代文学创作中也是少见的。

关于还原，也有几个问题：第一，这里的还原与哲学上的还原究竟是怎样一种关系；第二，与之相连的是，文学创作上的还原，应该是现象的还原，还是精神的、本质的还原；第三，怎样还原。就作品而言，笔者以为有四个还原，第一，生活现象还原；第二，生活整体还原；第三，生命情感还原；第四，文化精神还原。当然，还有一个怎样还原的问题。

先说生活现象还原。生活是一种现象，是一种现象的原生状态。社会生活有主干，也有主体，我们的文学作品，往往首先反映的是主干、主体，这没有错。但是，对于更广大的百姓来讲，生活就是鸡毛蒜皮的日子，就是婆婆妈妈，扯不断、理还乱的家庭、单位的事情。生活有它社会、政治、文化、精神的层面，有它国家、民族等的意义内涵，但是，生活更是它自身，是一件一件细琐之事的连缀。贾平凹在《秦腔》中就写了这些细碎的生活、烦琐的细节、泼烦的日子，将文学从抽象概括中还原到生活自身状态。他写了一大堆生活现象，是一种原生状态的生活现象。但是，意义在生活现象的底层隐含着。这样说，并不是要其他的作品都以此为标本，而是说，小说既然可以写那些波澜壮阔的社会生活，为什么就不能写这些生活的细枝末节呢？换句话说，这些细节照样可以将社会历史呈现出来，而且更为真实。

再说生活整体还原问题。生活是个整体，不是局部，也不是部分。我们的文学作品，常常是选择其中的某个方面加以典型化反映，或者以社会生活的主体代替了生活本身。贾平凹的《秦腔》是把生活整体囫囵地呈现到读者面前，原汁原味，不加任何修饰。生活就是一条流动的河，他的故事就是河床的某一段。这一段河床混混沌沌，草木鸟虫，船家行人，都给你和盘呈现在那里。所以，我们在解读《秦腔》的时候，就感到比较难以把握。因为在对生活整体的还原过程中，贾平凹把清风街这个陕南村镇几乎所有的东西都给你呈现出来了。在中国农村，人生的几件大事：一是盖房子；二是娶妻结婚成家；三是生孩子；四是养老送终。这几乎是农民生活的基本内容。在这个作品中，这些都得到了表现。问题的关键还不在于此，关键在于，《秦腔》采取的是与生活同构的艺术表现方式。生活本来就不是清清如水的明晰状态，而是风搅雨、雨搅雪、雪混泥、泥又粘连着草木虫蛇的混沌状态。也正是在这种意义上，笔者以为《秦腔》是对现实的一种整体性的、浑然一体的还原。在这里，《秦腔》以生活整体还原，而突破着典型化。就此而言，笔者认为《秦腔》是在向传统的现实主义文学创作理论发出挑战。

还有生命情感还原。这里主要是指人生命情感的原本状态，没有进行过滤。从表面的喜怒哀乐，到深层的生命情感心理结构；从显性的意识到隐性的潜意识、前意识，人的心理状态得以还原。从作品的叙述与描写来看，作家笔下的人物，如夏天义、夏天智、夏君亭、李上善、金莲、赵宏声等，他们的生命情感的表现，可以说都是原生状态的。就作品而言，直接的心理描写并不是很多，更多的是对于人物言行的描述。心理描述最多的恐怕是叙述人疯子引生了。但是，这些人物言行的描写，却无不透视着人物的情感心理活动。

在这里就需要涉及具有人类普遍性的问题。贾平凹虽然将人物的情态描写得惟妙惟肖，如同生活本身一般，但是，其间寄予的是他自己的生命情感，是一种超于生活现象的恋乡情结。他在对于现实生活呈现式的还原叙述之中，熔铸的是对他生命情感的还原。他所要向人们叙述的是他在离开乡村三十余年之后，乡土情感的回归，他试图在今天的乡村生活及其结构形态中，寻求童年的生命情感记忆。因此，贾平凹在这里要表现的是乡村生命情感丢失之后的重构，而这种重构，却又是与现实的乡村生存状态相错位的。

最后是文化精神还原，是说将人的精神从人自身以外还原到人自身。还有一个就是人离开乡土后对于乡土的精神还原。这在夏风身上体现得更明显。其深层是贾平凹的乡土精神还原。作为主体精神表现型作家，贾平凹在创作的时候，非常注重自己精神世界对于作品艺术建构的支配，他甚至是按照自己的精神建构去构筑作品的。因此，他常常是借现实而写他自己。在《秦腔》中，自己的影子依然存在，但要比其他作品相对轻得多，或者说更为隐蔽。与其说贾平凹是在为家乡树一块碑，不如说他是在寻求自己精神的寄寓。如果说《废都》是一部贾平凹安妥灵魂的作品，那《秦腔》就是他精神飘游后回归寓所的作品。他通过家乡的迷失，而探寻着自己精神的家园，还原着自己精神的本真。他多次说在城市自己是个农民，可他回归乡村的时候，他却成了乡村的弃儿。现在的乡村并不接受他，他只能在童年的记忆中，得到精神上的寄寓。也正是在这童年的记忆中，他的精神才得以还乡，才得以从外在的存在之中，还原为本真的自我。

这部作品中的还原叙述方式，主要是呈现，密集地呈现。也就是说，《秦腔》对现实生活的细节混沌的叙述，有如茫茫的流水，又犹如浑然一体的大山，整体性地呈现在人们面前，汤汤水水、草草木木，似乎不加任何修饰，原汁原味，原生状态。但是，只要是文学作品，再怎样原生状态地加以表述，那也是要经过作家的艺术加工的，总是要体现作家的审美选择。因此，这种还原，也就不可能是完全的复原，而只能是一种对于现实的还原。

《秦腔》提出的第三个问题是：如何建立新汉语写作的问题。这里笔者首先要说到他的语言。《秦腔》的语言，完全是秦腔、秦调、秦韵，渗透着秦风、秦俗、秦文化。现在我们以普通话为官方语言，为流通语言。这里不是自恋，但的确在秦地方言中保留着许多古语。这些地方语言中，浸透的则是秦文化。贾平凹的语汇，就源于秦地方言。再者，他从古汉语中汲取了不少词语，使其获得新的生命活力。特别是他语言的音韵节奏、叙述语调、句式结构等，都融会着古汉语的某些特征，比如文白相间、虚实相生。

更为重要的是，贾平凹自 20 世纪 90 年代开始，致力于新汉语写作，但并没有引起人们的重视。其间隐含着一个大问题："五四"以来所建构起来的以西方文学语言为参照系的现代文学语言系统，如何进一步本土化，如何承续被"五四"割断了的古代文学语言体系，如何将语言生活原生化。而这语言中又渗透的是民族思维方式和审美情感方式。现代汉语，语音是北方语音为主的，语汇则是建立在现代人的生活及其交流语言基础之上的，语法建构，也很显然地受到了西方语言的影响，思维方式则带有明显的西方现代文化思维方式的特征。特别是"五四"时期，欧化倾向十分明显。现代汉语中，虽有古语，但无古韵。书面语和生活语言几乎没有多少差异。文学创作，其语言是否可以在一定程度上保持古代汉语的更多特性呢？特别是在语言的思维方式上，能否更突出本民族的思维特征呢？我们可以将现代现实、历史小说与武侠小说作一对比，就会发现，武侠小说的语言，虽然形成了套路，但阅读起来却更具韵味，与古汉语的表述方式更接近。贾平凹倡导新汉语写作，在笔者看来，他就是想突破现有的现代汉语的写作模态，而建构起与传统的汉语对接的新的写作语言，尤其是在语言的意境创造、思维方式模态建构上，更突出中国传统的特征。这是一个大问题，这是向现代文学系统发出的挑战。是不是革命性的，现在还不宜于下结论。从这个意义上讲，有人说贾平凹的野心大，是符合实情的。《秦腔》在这一方面，笔者以为是做得比较好的，具有深入的探索，比如它的音乐感、旋律感、情韵感，语言的穿透力、内在张力等，还有语言的民族性、地域性、文化心理结构性以及语言的民风民俗性等。

　　贾平凹在谈到语言时，强调语言的质感、节奏、意境、呼应、情绪等，这些都需要进行搭配。他说："中国汉字是象形文字，有些字就存在质感，你不能把一堆太轻的字用在一起，也不能把一堆太重的字用在一起。"[1]节奏音韵有高低、快慢、强弱、急缓等，也需要搭配。这些都是他对于汉语进行体味后的思考。

　　这种挑战，还包括前面所讲的对于现代小说艺术模态的突破，甚至是一种重建的努力。这种努力，与鲁迅、老舍、沈从文、张爱玲、赵树理等的努力是一致的。现代文学及其包括语言在内的艺术建构，以及由此而形成的叙事模态系统，是由一代接一代的文学艺术家不断努力地建构与结构，不断地突破，而得以发展并完善的。而更应给予肯定的，是那些包括小说在内的在文学叙事上所做的种种探索与试验。

---

① 贾平凹：《关于文学语言》，载《西安建筑科技大学学报（社会科学版）》2005年第1期。

当然，这部作品还有其他的特点，在此不说了。最后就是这部作品阅读上有着相当的阻隔性。人们习惯于读情节性作品，而《秦腔》则是细琐的泼烦事，比较难以读进去，但你一旦读进去，就会被其间的情致韵味和魅力所吸引。

（原载《当代作家评论》2005 年第 5 期）

回到生活原点的写作

——贾平凹《秦腔》的叙事形态

张学昕

一

20世纪90年代以来，作家对乡村和乡土的经验的表达及其想象性叙述，毫无疑问地越来越成为一种寂寞的存在；而另一种文学现实是，由于一些有良知、有才华、有耐性的作家的存在和坚守，他们在动荡的文学写作的处境里，依然对这个庞大的存在表现着一个真正的作家的智慧与忠诚，以自己的写作寻找文学叙述乡土现实的可能性。可以肯定，在今天，如果一个作家放弃掉自己已经获得的充分的城市经验，或者说远离了种种意识形态的规约，深入对乡土中国的文化想象，我相信，其目的一定是非功利性、非物质性的，这一定与他的信仰、良知、记忆、情感密切相关。那么，其内在的价值与精神也必定是建立在对存在世界与自我灵魂执着的审视中，因为在这样一个急遽变化、喧嚣浮躁的时代，要进入乡村这个寂寞而躁动的世界，仅靠理性和常识是根本做不到的。若要理解这个世界，理解我们自己的精神与乡村的关系，并激发在一种更高的审美观照之下的创造力、想象力，就一定要从内心出发，不仅要进行灵魂的审视，进行自我解析和批判，向未知的领域探索，而且要执着于那种奇妙的语感，在思考、体悟中获得真实的艺术感觉，从而越过想象的边界，抵达生活和作家本身的精神彼岸。对于一个作家来说，文学写作并非是作家率性而为的事，也不是少数天才肆意无羁的纯粹想象和创造，文学写作必定离不开历史存在这个强大的磁场。也就是说，一位作家的种种可能的写作，是在历史传统和现实要求的双重作用下被确立的。关键是，一个真正伟大的作家如何在一个特定的历史时间的统摄下，在一种非时间性的文学表达式中有选择的自由，甚至摆脱自身与时代的某种错位或尴尬。他虽然生活在都市，却是时时以乡村为依归的作家，甘于寂寞，扎实而满怀深情地表达乡土的"生死场"，也许只有这样，文学写作的立场及其形式、艺术理想才可能因具备了抵抗世俗的力量而得以生存，写作也才可能成为经典的写作，作品也才会经得起时间的历练。

在读完长篇小说《秦腔》之后，我更坚信，贾平凹就是这样一位始终遵循自己写作立场和坚守自己艺术原则、永远按着自己的风格和意愿写作的作家。

实际上，从贾平凹最早的一批乡土小说如《商州初录》《鸡窝洼的人家》《腊月·正月》《小月前本》等，到《浮躁》《高老庄》和《秦腔》，我感到贾平凹的写作与现实之间始终存在着一种强烈的紧张感和摩擦感。当然，这里有着诸多的文学与非文学的因素。主要是，作为一个作家，其职业要求的前瞻性、超前性，对现实的洞见性，促使他必然要表达一种有别于常人的美学立场、审美判断。面对中国当代社会巨大的、历史性的转型，作家所面临的是如何找准自己的位置，如何从心灵价值的维度去整合自己的价值立场与时代生活的关系，准确地表达出独特的个人经验，有时甚至可能需要表达作家内心与时代或存在的某种冲突和断裂。贾平凹曾经说过："是不是好作家，是不是好作品，五十年后才能见分晓。如果五十年后书还有人在读，人还被提起，那就基本上是好作家，好作品，否则都不算数。"[1]我想，在这里，贾平凹所强调的是作家审美经验和美学表达方式的可靠性和永久性力量。说到底，文学的真正魅力无疑是在有限时间内其所表达内蕴的无限性，其令人震惊的文学体验所支撑的文本的叙述张力。那么，可靠的审美经验和具有永久性的有意味的美学形式从何而来呢？这也是制约和困扰作家写作的最大问题。可以说，作家需要扎根于现实世界，并以一种独特的方式置身于这个世界，尽管他的审美视域和他的经验不断发展和变化，但他却无法得到对现实的无限的理解，所以，真正的作家要克服知识、认识的有限性，发掘和表现现实世界的存在经验，而这种经验就是"一种使人类认识到自身有限性的经验"[2]。而人的有限性，也包括作家写作的有限性又是因为他的历史性。从这个角度讲，真正的经验是人自己的历史性经验，即人的存在经验，而文学的使命就是传达、表现或存储人的存在经验。那么，如何获得经验、把握经验、留住经验就成为一个非常关键的问题。维特根斯坦曾说道，想真正看

---

[1] 贾平凹、谢有顺：《贾平凹谢有顺对话录》，苏州大学出版社2003年版，第30页。

[2] 汉斯-格奥尔格·加达默尔：《真理与方法——哲学诠释学的基本特征》上卷，洪汉鼎译，上海译文出版社1992年版，第459页。

清楚眼前的事物是异常艰难的。在这里，他讲的也是人如何将经验真正地传达和保留下来。文学文本能否成为人类保存存在经验、心灵体验，建立高贵尊严的方式或有效途径，也就成为当代作家最为关注和焦虑的问题。谢有顺在谈到于坚的《人间笔记》时，曾评价于坚的看法的精到：看见一种事物比想象一种事物要困难得多，这实质上是在怀疑虚构与想象的不可靠性和悬浮性。事实上，现代小说家在小说叙事获得相当大的解放和自由后，愈发挖空心思、小心翼翼地探寻文学保存人类存在经验的种种可能性，恐惧自己叙述文字的贫弱、短暂或消失。尤其是近十几年的中国当代社会生活，其变化的神速及复杂程度，令人目眩。这无疑给中国作家的写作带来了一定的难度。很显然，一个有责任感、有创造力的作家已不会再倚仗对西方艺术经验的感悟方式来处理我们的"中国经验"，他必然会让文学重新回到内心，回到文学本身，重新回到生活，回到叙事，特别是要建立自己的叙述形态和叙事耐心。其实，曾于20世纪90年代写出了《废都》的贾平凹，在完成了这部"安妥我破碎了的灵魂"①的文本之后的若干部长篇小说中，想象与虚构的叙事力度已很明显地逐渐减弱，也就是说"想象性经验"正逐步衍化成"存在性经验"。贾平凹开始"大巧若拙"般地回到现实中来，更加注重"能看见"的东西，觉得现实才是唯一真实可靠的，他开始相信"日常生活中有奇迹"②。他开始着意发掘和呈现生活、存在的内在秩序，他相信这种秩序就是一种极其理性的存在，而且这种秩序掌控着种种非理性的存在，"人就是这样按需求来到世上的。世上的事都有秩序在里边"③。

我认为，在2000年前后，贾平凹的写作更加敬畏生活本身，他的小说开始直面原始的生存经验，并尽力从这种"看得见"的原始经验出发，同时，对生活、存在保持超然的审美距离，单纯地看，单纯地谛听世界所发出的声音。在贾平凹看来，文学的可靠性与价值不仅仅在于它所给予我们的审美的、感性的愉悦，更在于它揭示了既有的存在秩序及其可能性。可以说，这是贾平凹智慧的文学观的体现，也正是他的写作回到生活原点的开始。

这些，早在1998年他写作《高老庄》时就已初露端倪。贾平凹坦言自己无论写什么题材，都是他营构文学世界的一种载体，载体之上的精神世界才是他

---

① 贾平凹：《废都》，北京出版社1993年版，第527页。
② 贾平凹、谢有顺：《贾平凹谢有顺对话录》，苏州大学出版社2003年版，第30页。
③ 贾平凹、谢有顺：《贾平凹谢有顺对话录》，苏州大学出版社2003年版，第153页。

的本真，但《高老庄》里依旧是一群社会最基层的卑微的人，依旧是蝇营狗苟的琐碎小事。我熟悉这样的人和这样的生活，写起来能得心又能应于手。为什么如此落笔，没有乍眼的结构又没有华丽的技巧，丧失了往昔的秀丽和清晰，无序而来，苍茫而去，汤汤水水又黏黏糊糊，这缘于我对小说的观念改变"①。而在《高老庄》里，贾平凹虽然尽力要求自己原生态地写出生活的流动，实实在在地行文，但小说还是凸显出"高老庄"作为作家某种精神指向和艺术判断的意象性载体的坚硬存在。可以肯定的是，写作《高老庄》时的贾平凹就已经坚定了写实的信念，他试图从此时的存在中打通个人与世界之间的精神通道，凭借对生活、人物、存在的更为内敛的体验，建立自己文学写作新的维度。而到了《秦腔》，贾平凹的写作姿态和叙述方式再次发生了重要的变化。他的写作表现出对叙事的敬畏和强大的叙事的耐心。在这部对贾平凹极为重要的"决心以这本书为故乡树起一块碑子"的作品中，在他对"一堆鸡零狗碎的泼烦日子"的叙述中，以及那密实的流年似的叙写表象背后，起伏着作家厚重坚实的情感担当、情感凝聚。从写作、经验与生活的关系讲，这是一部真正回到生活原点的小说，它是作家内在化了的激情对破碎生活的一次艺术整合，是智慧与睿智对看似有完整结构的生活表象的真正颠覆和瓦解。我们在这幅文学图像中强烈地感觉到了生活、存在的"破碎之美"。

二

我们感到，这时的贾平凹真正地平静下来了。他在古城西安面对或深入西北乡村这个寂寞的所在，想以他的思考与文字坚守、见证这块土地文化与精神的命脉，他试图以自身的生存经验通过叙述、表现这片土地上人的原生态的生活，"把深广不可量度的带向极致。小说在生活的丰富性中，通过表现这种丰富性，去证明人生的深刻的困惑"②。与以往任何作品所不同的是，这部近五十万字、增删四稿的非城市性的长篇小说《秦腔》，无论叙事动机还是支撑叙事的精神内核，不仅源于追寻生命与生活的意义、寻求"故事的道德教益"，更在于"为了忘却的记忆"。而这种记忆已经不再是关于整个商州的记忆，而是曾生养他的一条名为棣花街的记忆，并且是一次用写作完成的生命、精神祭奠。贾平

---

① 贾平凹：《高老庄》，太白文艺出版社1998年版，第415页。

② 本雅明：《本雅明文选》，陈永国、马海良译，中国社会科学出版社1999年版，第295页。

凹从自己生活过的一条街出发："我的写作充满了矛盾和痛苦，我不知道该赞歌现实还是诅咒现实，是为棣花街的父老乡亲庆幸还是为他们悲哀。"① 显然，贾平凹已不再像以往那样，通过整体的、自我的、带有某种意识指归的形象，而是要在对整合后的记忆的叙述中呈现生活。"讲述人"已被完全嵌入叙述中的生活，故事像经验，或者说经验像故事一样被传达出来。尽管仍然带有"叙述"的痕迹，但作家作为创作主体所经验的内容与回忆、记忆所聚合起来的生活融为一体，创造出了独特的叙事氛围与情境。确切地说，贾平凹的《秦腔》的叙述在努力回到最基本的叙述形式，可以说是说故事的方式。但在叙事观念上，他是想解决虚构叙事与历史的叙述，或者说写实性话语与想象性话语之间一直存在的紧张关系，他更加倾向将具有经验性、事实性内容的历史话语与叙述形式融会起来，在文字中再现世界的浑然难辨的存在形态。只不过，这一次，贾平凹很少利用叙事形式本身的乖张和力量，更看重对创作主体的个人经验的有效表达，追求"个别的真实"而非虚构叙述所表现的普遍的真实。可以说，贾平凹的写作，虽然是从自己的故乡小村镇棣花街出发，但他要保持记忆，反抗遗忘，恐惧"故乡将出现另一种形状，我将越来越陌生"②。他将"过去""记忆""往日的遗迹"的存在作为叙述故事的依据，来体验时间中的往事和理解中的历史以及当下的现实。我们看到，贾平凹的叙述是无比沉醉的，他为我们呈现了一个真实而质朴、平淡而庄严、喧嚣而寂寞、开放而神秘的存在世界。他将人物自然而然地置于伦理观念、权力欲望以及人格尊严的对抗之中，在保持强劲叙事张力的同时呈现出无奈的人生场景。最令人惊异的是，贾平凹从容地选择了如此绵密甚至琐碎的叙述形态，大胆地将必须表现的人的命运融化在结构中。对于像贾平凹这样一位有成就的重要作家来说，这无疑是一种近于冒险的写法，但他凭借执着而独特的文学结构、叙事方式追求文体的简洁，而恰恰是这种简洁而有力的话语方式，在很大程度上改变了以往长篇小说的写作惯性，重新扩张了许多小说文体的新元素，改变了传统小说的叙事形态。同时，我们也从这部长篇小说中看到贾平凹小说写作更为内在的变化。

或许可以说，在当代小说创作中，若想实现小说真正的现代性，通过小说叙事发现或呈现某种生活的逻辑或存在的逻辑，并没有比干脆运用写实手法、

---

① 贾平凹：《秦腔》，作家出版社2005年版，第563页。
② 贾平凹：《秦腔》，作家出版社2005年版，第563页。

尽可能地回到生活本身更具有内在自由度，更具有挑战性。像贾平凹的《秦腔》，选择的就是简洁、富有质地、裸露"经验"的叙事：用近五十万字的密集的流水式的生活细节，表现一个村落一年的生死歌哭、情感、风俗、文化、人心的迁移等。曾关注、讴歌了商州这块土地几十年，贾平凹这一次作为一位贴身贴己的叙述者和见证人，完全是以极具个人经验、心理、情感特征的写作主体方式，包容性地表达了对一个时代的领悟，而其对叙事话语方式的选择则给贾平凹小说带来全新的面貌。

巴赫金认为："长篇小说是用艺术方法组织起来的社会性的杂语现象，偶尔还是多语种现象，又是独特的多声现象。小说正是通过社会性杂语现象以及以此为基础的个人独特的多声现象，来驾驭自己所有的题材、自己所描绘和表现的整个事物和文意世界。作者语言、叙述人语言、穿插的文体、人物语言——这都只不过是杂语借以进入小说的一些基本布局结构统一体。"[1]在这里，巴赫金把长篇小说看作一个整体，一个"多语体"和"多声部"现象，即小说话语是彼此不同的叙述语言组合的体系，而不是单一叙述主体的话语。在《秦腔》中，小说叙述话语及其所呈现出的存在世界就是一个多维的话语、结构形态。首先，叙述主体已完全摆脱了种种可能的观念、理念的预设，远离了以往小说的"社会—历史"结构形态，即不是从历史结构中去观察和描述日常生活并形成具有现实感的叙事形式，而是尽力写出生活的本色和原生态质地，又避免对人物个性或典型性过分强调而造成人物与存在世界的分裂。小说的结构就是生活的一种存在结构，它所提供的人物、情景、绵密的生活流程，可以让我们去感知、触摸生活的构成，揣摩生活更大的可能性。我认为，贾平凹所采取的是一种反逻辑的叙述，是对既往文学、写作观念的颠覆。无逻辑的生活秩序正是生活与存在的本质，因为生活的秩序和形态绝不是作家所给定的，也不是由某种特定观念所统一的，而所谓的逻辑则是人对现象的恣意的主观梳理、强制性限定。那么，决定小说结构的叙述话语就绝不是一种独立的声音，而小说话语或小说智慧则在于呈现由不同的社会杂语构成的混沌的、多元的、对话的形态，以及非个人的内在的非统一的多声现象。这种多维、多元的话语结构造就了小说看似芜杂的、多层次的、流动的意识形态。这也正是贾平凹试图把握乡

---

① 巴赫金：《小说理论》，白春仁、晓河译，河北教育出版社1998年版，第40—41页。

村、时代、人性及精神文化宿命的途径和方法。尽管我们不会从叙述中直接体味到作家"悲悯""激愤"的伤怀与喟叹，但纠缠于生活中的哀戚与苦痛潜隐在文字的背后，如同一种"元语言"在阅读者的内心生长，散发着不可抵挡的生命气息。

应该说，《秦腔》这部小说以四五十万字来写一条街、一个村子的生活状貌或状态，细腻地、不厌其烦地描述一年中日复一日琐碎的乡村岁月，从时间上看并不算长，但叙述却给阅读带来了一种新的时间感。这种时间感显然最为接近小说所表现的生活本身，一年的时间涨溢出差不多十年的感觉。正是这种乡村一天天缓慢、沉寂的生活节奏，这种每日漫无际涯的变化，累积出乡村生活、人世间的沧桑沉重。相对于那些卷帙浩繁、结构宏阔的乡土叙事，贾平凹诚恳、朴实地选择简单的单向度的线性叙事结构，非作家经验化的生活的自然时间节奏，没有刻意地拟设人物、情节和故事之间清晰、递进的逻辑关系，也不张扬生活细节后面存在的历史发展的脉络，只是平和地、坦诚而坦然地形成自己朴素的叙事，叙述本身也较少对当代乡村及其复杂状貌的主体性推测与反思性判断。细节的琐碎既构成生活的平淡或庸常，也构成了生活的真实。也就是说，在《秦腔》中，小说的故事保持着线性时间的完整性，并没有被叙述任意地"切割"，虚构隐蔽在再现、复现生活的技术中，人的存在、人与存在的种种关系乃至生活的肌理，完全是自己呈现出来的。所以，《秦腔》中的生活是较少戏剧性的，小说故事的叙述结构往往就是现实生活事件的结构，它的组成并不依赖冲突和巧合，叙述的依据是生活和存在世界自身的逻辑和规律。因此，它的叙述是坚实而经得起推敲的，依靠生活本身的"空缺"产生魅力、激发想象，而不是那种偶然性累积起来的脆弱的巧合机制，同时也避免了那种密不透风、不停顿叙事破坏故事本身应有的张弛。也就是说，生活没有僵化在小说的某种模式里，而是将人们置身在款款的生活流动中恍然有所悟。无疑，回到生活的原点，使贾平凹真正地打开了新的叙述空间。

贾平凹的这种审美、叙事方法，很可能会被人误解为叙事理念的老套，细节呈现上的自然主义倾向，而我觉得这恰恰是贾平凹朴拙而智慧的选择。

回顾 20 世纪 50 年代至今的中国乡土文学叙事，无论是"十七年"的"史诗叙事"、80 年代有意识地对乡土文化的文学构筑，还是 90 年代以来对乡土的寓言化书写和后现代想象，文学对乡村、乡土的想象与表达无不刻有种种意识形态的先验烙印，因此，它们在叙事形态上也表现出大同小异的叙事视角、结构形式、话语风格。而《秦腔》不一样，引生表面上看既是故事的讲述者、有所限制的叙述人，又是作家的一双眼睛，他看上去无所不知，俯视芸芸众生，而从叙述方面讲，引生其实是作家选择的一种非常单纯的结构策略。作家开篇不久就让引生自我阉割，这很明显是暗示对小说叙事的一种达观的理解：无论怎样完整的结构或叙事，都不可避免地会具有被生活本身阉割而带来的缺陷，这也是小说叙述的宿命。我们感到正是贾平凹选择的这种有缺陷的叙述或审美观照立场，才让我们真正信任和敬畏他所叙述的并不完美也不可能完整的生活过程。从这个角度讲，叙事结构就是叙事立场或姿态，决定着叙事的方向和形态。那么，在《秦腔》中，所有的叙述可能性就全部是由引生打开的。这是贾平凹对小说叙事的一次坚决的革命性改造，是《秦腔》叙事的关键性所在。

引生，在小说中是一个普通而又充满神性的人物。作家描绘了这个人物的两极：大智慧和愚顽痴迷的性格形态。一方面，引生作为无所不在无所不知的全能视角，起着结构全篇的核心作用；另一方面，小说中引生又以"我"的第一人称角色出现，成为参与文本中具体生活的一个边缘化人物，同时构成第一人称的有限性叙述视角。两种叙事视角重叠交错，而作家、隐形叙述人、叙述人、小说人物几乎四位一体，形成一种独特的叙事体态。在小说叙述中，引生既无所知又无所不知，既无所在又无处不在，有时在生活中是不可或缺又切实的存在，有时又如影子般飘忽不定。他的情感既可以是迫切地伸张正义、满怀激情、有憎有爱，也可以古道热肠、柔情缱绻地痴心不改；他的叙述既可以豪气冲天、热烈奔放，也可以大巧若拙、朴实平易。引生的目光既可以是温情的，怜香惜玉或顾影自怜，也可以是冷峻的，疾恶如仇，替天行道；他的气度与胸襟既是上帝的，对芸芸众生一览无余而气正道大，也是妖魔的，偶尔也自暴自弃地自我戕害或嘲弄现实地"邪恶"一下。这个多重角色与功能集于一身的小说人物，将一切故事和人生贯穿成一个有相当长度的连续性的场景，让生活的原生态很自然地呈现。其中没有作者刻意设计的叙述生活的因果链，人物及其所有存在都保持其合乎时间、空间自然逻辑的本真状态，也就是说，引生游弋于生活世界与角色世界里，他以虚拟的身份呈现存在世界的光明与晦暗，说到底，他是创作主体隐藏、张扬自己的一个依托，全部文本结构的一个支点。一句话，生活是由他结构的，同时也是由他解构的。

一般地说，作家在进入写作状态的时候，实质上是进入一个多种可能性、将对象人格化的过程：企图利用讲述者获得表现存在的自由，获得在最大程度上将存在对象自我化、心灵化的自由，产生叙述者能指的功用，使存在时空衍化为阅读时空、文化时空。但是，只要作家选择了一种视角就等于放弃了其他无数的可能性视角，叙述就成为带着极大限制的有镣铐意味的叙述。也就是说，叙述排斥了或拒绝了对其他可能性的选择。而引生则不同，他不受任何视点的支配，不仅给叙述建立了强大的自信——他承载起作家所有语言经验和非语言经验，他可以是生活热情的参与者，也可以是角色之外的冷漠的叙述者——他在文本现实中与作家若即若离、时连时断、貌合神离，甚至进入一种物化状态。另外，小说中引生的存在，除具有文体的功能外，他还有强大的文化、隐喻、符号功能。他使叙述、呈现避免了简单、不加选择地进行纯粹客观叙述而消解人文理想，从而丧失现实存在的内在张力。如果说，贾平凹对于存在的实在性还有怀疑或期待的话，那他就一定是通过引生来完成的。当然，小说结构的艺术处理取决于作家的写作姿态，包括审美情感的取向。虽说小说结构并不就意味着生活的内在结构或秩序本身就是如此，但贾平凹在这里选择引生作为叙事本体，却是意味着尽量保持一个"公正""本真"的姿态观照、呈示生活，而非付诸自己的情感和道德判断去破译生活、阐释现象背后可能的意蕴。引生仅仅是指示或指引了一个基本的方向。西部村落清风街一年的点点滴滴的人事风华，聚沙成塔般地构成一部世俗生活的变迁史。这其中势必牵引出国家的、乡土的、家族的种种命题，然而，作家执意选择引生这一超越集体、个人的独特视角，无疑是想超越简单的人间道德的二元善恶之分，超越国家、家族、个人的现世伦理，而要在作品中贯注一种人类性的悲悯与爱、忧怀与感伤。在清风街上，每个人都是贫穷、愁苦、悲哀与苍凉的，但同时也是富足、欢爱、幸福与自然的。无论作为小说人物的引生眼中的夏天义、白雪、夏风、夏君亭等与作为叙述人的引生看到的夏天义们，还是对其经验的想象性扩充，即人物的内心自我体验与讲述者或隐含作家的语言陈述之间的差距，都进一步造成小说艺术的审美张力。也就是说，通过引生，作家不仅为我们呈示了其审美注意力探查过的、经过想象性扩充而在其内心重新聚合的形象体系，还呈现了基本上未经过选择和删削的生活现象。进一步说，贾平凹在张扬生活、留存精华的叙述过程中，没有完全剔除所谓芜杂的内容，作家在或紧张或舒缓从容的艺术联想中，依然照顾生活自然而然的纷至沓来的人生场景。在《秦腔》中，既有对在清风街叱咤风云的夏天义、夏天智家族成员的描绘，也有对像丁霸槽、武林、陈亮、三踅等"弱小"人物的细腻描绘；既有对决定清风街前途命运的重大事件的叙述，更有对生、老、病、死、婚嫁不厌其烦的记叙。生活中的洪流和溪水都尽收眼底。正是这种未经作家过细整理、销蚀炼铸的生活，体现出贾平凹观照、呈现世界的能力，审美敏感、人情练达和哲学水平——这也恰恰是作家作为真正叙述者最重要的因素；另外，小说呈示多义的或者不甚明晰的意旨，多种情绪、多种氛围、多种蕴含在作品中流动着，不停地"化合"和"分解"，"裂变"和"聚合"，凸显着全方位的动态意绪。我们可以感受到部分的作品的思绪，也可能用自己的理解方式对作品进行加工，从而得到游动的、若隐若现的、似真似幻的审美心理实现。

三

前面已经强调过贾平凹小说写作的话语方式、结构、视角源于从生活原点出发的写作姿态。虽然他为我们提供的是被无数"他者"话语笼罩的存在世界，但这里的"结构"，已成为他小说写作中最大的"政治"。我们已清楚地看到，贾平凹倾力表现的是生活本身的结构。那么，现在我们需要进一步探讨的是贾平凹《秦腔》中的文体和语言问题。贾平凹贯彻小说整体话语、结构、视角的坚定性，这就使得他有把握在把他的小说人物及其故事进行独立性的、平面性的、极其自然的处理的同时，又赋予其非常细致、丰富、生动、具体的细节，这不可避免地造成对他叙述文体形态和语言实体的较高要求。所以说，文体、语言与整体叙述结构的和谐，成为这部绝少乌托邦气质的写实主义小说的关键问题。

必须承认，贾平凹的这部《秦腔》，包括此前的《废都》《怀念狼》《高老庄》，始终都含有对当代社会生活及人类存在的悲剧性认识，这在当代作家中并不多见。当然，在贾平凹这里，"悲剧"来自对现实的"摹写"，但更多地呈示着主体性的"悲悯"，这就颇具诗学意味。关键在于，作家在深深地沉入当下现实，对自己所看到的更深的人的真实生存状况作出一种现代叙事，并以此激活生活和精神的时候，他是如何呈现的。那些弥足珍贵的生活本身细碎的真实，就直接关系到叙述的成败和文本的气象。因为变化如此迅速的当代生活本身，是很难在作家的经验当中形成某种独特的形式感的，当他以强劲的写实方式使自己的作品在真实层面上获得审美统摄力之后，这种还原式的叙述还可能会阻遏或制约他对叙述多向度探索的激情，同时，也容易消除叙事话语的诗性空灵。显然，这就给贾平凹小说的文体和语言提出了更高的要求。

从某种意义上说，文体和语言是小说叙述相辅相成的双驾马车，或者说语言作为文体的一个重要方面，同样是构成作家叙述风格的关键因素。记得语言学家爱德华·萨丕尔说过，文学把语言当作媒介，而且包含两个层面，一个是语言的潜在内容，这是我们经验的直接记录，另一个是某种语言的特殊构造——特殊的记录经验的方式。我想这种"特殊的记录经验的方式"，绝对是属于一个作家自己在表达存在的纷纭世态和微妙感受时独特的记录经验的方式，它具体到一种语汇、一种句式、一种文字气韵，甚至包括隐喻、暗示、意象等有形式意味的元素。这构成了小说的文体特征。多年来，贾平凹的写作特别注重对文学表达的古典性追求，他的大量作品都表现出"崇尚汉唐"文化的雅致和气度，并由此开拓出自己的叙述文体。他小说、散文兼工，常常在叙述中涨溢出不同文体规范的限制，创造出令人惊叹的文体。他写作于1983年的小说《商州初录》就是以散文式短篇连缀而成。在这部小说中，以往惯用的文言句式、古语词汇已被贾平凹冶炼熔铸成新的话语体式，已感觉不出古文的痕迹，而整部作品的语气、简洁的句式愈发具有传统散文的神态，有一种大度而隽永、自然而畅达的气势体貌。可以说，贾平凹在他大量的散文写作中自觉、自然地锻炼出一种文体，既有传统散文的神韵，又不失古典笔记的笔墨状态，而此后的中长篇小说写作也就常常打破一般性小说叙述的常规，以这种文体结构长篇。在作品高低、轻重、起伏、长短交错的语调中不无模糊地涌动着作家的情绪、态度、心境，小说的叙述语言深度参与了人物、氛围、故事整体形象的组成构造。那种细密的语言感觉不断改变着人们审美情感的走向。我们感觉到，贾平凹的小说、散文文本，其语言符号与表现对象之间是极为和谐、紧密的，而且充满了叙述的弹性空间。他极力挖掘汉语表达的独特魅力，从古典的方向不断接近现代小说的叙述方式。

我们从叙述视点、小说结构、叙述语言即文体的角度分析《秦腔》，这部长达四五十万字、不分章节、大河般汪洋恣肆的长篇小说，众多的人物，数不清的日常生活琐事，若干个大大小小的情节、细节，没有高潮，没有结局，没有主要人物，没有叙事主线，无须情节推动叙述，看上去竟然有条不紊、严丝合缝且没有任何刻意雕琢、造作之感。这就不单单得益于从生活本身出发、以历史"牺牲"逻辑的艺术思维和美学立场，还在于贾平凹尽力以自己的文体生命和气度与真实的、神秘的、形而下的存在对接起来。这是话语的修辞学，更是作家的一种心灵气质、叙事的才能和叙事的耐心。倘若像秘鲁小说家略萨说的，"当一部小说给我们的印象是它已经自给自足，已经从真正的现实里解放出来，自身已经包含存在所需要的一切的时候，那它就已经拥有最大的说服力了"，并且"最大限度地利用包含在事件和人物中的生活经验"，这里有一个重要的因素同样不可或缺，那就是文学写作的抱负和坚韧。

进一步说，在《秦腔》中，贾平凹合理而充分地利用语言的感性和文体的形式力量，通过对存在即叙事内容的"经验与形式"的整合，使小说文本实现了更感性、更内在也更极端的"在场"与真实。贾平凹在作品中经常造成艰涩、繁杂、纷扰、细琐、喧嚣、黏稠、延宕的效果，迫使我们的阅读要调动极大的耐心、注意力和理解力，毫不松懈地跟随叙述在文字中跋涉。人物的吃喝拉撒睡、生老病死嫁、幸福、欲望、虚荣、阴暗、荒凉以及人的"说话"，构成一个不断延宕的叙述长度，表达着人性的困难、乡土文化的衰落和精神的裂变。整体没有明晰的故事主线却能让人强烈地感到生活的节奏，世俗生活的生机与变迁，生活并不是被简单"陈列"的，而是掘进式的"演变"。可见，作家强大的存在感极大地激发或创造出了语言的文化功能，表现出一个民族特殊的心理状态、存在境遇。他的叙述既体现出语言表现的可能性，又能够清晰、深沉、厚实地揭示出生活存在及其文化的隐秘。

我们面对的生活，也许是沉默、躁动的，也许是在希望、期待中破碎而零乱的存在，那么，现代小说叙事如何追寻其中的意义，如何以"坚硬如水"的写作去理解、表现生活的丰富性，去证明人生与存在深刻的困惑，最能体现出当代作家的精神品质。最令我感动的是，贾平凹能以平凡而坚韧、深沉内敛而温暖有力的人格与叙事文体，建立起自己气正道大、具有深邃艺术穿透力的精神和审美维度，将我们引向真实、真诚和美好。尤其是，他在文本中提供给我们的关于乡村的厚重的中国经验，令人宁静而难忘。

（原载《当代作家评论》2006年第3期）

对话与交响

——论长篇小说《秦腔》的复调特征

李遇春

我以为，如果借用俄国人巴赫金的术语，《秦腔》应该属于比较典型的"复调小说"，洋洋四十五万言的《秦腔》其实是一场充满了各种不同声音的大型对话，是一曲沉郁悲凉、浑然杂陈的民间交响乐。无论是小说的文体还是精神，《秦腔》都为现代中国乡土小说的发展作出了宝贵的艺术探索。甚至可以这样说，如果不从文体上揭示出《秦腔》的大型对话体结构，我们就无法真正全面地理解《秦腔》的内在精神旨趣，《秦腔》对现代中国乡土文学形态的突破意义自然也就无从谈起。

一、众声喧哗与文化冲突

在巴赫金看来，陀思妥耶夫斯基长篇小说的一个基本特点是："众多独立而互不融合的声音和意识纷呈，由许多各有充分价值的声音（声部）组成真正的复调。"① 巴赫金所谓的复调小说是一种多声部小说。在这种小说文本中充斥着多种享有平等话语权的声音，它们之间各自独立而互不融合，展开平等的对话交流。这种对话不是普通的对白，也不仅仅是指人物之间显在的对话，而主要是指人物把他人的声音（自我意识）内化到自己的视野（精神世界）中展开一种潜在的心灵对话。巴赫金提倡的对话性主要是就这种潜对话而言的，至于那种显性对话其实往往并不具备真正意义上的对话性。

显然，《秦腔》具备真正的多声部性和对话性，它是一部比较典型的复调小说。众所周知，巴赫金是在借鉴复调音乐理论的基础上提出复调小说的概念

---

① 巴赫金：《陀思妥耶夫斯基的复调小说和评论著作对它的解释》，见《巴赫金文论选》，佟景韩译，中国社会科学出版社1996年版，第3页。

的，而《秦腔》这个题目本身就来源于中国西部一种历史久远的民间剧种（音乐）。秦腔属于西梆，西梆和南昆、北弋、东柳一起构成了我国明清以来广泛流传的四大声腔。虽然贾平凹80年代曾经写过一篇散文也叫《秦腔》，但这次用《秦腔》来作长篇小说的题目，却隐含着作者小说观念的某种新变，即小说的音乐化。读者不会没有注意到，《秦腔》中频繁地出现一段又一段的秦腔曲谱。作者有意让音乐直接走进小说文本之中，而且这些秦腔曲谱变化多端，错落有致，既有慢板也有滚板，既有欢音也有苦音，形成了小说中一道独特的音乐风景。

当然，这不过是《秦腔》在表面上的、象征性的多声部特征。真正为这部长篇带来复调品格的是小说的叙事视角及其所开创的叙述话语空间。《秦腔》选择了第一人称限制叙事视角，通过一个名叫张引生的疯子的视野，向读者真实地呈现了市场经济背景下乡土中国何去何从、众声喧哗的复杂境遇。由于叙事者的疯子身份，他具有"通灵"或"魔幻"的特异禀赋，故而，小说中那个普通的中国村镇——清风街，其间所存在和发生的人和事，或直接或间接，或经验或超验，或显或隐，全部都进入了疯子张引生的视野。这就使得叙事者张引生的精神世界变得博大和宽广起来，小说中一切人物的声音都被纳入了叙事者的话语空间之中，成了叙事者对话的对象，一句话，整部小说变成了叙事者心中的交响。所以，我们看到，小说的语言无不在字里行间隐含着自我辩驳、暗中质疑、心灵对话的"双声语"特征。张引生的叙述过程其实也就是他在心中和一些主要人物展开辩难与自辩、审视与自审、认同与误解的精神过程。由于叙事者张引生的声音并不具备权威性，小说中其他人物的声音也就能够和他展开自由而平等的对话。

最先走入疯子引生视野的是白雪和夏风。白雪是圣洁的女神，是理想的象征，她的存在成了引生和夏风之间对立（对话）的焦点。在整部小说中，尽管疯子引生甚至压根就没有获得与从清风街走出的大名人——夏风直接对话的机会，但这并不意味着引生无法在内心展开与夏风的潜对话。引生和夏风之间的潜对话是浪漫主义（理想主义）和现实主义两种声音（意识）之间的对话。这种对话（对立）集中表现在他们对待白雪的爱情态度的不同上。作为一个知名作家，夏风其实是一个现实（物质）主义者，虽然他赢得了白雪的爱情和婚姻，但他喜欢的其实是白雪的美貌，而对她的精神追求（秦腔艺术）充满了鄙视。夏风一心想利用自己的关系把白雪从县城调到省城，但白雪毕竟是阳春白雪，不是下里巴人，她的声音不能与世俗的夏风同日而语。所以，夏风和白雪只会南辕北辙，劳燕分飞，无法真正地展开心灵对话。相反，疯子张引生是一个浪漫主义者，他的疯癫属于那种"浪漫化的疯癫"，在本质上和坚守理想的堂吉诃德并没有什么不同。在疯子引生眼中，文化人夏风不过是一个"农民"，充满了贪欲和俗念："他不就是能写几篇文章么，一白遮百丑，他会扬场吗，能打胡基吗，他要在农村，他连个媳妇都娶不下，就是娶下了恐怕还被别人霸占着！"与世俗的夏风不同，疯子引生是一个理想主义者，他的心中充满了浪漫主义的爱情神话，他对白雪的爱是发自灵魂深处的声音："要穿穿皮袄，不穿就赤身子！"如果得不到白雪，他宁愿终身不娶。更有甚者，引生对白雪的迷恋达到了变态地步，他患上了恋物癖——偷白雪的胸罩，当变态行为暴露后，引生又自断尘根。诚然，引生的疯狂行为让俗世的人们厌恶和恐惧，但他的赤诚还是传达出了《秦腔》中超越世俗的浪漫主义绝响。疯子引生其实是一个精神贵族，而作家夏风是一个俗世庸人，他们一个拥有了白雪的灵魂，一个占有了白雪的身体，引生是白雪心灵对话的知音，而夏风与白雪之间却缺乏理解的精神空间。

　　除了夏风和白雪这对夫妻之外，进入叙事者疯子引生对话视野中的还有夏天义和夏君亭这对叔侄，他们的声音尤为值得关注。引生与夏风之间对立（对话）的焦点是爱情立场，夏天义与夏君亭对立（对话）的焦点是土地问题。在爱情理想上引生与白雪之间存在潜在的共鸣，在对待土地的态度上引生坚决认同夏天义保卫土地的声音，而反对夏君亭遗弃土地、鄙视乡村、发动乡村城市化的进程。夏天义和夏君亭不仅是一对叔侄，还是清风街老新两代村支书。在关于清风街经济发展道路的问题上，他们之间存在严重的分歧。在新支书夏君亭看来，进入90年代后，在市场经济体制下，清风街经济发展的关键不是农业而是商业，不是守土安居乐业，而是破土动工兴建农贸市场。他说："现在不是十年二十年前的社会了，光有粮食就有好日子？"由于农业生产资料不断涨价，农民的生产投资成本过高，农民的收入日渐减少，大量的农民选择了离乡背井，抛荒土地，而他们在城市的地位又非常低下，不仅职业低贱身份卑微，而且打工收入无法得到保障。在这种情况下，农民必须自救，必须加速农村城市化的进程。应该说，年轻的村支书要改变的是中国农村的传统经济方式和生活方式，这种经济现代化的声音是当下中国的主流观念。而老支书夏天义则针锋相对，他说："土农民，土农民，没土算什么农民？"又说："人是土命，土地是不亏人的。"为此，他坚决反对夏君亭打着兴建农贸市场的名义占用原本就不多的耕地，坚决抵制夏君亭用七里沟的土地换鱼塘。与此同时，他又不顾家人的劝阻，先是租种俊德家被抛荒的土地，随后又干脆出走七里沟，在那方土地上长年累月地躬耕拓荒，他还屡次建议上级政府考虑重分农村土地的问题，直至最终因山体滑坡而被埋葬在七里沟的地下。夏天义为土地而生，因土地而死，他的人生姿态就是一首厚重的土地情诗。夏天义与夏君亭围绕土地而展开的对立（对话）是经济现代化与农业守成主义之间的观念（声音）碰撞。在传统农业文明与现代城市文明之间，叙事者疯子引生响应了老支书的召唤，而对新支书农村城市化的主张颇有微词。

在叙事者疯子引生的心中，围绕古老的秦腔在当下中国的命运问题，还充斥着一组对立的声音。这主要表现为夏天智与夏风父子对待秦腔分别持有不同的文化价值立场。作为县剧团的当红秦腔女演员，白雪无疑是秦腔的化身或象征，因此，公公夏天智与丈夫夏风对待白雪的情感态度也就折射了他们对待秦腔的不同的价值评判立场。夏天智酷爱秦腔，收音机是他收听秦腔的专门工具，村里的高音喇叭成了他传播秦腔的有力途径，他不光自己闲来喜欢吼上几声，而且还别出心裁地把儿子夏风的婚礼办成了一次秦腔演出会，并自绘自编出版了一本《秦腔脸谱集》。所以，夏天智毫不掩饰自己对儿媳白雪的喜爱（欣赏），因为他也是白雪的秦腔戏迷，喜欢白雪也就是喜爱秦腔。在夏风看来，秦腔原始、粗野、一片聒噪，甚至连清风街上的流浪通俗歌手陈星的流行歌曲也不如，消亡是它必然的结局。夏风的声音其实代表了清风街许多人的看法，所以，白雪所在的县剧团最终分崩离析，连白雪这种秦腔名角也落魄到了唱丧歌的尴尬境地。虽然自己很让夏天智厌恶，但叙事者引生还是站到了和夏天智同样的立场，因为他爱白雪，爱屋及乌，他自然也就站到了反对夏风的那一面。可以说，围绕着秦腔命运的这一组声音，折射了当下中国文化界对待传统文化的两种相互对立的文化立场：或者倡导民族主义，守护传统，或者张扬文化的现代性，宣判传统文化的死刑。

既然《秦腔》中充斥着如此多的各自独立而互不融合的声音，那么，简单地对《秦腔》的主题作出结论就是不切实际的。《秦腔》的主题意蕴其实就体现在以上不同文化声音的对话之中，声音的碰撞、交汇、对抗，折射了我们这个"后改革时代"中国乡村的文化冲突。在理想与现实之间，在精神与欲望之间，在乡村与城市之间，在农业与市场之间，在传统与现代之间，凡此种种文化冲突，无不在作者的心中交织成了一种强烈的文化心理冲突，而它的艺术外化物就是这部众声喧哗的《秦腔》。这里我想起了 2003 年 4 月到西安访问贾平凹时，他对我所说的一段话，那时他正在为这部新长篇的写作痛苦不堪。他说："从我们的家族来看，我属于第一代入城者，而又恰好在中国社会发生剧烈变革时期，这就是我的身份。乡村曾经使我贫穷过，城市却使我心神苦累。两股风的力量形成了龙卷，这或许是时代的困惑，但我如一片叶子一样搅在其中，又怯弱而敏感，就只有痛苦了。我的大部分作品，可以说，是在这种'绞杀'中的呼喊，或者是迷惘中的聊以自救吧。"① 显然，这段话用来印证《废都》和《高老庄》等长篇的写作是十分准确的。但我以为，写作《秦腔》的贾平凹，其痛苦更甚，因为《秦腔》中不只是乡村与城市两股风形成了龙卷，而是以上多组相互对立的声音（声浪）形成了龙卷，这股心理飓风的袭击或绞杀不能不让作者心力交瘁，心神苦累。

二、大型对话与文本结构

作为一部大型的复调小说，《秦腔》的文本具有鲜明的对话体结构特征。这首先表现为，《秦腔》的文本结构具有共时性。巴赫金指出："陀思妥耶夫斯基艺术观察的基本范畴不是形成过程，而是共存和相互作用。对自己的那个世界，他主要是在空间上而不是在时间上来观察和思考的。""像歌德这样的艺术家，本性就倾向于描绘事物的形成过程。一切共存的矛盾，他都力求把它们看作某个统一发展过程的不同阶段，从现在的每一个现象中看出过去的痕迹、当代的顶点或未来的倾向。因此，对他来说，没有什么事物是分布在同一个分散层面的。这至少是他在观察和理解世界方面的一个基本倾向。"又说："陀思妥耶夫斯基同歌德相反，即使是一个个阶段本身，他也力求从同时性的角度，用戏剧方式把它们加以对比和对立，而不是排列为一个形成和发展的过程。对他来说，研究一个世界，就意味着把这个世界的一切内容都作为同时性的东西加

---

① 李遇春、贾平凹：《传统暗影中的现代灵魂——贾平凹访谈录》，载《小说评论》2003年第6期。

以思考，识破其同一个时间横断面上的相互关系。"① 通过与歌德在观察世界的角度和展现世界的方式上的比较，巴赫金发现了陀思妥耶夫斯基复调小说与歌德小说在文本结构上的一个重要差异：歌德小说重过程，重时间，重历时性，而陀式复调小说重横断面，重空间，重同时性或共时性；歌德小说是线性结构，由理性的历史逻辑来贯穿成整体，而陀氏复调小说是横断面结构，在同一个空间（环境）中的不同人物或声音（事件）之间相互作用，对立共存，体现出一种多元化的艺术格局。

不难看出，贾平凹在《秦腔》中观察和表现90年代中国乡村生活的角度和方式上具有明显的共时性取向，也就是轻时间重空间。对于80年代中国乡村和90年代中国乡村的区别，也就是改革时代与"后改革时代"中国乡村的区别，贾平凹看得非常真实和清醒。可以说，改革时代中国乡村的勃兴和繁荣与"后改革时代"中国乡村的凋敝与困窘，在贾平凹心中形成了强烈的对比和反差，拂之不去。实际上，如何把90年代的故乡（人和事）艺术地展现出来，是历时地叙述一个线性的故事情节或多个故事情节交错并行，还是共时地呈现一个密密实实然而真实琐碎的乡村生活（精神）图景？这是作者在构思上必须首先要考虑和回答的问题。贾平凹在《秦腔》后记中说自己"决心以这本书为故乡树起一块碑子"②，而"碑子"的形式特点正在于其横断面结构。于是我们看到，作者在《秦腔》中对时间进行了最大限度的压缩，对空间进行了最大限度的拓展。《秦腔》叙述的事件时间一年左右，而且作者没有明确交代事件时间，我们只能模糊地推算出来。这暗示了作者对时间的淡化和漠视。显然，作者有意地把90年代中国乡村生活压缩并纳入了一年左右的叙事时间之中。与此同时，作者又通过叙事者疯子引生的特殊视野（心理空间），把90年代中国乡村生活的新变共时地并置在一个叫作清风街的特定环境（空间）中。而清风街上的各色人等，尤其是主要人物（声音）之间大都以对位的方式共存并相互作用。如引生与夏风之间的对位、夏天义与夏君亭之间的对位、夏天智与夏风之间的对位等，这在前文已辨析得比较分明。应该说，这些对位之间的对话或潜对话中存在着某种对抗性的组合关系，给整个文本增添了强大的艺术张力。不仅如此，以上三

---

① 巴赫金：《陀思妥耶夫斯基的复调小说和评论著作对它的解释》，见《巴赫金文论选》，佟景韩译，中国社会科学出版社1996年版，第34—35页。
② 贾平凹：《秦腔》，作家出版社2005年版，第563页。

组对抗性对位组合关系其实已经构成了三种独立的悖论性的声音,如理想与现实的悖论、乡村与城市的悖论、传统与现代的悖论等。它们如同《秦腔》中的三组旋律,虽然共存但并不相互融合或兼并(也许有交叉地带),而是构成了某种互补性的旋律(声音)组合关系。在这个意义上,《秦腔》具有大型交响乐的织体结构。《秦腔》不仅拥有多旋律和多声部,而且还具有真正的多元性,那些不同的声音或旋律占据着平等的话语位置,因此《秦腔》并不是"主旋律小说"(或称"主调小说"),因为在"主旋律小说"中,一定有某个旋律(声部)占主导地位,其他旋律(声音)只是以和声或陪音的方式对主旋律进行某种伴奏和附和。实际上,《秦腔》中还有其他人物之间的对位关系,如夏家老一代人(天仁、天义、天礼、天智)之间,夏家中年一代人(庆金、庆玉、庆满、庆堂)之间,及其各自媳妇(淑真、菊娃、竹青、梅花)妯娌之间,都在一定程度上或显或隐地存在着对话性,他们共同参与了《秦腔》共时性文本结构的建构。

在人物关系上的"主体间性"是《秦腔》文本结构的又一重要特征。巴赫金在谈到陀思妥耶夫斯基复调小说时指出:"在他的作品中,不是众多的性格和命运同属于一个统一的客观世界,按照作者的统一意识——展开,而恰恰是众多地位平等的意识及其各自的世界结合为某种事件的统一体,但又互不融合。从艺术家的创作构思本身来说,陀思妥耶夫斯基的主要主人公确实不只是作者话语的客体,而也是具有直接内涵的话语的主体。"① 也就是说,在复调小说中,作者话语只是众多声音之一种,不具备权威性;而主要人物的声音之间是平等的对话关系,具有"主体间性",各自互为主体,享有平等的话语权。而在独白小说中,作者话语与人物话语之间具有同一性,前者包容、兼并了后者,后者从属或消融在了前者之中。

在《秦腔》中,究竟谁代表了作者的声音?很多读者认为是疯子张引生,因为他是叙事者;也有人说是夏风,因为夏风的作家身份与作者一致。其实,无论引生还是夏风,他们既代表了作者的声音又无法全面代表作者的声音,他们只是作者声音的一部分,而部分是不能代替整体的,所以,作者的声音存在于《秦腔》主要人物之间的对话关系之中。这意味着,作者的声音在《秦腔》中并不具有绝对的支配性,相反,作者的声音取决于主要人物的声音(对话)。用

---

① 巴赫金:《陀思妥耶夫斯基的复调小说和评论著作对它的解释》,见《巴赫金文论选》,佟景韩译,中国社会科学出版社1996年版,第3—4页。

巴赫金的话来说,《秦腔》中的主要人物形象不只是作者话语的客体,更是具有独立性格、意识、声音的话语主体。《秦腔》第一句话是这样的:"要我说,我最喜欢的女人还是白雪。"从小说开篇,作者便确立了对话体的行文格局,作者以其小说的整个结构说话,不是平面地静态地介绍一个个主人公的出场,而是通过叙事者直接与主要人物(当然也包括读者)之间展开对话。诸如白雪、夏风、夏天义、夏天智、夏君亭、庆金、庆玉等主要人物形象都有自己独特的声音(性格),并以此直接或间接地回应或辩驳叙事者引生的声音。应该说,让人物有自己独特的不同于作者的声音,这是复调小说作者(叙事者)"民主型叙事"观念的体现。它不同于独白小说中的"专制型叙事"观念,因为独白小说中的叙事者(作者)拥有至高无上的叙事话语权力,人物的声音大都被纳入作者话语的统一艺术世界之中,因此缺乏或丧失了独立的话语权(声音)。

从《秦腔》中不难看出,"对于作者来说,主人公不是'他',也不是'我',而是不折不扣的'你',亦即他人的、另一个同等地位的'我'('你是你')。主人公是一种非常认真的对话交往的主体,一种真正的而不是演说式的表演的或文学程式性的对话交往的主体"①。叙事者(引生)与他们之间的对话交往具有比较充分的独立性,主要人物的声音不会被叙事者的声音所淹没,也不会与其发生本质上的话语融合,而是保持着独立而又平等的话语权。这是一种"我"与"你"之间的对话,其中的"你"不是"他",而是另一个享有同等话语地位的"我"。唯其如此,《秦腔》中的主要人物形象,尤其是夏天义、夏天智、夏君亭等核心人物才会给读者留下鲜活而深刻的印象。严格说来,在贾平凹90年代以来的长篇小说系列中,除了《废都》中的庄之蝶,其他长篇《白夜》《土门》《高老庄》《怀念狼》《病相报告》中的主人公很少能够给读者留下深刻印象,在那些长篇中人物可谓"有声音无性格","有虚无实",人物多少有理念化之嫌。而《秦腔》不同,如夏天义作为一个农业守成主义者,他的保守和进取、正直和偏执、孤独和自负、坚韧和脆弱,等等,全部凝聚在他的立体性格之中,而且是通过一系列琐碎的日常生活事件(场景)的描绘来呈现的,尤其是夏天义晚年陷入众多儿子媳妇的家庭纷争之中,世态炎凉,老境凄凉,更是给这个形象增色不少。此外,夏天智的善良与虚荣,夏君亭的果断与阴险,等等,都给读者留下

---

① 巴赫金:《陀思妥耶夫斯基的复调小说和评论著作对它的解释》,见《巴赫金文论选》,佟景韩译,中国社会科学出版社1996年版,第78页。

了真实而深刻的印象。

最后，《秦腔》的文本结构还具有"未完成性"。巴赫金指出："在陀思妥耶夫斯基的小说中，我们确实可以看到一种特有的冲突，即主人公和对话的内在的未完成性同每一部小说外在的（多数情况下是情节和布局上的）完成性的冲突。"[①] 在《秦腔》中，夏天智之死可谓艺术的高潮，尤其是送葬出现了无青壮劳力的尴尬局面，夏风又因偶然事件最终错过了给父亲送葬，让人感慨唏嘘不已。写到这里，其实言有尽而意无穷，这部小说该结束了。但由于"情节和布局"上的"完成性"需要，作者还是勉强写了一个"大结局"，让小说的核心人物之一夏天义在一次偶然的崖崩中死去，近乎"天葬"在他心爱的土地（七里沟）里，而夏风则回了省城，仿佛一去不复返。这当然是对读者的一种特意交代，一定程度上化解了读者关于小说人物命运的阅读焦虑。然而，小说的"大结局"其实并未"完成"，小说仍然是一个开放式的结尾。首先，夏天义之死仿佛可以盖棺论定了，但所有人都不知道在他的墓碑上该刻下什么碑文来概括他的一生，所以只能竖一个白碑子，一个无字碑。从复调小说的角度来看，这恰恰表明了主人公夏天义的未完成性。夏天义虽然死了，但他的声音并未终结，还将在清风街的上空回荡，在叙事者疯子引生的心中回响。其次，小说是以这样一句话来收束全书的："从那以后，我就一直在盼着夏风回来。"这是《秦腔》文本未完成性的明显标志。它意味着小说中的对话并未完结，在叙事者与夏风之间、与白雪之间、与清风街上的各种人事之间的对话永无终点。然而，"只要作品是多面的和多声部的，只要作品中的人物还在争论，他就不会因为没有结果而苦恼。对于陀思妥耶夫斯基来说，一部小说的结束就如同一座新巴比伦塔的坍塌"[②]。这句话在很大程度上对于创作《秦腔》的贾平凹也仍然适用，既然小说的"完成"（结束）更痛苦，更失落，那就不如"不（未）完成"。《秦腔》以对话开端，又以对话煞尾，从整体上体现了作者创作复调小说的艺术追求。

---

① 巴赫金：《陀思妥耶夫斯基的复调小说和评论著作对它的解释》，见《巴赫金文论选》，佟景韩译，中国社会科学出版社1996年版，第51页。
② 巴赫金：《陀思妥耶夫斯基的复调小说和评论著作对它的解释》，见《巴赫金文论选》，佟景韩译，中国社会科学出版社1996年版，第50页。

三、另一种乡土文学形态

鲁迅是现代中国乡土文学的开创者，也是最早界定乡土文学的中国作家。在鲁迅的眼中，乡土文学至少应该满足两个条件：其一，作者是"侨寓"在现代城市的"乡下人"；其二，作品是"回忆故乡的"，因此"隐现着乡愁"。① 显然，贾平凹的《秦腔》是符合这两个条件的：这不仅仅因为贾平凹素来以"农民"自居，他从未回避过自己"农裔城籍"的身份，更重要的在于，《秦腔》是贾平凹为自己真实确定的故乡棣花街——小说中叫清风街——创作的唯一一部长篇小说，而以前为贾平凹赢得许多文名的"商州系列"小说，严格说来，其中的商州不过是贾平凹的"大故乡"（陕南商洛地区）而已，因此还比不上"小故乡"（棣花街）来得真切，更让作者乡愁百结。无怪乎贾平凹要在后记中忧伤地说："我以清风街的故事为碑了，行将过去的棣花街，故乡啊，从此失去记忆。"②

那么，《秦腔》这部长篇乡土小说的出现，对于现代中国乡土文学的演进有什么特殊的意义呢？要回答这个问题，我们必须对现代中国乡土文学作一番简略的形态学考察。在现代中国文学史上主要出现过四种不同形态的乡土文学，我把它们分别名之为：启蒙形态的乡土文学、革命形态的乡土文学、浪漫形态的乡土文学、古典形态的乡土文学。而新世纪出现的《秦腔》的意义就在于，它为现代中国乡土文学变迁史提供了一种新型的乡土文学形态，即复调形态的乡土文学。

中国的乡土文学是关于乡土中国的现代叙事。不同形态的乡土文学，其根本区别在于作者依据各自不同的话语体系（形态）而选择了不同的叙事视角。鲁迅是启蒙形态的乡土文学的创建者，鲁彦、彭家煌、台静农、蹇先艾、许钦文、许杰等人是这种乡土文学典范形态的追随者。启蒙形态的乡土文学是鲁迅倡导和建构的启蒙话语体系的文学实践形态，这种话语体系的核心规范是"改造国民性"，即从文化的视角审视和批判中国国民（民族）性格的"劣根性"，最终达至"立人"的现代文化目标。赵树理是革命形态的乡土文学的典型代表，柳青、周立波、浩然、陈登科、刘澍德等人不断完善和巩固了这种乡土文学形态。革命形态的乡土文学是毛泽东所移植、倡导和建构的中国革命话语体系的

① 鲁迅：《现代小说导论（二）》，见《中国新文学大系导论集》，上海良友复兴图书印刷公司1940年版，第133页。

② 贾平凹：《秦腔》，作家出版社2005年版，第566页。

文学实践形态，这种话语体系的核心规范是阶级叙事，即从政治的视角表现中国社会各阶层的阶级性，最终实现塑造无产阶级革命新人的现代政治目标。如果说在启蒙形态的乡土文学中响彻的主要是文化启蒙的声音，那么在革命形态的乡土文学中回荡的主要就是政治革命的声音。沈从文是浪漫形态的乡土文学的著名代表，在他之前有废名的初创之功，之后有汪曾祺的追随发扬，孙犁的小说如果剥离外在的政治时代面纱，在内核上也属于浪漫形态的乡土文学范畴。这种形态的乡土文学是现代浪漫话语体系的文学实践形态，其话语体系的核心规范是表现"人性美"，即从人性的视角展示中华民族淳朴、自然、优美、健康的人性形态（生命力），最终抵达建造"希腊式人性小庙"①的精神目标。刘绍棠是古典形态的乡土文学的代表作家。他在80年代大力倡导的乡土文学其实是中国古典（传统）话语体系的一种当代文学实践形态。虽然刘绍棠一再声称自己的乡土文学以表现中国劳动人民的"人性美"为精神依归，但他所信奉的中国古典话语体系的核心规范其实是表现中华民族传统的"人格美"，而不是现代的"人性美"。所以刘绍棠的乡土小说总是热衷于塑造那种仗义疏财、忠心耿耿、见义勇为、孝顺贤惠、同情弱者、自我牺牲等男女人物形象。这实际上是从传统道德伦理的视角来塑造人物的道德理想人格，虽有它的文化传承价值，但也存在着文化保守主义的流弊。对此，王蒙曾经在80年代末的一次谈话中对刘绍棠作过善意的讥讽。②如果说沈从文浪漫形态的乡土文学的核心价值取向是求"真"，那么，刘绍棠古典形态的乡土文学的核心价值规范就是扬"善"，虽然他们各自的乡土文学都达到了展示"人情美"的表层叙事意图，但从文本的深层来看，真与善、人性美与人格美，毕竟是两种不同性质的声音。

不难看出，无论是启蒙形态和革命形态的乡土文学，还是浪漫形态和古典形态的乡土文学，一般来说，这些文学（小说）文本中都只有一种声音，或者文化启蒙的声音，或者政治革命的声音，或者浪漫人性的声音，或者古典人格的声音，他们都属于巴赫金所谓的独白型小说，而不是复调型小说。值得注意的是，现代文学研究界近年来有人尝试从复调小说的角度对鲁迅小说进行诗学范畴的提升，有论者明确提出了鲁迅第一人称小说叙事的复调问题，认为鲁迅小

---

① 沈从文：《习作选集代序》，见《沈从文选集》第5卷，四川人民出版社1983年版，第228页。

② 王蒙、王干：《自由与限制——当代作家面面观》，见《寻找的时代——新潮批评选萃》，李洁非等选编，北京师范大学出版社1992年版，第132—133页。

说中的第一人称叙事者"我"与人物之间构成了一种对话与潜对话的关系。以《在酒楼上》为例，叙事者"我"的声音是启蒙（反传统）性质的，而人物吕纬甫的声音是怀旧（传统）性质的，这两种声音之间的对话与潜对话构成了鲁迅小说的复调特征。[①] 我赞同论者细致的文本辨析，但我认为论者的结论是不准确的，因为小说文本中有不同（对立）的声音并不必然就意味着是复调小说。在巴赫金那里，真正的复调小说中的不同声音在文本中的话语地位应该是平等的，而在鲁迅的第一人称小说中，仍以《在酒楼上》为例，叙事者"我"的启蒙声音是显在的、主导的，而人物吕纬甫的怀旧声音是潜在的、被压抑的，因此这两种声音之间存在着明显的话语等级关系。在这个意义上，鲁迅的第一人称小说只能说是多声部小说，具有一定的复调特征，而不能算是真正的复调小说。赵树理的某些革命形态的乡土小说也可作如是观，如在《小二黑结婚》和《三里湾》中，除了主导的政治革命声音外，在不同程度上也有文化启蒙（反封建主题）的声音，但必须指出的是，这两种声音之间存在巴赫金所谓的融合关系，也就是政治革命话语兼并了文化启蒙话语，或者说，文化启蒙话语被纳入政治革命话语的逻辑轨道之中。这种类型的小说虽然也具有一定的多声部性，但还不属于复调小说，因为它并未从根本上超越独白型小说的限制。

至此，《秦腔》对现代中国乡土文学形态的突破意义就显示出来了：作为一部复调形态的长篇乡土小说，《秦腔》中众声喧哗，充满了对话和潜对话，把世纪末的乡土中国叙述得淋漓尽致。《秦腔》不再用独白的方式展开乡土中国叙事，这既是作者的艺术选择，也是我们所置身的这个"后改革时代"的多元化特征使然，多元化的时代呼唤着多声部的小说，呼唤着真正的复调小说。而从《浮躁》到《废都》，再到《秦腔》，贾平凹似乎总是能够敏锐地感应到时代的精神脉搏，并以创造性的形式（文体）把它传达出来。如果要对《秦腔》有什么苛求，我想，如果作者在语言上能够避免粗鄙化，把那些无关宏旨的粗鄙语言予以删减或净化，那么，《秦腔》受到的非难就会少得多，且其艺术品格也会达到一个更高的境界。

（原载《小说评论》2006 年第 1 期）

---

① 吴晓东：《鲁迅第一人称小说的复调问题》，载《文学评论》2004年第4期。

传统小说叙事模式的文化反叛

——《秦腔》的后现代新汉语写作状态

张亚斌

在对《秦腔》的种种批评观点当中，无一例外的是所有评论家都看到了这部作品所具有的生活流式叙事语言的特点以及由此而导致的结构散漫和琐碎化叙事状态。但是，究竟该怎样看待《秦腔》所具有的独特叙事模式，在文学批评界却有截然不同的两种声音。

一种是肯定者，这种观点最早源于贾平凹本人的一段创作独白，他说："《秦腔》写的是一堆鸡零狗碎的泼烦日子，是还原了农村真实生活的原生态作品，甚至取消了长篇小说惯常所需的一些叙事元素，对于这种写法，作家是要冒一定风险的。我不敢说这是一种新的文本，但这种行文法我一直在试验，以前的《高老庄》就是这样，只是到了《秦腔》做得更极致了些。这样写难度是加大了，必须对所写的生活要熟悉，细节要真实生动，节奏要能控制，还要好读。弄不好，是一堆没骨头的肉；弄好了，它能更逼真地还原生活，使作品褪去浮华和造作。"①这种观点得到了评论家胡平的认可，他指出：生活本身不讲故事，如果你讲故事就是说谎，贾平凹是从这个角度理解故事的，他认为任何故事的因素加入都会破坏对生活真实性的描述。我想到这是《红楼梦》的写法，但是它和《红楼梦》还不一样，《红楼梦》还有故事线索，这个完全没有，在美学上也是一个创造，我似乎没有见到过和这个作品完全一样的状况。当我们岁数大了回顾人生的时候，发现人生中任何故事都没有，都是一些莫名的、混沌的、混乱的、有一定情绪指向悲悯的情怀之类的东西。贾平凹写的是这个，这个美学的追求我觉得很有意思，而且它和《红楼梦》比起来一点故事线索都没有，这点比较有创造性。

---

① 周媛：《贾平凹：我要为故乡树块碑》，载《西安晚报》2005年2月23日。

另一种是否定观点，比如李建军就认为，这是一部失败之作，作者写出的是"一部似是而非、不伦不类的怪物：它缺乏真正的小说作品所具有的趣味和美感，缺乏意义感和内在深度，本质上是一部僵硬、虚假的作品，一部苍白、空洞的作品。总之，在这部冗长的皇皇四十多万言的新作里，我们所看到的，并不是那种富有典型性和表现力的描写，而是一种琐碎、芜杂、混乱的自然主义描写。这种'从细枝末节、鸡毛蒜皮的日常人事入手的描写'，并不像'沪上学人'所说的那样，'犹如细流蔓延，最后汇流成海，浑然天成中抵达本质的真实'，恰恰相反，作者根本就没有在'浑然天成中抵达本质的真实'，而是从始至终都酱在'细枝末节、鸡毛蒜皮'的烂泥塘里"[①]。

那么对这部作品究竟该怎样看，笔者认为，这两种观点其实都有道理，由于视点不同，人们对于它的解读自然就大相径庭了。由于这部小说的叙事模式早已超越了人们以往的阅读经验，所以，喜欢创新的人当然喜欢它，而墨守成规的人必然反对它。显然，这完全是一种阅读文化的误会和惯性使然。不过，对于这两种观点，我们完全可以不去评论，因为孰是孰非，这是很难解释得清楚的，但是，如果我们换位思考，用当今社会盛行的后现代主义理论解读它们，对于这部作品的认识就相对比较客观、准确了。

后现代思潮是一种伴随着现代主义思潮的衰落而在 20 世纪 60 年代滥觞于西方发达国家的文化思潮，这种思潮的兴起是与西方资本主义社会开始由现代工业社会步入后工业社会息息相关的。这种理论思潮认为，作为认识主体，人的任何观察和实验活动都不能超越其先在性，世界上的任何科学观察与实验，包括小说创作的观察与实验，都不可能完全是客观的，由于摆脱不了作为原因性的主体先在意识的"污染"，任何小说理论体系的发现与证实都不可能确保其科学真理的"普遍适用性"。正由于这一点，它竭力倡导文学创作方法的多元化和理论多元化，认为所有艺术创作的真理都是相对于认识主体和特定文化境况而言的，因观察者和实验者生活的特定文化环境不同而出现差异，从这个意义上讲，一切认识主体，当然包括作家，都是具有一定"文化成见"的认识主体，在创作中，他们应当尽最大可能保持自己的"艺术成见"，进而形成自己独特的叙事风格。

---

① 李建军：《〈秦腔〉：一部粗俗的失败之作》，载《中国青年报》2005年5月18日。

后现代主义是一个非常复杂的艺术理论，它最基本的特征是对人们几千年来建构起来的知识体系（包括小说的语言结构体系）的合法性和普遍适用性价值表示怀疑，认为世界并不是现代主义所说的那样是一个意义构成的整体，艺术文本内部并没有中心存在，只是布满了意义的碎片，主体被淹没和失落是必然的。基于这样的认识，后现代主义特别关注主体对于艺术文化语言的解构等问题，崇尚小说叙事结构内部的语言颠覆、语义拆解，在文学上追求"元话语""元叙述"，即生活的原生态艺术表现。毫无疑问，后现代主义思潮是对西方现代主义文化精神和价值取向的一次重要变革，是对现代主义文学主流意识的一次挑战，更是对长期主导科学研究中的实证主义思想和原则的一种批判。

后现代主义文学理论思潮对世界当代文学的影响是深远的，尽管人们对它褒贬不一，但是，它所提出的文学创作中消解中心、颠覆主题、拒绝深度、离散结构和破坏语言的创作方法和审美观念，对于固守传统小说创作模式和审美经验的人来讲，冲击力是不可估量的。正是它采用的一种全新的语言结构手法，改变了人们的小说创作和审美思维，使人们用更加接近生活流式的观察和解构方法去观察和捕捉生活意义的碎片。作家贾平凹虽然并没有刻意追求小说中的后现代主义创作尝试，但是，由于他的《秦腔》创作价值观无意间暗合了后现代主义的审美价值观，所以，在这个意义上讲，笔者认为，正是后现代叙事模式——这种新汉语写作状态，拯救了贾平凹的小说《秦腔》，并使它成为引起人们争议但其实最具有代表性的当代小说的经典文本。

下边，我们不妨对《秦腔》中的后现代叙事模式新汉语写作状态作以下分析：

《秦腔》中的新汉语写作状态之一：消解叙事中心

阅读《秦腔》，我们就会发现，其中很难找到一个叙事中心，整部作品不像传统的小说那样，经过人工精心的剪裁，相反，更像是大自然鬼斧神工雕琢的产物，完全是一种生活原生形态的真实呈现。整个作品没有习惯意义上的情节组织，只有杂乱而琐碎的生活事件的漫流、淤积和堆砌，在其中我们看不到作家这个先验主体的存在，只有微不足道的主人公走着自己平凡的人生道路。他们的生活像黄土地的土疙瘩一样朴实得丝毫不引人注意，但是，一旦它吸引住我们的目光，却真实得令我们好像置身其中。尽管其中的生活事件、人生境遇，由于太过具体而缺乏强有力的故事内核支撑，不过，由于它是生活自身自然发展的产物，所以，虽然压得阅读者喘不过气来，但仍能令人陷入对生活本体的思考当中。漫游在疯子引生不寻常的光怪陆离的生活情境和精神世界当中，我们除了能够感觉到世事的混茫和生活的盲动外，也能感受到社会的巨舸在岁月河床上艰难而缓慢、执着而坚忍的流变进程，这正如黄河九曲终归大海一样，它奔向光明美好未来的前景是谁也挡不住的。

在《秦腔》中，自从引生阉割了自己，我们就能看到在这个纷纭繁杂的世界上，只有没有欲望的人才可能获得平静和安宁，当那些尘根未尽的俗人还在为庸庸碌碌的生活、不可抑制的生理欲望和因此而产生的爱恨情仇冲动做无始无终的毫无意义的苦苦奔波的时候，我们看到了整个社会的众生相。清风街上，为了生存，人们忙于发家致富，原有的小农自然经济逐渐解体，进城打工，劳动力外流，农业萧条，商业活动活跃，土地被征用，传统的农人去淤坝，具有现代视野的年轻一代开始关心农贸市场的建设，人情日趋淡薄，年轻的干部在经受着权力与异化的痛苦考验。他们急于求成，甚至在某些时候不得不影响到群众的利益，他们竞相进城，结果村里死了人竟然找不到一个抬棺材的。这全然不像作家小时候的故乡的印象，记忆中的故乡正在消亡，乡土中国的亚细亚生活方式似乎正在走向终结。

这是一个暴风雨来临的前夜，走向城市化进程的乡村，在象征旧时代的世纪老人夏天义走向死亡和象征新时代的新生事物农贸市场开业的日子，热热闹闹的农民在生态环境被毁、山洪暴发的日子，用秦腔为正在衰亡的亚细亚生产方式唱起了挽歌。这是一曲没有主题的文化旋律变奏，生活的无意义碎片已经被规定为我们残缺不全的记忆。站在世纪的门槛，我们只能说，传统正在变成空白，而新的生活正在变成一场没有中心的人生游戏，在这个不需要叙事的年代，或许我们需要的也只能是意义的冷漠，只要生活的河流常在，不管上边行的是什么意义之船，我们都可以抵达生命的彼岸。诚如贾平凹所说："我不是不会写那些具有戏剧性的情节，只因我写的是一堆鸡零狗碎的泼烦日子，我试图不动声色地进入，并且不留痕迹地在其中变换角色，控制叙述节奏。事实上，乡村生活正是这般平静。"宁静得没有留下任何痕迹。

《秦腔》中的新汉语写作状态之二：颠覆叙事主题

由于消解了叙事中心，所以《秦腔》颠覆了传统的小说主题叙事模式，因此在感受了这个叫清风街的地方近二十年来的人生风云和芸芸众生的生老病死、悲欢离合之后，我们一方面惊愕于事实本身的变幻莫测和生活本身的无主题变奏节律，一方面对它的冲刷带来的中国农村社会的历史性震荡而感到诧异。白家和夏家——清风街里这两个大家族的无主题命运演变旋律，使我们看到这样一个事实，夏家的变故与白家的衰败一样，是生活之流冲击的结果，无所谓成功，也无所谓失败。人生的主题就是活着，生活的主题就是衣食住行、生老病死，无论夏家老一辈的天仁、天义、天礼、天智四兄弟当年是多么威风，天义和天智两个人曾经多么辉煌，较之活着和死亡，他们的奋斗都变得没有任何意义，即便是天义在"土改"时期当过村委会主任，因为几十年公允持正的工作让所有人在他退休之后都依然对其敬畏三分，但是，谁能想到，几十年后，他竟因山体滑坡而被活埋致死。纵使当过几十年的学校校长的夏天智曾经是清风街智慧的化身，他的大儿子夏风甚至是省城很有影响力的作家，可在他死后竟然找不到一个抬棺材的人。残酷的现实是谁也不能改变的。

清风街最美丽的女人白雪生下没屁眼的小孩，说明美并不能被美生产出来，真正的美，也许永远伴随着令人心碎的尘世的遗恨和缺憾。一个才艺俱佳的秦腔演员生下一个没屁眼的孩子，也说明，作为地域艺术文化的经典象征，秦腔艺术将因为其炉火纯青的精湛艺术特质，远离了丑陋和邪恶的侵害和攻击，却改变不了自然的逻辑和选择。由于它容不得任何尘世的污点，所以，曾经辉煌的它将不可避免地走向寂灭。曲高和寡，一个并不光辉的未来，好像正在等待着它。秦腔被秦人神化的命运结局是根本不可避免的，正是吼秦腔的人将秦腔从生活的家园供奉进理想艺术的圣殿和神坛。敬而远之，将真正祸及秦腔，使得这种绵延了几千年的古老艺术从此由兴盛走向衰落。

《秦腔》中，由白氏家族、夏氏家族的消亡而导致的中国宗法社会的衰落，由白雪和秦腔象征的传统地方艺术的衰亡，进一步说明，传统的文化正在被现代文明所解构，传统艺术叙事模式正在被前所未有的现代艺术叙事模式颠覆。正如白雪是引生的梦中情人一样，也许传统的宗法社会和其艺术载体秦腔，有一天会变成中国传统文人今生今世再也看不到的梦中的文化情人。清风街是处于文化巨变当中的中国乡村的历史文化象征，它使我们在一种无主题叙事模式当中，感受到一个巨大的主题，那就是：大音希声，叙事的最大意义就是没有意义。这正如后现代小说批评家哈桑所说："使某一作品具有后现代主义的要素是，它倾向于'沉寂'，即在形而上的意义上，关于终极真理它必须缄默才好。"①《秦腔》一书中，正是由文本形而上意义的"沉寂"，带来了叙事主题的缄默，而这种缄默，也许比千言万语更有力。

《秦腔》中的新汉语写作状态之三：拒绝叙事深度

颠覆叙事主题的直接后果就是传统意义上小说思想深度的消失。显然，在《秦腔》的叙事之流上，一览无余的生活景色，已经使得我们看不到那些令阅读者陷入沉思的情节和细节，鸡毛蒜皮的生活琐事，唠唠叨叨的叙事碎语，根本不可能调动起读者进入智性阅读、理性解构之类审美状态时的激情和欲望。《秦腔》当中，最有意义的事情好像是疯子引生与演员白雪剪不断理还乱的柏拉图式的精神恋。当引生为了洗刷自己的"流氓被打事件"之辱，拿出剃头刀子，义无反顾地把"×"杀了，我们看到，这个引生一生中"最悲惨的事件"，其实带有浓郁的原罪文化情结，而正是这个情结将引生塑造成一个全知全能的精神完人和社会道德的批判者。赵宏声对夏风说："'你听这话有道理没？"鬼混这事，如果做得好，就叫恋爱；霸占这事，如果做得好，就叫结婚；性冷淡这事，如果做得好，就叫贞操；阳痿这事，如果做得好，就叫坐怀不乱。"夏风说：'谁说的，能说了这话？'赵宏声说：'引生么，这没屎货文化不高，脑子里净想得和人不一样！'"② 显然，赵宏声和夏风无论如何想不到引生这个"文化不高"的"没屎货"居然有这般不凡的见识，他们忽略了一点，那就是有文化的人未必能够讲出有文化品位的话来，而真正的思想家、哲学家往往来源于深不可测的民间，那些目不识丁、常年耕作在田间地头的农夫，可能比他们更加深谙生活的道理。

正因为如此，《秦腔》中最富有智慧价值、启蒙价值的话基本上都是由引生讲出来的。所以，当夏天智生病住院，事先没有一点感应的引生在知道的那天，发现"那天的风是整个冬季最柔的风，好像有无数的婴儿屁股在空中翻滚"③。而正是这天，夏天智做了手术。对于书中的这个细节，我们要足够注意，为什么引生会将那天的风看作"整个冬季最柔的风"，想象成"无数的婴儿屁股在空中翻滚"？这给人以这样的思考，为什么作为美神的白雪会生出一个没屁眼的孩

---

① 佛克马·伯顿斯编：《走向后现代主义》，王宁等译，北京大学出版社1991年版，第248页。

② 贾平凹：《秦腔》，作家出版社2005年版，第78页。

③ 贾平凹：《秦腔》，作家出版社2005年版，第461页。

子？这说明，在他的心目中是容不得纯粹的美与理想的美有"屁眼"这个龌龊的瑕疵的器官的，美和丑二者是不能相容的。当然，作为一个常人，他又常常为白雪这样白璧无瑕的人生下一个没有正常人器官的孩子而感到担忧，结果在他的潜意识中竟然把漫天的风当成了"无数的婴儿屁股"。但是，在此我们不禁要问，为什么这么多的婴儿屁股却不曾给白雪的孩子一个，这说明上天的不公。

不错，天理是苍老的，而唯有白雪的幼小的孩子象征了一个并不美好的未来。虽然他是美的产物，但是，他先天不足的生理缺陷，已经暗示他即将开始的人生将不得不承受由于美的文化母体和文化父体带给他的不幸。从这个孩子的命运中，我们或许可以想象得出城市化进程中我国现代文明的某些前景，在它成长壮大的岁月当中，或许将不得不承受由于糟粕民族文化基因的遗传，带给我们民族的文化灾难和不幸。这正应了后现代学者利奥塔德的一段话："现代美学是一种崇高的美学，尽管它也是一种怀旧的美学。它使不可表现的东西仅作为失却了的内容而突现，但是形式则由于其可辨的一致性而继续出现在读者的面前，作为给他们的欣慰和愉悦。"正因为如此，"在表象自身中突现不可表现之物"，"其目的并不是为了享有它们，而是为了传达一种强烈的不可表现之感"。"后现代艺术家或者作家往往置身于哲学家的地位：他写出的文本、他创作的作品在原则上并不受制于某些预设的规则，也不可能根据一种决定性的判断，并通过将普通范畴应用于那种文本或作品之方式来对他们作出评判。那些规则和范畴正是艺术家本身所寻求的东西。于是，艺术家和作家便在没有规则的情况下从事创作，以便规定将来的创作所要求的规则。"①《秦腔》就是这样一部"在没有规则的情况下"创作出来的作品，正是在一种没有叙事深度的叙述中，它在"表象自身中突现不可表现之物"，它在拒绝叙事语言深度的情况下，"传达一种强烈的不可表现之感"，而这种"不可表现之感"则需要我们在阅读无意义的文本过程中体会出其意义真味。

《秦腔》中的新汉语写作状态之四：离散叙事结构

在传统的文学观念里，小说是情节编织的结构艺术，但是，在《秦腔》中，我们却看到了比较明显的离散叙事情节结构的倾向。在这部小说中，引生妄想

---

① 佛克马、伯顿斯编：《走向后现代主义》，王宁等译，北京大学出版社1991年版，第39页。

狂式的滞重叙事结构是主体，记忆的片段和不连续的生活事件被以一种疯子的意识流式话语和非故事组合编织在一起，情节不断被记忆的幻觉所阻隔，细节淹没在人物的呓语当中，叙事的逻辑被作为意识的碎片玩弄，一种前所未遇的妄想狂式的混乱叙事状态，将传统意义上的小说情节叙事结构消解得意义殆尽。与此同时，在这部小说中，屡次出现的秦腔旋律以乐谱的形式出现，虽然给整个作品打上了"戏剧艺术""影视艺术"的声画和表演特质，但是，由于这个结构的出现是由故事情节的完全缺失引起的，因此，我们从中丝毫看不出它与整个作品生活事件的直接文化关联，所以，作为一种分裂、切割情节的缺失型叙事结构，其意义丧失使人们不由得对它的小说叙事结构价值存在的合理性产生怀疑。正由于此，在《秦腔》中，作为最值得引人注意的、最引人争议的线索由头，秦腔乐谱在整个小说中处于一个非常显眼的位置，当它以间断出现的形式在整个作品中出现的时候，它与作品的叙事段落的游离，已经将自己置于审美价值缺位的被告席上。

那么究竟该怎样看待秦腔乐谱叙述段落结构呢？笔者认为，与其将它看成一个现代文明时代传统艺术语言的一种结构表达形式，不如将它看成传统艺术形式在现代小说中的文化寓言形式。这种文化寓言语言形式所具有的超符码化的特点，成为它存在的唯一理由，正如弗·杰姆逊教授所言："马克思告诉我们，社会的发展时期是以前一个社会为基础的，在蒙昧时代有符码化，现在则有超符码化。超符码化意味着蒙昧时代的随意性符码现在将严格地整理分类了，将成为一个统一的系统，也许集中在一本书中，成为经文。"[1]这段话给我们的启示是，在贾平凹的这部小说中，秦腔乐谱这种文化超符码，并不具有实在的叙事情节意义，作为一种历史传统的文化寓言，它像可供无数信徒诵读的经文一样，贯穿在本书中，表明了秦人对它的虔诚和崇拜。它的乐谱，也许象征着秦人的精神和灵魂，而这点，恰恰是传统的小说叙事模式无法告知我们的，只有类似秦腔的这种超符码化叙事语言才能告诉我们这些。

这正应了弗·杰姆逊教授所说的话，"科学正使一切解符码化"，"科学就是穿透、取消感性认识的现实，科学要发现的是表面现象以下更深一层、更真实的现实"。"18世纪的启蒙运动就是使宗教和一切神圣的东西解符码化"，"笛

---

[1] 弗·杰姆逊：《后现代主义与文化理论——弗·杰姆逊教授讲演录》，唐小兵译，陕西师范大学出版社1986年版，第21页。

卡尔和伽利略的理论便是对神圣至上的东西解符码化的代表"①。正是基于这样的认识我们不妨权且认为,《秦腔》中的乐谱其实就是对原本神圣的秦文化的解符码化,有这种抽象艺术形式的解符码化文化能指和作品中的形象艺术形式的解符码化文化所指的相互补充,相互作用,我们就可以从表里两个方面,解构秦文化背景下现代文化人心灵裂变的历史进程。正是在这样一种离散了传统叙事结构的文化心灵裂变中,我们或许可真切地感受到,秦人所处的传统地域文化氛围,正在现代文明的冲击下,一天一天地销蚀。也许某一天,存在于秦人心目中的秦文化只剩下诸如此类的无人读懂的秦腔乐谱,作为一种传统地域文化的历史残留,只能供我们欣赏,而无法令我们解读;只能供我们凭吊,而无法让我们激动。或许在那一天,这些我们读不懂的艺术旋律,其文化精神早已渗透进我们血液中,成为我们文化生命中不可或缺的一部分,甚至成为主宰我们行为的集体文化无意识,使我们冥冥之中在它的召唤和引导之下奋力前行。所以,从这个意义上讲,《秦腔》所采用的离散叙事结构,其实是出于凝聚人物形象的文化精神的,它虽然读起来很细碎,很深奥,但是,想起来却很有震撼力。它使我们恍然大悟:噢!原来小说还可以这么写。

《秦腔》中的新汉语写作状态之五:破坏叙事语言

《秦腔》的新汉语写作状态也体现在其独具特色的叙事语言运用上。在传统文化的浸润下,清风街原本民风淳厚,但是因为市场经济的冲击,各种各样的利益关系和价值观念相互纠葛,尊老爱幼的淳朴民风变得一天比一天淡漠,真是人心不古,世风日下,甚至为传统农村文化价值观念所不能容忍的色情服务,竟然堂而皇之出现在万宝酒楼里。村干部君亭在这里被媳妇麻巧捉了奸,却又奇迹般地导演了让麻巧向那服务员道歉的喜剧。那个服务员走了,君亭却从此不得不每天按时回家吃饭睡觉。丁霸槽从北塬上买的那五条驴鞭,用烧开的淘米水泡了,但就是没有享用,他向三踅推销,三踅却说:"我已经上火了,还让再流鼻血呀?!"他在万宝酒楼前理了发,拿炭块在墙上写道:"你可以喝醉,你可以泡妹,但你必须每天回家陪我睡,如果你不陪我睡,哼,老娘就打断

① 弗·杰姆逊:《后现代主义与文化理论——弗·杰姆逊教授讲演录》,唐小兵译,陕西师范大学出版社1986年版,第21页。

你的第三条腿，让它永远萎靡不振！"① 显然，这种破坏传统小说规范叙事结构的语言，主体语焉不详，既可理解为君亭，也可理解为丁霸槽，还可理解为三踅，甚至亦可理解为一个想象中的人。这正如尼采所说："对我们来说，自然法则究竟是什么呢？它本身无法为我们所认识，只有在其效果中方可被感知。也就是说，在它与其他自然法则的关系中——这些关系在整体上为我们所知——只有我们填补的东西、时间、空间、替代关系和数量，才是真正为我们所认识的。"② 按照尼采的观点，小说中的各种关系其实是不需要预设的，其中的叙事可以被人们理解为一种认识上的可以替代的文化隐喻，就像这里所提到的"你"一样。当然，这种文化隐喻带给读者的直接阅读效果就是王尔德所谓的"悬念式反讽"和"生成性反讽"，它使我们对于人生的荒谬性高度关注和认真反思。

毫无疑问，后现代主义破坏了传统的叙事语言逻辑，按照厄路德·伊布思的认识，其最大的特点就是在这种小说中，"预设变为反驳"，人物关系"前后一致的合法证明变为支离破碎的合法证明"，"在后现代主义小说中失去了那种整体的功能"，"带有不同视角的多样化话语变为叙述者的单一视角"，人物的话语以隐喻的形式出现，主人公"对可能知识范围的明确反思变为对这个问题的不屑一顾"。③ 显然，三踅与丁霸槽的那段对话以及丁霸槽在万宝酒楼前所写出的那段话，充分证明了这种观点的正确性。在《秦腔》中类似的破坏性叙事语言其实非常多。当陈星搭顺车去县城卖苹果时，"一路上弹着他的吉他"，"他反复地唱：你说我俩长相依，为何又把我抛弃，你可知道我的心意，心里已经有了你"。他还唱了另一首自编的歌："312 国道上的司机啊，你来自省城，是否看见一个女孩头上扎着红色的头绳，她就是小翠，曾带我的心走过这条国道，丢失在遥远的省城。"④ 你不必在意陈星所唱的歌提到的"你"是谁，也不必一定要弄清楚那个叫小翠的姑娘是谁，就像人们所熟稔的"村里有个姑娘叫小芳"那首歌，尽管人们都非常喜欢唱它，但从来不在意那位叫小芳的姑娘是谁，只要它能调动起你的无穷遐想就行。

① 贾平凹：《秦腔》，作家出版社2005年版，第372页。
② 佛克马、伯顿斯编：《走向后现代主义》，王宁等译，北京大学出版社1991年版，第143页。
③ 佛克马、伯顿斯编：《走向后现代主义》，王宁等译，北京大学出版社1991年版，第146页。
④ 贾平凹：《秦腔》，作家出版社2005年版，第374—375页。

这正应了海德格尔的观点："语言首先并且最终地把我们唤向事物的本质。但这不是说，语言，在任何一种任意地被把捉的词义上的语言，已经直接而确定地向我们提供了事物的透明本质，犹如为我们提供一个方便可用的对象事物一样。……一位诗人愈是诗意，他的道说便愈是自由，也即对于未被猜度的东西愈是开放、愈有所准备，他便愈是纯粹地任其所说听凭于不断进取的倾听，其所说便愈是疏远于单纯的陈述——对于这种陈述，人们只是着眼于其正确性或不正确性来加以讨论的。"[①]而这也许就是他所说的"人诗意地栖居"。显然，按照他的这种观点，作家首先是一位诗人，虽然最终他用叙事语言要将我们引向生活的本质，但这并不是意味着他必须像传统的作家那样，在叙事中运用一些信手拈来的具有明确意旨作用的词汇语言，"直接而确定地向我们提供"叙事对象的"透明本质"。相反，它也可以像个诗人那样自由自在地赋予小说叙事语言以意义开放的能指，使其疏远传统小说叙事语言的单纯故事陈述。所以，"诗意之居"是后现代主义小说语言有别于传统小说语言的突出特点，这种特点的形成是以破坏传统小说叙事语言的陈述功能为代价的。而这样的破坏性叙事语言在《秦腔》中比比皆是。

《秦腔》中的新汉语写作状态之六：表演叙事游戏

后现代主义小说理论的又一大特点是强调叙事进程的表演性和游戏性，它将小说叙事等同日常生活中的娱乐活动，将文学叙事活动当成一种解放主体意识的刺激性创造活动。正是在此种创作动机的支配下，后现代小说的创作模式里暗含着一种深刻的文化动机，亦即它力图恢复人、事、物在人类中心话语中的应有生活位置。正由于此，在诸如此类的文学作品中，文本结构、语言构成、叙事范式，就不得不经常采取一种对客观世界、社会环境、主人公形象、事件过程、作家自我、观众受众的放任自流的写作态度，以不断模糊创作主体、叙事主体、故事主体与接受主体之间的生活界限，使其处在同一文化平台上。显然，在这种情况下，小说不再以追求虚构的情节为最高艺术旨归，而是以对于传统小说的欺骗性叙事观念的无休止的颠覆和揭露为目标。对于现实生活真理自身的不懈追求，使得这种作品可以言无禁忌，言无不尽，生活中所拥有的一切文

---

① 孙周兴选编：《海德格尔选集》上卷，生活·读书·新知上海三联书店1996年版，第466页。

化现象，都可以被当作叙事的对象，甚至像娱乐和游戏诸如此类的噱头之事，也被当作其表现和揭示生活真谛的重要叙事话语内容，而且这些内容经常是以同时代人们所熟悉的、所称道的以及现实生活中人们习惯操纵的那种语言游戏的文化形式来表现的。结果，在这个意义上，我们说，小说创作不再仅仅是现实生活的再现，而成为创作主体和人物主体精神生活的重构。

贾平凹的小说中处处显现着这样的精神重构，《废都》中拾破烂老头所收集的令人忍俊不禁的现代民谣，不仅是对当时社会面貌的本质揭示，而且也是对于现代文化人心灵状态的如实记录。同样，在《秦腔》中，贾平凹通过大量文化寓言、生活段子的运用，对于现代文化人情感的某种缺失和心理失衡，作了深刻的反讽，尽管在其中，寓言和段子的运用不具有独立自主的现实生活叙事结构特点，但是，它们一经引生和其他主人公讲述出来就同样具有插科打诨、嬉笑怒骂、辛辣幽默的生活叙事、娱乐叙事、表演叙事的艺术效果。比如，引生拉灭了灯，在炕上睡觉，黑暗中脑子里却有一团光亮，"光亮里嘈嘈的有了鸡有了猫，有猪狗牛羊，鸡在对牛说，人让我生蛋哩，自己却计划生育，太不公平了。牛说，你那点委屈算什么呀？那么多人吃我的奶，谁管我叫娘了"①。虽然这个具有现代民间寓言或段子特点的故事，明显游离于整个作品的叙事结构，但是，由于它和主人公的生活密切相关，因此，它在引人发笑之余，同样也令我们深思，因为它毕竟从另一个文化视角向我们揭示出了主人公生存境遇中存在的一个尴尬命题，那就是如何在一个强调自然生态和社会生态的生活环境中，人学会与动物和谐相处。

应当说，作者通过这种充满揶揄特点的叙事手段，实际上直白道出一个不被人注意的严峻的"动物公平"生态平衡文化问题。作为一个动物，不管是高级的还是低级的动物，从物种属性上来讲，它们都是平等的，没有高低之分，动物为了给予我们食物，甚至贡献出了生命，而人们竟然不能以感恩的心态对待它们，这说明，我们人类是何等自私。显然，作者在这里所揭示出的问题，绝不亚于在《废都》中通过大黄牛揭示出的人的物种退化问题，只不过在《废都》中谈的是生命退化，而在这里谈的则是文化退化。面对"动物公平"这个人类有史以来一直面对的却熟视无睹的、没有深入思考的生态平衡文化问题，作者采

---

① 贾平凹：《秦腔》，作家出版社2005年版，第66页。

用一种表演化、游戏化、娱乐化的叙事形式讲出来，不由得使我们露出会心一笑。但是，我们笑了，笑得却是何等沉重，何等悲哀。

当然，类似的寓言和段子《秦腔》中还有不少，比较典型的像"快结巴与慢结巴"的故事，它辛酸地向我们讲述了在现代文明的冲击下，人们是如何患了文化多语症和失语症的，它从一个更为隐秘的角度，揭露了现代文化人是如何在属于自己的社会生活中，一天接一天地丧失其生活话语权的。不管他们是因为先天具有语言障碍，还是因为后天的有意识模仿而形成的语言障碍，总而言之，在他们既定事实的"语言障碍"文化现象中我们看到一个时代的人们生活得无所适从和无聊至极。当他们将自己生活的快乐演变成对于同类生理缺陷的开怀嘲弄时，我们看到的是人类生活的普遍文化缺失和情感缺失，看到的是阿Q性格在新的世纪、新的时代的延伸和外化，这同样使我们产生"哀其不幸，怒其不争"的悲怆之感。当然，与阿Q挣扎在近代化的泥泞之中不同，《秦腔》中的主人公是行进在城市化的大道上。

《秦腔》中，叙事进程的游戏化和娱乐化，也体现在对于充满喜剧美学色彩的生活语言的运用上，引生说："清风街的人是南山的猴，一个在阳坡里挠痒痒，一群都在阳坡里挠痒痒。"① 夏天义听见庆金媳妇和瞎瞎在骂仗，燥火了就说："狗日的是一群鸡，在窝子里啄哩！越穷越吵，越吵越穷！"② 这些语言很有生活的穿透力，虽然它们从来不是作品叙事的主体，比较零散，但是由于作者沉醉于这种语言的调度和使用，而且这种语言段落在作品中随处可拾，就像滴水成河、粒米成箩一样，结果，此种语言细节一旦成了势，加起来，其叙事的整体力量就不容忽视了。虽然在一定意义上，这些细节不同程度削弱了作品原有的线形叙事特征，但是，由于它们所具有的文化扩张力，增强了作品的主体的权威话语地位，结果使得整个作品多了些人们料想不到的意义模块效应，这样，也就无形中赋予了小说独有的现代色彩。所以，从这个意义上讲，我们可以认为，《秦腔》所具有的游戏化、娱乐化表演叙事策略，进一步颠覆了传统小说的严肃性叙事结构，它用一种开放式的随笔写作方式，建构出一种娱乐性的表演叙事结构，它一方面玩弄了传统，玩弄了现实，同时也玩弄了读者，玩弄了文学，难怪生活在传统情结、现代时尚、审美定式中的凡人们不接受它，甚至对它

---

① 贾平凹：《秦腔》，作家出版社2005年版，第153页。

② 贾平凹：《秦腔》，作家出版社2005年版，第98页。

抱有非议。

《秦腔》中的新汉语写作状态之七：追求叙事享乐

注重感官刺激，追求官能体验，也是后现代小说的一大特色。古人讲，食色，性也，人之大道，后现代主义小说可以说将此种叙事享乐观念推到了极致。桑塔格指出，"我们需要的是一种艺术的生命欲望，而不是艺术的阐释学"[①]，这可以视作后现代艺术的创作宣言。其实，仔细反思后现代追求叙事享乐的审美立场，我们就会发现，这种类型的作家，其生命欲望写作状态是与传统的"食色"艺术观念格格不入的，它是在现代文化人面对资本主义工业文明理性奴役下所做的一种本能文化反应和选择。当貌似强大的资本主义理性一天比一天吞噬着人的本性，并且用其"同一性"的强权力量，将人的生命个体、情感意志、自由灵魂等"肉身"文化特征异化或剥夺殆尽的时候，后现代主义思潮站了出来，试图用睥睨传统权威和专制的元话语、元叙事写作方式，反抗资本主义"理性神话"霸权。正是基于此种认识，我们不妨认为，后现代主义文艺思潮从来彰显的都是一种自由意志的文化精神，一套独立人格的价值模式，当它被小说家们表征为对于旧的文学叙事传统理性的蔑视、挑战和革命时，它所肩负的历史责任就不再是简单意义上的还原"人"之主体的"肉身"和"灵魂"，而是一个为现代文化人寻找人生出路的问题。

引生说："下雨天是农民最能睡觉的日子，尿朝上地睡，能睡得头疼。但我那个晚上却睡不着，我的耳朵里全是声音，我听见了清风街差不多的人家都在干那事，下雨了，地里不干了，心里不躁了，干起那事就来劲，男人像是打胡基，成百下的哼哧，女人就杀猪似的喊。我甚至还听到了狗剩的喘息声，他在说：'我要死呀，我要死呀！'就没音了，他的老婆说：'你咋不死么?!'一连串的恨声。"[②]对于过着进城打工、经商赚钱、鸡零狗碎、波澜不惊日常生活的清风街人来说，这件饮食男女本不值得一提的生理需要小事，竟被作家冒着有伤道德风化的危险提出来，甚至被放大成小说的一个大的细节。实际上这反映出一个引人深思的问题，那就是：在清风街的人们日复一日地忙着发迹致富、争权

---

① 佛克马、伯顿斯编：《走向后现代主义》，王宁等译，北京大学出版社1991年版，第19页。

② 贾平凹：《秦腔》，作家出版社2005年版，第159页。

夺利的时候，他们忘记了原来人还有更重要的事情要去做，那就是做人，做一个堂堂正正有正常生理需要的人，做个有血有肉、有情有欲的人。显然，通过这个享乐化的叙事细节，作者意在强调，在学会满足人性正常生理需要的同时，人应当回归文化人本体，回归人的本性，学会享受人的生活，而这才是在我们这个原本喧嚣的社会里人本该静下心来体会、咀嚼、意识到的人生终极真理。

由此看来，崇尚享乐主义，追逐生命质感，实现人本生活方式，培养健全文化人格，这是后现代主义文学所极力标榜的艺术主张。很明显，在这种艺术思潮的视野当中，文学的价值与满足人们生存的物质环境并没有太大的文化关联性，相反，人之肉体才是文学精神高扬的逻辑起点，人的欲望才是文学法则作用的最终诉求。《秦腔》创作中就遵循了这样的原理，当作家贾平凹试图将一种肉身化的新汉语文学享乐观念升华为欲望化的新汉语写作状态，将一种批判性的文学表现方式转换成娱乐化的文化表达方式时，我们说，整个作品的人物形象文学能指，实际上是被演绎为一种人格具象文化所指的。它使我们进一步认识到丹尼尔·贝尔一席话的哲理，后现代主义应当是这样一种社会，"白天是一个清教徒，而晚上则是一个花花公子"①。确切地说，它告诉我们，在后现代主义的小说中，主人公既是一个讲究传统理性的正人君子，也是一个贪图人生享乐的势利小人。这就是后现代语境中人性的本来面目，我们没有必要回避它，包装它，而是应当面对它，揭露它。正由于此，我们发现，在当代作家的小说中，叙事模式一天比一天地偏离对经典文本的人文观照，而蜕变成对于消费思想的一次又一次官能体验，《秦腔》当然也不例外。

《秦腔》正是这样一部小说，它在否定了传统小说的经典性叙事模式和价值意义的同时，也极大地拓展了当代小说叙事的可能性与自由度，它使我们将一个曾经深不可测的理性世界变成一个丰富直观的现象世界，它使我们将一个原本神秘复杂的先验世界变成一个平凡简单的经验世界。在这个世界中，作家的创造被定格，他不能逃脱现实生活法则的本能规范；主人公的生活被还原，不得不露出他们的文化"庐山真面目"；读者的阅读理性被扭曲，他们不得不极不情愿地被迫接受后现代小说叙事模式。这就是《秦腔》新汉语写作状态给予我们的最大收获。

---

① 潘正文：《"后现代"误读与当代文学的困境》，载《福建论坛（人文社会科学版）》2004年第4期。

《秦腔》的后现代叙事模式是对传统小说叙事结构的彻底反叛，这种新汉语写作状态的奇妙之处正如加缪所言，是将作家塑造成文学创作中"最荒诞的人物"，是将小说叙事变成一种文化的"荒诞现象"。它告诉我们，小说中"被剥夺了永恒的人的全部存在"价值"不过是荒诞面具掩盖下的一场大笑剧而已"，作家的"创造"，其实"就是一场了不起的笑剧"。①对于处在新汉语写作状态下的贾平凹来讲，他所创作的《秦腔》，与其被人们看成一部严肃的现实主义著作，还不如被看成是后现代主义时代的"一场了不起的笑剧"。《秦腔》艺术，艺术《秦腔》。如此而已，切莫当真。

（选自《〈秦腔〉大评》，作家出版社 2006 年版）

---

① 佛克马、伯顿斯编：《走向后现代主义》，王宁等译，北京大学出版社 1991 年版，第241 页。

《秦腔》的语言艺术

——骨子里的乡土气息

郑剑平　　向梦冰

　　现当代文学中有那么两位作家让我们印象极其深刻，一位是现代坚持以"乡下人"自称的沈从文；一位是当代坚持以"农民"自喻的贾平凹。如果说沈从文以他"乡下人"的视角描绘出一个田园牧歌式的湘西世界，那么贾平凹则是以"农民"自喻描绘出20世纪90年代以来商州的乡土氛围、人情百态。贾平凹通过《浮躁》《废都》《土门》《白夜》《高老庄》等一系列作品描绘出一幅"商州世界"的浮世绘：由改革开放初期的欣喜到边缘化危机感的产生，再到渴望走出的浮躁、精神家园的废弃、重返故土的无奈、时空巨变的忧郁等文化心理过程。

　　贾平凹本着为故乡"树一块碑子"的目的写了长篇小说《秦腔》。《秦腔》以贾平凹的故乡棣花村为原型，"当了一辈子村干部的伯父"，"现在又是村干部的堂兄"，"世事洞明，多少有些迂"的父亲，都可以在作品中找到影子。贾平凹采用内聚焦与零聚焦相结合的模式，描述了清风街一系列的"泼烦"生活，细致而繁杂，呈现出"芜杂"与"散漫"的表征。他以清风街近二十年的演变和清风街人们的生老病死、悲欢离合展示了中国社会的历史转型给农村带来的震荡和变化，以"密实的流年式的叙写"把乡土社会的颓败、乡村传统形态的消亡绾成了农村发展进程的一朵史诗之花，饱含着作者的热泪与深厚情感的花瓣，包裹着作者"返回乡土"寻根意向的蕊。而这"芜杂"与"散漫"又形成了宏大的立体场面，引起了读者对乡土传统文化与乡土社会的双重思考。

　　秦腔作为风行于三秦大地的戏曲，根深蒂固地长于这个区域，"如秦人一样，死不离窝"，有着深厚的民俗文化底蕴，是传统文化的一部分，也在作品中扮演着传统乡土文化的象征物。贾平凹说："我之所以把这部作品叫《秦腔》，其中也写到了秦腔，秦腔是地方戏曲，而别的戏曲没有叫腔的。秦腔的另一个意思就是秦人之腔。文章所写的作为戏曲的秦腔，它的衰败是注定的，传统文化的衰败也是注定的。李商隐诗：夕阳无限好，只是近黄昏。这一种衰败中的挣扎，是生命透着凉气。"这就注定了《秦腔》与秦人生活的相融性，也注定了其多重象征性质。

小说中，秦腔在新的时代形势下已丧失了原来的霸主地位，它不敌陈星的流行歌曲，也是乡土传统文化抵挡不住新时代城市文化冲击的隐喻。秦腔的式微也是乡土社会及传统文化不可避免走向衰落的象征，包含了作者内心对传统文化价值及文化心态的隐忧。

小说以一个疯子——张引生立足，通过他的视角看待整个清风街的生活变迁。在引生眼里，一切事物都有灵性，如夏天智家的玫瑰、西街牌楼旁的大槐树、他家的老鼠等等，灵魂可以出窍可以附着。人们办事也爱带着他，像夏天义去水库、夏中星的剧团巡演等，这些都使其内聚焦与零聚焦的叙述模式得以完美结合。他的主意也被人们采用过，时不时的胡话提醒着人们他是"疯子"，而他的病就源于对白雪狂热的单恋。白雪作为传统乡土文化秦腔的热爱者和继承者，她的命运与秦腔相连。引生对白雪注定荒谬无结果的追求正象征着人们对传统文化的求而不得。这求而不得又使得他灵魂出窍、胡话连篇，像对于农村最看重的传宗接代，他就有自己的一番"谬论"："我要儿子孙子干啥，生了儿子孙子还不都在农村，咱活得苦苦的，让儿子孙子也受苦呀？与其生儿得孙不如栽棵树，树活得倒自在！"但这些胡话，你跳出清风街来看又是那么清楚、透彻，他倒像是一个超脱于世人之外的人，能听到、看到、想到人们所不能及的事物。这让我们想起了鲁迅笔下的"狂人"和阿来《尘埃落定》中麦琪土司的傻瓜儿子，他们更像是那个时代里最为透彻的人。从引生的视角看待清风街的演变始终保持着平视的态度，他不参与任何一方的利益冲突，更像是一个时代的观望者，给予读者最为直观的展现。从这一层面上说，引生可以被看作转型时期迷茫农村的象征，夹在传统和现代之间，因为喜欢白雪（传统乡土文化）学习过秦腔文化，看到了传统文化必然衰落的趋势，"我深深地弯下了腰，鞠了一躬，头上的草帽就掉下去，我没有拾，我觉得整个脑袋都掉下去了"，宣告了振兴秦腔的失败，也是对传统文化的悼念。他同时也提出接受城市新文化（向中星提出过用新兴的卡拉 OK 代替秦腔），也是无疾而终。重拾传统而不得，学习现代而不成，使得这个时代的农村地位显得越发尴尬，也难以找到正确的立足点和发展方向。

夏风是清风街大部分人所向往的角色，是城市文化的象征。他向往省城的生活，对清风街采取批判态度，对父亲与妻子钟爱的秦腔不以为然，认为其过时不入流，对人人称道的白雪随意轻视甚至与其离婚。他与白雪被认为是郎才女貌、天作之合，"夏风将来不知还要生个龙呀么凤呀"，这是人们对他们孩子的期盼。然而他们的女儿正如他们的婚姻一样并不像人们所期待的那样美好，而是先天畸形。这也象征着乡土传统与现代文明的不协调，如贾平凹所说，预示着乡土传统面临的绝境和必然走向衰落的趋势。夏风与引生的矛盾点既是白雪又是传统乡土文化，贾平凹除了在明的脉络上如此安排，又在文章语言细节中有所暗喻。如在夏风与白雪的婚宴上，"夏风说：'我就烦秦腔。'赵宏声说：'你不爱秦腔，那白雪……'夏风说：'我准备调她去省城，就改行呀。'米饭里边吃出了一粒沙子，硌了我的牙，我呸了一口米饭，又呸了一口米饭"。这牙硌得恰到好处，在我看来，硌了引生牙的"沙子"就是夏风与引生的矛盾点，一是暗喻要白雪去省城引得引生不痛快；二是夏风要白雪改行又暗喻要抛弃传统乡土文化而用城市文化将其替代，因而引生"呸"了"又呸"。

清风街的名门望族夏家可以说是清风街的标志，是陕西农村乃至中国农村的象征。家族中四位长者"仁""义""礼""智"是传统乡土秩序的象征，夏天仁早逝，夏天礼贩卖银圆，以及他们后代的不济已经预示着传统乡土秩序的必然败落。夏天智因学校校长的身份享受着清风街人们的知识崇拜和文化崇拜。一直热爱着秦腔的他喜欢在藤椅上抽水烟，整天在马勺上勾画着秦腔脸谱。他的生活围绕着秦腔，认为"不懂秦腔你还算秦人！秦人没了秦腔，那就是羊肉不膻，鱼肉不腥"。他是乡土传统文化的象征，是乡土传统文化的维护者（不同于夏中星是把振兴秦腔作为升官的跳板），对身为秦腔名角儿的儿媳白雪甚是满意。然而最让他引以为傲的儿子夏风对白雪和秦腔的态度对他来说无疑是致命的打击。秦腔对于夏天智是一种精神归宿，最后也成为他生命的殉葬品，他对秦腔的这种痴迷无疑是对乡土传统文化和道德的挽留及眷恋，也是对农村现实境况的一种拒绝。

夏天义在作品中被作者赋予了英雄的品质，也是引生最为尊敬的人。他从"土改"时就担任村委会主任，因淤地不成辞去职务，一辈子都为土地而挣扎，被看作清风街的土地神。土地是他与侄子夏君亭，也就是前任村委会主任与现任村委会主任产生矛盾的根源。作为乡土传统秩序象征的夏天义顽固守旧不接受新事物，坚持农民以土地为生应当继续淤地；夏君亭（乡土新秩序的象征）则主张用市场化的方法提高商业的地位，用建造农贸市场、进城打工等方式吸引外来资金的流入，尽可能地解放束缚在土地上的劳动力，由于没有掌握正确的尺度，没有正确考虑清风街的具体情况等因素，最终导致清风街风气败坏，各种矛盾并起。夏天义对土地的热爱难以用言语形容，认为农民就是跟土地绑在一起的，他也是土地的象征，是传统乡土社会重土轻商的象征。他的命运也与土地相连，庄重而悲壮。他在清风街的地位也随着土地对清风街人的意义的改变而改变。清风街的市场化摧毁了传统乡土形态，又没形成新的城市形态，成了"农不农，工不工，乡不乡，城不城"的局面，也透出时代变迁的痕迹，是对新时代农村发展的探索。

　　贾平凹走出棣花街的经历与夏风有些相似，而他对故乡的情谊与引生有些相符。引生在离开清风街时"突然产生了一个怪念头，就脱下褂子捉虱子，夏季里虱子少，毕竟还捉住了一只，便也塞进了墙缝里，还用土糊了糊缝口儿。虱子是最古老的虫子，我想把我的虫子留下来"，也是把眷恋、把"根"留下来。自称为"农民"的贾平凹对土地的热爱也不亚于夏天义，在散文《我是农民——乡下五年记忆》中曾描述："我竟不由自主地弯腰挖起一撮泥土塞在嘴里嚼起来……这土多香啊！"既对故乡充满了热爱，对传统充满了敬意，想重拾传统，又认识到传统必须要灭亡，这是不可逆转的局势。这种矛盾的挣扎导致的无奈与困惑成为作品中明显的情绪色彩，形成对乡土文化在当下境遇的反思。另一方面，清风街的颓败让人们困惑着转型期的中国乡土社会到底该何去何从："土地也从此要消失吗？真的是在城市化，而农村能真正地消失吗？如果消失不了，那又该怎么办呢？"乡土社会的尴尬境地该如何改变，作者也并没有找到一把解决困惑的钥匙，作品中充斥着深深的无奈与忧伤，留下了一幅深沉的黑白图画。

　　陕西的风土人情孕育出了《秦腔》的骨，贾平凹则用原生态的语言土壤培植出其血肉，创造出了符合故事背景的语言环境，让其更为丰润。他将大量的方言土语搬进了《秦腔》，如"泼烦""天擦黑""后跑""一天到黑""扒滑""啥子"等等，还有极富方言气息的语气词"咋""么""哩""哇"。连文中的比喻都极具乡土气息，如"院子里有一个捶布石，提了拳头就打，打得捶布石都软了，像是棉花包，一疙瘩面"；"这狗东西身上有一道绳索，两头系着两块西瓜大的石头"；"柳条原本是直直地垂着，一时间就摆来摆去，乱得像泼妇甩头发，雨也乱了方向，坐在树下的夏天智满头满脸地淋湿了"；"淑贞把嘴撇了个豌豆角"……这些比喻句选用了当地农村生活中熟悉又琐碎的事物作为喻体，尤其这"泼妇甩头发"最为有意思，乍一看有些粗俗，但细细想来，既与农民的思维、话语、日常农村生活相符，又与作者整部小说的琐碎记录风格相合。

小说中不少名词的使用都依照乡土方言的用法，比如在词根后面常常加有后缀"子"，像"墙根子""火苗子""香椿芽子"等等，极具口语风味。动词、量词、形容词的选用也尽显拙朴、粗俗，如"使劲地扑朔头发"中的"扑朔"，"叼空摸两圈"中的"叼空"，"天还没漫下黑，亮着一疙瘩一疙瘩火云"中的"一疙瘩一疙瘩"，"白花花的一股子光刷地过来"中的"一股子"，"我死狼声地喊"中的"死狼声"，"灰沓沓靠到麦秸堆上发蔫了"中的"灰沓沓"，再者如"脸吊得多长""恁热的天"中的动词"吊"，充当着程度副词的"多""恁"等等。满篇秦味儿，构成了一种实打实的乡村社会形态。还有一些俗语的运用，如"寡妇尿尿只出不入""男怕穿靴女怕戴帽""要生气，领一班戏"等。小说中还保留了乡土的粗语脏言，像"狗日的""软蛋""毬啊"等等，既然写的是底层乡土，那就干脆拔出的草根子上还带着泥，原汁原味了。于是乎，我们就被这些朴拙的言辞生拉硬拽地扯进了作者要我们进入的乡土世界，看到了他想要我们看到的乡土生活。

《秦腔》不仅以"秦腔"命名，还以秦腔的曲牌名和唱词贯穿小说。各场景所出现的唱词对烘托背景气氛、隐喻情节发展、塑造人物形象、描述人物内心情感起到了重要作用，这不禁让我们将其与《红楼梦》联系起来。在白雪和夏风的婚宴上播着秦腔曲牌，"音乐一起，满院子都是刮来的风和漫来的水，我真不知道那阵我是怎么啦，喉咙痒得就想唱，也不知道怎么就唱：眼看着你起高楼，眼看着你酬宾宴，眼看着楼塌了……"这与《红楼梦》中《聪明累》"意悬悬半世心，好一似，荡悠悠三更梦。忽喇喇似大厦倾，昏惨惨似灯将尽。呀！一场欢喜忽悲辛。叹人世，终难定！"有异曲同工之妙。小说虽以夏家的婚事宴客开场，可这唱词也预示着夏家的没落，清风街的没落，秦腔的没落。"去年夏里（白雪结婚）这些人来，他们是剧团的演员，衣着鲜亮，与凡人不搭话，现在

（夏天智葬礼）是乐班的乐人了，男的不西装革履，女的不涂脂抹粉，被招呼坐下了，先吃了饭，然后规规矩矩簇在院中搭起的黑布棚下调琴弦，清嗓音，低头喊喊啾啾说话。""东街塌倒了十二道院墙，武林家的厦房倒了，农贸市场的地基下陷，三蓬的砖瓦场窝了一孔窑，而中街西街也是塌了十三间房三十道院墙，压死了一头母猪，五只鸡。街道上的水像河一样，泡倒了戏楼台阶，土地神庙一根柱子倾斜，溜了十行瓦，土地公和土地婆全在泥水里。"全然一副颓败之势，正是应验了之前的秦腔唱词。丁霸槽和夏风的酒楼开业请来剧团的演员唱秦腔，"一个唱《三娘教子》，哭哭啼啼了一番，一个唱《放饭》，又是哭天抢地，另一个唱《斩黄袍》，才起个头'进朝来为王怎样对你表'，声就哑了，勉强唱完，像听了一阵敲破锣"。而酒楼终究没有做正当生意，成了藏污纳垢败坏风气的据点。夏家人在夏天智家吃饭喝酒时放的秦腔："贫莫忧愁富莫夸，谁是长贫久富家。有朝一日风云炸，时来了官帽插鲜花。"又让人想起《红楼梦》中"为官的，家业凋零，富贵的，金银散尽……好一似食尽鸟投林，落了片白茫茫大地真干净！"暗示着后来家道败落的变故。

夏中星担任剧团团长要振兴秦腔，剧团要巡回演出，引生也跟着剧团一起去，这时遇到"夏天智又从街上买回了几把马勺，一边走过来，一边唱：'人得瑰宝精神爽，月到中秋分外光。'……他走过了，轮到我唱了，我也唱：'人得瑰宝精神爽，月到中秋分外光。'"夏天智是因为爱秦腔、爱画秦腔马勺，剧团巡演要将他画的马勺拿去做展览自然高兴，得了新马勺当"瑰宝"；引生是得了能天天看见白雪这"瑰宝"。同一句唱词渲染出两种不同的情绪心境，然而都是愉悦的。夏天智得知夏风要与白雪离婚，气得要与夏风断绝父子关系，放的是《辕门斩子》："我孙儿犯何罪绑在了法标？提起来把奴才该杀该绞！恨不得把奴才油锅去熬……因此上绑辕门示众知晓，斩宗保为饬整军纪律条。"夏天智的气愤与无奈都已经通过秦腔唱词显示出来。

对联也频繁出现在小说的各个场景中，与秦腔相辉映，发挥着同等重要的作用。赵宏声在"秦镜楼"上贴出的对联"名场利场无非戏场作出泼天富贵，冷药热药总是妙药医尽遍地炎凉"，暗含人生如戏的感慨和世态炎凉的无奈。而"秦镜楼"之名又暗喻秦腔是秦人生活之缩影，这戏又暗含人生如镜一般折射出虚虚幻幻的人情百态，如《红楼梦》中的"太虚幻境"。夏家门口贺喜的对联"不破坏焉能进步，大冲突才有感情"，暗喻着后来清风街企图破坏传统体制及文化以取得改革进步，也暗含了白雪与夏风、夏风与夏天智、夏天义与夏君亭之间的几条矛盾主线，总的说来就是传统与现代的冲突。赵宏声和夏君亭商量着给农贸市场拟定的对联"要开放就得少管窝子里闲事，奔小康看谁能多赚外来的银钱"，体现出清风街在新的形势下寻求新发展的迫切性和盲目性。小说最后提到"农贸市场的地基下陷"，这"地基下陷"暗含着缺乏正确形势的估计和科学方针的引导，导致根基不稳，而这些都在市场开业时的对联中埋下了伏笔。夏风给夏天礼灵堂写了"生不携一物来，死未带一钱去"，给堂屋门上写了"忽然有忽然无，何处来何处去"，给院门上写了"一死便成大自在，他生须略减聪明"，处处与钱相连，将夏天礼贪财的个性归结得淋漓尽致。赵宏声写给土地庙的对联"这一街许多笑话，我二老全不作声"，横批"全靠夏家"，既突显出夏家在清风街的地位，也暗喻清风街在琐碎生活中的是是非非。对联的使用也展现了陕西农村的生活传统文化风味，使贾平凹笔下的清风街更活灵活现。

《秦腔》中透出了一种悲凉的怀旧情绪，如一株古树苍老的枝干挣扎在空中想要抓住过往时代的痕迹。小说中夏天智曾对夏风说："叶落归根，根是啥，根就是生你养你的故乡"，一语道破了贾平凹的寻根心态。整部《秦腔》透出骨子里的乡土气息，不仅是为贾平凹的故乡树了一块牌，也是为转型时期的中国农村树了一块碑。

（原载《当代文坛》2012 年第 5 期）

论《秦腔》在乡土小说史上的意义

朱静宇　栾梅健

恩格斯在评价欧仁·苏的著名小说《巴黎的秘密》时指出："这本书以鲜明的笔调描写了大城市的'下层等级'所遭受的贫困和道德败坏，这种笔调不能不使社会关注所有无产者的状况。正像《总汇报》这个德国的《泰晤士报》所说的，德国人开始发现，近十年来，在小说的性质方面发生了一个彻底的革命，先前在这类著作中充当主人公的是国王和王子，现在却是穷人和受轻视的阶级了，而构成小说内容的，则是这些人的生活和命运、欢乐和痛苦。最后，他们发现，作家当中的这个新流派——乔治·桑、欧仁·苏和查·狄更斯就属于这一派——无疑是时代的旗帜。"[①]

我们不是机械的唯物论者，也不会简单地将某部作品的优劣与是否反映了某种题材对应起来。不过，面对风云激荡的百年来中国乡土社会的巨大转型，将那些既敏锐地把握住了社会巨变的时代脉搏，又匠心独运地描绘出精彩纷呈的农村生活的艺术力作揭示与彰显出来，无疑是文学研究者的一项重要使命。唯其如此，人们在面对浩如烟海的乡土文学作品时，才能清晰地明白哪些作品可以称得上是"时代的旗帜"，而哪些作品又必然会湮没在历史的尘埃之中。

回顾百年来曲折、复杂的中国乡土小说史，我们觉得鲁迅、赵树理和高晓声分别站在了各自时代的高峰，为人们留下了一批至今仍然散发着浓郁的生活气息与艺术气息的经典佳作，值得人们在乡土文学史上大书特书。

首先我们来看鲁迅的短篇小说《故乡》。这是我国百年来乡土文学的伟大开端。小说从一个游子的返乡活动写起。在那位冒着严寒，奔波二千余里，回到阔别了二十余年的故乡的游子眼里，故乡是一幅日趋凋敝的景象："苍黄的天底下，远近横着几个萧索的荒村。"这是鸦片战争以后随着西方列强的经济侵略

---

① 　恩格斯：《大陆上的运动》，见《马克思恩格斯全集》第1卷，中央编译出版社2015年版，第594页。

我国农村行将崩溃与瓦解的真实写照，是一幅"风雨如磐暗故园"的画面。在作者"故乡全不如此""故乡好得多了"与故乡"仿佛也就如此""故乡本也如此"的反复质询与考较中，极其强烈地反映出了当时半殖民地半封建中国农村的苍凉与衰败。这种农村破败的景象，在同时期的许钦文、王鲁彦、蹇先艾等作家笔下也有着形象的描绘。值得重视的是，鲁迅先生并没有就此止步，而是进一步在童年伙伴闰土惨惶与木然的表情下面，深挖着中国农民精神奴隶的创伤，寻找着中国农民警醒的精神逃路。"我觉得我四面有看不见的高墙，将我隔成孤身，使我非常气闷……"作者揭示的是封建礼教对广大人民的精神虐杀。至于"希望是本无所谓有，无所谓无的。这正如地上的路，其实地上本没有路，走的人多了，也便成了路"，是作者无畏的探索精神与跋涉精神。"在朦胧中，眼前展开一片海边碧绿的沙地来，上面深蓝的天空中挂着一轮金黄的圆月"寄托了作者对祖国新型农村的向往。

鲁迅先生不愧是20世纪中国乡土文学的大师。他将对我国乡土生活的描绘与精神探索都提高到一个同时期作家难以企及的高度。只是到了二三十年后，在解放区和人民当家做主的新环境中，以赵树理为代表的一批乡土作家才再次给人们奉献出了有关农村生活的崭新的文学图景。

赵树理的长篇小说《李家庄的变迁》，无疑是这场农民翻身求解放运动中的重要代表作。小说描写的是太行山区一个村庄从大革命失败到抗日战争胜利这前后二十年时间中天翻地覆的变化。恶霸地主李如珍巧取豪夺，投降日寇，血洗村寨，犯下了滔天罪行，而老实忠厚的农民铁锁，在被逼得走投无路之时投靠共产党，走上了一条正确的革命道路，最后李如珍受到了应有的惩罚，李家庄也迎来了新的春天。李家庄的变迁，形象地说明了农民参加武装斗争是祖祖辈辈被剥削阶级所欺压的农民获得解放的唯一道路。尽管这部长篇小说在结构上略嫌松散，对人物形象的刻画也不够深入与全面，但是，它如此贴近生活，在惊心动魄的阶级斗争和民族解放斗争的交织中艺术地指明了农民解放的方向与手段。因此，赵树理正是在这里接续了"五四"时期鲁迅先生在《故乡》中对农民命运与道路的思考，并作出了回答。铁锁，这位刚强的革命者，在少年时似乎也曾有过闰土那般的痛苦，那种在"多子、饥荒、苛税、兵、匪、官、绅"的超经济剥削下的折磨与摧残，而现在，他已站立起来，而他生活的李家庄也成了中国农村巨变的一个缩影。《李家庄的变迁》不仅是赵树理个人创作历程中的一个重要作品，而且也是乡村颂歌时代的一个重要起点。

最先有力地打破了赵树理所开启的乡村颂歌文学主题的，应该是以《李顺大造屋》《陈奂生上城》等作品引起文坛广泛瞩目的高晓声。在新时期之初的文坛，高晓声在创作《李顺大造屋》时这样认为，"在写作过程中，我意识到了这篇小说在客观上带有重新认识历史的意义。所以我不得不慎重地忠实于历史，不得不学用史家的严谨笔法"，试图反映出"新旧社会的本质区别，显示出正确路线和错误路线执行的不同结果；同是错误路线，也分清是自家人拆烂污还是敌人捣蛋，产生的影响也自不同"[①]。与赵树理相比，高晓声无疑清醒与冷静多了。这份清醒，来自对被林彪、"四人帮"糟蹋得几乎处于崩溃边缘的农村现实的正确认识；而这份冷静，则表明了高晓声比同时期的乡土作家深刻。

你看《李顺大造屋》的开头："老一辈种田人总说，吃三年薄粥买一头黄牛。说来似乎简单，做到就很不简单了……"语调迟缓、凝重，不仅引出了李顺大艰苦奋斗、三起两落的创业历程，而且也定下了主人公艰难困苦、无可奈何的生活基调。小说叙述的是一个普通但令人心酸的故事。在新中国成立前受尽苦难的贫苦农民李顺大，靠"土改"翻身立下了造三间砖房的雄心。其后二十年间，他以最简单的工具拼命劳动去挣得每一颗粮，用最原始的生活方式去积累每一分钱，经受了难以想象的艰苦磨难。然而，始而"共产风"，继而"文化大革命"，都使他即将成功的希望成为泡影。直到十年动乱结束之后，尽管也还是屡经周折，他的造屋理想才终于得以实现。一个极其勤劳、节俭的老实农民，为了建造三间普通的房屋，竟然整整耗去了将近三十年的时间。小说的意义就在于，它通过李顺大这一艺术形象真实而尖锐地指出了"左"倾错误对农民命运的严重破坏，反映了几十年来我国农村的兴衰起落，总结了农村工作中的经验教训。而且，比赵树理更加深刻的是，高晓声在同情李顺大们的命运时，也看到了他们身上存在的严重弱点，那种因袭的精神重负与妨碍他们前进的思想上的厚重积淀。正是基于对农民清醒而真实的认识，高晓声能从历史感出发对农民的生活与命运进行思考，从而使他的作品涂上了一层深沉、温暖的色调。在此，高晓声又在某种程度上向鲁迅开创的乡土文学传统回归了。

变幻、曲折的百年以来我国农村社会的发展历程，也同样造就了主题多

---

① 高晓声：《创作谈》，花城出版社1981年版，第40页。

样、风格迥异的乡土文学作家，而在这其中，鲁迅、赵树理和高晓声自然分别是三个转折关头具有标志性意义的重要作家。尽管有人诟病赵树理，认为他盲目乐观，缺乏对生活的敏锐观察，不过，在我们看来，在《李家庄的变迁》的时代，生活本身的新鲜感就足以取代艺术的新鲜感，简单的赞叹就足以表达单纯的喜悦。赵树理，以及他的《李家庄的变迁》，正是当时狂欢式的乡村叙事的典型代表。

然而，传统的农业古国所进行的改革开放运动，也还似乎注定了我国农村将会时刻变幻出新的情况，时刻面临着新的挑战。就在高晓声的《李顺大造屋》发表二十八年后，中国农村又一次走到了十字路口，又一次引起了亿万人民的忧思。用贾平凹自己的话说："1979年到1989年的十年里，故乡的消息总是让我振奋，土地承包了，风调雨顺了，粮食够吃了，来人总是给我带来新碾出的米，各种煮锅的豆子，甚至是半扇子猪肉，他们要评价公园里的花木比他们院子里的花木好看，要进戏园子，要我给他们写中堂对联，我还笑着说：棣花街人到底还高贵！那些年是乡亲们最快活的岁月……"① 不过好景不长，短短十年时间，"棣花街似乎也度过了它短暂的欣欣向荣岁月。这里没有矿藏，没有工业，有限的土地在极度地发挥了它的潜力后，粮食产量不再提高，而化肥、农药、种子以及各种各样的税费迅速上涨，农村又成了一切社会压力的泄洪池"②。

贾平凹在这里表现的棣花街的状况，并不是陕西一处农村的个别现象，而是遍布全国的极为普遍的问题。而且，随着工业化进程的加速，农村的这种凋零与贫困正日益明显地扩大与蔓延。每年上亿人次的农村青壮年涌进城市的打工人潮，农村中剩下的是整村整庄的老弱病残者。农村怎么办？农民怎么办？或者说，我们还有乡土吗？

相对于新时期文学中轰轰烈烈的乡土文学创作热潮，客观地说，进入21世纪以后，对农村生活的关注与对农村生活的描写是大大地减弱了。这其中的原因主要是作家对农村生活的疏离。在新时期之初，一大批被打入农村进行劳动改造的"五七战士"和"知青"作家，凭借着自身对农村生活的熟悉，为新时期文坛贡献出了众多的乡土文学佳作，并引起了广泛的反响。而到了21世纪，这种盛况就不复存在了。我们看到的多是乡村回忆式的叙事，或者是已经走出

---

① 贾平凹：《秦腔》，作家出版社2005年版，第560页。
② 贾平凹：《秦腔》，作家出版社2005年版，第561页。

乡村到了城市的打工者的形象，比如说尤凤伟的《泥鳅》。真正有深度的、对现实农村生活作全景式描写的文学巨著，真的是少之又少。

难得的是贾平凹的执着，难得的是他在《秦腔》这部长达四十余万字的长篇小说中对中国农村现实的深入描摹。

他这样叙述创作《秦腔》时的心情："村镇里没有了精壮劳力，原本地不够种，地又荒了许多，死了人都熬煎抬不到坟里去。我站在街巷的石磙子碾盘前，想，难道棣花街上我的亲人、熟人就这么很快地要消失吗？这条老街很快就要消失吗？土地也从此要消失吗？真的是在城市化，而农村能真正地消失吗？如果消失不了，那又该怎么办呢？"①这种对未来农村"怎么办"的忧思，构成了贾平凹创作《秦腔》的出发点，也构成了这部《秦腔》必定会在我国乡土文学发展史上占据一定地位的思想认识的来源。"我清楚，故乡将出现另一种形式，我将越来越陌生"，"现在我为故乡写这本书，却是为了忘却的回忆"。长达几千年的农业古国正在急剧地转型，百年来的乡土文学也正在变换着内容。而《秦腔》，似乎站立到了这次转型的关键点上。这应该也就是恩格斯所说的"时代的旗帜"。

在具体的艺术手法上，我们觉得《秦腔》既是贾平凹三十余年来艺术创作经验的体现，也有着他在艺术上的突破与创新。《秦腔》所体现出来的"有意味的形式"，正与它所试图反映的主题相辅相成、相得益彰，并共同构成了一个相当完美的艺术世界。

首先，缓慢、松散而有韵味的叙述手法。《秦腔》表现的是古老农村在当今城市化运动面前所呈现出的不可避免的衰败与没落，年轻人无可奈何地大量离开土地去城里打工，而留下的那些老弱病残则为贫困与生计所累。有老主任夏天义那样对土地的眷恋与执着，有晚辈文成那样对故园的逃脱与厌弃，也还有留在村上的如三踅那样的恶棍与无赖。这是一幕幕令作者感到惊恐的现实。他所长期生活的故乡竟令他感到如此惶惑与难受。因此，作者选择的叙述方法，自然不可能如20世纪80年代初创作《腊月·正月》时那样简洁、明净。他一时把握不准，也一时无法判断，因此，他能做的只是原生态地把故乡发生的真实的人与事描绘出来、反映出来。正如作者在小说后记中所说，这是将浓茶倒

---

① 贾平凹：《秦腔》，作家出版社2005年版，第562—563页。

在宜兴瓷碗里，让读者自己去慢慢体味与品尝。在这里，作者将观念隐藏了起来，也不急于告诉读者什么，他只是说"如果慢慢去读，能理解我的迷惘与辛酸"。应该说，这种叙述方法既切合了当今西北落后农村真实的状况，也切合了作者要为故乡树一块碑、为了故乡忘却的纪念这一愿望。事实上，在小说全篇长达四十余万字的似乎平淡的生老病死、吃喝拉撒的背后，你其实正可以强烈地感受到外表之下的暗潮汹涌与中国农村又一次巨大的转型与变迁。因此，对于现今一些想急于"翻着看"的读者来说，可能会觉得没有意思，然而，细一品尝，作者的深意正寄寓其间，而如此的叙述方法也可谓别无选择。

其次，总体象征手法的运用。尽管《秦腔》表面看来自始至终都是一种不经意的叙述，不过稍一思考就会发现，其实通篇都被一层浓浓的象征意味所笼罩着，因而整部小说显得十分含蓄、隽永与耐人寻味。且不说秦腔这一西北特有的戏曲形式寓示着当地农民的生活方式，而在当今的被冷落以致竟成绝唱，自然象征了西北农村的蜕变与分化，小说中许多的人物与事件也都具有了隐喻性。例如疯子张引生与白雪这一对主要人物的设置。作为古老的西北农村的优秀女儿，白雪聪明、漂亮、忠贞，酷爱秦腔艺术，因而几乎是无法抗拒，张引生疯狂地爱上了她，并为她而发疯，进而因为得不到她而进行自宫。然而，白雪并没有如许多古代女子那样为张引生的一片痴情所感动，而是在现实的考量下攀上了夏风这个在省城工作的高枝。情为何物？张引生的痴恋与自残，以及白雪在爱情观念上的虚荣，其实正喻示着现代物质文明对清风街上的这一对男女青年在爱情观念上的冲击与颠覆，以及农村经济与价值观念最终衰败的必然命运。白雪与夏风的婚姻也是悲剧性的，小说开头，清风街美丽无比的白雪姑娘嫁给了在省城发展的才华横溢的夏风，人们啧啧称羡，都说是天造地设的一对。然而，在爱情上颇有几分虚荣的白雪却割舍不下古老的秦腔艺术，并不愿意跟着夏风远走高飞，而夏风对白雪的喜爱也仅仅只是因为她年轻、漂亮。一个自以为是，以自我为中心，另一个则尚带有传统农村社会的迂腐与守旧。因而当两个事实上持有两种不同价值观念的青年男女结合在一起时，他们婚后所生下来的必然是怪胎。至于到小说最后，他们终于分手，正式离婚，也正好说明了两种不同文明形态的不可调和性。对此，作者的态度是迷惘的，也是辛酸的，而使这部小说涂上了一层感伤的色调。再如夏天义最后被滑坡的山石所埋这一情节。作为清风街几十年的老村委会主任，夏天义对土地有着特殊的感情。他曾带领农民在分得的土地上辛勤耕耘取得过丰硕的果实，也深深知道土地对农民的极端重要，因而他看不惯年轻人到城里打工，也反对在村旁修建农贸市场，他一心想的是在七里沟淤地，好让农民多点土地。"后辈人都不爱土地了，都离开了清风街，而他们又不是国家干部，农不农，工不工，乡不乡，城不城，一生就没根没底的像池塘里的浮萍吗？"人们可以理解这位老人对土地的感情，然而具有讽刺意味的是，当夏天智去世时，在出外打工潮流的裹挟下，村上的青壮年劳力竟连抬棺材的都凑不够！最后，在七里沟的东崖大面积滑坡时，这位老人被永远地埋在了他所挚爱的土地下。贾平凹总是在似乎不经意间，信笔所至，旁逸斜出，然而仔细咀嚼，却都具有深意。我们觉得这正是《秦腔》看似平淡其实却浓得化不开的一个重要原因。

第三，多姿多彩的语言艺术。正如许多人都发现的，《秦腔》中并没有什么惊险、曲折的情节，也没有追求戏剧性的场面，然而在深入研读以后，你却不得不佩服作品所呈现的一种"有意味的形式"。我个人认为娴熟的语言表达技巧与功力，是获得"有意味的形式"的另一个关键所在。相对来说，贾平凹在前期《小月前本》等现实题材作品的创作中，似乎总有一股浮厉之气，而在《秦腔》中，一种耐心出现了（尽管这种耐心在《高老庄》中已有所表露，但没有《秦腔》这么明显）。从小说的开头到结尾，他总是以一种散文的心境和笔法娓娓道出，其实这是一种冒险，稍不注意便很可能造成读者在阅读与审美时的疲劳。然而这种担心是多余的。"马虎虫从夏天义的腿上掉下来，腿上却出了血，一股子顺腿流，像是个蚯蚓。"如果没有对农村的熟悉，断想不出如此形象的句子。当那位农村出身刚在县剧团当了团长的中星出来时，"穿了件有棱有角的裤子，裤带上吊着一大串钥匙"，贴切传神，入木三分。"夏雨终于回来了，推了一下院门，院门很响，他就掏出尿浇在门轴里，门再没了声，关了走进堂屋……"有人物，有动作，有声音，韵味十足。"我给你说，支书也罢，村主任也罢，说是干部，屁干部，整天和人绊了砖头，上边的压你，下边的顶你，两扇石磨你就是中间的豆子要磨出个粉浆来！""那天的风是整个冬季最柔的风，好像有无数的婴儿屁股在空中翻滚……"比喻贴切、形象，又新奇。又例如疯子张引生一次偶然地在水塘南头的菜地遇见他朝思暮想的白雪时，作者如此写道：

　　　　我一下子浑身起了火，烧得像块出炉的钢锭，钢锭又被水
　　浇了，凝成了一疙瘩铁。我那时不知道说什么，嘴唇在哆嗦，却

没有声，双脚便不敢站在路中，侧身挪到了路边给她让道。她从
我身边走过去了，有一股子香，是热乎乎的香气，三只黄色的蛾
子还有一只红底黑点的瓢虫粘在她的裤管上。又有一只蜻蜓向她
飞，我拿手去赶，我扑通一声就跌进了水塘里。

飘然而至的恋人，哆嗦颤抖的引生，蝶飞蜂舞的田间菜地，再加上控制不住自
己扑通倒在水塘中的声音，共同构成了一幅绝妙、逼真的画面。作者如此叙写
着人物，叙写着场景，而整部小说正因为如此而显得韵味十足。

　　总之，我们认为《秦腔》这部长篇小说在艺术上处处显示出作者写作技巧
的圆熟与老到。作者自称写作了一年零九个月，其后又经过三次大改，历时三
年完成。作者对故乡生活的告别，希望为故乡树立一块碑子，确实是用足了力
气，调动了他几乎全部的故乡生活的积累与思考。文章惊恐成。我们有理由相
信，这应该是一部经得起时间检验、在中国乡土文学发展史中具有里程碑意义
的艺术佳作。它的价值与意义，我们认为可以与《故乡》《李家庄的变迁》和《李
顺大造屋》相仿佛。

（原载《当代作家评论》2006 年第 3 期）

缓慢的流水与惶恐的挽歌

——关于贾平凹的《秦腔》

刘志荣

2005 年，贾平凹的长篇小说《秦腔》面世后引起很多争论。在《秦腔》里，贾平凹又回到了自己的家乡，不过这一次，他所关注的不再是商州的灵山秀水、人情风俗，也不是怪力乱神、野史村言，这些因素或多或少地也还保留着，但作家关注的中心，却已经是迫在眉睫的现实问题——绝不是说贾平凹以前的作品，就和现实没有关联。事实上，他的不少作品，都和现实有着千丝万缕的联系，有些时候，甚至是非常敏感地感应着现实的气息（譬如《浮躁》和当年颇受诟病的《废都》），但像这一次这样，把现实状况，尤其是尖锐的社会问题作为自己的关注中心，还是非常引人注目，甚至会让人产生这样的联想：近年来，如果连像贾平凹这样自居于潮流之外的作家，也探出头来聚精会神地关注现实问题，这样的事情本身似乎就显示着某种非常严重的态势。

一、叙述节奏犹如缓慢的流水

理解《秦腔》的关键，很大程度上便在于理解它的叙述本身。

《秦腔》的叙述速度很慢，它所写的不过是清风街一年多时间里的事情，但由于缓慢的叙述节奏和密实的细节，给读者带来的阅读感觉却像写了十几二十年的沧桑巨变。借用张爱玲的一个比喻，也许可以说，《秦腔》中时间的移动，几乎像日光，简直让人感觉不到它的移动，然而却是倏忽的。[①]

这样缓慢的叙述速度绝非无因。我们甚至可以说，这样的叙述速度，本身

[①] 张爱玲《〈太太万岁〉题记》，原文是这样的："戏的进行也应当像日光的移动，蒙蒙地从房间的这一个角落照到那一个角落，简直看不见它动，却又是倏忽的。"见《张爱玲文集》第四卷，安徽文艺出版社1992年版，第263页。

便是对现实变化的感应。《秦腔》所写的是乡村社会的陈年流水账，一天一天琐碎泼烦的日子，每天的日子似乎都没怎么变——或者说，其中小小的变化似乎不值得太过注意，然而一天天的变化一点一点积累着，一年多的时间积累下来，最后的结果却类乎地覆天翻。不知不觉间，乡村生活已然发生了几乎是不可逆转的巨变，而且是让人忧心的巨变：不想让它走的一点点走了，不想让它来的一点一点来了——走了的还不仅仅是朴素的信义、道德、风俗、人情，更是一整套的生活方式和内在的精气神；来了的也不仅仅是腐败、农贸市场、酒店、卡拉OK、小姐、土地抛荒、农民闹事，更是某种面目不清的未来和对未来把握不住的巨大的惶恐。

这样的变化，在小说中几乎处处可以看到。譬如，小说中夏君亭建农贸市场的决定，一开始并不是非常重点地写出，一直到一连串的后果发生，某种几乎是不可逆转的情势已然形成，我们才恍然发现，某种似乎是偶然占上风的意见，结果却导致了清风街整个的生活方式发生变化。夏君亭想建农贸市场，是出于拯救清风街的衰败的考虑：

> 他就展示了蓝图，竖一个能在312国道上就看得见的石牌楼；建一个三层楼做旅社，三层楼盖成县城关的"福临酒家"的样式；摊位一律做水泥台，有蓝色的防雨棚。……他不看大家反应，拿了树棍在墙上画着算式给大家讲：以前清风街七天一集，以后日日开市，一个摊位收多少费，承包了摊位一天有多少营业额，收取多少税金和管理费，二百个摊位是多少，一年又是多少？说毕了，他坐回自己的位子，拿眼睛看大家。君亭本以为大家会鼓掌，会说：好！至少，也是每个脸都在笑着。但是，会议室里竟一时安安静静，安静得像死了人。

这段引文决不引人入胜——生活中本来也并不处处都是有意思的事情，甚至影响我们大多数人生活的东西，也绝非什么有趣的事情。从事文化研究的学者，可以很容易从中看出某种非常明显的单面向的现代化想象，而若干年后，历史学家读到这一段，或许会对之饶有兴趣，他会惊奇地发现：这样的单面向的现代化想象，竟然如此深入人心，以至某个穷乡僻壤的村镇领导，在想象如何改变当地面貌时，也是不假思索地以之作为自己思想的前提和背景——而这种目前对于大多数人来说，几乎是很自然的事情，对于以前的人们和以后的人们来说，都并非那么理所当然。这段引文代表的细节，这种多少有些无趣的"现代"想象和规划式的思维方式，似乎注定要成为我们这个时代的典型标志。话说回来，一种似乎很盲目也很无趣的设想（处于小说情境中的特定人群，也可能会认为是很有见地和明智的设想），一旦在现实之中真的实行，却会带来一连串的变化，像多米诺效应那样一发而不可收，又类似万花筒那样让人眼花缭乱。农贸市场的建立给当地带来了一定的效益，有先见的人借这个机会模仿城市建了酒楼，酒楼招引来了大吃大喝，招引来了投机客商，招引来了舞女和妓女，也使当地的家庭变得不睦，人心变得不宁。如此一来更是推波助澜：更多的人进城去追逐发财梦，有人见利忘义打劫杀人，有人四处飘荡卖笑卖淫，更多土地抛荒，原本在人们想象中宁静的乡村，跟在剧变中的城市一样，奇闻逸事层出不穷，错乱悖德之事被视为寻常，看得人眼花缭乱，目瞪口呆。

身处在这种变化之中的人们，对之并非没有感觉，然而，似乎是现实中的某种因素已经形成了巨大的情势，某些敏感的个人，对这种变化即使有所警觉，却无力阻止情势本身的变化。譬如小说中的夏天义——清风街原来的领导，农村小说中常见的威严的老人，处处和君亭不睦，甚至不惜唆使恶人告状阻止君亭的一些决策。有的时候他也成功了，譬如说阻止了以七里沟换鱼塘，但在更重要的事情上，他却失败了，例如农贸市场的建立。两个人的角力，谁胜谁负，何时胜何时负，似乎是偶然，然而偶然之中却似有必然——一种已然形成的人心的倾向和现实的势态，裹挟着人们滚滚向前。夏天义不但不能左右清风街的变化本身，就是自己家庭中的事情也左右不了，只有落寞倔强地带着狗、哑巴和精神有问题的引生在七里沟淤地，其孤独的姿态暗含某种坚持。

这两个人物观念上的冲突和错位，在小说中并非出于权力争夺或"两条路线的斗争"，而是实实在在的生活方式以及与之相关的思想感情本身的冲突。夏天义身上有着某种老派的感情和道德，譬如儿子在修建房屋时多占了土地：

> 夏天义在现场看了看，觉得不对，拿步子量庄基的宽窄。……墙根子已扎垒了一尺高，庆满不愿意拆，说要等庆玉来了再说，夏天义拿脚就踹一截墙根子，一截墙根子便踹倒了。他说："你多占集体一厘地，别人就能多占一分地！"就蹲在那里吃黑卷烟，看着庆满他们把扎起的墙根推倒，重新在退回一步的地方起土挖坑。……夏天义背着手就要走了，却又问："你在家盖房

哩，学校里的课谁上着？"庆玉说："就那十几个学生，我布置了作业让自学着。"夏天义说："你说啥？学生上课的事你敢耽搁？！"

夏天义这样的话，听起来似乎已然是古人的话。这样朴素的道德，在的时候我们也不觉得有多么珍贵，一旦失去了却让我们感到无限哀伤。而夏天义维护清风街的土地，阻止建市场和换鱼塘，主要是因为清风街土地本来就少，却也未尝不是出于对土地和土地上的生活方式的强烈感情。

一切都在变，那种土地上的生活方式和对土地的感情，似乎也面临崩溃，且将永远流失，一去不回。对于这种变化，贾平凹在后记中写了这么一段话，可以看出他写《秦腔》时的思想感情：

> 体制对治理发生了松弛，旧的东西稀里哗啦地没了，像泼去的水，新的东西迟迟没再来，来了也抓不住，四面八方的风方向不定地吹，农民是一群鸡，羽毛翻敝，脚步趔趄，无所适从，他们无法再守住土地，他们一步一步从土地上出走，虽然他们是土命，把树和草拔起来又抖净了根须上的土栽在哪儿都是难活。……我站在街巷的石碌子碾盘前，想，难道棣花街上我的亲人、熟人就这么快地要消失吗？这条老街很快就要消失吗？土地也从此要消失吗？真的是在城市化，而农村能真正地消失吗？如果消失不了，那又该怎么办呢？

二、四面八方的风方向不定地吹

上一节提到《秦腔》中写到了清风街新老两代人观念上的冲突，但这样的冲突并没有形成主要的情节线索——这是需要在这里特别加以指出的，否则就有误导之嫌。很大程度上，《秦腔》的叙述似乎在有意地淡化甚至取消情节线索，小说中虽然有一些人事线索，譬如农贸市场的建立带来的变化，譬如夏风和白雪的婚事演变，譬如夏天义、夏天智等老辈人的老与死，但这些线索淹没在陈年流水账般的叙述之中，一个事情前面讲了一点因头，很快便淹没在日常世界种种杂事、细节的洪流之中，叙述进展许多页后才又似不经意地再将以前事情的由头提起继续讲述，然后又淹没到叙述的洪流之中，犹如小说中所说的：

> 清风街的故事从来没有茄子一行豇豆一行，它老是黏糊到一

起的。你收过核桃树上的核桃吗，用长竹竿打核桃，明明已经打
净了，可换个地方一看，树梢上怎么还有一颗？再去打了，再换
个地方，又有一颗。核桃永远是打不净的。

这样的叙述，本身便抗拒着对之进行简单的情节抽绎与概括。但换个角度看，它却并非没有气脉可以把捉——只是这样的气脉，绝不是清楚分明的故事情节，而需要从小说整体去感受。贾平凹在后记中写"四面八方的风方向不定地吹"，似乎是对乡村现实气脉的把捉，而从小说中看，"方向不定"的还不仅仅是自外而来的各种情势，处身在变化之中的乡村，人心也漂浮不定、四处流逸，也似"四面八方的风方向不定地吹"。从这个角度看，《秦腔》虽然没有提供分明的情节线索，但在流水一样的叙述中，却时时呈现出各种现象，这些现象昭示着现实的混乱和人心的混乱——或者说，人心的混乱既来源于又刺激着现实的混乱。

试举几例。譬如小说中清风街的领导夏君亭要建市场，秦安主张淤地，两人意见冲突，君亭不是通过正常途径解决，却趁秦安等人在文化站玩牌时向派出所举报抓赌。抓赌的场面更为耐人寻味：

秦安说："同志，是这样的，我们来这里说说话，随便娱乐了一下，不带点彩玩着没意思……哎，不是平日派出所不管这三元五元的事吗？"警察说："以前是不管，现在有任务呀，一人一年得上缴治安罚款五元，不来怎么完成任务呢？"

又如白雪的堂姊改改超生怀孕，与她家有矛盾的乡民当存（两家以前为地畔吵过架）向干部金莲举报，金莲等人甚至不惜向以前的好友白雪施行缓兵之计，故意把她引开，然后入户捕人。改改怀孕，固然不合政策，但因仇举报的乡民，实在让人觉得居心太过险恶，金莲置情谊不顾，施行计策，也是昧心。轻描淡写间，乡村朴素人情和伦理秩序的衰败，已跃然纸上。而抓赌和抓超生这两个例子都说明乡土社会的人情风俗，被某些人出于政绩和完成指标的考虑，破坏到了什么程度。在这样的心态下，无论是如何明智的法政措施，都会被歪曲，有时甚至被歪曲到可怕的程度：

柴草棚里的蚊子能把白雪的姊姊吃了，她不敢拍打，只用手在脸上胳臂上抹，抹得一手腥血。金莲当然回家去了，刘西杰和周天伦还坐在大清堂门口把守，赵宏声去做结扎手术时手术已经

做不成，对刘西杰和周天伦说改改怕是要生呀。刘西杰说："那你就接生吧，孩子一生下来处理掉！"赵宏声说："生下来了咋能捏死？！"刘西杰说："生下来了你喊我！"刘西杰和周天伦在前边的药铺里喝酒，你一盅我一盅，喝得脚下拌蒜。

小说中改改的孩子因为偶然的原因逃过一劫，但不动声色的叙述还是让人感到毛骨悚然。而《秦腔》最后写到没有经验的乡干部强横收缴税款，激得农民闹事，读了顿让人生忧。

小说中老实巴交的屈明泉因愤杀人，进城打工的某人发财无门入室行凶，庆玉、三踅等人公然通奸欺负弱小，女人进城卖淫，子女不赡养老人互相推诿，夏天义、夏天智这样明理的老人失去权威……种种情况，都显示出在欲望的挑动下乡村现实的失序和人心的混乱。小说中所写的这样的混乱，处处感应着现实的气息，贾平凹在《秦腔》后记中写到自己家乡破败混乱的现状，其实类似的情况所在多有。这样的乡村的日光流年，拉拉杂杂、密密实实地写下来，表面似乎还很平静，内里却已是冲波逆折，激流汹涌。

稍微放宽一点视界，我们可以发现，面对中国社会的种种巨变，敏感的作家不约而同地把自己的目光投向生活世界，而目下乡土社会的种种变化，也已然为不少作家所注意。而不同的作家，面对这样的变化，采用了很不相同的叙述方式。一种方式是将之进行夸大，甚至不惜将之夸张到荒诞的极致。譬如阎连科的《受活》和莫言的《四十一炮》，就采用了这样的方式，虽然他们并没有做到完美（甚至有着严重的缺陷），但至少做到了引人入胜。林白的《妇女闲聊录》，则采用了另一种叙述方式：一个来自乡村的妇女，拉拉杂杂地讲述自己村里的人情风俗、人事变迁，"闲聊而且是妇女闲聊，想到哪里说到哪里，东家长西家短，陈谷子烂芝麻，柴米油盐酱醋茶，养猪贩牛生孩子，说出来就被风吹走了；林白却把它们整理成文字，而且要让这样粗俗的东西登上文学的大雅之堂"[①]。这两种叙述各有各的特色，也各有各的合理性——莫言、阎连科那样荒诞夸张地叙述乡土中国的变化，这样的叙述方式几乎是必然要出现的：我们现实中发生这么多变化，不同时代、不同地域、不同来源的各种因素和事情交杂、错位、并置，而且如此强烈、夸张，时时让人觉得瞠目结舌、匪夷所思。目瞪口呆

---

① 张新颖：《打开我们的文学理解》，山东文艺出版社2005年版，第5页。

之余，对此敏感的作家，加以捕捉，加以夸张，加以组织，如果能出于恢宏的视野和强烈的感情，游心骋怀，挥斥方遒，未尝不可以写出《百年孤独》那样的作品——虽然到目前为止，中国当代文学中达到这样水准的作品尚没有出现①。而林白采取的"妇女闲聊"的方式，在某种程度上是对既有文学观念的冒犯，却连通了"真切的生活和辽阔的世界"，并且在闲聊中将乡村社会的变化态势（很大程度上是衰颓）自然流露出来。这种叙述是如此真切、生动、自由，以至有敏感的评论家这样慨叹："在我有限的阅读中，我也并不能找出几部作品来，像木珍的闲聊那样朴素、自由、鲜活。木珍说话，我们没见她的样子，但从她的讲述里就看得出是眉飞色舞；当今文学的叙述，唉，如果该达到眉飞色舞的状态就能够达到眉飞色舞的状态，那我们的文学就会有魅力得多。"②如果以这两种方式为参照去看《秦腔》，就会发现：这部小说虽然也有一些魔幻的因素，但给人的感觉是这些因素远远不够精彩，很大程度上还是浮在表面；小说中虽然启用了一个有些神神道道的第一人称叙述者，但主体叙述很大程度上却还是类似第三人称叙述的客观摹写，第一人称叙述者引生的声口也远不够鲜活、生动、自由。不过，我们在以这两种叙述方式去衡量《秦腔》时，需要非常谨慎。至少，不完全采用荒诞、奇幻的叙述方式以夸张现实生活中的种种变化，似乎并非由于作者才力不足，而是出于有意的选择。至少从文本层面看，《秦腔》似乎是有意识地采取了一种"洪水"式的叙述，这导致这部小说几乎是在模仿生活本身：错综复杂、似断还连的线索织成了一张密实的网，抗拒着任何的归纳和分析。

倾心于荒诞、夸张的叙述方式的阎连科，质疑"现实主义像小浪底工程和三峡大坝那样横断在文学的黄河与长江之上，割断了激流，淹没了风景"③。目光凝注于家乡变迁的贾平凹却声言自己只能采取这样的流水式的叙述方式，甚至对读者能否接受这样的方式有一丝疑虑："我的故乡是棣花街，我的故事是清风街，棣花街是月，清风街是水中月，棣花街是花，清风街是镜里花。但水中的

---

① 在这方面，中国当代文学显然还有进一步发展的充分余地。反映论的现实主义传统太过强大，中国作家的想象力总让人觉得不够，除了很少的例外，在运用想象时也远不够自由和洒脱。

② 张新颖：《打开我们的文学理解》，山东文艺出版社2005年版，第6页。

③ 阎连科：《受活》，春风文艺出版社2004年版，第207页。

月镜里的花依然是那些生老病离死，吃喝拉撒睡，这种密实的流年式的叙写，农村人或在农村生活过的人能进入，城里人能进入吗？陕西人能进入，外省人能进入吗？我不是不懂得也不是没写过戏剧性的情节，也不是陌生和拒绝那一种'有意味的形式'，只因我写的是一堆鸡零狗碎的泼烦日子，它只能是这一种写法，这如同马腿的矫健是马为觅食跑出来的，鸟声的悦耳是鸟为求爱唱出来的。"[1] 而正是这种抗拒归纳和分析的叙述本身，提供了理解这部小说的基本线索，使它不像茅盾的社会剖析小说那样对乡土社会进行清楚明白的社会分析，而是让杂乱混沌的叙述本身成为现实的"象"：五行错乱，"四面八方的风方向不定地吹"。

三、有一些惶恐，有一些心酸，还有一点分裂

至少从小说中看，虽然尚有人保持着对传统民俗文化的喜爱，年轻一代却毋庸置疑地被流行文化所吸引。这一点最典型的体现，乃是书中涉及的秦腔在乡村的命运——《秦腔》一书当然也写到了秦腔，或者不如说，写到了秦腔的衰败。在很长的历史时间中，秦腔已然与秦人的精神生命联系在一起，而它也在相当大的程度上，连通感应着秦人的生命脉搏，高亢苍凉的唱腔中流动着生命的悲怆与放肆，亦因此，秦腔在秦地的普及程度，在过去大概也是其他地方戏剧难以比拟的。然而，这样的情况似乎在渐渐消失。《秦腔》中写了很多七零八碎的事情，读后留给人的印象容易模糊成一片，书里写到的秦腔的命运，却让人——至少是我这样的人——印象深刻。小说中夏中星当了县剧团的团长，好大喜功，把团员聚起来送戏下乡，不承想，每到一个地方，敲锣打鼓，观众却寥寥，有时只有几个人在看，甚至没人看，如小说中所写的：

> 我说："你们做演员的还有脸红的？"那演员说："演员总该长了脸吧？中午演到最后，我往台下一看，只剩下一个观众了！可那个观众却叫喊他把钱丢了，说是我拿了他的钱，我说我在台上演戏哩，你在台下看戏哩，我怎么会拿了你的钱？他竟然说我在台下看戏哩，你在台上演戏哩，一共咱两个人，我的钱不见了不是你拿走的还能是谁拿走的？"

---

[1]　贾平凹：《秦腔》，作家出版社2005年版，第565页。

不管作者是不是编段子，秦腔在丧失观众，大概总是不假的。小说下文，这个村子的村民竟然和演员们打了起来："村人说戏台上是他们三户人家放麦草的地方，为演戏才腾了出来，应该给他们三户人家付腾场费。"①对比以往秦腔在乡村的受欢迎程度，如今竟是这种情势，秦腔似乎真的是气数尽了？

这种情势的形成，一方面是来自流行文化的竞争（譬如小说中写酒楼开张时秦腔竞争不过流行歌曲），另一方面，却也来自下层干部以之作为表现工具帮倒忙。小说里的中星，为了政绩，把演员聚拢起来下乡演出，每次演出前，"都要讲秦腔是国粹，是优秀的民族文化传统，我们就要热爱它，拥护它，都来看秦腔；秦腔振兴了，我们的精气神就雄起了"②。然而不特他的这套大道理不招人待见，这个剧团便是毁在他手里。中星升了官，回家参加长辈的丧事，老演员王老师对他说："事情过去了，我说一句不该说的话，咱们剧团在你手里不该合起来，当时分了两个分队，但毕竟还能演出，结果一合，你又一走，再分开就分开成七八个小队，只能出来当乐人了。"唱净的乐人说："这有啥，咱当了乐人，却也抬上去了一个县长么！"③有些东西，不待见它的人能毁了它，待见它但目的是拿它去派用场，却会更快地毁了它。秦腔这样的民间文化却同时面对着这两种力量，内外交攻，焉能不败？

不过，秦腔的命运并不是这部小说的主题，整部小说所写的，还是拉拉杂杂的事情，秦腔的命运只是拉拉杂杂的日常生活中的一件事情而已。但虽然只是一件事情，尝一脔却已可知味。小说里那种拉拉杂杂、慢悠悠的叙述节奏，流水账一样记录下了很多琐碎的事情。一点点的变化积累得多了，就发生了巨大的变化，还是灰扑扑的、琐琐碎碎的乡村日常生活，我们却已经有点陌生，有点惊恐，有点惶惑：这就是我们的家园吗？这还是我们的家园吗？不特是读者会产生惶惑，作者其实也惶惑。这部小说有一种内在的分裂感——似乎是当下乡村文化本身的分裂。小说中的叙述者"我"和村子里走出来的作家夏风，都喜欢秦腔女演员白雪，白雪色艺双全，为人朴实，似乎作者一心要把她写成秦腔、写成乡村生活的灵魂似的。然而白雪却生不逢时，秦腔在消亡，整个的乡村生活秩序在瓦解，不论是在感情上还是在生活上，她都找不到位置。叙述者

① 贾平凹：《秦腔》，作家出版社2005年版，第197页。
② 贾平凹：《秦腔》，作家出版社2005年版，第190页。
③ 贾平凹：《秦腔》，作家出版社2005年版，第541—542页。

"我"痴痴傻傻、神神道道，痴心于白雪却表达得那样拙劣，白雪也并不喜欢他甚至害怕他；夏风赢得了白雪，然而他对乡村的生活方式、对秦腔都已然失去感情，一心要切断自己和乡土的联系，于是不可避免得到白雪而不珍惜，最后不得不与其分开——其实也是迟早的事。爱的人得不到，得到的不觉得可贵，也不会珍惜，其实不仅白雪的命运如此，秦腔和乡村的生活方式的命运也是如此。若更放大一点尺度看，是不是也是如此呢？难说。

《秦腔》一书，写出了这种揪住了人心的内在分裂感，秦腔的命运，白雪的命运，夏天智、夏天义的命运，所有这一切交织在一起，便构成了一曲衰颓中的乡村文化的挽歌——贾平凹怀疑："如果慢慢去读，能理解我的迷惘和辛酸，可很多人习惯了翻着读，是否说'没意思'就撂到尘埃里去了呢？"[①]其实不管读者会怎么看待，这部小说至少在这一点上是成功的。

四、关于叙述者

而也正是在太过照顾读者这一点上，我对这部小说有点批评。

说起来，贾平凹其实写的是自己的根，自己最后的生活资源、最后一块"阵地"——清风街的原型便是他的故乡棣花街，里面的老老少少原型便是他的乡邻乡亲，这样紧紧地与自己心灵相连的地方，写起来其实是需要更朴素一点的。如此看来，小说里那个半痴不傻、半疯不癫、神神道道的叙述者引生，便显得太突兀——在很大程度上，这是因为考虑某种形式的因素超过了艺术表现本身的要求，而从这样的凹凸不平的透镜中看过去，再朴素的感情也不免变形了。真要表现内心深处的哀伤、悲悼、惶恐、冲突、分裂、纠缠，一个洗去一切装饰的、普通的、朴素的第三人称叙述者的叙述效果其实更好，更可以牵动读者内心深处的那根弦。半痴不傻、半疯不颠、神神道道的叙述者，不但不一定能抓住读者，反而破坏了自己内心深处的朴素的情感。成全自己的常常也是束缚自己的，怪力乱神、恶浊之气，用来形成风格，甚而抓住不放则有失。

说到底，不管现实如何混乱，生命根本上终究还是清澈的，好的艺术家，成长到一定程度，都需要返璞归真。如果内心获得了一种平静，即使写的是极混乱的事，但深处却自有一种宁静。譬如沈从文的《长河》，所写的也是乡村的

---

① 贾平凹：《秦腔》，作家出版社2005年版，第565页。

破坏，但小说的叙述深处却有一种平静，显示出作者本身生命的朴素清澈。贾平凹也并非做不到这样，譬如《秦腔》的后记，写得那样朴素感人，让人感觉他的散文是写得越来越好了，如果他能完全放开心态，像写散文那样写这部小说，在艺术境界上会截然两样。但因为太过照顾读者趣味，也许还出于表现那种恶浊之气和内在分裂的考虑，《秦腔》还是启用了那样一个神神道道的叙述者，显得还是不够朴素，也显示出贾平凹尚有进一步发展的余地。

（原载《文学评论》2006 年第 2 期）

《秦腔》：一曲传统文化没落的挽歌

蒋正治　王　昉

传统文化、文学对贾平凹的影响是巨大的，笔者就曾经在《试论贾平凹对〈红楼梦〉之接受》一文中具体分析过《红楼梦》对他的影响。正因为如此，传统文化也一直是贾平凹作品关注的热点问题之一。他的《秦腔》，以秦腔这一民间传统艺术为线索，将清风街一系列泼烦琐碎的事情贯串在一起，着力表现传统文化在现代文明冲击下的衰落与颓败。可以说，《秦腔》是一曲传统文化的挽歌。主要表现在以下几个方面：

一、传统民间艺术——秦腔的没落

"秦腔"是秦人之腔，是秦地人民的精神血脉。正如作家在另一篇以《秦腔》为名的散文作品中所描述的："有了秦腔，生活便有了乐趣，高兴了，唱'快板'，高兴得像被烈性炸药爆炸了一样，要把整个身心粉碎在天空！痛苦了，唱'慢板'，揪心裂肠的唱腔却表现了多么有情有味的美来，美给了别人享受，美也熨平了自己心中愁苦的皱纹。"[1] 每当有什么重大的节日或者聚会，秦人总是喜欢吼上几段秦腔。在劳动的时候，"秦腔一放，人就来了精神，砌砖的一边跟着唱，一边砌砖，泥刀还磕得砖呱呱地响。搬砖的也跑，提泥包的也跑"[2]。一听到秦腔，就浑身来劲了，干活也有力气了。不仅人听了秦腔有感觉，连秦地的动植物也对秦腔有了感情，"哑巴牵着的那只狗，叫来运的，却坐在院门口伸长了脖子鸣叫起来，它的鸣叫和着音乐高低急缓，十分搭调，院子里的人都呆了，没想到狗竟会唱秦腔"。放秦腔的时候，"夏家的猫在屋顶的瓦槽上踱步，立即像一疙瘩云落到院里，耳朵耸得直直的。月季花在一层一层绽瓣。最是那来运，只要没去七里沟，秦腔声一起，它就后腿卧着，前腿撑立，瞅着大喇叭，顺

---

① 冯有源：《平凹的艺术》，上海人民出版社1998年版。
② 贾平凹：《秦腔》，作家出版社2005年版，第60—61页。

着秦腔的节奏长声嘶叫"。可见秦腔在秦人心目中的重要地位以及与生活的不可分离。对秦腔的热爱，尤其表现在老一辈的夏天智和县秦腔剧团的"台柱"为了演戏而生的秦腔演员白雪身上。他们为秦腔的复兴奔走呼号、竭尽全力。夏天智可以说是秦腔的化身，他最大的嗜好就是听秦腔、画秦腔脸谱，不仅自己听，还在高音喇叭里放秦腔，让全村的人都听。他一听秦腔，"浑身上下骨头缝里，都是舒坦"。他坚持画秦腔脸谱，家里的秦腔脸谱马勺堆积如山，并且在儿子夏风的帮助下，出版秦腔脸谱书籍，积极宣传秦腔，传播秦腔文化。白雪也是一个痴迷秦腔的人，她本来有机会从县秦腔剧团调入省城工作，但她为了秦腔，为了自己热爱的事业，毅然拒绝其丈夫夏风给她做好的安排。但就是这样一种有着广泛民众基础的民间艺术却不可挽回地衰落了。

首先，秦腔的衰落表现在作为文化人，从清风街走出去的大人物——夏风瞧不起秦腔，更瞧不起秦腔的演员。夏风多次公开表示对秦腔的轻视。他认为秦腔"说到底也就是个农民的艺术"，"秦腔过时了，只能给农民演"，"只能是越来越小，越来越俗，难登大雅之堂"。他对白雪说："你那艺术我欣赏不来。"并想把其妻白雪的工作由县秦腔剧团调往省城，还笑话县秦腔剧团是"草台班子"。他"总瞧不起唱戏的"，白雪求夏风帮秦腔名角邱老师出磁带，夏风见都不愿意见人家，对其表示了最大的蔑视。作为清风街的文化人，赵宏声也瞧不上秦腔，"我听着像杀猪呢"。通过夏风、赵宏声等文化人的声口，我们可以知道秦腔这一民间艺术在文化人心目中地位之低。

其次，秦腔的衰落表现在年轻一代喜欢流行歌曲，不喜欢秦腔。陈星嘲笑"清风街爱唱秦腔的人都是粗脖子，都是大嘴……他一听到，就得用棉球塞耳朵"。当他弟弟陈亮不愿意去学果树剪枝，他说"你不去就让你听秦腔"，把听秦腔当作一种惩罚，也可见其对秦腔的厌恶程度之深。极为热爱秦腔的夏天智，他的小儿子夏雨听到放秦腔，说："你快把它关了，你要人命呀?!"秦腔的声音在夏雨看来是能够杀人的，可见其对秦腔敬而远之的态度。县秦腔剧团到各地乡镇演出，展览秦腔脸谱，雄心勃勃想要振兴秦腔，但是"看戏的人不多，参观脸谱马勺的人就更少"。看戏的四个人：两个老汉，一个婆娘，婆娘怀里抱了个娃。而陈星演唱流行歌曲时，"清风街的年轻人都跑了来，酒楼前的街道上人挤得水泄不通"。两相对比，不难看出其中的冷热程度。

最后，秦腔的衰落表现在秦腔剧团的解散上。秦腔在日益走向没落，秦腔剧团"仅仅成为一些人吃饭的饭碗,一些人升官的桥梁"①。县剧团的一些秦腔演员也不爱秦腔,在听到陈星唱的流行歌曲之后,"惊喜不已"转而追捧流行歌曲。在万宝酒楼开业的时候,开始是由剧团演员演唱秦腔,后来部分演员竟然要求不唱秦腔,而改唱流行歌曲。由此可见,演员们内部对待秦腔的态度出现了分歧。另外,演员们为了维持生计,只得在县剧团的大门口开了几家门面,经营起了水饺店、杂货店及花圈寿衣店等。许多演员组成乐班去走穴,"走穴也只是哪里有了红白事,去吹吹打打一场,挣个四五十元"。为了迎合某些观众的低级趣味,剧团的演员如王牛等人,在戏台上说下流话,博取观众的笑声掌声。剧团的王老师由当年红极一时的秦腔名角沦落为走街串巷、"见天给别人做孝子贤孙"的乐人。她一生以秦腔为业,最终却无力为自己录制一盘秦腔唱碟。

正如中国作协创研部研究员牛玉秋认为的,"小说最根本的还在于秦腔,清风街的人几乎都生活在秦腔之中,他们的喜怒哀乐、生老病死都离不开秦腔,即便如此,秦腔也无可挽回地衰落了"。秦腔是一种世代相传的地方戏曲,更是传统文化的载体,儒家文化所倡导的仁义礼智等伦理道德规范正是依赖于它才得以广泛流传。秦腔的衰落,正是传统文化衰落的显著标志。

二、传统生活方式的改变

"中原农耕民族的生活方式建立在土地这个固定的基础上,稳定安居是农耕社会经济发展的前提。"②自古以来农民就是安土重迁的。土地是他们赖以生存的根本,在以自然经济为主的农业社会中,耕种土地成为人们满足生存需要的唯一手段。因而,自古以来的父老乡民们无不对土地充满了崇拜、敬畏之情。《秦腔》中的夏天义可以说是这一类农民的代表人物。但随着现代文明、商品经济对乡土社会的入侵,土地对于农民的意义也发生了急剧的转变。在金钱崇拜意识的冲击之下,土地正在无可挽回地走向衰败,以农耕经济为主体、以土地为主要生产对象的传统生活方式也逐渐改变。《秦腔》中,作者主要是通过三代人对待土地的不同态度来展示土地的衰败,"反映农民在城市化过程中的精神进程"③。

---

① 孙见喜:《贾平凹传》,上海人民出版社2008年版,第338页。
② 张岱年、方克立:《中国文化概论》,北京师范大学出版社2004年版,第27页。
③ 孙新峰:《〈秦腔〉荣获茅盾文学奖的文化意义》,载《商洛学院学报》2009年第1期。

土地对于夏天义这一代农民来说，无异于是他们的命根子，"人是土命，土地是不亏人的，只要你下了功夫肯定会有回报的"。他们这一代农民跟土地打了一辈子交道，相信"农民就靠土""农民只有土地，也只会在土地上扒吃喝""是农民就好好地在地里种庄稼"，因而，精心耕种土地成为他们最主要的事业，他们所渴望的是通过自己的辛勤劳作来换取安居乐业的稳定生活。为了给儿孙留下耕地，他毫不顾惜自己年迈的身体，在七里沟搭了个小草棚，带着孙子哑巴及引生等人，每天背石头，修地堰，种瓜果，梦想着能把七里沟淤成几百亩良田。他深深地爱着土地，甚至在晚年还养成了吃土的习惯，最终也在一次崖崩中被掩埋在他的希望之所——七里沟。夏天义想方设法保留土地不被侵占，他为了保护土地，组织村民挡修国道，反对修建炼焦厂，反对一切破坏耕地的行为。他不了解，随着时代的变化，原来自给自足的农耕经济已经不完全适应社会发展的需求，也不懂得商品经济对现代农村发展的重要性。这种思想是有局限性的，事实上也给清风街的发展带来了不利影响。

　　到了夏天义儿女辈的君亭这一代，土地对他们已不再那么重要，他们更重视的是发展商品经济。当了村支书的君亭在几十亩良田上筹建集贸市场，他认为："现在不是粮的问题，清风街就是两年颗粒不收也不会饿死人；没钱，要解决村民没钱的问题。""人要只靠土地，你能收多少粮，粮又能卖多少钱？现在不是十年二十年前的社会了，光有粮食就有好日子？……粮食价往下跌，化肥、农药、种子等所有农产资料都涨价，你就是多了那么多地，能给农民实惠多少？……农民们为什么出外，他们背井离乡，在外看人脸，替人干人家不干的活，常常又讨不来工钱，工伤事故还那么多，我听说有的出去还在乞讨，还在卖淫，谁爱低声下气地乞讨，谁爱自己的老婆女儿去卖淫，他们缺钱啊！"在夏君亭的执意坚持下，农贸市场迅速建了起来。农贸市场的繁荣给清风街带来了巨大的经济效益，但酒楼、外地商人、三陪女等腐朽生活方式将原本朴素清纯的清风街搅得乌烟瘴气。后来夏君亭又计划着用七里沟去换鱼塘，希望放弃废弃的土地，换成可以为村民带来直接经济利益的鱼塘，但在夏天义的坚决反对下以失败告终。不只是君亭，夏天义的子女辈的庆玉、夏雨、雷庆等人，也不重视土地，不死守着土地，希望通过其他途径发家致富。

　　到了夏天义的孙子辈光利、翠翠这一代，就更加不注重土地。对土地完全是鄙视、厌弃的态度。很多人宁愿出外打工看人的脸色，也不愿再依靠在那几亩田地里辛勤劳动来讨生活。光利宁愿放弃给父亲顶职的铁饭碗，带着未过门的女朋友偷偷跑到新疆去谋生，翠翠则到省城去干一些说不出名堂的营生。村里的精壮劳动力大都已经外出打工，以至于死了人都没足够的人抬棺材。俊德一家家境原来不好，"盐都吃不起"，后来去省城捡破烂，半年后回来"衣着鲜亮，手腕子上还戴了一块表"。俊德女儿回乡便"大肆地吹嘘，说城里的高楼和马路，说城里的酒吧和网吧"，她衣着光鲜，俨然以城里人自居，一举一动无不模仿城里人，对城市充满了企羡，对农村充满着鄙视。俊德一家也不再把村里分给他们的二亩地放在眼里，一直就让它荒废着。

外出务工，并不是所有人都能找到致富之路。身无一技之长的农民进城，一部分人只能靠卖苦力，"除了在饭馆做饭当服务员外，大多是卖炭呀，捡破烂呀，贩药材呀，工地上当小工呀"等，一部分连卖苦力的机会都没有，他们找不到工作，在城市流浪，成为城市安全的隐患，也是城市犯罪率升高的根源。清风街的两个带着八磅锤的农民，想去州城务工，但"这两个人后来去州城为人拆旧楼真的没有挣下钱，就在州城里拦路抢劫，被公安局抓起来坐牢了"。老实巴交的羊娃，为了抢二百元钱，"半夜里到一户人家去偷盗，家里是老两口，被发觉了就灭人家的口"。外出务工成就了一批人发家致富的梦想，但更有一大批人承担着巨大的风险甚至是生命的危险。"回来的，不是出了事故用白布裹了尸首，就是缺胳膊少腿儿"，就算是意外死亡也只能得到很少的赔偿金。白路在建筑队被砖头砸成重伤，本来还有救活的希望，但包工头担心留下后患不愿及时抢救干脆让他死掉，结果赔款六千元了事。其他外出打工的人正如《秦腔》后记中所写"村镇出外打工的几十人，男的一半在铜川下煤窑，在潼关背金矿，一半在省城里拉煤、捡破烂，女的谁知道在外边干什么，她们从来不说，回来都花枝招展。但打工伤亡的不下十个，都是在白木棺材上缚一只白公鸡送了回来，多的赔偿一万元，少的不过两千，又全是为了这些赔偿，婆媳打闹，纠纷不绝。因抢劫坐牢的三个，因赌博被拘留过十八人，选村干部宗族械斗过一次。抗税惹事公安局来了一车人。村镇里没有了精壮劳力，原本地不够种，地又荒了许多，死了人都熬煎抬不到坟里去……"①这就是清风街的现状，也是当代中国农村的一个缩影。以土地耕种为主要生产方式的传统生活方式，正在无

---

① 贾平凹：《秦腔》，作家出版社2005年版，第562页。

可挽回地走向衰败，这怎么能不令以夏天义为代表的这一代视土地为生命的农民痛心疾首呢："天底下最不亏人的就是土地啊，土地却留不住了他们！"他们替后辈人担忧："后辈人都不爱了土地，都离开了清风街，而他们又不是国家干部，农不农，工不工，乡不乡，城不城，一生就没根没底的像池塘里的浮萍吗？"在家务农的如武林、瞎瞎等人，虽然辛辛苦苦、勤劳节俭、老实本分，但生活仍然极为贫困，而那些不依靠土地的如办砖厂的三踅、开酒楼的夏雨、从河南来清风街做生意的马大中，还有在省城捡破烂的俊德一家，他们不耕种、不从事农业生产，却经济宽裕，生活美满滋润，吃香的，喝辣的，玩好的。"种庄稼种不好，一家人倒光堂了"，如此情形，势必让传统的完全依靠农耕的自给自足的自然经济受到沉重打击。

"在中国占主导地位的传统文化，无论是物质的，还是精神的，都是建立在农业生产的基础上的。"[1]农耕经济的持续性造就了中国文化的持续性。传统农业的持续发展保证了中华文明的绵延不断，使其具有巨大的承受力、愈合力和凝聚力。农耕经济的破坏，势必对中国传统文化的持续性造成伤害，中国传统的农耕经济的日益解体，势必让中国的传统文明也随之受到巨大的冲击。在这种情况下，我们是否能够保持住我们固有的根，保持住我们古老优秀的传统文化，是一个令人深思的问题。

三、传统道德的沦丧

随着秦腔急剧衰落和传统生活方式的迅速改变，传统道德沦丧，尤其是商品经济的日益发展，唯利是图、一味追名逐利之风盛行，人心不古，世风日下。

"在中国传统道德的发展中，虽然出现过许许多多的道德规范，加之体系也呈现出多元取向，十分复杂，但仁、义、礼、智总是主体……可以说，仁、义、礼、智就是'中国四德'。"[2]夏家的老一辈"兄弟四人，按家谱是天字辈，以仁义礼智排行"，显然，这是一个深受传统文化尤其是儒家文化影响的家庭，讲究的是孝道和互敬互爱。为了母亲长寿，"大哥夏天仁每晚夜深也在院中设香案祈祷：愿减自身寿命十年，以增母寿"，虽然不一定真的给母亲增加了寿命，但此

①　张岱年、方克立：《中国文化概论》，北京师范大学出版社2004年版，第21页。
②　张岱年、方克立：《中国文化概论》，北京师范大学出版社2004年版，第225页。

等孝心却着实令人感动。"夏家老弟兄四个的友好在清风街是出了名的，但凡谁有个好吃好喝，比如一碗红烧肉，一罐罐茶，春季里新摘了一捆香椿芽子，绝对忘不了另外三个。"他们几兄弟"一辈子没有吵闹过，谁有一口好的吃喝，肯定是你忘不了我，我也记得你"。夏天仁去世后，其坟墓被雨水冲坏，是夏天义与夏天智去帮他修好的。夏家以前是一个和睦团结、相亲相爱的大家庭，例如每年过节，老一辈是轮流在各家吃饭，"夏家从四个兄弟分锅另灶的那年起，年年春节都是轮流吃饭的，尤其是三十的年饭。形成的规矩是：夏天义夏天礼夏天智先到夏天仁家，在那里吃肉喝酒了；然后到夏天义家，夏天义家的红白条子肉做得最好；吃罢了再到夏天礼家，夏天礼拿手的是葫芦鸡，这是夏天礼在乡政府学到的一门手艺，一年就显摆这一次。最后夏天智催促大家快去他家，因为他家的饭菜差不多都热过几次了。在夏天智家一直要吃到半下午，饭桌子撤了，继续熬茶喝"。他们长幼有序，谦恭礼让，讲究的是一个喜庆祥和的气氛。但这个大家庭也由于种种原因出现了裂缝，"明年这三十饭就吃不到一块了，人是越来心越不回全了"。那种大家庭相聚一堂热热闹闹过大年的场面再也难以看到了。其中，传统的家庭伦理道德观念、亲情观念日益淡薄可以说是其中最为主要的原因。

清风街传统道德的沦丧主要表现在以下几个方面：

首先，孝道的沦丧，亲情的丧失。"传统文化中占主要地位的儒家以'仁'为核心，孔子曰：'孝弟也者，其为仁之本与！'所以为仁要从最基本的亲亲原则——孝道开始。但作品中夏天义五个儿子在对待老人问题上的表现，却处处与孝道背驰。"[1]夏天义的五个儿子、儿媳都不孝敬父母，"不如旁人路人"，二婶的眼睛得了白内障，本可治愈，几个儿媳不但不治，还嫌弃她"干不了活还碍手碍脚"。儿媳对婆婆从来没有好言好语，以至于上善都教训起她们来。另外，庆玉、庆金、庆满和瞎瞎竟然连规定的基本口粮都不肯交给父母，四叔夏天智出面才极不情愿地将口粮交齐。夏天义要到七里沟淤地，想用家中的红木桌子换拖拉机以提高劳动效率，但被庆玉横加阻挠干涉，惹夏天义怒火中烧，一气之下，用斧头劈烂桌子，父子因此反目。夏天义被山崩埋在七里沟后，儿子儿媳为处理后事的钱财费用问题闹得不可开交，完全不顾父子兄弟之情。另外，夏

---

① 刘同兵、王治国：《真实的乡村迷茫的情感》，载《商洛学院学报》2008年第1期。

天礼的儿媳对公婆也不是很好。秦安生活不能自理之后，其妻听算命的说还能活四五年，不念及夫妻情深，反倒呜呜大哭，担心自己受罪。

其次，奢侈腐化之风盛行。为招待县商业局局长一行，用的食品如下："熊掌一只，盐二斤，醋一斤，面粉五十斤，菜油五斤，鸡十斤，大肉十斤，鸡蛋十斤，土豆五十斤，萝卜三十斤，鱼十斤，排骨十斤，木耳一斤，蕨菜三斤，豆腐十斤，味粉一斤，大小茴一斤，花椒一斤，白菜五十斤，米五十斤。""东头刘家的饭店，仅仅是乡政府去年就吃了四万元。"县里领导来乡检查，抽的烟是"红中华"，用厨师书正的话来说，"这一根纸烟抵一袋子麦价哩"。为迎接领导检查，吃山珍海味，喝高档酒，抽高档烟。领导们名义上为检查，实为吃喝玩乐，鱼肉百姓。我们也可从"万宝酒楼没万宝，吃喝嫖赌啥都搞"等民谣中了解腐败奢靡之风。

再次，追名逐利之风盛行。雷庆开班车，其妻梅花只重钱财，不重乡情，生活困苦的秦安和妻子去省城治病，梅花硬是逼收全部车费。乡长为保伏牛梁退耕还林示范点的成绩及自己能够顺利升官，不惜逼死可怜的狗剩，后来"乡长极快地按程序提拔上调到了县城"。"过风楼乡实行村委会民主选举，两大家族间起了械斗，数百人打成了一锅灰。再是大油门镇派出所为了筹资盖宿舍楼，给警察分配处罚款数，一女子就以卖淫罪被抓了罚没三千元，那女子不服上告，结果经医院检查，女子的处女膜完好无损。到了夏季，雍乡小学才盖了一栋教学楼却塌了，当场死伤了六个学生。"为了名利，不惜诬蔑好人；为了钱财，制造豆腐渣工程，让学生受害。可以说，为了钱财，人们已经到了丧心病狂的地步。

还有，淫乱之风、偷扒盗窃之风、打砸抢劫之风等不良风气日益严重。淫乱之风如庆玉和黑娥长期保持不正当的男女关系，为此庆玉不顾父母兄弟及其他人的反对，一意孤行，抛弃结发之妻菊娃和女儿，与黑娥结婚。陈星和翠翠勾搭在一起，夏天智去世，作为侄孙女的翠翠回家奔丧，不顾家族礼仪与陈星偷偷"光着下身在那里干事"，令人痛心的是"鞋铺传来了吵架声，好像是为了钱，翠翠骂骂咧咧跑了过来"，原来翠翠与陈星之间所进行的是一场钱与性的交易。三蜇和白娥有染，村干部上善和金莲也有着不干不净的关系。万宝酒楼上吃喝玩乐一条龙服务，其中就有妓女等服务，村支书君亭就被妻子捉奸在床。西街老韩头的女儿据说也是靠卖淫才发了财。金莲侄女在马大中的支持下开的职业介绍所，表面上是介绍女子出外务工，其实也是介绍她们从事卖淫等不正当的行业。"从事不良职业，就坏了清风街风气，而且人心惶惶，都不安心在清风街了。"

偷扒盗窃之风、打砸抢劫之风盛行，如清风街两个带着八磅锤的农民，想去州城务工，但"这两个人后来去州城为人拆旧楼真的没有挣下钱，就在州城里拦路抢劫，被公安局抓起来坐牢了"，"清风街的人偷什么的都有，有偷别人家的庄稼，偷萝卜，偷鸡，偷拿了大清寺院墙头上的长瓦"。正是在这种氛围影响下，原本老实巴交的羊娃，偷盗了二百元钱，被发觉后竟残忍地杀害了手无寸铁的两个老人。"东川镇八里村破获特大盗窃自行车案，八里村二百零七户而一百九十八户都曾有过从省城、州城偷盗自行车的劣迹，八里村从此称作偷盗自行车专业村。"① 前有一村民哄抢翻倒油罐卡车所装之油趁火打劫之事，后有哄抢集体鱼塘之鱼的事件，再后来有聚众闹事集体抗法等事件。种种不良风气严重扰乱了人心，清风街已不再民风古朴，变成了一个物欲横流、乌烟瘴气的是非之地。

四、小结

贾平凹以一个作家独特的敏锐的眼光，捕捉到社会的这些方方面面，反映了"现代文明与传统文化的冲突"②，也反映了作家对传统文化日益没落的隐忧和担心。他通过作品提醒我们，现代化要进行，社会要进步，经济要发展，但在这个过程中所显露出来的对传统文化的冲击也是巨大的，既要进步，也要保护好传统文化，守护好精神家园。

正如王德威教授所言："作者借陕西地方戏曲秦腔的没落，写出当代中国乡土文化的瓦解，以及民间伦理、经济关系的剧变。"③ 与其说《秦腔》写出了现在农村经济的衰败，不如更确切地说是写出了传统文化，尤其是传统乡土文化的没落。

《秦腔》，好一曲传统文化没落的挽歌！

（原载《商洛学院学报》2009 年第 5 期）

---

① 贾平凹：《秦腔》，作家出版社2005年版，第480页。
② 李兆虹：《两种文化视野　两种审美倾向》，载《商洛学院学报》2007年第1期。
③ 韩鲁华主编：《〈高兴〉大评》，陕西人民出版社2008年版，第725页。

秦腔声里知兴衰

——论贾平凹作品中秦腔与文化的映照关系

程 华 李荣博

秦腔是西北地区发源最早的民间戏剧，颇受地方人民喜爱。一般人仅止于传唱，而陕西文人却常用秦腔架构故事详写人物。对贾平凹而言，秦腔是他的知己，秦腔声中有某种与其生命相似相通的东西，因而成为贾平凹感知社会文化变迁、摹写世态人心的一个重要的凭借物。作为生活在当代的作家，贾平凹特别注重社会改革、时代潮流对民族文化心理和性格的冲击，并在作品中通过秦腔的变迁来透视社会文化的发展流变。秦腔在贾平凹的作品中，是西北地方民间文化的承载和民间精神的外化。从 20 世纪 80 年代的散文《秦腔》到 21 世纪的小说《秦腔》，在日益衰微的秦腔声里，蕴含着民族的文化性格和心理结构在时代和社会变革中的巨大变化，折射出不同时代下的社会文化和人们的精神世界的流变。

一、贾平凹早期作品中秦腔表征的文化意义

贾平凹第一次完整意义上写作秦腔，是 80 年代初的散文作品《秦腔》，他并没有在文章中仔细介绍这个作为西北地区发源最早的民间剧种的渊源、剧目，而是将其看作西北民间文化的象征。

> 每到农闲的夜里，村里就常听到几声锣响：戏班排演开始了。演员们都集合起来，到那古寺庙里去。吹，拉，弹，奏，翻，打，念，唱，提袍甩袖，吹胡瞪眼，古寺庙成了古今真乐府，天地大梨园。导演是老一辈演员，享有绝对权威，演员是一家几口，夫妻同台，父子同台，公公儿媳也同台……排演到什么

时候，什么时候都有观众，有抱着二尺长的烟袋的老者，有凳子高、桌子高趴满窗台的孩子。庙里一个跟头未翻起，窗外就哇的一声叫倒好，演员出来骂一声：谁说不好的滚蛋！他们抓住窗台死不滚去，倒要连声讨好：翻得好！翻得好！更有殷勤的，跑回来偷拿了红薯、土豆，在火堆里煨熟给演员作夜餐，赚得进屋里有一个安全位置。排演到三更鸡叫，月儿偏西，演员们散了，孩子们还围了火堆弯腰踢腿，学那一招一式。

这是贾平凹在散文《秦腔》中的一段描写，集中说明秦腔在西北地区农村中是有广泛的群众基础的。"秦腔，又称乱弹，为我国现存最古老的剧种，是在古时陕、甘、宁一带民间歌舞的基础上逐渐发展形成的。它产生于民间，能够生动地反映出人民的愿望、爱憎、痛苦和欢乐，反映他们的生活和斗争。"[1]作为西北最具代表性的地方剧种，秦腔铿锵有力，声如嘶吼，犹如西北人的性格，豪迈粗犷。产生于这块土地上的秦腔，也最能寄托这里老百姓朴素的情感。它的本嗓唱腔激烈昂扬，毫无保留地吐露人们的七情六欲，痛苦的时候，老百姓唱慢板，悲痛的音调如泣如诉；高兴的时候，老百姓唱快板，好像胸腔中有烈性炸药要炸掉整个肺腑一样，"广漠旷远的八百里秦川，只有这秦腔，也只能有这秦腔，八百里秦川的劳作农民只有也只能有这秦腔使他们喜怒哀乐"[2]。可以说，秦腔是秦人生命的交响，是秦人精神意志的直抒。秦地人性格刚烈豪放，能受苦、善忍耐的生命气质和精神意志在秦腔的嘶吼中得以尽情展现。

八百里秦川黄土飞扬，三千万人民吼叫秦腔。秦声，之所以是承载西北地方人民生命和情感的声音，是因为它是在黄土高原的沟沟坎坎上生长出来的农耕文化的产物。与其他地方戏剧相比，秦腔是土秦腔，演员来自这块土地上的本土民众，听众也是在这块土地上摸爬滚打的农民，演唱方式都是与土有缘的。在中国的各种地方性戏剧中，只有秦腔，最能代表在黄土中摸爬滚打的老百姓的感情和性格。土地中孕育着文化文明之根，无形中规范着人们的思维方式和行为方式。生活在土地上的人们的性格也有着土地的特点：朴素、诚实、厚重、坚韧、深沉。反过来，在农民中兴盛起来的民间艺术形式土秦腔，又以其独特的文化形态，将这种扎根于土地的文化观念，以老百姓日常习熟的方式固定下来。

---

① 王东明：《秦腔：黄土地上的苦乐歌》，载《中国质量万里行》2007年第2期。

② 贾平凹：《闲人》，作家出版社1993年版，第22页。

每每村里过红白丧喜之事，那必是要包一台秦腔的，生儿以
秦腔迎接，送葬以秦腔致哀，似乎这个人生的世界，就是秦腔的
舞台，人只要在舞台上，生，旦，净，丑，才各显了真性，恶的
夸张其丑，善的凸现其美，善的使他们获得了美的教育，恶的也
使丑里化作了美的艺术。

　　秦腔与老百姓的日常生活紧密融合。一年中的节日庆典，村子里红白喜
事，大多有秦腔助兴。秦腔不仅是西北地方民众传统的娱乐方式，更是一种民
间文化和传统文化的传承方式。传统秦腔剧目有七百多种，多以流传千古的历
史故事和民间故事为主，传统的仁义礼智和忠孝节义的文化观念和道德规范通
过秦腔剧目，以熏陶而非强制的形式深入老百姓的内心。"秦腔的基本剧目，演
尽人间忠孝节义，秦地人人得而歌之吟之。"①秦腔以秦地人民集体狂欢的演艺
形式融入人们的日常生活模式中，剧场和生活所形成的紧密互动构成文化和礼
仪在民间的独特呈现。秦腔，就这样传达着特定地域的礼乐文化，自觉不自觉
地承载着民间对忠孝节义观念的理解。

　　从来没有一个作家对秦腔的理解如贾平凹这样透彻。在贾氏看来，秦腔就
是这样一种和老百姓的生活须臾不可分的剧种，一定意义上已经成为老百姓民
间文化和精神特征的外化。贾平凹对秦腔的喜欢，一定意义上就是对西北地区
广袤雄厚的民间文化的认同。广袤的黄土平原，二愣的民众，刚劲的民间精神，
也只有在这样的环境下，才能产生雄壮的秦音；而只有唱着这样雄壮的秦音，
我们才能感受到秦地人民骨子里的那份刚健和豪迈。秦人性格的豪迈耿倔、忠
诚尽义、不知转弯，正是秦腔精神的外化；而只有这秦地人生发出的嘶吼的秦
音，才能最终代表秦地的文化和精神。

　　秦腔中所张扬的文化和生命精神，在贾平凹写于20世纪70年代末80年
代初的小说散文中也能深切地感受到。80年代的早期作品中，他塑造的就是生
长在这块土地上的劳动人民。他们的精神世界和性格特征，无一不带有秦地农
耕文化的特征。《天狗》中的李正性格耿倔，是典型的二愣民众的代表；《黑氏》
中的木犊善劳作，肯吃苦，能下大力气；《五魁》中的五魁性格不拐弯，心里热
烈地爱着柳家媳妇，却也能自我约束；《鸡洼窝的人家》中的回回，就像这大地

---

① 　韩鲁华主编：《〈高兴〉大评》，陕西人民出版社2008年版，第718页。

上的一块土疙瘩，视土为命，终日在这土地上劳作。这块土地上的男人们性格耿倔，不善变通，而女人们却柔美似水，善良温润。秦地人的性格和精神气质，我们很容易就能在贾平凹早期作品中的人物身上寻找到。

在贾平凹的笔下，随着改革开放和市场经济的发展，生长在这块土地上的劳动人民，也逐渐改头换面。人们的淳朴忠厚逐渐被势利圆滑所代替，人们逐渐脱离在土地上摸爬滚打的生活方式，走向城市。《高老庄》里的女人们集体离开农村去城市打工，代表人物苏红早已没有了月儿、烟峰的那份清明开朗，明显带上了商业文明冲击下产生的自私与狭隘。《怀念狼》中，城里的子明本想到农村寻找农耕文明下人性的美好与和谐，看到的却是农村里大范围的破败，农民淳朴善良的人性异化。在世纪之交的农村，贾平凹笔下再也难找其在20世纪80年代初所写的那种与秦腔精神连在一起的雄浑豪放。农村在败落，如同秦腔在没落。于是在2005年的小说《秦腔》中，贾平凹借西北地方民间戏剧秦腔的衰落，隐喻传统农村大范围的凋敝与衰亡。

二、贾平凹作品中秦腔衰亡没落的隐喻

在写作散文《秦腔》二十一年后的2005年，贾平凹写作同题不同体的小说《秦腔》，以一种密实的流年式的记叙手法，记叙在商品发展、物质利益的驱动之下，曾经高昂、激烈并维系老百姓朴素情感的秦腔逐渐衰微，与秦腔一起衰亡的是传统的民间精神和民间文化。贾平凹"借陕西地方戏曲秦腔的没落，写出当代中国乡土文化的瓦解，以及民间伦理、经济关系的剧变"[①]。

在小说文本中，我们处处可以感受到秦音衰落的印记，中星当上了剧团团长以后，为振兴秦腔文化，敲锣打鼓，送戏下乡，可是看戏之人却寥寥无几，作者写道：

> 中午演到最后，我往台下一看，只剩下一个观众了！可那个观众却叫喊他把钱丢了，说是我拿了他的钱，我说我在台上演戏哩，你在台下看戏哩，我怎么会拿了你的钱？他竟然说我在台下看戏哩，你在台上演戏哩，一共咱两个人，我的钱不见了不是你拿走的还能是谁拿走的？

① 韩鲁华主编：《〈高兴〉大评》，陕西人民出版社2008年版，第725页。

在这戏谑性的话语间，我们感受到作者对秦腔这一民间艺术观众丧失、命运衰败的无奈。对比以前秦腔在农村的受欢迎程度，这一民间艺术气数已尽的命运昭然若揭。秦腔不再是新一代农民的生命体验，雄壮苍劲的秦腔在现代社会中逐渐沦为替村民送葬的挽歌。

秦腔成为一种与农业文明相联系的精神情感的载体，是传统文化的精神符号。在农村社会的转型和传统农业文明的衰落中，它也走向了自己的衰落，并与传统思维方式、传统观念的衰落同步。秦腔的命运成为乡村文化命运的象征。对秦腔衰亡命运的揭示，作者主要通过作品中的主人公白雪和夏天智这两个人物来强化。

在小说文本中，作者塑造了一个美丽动人的秦腔演员白雪。如同贾氏20世纪90年代后期的其他小说一样，作者在这些人物身上，并不是突出去表现人物的性格和命运，人物更多代表的是一种生命精神和文化意蕴。白雪的美丽善良、贤惠大方，并不是白雪形象的旨归，在小说中，白雪是作为秦腔文化的精髓和秦腔文化的守护者而出现的。白雪的美丽风采喻示着秦腔的风神，引生对白雪的痴迷，一定意义上是对世纪末逐渐走向消失的民间文化的怀念和痴迷。世纪末，经济一体化发展，卡拉OK、流行歌曲、电影电视，种种时新的艺术形式和媒介席卷乡村。秦腔剧团解散，秦腔演员流落到各地，走村串户为红白喜丧搭班唱戏。秦腔，这个民间的地方戏剧逐渐遭到冷落。白雪坚持秦腔表演，并为坚守秦腔而与夏风离婚，白雪对秦腔的坚守在商品经济大规模发展的现代农村无疑是无望的、徒然的。白雪的悲剧命运，隐喻着秦腔必然衰亡的历史命运。

夏天智是作为秦腔文化的最后一代痴迷者而出现的。夏天智爱听秦腔，而且，夏天智用自己的方式传承秦腔文化。他酷爱画秦腔脸谱，但正是这秦腔脸谱，恰恰象征着这个曾经在民间辉煌一时的民间戏剧已不断"物化"为民间艺术。当最后，所有的人已经不再喜欢听秦腔，而只是通过所谓的"脸谱"臆想这个戏曲曾经具有的风神，这个文本中普通的秦腔道具，传递出来的是秦腔不可挽回的没落的命运。在小说的结尾，夏天智去世时，出现了大段大段的秦腔曲谱，这是在为热爱秦腔的老人送葬，同时也是在为秦腔送葬，当这些深蕴着民族文明的曲调悲怆地响起时，我们也正在与一种传统文化，一种传统的生活方式告别。夏天智，连同他喜爱的秦腔一起被掩埋在历史的过往的岁月中，作者在叙述中，字里行间充满着对"行将失去"的无奈和叹惋以及无可挽回的悲悯。

和秦腔一同衰亡的，是传统乡村所固有的耕读传家、仁义礼智等传统文化观念和道德标准。老一辈的夏天仁、夏天礼、夏天义、夏天智，其名字本身就象征着传统文化的核心精神，仁、义、礼、智、信等传统民间精神的积淀随着老一辈人的入土而湮灭，"仁义礼智"的消逝，象征着中国文化的传统走向衰落。传统的乡土文化在商品经济迅猛发展的今天，正在发生变异和转型。传统的文化在衰落，传统的乡村生活秩序在瓦解，乡村传统价值受到了动摇。具体在文本中，淳厚朴实的民风，尊老敬贤的传统，已成为农村的过去式。清风街的现实是儿女不愿赡养父母，兄弟为鸡毛蒜皮小事争吵，干部多吃多占，农民们的精神变得空虚，嫖赌、自私、势利、懒散等不良风气抬头。夏天义的五个儿子，为奉养老人发生争执，陈星和夏天义的孙女翠翠公然私通。夏君亭为招商引资，在村镇开辟了新的农贸市场，市场上新建了酒楼，酒楼上公然出现了三陪女郎。拜金意识甚嚣尘上，美好人情人性失落，人际关系由初期的人情维系变为利益算账。这一切，都说明了与古老秦腔艺术一同溃败的，还有传统的价值观念和素朴的民风民情。现代农村正呈现另一种"荒芜"，就是精神层面上和文化层面上的衰败。

二十年前的散文《秦腔》中，秦腔作为西北地区民间文化的表征物，被老百姓们热烈地爱着。秦腔中深层的乡村文化价值和精神，也被老百姓们口耳相传、躬身践行着。二十年后，中国的社会经济迅速发展，商品经济以及其所裹挟的商业文明冲击着传统乡村文化，曾经的乡村文化奇葩秦腔，作为一种与农业文明相联系的精神情感的载体，作为传统文化的精神符号，在传统农业文明的衰落中，也走向了衰落。如同《废都》中"塬"的文化意蕴一般，秦腔的命运成为乡村文化命运的象征。秦腔的衰亡喻示着传统乡村文化、价值的衰亡。可以说，《秦腔》正是作者在农耕文化衰落的当代背景下对农民命运的忧虑，对民族心理和个体人性失却文化根基的反思。

三、秦腔与文化的映照：批判性的反思与迷惘的想象

从散文《秦腔》到小说《秦腔》，社会发展更替三十年，这三十年是中国改革开放的三十年，是商品经济快速发展的三十年。经济的发展，带来的是人们社会观念和心理结构的变化，撼动着最为扎实的传统文化和素朴的礼仪道德。兴衰更替，怎样在现代观念的变迁中融合传统，不仅仅是文学艺术观念问题，

更是社会以及人们思想内部最深刻的问题。

　　人在社会现代化和经济市场化的过程中，逐渐趋于"利"而舍去"义"，从而导致了现代性的野蛮。"现代性的野蛮是从人类为自己谋利这个角度来讲的。现代性所有的义，是用利来解释的，义是相对的，利是绝对的，是最高原则，资本主义是有史以来最激烈的社会思潮，它摧毁过去的一切，使世界荒原化和简单化。"[①]唯利的市场观念，使人的欲望膨胀。而此时，"理性在运用的过程中失去了其目的，沦为工具理性，成了满足人欲望的工具，跟意义、价值无关了"[②]。但以利为本的工具理性解决不了人的生命意义何为、"人为什么活着"等终极问题；工具理性也离美好的人性、人情愈来愈远，人的素朴的道德情感被人的私利欲望控制。这是近代以来人类道德的堕落、社会的邪恶和苦难的根源。作为现代知识分子的贾平凹，他看到了社会剧变过程中人们思想观念的更替，在传统观念与现代意识的碰撞中，他唯有通过文学作品反思现代文明。

　　如果我们对贾平凹的文学创作进行梳理，就会发现，20世纪80年代早期，作者关注社会变革，并对改革取认同态度；20世纪90年代以来，在他的《土门》《怀念狼》等作品中，贾氏在更为广阔的城乡文化的发展变迁与矛盾中注视乡村的变化，贾平凹眼见城市商业文明以强大的力量大规模侵占乡村，导致乡村中那些曾经的落后和美好一起消失。贾氏站在知识分子的立场上，批判现代文化的过度发展，同时反思传统乡村文化在逐渐走向衰亡过程中的裂变，企图在城市文明与乡村文明的融合与发展中对新世纪的农村现实进行迷惘的构建。2000年后的《秦腔》，作者写在现代化和城市化进程中，负载诸多价值和文化的传统乡村已逐渐消失，一起消失的，还有表征地域文化精神奇葩的秦腔。

　　在小说《秦腔》中，引生对白雪的痴迷就是对传统秦腔文化的痴迷，引生自断尘根的行为，其实是一种阉割的细节隐喻。阉割即无根，引生是通过这种极端的行为传达他对时代和现行体制的拒绝和不接受。秦腔作为精神的表征、美好道德的象征，在现代清风街已荡然无存，却存在于作者的记忆和想象中，以及对过去生活的怀念中。作为一种戏剧，一种声音，秦腔是必然要消失的，同时，作为一种曾经的精神的象征，却永远成为贾平凹内心深处的眷恋。对秦腔的眷恋，其实是作者回望传统，寻根于传统的文化反思与想象。

---

①　张汝伦：《狂者的世界》，载《南方人物周刊》2012年第13期。
②　张汝伦：《狂者的世界》，载《南方人物周刊》2012年第13期。

秦腔作为地方戏剧，它的传统剧目演绎的是中国儒家文化所信守的传统的礼乐观念。传统礼乐观念在民众中传播的主要手段是教化，教化不同于强制，强调文化的认同。费孝通先生认为，中国乡土文化的核心就是"无讼"，这是因为乡土的主要秩序是礼治秩序，"维持礼治秩序的主要手段是教化，而不是折狱"①。维持礼俗的力量不在于身外的强制，而在于身内的良心。传统的克己复礼、修身齐家等道德的自律就显得很重要。对仁、义、礼、智、信等传统道德的认同成为一种在社会更替中礼教延续下来的方式，从而将道德安置于每个人的内心。这与政治性的强制是不同的，"凡是被社会不成问题地加以接受的规范，就是文化性的；当一个社会还没有共同地接受一套规范，各种意见纷呈，求取临时解决办法的活动是政治"②。毋庸置疑的是，只有在变化很少的社会里，文化才会是稳定的。中国传统自足自给的农耕生产方式，是一个相对稳定的生存大背景，在此基础上诞生的是相对稳定的传统农耕文化和乡土观念，乡土观念中的核心即是耕读传家、仁义礼智、修身养性等道德规范和伦理要求。秦腔是农耕文化的派生物，它蕴含着秦地农民的文化潜意识，是农民发抒情感的重要形式。作为传统农耕背景下生长的民间艺术形式，其演绎的内容大多体现了农民的价值观念、道德体系和审美情趣。

当社会发生剧变，传统农耕文化这一根基衰落的时候，秦腔也不可避免地走向了衰落。旧的文化走向衰落，新的文化还未生成，贾平凹在《秦腔》后记中如是说，在商品经济大潮的席卷之下，失去了传统文化根基的农民就像一群鸡，羽毛翻皱，脚步趔趄，如同被拔掉的树木，抖掉根须上的泥土，栽在哪儿都难活。如同树木失去了丰厚的土壤，农民们在商品经济快速席卷农村的背景下，失去秦腔，如同失去了存在的文化土壤。在世纪之交的 2000 年，贾平凹怀念狼。有狼的日子，虽有狼患，但人与人是有情的，没狼的日子，没有了狼患，人却变得如狼一般。有秦腔的日子，老百姓的情感世界是丰富的，没有秦腔的日子，虽然物质生活变好了，可精神世界却荒芜了。

贾平凹怀念秦腔，如同沈从文怀念乡间质朴的民风民情一样，其实质并不是一种消极的对现实的抵抗，而是心怀忧戚，包含文化的反思与重建的文学想象。怀念作为一种态度，传达着贾平凹对商品经济裹挟着的唯利观念的批判，

———————————

① 费孝通：《乡土中国》，北京出版社2005年版，第78页。

② 费孝通：《乡土中国》，北京出版社2005年版，第79页。

同时也是希冀在簇新的物质文明的高度发展中，在全球商品经济一体化的进程中，借鉴中国传统文化的优质因子，将传统的仁义礼智等礼乐教化的观念与现代的重利两者优势互补，拓展具有中国特色的农村文化的精神生长空间。

（原载《渭南师范学院学报》2012 年第 11 期）

宏观研究

HONGGUAN YANJIU

论《秦腔》的现实主义艺术

陈思和

到现在为止，我一共读了三遍《秦腔》。每一遍阅读，都有一种撕裂心肺的震撼，但又觉得讲不清楚内心的真实感受。所以，每次关于《秦腔》的研讨会我都去参加，但总是含含糊糊地表达不清自己的意见。直到这次去香港浸会大学参加世界华语文学的大奖评奖，我才不得不强迫自己认真梳理一下对这部作品的感受。我终于认识到，《秦腔》是近年来最优秀的现实主义作品之一，它改变了我头脑中由于以往传统理论对现实主义文学的误读而造成的偏见，它以扎实的创作实绩，促使我对现实主义文学进行重新思考和认识。

现实主义：法自然、细节的展示、时代信息

20世纪90年代以来，人们越来越不满足于当下的文学创作，大致的批评意见无非是文学在当下生活中的影响力越来越小，而作者越来越关注个人的日常感受，缺乏对时代与当下生活变化的更大的关怀。这种批评意见的背后隐藏了一种没有明说的情绪，那就是对于传统的贴近现实生活、批判某种社会倾向的现实主义文学的怀念。事实上，90年代以来的文学创作也在有意无意地调整文学与生活的关系，被批评界关注的文学思潮就有新写实主义、现实主义冲击波、反腐倡廉官场小说，以及最近流行的新左翼文学，等等。这些创作思潮的兴起，或多或少也是与传统的现实主义文学观念有关。我是一向对这样的意见不以为然的。因为我觉得，文学本来就应该从个人在生活实践中的具体感受出发，只要是真诚的经验感受，总会触及时代的某种真相以及面对生活真实的情绪反应。而传统对现实主义文学的理解中，恰恰隐含了对生活真实的相反的理解。众所周知，在以往对现实主义文学的经典注释中，生活真实与艺术真实是区分开来的，而区分两者的标志则是抽象的本质论。似乎只有诠释意识形态化的生活本质，才是符合现实主义真实观的。这种诠释抽掉了衡量真实的最基本

的现实依据。现实主义文学在贴近生活的同时必须解释生活，也就是必须把生活本质化和意识形态化。这种历史观与真实观决定现实主义文学不可能真正地选择日常生活细节来解释生活真相，而只能以典型化的方式，在生活细节中灌注意识形态的思想原则，进而来描绘当代生活的真实画卷。这样的文学创作当然会陷入主题先行或者概念图解而舍弃丰富的日常生活细节的误区。这样的思维定式决定了当代文学似乎只能在两种对立的倾向中选择：要么，坚持现实主义原则而主题先行，本质决定一切；要么，舍弃本质，回归到肉身的感觉，在私人感情生活中找到可靠的真实，而怀疑一切社会生活的真实。

然而我们还是在期待真正关注社会真实的大作品大气象出现，也就是，期待着能够将日常生活细节和社会发展趋向有机结合起来的现实主义力作出现，不仅仅用文学来再现无限丰富的日常生活细节，同时通过这些细节来揭示当代社会生活的主要特征及其趋向。《秦腔》正是在这一点上极大地满足了当代读者的精神需要。贾平凹根据故乡陕西丹凤棣花街的乡村日常生活场景，虚构了清风街这一民间社会，描述近十年来中国农村经济的破败、古老的土地观念的改变、农民劳力向城市流散、市场经济和商品观念在农村的渗入等等，几乎没有完整的故事、情节和人物。清风街的居民们度年如日地一天天活下去，有几个人小奸小坏，有几个人钩心斗角，在这过程中有的人死了，有的人走了。作家怀着极其矛盾的心情，既为农村经济文化的迅速衰败而痛心，又用一种无可奈何的心情看着农民怀着朦胧希望走向都市，开始新的生活历程。于是，正如司马长风评论沈从文的《长河》时所说的那样，"无边的恐怖"就慢慢地接近了。作家几乎没有正面阐述自己的观点，但他把当下农村颓败的大趋势，通过包罗万象的乡村日常生活细节极为生动地描绘出来，而且深深寄托了作家本人的倾向和同情心。

贾平凹的创作，让人想起沈从文。从某种意义上说，贾平凹是沈从文的重复和延续。沈从文笔下写出了湘西的美好，之所以美好，并不是环境的文明，而是一种人性的自然与和谐。但沈从文的创作中有两个现象不怎么被人关注，一是沈从文笔下的湘西还有其原始、野蛮、血腥的一面；另一个是他在抗战时期写出了农村社会加速破败的大趋势。这两点都可以归纳为现实的残酷性，也就是沈从文本来要在《长河》里深入描写的"无边的恐怖"。后来沈从文没有机会再写下去，而贾平凹则成功地把沈从文没走完的路接着走下去了。通常我们所理解的现实主义作家，努力把握的是社会历史的发展旋律，而沈从文、贾平凹们的现实主义则是努力感受天地自然的运作旋律。读这部小说的感觉，就像是早春时节你走在郊外的田野上，天气虽然还很寒冷，衣服也并没有减少，但是该开花的时候就开花了，该发芽的时候就发芽了，春天就这样突然地来到了。《秦腔》所描写的正是这样的感觉，自然状态的民间日常生活就是那么一天天地过去了、琐琐碎碎地过去了，而历史的脚步早就暗藏在其中，无形无迹，却是那么地存在了。这是真正的现实主义艺术的魅力。就如曹雪芹创作伟大的《红楼梦》一样，家族史无须用来印证具体历史的真实事件，反过来是用现实主义的力量揉碎了现实生活中无数细节，再创造出一个更加完整更加和谐的艺术世界。这样的现实主义，是天地的、自然的现实主义，也是最有力量的现实主义。

贾平凹的现实主义，是法自然的结果。人世也是一种自然，但一般的现实主义艺术描写人世社会，总是先形成对这个社会本质性的看法，并要求艺术通过描写人世间的故事来展示其抽象本质。这就是人为的故事，也是历史的哲学的现实主义，其效法的不是自然状态的人世社会，而是意识形态的人世社会。《秦腔》所描绘的是自然形态的人世社会。当然不是说，清风街是与世隔绝的桃花源，恰恰相反，它的故事集中反映了近五十年来中国农村文化经济的变迁史，集中反映了市场经济在农村渗透后给传统农业经济及其伦理文化所带来的后果。这样的故事，如果带有一点意识形态的观念去描写的话，就可能变成农村的两种思想形态的冲突，如贾平凹在20世纪90年代所创作的《腊月·正月》《鸡窝洼的人家》等作品，基本上是沿着主旋律的调子刻画农村。而《秦腔》则不同，夏天智的形象多少也有一些《腊月·正月》里韩玄子的痕迹，但是两者内涵不可同日而语。自然状态的人世社会，我指的是真实无讳地把当下社会的自然面貌记录下来，就像近年来流行的私人日记的出版，取其流水账似的表述方法，日复一日地把日常生活的本来面貌展示出来。你当然可以揭露这种流水式的叙述本身也有主观视角和虚构成分，但它在创作思维上有明显的与传统现实主义创作不同的特点：作家在文本里不直接展露意识形态和倾向性很强的主观分析，不编造曲折离奇的故事情节和悲欢离合，不塑造有鲜明性格的典型人物，也不给人物清晰的道德评价。作家有意隐身于叙述者背后，让叙述者以一个"疯子"（不自觉的特异功能者）的视角口吻来叙述。在后记里，作家明确地说明这部小说是要为自己故乡的父老树碑立传，但是在小说叙述中作家的身份始终是暧昧的。《秦腔》与传统现实主义的唯一纽带是大量的日常生活细节，而且让生活细节占据清风街叙事的大部分画面。日常生活细节构成了日常生活场景，由场景反映出人世变迁的一切现象。这就是我所归纳的贾平凹的法自然的艺术原则。

如果说，沈从文在他的湘西社会的艺术世界中还是刻意描写自然状态的桃花源（其实沈从文到了抗战以后描写的人世已经不是纯粹的自然状态了），那么，贾平凹的《秦腔》已经把现实社会的人世故事自然化了。只要是日常的，便是自然的，也是真实的，它多少能够折射出社会变迁的某些规律。所以，要求作家有一个对生活总体的看法其实是没有必要的，忠实于生活细节真实的人，本身也在感受生活的总体，并不存在一个外在于生活细节的生活"总体"。这样的创作方法，在贾平凹的创作道路上，至少从《废都》的写作就开始了。贾平凹出身乡村，为人木讷，看似旧式文人习气颇重，其实他对时代信息与社会现实非常敏感，时有尖锐的批判思想产生，而且敢于坦率表露。只是他的敏感与尖锐都来自他亲身感受时代，不赖于外来的流行思潮，为一般以精英自居的伪士们所不逮。在20世纪80年代，贾平凹的创作基本沿着主流思潮而行，意象清楚，但在文化寻根的探索中已经走上特立独行的路径。他四十岁写《废都》，本来已是不惑之年，什么事情都该弄清楚了，可是他感觉到什么都不清楚了。他以前预测的生活景象，也不是他个人的理想，而是整个知识界的理想，现在全部破灭了。人是在理想破灭以后才会坚定起来的，这个坚定就导致了他还原自身，或者说，还原自己的肉身感受，重新来摸索真实。我非常佩服《废都》把一个时代的心理苦恼全部写了出来，运用的艺术方法，又是他独特的惊世骇俗。以后他渐渐地沿着这条道路写下去，《秦腔》达到了难得的高度。

在香港评奖时，曾有一位香港学者评价《秦腔》时用了左拉的自然主义来说明他的感受，但是左拉的自然主义的历史观是用当时流行的遗传学的科学成果来解释社会与人性的变化规律，仍然有主题先行的痕迹。贾平凹在使用大量生活细节这一点上与自然主义文学相通，但是他的思想和历史观始终停留在生活细节的真实之上。其实，生活细节本身是丰富的，含蓄的，只要作家不是故意用意识形态去筛选它和歪曲它，只要紧紧抓住细节本身，便能够完整地表现出社会与人性的丰富。比如，小说里有一个场景是描写清风街村干部开会，主任君亭提出建立农贸市场，支书秦安却坚持上一届班子的淤地设想。这个场景写得不好就会变成一种理念甚至某种路线政策的冲突，不是东风压倒西风，就是西风压倒东风，许多传统现实主义文学碰到这种场景多半是写成了滑铁卢。而《秦腔》里这一场会议写得非常饱满和精彩。君亭满腔激情地演说，秦安以柔克刚，打太极拳似的反对，而余下人员个个都在两边观望，装聋作哑，会场里一会儿有人拍死蚊虫，一会儿有人翻倒水杯，还有人吐痰吐到窗外去。中间穿插了一段老鼠窜进稻草堆引起火灾，众人扑火、吵架，还穿插了叙述者回忆前任领导夏天义的权威，等等，万花筒般的生活现象，林林总总呈现出来。但仔细分析，每个意象或是为了衬托人物心理，或是为了渲染会议气氛，也有的是为了将历史与现状对照，几乎都不是多余笔墨。然而最后收尾时，竟出现这么一组对话：君亭说："分歧这么大呀？听说北边的山门县开始试验村干部海选，真想不来那是怎么个选法？"金莲说："十个人十张嘴，说到明天也说不到一块儿，民主集中制，要民主还要集中，你们领导定夺吧！"君亭把一口痰吐在地上，说："那就散会！"后面又引出了君亭设圈套以抓赌为名扳倒秦安的故事。本来是写农村建设方针的讨论，最后变成了对农村民主直选的质疑，而一场无结果的民主讨论，最终还是靠阴谋来定输赢。

这与合作化运动以来中国农村题材小说主题先行、图解农村政策的传统彻底划清了界限。这是贾平凹的尖锐之处。这种尖锐性完全是通过一系列具体生动的细节来展示，而细节则隐藏了作家的感情与倾向。小说中的主要人物也含有某种象征意义。如原村干部夏天义的倔强刻苦、嘴硬心慈、光明磊落，都有很精彩的描写，他坚持淤地的理想熔铸了几千年农民传统生活方式的理想，但是他的实践是失败的，甚至是悲壮的。我开始不理解为什么结尾要突然描写一个山崩地裂的灾难场面，似乎违反了贯通全书的自然之气。但读了几遍以后，我渐渐领悟了作家的心情，对于这样一个背时的、处处惹人厌的老一辈人物，最后埋葬于山体滑坡，连尸体都挖不出来，不仅仅算是厚葬，几乎是托体同山阿的颂扬了；连一块碑也是空白的，不仅仅算作无字碑，更是表达了作家对于农民传统生活方式及伦理式微的无以言状之感情。夏天义身上寄托了作家很深的感情，小说以他的故事为结局，让死者崇高的沉默与不肖子孙们蝇营狗苟的吵闹，形成庄严的对照。而对下一辈村干部君亭，作家的感情就复杂得多了。君亭身上，结合了当代社会的许多相互矛盾的性格因素。他既是一个有魄力有想法的农村基层干部，又是一个会玩权术搞阴谋的野心家；既能为集体事业投入热情，也有腐败堕落甚至奸猾的品行。很明显，作家对这个人物的态度是有保留的。但他能够与时俱进，尝试着带领清风街农民摆脱困境，到底还不失农民本色。作家最着力的地方，还是把他写成一个有几分可爱的农民形象。如书中的一段写清风街两代村干部去水库逼站长放水，以救援干旱灾情。水终于放出来了，夏君亭绝路逢生，顿生如释重负之感："君亭长长地出了一口气，说：'让我尿尿，让我尿尿！'他从裤裆里掏出了东西，美美地尿了一泡。这一泡尿是君亭入夏以来尿得最受活的一次，脸上的肉一点一点松下来，眼睛也闭上了。我也闭了眼睛，听见了大坝下的河谷里有人在说话，说着什么听不清，只是嗡嗡一片，听见了水库里的鱼扑喇喇跳出了水面，听见了一只蚂蚱从草丛里跳上了脚面。"小说是借助叙事者第一人称说话的，不加入"我"的感觉难以表达人物的心理，所以后面一段引生的感觉里当然也包含了君亭的心情抒发（作家用"闭眼睛"这一动作把两人的内心沟通了）。前面一段描写看似粗俗，但实在是没有更好的细节，能如此鲜活传神地描述一个半是无赖半是顽童的农民此时此刻高兴、轻松的心情。有这样心系集体的农村干部，即使有些缺点，似乎也是可以让人原谅的。

我前面说到"无边的恐怖"，这个概念用在沈从文的小说里，指的是一种天真美好的东西（人）将被野蛮强暴的势力所摧毁。我把这个概念引用到这里，借以指的是清风街对于外部世界的一种深深的疑虑和恐惧。民工狗剩外出挖矿，得了病被退回来，靠拾粪度日，终于被逼自杀。另外两个民工到州城去拆水泥房，没有挣下钱，为了回家过年去抢劫，结果被判了刑。羊娃去城里打工，为了两百元杀了人，被省公安局抓去。引生回忆道："可怜的羊娃临去省城时还勾引我和哑巴一块儿去，说省城里好活得很，干什么都能挣钱，没出息的才待在农村哩。等他挣到一笔钱了，他就回来盖房子呀，给他娘镶牙呀。他娘满口牙都掉了，吃啥都咬不动。可他怎么去偷盗呢？"话语间对农民工的遭遇充满了温情。这温情的背后有着对未来的深刻疑惧。保守的夏天义激动地说："你以为省城里是天堂呀，钱就在地上拾呢？是农民就好好地在地里种庄稼。"夏君亭也同样激动地说："农民为什么出外，他们离乡背井，在外看人脸，替人干人家不干的活，常常又讨不来工钱，工伤事故还那么多，我听说有的出去还在乞讨，还在卖淫，谁爱低声下气地乞讨，谁爱自己的老婆女儿去卖淫，他们缺钱啊！"这两辈共产党干部治理清风街的大政方针不和，彼此一贯钩心斗角，但在对农民进城困境的认识上态度是一致的，既充满了人道主义的同情，也依靠理性采取了一定的对策性措施。但是另一方面，作家并没有把外部世界魔鬼化，他分明看到了农民出去打工虽是一条万不得已的出路，但也是一条新的路。俊德在城里收拾垃圾而致富，他女儿身份暧昧，回乡来却珠光宝气，受到乡人的羡慕。引生一向嫌恶这类人，但他凭特异功能又不得不承认，俊德的女儿"头上光焰很高，像蓬着的一团火"，其日子过得确实比农村的青年要好得多。

故事发生在公元2000年龙年，这是世纪之交的一道门槛，一切都在方生将死之间。今天中国农村正在经受的前所未有的巨变，既不是土地所有制的变化，也不是农民经济条件的变化，但这变化关系着农村传统存在方式的存亡，以及农民连根拔离土地以后的出路问题，这是任何一个严肃的作家都无法给出简单答案的大问题。作为现实主义文学的优秀创作者的贾平凹，他以特有的敏感抓住了时代巨变的信息，并在无数生活细节中真实地传达出这种信息。他写的是西北农村的一个村子的故事。在后记中，他一再担心这样的故事能否被城市人接受，但事实上，《秦腔》所传达的信息能够贯通整个中国农村的今天和未来。我想，每一个关心当下农村问题的人，大约都会在读这本书时感到震惊和心痛。

精神性：疯子引生作为叙事者的意义

我之所以把《秦腔》作为一部优秀的现实主义作品来讨论，还因为它没有仅仅满足于对生活细节的临摹，没有在那种周而复始的日常生活的展示中，透露出令人生厌的庸俗气和市侩气，而后者，正是当前文学创作中作家们为了抵消传统意识形态说教而不得不采取的普遍手段，由此而起的文学思潮正弥漫于我们的文坛。《秦腔》是一部具有巨大精神力量的作品，这种精神力量隐藏在无数的日常细节中。贾平凹是一个有飞翔能力的作家，但他的飞翔，绝非飞在高高的云间轻歌曼舞，而是紧紧贴近地面，呼吸着大地气息，有时飞得太低而扫起尘土飞扬，有时几乎穿行于沼泽泥坑，翅膀是沉重的，力量是浑然的，在近似滑翔的飞行中追求精神升华。中国新文学是从启蒙运动开始发轫的，以鲁迅为代表的先进知识分子站在一个比民间更高的立场上，那是启蒙的金字塔尖，用鸟瞰的角度来描写民间。伟大的悲悯中也有激情，但这些激情的力量是附载在启蒙者的主体精神之上的。在高高在上的主体俯视下，被俯视的民间社会只能以可笑的愚昧的面目呈现，而不可能真正飞扬起来。而贾平凹是自觉走出这种启蒙传统的作家之一，他就是这藏污纳垢的民间社会的一分子，他因为贴近了地面才知，原来离地三尺间也有无限生动的生命在飞舞，由此也意识到，作家只有把自己隐身在民间，才能去揭示民间生活中蕴藏的真正力量，才能感受这民间精灵的自然活力，才能感觉到这也是一个火辣辣的生命，同样蠢动着非常丰富的人之感情。贾平凹能够成功地把持这种民间的力量。这种力量就是飞起来的精神。

精神不需要说教，不需要意识形态的正确指导，它可以直接从无限丰富的细节描写中升华，展现其更加丰富的内涵。从细节出发，师法自然，经过充分的细节刻画而将艺术境界上升到精神层面，这是优秀的现实主义文学的必经之途，也是我们掌握《秦腔》的文本艺术的关键之处。当然，从细节的充分刻画到把握艺术境界的精神性，仍然需要有效的艺术手段和必要途径。这对贾平凹的创作来说，就是把日常生活自然化，直面日常生活细节其实也就是师法自然，直观自然，从隐藏着无限玄机的自然人世中领悟精神的欢悦。而这样一种独特的表达方式，《秦腔》中是由一个疯子作为叙事者来承担的。这个疯子名叫引生，作家通过他来"引"出清风街的无数细节和场景。

引生被大家称作"疯子"，并非是福克纳的《喧哗与骚动》中的白痴，倒是有些接近阿来的《尘埃落定》里的那个叙事者。他不是真疯子，所谓"疯"，是农民眼中的异于常态的地方：其一是有清醒的理性，为清风街的一般农民所缺乏，他的叙事往往有一针见血的穿透力；二是有执着的感情力量，深刻的感情体验，使他作出一些违背常理的出格举动（如自我阉割）；三是癫痫病时有发作，以致出现某种类似特异功能的幻觉（如灵魂出窍、灵魂附体于别的动物、俯瞰芸芸众生等）。这三种"疯"的特征，决定了这部小说的叙事角度异常自由和异常丰富，既能以自然主义状态叙述清风街的人事纠纷，也能用奇异的视角（如各种小动物）来窥探人世间的秘密，有时还能让灵魂在众人头上飞奔而过，恢复了全知的叙事。灵活多变的叙事视角是这部小说的重要艺术特征。但在小说的全体叙事中，我们还可以区分开两大叙事部分：叙事者在场的叙事和不在场的叙事。前者，叙事者亲历其境，所观所感，都与叙事者个人的感性生活联系在一起，形成共鸣，自有强烈的直观性；而后者，因为叙事者非亲历其境，只是听人转述，就失去了主观意志直接参与的可能，成为一般性的陈述细节。所以，构成文本直观表达的部分，主要由叙事者亲密无间的在场叙事来体现。

《秦腔》中疯子引生姓张，他父亲是清风街的前任主任，是夏天义的副手，所以引生从小受过很好的教育，后来他父亲生病死了，他才从旁人的态度中真切感受到世态炎凉。他本来就有清风街居民不可及的智商，再经过世态人情的磨炼，对人世的洞察相当透彻澄明。他是清风街的观看者和叙述者，他愤世嫉俗，爱憎分明，对民间道德与文化传统怀有深切感情，但这一切聪敏和深刻见解，都借助于装疯卖傻的癫痫病直接地表达出来。可以举一个例子：在君亭建的农贸市场开张之际，有人从地下掘出了土地公婆的石像，神归其位，大家都认定是个好兆头，舆论倒向君亭。可是引生突然冒出一句疯话："说不定是君亭事先埋在那里的！"一语中的，把神秘现象背后的权力斗争挑明了。虽然事后并没有具体说明真相，但是君亭惯耍阴谋，这一着既反映了君亭的手腕，也表现出中国农民改革家的思路的反叛性与混乱性。引生因父亲长期在清风街权力中心起落，其目光要比清风街所有的人都尖锐，对于各种农民式的权力之争尤为清楚。这话由引生来说出就非常妥帖，让人的阅读思路一下子超越了清风街一村一乡之是非，联想到几千年中国农民史的大气象，从而对清风街的人事有了某种新的认识。由此可见，引生不光是目光尖锐，他的视野也要比清风街所有的人都远弘，他的感觉也要比清风街所有的人都奇异。关于后者，小说在叙事中也非常突出。

引生有癫痫，每当情绪处于激动状态时，他的感觉里就会出现奇特的现象。当他听到远处有人打鼓的声音，便会灵魂出窍，分身有术，眼睛透视世上万象，各种人和动物都在同一个空间里展现，看上去犹如一幅立体的农民画。当他听到白雪要结婚的消息，他顿时看出药铺门外的街道往起翘，翘得像一堵墙，鸡呀猫呀的在墙上跑。当他又一次在白雪面前失控丢丑时，看太阳都是黑的。真的是黑的。他想，白雪是不是也看太阳是黑的。这时候白雪正在家里生产，院子里风雨交加，太阳被风雨所遮蔽。事实上，太阳不可能是黑色的，只有人的心理高度绝望，才会看到最亮点成了黑色；街道也不可能翘起来变成一堵墙，只有人的心理失去了平衡，才会看到外部世界全都歪斜。引生眼里的奇异感觉都来自精神的作用，是精神的巨大变态导致了客体世界的变异。

精神的高度抽象性，决定了精神本身不可能被文学所描述，而它之所以能被感知，是因为它向客体世界投射了自身。而对人来说，感知物质世界是通过各种感觉器官，而感知精神则是通过良知（即心）。精神与人性相同，脱离了人的心灵感知就无法证明和表达。在文学创作里，最能够直接表达心灵感知的，就是人的感情世界。我们不能不承认，《秦腔》中疯子引生的感情要比清风街所有的人都强烈。小说一开始，写秦腔演员白雪要结婚了，丈夫是清风街最体面最出息的作家夏风，省城里的作家，县城里的名人，人们都说，夏风白雪是郎才女貌天造地设的一对。但叙事者引生却自艾自怨，因为他深信只有自己才是真正深爱白雪的男人。引生为了爱白雪而自宫，戕害了肉身，却保持了精神恋爱的纯粹性。自宫事件以后，引生就可以公开地狂热思念和赞美白雪，甚至包含了肢体追求的动作。但这一切在人们眼里都成为无伤害无威胁性的疯狂行为。正是在这样无伤害无威胁性的疯狂行为中，引生对白雪充满了纯粹精神性的爱恋，如火如光，耀眼夺目。十年前，贾平凹书写现代都市题材的《废都》，颓废之情弥漫在一群城市文化人之间，性爱只是情色的代名词。十年来种种无爱的性交易泛滥成灾，性爱成为现代物质文明的交易品，而贾平凹却在贫穷农村的一个疯子身上，寄托了纯粹而狂热的精神爱恋。引生并没有因为丧失性功能而变得了无生趣，而是更加热烈更加痴情更加性感。引生每一次遇见白雪，都是一次生命之花的昂然绽放，小说里通篇充斥着引生对白雪抒发爱情的美文。这是引生自宫后第一次邂逅白雪：

> 我一下子浑身起了火，烧得像块出炉的钢锭，钢锭又被水浇了，凝成了一疙瘩铁。我那时不知道说什么，嘴唇在哆嗦，却没有声，双脚便不敢站在路中，侧身挪到了路边给她让道。她从我身边走过去了，有一股子香，是热乎乎的香气，三只黄色的蛾子还有一只红底黑点的瓢虫粘在她的裤管上。又有一只蜻蜓向她飞，我拿手去赶，我扑通一声就跌进了水塘里。水塘里水不深，我很快就站起来，但是白雪站住了，吓得呆在那里。我说："我没事，我没事。"白雪说："快出来，快出来！"瞧着她着急的样子，我庆幸我掉到了塘里，为了让她更可怜我，又一次倒在水里。这一次我是故意的，而且倒下去把头埋在水里，还喝了一口脏水。但是，或许是我的阴谋让白雪看穿了，等我再次从水里站起来，白雪已走过了水塘，而路上竟放着一颗南瓜。这南瓜一定是白雪要送给我的。我说："白雪，白雪！"

引生的故事让人联想起福克纳笔下的那个白痴班杰明，他因为要强奸女学生而被人阉割。在福克纳的笔下，白痴完全被当作动物来处理，除了嗅觉，连记忆也丧失了，更谈不上情欲；而在贾平凹笔下，自宫则是引生对自己在无意识中亵渎白雪的失控行为感到羞耻，因此而执行自我惩罚和自我戒律。爱情，竟能够通过这个失去性能力的疯子的心理变得如此熠熠生辉。引生的对立者就是白雪的丈夫夏风，他们一开始就构成了情敌的紧张关系。起先，疯子引生从任何方面来说都不是夏风的对手，而且在以往启蒙的文学传统里，夏风这样的角色往往充当着农村叙事的叙述者。但是《秦腔》里的知识分子形象是受嘲弄的。夏风本来最有资格代表知识分子的理想，可是小说里没有正面介绍过他到底写了什么了不起的著作，只是空洞地赞扬他如何有名，有各种关系开各种后门，而在具体描写中，他似乎一无可取，挽联写得嚣张无度，甚至连父亲的碑文都不会写。他与白雪的感情生活没有被展示，反复纠缠的就是要把白雪调离农村，调动不成，便迁怒于传统戏曲秦腔。偶尔与白雪在闺房里说句笑话也是低级无聊，毫无品位。其文化趣味之平庸，与白雪和引生这样真正的民间文化精灵所具有的丰富、执着和有情有义的精神内涵，形成了鲜明对照。很显然，夏风只是《废都》中庄之蝶圈子里的一个废人，白雪与夏风的离婚是必然的。虽然没有明说，但引生与白雪有情人终成眷属似乎可以确定，小说里每次写到引生遭遇夏风，总是引生落荒而逃，但是整部小说的最后一句话却是引生说的："从那以后，我就一直在盼着夏风回来。"充满了自信的语气，预示了全书爱情故事的结局。所以，由引生取代夏风作为叙事者，标志了贾平凹创作的民间叙事立场已经完成。引生已经不是一个单纯的讲述人，他不仅带着自己的故事，而且带着自己的民间精神立场和审美意识来讲述清风街历史。也就是说，民间的叙事功能决定了这部小说的民间精神和审美导向。

艺术手法：细节铺展与直观性的表达

我在前面分析《秦腔》的现实主义艺术手法时，曾经提到"直观自然"一词。直观是《秦腔》的一个非常有特点的表达形式。德国的语言学家洪堡在谈论古代希腊艺术特征时说过一段话，我觉得对于解读《秦腔》的文本很有启发："虽然有关个性的感觉需要以一种更为内在的、不受现实世界限制的精神状态为前提，而且只能从这一精神状态中发展起来，但这种感觉并不一定会导致生动的直观转变成抽象的思维。相反，由于其出发点是主体本身独特的个性，这种感觉激发了将事物高度个性化的要求，而这一个性化的目标只有通过深入把握感性认识的所有细节，借助表述的高度直观性才能够达到。"[①] 洪堡所阐发的艺术创造过程，不是"感性—抽象思维（推理和证明）—理性"的一般思维过程，而是"感觉—把握细节和直观性的表达—高度个性化（内在的精神）"的感性认识的升华。这是形象思维的要求，也是文学艺术创作规律的精华所在。所谓事物的高度个性化，并非是指作家主体"本身独特的个性"，而是指艺术塑造的对象的高度个性，即在主体精神的独特观照下，对象被赋予的一种存在的合理性。这是任何外在要素所不能替代的，必须由其自身的内在精神所决定。文学创作要求写出事物的高度个性化，也就是要求写出事物的内在精神。《秦腔》里叙事者引生有一种特异功能，能够从每个人头上的火焰苗子的强弱来判断其生命状态。这当然是象征的手法，各人头上都有一片火焰，象征了人内在的精神之火，是生命力的征兆。

贾平凹曾说："我并非不想找出理念来提升，但实在寻找不到。最后我只能在《秦腔》里藏一点东西。"[②] 既然找不到理念，那他"藏"在小说里的就不应该是抽象的理念，而是与此相对立的东西，即紧紧依附于具体形象的高度个性化的体验（精神内涵）。《秦腔》所要表达的事物的个性，当然不是某个人某个村的个性，而是中国当下农村的变化趋向，及其传统文化的衰败的状况，揭示其内在的精神。贾平凹要表达这一社会总体的精神高度，不是依靠故事情节的发展来推断，不是靠人物性格的发展来征象，更不是靠外在的概念说教来帮忙，而是用无数的日常生活细节的展示来显现。这也就是洪堡在讨论古希腊艺术经典时所说的，深入把握感性认识的所有细节。洪堡以荷马诗歌为例，说明这些诗歌如何把自然的画面逼真地展示在我们的眼前，对哪怕是最微不足道的行为，例如盔甲的披戴，也做了细腻的铺叙，但是荷马诗歌最外表的细节描绘依然会让人联想到其内在的精神特征。而其从细节到精神之间的沟通桥梁，正是洪堡所说的直观性的表达。同样，《秦腔》的这一艺术创作手法与洪堡的艺术概括有惊人的暗合之处。在《秦腔》中，细节的充分铺张与直观性的表达是并存

---

① 洪堡：《论语言结构的差异及其对人类精神发展的影响》，姚小平译，商务印书馆2004年版，第214页。

② 贾平凹、郜元宝：《关于〈秦腔〉和乡土文学的对谈》，载《上海文学》2005年第7期。

的，细节的铺张是作家感觉现实世界的基本材料，而直观性的表达正是作家从细节走向高度个性化境界的一条途径。

直观是一种思维形态，它要求主体迅速排除笼罩在事物表面的现象和逻辑推理，直接把握住事物真相。然而文学的特点恰恰与此相反，文学是具象的，它不可能以抽象的方式直达事物本质。但是洪堡轻而易举地解决了这个矛盾。他把文学细节的充分描述与直观性的表达结合为一体，作为达到艺术世界高度个性化的必要前提。也就是说，直观必须与文学细节的铺展结合起来，使细节的充分铺展与直观性的表达构成一个完整的叙事过程。何谓"细节的铺展"？我们如果把文学画面视为一个"看"与"被看"的交合点，那么，日常生活细节的铺展其实就是一个被看世界的展示过程，而直观的升华则由此产生。何谓"直观性的表达"？我的理解是，直观作为一种表达形态，主要表现为主体与客体的直面相对，通过"看"这一动作来改变主客体的关系。"观"这一动作，是带有强烈主体生命信息的，通过主体的全神贯注的观看，将生命信息投射到对方，从而使被观看的客体发生某种改变。文学的精神力量应该是隐藏于其一瞬间的改变之中。然而，作家要把这样一个"观"的过程真实地展示出来，只能通过逼真的具体的细节描写，在最充分的细节刻画过程中，营造出这一精神力量突然展现的必要条件，使描写对象突然发生某种改变。因此，细节的铺展与直观性的表达也是一个辩证的过程，细节的铺展表示了被"观看"这一动作的延续，它是一种量的积累，但是在直观下主体精神导致客体变异的瞬间，一切都可能发生变化，而所有细节的意义都可能被粉碎和消解，而直达真正的高度个性化的艺术本质。

这其实也是现实主义文学必须具备的艺术特点。如果现实主义文学一味偏重于细节的铺展堆积，必然会导致平庸乏味的纯客观主义；如果过于强调直观性的表达方式而舍弃具体的细节刻画，也将离开现实主义文学的基本艺术规范，成为其他现代艺术（如表现主义、超现实主义等）的样本。《秦腔》作为一部优秀的现实主义文学作品的特征之一，就是在艺术手法上把这个辩证过程成功地运用在文学写作里，而且在一部四十多万字的长篇里这种艺术手法比比皆是，不断让人在阅读中感受到意外和震撼，从而使小说的精神容量得以成倍地扩大和丰富。这是《秦腔》所实现的巨大艺术成就，也是它所代表的当代现实主义文学的巨大成就。

我们来看前面举过的例证，清风街贸易市场开张前人们发现了土地公婆的石像，小说由一系列细节来铺展其大吉大利的含义，一般舆论都倒向君亭的一边，但这时疯子引生冷冷地插了一句：说不定是君亭事先埋在那里的。气氛顿时急转直下。这句话当然是引生对清风街权力斗争长期观察后突然爆发出来的一个表述，这就是一种直观式的表达。表面上看是无来由无逻辑的疯话，但一下子把前面一系列生活细节所营造起来的意义的能指全部消解了，令人惊悚的效果在逆向对撞中产生。另有一次，庆满请饭，君亭和村干部们都聚在一起喝酒，本来是高高兴兴的场面。引生帮着君亭喝酒，偶然说起果园承包给了别人，引生与君亭之间发生激烈冲突，甚至引起肢体较量。小说写到引生被硬拉回去以后，在家里发疯病："我不知怎么就在清风街上走，见什么用脚踹什么，希望有人出来和我说话，但没人出来，我敲他们各家的门，他们也不理我。清风街是亏待了我，所有的人都在贱看我和算计我。"这种强烈的悲愤心理，原来在小说里是非常隐蔽的，引生从表面上看似乎是一个没心没肺、人见人爱的无事忙，除了爱白雪而不得外，没有什么值得伤心的地方。但是这段突如其来的内心独白既是前面一系列故事细节的自然发展，又在刹那间把叙事者与叙事对象之间的微妙关系公开了，许多隐没在历史岁月里的故事也强烈地暗示出来。类似典型的直观表述及其艺术效果，在《秦腔》故事里俯拾皆是。

直观性的表达同样也制约着艺术审美的效果。《秦腔》中排闼而来的日常生活细节看似琐碎庸常，甚至反复出现吃喝拉撒的描写，但在民间审美的观照下，作家用直观的方式表达了其背后的精神性。民间的审美理想是包蕴在藏污纳垢状态中的，它以生活中不洁不雅的现象为外衣，但隐藏于其中的精神却是不可忽视的。小说的第二段，叙述引生跟踪在地里劳动的白雪，引出一个不雅的细节："她还在村里的时候，常去苞谷地里给猪剜草，她一走，我光了脚就踩进她的脚窝子里，脚窝子一直到苞谷地深处，在那里有一泡尿，我会呆呆地站上多久，回头能发现脚窝子里都长满了蒲公英。"这是一段非常有意思的描写，它虽然有些粗俗不文，却很符合农民的感情要求。小说多次写清风街的农民对粪便怀有珍惜的感情，大小便排泄自人体，归之于土地，滋养着庄稼，从自然的角度来看没有什么肮脏可言。这个场景是白雪在读者面前的亮相，剜猪草，走泥地，在苞谷地里撒尿，很准确地把一个村姑的伧俗形象烘托出来。白雪在清风街人们的眼里美若天仙，其实她只是一个村姑和民间艺人，并不是现代城市人观念下的时尚丽人，她首先给男人的感受，就是引生感觉里的"热乎乎的香气"。这一段写得极好，一个光脚印在另一个脚窝子里，热乎乎的生命痕迹叠合在一起，满含了生命的活力。而且，这段描写的时间概念是模糊的，究竟是多次发生的还是一次性发生的，叙事人没有明确交代，引生痴痴久久的伫立和"回头"一看，发现蒲公英在脚窝子里长出来了，一下子把时间抽象地拉长了，就有了一种天长地久的感觉——在这个例子里，我们又一次看到直观性的表达的魅力，蒲公英的出现，显然是把前面所描绘的凡俗性和粗鄙性彻底消解了。

从全篇的结构而言，引生与白雪的爱情故事仍然是主线，但是与《红楼梦》的结构相似，他们之间的爱情线索被无数的生活矛盾和冲突所淹没，以致潜伏在全书布局里若隐若现不得彰著。但是，我们可以把全书的细节铺展与最后的直观性表达看作一个漫长的观看过程。小说开始时，白雪是罗敷有嫁，引生是个疯子，两人之间谈不上任何缘分；而在结尾部分两人相遇在七里沟山体大面积滑坡时，终于出现了直观性的大爆发，从而改变了两人的关系。他们最后一次相遇是这样的：

> 而我一抬头看见了七里沟口的白雪，阳光是从她背后照过来的，白雪就如同墙上画着的菩萨一样，一圈一圈的光晕在闪。这是我头一回看到白雪的身上有佛光，我丢下锨就向白雪跑去。哑巴在愤怒地吼，我不理他，我去菩萨那儿还不行吗？我向白雪跑去，脚上的泥片在身下飞溅，我想白雪一定看见我像从水面上向她去的，或者是带着火星子向她去的。白雪也真是菩萨一样的女人了，她没有动，微笑地看着我。

这是小说的最后一个部分，一个是菩萨一样披着阳光迎面站立，一个是在飞溅的尘土中狂奔向前，波浪与火星，都是飞溅的尘土的转喻，被描绘成自由之舟载着爱情之神飞驶而来。疯子引生与白雪的精神恋爱终于升华为神圣。为此，我对小说结尾爆发的山体滑坡似另有所解——民间艺术细节的多义功能在这里被运用得非常丰富：这场山崩地裂，对夏天义代表的几千年来农民的传统土地观念和生存方式来说，是一个灭顶之灾；而它对引生与白雪这对伟大的恋人来说，却是大自然为他们的精神爱情颁发的许可证——正如汉乐府民歌《上邪》所歌颂的爱情：山无陵，江水为竭！小说的整个结构在逆向冲撞中完成。

文化意象：传统的式微与重返民间

优秀的现实主义文学作品，必然会在艺术画卷中准确地反映出时代变迁中的社会风俗及文化史。《秦腔》正是通过对传统乡土文化式微过程中的各种现象的艺术把握，来展开对当下农村社会状况的揭示。南帆先生曾经说过一段很精辟的话："对于作家说来，地理学、经济学或者社会学意义上的乡村必须转换为某种文化结构，某种社会关系，继而转换为一套生活经验，这时，文学的乡村才可能诞生。土质、水利、种植品种、耕地面积、土地转让价格、所有权、租赁或者承包，这些统计数据并非文学话题；文学关注的是这个文化空间如何决定人们的命运、性格以及体验生命的特征。"[①]文学并不算经济账，也不关心生产技术，它所罗织描述的，归根结底指向文化状态下的人的心理和命运，进而探寻生命的意义所在。

南帆先生提出的"文学的乡村"很有意思。文学之所以能在农村与家族两大空间里取得重要艺术成就，其原因之一，就是这两大空间天然拥有超稳定的自我调节的文化价值体系，这种体系的运动形式构成了周而复始的循环发展轨迹。虽然，现代性这一因素进入中国以后，这两个空间的文化价值一直受到挑战，关于农村衰败和家族崩溃的故事几乎成了中国现代文学中反复出现的主题。但同时它们又始终拥有一种能力，能够及时吸收各个时代的否定性因素，重新来调整自身的生命周期。中国文化从来就不是直线运行的，而是在持续的循环中完善自身和丰富自身，即便是在走向崩溃的文化价值体系，它仍然会在内部滋生出无穷无尽的新的因素来化解最终命运的到来，这就为"文学的乡村"或者"文学的家族史"提供了想象的可能性。

究其原因，我想只能用民间的文化形态来解释这种现象。因为民间是一种草根性的文化形态，它总是与滋养万物的大地土壤联系在一起，它永远是一种生生不息的生命运动。战争是一次性的生命现象，一场战争结束后，死者不会复生，幸存者也将转移生活形态，不会在战场上永久性地待下去，所以，战争就很难完成其独立的"文学的"意义。战争文学总是依附在特定的政治权力斗争、历史性宏大事件的叙事中，才能完成其自身的美学形态。工业题材也是一次性

---

① 南帆：《启蒙与大地崇拜：文学的乡村》，载《文学评论》2005年第1期。

的生命现象，一项工程在建设过程中再惊心动魄，一旦胜利完成，也就结束了其全部的生命运动；再如一家企业，一旦破产倒闭了，也就结束了其生命形态，其成员就转移到另外一种生存形态中去。所以，工业题材也很难建立起"文学的工业"的美学概念，它似乎缺少一种超稳定的审美价值体系来调节自身。而乡土则不一样，乡土破产，农民离乡背井，但最终还是离不开这块土地。土地有自我调节的能力，能够使其生命力周而复始地发展。《秦腔》里中星爹会算命打卦，他临死前为清风街的未来卜了一卦，这也可以看作贾平凹心里所存的清风街乡土的未来命运：清风街十二年后有狼①。也就是说，彻底荒芜的清风街，最终的结果是人的撤退、狼的横行。但是这也预兆了另外一种结果：清风街的自然生态又好转了，在一个乡土的世界里，人与狼将共生于同一个空间，清风街又将面临一个新的起点。而这样理解才符合民间文化形态的运行特征，这也是"文学的乡村"的魅力所在。

但是贾平凹笔下的清风街，毕竟是一个正在走向衰败但还没有完全沉到底的乡土社会，其文化特征鲜明地表露出来的是传统价值体系的没落和崩溃，同时也包含了新的生命形态的萌芽。从表面上看，清风街古老纯朴的民心民风正在迅速瓦解，反映了外部世界给予它的无情冲击。小说一开始特别介绍，原来几十年不倒台的村干部夏天义，终于因反对312国道开进清风街、挑起聚众闹事而下了台。相传国道改变了清风街的风水，这当然是迷信，作家也只是略略提到一笔，然而他重彩描绘了一则近似于寓言的细节来强化这种效果：街口白果树上一对鸟夫妻为保卫鸟巢而与远来的鹞大战三天三夜，终于失败而死，鹞子依然远飞而去，并无意占据雀巢。鹞子对鸟夫妻而言是一种命运的象征，它无意间飞过此地却惹出一场灾难。国道无辜，目标在远方，但是它给清风街带来的致命冲击，与其说是政治经济的，还不如说是文化心理的，进而是文化伦理的。

清风街上许多情况发生变化，背后都隐藏着传统伦理观念的深刻变化。以男女性事为例，以前清风街也不时地出现一些风流案子，如黑娥、白娥姊妹的故事，陈星与翠翠的恋爱故事，都曾受到清风街社会舆论的指责，但是从男女双方的立场而言，基本上是出于一种生命的原始冲动和正常需要，仍然是以民

---

① 小说里中星爹的卜卦预言较长，这是其中的一句，其他的预言内容后面还将会陆续分析。

间形态的情感表达为基础的。而随着清风街贸易市场的开辟，传统的伦理观念开始瓦解，夏雨与丁霸槽开酒楼，设三陪，留暗娼，风俗逐渐变坏，连村支书君亭也被拖下水。再发展下去，就有了村里年轻女子陆续进城"下海"的暧昧故事。小说最后写到夏家孙女翠翠外出打工，她的恋人陈星日夜思念，长歌当哭。等到翠翠回家奔丧，不顾传统礼仪与陈星偷偷做爱时，令人唏嘘的事情也发生了：忽然"鞋铺传来了吵架声，好像是为了钱。翠翠骂骂咧咧地跑了过来，跑过了我的前面"。翠翠外出打工的真相昭然若揭，翠翠原来纯朴自然的爱情观念也荡然无存了，清风街的传统文化伦理到这时才发生了根本的变化。农村女孩进城卖淫的现象，现在已经成为底层写作的一个经常性主题，大多作者是从经济的原因来解释这种现象的，但是《秦腔》所描写的翠翠的变化，显然没有着眼于经济原因。翠翠家里并不缺钱，长辈们在村里也有权有势，而陈星兄弟由于是外来户，在村里没有地位，受到大姓家族的歧视，所以翠翠与陈星的恋爱所受的村里舆论的压力，不是来自经济而是来自文化观念。但是翠翠外出后，走向了另外一个极端，包含了肉欲的放纵和肉体的交易观念——这也是传统伦理观念彻底崩溃的见证之一。

对于传统的乡土文化的急剧衰亡，贾平凹怀着极为复杂的心情，《秦腔》绝不是一篇意味简单的哀悼文，正如他对于农民进城打工、农村迅速荒芜的现象也不是简单的绝望一样。在小说里，秦腔作为一种传统文化的象征，其盛衰都反映了贾平凹极度复杂的心理。二十多年前，贾平凹有一篇散文题名《秦腔》，用文字把八百里秦川的秦腔艺术展现得淋漓尽致：秦腔在贾氏笔下的面貌，不仅与地域精神、人种特点联系在一起，甚至与当地方言中的天然声韵有关。"在西府，民性敦厚，说话多用去声，一律咬字沉重，对话如吵架一样，哭丧又一呼三叹。呼喊远人更是特殊：前声拖十二分地长，末了方极快地道出内容。声韵的发展，使会远道喊人的人都从此有了唱秦腔的天才。老一辈的能唱，小一辈的能唱，男的能唱，女的能唱。唱秦腔成了做人最体面的事，任何一个乡下男女，只有唱秦腔，才有出人头地可能，大凡有出息的，是个人才的，哪一个何曾未登过台，起码不能吼一阵乱弹呢？"农民是世上最劳苦的人，而秦腔则是他们精神上的大乐："当老牛木犁疙瘩绳，在田野已经累得筋疲力尽，立在犁沟里大喊大叫来一段秦腔，那心胸肺腑，关关节节的困乏便一尽儿涤荡净了。"①秦腔并不是什么阳春白雪，而是与贫苦农民的田野劳作联系在一起的精神娱乐，是构成他们生命内涵的文化要素之一。我不懂秦腔，也缺乏这方面的专业知识，无法从小说里作为内在结构性因素的秦腔描述中获取具体的启发②，所以只能从贯穿其间的与秦腔有关的几代人物的特征中，试图来解释传统乡土文化在当下的处境及其运命。

《秦腔》写的也是家族故事。清风街夏、白两姓为大户，以前曾经是白家有钱有势，祖上有一人当过保长。"土改"以后夏家掌握了权势，夏天义是共产党的一杆枪，指向哪儿就打到哪儿，直到改革开放，实行市场经济以后，清风街仍然是夏家第二代的天下。但是在中星爹的占卜预言里，情况可能会有变化：夏天智住的房子又回到了白家。清风街白家除了白雪，在小说里几乎没有得意的故事，可见败落已久。而夏天智住的房正是白家"土改"时主动上交的，当然可以理解为白雪在此长久住下，也是一种暗示，白家在白雪一代依然有复兴的可能。清风街在小说里的时间是 2000 年龙年，一年的变化似乎隐含了近二十年的历史，这二十年是夏家由盛到衰的历史。夏天义一代，按照儒家仁义礼智信的道德标准来命名，自然有一种文化传承的暗示，这个家族仍然传承了传统家庭道德的文化规范。他们几个兄弟恪守孝悌互敬的道德原则，荣辱与共，勤勉治家。但即使在这一代，伦理传统也已经显出金玉其外败絮其中的迹象了，"天信"是没有的，"天仁"早已死了，天义是一个义仆，天礼被金元吞噬，只剩下天智来代表一种文化道德的力量。至于夏家第二代就更不行，败相毕露。我试图用四句话来概括：金玉满堂豆腐渣，风雨缥缈不见家（佳）。雷庆出车走瞎道，君亭将来在地上爬③。几乎是一败涂地。然而在这两代夏家人中间，最有代表性的文化人是夏天智，他的个人命运的盛衰，关乎文化传统的兴亡。

夏天智是一个退休的中学校长，但是在清风街的实际身份，却类似于宗族长辈和开明绅士。他为人好善乐施，满口道德伦理，爱体面，受尊敬。对外和

---

① 吕秋艳编：《二十世纪中国散文精选》，吉林出版集团有限责任公司2010年版，第205页。
② 在《秦腔》中，秦腔作为小说内在结构性的因素是很明显的，不仅大量唱词曲谱被引入小说，而且，有实际的影射和象征作用。如在夏风与白雪离婚后，其父夏天智气极，欲与儿子断绝关系，一整天播放《辕门斩子》。但讽刺的是，秦腔故事里斩子的原因是杨宗保私自招亲，与现实故事的寓意正好相反。
③ 最后一句也是出自中星爹对清风街未来的预言。

善可亲，却处处维护家族利益；对内威严十足，却连亲生儿子都管不住。他的性格相当复杂，但在钟爱秦腔、推广秦腔方面则不遗余力。令人奇怪的是，这样一个身体力行又德高望重的老人，却无助于秦腔实际处境的改变。如果说，夏天智代表的是一种文化道德的力量，那么他所爱的秦腔则表现为一种文化的符号。他整日价描画的秦腔脸谱，象征了秦腔艺术表面的装饰符号，他整天通过广播向清风街播放的秦腔，也同样是一种音响符号，而我们从来没有听到他发自生命底处地吼秦腔，也没有见过他对秦腔发表高明的见解，这一点反倒不如乱吼乱叫的疯子引生。他喜欢画秦腔脸谱，还自费印出了一本书，但是连一篇关于秦腔的序言也写不像样，这一点反倒不如秦腔演员白雪。这个人物又可爱又可笑，但是从秦腔的发展而言，这类人代表了一种传统：他们热爱但是肤浅，真诚但是陈腐，既无创新意识，也无推动能力，传统的艺术往往随着这样的对象的消亡而消亡。与天智老人相对应的还有夏中星，虽然当了县剧团团长，却根本不热爱秦腔，只是随波逐流地追求时尚，把中兴秦腔视为升官的途径，最终搞垮了秦腔剧团。这两人典型地代表了中国当代民间艺术的观众群意识与领导群意识，有非常尖锐的现实针对性。作为民间艺术的秦腔本来就应该扎根在民间的土壤里，成为民众能够直接参与的精神娱乐，这才会有永不衰竭的生命资源，但是，自20世纪50年代以后，地方剧种都成为国家艺术体制的一个部件，被国家包养起来，一方面作为意识形态的宣传工具，高高在上脱离民众的实际需求，另一方面又在创作演出上受到颇多限制，无法满足人民大众喜闻乐见的娱乐要求。这不仅使其脱离了民间文艺与生俱来的下里巴人特征，也必然会丧失其本来拥有的自由自在的精神内涵。优秀的艺术家在这样一种非艺术的生存状态，最终会失去真正的艺术活力，只能陶醉在昔日曾经有过的光荣梦想之中虚度残生。小说中的王老师、邱老师都属于这一类国家艺术体制下的牺牲品，白雪也是这样的牺牲品。

作家为秦腔女演员取名为白雪，自然有阳春白雪之意，但她恰恰是阴错阳差的下里巴人的民间艺人。民间艺人的生命力就应该在民间，以适应劳苦农民的精神特点和审美需要。小说除了尖锐地嘲讽了时下到处可见的失去生命力的传统文化的尴尬处境外，还满腔同情地为女演员白雪勾画了一个传统文化艺术重新回归民间大地的前景。小说里贯穿叙事始终的是秦腔一步步走向没落的过程，为衰败中的传统乡土文化唱起了挽歌。而白雪本人就是一支挽歌。她宁可离婚，也不愿意离开家乡而到省城里去过名流太太的生活。这是为了什么？不仅仅是喜爱秦腔艺术，更准确地说，她本人才是民间艺术的象征。在这个意义上，白雪是属于精神的。多少著名演员因为嫁了所谓的大腕名流而放弃终生热爱的艺术，从此谢绝舞台生涯，一心一意当起相夫教子的贤妻良母。这似乎是传统社会从良女人的最终归宿。而白雪算什么艺术家？不过是个乡村艺人，一个热爱劳动的村姑，一个孝顺长辈的儿媳，农民的吃喝拉撒在她身上是那么浑然天成。而正是因为有这样的浑然天成，她才会自然而然地喜爱秦腔，因为秦腔也就是在这种浑然天成的民间产生出来的精神现象。她也正因为是地地道道的一个村姑，才能够被民间的这种精神力量所穿透，才能够通体透明地属于精神上的阳春白雪。她对秦腔有真正本色的欣赏趣味，有一股发自内心的献身的热忱。小说里虽然没有白雪正式上台表演的场面，但是写尽了她想方设法满足村民的婚丧大事的需要而组团演出秦腔。在一场场引起混乱的演出中，我们可以看到，陈旧的传统戏曲内容已经不能满足在时尚文化冲击下的大众的娱乐口味，连白雪本人也在听流行歌曲时泪流满面有感而发。这就是说，秦腔这样一种劳苦农民的抒情方式真是到了生命临界点上了，要生存下去就必须有大勇气来一场凤凰涅槃似的自焚与更生，真正与民间相结合，重新激发自由自在的精神活力。所以，白雪这名字复合了多层的意义，既象征了民间精神世界的高洁与空灵，又象征了秦腔在重返民间前的一种阳春白雪的姿态，保持着这个姿态再重返下里巴人的污泥浊水，才可能体现出真正的藏污纳垢、有容乃大的审美精神。

只有在"秦腔"这个民间精神层面上，白雪才可能与疯子引生成为真正的情人。前面我们曾分析过，夏天智与夏中星在小说里是一个对应性的结构，影射了传统文化在当下尴尬处境中的观众群意识和领导群意识。而白雪与引生也是一个对应性结构，代表了传统文化在当下重返民间的实践群意识和接受群意识。民间文艺归还真正的民间大众，在现实生活中并不缺乏具体的例子，北京相声界出现的郭德纲就是一个例子。小说中的白雪，拒绝了丈夫要她调动工作去省城的建议，放弃了家庭和爱情，坚守在家乡的艺术岗位上，即使在剧团解散面临下岗的时候，依然从容不迫地奔波于农民家庭的婚丧现场演出。艺人们化整为零，回到了零的起点，而使秦腔艺术与劳苦农民的日常生活真正融合在一起。这样的秦腔艺术的真正接受者和喜爱者，就是引生这一辈新的农民观众。小说里真正的秦腔热爱者不是夏天智，而是引生。夏天智爱秦腔是文化权威表示档次，而引生爱秦腔是满腔悲愤需要发泄。作为小说叙事人他是带着自身的强烈感情和悲怆故事来叙述清风街历史的。小说一开始，他所爱的女人白雪要结婚了，他在酒席上发酒疯似的高唱：眼看着你起高楼，眼看着你酬宾宴，眼看着楼塌了……这不是一个《红楼梦》里《好了歌》式的预言，而是字字血声声泪的伤心和绝望。在清风街，不仅仅有引生，还有许多普通农民，他们吼几声秦腔，是为了宣泄内心难以排遣难以言说的个人情感，寄托个人生命中的大爱大悲。秦腔就是这样生动地存活在这些普通农民的心底，成为民间的心声与精魂。有了这些底层的秦腔迷的存在，作为草根艺术的秦腔，就与农村底层的社火、擂鼓一样，即使不敌流行歌曲，也不会从农民的心灵深处被连根拔去，也许能在草根性的层面上重新启动活力，与时俱进，来满足西北农民的感情需求。我在另外一篇论文中说过，引生为了爱白雪而自宫，使他对白雪的疯狂爱恋变成了纯粹精神性的行为。而在白雪一方来说，也只有在对秦腔艺术的完全献身中，回报秦腔接受群体的精神性的热爱。在这个层面上，引生与白雪之间的感情升华，有情人终成眷属。

从普通男女的情欲出发，走向纯粹精神性的疯狂爱恋，最终在秦腔的精神层面上结合为有情人，是白雪与引生这一对民间精灵的伟大爱情故事。在这个前提下，我们再来分析小说中秦腔的第三代人物：女孩牡丹。这是一个饶有趣味的细节：小说叙事中完美无缺的秦腔女演员白雪，结婚后竟生出了一个患有先天性肛门闭锁的畸形女孩。这自然会让人联想起马尔克斯《百年孤独》里布恩地亚家族最终生出一个猪尾巴的孩子。但猪尾巴是返祖现象，见证了一场伟大而疯狂的爱情；而无肛门却是畸胎，不动手术就难以活命。结果是猪尾巴的孩子终于死去了，而无肛门的女孩却在众人的呵护下存活下来（虽然拖了一条管子还有待第二次手术，似乎预示了前途未卜）。关于这个女孩的降生，疑点重重，怪象丛生，民间神秘主义文化肆意泛滥。这个女孩未出世就险遭大难，其父亲夏风一再劝妻子堕胎，原因是她的降生会影响白雪的工作调动；她出生时也未得到半点父爱，白雪是在家乡农村用最原始的方法把她生下来的，命似危卵；尤其是她被发现患有先天性肛门闭锁以后，险些再度被夏风遗弃在村外喂野狗。厄难重重。这不禁要使人发问：夏风究竟是不是他的生父？从小说提供的故事情节看，似乎夏风肯定是其父亲，只是一个不称职也不配的父亲。但我们不妨对此发大胆奇想，转向另外一个角度来看这个女孩与疯子引生之间的关系。

引生自宫前，小说里有一段描写，引生偷窥在院子里洗衣服的白雪，那时白雪新婚不久：

> 我继续往前走，水兴家门旁那一丛牡丹看见了我，很高兴，给我笑哩。我说："牡丹你好！"太阳就出来了，夏天的太阳一出来屹甲岭都成白的，像是一岭的棉花开了。哎呀，一堆棉花堆在了一堵败坏了的院墙豁口上！豁口是用树枝编成的篱笆补着，棉花里有牵牛蔓往上爬，踩着篱笆格儿一进一出地往上爬，高高地伸着头站在了篱笆顶上，好像顺着太阳光线还要爬到天上去。我从来没有遇到过这么好的景象，隔着棉花堆往里一看，里面坐着白雪在洗衣服。

这一段描写非常奇特，给人一种光亮耀眼的效果。贾平凹笔调晦暗，很少这样写阳光，写光明，而且这段描写中，光线仿佛是物质性的，通过牵牛藤蔓的意象连接天空与大地，直接的感觉是歌颂了太阳光直射大地的壮丽景象。而这壮丽景象的陪衬者是一丛牡丹。牡丹也仿佛有生命似的，与疯子引生发生了心灵的交流。对于神秘主义的暗示我不想多加引申，但是在古代民族史诗和民间传说中，太阳光照射而产子的传说，与吞鸟卵而产子、感风而有孕的传说一样，都是人类早期对于生命起源的伟大奇想①。原始人没有医学知识，从男女交配这样一个简单动作中推断生命起源，类推天地之间的交媾孕育万物生长，而天空中又以太阳最为壮观，不但火焰般的光和热显示出无穷威力，而且光线的辐射形态也让人联想到男性在交媾过程中的生理现象，于是，太阳就被神化为万物生命之父。在世界有些地区的古代民俗里，人们禁止女孩子直接在太阳光底下走路，生怕女孩会在太阳光的直射下怀孕。这样，人们就把天父、太阳、男性联系在一起，构成了各种形态的太阳神话。我冒昧揣摩，贾平凹在《秦腔》里的这一段描写隐藏了太阳神话的原型，以引生对白雪的强烈思念和欲望、与牡丹花的感情交流、太阳光的直射构成了一个完整的生命起源过程。就在这一瞬间后，随即发生了引生控制不住欲望偷窃白雪亵衣被发觉，进而他在悔恨交加中自

---

① 关于太阳神话的传说，可参考叶舒宪《英雄与太阳——中国上古史诗的原型重构》，上海社会科学院出版社1991年版。

宫，惩罚自己。但这里也未尝不包含了另外一层原因，引生在强烈的欲念中已经完成了生命的延续和繁殖，自宫也可以隐喻一种肉体的自我了断。这个秘密似乎一直藏在小说的各种细节里，直到女孩神秘出生，取名牡丹，夏天智老人抱着她在大街口认干爹，碰到的"干爹"竟是引生。为此，作家借引生的心理直截了当地点明真相：

> 我甚至还这么想，思念白雪思念得太厉害了，会不会就使她
> 怀孕了呢？难道这孩子就是我的孩子？！

为什么要探讨女孩牡丹的血缘？这与秦腔的寓意有很大的关联。如果这个女孩真是引生与白雪感情的结晶，那么，就如前所说，引生与白雪是在以秦腔为象征的精神层面上传递感情的，所以这个女孩必然与秦腔的象征有关。小说里有一个暗示就是，女孩爱哭闹，但一听秦腔就不哭了，睁着一对小眼睛一动不动。对于这个女孩，作家用了太多的魔幻手法来暗示，多处影射，绝非闲笔，但究竟何所指却不甚了然，大致地去理解其中意味，应是与秦腔的凶险处境有关。但如果将其肛门闭锁比附秦腔之无出路，也未免失之太简单。我尝试着去理解这一意象，其一衰到底之人相，孤男怨女之精魂，最终却无肛门，仿佛是卦象中的复卦奎。上坤下雷，穷上反下，一败涂地之下，地底下却隐藏着滚滚雷动。肛门闭锁的意象，反过来也可理解为下漏被堵，衰运有底，一阳可生，复兴可望。这才是临界点上的秦腔在今天的出路之象征。所以，我把白雪、引生看作民间之精灵，而那个肛门闭锁的女孩牡丹，则是精灵之精灵。这里是处处有象征，步步有悬念，民间传统文化之代表秦腔，或可推之于整个方生未死的时代大变局。

关于《秦腔》，我觉得还有许多感受未能穷尽，其意义并非限于贾平凹个人的创作。贾平凹是一位对中国当代文学有过重要贡献的作家，他的创作，几乎每隔十年就给文坛带来一轮震撼。他在三十而立之年写出了《商州初录》，风格为之一变，以首创文化寻根之实验，立足于当代文坛；四十不惑之年，他又写出了《废都》，风格又为之一变，在时代的大惑中以个体生命的反省，来追求个人的不惑；这回是五十知天命之年写出了《秦腔》，但其所出示的不是他个人的天命，而是中国农村发展的"天命"。综合其多年的创作实践来考察《秦腔》，自有另一番境界。但二十多年来，像贾平凹这样的作家并非一人，而是一个从知青开始跋涉于文坛的写作群体，他们像沙漠里的骆驼，迈着沉重雄厚的步伐，

跋涉在现实生活的泥浆浊水之中。他们的成就各有千秋，但始终与"文革"后三十年来的中国文学史密切相关，俱荣俱损。时值新世纪，他们已经进入了知天命的生命阶段，其创作风格日趋成熟定型，正是可以创作出伟大作品的时候。在繁杂纷乱的当下文坛上，他们能够以中坚的姿态，用他们富有个性的创作，于文坛发挥重要的影响。所以，及时总结这一代作家的创作得失与成就，鼓励和推动他们进一步完善自身风格，这对于文学的承前启后、继往开来，都有不可轻视的意义。为此，我觉得还有许多命题，急迫地等待着我们继续去关注和探索。

（原载《西部》2007 年第 4 期）

乡土叙事的终结和开启

——贾平凹的《秦腔》预示的新世纪的美学意义

陈晓明

一、乡土经验及现代性的激进化

中国革命的性质决定了中国的文学性质，那就是以农民农村为叙事主体的文学构成其主导内容。努力去除现代资产阶级的思想、情感和审美趣味，这是无产阶级文化建构的首要任务。而无产阶级在文化上并没有自己的资源——无产阶级是没有文化的阶级，是被现代城市资产阶级剥夺文化的群体，它是附属于现代资产阶级的文化、被资产阶级作为启蒙的对象来处理的沉默的阶级。而中国的无产阶级主体上依赖于农民阶级，建构新型的农民的文化就要驱除现代城市资产阶级的文化。新中国成立后，中国的社会主义文化是一种肯定性的文化。资产阶级的现代文化本质上是一种否定性的文化，资产阶级的现代文化表现在艺术上就是自我批判的文化。从浪漫主义、现实主义到现代主义，资产阶级文化的主导倾向都是批判性的，都是精神分裂式的。资本主义就在文化和审美的批判中来展开其文化实践，获取面向未来的可能性。资本主义的文化本质上是一种个人主义的文化，因而也是一种城市文化。但中国的革命文化在其初级阶段则是农村文化，要回到文化的民族本位和历史本位，都不得不借助乡土文化的资源。中国的社会主义要把历史重新建构在最广大的贫困农民的基础上，建立在土地的基础上，这就使得在文化上要开创一种新的历史，那就是把中国现代开始建立的以民族资产阶级为基础的文化驱除出去，把文化的方向确立在以农民农村为主体的基础上。

从历史的发展的角度来讲，中国的左翼革命文学应该是从资产阶级文化中派生出的文化，它是对资产阶级文化的反动，是对其的颠覆，而颠覆本身要从对象身上获得存在的依据。但中国左翼文学这种激进的艺术类型并没有激进的审美表现形式。罗兰·巴尔特说："革命要在它想要摧毁的东西内获得它想具有的东西的形象。"[1] 但中国革命的左翼文学并未在资产阶级的文艺形式中获得形式，相反它转向了被民族资产阶级启蒙革命颠覆了的传统。革命的意识形态愿望与其语言的贫困构成惊人的历史悖论，激进的革命不得不从传统中，从既定的审美表达的前提中去获取形式。革命不只是信赖乡土——这种沉默的不具有语言表达的历史客体，同时要依赖乡土，围绕乡土建立起更具有亲和性的美学表达。那些表达本质上也是非乡村的[2]，但因为其外表与乡村具有相似性，被当作乡村表达本身具有客观性。乡村景物和大自然自从有文学的古典时代起就构成文学表现的对象。不管是古典时代的借物咏志，还是现代浪漫主义发展起来的关注自然风景描写，乡村的自然环境构成文学的本性的一部分。所有关于乡村的表达都具有乡村的朴实性和实在性，正如所有关于城市的表达，都具有城市的狂怪奇异一样。乡土的氛围就这样悖论式地然而又如此融洽地与激进革命的书写融为一体。因此，不难看到，革命的乡土文学中的人物与他生长的环境是如此紧密地融为一体，乡村景色，如土地、树林、田野、河流、茅舍，以及农具和动物，是如此亲密地与人组成一个和谐的生活情境。革命文学，在乡土的叙事中获得了美学上的本体、实在性、和谐与慰藉。

中国的社会主义文学经历了20世纪80年代漫长而艰难的与西方现代主义的交融历程，几乎都要生长出后现代主义，却又在新世纪再次顽强坚韧地回到乡土叙事，回到革命文学一直赖以寄生的文化大地和美学氛围中，这确实存在蹊跷之处。

在新世纪的中国文学中，乡村经验具有优先性。这种判断可能会让大多数人感到意外，农民乃是弱势群体，乃是被现代性侵犯、被城市盘剥的对象，乡村经验在现代性中是失败的经验，城市是现代性的赢家。我在这里说的是一种话语权，中国的现代性一直在玩两面派手法，中国现代性包含精神分裂症。现代性带着坚定的未来指向无限地前进，城市就是现代性无限发展的纪念碑；乡村

---

① 罗兰·巴尔特：《符号学原理》，李幼蒸译，生活·读书·新知三联书店1988年版，第108页。

② 例如有人论述过华兹华斯写的《汀腾寺》，那是对法国后革命时期的汀腾寺周边乡村的并不忠实的描写，那时的汀腾寺周边正是饿殍遍野，在华兹华斯的描写中，却是一派浪漫风光。同样的情形也在中国二十世纪五六十年代的乡土文学作品中随处可见。

以它的废墟形式，以它固执的无法更改的贫困落后被抛在历史的过去。但中国的现代性话语，始终以农村经验为主导，这就是由革命文学创建的以人民性为主题的悲悯基调。这种基调包含着知识分子的历史责任，在民族国家建构的历史时期，它具有历史的正当性和合理性，从而变成主导的权威话语，它把知识分子上升为关怀人民的历史主体。但在中国革命话语的建构中，知识分子的主体地位被激烈的政治运动颠覆了，剩下的是话语空壳。这一话语空壳在"文革"后再度获得充实的本质。在现实主义回归的历史征途中，文学叙事再度把人民／农民作为被悲悯的表现对象。应该说这种悲悯的主体态度经历过20世纪80年代后期的文化多元化的重组有所减弱，但在21世纪中国经济高速发展的时期，悲悯的态度又重新回到知识分子中间。例如，关心三农问题不只成为一项基本国策，而且成为人文知识分子的口头禅。反映在文学领域，那就是对底层人民或弱势群体的关怀。

相当多的实力派作家并没有随着中国的经济腾飞去描绘"新新中国"的城市面貌，而是去写城市贫民、乡村或底层民众的受苦受难的现实。这些作品构成了当下中国文学的主流，受到各家主流刊物的热烈欢迎，获得各种奖项。例如，备受好评并且被各种选本选入的《那儿》，陈应松的《马嘶岭血案》等。从底层眺望文学的成功之路，如此恰当地与文学回归人民性的立场重合，这真是一代人的幸运。我们可以看到：在迟子建的《踏着月光的行板》中，民工在城市中获得了一种颇具浪漫主义情调的表现，悲悯与浪漫的合谋意外地开创了一条创新之路；方方的《水随天去》，那是通过一个少年的视角对一个女性的内心进行的困难读解，苦涩的生活却与身体欲望的充分展示混为一谈；须一瓜的《穿过欲望的洒水车》中，一个小知识分子硬是摇身一变成为环卫工人，但更具浪漫主义风情，连她的绝望也具有城市情调；杨映川的《不能掉头》，那是对进城民工的全部绝望生活的表现，他们不可能有的合法身份与小说寻求的意外形式构成一个相互反讽的圈套。当然，还有更多的作品，我们可以从中看到农村重新包围城市。在新世纪中国城市的豪迈不群的形象一边，中国的文学在"人民性"旗帜之下，再次成功地回到乡土叙事，而且是把乡土带进了城市自以为的空间。也许这是我们的文学拥有历史的持续性的有效方式。

在现实主义的强大美学规范面前，在人民性的巨大悲悯力量面前，中国的城市文学其实并没有多少容身之地。城市文学一直像（也依然像）幽灵一样，只在青春期的无知无畏的写作中偶尔露出面目。现在，城市更完全的意象，或者说对城市更彻底的表达只存在于非主流写作，例如网络上的文学和青春期的业余写作。"80后"也许是当下和未来城市文学的强有力的写手，但在目前相当一段时间内，他们的写作还无法构成文学主流，甚至无法成为其中一部分[①]。中国的主流文学场域一直没有城市文学存在的文学氛围，这并不是说主流文学在有意识地压制城市文学，事实远非如此简单，而是文学场域没有多少可以共享的经验基础，作家的主体意识和文学经验、文学观念都无法处置城市中堆积起来的后现代经验，一写到当代城市，所有成熟的作家都显得不知所措。到目前为止，主导的文学经验基础还是被现实主义占据，还是被早期的现代性关于深度、力量和完整性的美学想象所占据，还是被集体无意识所占据。

从现代性的历史来看，中国的现代性文学从传统历史中脱身而出，并没有多少超越性的历史愿望去表达城市意识。而现代性文学转向革命，建构被压迫的民族国家叙事，也就必然转向农村。中国长期的占主导地位的现实主义的乡土叙事，把城市看成资产阶级文化的残余，中国的无产阶级文化本质上是乡村文化，从而把城市、对城市的想象、对城市的符号表达确认为"他者"。只是这样的"他者"被历史的合理性力量恣意，它也要倔强地表达自己，试图现身于历史语境，它就只能使自己现身为幽灵化的"他者"了。进入21世纪，中国的城市已经在演变为国际大都市，但是关于城市的意识，关于城市的美学想象，特别是关于城市的文学表达还无法建构起来。在目前看来，在这样的历史前提下建立起来的主导美学依然远离当代城市经验，关于城市的文学想象和叙事还是置身于现代性的主体意识之内，而后现代的消费性城市，更是一个无法望其项背的逃离的"他者"。我长期期待关于都市的小说叙事可以展现出后现代的美学观念，事实上这样的作品一直没有出现。我们也一直设想在全球化时代，中国文学应该更深地回到本土，以此对抗西方文化或西方的美学霸权，但这一切在观念层面设定的理想性方案与文学写作本身存在很大距离，真正对历史破解似乎再次宿命般地回到乡土中国的叙事中，似乎只有在这样的逃脱了所有观念

---

① 例如一些定位写给城市白领和小资的读物：有人说《深圳，今夜激情澎湃》是写给年薪一万元的人看的，《天堂向左，深圳向右》是写给年薪一百万元的人看的，《深圳情人》是写给年薪十万元的人看的。这些作品与其说是在把城市欲望化，不如说依然在把城市生活妖魔化。这或许是应了杰姆逊那句话，始终的历史化，在这里或许就是始终的妖魔化。

方案的写作中才能显示出中国文学历史的和美学的独特性。

二、乡土中国叙事的终结或是再生

在理论上人们存在的最大困惑在于，何以当代文学历经现代主义的洗礼，历经后现代理论的冲击以及当代大众文化形形色色的狂乱不羁的时尚潮流的对抗，它依然怀有那么强烈的意愿，那么怡然自得地在传统现实主义美学氛围中获取自己有限的前进性？难道说现实主义真的就是文学或者说中国文学最适合的美学表达方式吗？现实主义可以与中国乡土历史和现实构成一种协调关系，可以与人的经验更内在地结合在一起吗？当然，也许最重要的在于，可以与中国所有体制化的社会结构协调一致吗？尽管我们可以看到近几年现实主义美学在小说叙事这一维度上显示出强劲的力量，但这也许是最后的眷恋。我们可以从最有力的乡土叙事发生的微妙的变化中看到那种可能动向，这些动向表现了既定美学法则不得不解体的内在冲动。之所以看成是内在冲动，是因为这些变革不是外在强加，而是在小说艺术的最朴实的自我确认中完成的。

也许我们要看到 2005 年发生的变化，这一年同样有数量惊人的乡土小说出版。2004 年的惊人之作当推《受活》，那是对乡土中国历史进行的最彻底一次书写，另一次委婉而巧妙的书写来自李洱的《石榴树上结樱桃》。这两部作品，前者获得评论界的各种褒奖，后者则在新浪网上长时期受到读者的追捧。这两部作品都在叙事方法上做了相当大胆的探索，且有货真价实的创新之处。2005 年，阿来的《空山》是关于西藏异域的故事，但也可笼统归为乡土叙事；刘醒龙多年心血之作《圣天门口》在人民文学出版社出版，这如果不是乡土叙事的集大成，起码也是最后的巡礼。如果要说特别值得关注的，那就是贾平凹的《秦腔》。贾平凹不管从哪方面来说都是当代中国乡土叙事最卓越的代表。2005年他的《秦腔》就是一部众说纷纭的作品，对他的批判始终具有文化的和美学的立场确认的意义。

这部作品按贾平凹的阐释那是凝聚了他对当代乡土中国的全部血泪般的理解。书的封底有这样的句子："当代乡村变革的脉象，传统民间文化的挽歌。"还有："魔幻笔触出入三界，畸形情恋动魄惊心；四稿增删倾毕生心血，一朝成书慰半世乡情。"乡土中国的历史与文化发展到今天正在经受着深刻的裂变。在中国社会全面走向脱贫致富的历史进程中，乡土中国也在遭受着种种困境。

三农问题比任何时候都变得突出，因为乡土中国与"新新中国"高速发展很不相称，与城市的繁华盛世场景更不相称。年轻一代的农民涌向城市，土地荒芜，偏远的农村只剩下老弱病残无人料理……中国几千年文明建立在农业的基础上，即使是毛泽东时代，也是以农业为基础，社会主义的总路线也离不开农民的积极参与和新农村的繁荣昌盛。但这一切现在变化了，在中国参与全球化的资本和技术角逐的伟大的历史现场，农民和农村被边缘化了，农村在萎缩——主要的是在精神上的萎缩。这意味着中国几千年的社会性质、文化传统价值发生了根本改变，也意味着中国曾经进行的社会主义农村改造运动的遗产也无法继承。贾平凹以小说叙事的方式，最彻底地回答了这些问题。更重要的是，他以文学的方式，以他的独特的文学表达方式表现了当代——也就是新世纪"后改革"时代中国农村的存在状况，也是"后改革"的新世纪文学对乡土中国直面的表现。很显然，贾平凹的小说叙事方式使我们不得不面对中国乡土叙事的主流历史，这个历史构成了中国现代性文学叙事的主导方向，成为中国当代文学的主导方向。现在，这样一个源远流长的历史，这样一个主流的历史，遇到了挑战。贾平凹以他的方式，写出这样的乡土中国历史叙事终结的现场。

首先是乡土中国历史的终结。清风街是当今中国农村的一个缩影，小说描写了清风街在"后改革"时期面临的境遇。随着改革的深入，中国城市建设步伐加快，大量需求农村劳动力，而农村和农业遭遇冷落，农民工大量涌向城市。小说当然不是报告文学作品，贾平凹是从清风街的日常生活入手，一点点呈现出生活的变化，揭示出乡村中国传统的生活形式的改变，乡村生产和生产关系的改变，人们的行为方式和心态的改变。最鲜明的变化体现在夏天义代表的老一辈的农村干部向年轻一代的君亭和上善这样的干部的变化。夏天智代表的尊崇传统秦腔戏和传统文化的这代人也逐渐老去和死去。夏天义、夏天智等夏家的四兄弟都死去了，现在年轻一代的农民以及农村干部，他们以完全不同的方式在推进农村的历史。但这种历史与传统中国乡村，甚至与社会主义总路线时期的中国乡村都很不相同。历史在改革中断裂了，或者可以说终结了。君亭做的一套完全是市场化的，也是媚上的工作作风。但小说并没谴责和批判君亭这样的年轻一代干部的意思，只是写出他们的生活方式，他们在官场的表现，他们领导农村扩大再生产的方式。他要办市场，在为乡村致富找道路，他要在干旱季节找来水，找来电。他采取的方式都很独特，他有办法摆平他们。他也偶尔吃喝玩乐，但并不过分。他也有权力斗争的诡计，秦安就是他整垮的，但一点也不露声色。在另一种表述中，他可以说是勇于开拓、与时俱进的农村干部。秦安则跟不上时代，结果患病，甚至像狗一样在地上爬。小说的本意可能是要写出好人偏偏没有好报，但客观实际的效果则是写出秦安这样老实忠厚的干部却不能适应形势，只能被淘汰。既有惋惜，也有无奈。显然秦安的形象表达了对当今农村历史走向的批判。秦安的悲剧就像是夏天义的历史再也无法承继，传统中国乡村和社会主义总路线的乡村都终结了，君亭们开启的是什么样的乡村的未来？贾平凹显然表达了迷惘和疑虑。小说的叙述视点是引生这个半疯子，而且引生在小说的一开始就自残阉割。他的眼睛看到的清风街的历史是衰败的历史，一如他的命运遭遇，是被阉割的，是无望的自我阉割的历史。这样的视点本身表达了对历史的无望之情。

这部被命名为《秦腔》的小说，更为内在的是表现乡土中国文化想象的终结。秦腔是传统文化及其价值的象征。清风街民风淳朴，人们本来安居乐业，热爱秦腔，虽然生活于贫苦之中，但有厚实的文化底蕴，他们坚韧而乐观。然而，现代性的推进使秦腔难以维持下去。白雪这个美丽的女子作为秦腔表演的代表，她的遭遇本身是传统中国的文化价值的失败写照。新一代的农民陈星已经不会唱秦腔却会弹吉他，秦腔迷夏天智的孙女翠翠却迷上弹吉他的陈星。夏风这个从清风街出来的知识分子，他最大的理想就是要把妻子白雪调到省城妇联去。依然在艰难地坚持唱秦腔的白雪，只是到四邻八乡的红白喜事上去唱咏，更多的情况下是到丧事上去歌唱。这是个绝望的讽刺。后来白雪生下一个残疾儿，这隐喻式地表达了白雪的历史已经终结，民间艺术的纯美只能产生怪胎，不会再有美好的历史延续。当然，"秦腔"在某种意义上表达了贾平凹对他描写的生活对象和他的作品的命名，那是一种原汁原味的秦地生活，那是具有文化意味的秦汉大地，那是中国传统历史在当代中国乡村的全部遗产的象征。

当然，从小说艺术的角度，这部小说显示出一种独特性。在不少人看来，这是杂乱无序的乡土生活的拼盘，是无法忍受的语言大杂烩，然而，如果从乡土中国叙事的历史及其未来的面向来看，这部作品的力量也是独到的。它的叙事方式本身表达了乡土美学的终结。这部小说采用的视点是引生这个半疯子的视点，这个视点不只是看出乡土中国历史的破碎和衰败，同样重要的是，这个视点表达了对中国主流的乡土叙事的拒绝和逃离，甚至非常尖锐地表达了乡土美学想象的终结。叙述人引生的自我阉割是一个叙述行为的象征,只有去除个人的欲望、个人话语欲望,去除建构历史神话的冲动,才能真正面对乡土中国的生活(当然也可能是对《废都》的遭遇的愤怒,他干脆上来就自我阉割,使欲望不再有真实的行为)。秦腔的失去就像美的失去,就像是白雪这样一个乡村美人不能再生产美,只能生产畸形儿,这是个终结的美丽的传统的观世音。贾平凹也一定在设想,文学写作本身,文学乡土中国的书写,也不再有美的存在,正如他对秦腔的叙述构成自我博弈一样,他的写是对自己的书写的书写,这样的书写是对乡土的绝望,如同秦腔是中国乡土文学的挽歌。

小说中的阉割是一个象喻,引生作为一个叙述人过早地自我阉割,他不只是阉割了自己对白雪的欲望,也阉割了对历史倾诉的欲望。他只是看到乡村的日常生活,平凡的琐碎的生活。贾平凹不再虚构历史,不再叙述宏大的合乎历史目的论的故事。这里没有剧烈的历史矛盾,也没有真正的深仇大恨,只有人们在吃喝拉撒。小说的叙事主要由对话构成,这是对宏大叙事最坚决的拒绝。这里到处都是人,并没有主要的人物,没有戏剧性冲突。这是对资产阶级现代小说的彻底背叛。资产阶级现代小说是以情爱为主导,以人物性格发展和命运变异为线索,人物经常是在独处的空间,如客厅和卧室,或者野外,那种小说的空间总是有一种整洁和安静的气氛。但在贾平凹这里,到处乱哄哄的,到处都是人,众声喧哗,杂语纷呈。一会儿是说陕南土语方言,一会儿又是唱秦腔。引生这个孤独的视点却从来不会透视人的内心,现代主义的小说则是以叙述人进入内心为自豪。引生的视点看不到历史的连续性,看不到生存的意义,也看不清真相和人的内心。只有生活在流动,只有人们在活着和说话。与其说引生躲在一边看,不如说他躲在一边在听。这么多的对话,几乎全是对话,这是反叙事的小说叙述,是没有叙述的叙述。这是听的小说,就像生活本身在场一样,生活以其存在在表演,生活就是戏剧本身,就是"秦腔"。这是唱出的小说。

因为引生的半疯癫状态,他经常陷入迷狂,在迷狂中他最经常看到的两个人,一个是他父亲,另一个是白雪。在一次实际中也可能是迷狂中,引生又见到白雪,这是一个精彩且惊人的细节,引生与白雪在水塘边相遇,引生掉到水塘里,而白雪给引生放下一个南瓜。引生抱起南瓜飞快地跑回家里,"将南瓜放在了中堂的柜盖上,对爹的遗像说:'爹,我把南瓜抱回来了!'我想,我爹一定会听到的是:'我把媳妇娶回来了!'"引生开始坐在柜前唱秦腔。这些叙述,把日常生活的琐碎片段与魔幻的片段结合在一起，使小说在日常生活的场景中，也有飞扬跳跃的场景。这个叙述人引生不再能建构一个完全的历史，也不可能指向历史的目的论，只能呈现一些无足轻重的贱民的生活与一个疯子的迷狂想象。

乡土美学想象的终结也就是乡土历史的终结。乡土历史说到底是乡土叙事的历史，是乡土的叙事历史。贾平凹并不是一个有政治情结或对宏大历史特别反感的人，对于他来说，回到乡土生活本身可能是他写作的一种本真状态。如果说有一种乡土叙事，那么就是贾平凹的这种叙事莫属了。乡土中国在整个现代性的历史中，是边缘的、被陌生化的、被反复篡改的、被颠覆的存在，它只有碎片，只有片段和场景，只有无法被虚构的生活。乡土中国的生活现实已经无法被虚构，像贾平凹这样的乡土文学最后的大师也已经没有能力加以虚构，那就是乡土文学的终结，就是它的尽头了。《秦腔》表达的就是乡土文学的挽歌，就是对它的最后一次的虔敬。从此之后，人们当然还能以各种方式来书写乡土中国，但我说的那种最极致的和最令人畏惧的写作已经被贾平凹献祭般地献上了，其他的就只能写和重复地写。

说到底，被指认为乡土美学的那种东西，白描的、平淡的、简洁的、行云流水般的、明晰的等等，是在左翼革命文学传统下对乡土中国的一种自为想象。这是革命文学那种激烈动荡心灵不得不自我平复的一种形式。中国的革命文学，乃至迄今为止的革命文学（当然包括俄苏文学在内），在艺术审美这一点上无法始终激进化，或者说它的激进化采取了形式简化的手法，不用说是因为革命的接受主体是工农兵群众，其创作主体只能简单而直接地适应人民群众。革命是人民的狂欢节，在艺术上以通俗读物的形式来表现这种狂欢节，无论如何都不是革命的真谛。革命在艺术上的激进性并没有真正超越资产阶级艺术，无法盗用资产阶级的先锋派策略：既以其艺术上的炫目技法，又以其媚俗的伎俩俘获大众。革命的艺术在美学形式方面其实只是半途而废。如果革命是按照马克思的设想在资本主义高度发达的基础上展开的历史行动，那么革命文学艺术完全是另一番景象。革命在历史中适应了民族国家独立自主要求的历史条件，革命文学艺术也同样没有按照自身的理想性完成其激进化的理论方案。但这并不等于革命文学在其历史中实现的状态就是理想的合理的状态。革命文学就像革命事业一样，只是一个未竟的方案。其未竟性就在于它只能和乡土文学结合在一起，就像革命没有在资产阶级的文化基础上前进，只是在走乡村包围城市的革命道路。这样的道路是曲折的道路，其历史前进性和合理性是不充分的。文学艺术始终是在资产阶级艺术倒退的道路上前进，回到乡土的叙事一直被当成历史前进性来表达，一直被当成革命文艺方向来表达。革命文学艺术在美学上没有前进性，它是对革命的修正，是对革命变得平易、温和与平庸的表现。乡土叙事平淡无奇，尽管在历史可还原性这点上对革命历史的建构起到积极作用，但在革命的想象激发这点上，没有美学上的创造激情。

这个激情一直在延期，这是自我的延搁，以至于在漫长的历史期待中它具有了历史本来的正当性。这真是应了黑格尔的老话，存在的就是合理的，而其合理性也就是它的历史终结。但是，我们在贾平凹的《秦腔》这里，看到乡土叙事预示的另一种景象，那是一种回到生活直接性的乡土叙事。这种叙事不再带着既定的意识形态主导观念，它不再是在漫长的中国的现代性中完成的革命文学对乡土叙事的想象，而是回到纯粹的乡土生活本身，回到那些生活的直接性，那些最原始的风土人性，最本真的生活事象。对于主体来说，那就是还原个人的直接经验。尽管贾平凹也不可能超出时代的种种思潮和各种思想（甚至"新左派"）的影响，他本人也带有相当鲜明的要对时代发言的意愿，但贾平凹的文学写作相比较而言具有比较单纯的经验纯朴性特征。他是少数以经验、体验和文学语言来推动小说叙事的人，恰恰是他这种写作所表现出的美学特征，是最具有自在性的乡土叙事。贾平凹本人在20世纪80年代的寻根文学时期就一直寻求风土人情、地域特色那种最能体现中国乡村生活本真状态的特征。不管人们如何批评贾平凹，贾平凹的作品无疑表现出相当鲜明的中国乡土特色。恰恰在回到乡土本真性的写作中，我们看到，贾平凹的《秦腔》这种作品以其回到乡土现实的那种绝对性和纯朴性，写出了乡土生活解构的状况。这种解构并不是在现实化的意义上的解构，而是对其想象的解构，也就是在文学想象的场域中（维度里）使乡土生活解构。那是破碎的、零乱的、不可整合的乡土末世论。其在文学上的根本意义在于，贾平凹的叙事再也不可能建构一个完整的新世纪的乡土叙事。在回到生活的原生态中去的写作中，革命文学在漫长的历史中建构起来的那种美学规范解构了，只剩下引生那个半痴半疯的人在"后改革"时代叙述。在这样的历史场合，乡土中国找不到真正的代言人，贾平凹其实也没有把握，他只能选择那个自我阉割的引生，引生的自我阉割可以读解成是对贾平凹具有的历史冲动的阉割，那个宏大的历史眷恋现在只能变成一个巨大的精神幻象，如白雪一样也日益香消玉殒。他永远不能及物，不能切入新世纪的历史场域中，只能看着那个历史客体以他不能理喻的方式转身离他而去。这样的文学叙事或美学风格不能弥合深刻的历史创伤，不能给出历史存在的理由和对未来的预言，相反，这是一个破碎的寓言。

正是这个破碎的寓言，使乡土中国叙事在最具有中国本土性的特征时，又具有美学上的前进性。这是中国新世纪文学历经现代主义和后现代主义所想要而无法得到的意外收获，具有更加单纯的中国本土性。但是这样的叙事和美学表现却又突破经典性的乡土叙事的樊篱，它不可界定，也无规范可寻，它展示了另一种可能性——或许这就是新世纪文学在其本土性意义上最内在的可能性。与《受活》《石榴树上结樱桃》这些作品一道，《秦腔》以回到中国乡土中去的那种方式结束了经典的主导的乡土叙事，而展示出建立在新世纪"后改革"时期的本土性上面的那种美学变革——既能反映中国"后改革"时期的本土生活，又具有超越现代主义的那种后现代性。更重要的是，它的表意策略具有中国本土性特征：语言、叙述方法、修辞以及包含的所有的表意形态。这个破碎的寓言却使当代小说具有了对这样的全球化进行质疑、穿透，并与其对话的可能性，破碎性的叙事本身，是乡土自在的本真性生活的自我呈现，它是一种杂乱的呈现，一种对新世纪历史精神无须深刻洞悉的呈现。乡土文化崩溃了，消失于杂乱发展的时代，但对其消失的书写本身又构成另一种存在，那是一种文化以文字的形式的还魂和还乡。这种书写困难而勉强，却倔强。就像叙述人引生那样，没有巨大的视野，只有侧耳倾听，只有勉强去充当一个配角时才能观看。但他的内心却有着怎样的虔诚，在破败的乡土中始终不懈地追求单纯性和质朴性，他始终说不出真相，他只是在听，他引导我们在听那曲挽歌。这肯定是我们不能理喻的乡土，也是新世纪中国文学更具有本土性力量的乡土，它可以穿越过全球化的时代和后现代的场域，它本身就是挽歌，如秦腔般回肠荡气又令人不可忍受，在全球化时代使汉语写作具有不被现代性驯服的力量。

（原载《文艺争鸣》2005 年第 6 期）

《秦腔》：贾平凹的新变

肖云儒

《秦腔》原稿厚厚两摞，整整八百页，作者让我先睹为快。我读得很慢，费时一个半月。边读边记一些备忘的文字，现在整理出来，便成了这篇文章。

《秦腔》中的贾平凹有了变化

《秦腔》中贾平凹的创作心态有了引人注目的变化。这个变化我想用"由对人自身的倾诉，到为家乡（亦即民众和社会）树碑，由天马行空的性灵，到心存敬畏的苦吟"这样一句话来表述。

贾平凹一直以才气横溢、倚马可待而著称文坛，曾经有过"靠住行道树不到十分钟在纸烟盒上写就一篇美文"的传闻。他创作数量之多、速度之快，当下文坛恐怕无出其右者，短篇一日、中篇一周、长篇一月就能出草稿，在他是寻常事。前几年常常保持一年一两部长篇的产量，多次表白过"我写作有快感，并不累"，写是倾诉、宣泄，不停地写着才惬意，不写反倒难受这样的意思。这次写《秦腔》不一样了。这是一部下了大功夫、大力气而又费时很长的作品。在谈这部长篇的文章和言论中，他反复强调的是三点：

一是强调自己一直在惊恐中写作，写得非常慢、非常苦。"书稿整整写了一年九个月，这期间，我基本上没有再干别的事……每日清晨从住所带了一包擀成的面条或包好的素饺，赶到写作的书房，门窗依然是严闭的，大开着灯光，掐断电话，中午在煤气灶煮了面条和素饺，一直到天黑……古人讲：文章惊恐成，这部书稿真的一直在惊恐中写作，完成了一稿，不满意，再写，还不满意，又写了三稿，仍是不满意，在三稿上又修改了一次。"请注意下面紧接着的一句话："这是我从来都没有过的现象。"还可以再加一句，强调并坦陈写作的惊恐和苦涩，也是平凹没有过的现象。我读的是已经定稿寄出的稿子，上面又用钢笔做了多处改动，粗略算算另抄的竟有十九页，有一处更是长达六页之多，可见用心之苦了。由"写作有快感"到"文章惊恐成"，平凹的这个变化实在意味深长。

二是强调在构思、写作中一直心存感激，心存敬畏。心存感激是因为"商州是生我养我的故土，是我写作的根据地"，"我强烈地冲动着要为故乡写些什么，我决心以一本新书为故乡树起一块碑子"。心存敬畏，最担心的是"故乡人如何对待这本书"，"他们认可这块碑子吗"。还担心自己"年龄大了，精力不济，江郎才尽"，树不好这块碑子，当然也担心"脱离作品的批评炮弹"。这也是平凹创作心态的一个变化。敬畏和感激家乡，敬畏和感激土地，敬畏和感激父老乡亲，敬畏文学、敬畏创作和批评，是作家人文关怀和艺术担当的表现，某种程度上也是作家的文学观由自我自足坐标向群体认同、社会认同坐标转移的表现。如果说在平凹的长篇系列中，《秦腔》切入当下农村社会显得比较深厚，这恐怕是一个原因吧。

三是强调他在作品中表达了对当下农村的关切和焦虑。记得平凹早年曾经说过，他的商州系列只是以自己的眼光写家乡的人事、家乡的风情，后来是评论家将其命名为寻根文学的。这回，他坦陈自己有着意识到的寻根意识和介入意识："写《秦腔》是一次寻根的过程，我在书中表达了对当下农村的关切和焦虑。无论怎样写，笔尖是有温暖的。"显然不一样了。

由强调主体的倾诉宣泄到强调为客体（家乡）立传树碑，是一种由内向外的转化。早在《浮躁》，平凹便有着对当下农村社会热切的关切和焦虑；《废都》有了变化，重心挪到解剖心灵和意绪而辐射人生世相；《白夜》可以说是一次大幅度向内转的实践，出现了一次否定。再往后，又出现了一次再否定，重新向客体现实倾斜。这个再否定从《土门》着力描写的乡村城市化进程中显出了端倪，又通过《高老庄》在历史人文背景上的乡村风情展示和《怀念狼》在生态理念烛照下的乡村风情展示等多方的尝试，而在《秦腔》集大成，得到了巩固和深化。

所有这些，都让我们感到贾平凹人生和创作状态有了变化。这个变化对作家来说至关重要。对这位特定作家来说，我想它意味着在广泛探索之后的一种认定，意味着文学观、社会观的某种深刻调整和调整后的某种加固。

秦腔是《秦腔》的魂脉

秦腔是《秦腔》的魂脉，是它作为小说艺术存在的重要标志。这部小说题为《秦腔》，作品中关于秦腔的描写怕总不下百十余处，许多地方味道十足，很是传神。特别是用简谱和锣鼓经将秦腔音乐直接写进小说字里行间，极为鲜见。

秦腔在这部作品里，与碑版文字在作者另一部长篇《高老庄》中有异曲同工之妙，结构上能起到隔断转换、时空挪移的作用，从欣赏心理上看也有变化和顿歇。尤其能调动欣赏者在旋律和文字之间的通感，通过一个新的渠道激发读者的艺术联想和欣赏再创造。不同的是，碑版古文字是历史留下来的定型化存在，它不能随小说叙述和人物心理的进程而随意变化，故而一般只能晕染背景、烘托气氛或暗喻意义，而音乐作为一种独立的艺术语言，可以直接在人物性格、心理情绪、环境氛围的表现中发挥作用。以秦腔曲牌之丰富，要选择恰切曲牌来表现人物的各类性格、各种心情，简直游刃有余。记得罗曼·罗兰在《约翰·克利斯朵夫》中好像用过五线谱来写景还是写心境，也远没有这样大量地、全方位地使乐谱进入小说的描写之中。

在这部小说中，秦腔音乐和锣鼓节奏用来渲染人物的心理活动，用来营造气氛，用来表达线性的文字叙述有时难于表达的团块状或云雾状的情绪、感受和意会。管着喇叭的村干部金莲承包上了鱼塘，心里一高兴，便满村放开了悦然轻松的秦腔曲牌"钻烟洞"，气得正在远处吃凉粉的老支书夏天义狠声说"再来一碗"。夏天义为七里沟淤地和自己的侄子、新任村长君亭怄了气，四弟夏天智端着收音机走过来，不好正面劝他，老兄弟俩只是躲着这个话题东一句西一句说天气，说护膝，说死去的大哥（君亭爸）的坟茔，收音机里却一直在吹打"苦音双锤代板"，那正是哥儿俩说话的气氛和天义心里的味道啊。引生拾了白雪在河边洗衣的棒槌（对没有"那个"的引生来说，这是阳物的象征），晚上想她睡不着，便抱着棒槌唱《祭灯》，"为江山把亮的心血劳干"，用诸葛亮的忠心表白对她的痴情。又用棒槌在炕沿上击打"慢四捶""垛头子"，由缓慢而急促有力，再回落到"慢一串铃"，用秦腔打击乐宣泄了一场意念中的性交。这些描写过去都很少见。而小说中县秦腔剧团的炎凉和演员命运的起伏，也成为时代发展和文化变迁的一种症候。白雪刚出生的小女儿听见秦腔便凝下了神，再不哭闹。秦安病得人傻了，不会说话却记得戏词。秦腔声一起，连狗儿来运"也眺着大喇叭，顺着秦腔的节奏长声吼叫"。在整部作品中，秦声弥散为一种气场，秦韵流贯为一股魂脉而无处不在，它构成小说、小说中的生活、小说中的人物所共有的一种质地。

更重要的是，秦腔构成夏天智和白雪这两个人物的性格、命运、气质和精神寄托，构成他们生命本体的一部分。秦腔入文使他们有了标志性的旋律和音乐形象。白雪因秦腔而美丽，用秦腔来表爱，在秦腔音乐中结婚、孕育新的生命，因舍不得秦腔而留在县上，以至于和省城的文人丈夫少了共同语言，直到在苦音慢板中倔强着黯然离异。小说定稿后，作者又用钢笔在原稿上加了六页，专门设计了戏迷为白雪写长篇赞诗和白雪为秦腔写介绍文字两个情节。在这一大段文字中，白雪化为秦腔的精灵，秦腔又化为白雪的魂魄。

夏天智更是一个几乎完全浸渍在秦腔之中而得到表现的人物。收藏、展示、出版、赠予秦腔脸谱是他终生的兴趣和人生的自豪，在村里安装高音喇叭播放秦腔是他退休后自找的职业。他是性情中人，发乎情而止乎礼，是生命的呐喊者却又对社会人生有较清醒的评断，能如此乃得益于秦腔。秦腔戏文和戏中人物的许多价值标准成为他人生的精神坐标。他视儿媳白雪如亲生女儿，是因亲情，更是因秦腔和秦腔戏文的价值标准。白雪要生产了，他无以表达新生命在自己心中引燃的激情，竟用胡琴拉起激越恣肆的旋律迎接孙女的降生。得知儿子和白雪终于要离婚，痛惜至极的他当下收白雪为女儿，喊"把喇叭打开，放《辕门斩子》，放！"以示对儿子的愤恨。他自己也在动人心魂的秦腔中告别这个世界。"夏天智咽气前，已经不能说话，他用手指着收音机，四婶赶忙放起了秦腔……（以下为乐谱）花音二倒板里唱的却是一句：天亮气清精神爽。""夏天智手在胸前一抓一抓的，就不动了，脸从额部一点一点往下黑，像是有黑布往下拉，黑到下巴底了，突然笑了一下，把气咽了。"夏天智带着眷恋和遗憾，带着爱，最终落下了他人生的帷幕。

贾平凹有意识地将时间艺术、抒情艺术的音乐，融进符号艺术、叙事艺术的小说之中，使之成为小说艺术极有活力的表现手段，为小说艺术在以文字符号传递审美信息的基础上，尝试从更多维度上发现和构建新的信息通道和艺术语汇，这是创造性的探索。

夏天义，社会的担当者

如果说夏天智是生命的呐喊者，夏天义便是社会的担当者。

夏天义身上有着深刻的历史烙印、丰富的时代悲喜剧内涵。从 20 世纪 60

年代起，他就是群众运动兴修水利的模范，以后长期担任党支部书记，任劳任怨也有滋有味地为清风街的社会发展和公众事务操劳，一心要领着乡亲们走社会主义共同富裕的路子，几十年不改初衷。他全部的生命价值都印烙在清风街的发展轨迹之中，即便不再担任支部书记了，依然以极强的角色意识将清风街的公众事务当成自己的事来办。夏天义正直公平、执着倔强、大公无私、乐于奉献，能够应付裕如地运用社会主义的和民间的、家族的多重游戏规则，将党的要求和民间智慧结合起来处理农村各种复杂问题。在计划农业时期，我国广大农村实际上靠千千万万夏天义这样的带头人支撑着。

作者以极为节制的笔墨呈现了这个人物身上历史与道德评价、经济与人文评价的错位，但又避免了非是即非的二元对立判断。他从为自己弟弟夏天智办丧事，竟然找不到强壮劳力抬棺椁，敏锐地发现搞活农村经济所掩盖的另一种倾向，即劳力过度外流、轻视农业生产、忽视农田基本建设的倾向。他以为公之德、惜农之心，正大光明地写材料、提建议，切望扭转这种倾向。这时候，在夏天义身上，因人文的道德的坐标和历史的经济的坐标基本统一而闪现出光彩。但他完全不顾地质条件、人力条件和投入产出的经济规则，一意孤行领着哑巴和引生硬行去修七里沟的地，最后被一场大雨摧垮，这种愚公式的行为，由于是一种脱离现实和经济坐标的道德完成和精神实现，在当今时代也就很难显出崇高和悲壮，倒是多少露出了一点在历史新潮头面前的孤独、尴尬和无奈。这时历史与道德、经济与人文在他身上是错位的。这种错位虽系时代造成，不能由个人负责任，却构成了夏天义个人性格和命运的一部分。他因此更受人敬重，也因此有了更大的承受。作者没有简单地从社会坐标上去臧否夏天义，只是隐而不露地展示他的复杂性。从这种复杂性中蒸腾而出的人生况味和历史惆怅，构成了一种悲剧美，构成了这一形象重要的审美元素和艺术魅力。正如平凹自己说的："当下，农民渐渐从土地上剥离和出走，对于年轻一代是有一种解脱的感觉，但总体上来讲却当然是无奈，许多事情从理论上来讲都是明白的，也是轻松的，但现实沉重而苍凉。每一次大的社会转型，都是关乎着人类的命运，这就使作家有了可写的东西，我不能无动于衷。"

夏天义形象的另一重意义，是含纳了社会主义初级阶段和中国农业文明社会转型过程中，社会权力体系和族缘血缘体系交叉互动、相造相犯的复杂关系。他以自己在基层权力体系中大半生的无私奉献，成为清风街的道德楷模和精神领袖，也成为夏家这个大家族的主心骨。这时候，位（权位）、为（作为）、威（威望）三者统一于夏天义一身。后来秦安、君亭成了清风街党政领导，便出现了三者之间的逐层滞后现象。由于政绩需要一个过程才能实现，作为的显示总是慢于权位的获得，这构成一层滞后；又由于人格信誉和精神威望总是在政绩和作为有了较长时期积累后才能建立，才能获得公众认同，这又构成一层滞后。于是在新旧交替过程中，常常出现有权者无为无威、无权者反倒有为有威的错位现象。何况夏天义在家族亲缘体系中又位高辈大，更加固了他的威望。他不是"村长"（权力长者），依然还作为"族长"（家族长者）和"道长"（精神长者）在公共生活中起作用。夏天义形象耐人寻味地揭示了东方伦理社会的特点，也揭示了这块土地容易产生"人治"的深层原因。

在夏天义形象的塑造上，作者总体上采用了历史伦理、人民伦理的大叙事，细部也有极为可贵的个人伦理叙事，让我们看到了一位终生将个人命运和时代发展、社会担当联系在一起的农村基层干部的内心世界。对这个特定形象，像现在这样以历史伦理为叙述主线，融入家族文化、个体命运和心态的写法，我以为是恰当而和谐的。

莫不是"灵智现实主义"

在和媒体谈《秦腔》的创作时，平凹说过这样的话："农村的文化形态就表现在日常琐碎生活之中，表现在那些看似鸡零狗碎的泼烦日子里。以往许多写农村的作品，写得太干净，像是把树拔起来，根须上的土都在水里涮净了。"是的，《秦腔》大致承袭了这种贯穿于《浮躁》和《高老庄》中的描述风格。依然是如数家珍地描绘农村日常生活的原生态，发掘其中人生的、社会的、民俗的意蕴和生活的、心理的情趣。这种描绘细腻生动又节制冷静，也依然显示了平凹那种独特、俯拾即是、闪念即来的联想比喻天才，以及将人物心理活动转化为可视画面的妙不可言的能力。

比如写农村久旱逢骤雨，一只鸡张着嘴向空中接雨，一口一口把自己喝死了。小炉匠家的墙泡酥了，塌在墙下的母猪身上，母猪当场流产。无数老鼠跑过街面上了戏楼，而戏楼前的柳树上缠着七条蛇。引生穿着雨筒子鞋到处踩水，有意往别人身上溅。这是村里仅有的一双，又是父亲的遗物，从其珍贵可显出高兴至极的心情。用密集的奇特的画面、简洁而稍许跳脱的语句，写神了这场雨给农民带来的好心情，不着一字（写雨）而尽得风流。又如已经和白雪结了婚的夏风，晚上和竹青走在村道上，路过少时曾爱恋过的金莲的家，院门楼上有一篷葡萄架，无数的萤火虫自带着灯笼在飞，夏风伸手抓住了一只，立在那里发了呆。竹青说想见金莲啦？夏风笑笑，摘了门楼上的一颗硬葡萄（当然是酸的了）在嘴里嚼，萤火虫便从手中飞到院门里去了。全是画面和动作，内心活动和情绪流向却跃然纸上。在这种心理语言、画面语言向动作语言的翻译转化中，人物性格和作品意蕴的信息便生动地传输到读者心中，审美客体的内蕴也便经由画面转化为审美主体的感同身受。

不同于《浮躁》和《高老庄》的是，在现实主义的创作精神和生活展现中，《秦腔》似乎在形象描绘之中渗进了更多灵悟的元素。作者的"委托叙事人"引生和清风街的一些山民，身上有许多异于常态的怪诞的东西，眼光可以看见人的五脏六腑，可以穿越时空的阻隔，灵慧到能够感应天地万物，能够祈祷树木为人添寿，还有司马迁式的残缺产生的某种神秘。也许是他暗恋白雪感情波的辐射或心理场的效应在起作用，他的残缺又引发了白雪孩子的残缺。这样，透过引生叙述出来的这个小说中的世界，也充满了天人感应。万物有灵，世上所有的生命都处在千丝万缕的联系之中，天文、地文、生文、人文纠缠胶着在一起，被作为一个有机的整体描绘出来。这种纯然中国式的混沌世界观和美学观，极大地拓展了艺术表现天地，充满了陌生感和神秘感造成的欣赏悬念和艺术魅力，也反映出农村人与自然的亲近和沟通。夏天智感觉到儿子夏风和白雪闹崩了，便噤了秦腔，寡了耳朵，只见蚂蚁结队往树洞里爬，天上有一朵云落在院里，正扫地的白雪一拧身，却是一把泪珠子撒了地上。孤零零的引生一个人过年，端碗便想起了自己最牵挂的人，便想着代爹娘吃一口，再代白雪、哑巴吃一口，后来想到了代院里、大清寺和七里沟的树吃一口，代与其形影不离的狗来运、染坊里的叫驴、万宝酒楼上的大花猫吃一口，代七里沟的石头、白雪坐过的石头吃一口："他们都给过我好处，要感谢的东西很多很多，我代他们吃一口饭吧。"引生吃饱了，便把饭倒在院子里，让鸟吃，让黄蜂、苍蝇吃。结果麻雀、黄蜂、蛾子、蚂蚁都聚过来吃他的饭。（原稿上，作者刻意在两处把蜜蜂改成黄蜂、蛾子，表明他不是只从人类好恶的惯常角度，而是从大生态圈来看待所谓害虫益虫的。）"我把最后一颗米粘在了鼻尖，舌头伸出来一舔，吃进了自己肚里。"这幅天人和谐、共享福祉的画面写得何等温馨而耐人寻味。

从艺术精神和方法上看，《秦腔》没有像《浮躁》《怀念狼》那样融时代风云为命运纠葛，走更为传统的现实主义路子；也没有像《白夜》《土门》那样，将时代风云稀释为甚至异态化为具有神秘色彩的日常生存；而走了一条折中的路子，既将时代风云融入日常生活，又将许多日常生活场景聚集到一起，透过"委托叙述人"不完全写实的灵慧眼光，略显变形地呈现出农业文明在农村现实生活中的衰败、市场经济在农村的萌动，以及这一大背景下的社会风气、干部作风和文化时尚（如村干部在计划生育和收税过程中的非法行为，秦腔敌不过流行歌曲，老支书做的"泰山石敢当"碑没有栽到坚持农田基建的七里坪地畔，却栽到了搞活农村经济的象征万宝酒楼前，等等）。现实主义在这里多少有了一点变化，逼真写实中多了一点乡土的浪漫和理想，形象和理象中又多了一点灵象和喻象。不可能的事变得有点合理，虚幻的事写得很是真切。这一切又和贾平凹原先作品中对生活的细腻描绘圆融无碍地融为一体，聚合为新的艺术感染力量。

《秦腔》是批判的抑或理想的抑或理念的现实主义吗？都有一点，又都不是。我在想，莫不是那种可以叫作灵智现实主义的东西啊！

遗憾还是没能避免

阅读中，也感到遗憾还是没能避免。最主要的是什么？我以为是对生活、人生和社会心理还缺乏重大的创造性的发现。前面谈到了这部长篇有不少创新之处，属于表现方式和手段的居多，如秦腔曲牌的直接入文，如现实主义描写中的灵智泛漫。读者最为期待的当然还是作品对时代、人生、心灵内涵有更具启示力的发现和开掘，惜乎这方面令人震撼的东西还不够多。这主要又表现在对清风街生活中新的经济、文化因子，对清风街乡亲内心世界中新的折光还没有充分深刻有特色地展开，而对多年沉淀下来的那些社会现象和心理感情，展现得相当细腻精到，两相比较显出了不均衡。作者的价值判断和感情倾向本是清晰的，也符合历史发展旨归，但由于这种布局和开掘上的不均衡，艺术效果反倒是夏君亭和他的事业显得模糊灰暗，而夏天义道德力量的光彩却多少遮蔽了他在历史轨迹中的尴尬。

全书透过引生的眼睛看世界，通过他的所见所闻所想连缀和转叙故事。引生不像作家，可以具有全知视角，是全知者，引生的所见所闻要受到自己人生活动和日常行踪具体时空的左右，他的所知所想又受到特定自我认知系统和感觉系统的局限，这样，作家便往往需要枉费许多笔墨来解释他为什么能知晓那些他不在场的事情，又为什么能感知到那些他无法感知到的东西，多少显得累赘拖沓，不够清晰也不很可信。在叙事学上，引生属于那种"不可靠叙述者"，即带有种种个体局限和偏见的叙事者。虽然作者让引生具有超人的灵慧和超时空的感应能力，力图在某种程度上弥补这种叙述的不可靠性，但小说没有设置可靠的叙事者（这常常就是超然的全知的作家自身）来总揽、匡正全书，让读者始终透过不可靠叙事者的眼光来感知书中的世界，极易产生零碎、失真的后果，也极易影响甚至伤害真正的叙事者（作者）的审美立场。

（原载《西安交通大学学报（社会科学版）》2005 年第 5 期）

当代中国的新乡土化叙述

——评贾平凹长篇新作《秦腔》

李 星

早在 1983 年，贾平凹就在一篇名为《秦腔》的散文中写道："广漠旷远的八百里秦川，只有这秦腔，也只能有这秦腔，八百里秦川的劳动农民只有也只能有这秦腔使他们喜怒哀乐。"他称秦腔自古就是大苦大乐的秦地民族的"交响乐"，是秦川"天籁，地籁，人籁的共鸣"。时隔二十年之后，他又以"秦腔"作为自己这部长篇小说的名字。让秦腔这种古老地方戏曲的旋律、鼓点，氤氲于小说中的现实世界和人们的心灵世界，并成为他表现当下中国农村社会、经济、政治、文化变迁的独特切入口。

上篇：当代中国农村的多角度透视

去年 5 月，贾平凹在一次谈话中透露了《秦腔》写作的消息，说："这是一部写近二十年农村变化的长篇小说，主要是写乡下一些事情，写现在农村为什么大量的农民离开，写农民一步步从土地上消失这样一个事情。"确实，小说以纪实的笔墨，甚至不惜以精确的数字写了那个叫清风街的地方农民为什么种不起土地，任凭大片土地荒芜，农民特别是青壮年劳力为什么要逃离农村，脱离土地，以至偌大一个村子，找不到抬棺材的壮汉。此外，则是农村贫富差距的扩大，那些本事大、能力强的人，占有社会资源优势的人率先富起来，而那些老弱病残，则陷入连盐也吃不起的绝对贫困。雪上加霜的，则是政府农村政策的滞后，税费的沉重，基层干部作风的简单粗糙，并终于酿成了清风街村民包围乡政府的"年终风波"。在这些方面《秦腔》提供的当前农村社会的生活细节，确实如恩格斯当年所说的，比学者的著作还要真实而丰富。关注并不遗余力地描写新鲜而生动的农村生活现状，确实是《秦腔》的一大成就。

小说《秦腔》里面蕴含着丰富的社会学意义和价值。如作为中国村社的清风街多层次多类型的家庭形态，父亲作为大家长对儿子小家庭的影响，女子在家庭生活中的位置，以及大家族或名门望族家长对村级政权的影响与彼此关系，等等。可以看出，中国农村经过土地改革，集体化道路，虽然在80年代初土地又回到各家各户，但村委会作为中国社会最低一级行政权力机构，村主任、村支书或许有选举的名义，但最终决定权往往在乡级政权。然而乡级政权对村级领导的任用也并不是随心所欲的，它往往选择一村中大姓中年轻的代表人物担任"一把手"，使其有雄厚的族群基础。但村社"一把手"或许会为本家族的人谋取一些利益，如夏君亭将修建市场的工程交堂弟庆满，但他还得兼顾其他族姓，尤其是其中敢出头说话的人的利益，如夏君亭将村鱼塘、砖瓦窑承包给"恶人"三踅，换取他对自己工作的支持。此外他的决策基本上是独立的，在符合国家政策大方向的前提下，对全体村民和自己的政绩负责。然而，村民的支持却既有家族公共的因素，也有个人利益的因素，如夏天义的五个儿子，在秦安与夏君亭修地还是建市场的争论中，已经决定了支持秦安，但因为修地要损伤自己家坟地却又以无言支持了君亭。前任书记夏天义本来已经老了，对村中事务无多少发言权，但因多年村干部的威信，自己的人格力量，却仍然在基本群众中保持着影响力。但他并不能改变君亭的决定，仅仅只是因为叔侄的关系，君亭没有干涉他淤地的行为，并确定了他承包这片荒沟地的名义。

在历史的社会学的透视的同时，贾平凹在《秦腔》中还对中国农村社会的发展路径进行了深入的展现与思考。在长期原始封闭的农业社会中，中国农业保持着低成本低收入的发展道路，土地加劳力就可维持一般农民的低水平生存，但在开放的现代社会中，农业的成本数十倍地增加，种子、化肥、水电，成为发展农业的又一成本要素。而可耕土地却在工业化、城市化人口膨胀中大幅度减少，因此发展商品经济以提高农产品价值，城镇化以消化农村剩余劳动力不仅成为现代化的方向，也成为发展农业的方向。在清风街中我们看到了农民走向城市、发展商品经济的生动图景，有搞运输的，有搞建筑的，也有搞农林副业的，有经营建筑材料和土特产的，也有出外打工的，加上原来在外的"一头沉"职工，大致维持了农村的现状，使其不至于崩溃。夏君亭的建市场和秦安、夏天义的修地之争在现实生活中或许可以并行不悖，而它之所以在清风街引起轩然大波，是权力之争、利益之争，也确是一种观念之争、创新与守土之争。争论的结果以秦安的失权、生病结束，君亭牢牢把握了清风街的权力，而夏天义却以个人英雄式的壮举，维持了自己以土地为本的信仰与尊严。事实上建大市场在清风街并非盲目之举，给清风街带来了繁荣，吸引了外地商人，但同时也将色情等社会丑恶现象带到这里。在这方面，贾平凹是冷静而忠于现实的，尽管他对夏天义投入了更多的情感和尊重。

贾平凹对农村现实的透视还是文化的观照。在清风街这乡村世界中，秦腔这一古老的剧种，以其独特的艺术形态和文化力量，在村民日常生活、文化娱乐、精神需要中起着巨大的作用，并形成一种民俗风情、地域特色，以至可以说秦腔是秦人（不只陕西）的精神故乡。然而与散文《秦腔》不同，在小说《秦腔》中，秦腔虽仍有地域文化风情的价值，但已成为一种与农业文明相联系的精神情感的载体，是传统文化的精神符号。在农村社会的转型和传统农业文明的衰落中，它也走向了自己的衰落，并与传统思维方式、传统观念的衰落同步。夏天义是新中国成立五十余年的体制和意识形态所塑造的精神偶像神话，他与清风街新现实的冲突越来越大，影响也越来越薄弱，包括对自己的五个儿子。退休还乡的乡镇干部夏天礼贩卖银圆的事早已成为家族的羞耻。退休返乡教师夏天智乐善好施，儿子夏风是市县领导都器重的名作家，儿媳是出身大家的知名秦腔演员，他自己又是秦腔的研究爱好者，可以说得天时、地利、人和之便，更有资格成为夏氏家族和清风街新的人望，然而残疾孙女的出世，儿子夏风的离婚，都使他颜面尽失，并因不治之症而逝。他的家庭背景、个人经历以及死因，都让人想到作者的父亲。在《秦腔》后记中，贾平凹说"父亲的去世使贾氏家族在棣花街的显赫威势开始衰败"。这里说的其实也是夏天智。所以小说中关于夏天智葬仪的铺排叙写，就有着浓重的悼念一种文化精神、一种人格在尴尬中逝去的意味。至于县秦腔剧团的振兴无望和分解，昔日秦腔名角的失落，当年的"革命文艺工作者"成为走村串户搭班走穴的龟兹手，更有着丰富的社会历史和文化背景。

《秦腔》的现实意义不只在于对于与农业文明相关的文化精神的悼念和叹惋，还在于对新的生产关系、新的文化因素和新的人格力量的发现和肯定。秦腔这种传统文化开始衰落的同时，流行歌曲与乡村流行歌手这种新兴市民文化开始俘获乡村年轻一代的心。会唱流行歌、在清风街无根无柢的外来人陈星，竟然与夏氏家族的第三代翠翠毫无顾忌地搞恋爱，并以一个全新的文化形象承包了村子的果园。南方商人马大中只身来清风街做生意，虽然因故被夏君亭排斥，但消失一段时间后，他又公开进驻万宝酒楼。而这家标志着乡村消费文化上了档次，又败坏着古朴乡风的酒楼，竟然是当地个体户丁霸槽与夏天智的儿子夏雨合伙开办的。都市消费文化、娱乐文化在清风街的出现，虽然并不能立即从根本上改变乡村大多数人的生活方式，但它却是乡村城镇化的开始。比起这些更多只是具有符号意义的文化和人，对清风街的未来更具决定意义的，是夏君亭这种传统式农民精神印记已经非常淡薄的新一代农民的崛起。他在中学时代就热爱文学，尤具诗才，但阴差阳错，他却没有夏风那样幸运，因高考失利而留在农村，并在乡农机站当了站长，后又稳坐了民风强悍、"费干部"的清风街的"一把手"位子。虽然这并不是一个多么大的位子，但他并不小视自己，说："夏风能把事干大，我君亭在清风街也该干几件事呀！毛主席治一国呢，咱还治不好一个村？"敢把夏风作为竞争的对象，无缘治一国，却有志治一村，这是何等的气魄与心胸。他是集精神气度、谋略胆量于一身的清风街的掌舵人，为了施行自己的发展计划，他竟与魔鬼三蓬结盟，并以公认的道德名义为代价，搞垮了企图与自己分庭抗礼的秦安。君亭是与改革开放、市场经济在乡村这块土地、这片天空所形成的新的生产和人与人关系十分对榫和铆的新人格现实。他不是作者的理想，贾平凹并没有人为地拔高他的高度，也没有把他当英雄来写，而是把他当作一个清风街夏家的一个普通后代来写，但因为作品对生活的忠实，君亭却成了清风街继夏天义之后一个新的"人望"。

下篇：主观情感氤氲的新乡土化叙述

清风街是世纪之交的历史和现实生活背景下的中国农村，贾平凹的写作初衷也是在中国现代化语境中，写农民与土地心情复杂、处境尴尬的矛盾，但是笔者却不愿意用所谓农村题材或现实主义的宏大叙事来概括它，因为在从作品现实到甚至有些自然主义的细致描绘中，终究弥漫着作者十分浓重的主观情感。在《秦腔》后记中，贾平凹坦言他写的就是自己的家乡，他说"我的故乡是棣花街，我的故事是清风街，棣花街是月，清风街是水中月，棣花街是花，清风街是镜里花"，"我决心以这本书为故乡树起一块碑子"，"我以前写过，那都是写整个商州，真正为棣花街写的太零碎太少……现在我为故乡写这本书，却是为了忘却的回忆"。这些同前文所引的他在谈话中所说的，写近二十年农村变化的说法是有差别的，差别就在于一个是所谓现实主义的宏大的叙述姿态，另一个是为了对家乡忘却的回忆带有强烈的主观情感色彩。无疑，这两者都是作者真实的写作动机，而且可以说都在文本中实现了。但是最终决定作品审美风貌的，即决定作品是这样一种结构而非另一种结构、是这样一种音韵和情感基调而非另一种基调、是这样一种叙述风格而非另一种叙述风格的，却是作者的情感心灵需要的主观视角。因为前者毕竟是历史的社会的认识的标准，而只有后者才决定了作品独特的审美风貌的角度和视野。从这些方面看，我以为《秦腔》正合乎七十年前鲁迅先生所说的乡土文学的要素。先生说："蹇先艾叙述过贵州，裴文中关心着榆关，凡在北京用笔写出他的胸臆来的人们，无论他自称为用主观或客观，其实往往是乡土文学，从北京这方面说，则是侨寓文学的作者。……侨寓的只是作者自己，却不是这作者所写的文章，因此也只见隐现着乡愁。"[①] 看看八十年前蹇先艾小说集《朝雾》的序言，它与贾平凹的《秦腔》后记，竟如此相似。他们所写所忆虽不一样，但对家乡那种既熟悉又陌生、既近又远、既爱又不能爱的复杂情绪却是相通的。"我清楚，故乡将出现另一种形状，我将越来越陌生，它以后或许像有了疤的苹果，苹果腐烂，如一泡脓水，或许它会淤地里生出了荷花，愈开愈艳，但那都再不属于我，而目前的态势与我相宜，我有责任和感情写下它。""我的写作充满了矛盾和痛苦，我不知该赞颂现实还是诅咒现实，是为棣花街的父老乡亲庆幸还是为他们悲哀。"这种迷茫而痛苦的感情弥漫在《秦腔》的字里行间，它化为引生的自虐式不被人们理解的爱，又化为昔日清风街掌权人夏天义孤独而自我惩罚式的救赎，还化为夏天智理想的家庭伦理生活难以实现的无边的悲凉。至于白雪和夏风这对被村人视为门当户对、郎才女貌的"天作之合"所经历的婚姻的矛盾和痛苦，更有着作者自身婚姻经历的深刻体验。他是在写清风街，写清风街的美女白雪，以及她与作家夏风半途而废的婚姻，实际上也寄寓了他对在棣花寨的爱情的记忆和悼念。

秦腔剧目多悲剧，广为流传的唱段基本上都是痛苦忧伤之音，所以尽管秦腔有所谓苦音花音，慢板快板之区别，但就笔者个人的体验，忧苦悲伤是秦腔的主调，其主奏乐器板胡无论奏什么调子，都给人一种如歌如泣、忧伤无奈的感觉，而这也是贾平凹以"秦腔"命名本书的原因之一。书中反复出现的名段

---

① 鲁迅先生纪念委员会编：《鲁迅全集》，光华书店1948年版，第253页。

《藏舟》是父丧在身的渔家女儿和亡命天涯的公子对爱的追求，同时也是两人惺惺相惜对于对方悲惨身世和不幸遭遇的叹惋，至于有名的大净唱段《斩单童》，更是英雄末路的咆哮和控诉。贾平凹是写《秦腔》，也让秦腔写了自己。他们是各自在对方身上找到了自己。那却再不属于我的迷惘和辛酸是对故乡的回忆，也是一种告别，"我以清风街的故事为碑了"，"故乡啊，从此失去记忆"。所以，比起形形色色的判断和定义，笔者宁愿以为《秦腔》是一部视角独特、情浓意近的乡土小说文本。

三十二年前，贾平凹因进城求学告别了他的家乡，但他的主要亲人还在那里，他的心还留在那里，他密切关注着那里的一切变化；三十二年后，随着父亲的逝世，母亲的进城，与前妻、家乡女儿的分手，自己的渐近老境，他终于产生了以一块文学之碑表现自己对故乡的记忆的想法。当然这并不是说他以后不再梦回故乡了，只是说这次写作对自己对家乡生命情感的投入之巨，及其总结的性质。这块雄浑朴拙的文学之碑，是给家乡父老的，也是给自己的生命和自己的文学的。

老实说，长篇小说《秦腔》最初让我吃惊的，不是别的，而是竟敢用如此的写法！不走商业化写作的路子，这是我所能想到的，因为像贾平凹这样的作家，早已成为一个著名的文学品牌。他只要对自己的艺术负责，就不愁没有基本的读者。但如此细致的吃喝拉撒睡式的生活流式的写法，既不走此前的《怀念狼》《病相报告》这样的智慧型、技术型写作的路子，并且甚至比《浮躁》《高老庄》还缺少设计性，情节性、故事性也要淡薄得多，却大大出乎人们的意料。

《秦腔》是一种既不同于各种现代主义，又与中国现当代文学史中许多现实主义小说拉开了距离的一部小说，恐怕只能从《金瓶梅》《红楼梦》中找到它的源头。但比《红楼梦》更少设计和提炼，甚至典型化。他似乎只是要叙写一个村庄（清风街）在几年间的生活流变，讲一些生活其中的家族、家庭和男女老少的故事，从婚丧嫁娶到偷情养汉，从房中私话到公开吵架，从白天到夜晚，从冬到春，从秋到夏，是人们自己在生着，活着，而不是作家让他们生着活着。如果说这里有了一些长长的故事，形成了一些大的情节，似乎也不是作者的刻意安排，而是多种不同的生存欲望、利益追求、观念意志、自然的生活规律综合作用的结果。正如小说所说的，"清风街的故事从来没有茄子一行豇豆一行，它老是黏糊到一起的"。互相粘连的人和事在时间流动中就有了故事，在空间拓展中就有了情节，故事、情节在积累和演进中，就有了质的曲折和人物命运的发展变化。这时你突然发现在清风街世界中，一些人死了，一些人衰了，一些家族败落了，而一些家族、一些人却升起了，许多的生活细节、许多的事件、许多的人物命运，构成了一幅饱满的现实的中国农村的生活图画，你触摸到了它活跃的生命和跳动的脉搏。梅特林克说："日常生活有一种悲剧性，它比较巨大的冒险事件的悲剧性远为真实，远为深刻，远为符合我们真实的存在。"在平凹的《秦腔》中就有许多这种"日常生活"的悲剧。这是在大历史中个人命运的悲剧，也是高歌猛进的现代化里程中美丽的传统精神之花的悲剧，是历史进步的代价。

俄国文艺理论家车尔尼雪夫斯基说过："美就是生活。"新时期以来这曾经被认为是过时的美学思想，然而在《秦腔》中除了在引生这样的显在叙述人和清风街的理想主义者身上，表现出夸张、灵魂出窍、意识流式的想象力和神秘意味之外，却好像要刻意回到车尔尼雪夫斯基的精雕细描于普通人的"生老病离死，吃喝拉撒睡"和"一堆鸡零狗碎的泼烦日子"。语不惊人死不休地开掘着日常生活的美并将自己对它们的美感淋漓尽致地表现出来。在电视、网络、音画对纯文学的冲击和压迫越来越严重的今天，恐怕只有贾平凹才有这样的耐心和勇气，才有这样化腐朽为神奇的叙述功力。

在当代文坛上，《秦腔》是一部貌似传统，实则十分新潮的长篇小说文本，他对当前西化式的追求，商业化、技术化的写作，是一种勇敢的挑战。这是他从 20 世纪 80 年代初期就自觉到的对"以中国传统的美的表现方法，真实地表达现代中国人的生活和情绪"的不懈追求的继续和丰厚的报偿，也是他在小说民族化道路上的又一座醒目的石碑。

（选自《〈秦腔〉大评》，作家出版社 2006 年版）

论长篇小说《秦腔》在创作上的涨与跌

邰科祥

在贾平凹身上进行长线投资的读者，自从他的《废都》开始上市就把全部读（赌）注押在他的小说创作上，他们坚信"贾氏小说"这一绩优股的行情必然会一路看涨。然而就是这本让贾氏股民们望眼欲穿、千呼万唤始出来的《秦腔》也并不尽如人愿，虽说没有让人大跌眼镜，但最多维持了一次不赔不进的平手。在这种情形下，他们十几年来对"贾氏小说"这一绩优股的坚挺走势不由得开始发生动摇，因为，《秦腔》不过是七年前《高老庄》的翻版，它不只在艺术上没有更大的进步——出现涨停，反而在思想上有所倒退——开始下跌。

一

《秦腔》在结构艺术上维持在《高老庄》的水平，保留了贾平凹从《土门》以来至今所有长篇小说在开头和结尾上的绝妙特点，但在转折过渡方面没有中篇《阿吉》那样圆熟。

第一，贾平凹长篇小说的头尾艺术是值得大书特书的。这一点要追溯到《白夜》，从此以后直到《秦腔》几乎每部都很精彩。不管是前后照应还是留有余味或者故弄玄虚，这些头尾都值得我们咀嚼。另外，作为小说的主体部分——"猪肚"，虽然结构的难度较大，但从目前的结果来看，贾平凹的衔接过渡技巧却比较娴熟，细节的镶嵌也非常自然。所以，从形式上我们没有多少指责这部小说的地方，但问题在于，从纵向看或从贾平凹整个创作的发展历程来审视，《秦腔》的艺术功夫相比他以前的小说没有更多的变化和提高，仍然保持在《高老庄》的水准。引生这个叙述人倒很别致、有味。他具有非同寻常的作用，首先他让我想起鲁迅笔下的狂人，引生不能说是疯子，正如狂人不是神经病一样，他们在很多时候都是正常人，只不过有时过于痴情和意迷罢了。如果他们完完全全是病态之人的话，那么他们的言论行为就毫无意义。作家巧妙地利用这种非常之人的性格分裂特点，虚虚实实、真真假假地传达了自己的全部意图。同样，贾平凹也没有像其他小说的创作完全采用一个正常人的角度，因为那样做，有些奇特或者神妙的思想就无法自然地说出。所以，选择引生这个"没×"之人作为故事的叙述人就最恰当不过，他可以客观地描述所有人和事，他又可以自由地发表各种观点，不受任何约束。作家想说的他说了，不便说的他也替着说了，而且不落任何话柄。

第二，《秦腔》中移花接木的烘托技巧使用得不太恰当。用在中国西北地区广为流行的秦腔的音韵贯穿这部长篇的始终，贾平凹的意图是明显的。正如他在接受记者采访时所说，"作为戏曲的秦腔，它的衰败是注定的。……这一种衰败中的挣扎，是生命中透着凉气"。因此，他在小说中大量地穿插秦腔的唱段，描写秦腔剧团的衰落以及夏天智等对秦腔的痴迷就不是为了给秦腔叫魂，而是为了渲染一种旧的传统的气氛，为了制造一种豪迈的情调，为了表达对现实的一种不满，为了给死气沉沉的生活灌注一股生气。所以，秦腔曲调的插入对感情的传达起到了强化和暗示的作用。但是，我忧虑的是在清风街（丹凤棣花）这个秦腔并不十分流行的地域，设置这样一种浓厚的文化背景似乎不太恰当，假如他把故事发生的地方搁在陕西关中也许就不会有这种不协调了。据贾平凹所言，为了写这部小说他曾在关中采访过几次，而且同名散文《秦腔》所写的地域就是关中，所以，他为了给家乡树碑这样移花接木实在是不合适的。

第三，《秦腔》刷新了"琐事作为小说对象和描写日常化"的观念。批评界最近的很多议论都是孤立地称赞《秦腔》的日常描写技巧，如果纵向地审视贾平凹的作品就会知道这不足为奇。早在1992年左右，贾平凹便试图在小说中抛弃传统的故事，追求小说的日常化倾向，有评论家曾经表示反对并希望贾平凹重返故事，但贾平凹根本听不进去，仍然我行我素。《废都》《白夜》《高老庄》等便是这种小说在内容上的实验，最新的《秦腔》则是背离故事的成熟作品。所以，我们绝不能忽视琐事作为小说内容的特殊意义，这是一种高难度的挑战，而且贾平凹以他十三年的磨炼已把这种手法运用到悠游自如的程度，无论在场面的调度、高潮的营造、趣味的烘托、人物群像的勾勒以及言语的搭配等方面都很成熟，几乎无可挑剔。但是这一切技巧上的成就并不新鲜，熟悉他作品的人早在《高老庄》中已经领略，因此客观地说，所谓中国乡村的日常叙事，在《秦腔》中不过是一次巩固和再版，或者说是一次纪录的刷新而已，根本谈不上突破。

二

从主题角度说,《高老庄》至少是一部多义小说,用贾平凹的话说思想"混茫","不能用一句话可以说清"。可是,《秦腔》的内蕴相对来说比较单一,不能引发更多的联想。我以为它的主旨用一句话就可道明:小说表现了作者对传统村社文化的"仁义礼智"精神的失落和现代商业文明的急功近利行为的茫然。换句话说:作者对故乡以及整个农村的前途充满了忧虑与困惑。贾平凹企图以夏天义与侄子夏君亭的此消彼长或者说他们两者异途同归的失败,以及秦腔这一古老的剧种的衰微来证明这一点,在客观上,他无疑是做到了,而且很到位。但问题是,在主观上他只赋予了小说一种感伤的情绪却没有深入挖掘这苍凉的现实中所包蕴的深层意味。那么,是什么原因导致《秦腔》思想的单一呢?我觉得有两个因素:一是创作动机的杂乱;二是思虑的浅陋和不力。

创作动机在很大程度上是主题的组成部分,但是,《秦腔》的创作动机不但没有丰富这部小说的内涵,反而减弱了小说的思想力度。理由很简单,就是他的创作动机杂乱而矛盾。表现有三:

第一,质实和迂阔的冲突。贾平凹很明确地宣布他写作这部小说的意图是为家乡棣花街树碑。像这种为一个真实的地方立传的行为在贾平凹作品中是从来没有过的事,在文学史上用小说来完成这个任务似乎也不多见。不管他的真实意图是否如此,这样做的结果只能影响作品的空灵,束缚意象的飞腾,把史诗的诗味淡化甚至抹掉。我们也能感觉到他的真实动机实际上非常宏大,他想以小喻大,借助于故乡或者清风街的故事阐释整个中国当代农村的改革史,他想为整个农村树碑,想勾勒二十多年来农村的风云变幻。可惜的是,他不敢直接宣布这个崇高的愿望,他担心自己做不到,所以吞吞吐吐,左右为难,才出现了现在的尴尬,使本来远大的动机显得隐隐约约,无法充分地加以传达,给读者留下一个让人失望的蝉蜕。

第二,浅显和深沉的对立。贾平凹其实想得很不错,他要为农村找到一条路,但是他无法摆脱农村的苦难对他的折磨,无法为故乡找到一盏照耀前行的灯,所以他不得不再次学习子路做一次故乡的逃兵。也因此,在描写上,他只好取巧,只描绘了生活的现象而不去触及本质,也就是写了农村的变化却没有摸索到变化的神经，展示了现实，表达了对当下农村的关切和焦虑，但只限于关切而已。所以，《秦腔》只完成了一个极其浅显或简单的任务——树碑，而且就是这样一个碑也不令人满意，就像小说结尾给夏天义竖的纪念碑一样，虽然立起来了，却是一个无字碑。贾平凹绝对不是模仿武则天任由后人评说的做法，故意不置一字，而是等待夏风回去撰文，所以这是一个未完成的纪念碑或待刊之碑。我认为，恰恰是这一点，是《秦腔》的最大失败，更是他此后努力要攻克的难题，他究竟能否迈向他创作的奥林匹克就取决于他的思想能否超越。贾平凹现在是一个完美的蚕蛹，所缺少的就是那一瞬间的脱茧而出。

第三，卑琐和崇高的矛盾。尽管他聪明或者狡黠地说，这部作品的写作是为了忘却的纪念，但在骨子里他真实的、隐秘的企图却是报恩和忏悔。报答家乡对他的养育、对他创作的滋润，忏悔是他在潜意识中怀有对故乡深深的愧疚，但是他没有选择世俗的捐资而是富有创意地树碑立传。的确，这种让故乡千古流芳的壮举远远胜过成百上千万的钱票，假如这个碑立成了，贾平凹真就成了故乡的大功臣。遗憾的是，这个碑子并不怎么样。它是一个镂空的碑，只有情感的轮廓，没有充实的内文——思想。

《秦腔》内蕴单纯的又一个原因是贾平凹的思想倒退和思虑不深。让我们琢磨下他在这部小说发表前后的一些谈话，就不难发现他思想中原本的缺陷和矛盾："这是一部写近二十年农村变化的长篇小说，主要是写乡下一些事情，写现在农村为什么大量的农民离开，写农民一步步从土地上消失这样一个事情。"在他看来，写农村的变化就是写出这种现象或者导致这种现象的初步原因，却从没有考虑上升到更深刻的层面，去思考农村此后发展的趋势，新型农民理想的状态和风貌尤其是乡村人生中的永恒模式等。我觉得一个作家仅仅停留在一部长篇小说中浮光掠影地描写众所周知的事实，只思考普通人都能想到的问题，只作出常识性的简单回答，那么这样的作家就没有多少价值。作家不是时代的录音机或摄像机，文学也不是永远滞后生活的跟屁虫，在必要的时候，它必须超前，成为时代的马前卒。如何超前？我想，这不仅需要描写理想或幻想，而且更要依赖作家对生活的具有穿透力的远见卓识。读者决不满足看到客观的现实本身。贾平凹《秦腔》的局限恰在这里，对生活的反思浅尝即止。

很明显，他至今也吃不准农村的前途，因此他现在没有充分的条件来为二十多年农村的变迁作一番总结。因为他徒有一番才气，却无奈底气不足。他没有全方位、深入地研究中国农村改革开放以来所暴露的各种问题，他只是凭借自己的零星感悟而急于草成鸿篇巨著。这种灵感式的急就章于散文、诗歌或者短篇小说的创作也许较为相宜，但于长篇小说来说的确显得酝酿不够。前些年，文坛上对陈忠实的"枕头理论"似乎颇有微词，现在想来，这未尝不是文学精品意识的发轫。有不少批评家也敲打过贾平凹的快手，可是贾平凹就是不愿意接受，我甚至也站在他的角度为他的创作模式辩护，阐释为"渐进式写作"，现在看来，这些舆论在相当程度上纵容了他的草率。难怪有激进的批评家给他冠以"消极写作"的头衔。虽然贾平凹与消极作家无关，但称他为"夹生式写作"或"快感式写作"也许更为贴近，亦即他作品中有不成熟的因素，这种因素主要是思想，不是形式。一方面是他的思想水平本来只达到这种程度；另一方面，无论在广度上还是在深度上，他都浅尝即止，满足于有所感悟，停留在吸引住读者或者让读者感到有趣即可，至于其他更深一层的韵味，他就不想多用力了。贾平凹自然拥有许许多多鲜活的独特的觉悟，但这些觉悟中有很多是半悟或浅悟。所以，我们在他的小说中只领略到饱满的感性形象却收获不到作品的理性精神，正像他这些年来的所有长篇小说一样，《秦腔》拥有的只是一种怡然可乐的亲和力，缺乏让人的灵魂颤抖的震撼力。

贾平凹有一种关于小说细节的创作理论叫"微妙精深"，这些年来，他的确做到了前两个字——"微妙"或"以微求妙"，但是却忽略了后两个字——"精深"或"以精求深"。按贾平凹自己的理解微妙就能精深，可是实践证明，细节的奇妙只能增加作品的趣味却无助于小说的深度，所以，《秦腔》虽具体生动却直白浅显。他的另一种小说理论"意象主义"从主观上讲应该说也没有错误，但在实行的过程中却不完满，即有象乏意。清风街也许是贾平凹精心选择的象，可是由于意的挖掘不够，所以这种意象不成功，完成不了隐喻、象征整个中国农村的使命。当年的《废都》就曾经以西安古城来暗喻中国甚至世界，同样没有如愿，今天，《秦腔》所选的物象虽然在浓缩，但效果没有变，比较起来，恐怕唯有《高老庄》在象征性上还差强人意。为什么呢？我感觉有两个因素：一是思虑不深；二是象不称意。《病相报告》属于后者，《怀念狼》《秦腔》属于前者。

三

人物的塑造是小说的中心，也是其成就高下的一个标志。《秦腔》在这一点上是令读者失望的。它没有塑造出典型，就连让人过目不忘的特色人物都很少。无论与前期的《废都》《白夜》比，还是与《土门》《怀念狼》《病相报告》等相比都是无过之而有不及，更不用提《高老庄》，那就差得太远了。而且不少人物的性格都似曾相识，缺乏变化。

我们在《秦腔》里根本无法找到一个像陈忠实《白鹿原》中的白嘉轩和路遥《平凡的世界》中孙少平这样内涵丰富的典型。这些年来，批评界似乎不太提典型这个概念了，然而，对小说创作来说目前还没有能代替这个最高标准的崭新名词，所以我们有必要继续呼唤典型的塑造。这些年来很多人替贾平凹诊脉但都好像没有强调这一点，其实从人物塑造的角度，贾平凹的长篇小说之不成功的原因恰在这里。人物不典型就不可能承载广阔的社会内容和深厚的历史信息，小说就自然缺乏广度和深度。贾平凹这些年来，把太多的功夫都用在小说技巧的琢磨和探索上，"小说是说话"的理论就是最突出的证明；对于作品的内容特别是人物的性格铸造的确考虑得太少，用力也不够。与此同时，他好像把自己的小说定位在以可读性为主的娱乐境界，所以尽管一部又一部长篇接连诞生，却总不能获得突破。凡是在文学史上有一席之地的作家都形成了自己一套与众不同的创作体系，所以这个体系的先进水平及其正确程度就直接与他的创作效果相关联。现在看来，贾平凹很大的一个缺陷归根到底在于这个创作体系中的某些理论出现了偏差和失误。具体说就是他追求的"以趣味为旨归，注重表现形式"的小说观念，或者轻理重趣、轻内容重形式的创作习惯束缚了他。尽管他从言论上一直倡导意象的混茫多义，但他这十几年来的所有小说实践证明，"有趣"和"技巧"才是他小说始终没有放弃、反而在不断强化的创作原则，而"有义"与"思想"则是他未加充分重视并且没有为之努力的一个空洞的创作口号。

在《秦腔》中，贾平凹寄予满腔热情并重笔涂抹的主人公夏天义的性格是不乏棱角的，他威严，有杀气，是一个响当当的人物。清风街演戏时场面失去控制，谁也没有好的办法，但是他只一出场，秩序马上就井然起来。他也具有一定的政治权谋，与侄子君亭的明争暗斗行为就是证明。但是，他的最大弱点或失败原因却是思想的老化和在这种思想指导下的蛮干，特别是对国家政策的误解。为什么他几十年巩固的大权突然旁落，这与他的如上缺点是分不开的。他像愚公一样固执地坚持用淤地的方式企图改变农村的现状，唤醒人们对土地的热爱，精神固然可歌可泣，但从效果和方向上都是不合时宜的。可以预言，以后的农民都将成为技术型和知识型的新生代，而不是传统的像夏天义这样面朝黄土背朝天的泥腿子。

由此可见，这个人物的塑造是完全失败的，虽然他的命运是一个悲剧，但这个悲剧的主人公引发不了读者的同情和哀伤，因为他是历史的"倒行逆驶"者。而这个人物的失败又来自作者观念的陈腐、落后。所以，夏天义这个败笔就再一次暴露出贾平凹在人物塑造上的致命局限仍然在思想。说到底，贾平凹没有深入地研究现在农村的实际，不了解新一代农民的心理，所以他仍然采用旧时的思维想当然地来描写他们，就显得虚假和落伍了。虽然他的主观情感——对农民生活的忧虑完全可以理解，但是这种不着边际的指引是可笑和软弱的。正是这种无力或缺乏建设性的思想才使他的主人公夏天义没有那样感天动地，也使他的这本《秦腔》不能如一块碑石深深地扎根在读者的心里。

在股市上，没有永赚不赔的股票，即使某些公司的实力雄厚、业绩颇佳也不能保证其没有波动。如果说，贾平凹在小说创作方面所拥有的实力就像一只坚挺的股票，那么他的创作走势出现动荡也是不足为奇的现象。不过正像大盘往往引领着股市的方向，读者的反应同样将冲击作者的创作，贾平凹的小说此后是否能放出卫星不光取决于自己的努力而且也受制于读者的支持。努力和支持是相辅相成的，缺乏努力就会逐渐失去应有的支持，同理，支持率的下降也会打击作者的自信。《秦腔》所透露的信号是对贾平凹明白的一个警告，如果他的小说创作仍然停滞不前，他的这只股票就完全可能面临被停牌的危险。

（原载《小说评论》2005 年第 4 期）

比 较 视 野

BIJIAO SHIYE

中国当代近三十年文学创作的乡土叙事

——以《陈奂生上城》《活着》《秦腔》为例

韩鲁华

1978 年，对于当代中国来说，是一个具有划时代意义的年份。首先是关于"实践是检验真理的唯一标准"的讨论，为中国改革开放的实施，做着思想的准备。随后中共召开的十一届三中全会，标志着中国开始进入一个真正的和平建设时代。就文学创作而言，这一年出现的因小说《伤痕》而命名的"伤痕文学"，标志着当代中国文学创作开始了新的历史时期。1979 年 10 月第四次文代会召开，邓小平代表中共中央所作的《在第四次全国文学艺术工作者代表大会上的致辞》，确定了文学艺术在新的历史时期发展的基本方针。至此，当代中国文学沿着一条新的发展道路前行，并取得了令人瞩目的成就。为了便于论述，本文选择《陈奂生上城》《活着》《秦腔》三部作品为例进行分析，以期对二十世纪八九十年代和新世纪乡土叙事创作作出描述和价值判断，进而来评估这三十多年文学创作发生的变化与所取得的成就。

关于世纪乡土叙事问题

关于乡土叙事，经典性的论述恐怕当属鲁迅和茅盾、周作人的观点。他们从不同的视角对乡土文学及其叙事作出了自己的阐释。至今，我们仍然可以从中读出他们不同的人生与文化精神和文学艺术背景。

鲁迅在为《中国新文学大系·小说二集》所作的导言中，有这么一段精彩的话："蹇先艾叙述过贵州，裴文中关心着榆关，凡在北京用笔写出他的胸臆来的人们，无论他自称为用主观或客观，其实往往是乡土文学，从北京这方面说，则是侨寓文学的作者。但这又非如勃兰兑斯所说的'侨民文学'，侨寓的只是作者自己，却不是这作者所写的文章，因此也只见隐现着乡愁，很难有异域情调来开拓读者的心胸，或者炫耀他的眼界。许钦文自名他的第一本短篇小说集为《故乡》，也就是在不知不觉中，自招为乡土文学的作者，不过在他未开手写乡土文学之前，他却已被故乡所放逐，生活驱逐他到异地去了。"①不难看出，鲁迅先生于此更看重被放逐的乡愁的叙写。

茅盾则更强调社会生活与命运在乡土文学叙事中的作用，他明确表示："我以为单有了特殊的风土人情的描写，只不过像看一幅异域的图画，虽能引起我们的惊异，然而给我们的，只是好奇心的餍足。因此在特殊的风土人情而外，应当还有普遍性的与我们共同的对于命运的挣扎。一个只具有游历家的眼光的作者，往往只能给我们以前者；必须是一个具有一定世界观与人生观的作者，方能把后者作为主要的一点而给予了我们。"②

也许，周作人的观点，更侧重于人的生命体验在乡土文学叙事中的浸透。他说："我们所希望的，便是摆脱了一切的束缚，任情地歌唱。……只要是遗传、环境所融合而成的我的真的心搏，只要不是成见的执着主张派别等意见而有意造成的，也便都有发表的权利与价值。这样的作品，自然的具有他应具的特性，便是国民性、地方性与个性，也即是他的生命。……现在的人太喜欢凌空的生活，生活在美丽而空虚的理论里，正如以前在道学古文里一般，这是极可惜的，须得跳到地面上来，把土气息泥滋味透了他的脉搏，表现在文字上，这才是真实的思想与文艺。这不限于描写地方生活的'乡土艺术'，一切的文艺都是如此。"③

关于乡土叙事，上述诸位大家的话归结起来有这么几点：一是地方性，二是乡土性，三是乡土情怀，四是真实性与世界性。有人还认为地方色彩与风俗画面，是乡土叙事的根本特征。

在此，笔者认同周作人的观点更多一些。从叙事角度看问题，可否这样来认知乡土文学及其叙事：就叙事对象而言，自然是以乡村的人、事、情、景作为叙述的基本对象。乡土文学及其叙事，自然是以特定的地域为其基本的叙写基地，就如鲁迅的以鲁镇、未庄等命名的绍兴，沈从文的湘西凤凰等。作家笔下的一切，均离不开他所生存过的故土。作家自然叙写着自己曾经的生命记忆，

---

① 鲁迅：《中国新文学大系·小说二集》，上海文艺出版社2003年版，第9页。

② 茅盾：《茅盾文艺杂论集》，上海文艺出版社1981年版，第576页。

③ 周作人：《谈龙集》，河北教育出版社2002年版，第10—13页。

这种记忆浸透在作品中所叙写的人、事、情、景之中。就叙事的艺术表现而言，重在叙写人、事、情、景中所蕴含的独到的地域风土人情。不同的地域在其漫长的历史建构中形成了有别于其他地域的风土人情、生活习俗等。不论作家怎样强调社会历史发展的概括性的价值，都无法将特定地域的风俗文化、民风民俗所摒弃。不仅如此，乡土文学叙事更为倚重的恰恰是地域风土人情的叙述，方使得作品有了更具艺术生命的魅力。就作家的叙事情怀而言，应当在叙事中熔铸着一种乡土情怀。这种乡土情怀，是作家的生命情感命脉与乡土的生命情感命脉相融会的产物；就其叙事所表现出的审美特征而言，应当突出的是地域色彩和风俗画境；就其叙事的内涵追求而言，是地域之中蕴含的超越地域性，能实现与人类历史发展趋向精神价值的同构。至于说艺术表现的方式方法，我以为可以是不拘一格的，正如鲁迅所言，不论是主观或者客观，也不管是侧重于社会人生或者生命情感。

中国的乡土叙事文学创作，肇始于以鲁迅为标志的"五四"，经由二三十年代的承续和40年代的变化，于50至70年代被弱化，80年代后又重新实现与二三十年代的对接，并得以发展与丰富。

以鲁迅为标志，包括稍后出现的以乡土文学命名的乡土派创作，基本的思想基调是启蒙。乡土派创作，亦分为写实与写意，写实是主流，像许杰、许钦文、蹇先艾、王鲁彦、彭家煌、黎锦明、叶紫等，写意一路主要是废名、沈从文。30年代，乡土文学主体便开始逐渐地离开启蒙主题，而倾向于社会化主题，像沙汀、艾芜、张天翼、萧军、端木蕻良、骆宾基等。此时超越社会化主题的是沈从文，具有写意诗性的是沈从文、萧红。40年代乡土文学，具有代表性的是革命文学创作，像赵树理、周立波等一批解放区的作家。50年代后，是一种社会政治模态的农村叙事，标志性的人物是赵树理、柳青、周立波、康濯、孙犁、王汶石，直至浩然发展到极致。80年代后，乡土叙事逐步得以回归，从社会政治逐渐蜕变为社会生活和历史文化，走向了多元化的乡土叙事，像古华、高晓声、周克芹等等。贾平凹属于所谓新时期成长起来的一代作家，与张炜、路遥、陈忠实等，应属同代作家。比较特异的是老作家汪曾祺、贾平凹，他们承续着废名、沈从文的路子，这一路乡土叙事的文脉比较弱，但是，一旦出现，都具有开拓意义，具有大家风范。

命运：社会生活化的乡土叙事

从文学叙事思维方式以及叙事模态建构来说，中国20世纪50—70年代的文学叙事，是一种社会政治叙事模式，这种叙事模式，以社会政治及在此种观念下所建构的社会结构与生活模式来框套文学创作，追求的是文学叙事艺术建构与社会政治建构的同一性和同步性。因而，文学艺术失去了自己的独立主体性和审美品格，而成为社会政治及其生活的演化与阐释。这种文学叙事思维及叙事模式，作为一种历史惯性，于20世纪70年代末至80年代初，一直在向前滑行着。"伤痕文学""反思文学""改革文学"等，虽然在相当大的程度上，挣脱着社会政治叙事思维及其模式，但仍留有其痕迹。1985年后出现的"寻根文学""现代派"文学，标志着中国当代文学叙事思维及叙事模态走向多元化，步入了20世纪中国文学创作的又一个辉煌的历史时期，并实现了与"五四"文化思想与文学叙事艺术传统的对接。

因此可以说，中国当代文学的乡土叙事，从20世纪50年代后的《登记》《三里湾》经由《山乡巨变》《创业史》，到了《艳阳天》《金光大道》，承续的是社会—生活的乡土叙事模态，并将其发展到了极致，形成了社会—政治乡土叙事模态。直至20世纪80年代后期，其状况方有了改变。可以说，20世纪80年代之前，处于主流地位的是社会政治化的乡土叙事，形成了社会政治话语式的乡土叙事传统。作为一种历史的延续与承接，20世纪80年代的乡土叙事，首先秉承的自然是这一当代叙事传统。比如《许茂和他的女儿们》《犯人李铜钟的故事》《芙蓉镇》，甚至像《人生》等等。这些作品于社会生活话语下，均有一个共同的叙事特征，那就是当代中国农民的社会历史命运与个人的生活命运问题，实现的是个人命运与社会命运的叙事同构。这类创作中，高晓声以《陈奂生上城》为标志的"陈奂生系列"作品是具有代表性的。

20世纪80年代的乡土叙事，自然存在着发展变化。基本路向是从"伤痕文学"的揭露与批判，经由对于中国当代社会历史生活的反思，到从历史文化上对于当代中国社会历史更深一步的反思与批判。直至20世纪80年代后期，乡土叙事走向了多元化的艺术建构。也就是说，当代中国文学的乡土叙事，就对于人的揭示与艺术表现来看，是从社会政治化走向历史文化，最终成为自我的本体存在的。

对于乡土生活的叙事，不论是刚刚被解放出来的作家，还是初登文坛的青年作家，在艺术建构上，均是以整个中国社会时代生活为大背景，着重表现的依然是中国社会政治化的现实生活情境，自然而然地将农民的命运、乡村的命运，与整个中国的社会历史命运紧密地结合在一起，通过作品中人物的生存状态及其命运，来展现中国的当代社会历史命运。当然，在具体的艺术表现上，他们之间有一定的差别，但基本叙事主题格调则是一致的。

但是，在这种叙事模态下，亦有着某种突破，比如高晓声的《陈奂生上城》，就在相当程度上突破了社会命运，而进入了人的精神领域，直指中国国民性等问题，具有更为广阔的意义空间，引发人们更多的思考，也将乡土叙事引向了深入。

高晓声所塑造的陈奂生这一当代中国农民形象，是当代中国文学艺术殿堂中的一个艺术典型。陈奂生的人生道路及其生活命运，就是当代中国农民的命运。《漏斗户主》《陈奂生上城》《陈奂生转业》《陈奂生包产》《陈奂生出国》等作品，构成了陈奂生当代生活历史命运的叙事建构。如果将作家另一篇作品《李顺大造屋》与这几部作品联系起来看，当代中国农民的吃、住问题，从20世纪50年代时就开始解决，可是，因为社会生活的种种不正常，尤其是违反农民意志以社会政治化的方式来解决乡村生产与生活问题，农民的基本生存，即吃住问题不仅未能解决，反而更加严重。直到1979年后进行乡村改革，这一问题才得以解决。之后，陈奂生上县城卖过油绳，当过村办企业的采购员，最终还是回到土地，做了种粮大户，并且出了国。陈奂生这一系列举动，也真实地展现了改革开放后中国农民的生活历程。

问题并非如此简单。如果是这样，那陈奂生这一乡土叙事文学中的人物形象的价值和意义，就要大打折扣。高晓声作为当代中国文学乡土叙事者，其最大的贡献就在于对于农民基本生存问题解决后在精神上的需求这一问题的思考，以及对于鲁迅所开创的、以启蒙话语为标志的现代乡土叙事传统的衔接。这一方面，较早进行思考的还有贾平凹等。贾平凹于20世纪70年代末80年代初，创作了《"厦屋婆"悼文》等一批从中国文化传统视野反思当代中国社会历史以及农民精神命运的作品，却受到了文学批评界不公正的批评。这类乡土叙事文学的价值就在于，它前承鲁迅乡土叙事艺术传统，下接1985年后出现的"寻根文学"叙事艺术的开启。

鲁迅的乡土叙事，自然是以现代文化精神为背景的，对乡土及其文化精神给予了深刻的揭示与批判。在鲁迅这里，乡土与城市或者现代的文化精神，是相对而存在的，肯定的是现代启蒙文化精神，否定的是以乡土为标志的传统文化精神。鲁迅对于国民性的开掘与批判，达到了20世纪最为深刻的程度。可惜20世纪50至70年代，鲁迅开创的这一乡土叙事传统，则被丢弃了。正是在这一意义上，我们说，陈奂生这一艺术形象的塑造，具有更为深刻的文学艺术价值。这也可以看出，中国文学在改革开放的历史进程中，逐渐发展进步的历史轨迹。也正因为高晓声从历史文化及民族文化心理视野，来开掘陈奂生这一艺术形象的内涵，陈奂生的价值才超越了社会现实层面而进入历史文化深层的解析。这正如有的论者所言，陈奂生这一艺术形象，"写出了背负历史重荷的农民，在跨入新时期变革门槛时的精神状态"，"陈奂生的精神，典型地表现了中国广大农民阶层身上存在的复杂的精神现象"，"是一幅处于软弱地位的没有自主权的小生产者的画像，包容着丰富的内涵，具有现实感与历史感，是历史传统和现实变革相交融的社会现象的文学典型"。①陈奂生这一乡土叙事文学中所出现的典型形象，显然不同于此前的"小腿疼"、盛佑亭、梁生宝、梁三老汉等先进或落后人物，更不同于肖长春这种政治符号化人物。高晓声在叙事上已经开始脱离社会政治观念化艺术建构，也不是从阶级尺度去审定人，确定人的内涵，而是开始从社会生活层面去审视人，从人的社会生存及其存在的需求去开掘人的内涵。这虽还未完全回归人自身本体，但是，较前已经开始发生着质的变化。它意味着当代中国的乡土叙事，从社会政治叙事走向社会生活乃至人本体叙事。到了"寻根文学""新写实文学"中所出现的乡土叙事，比如《远村》《爸爸爸》《小鲍庄》《远山野情》《狗日的粮食》《伏羲伏羲》等等，已经开辟了多元化的乡土叙事形态。并且，这一影响是深远的，直到21世纪，仍然有将文化与生命存在等作为乡土叙事艺术建构的重要层面的作品出现。

由此可见，以《陈奂生上城》为开启标志的20世纪80年代的乡土文学叙事，其自身不仅比20世纪70年代之前有了新的发展变化，将当代中国文学的乡土叙事推向一个新的高度，而且为新时期文学叙事艺术建构，开启了新的历史。更为重要的是，这一乡土叙事在发展演变的历史进程中，与中国的社会历

---

① 陈思和：《中国当代文学教程》，复旦大学出版社2007年版，第237—238页。

史进步与发展，于内在精神上具有某种同构性，亦即中国的文化思想开放到什么程度，乡土叙事文学的艺术建构也就达到什么地步。或者说，有怎样的文学生态环境，就有怎样的乡土叙事艺术建构形态。这一点不论从什么视角来看，都是无法回避的事实。20 世纪 80—90 年代，中国社会发生了一次深刻的变化，此时的乡土叙事文学亦随之变化。20 世纪 90 年代初具有中国特色的社会主义市场经济的建立，给中国的乡土叙事也带来了深刻而复杂的变化，从而使中国当代的乡土叙事进入一个新的历史进程。

活着：充满生存哲思的乡土叙事

中国乡土文学进入 20 世纪 90 年代，具有代表性的叙事艺术模态，应当是以《白鹿原》《九月寓言》等为标志的新历史叙事，也就是人们通常所说的"新历史小说"和《马桥词典》《高老庄》等现实叙事乡土文学创作。但是，真正对乡土叙事产生巨大冲击力的，则是延续"新写实"创作中所出现的莫言、余华、刘震云、刘恒等的新乡土叙事。本文对于这一时期乡土叙事的解读，之所以未以此为蓝本，而选择余华的《活着》进行典型个案解剖，那是因为在笔者看来，《活着》作为乡土叙事文本，在突破社会历史乃至文化而进入人本体的层面，从人自身生存的价值意义视野来审视乡土生活，来审视人，从而建构起以人为本体的乡土叙事形态。

但是，于此我们有必要先对新历史叙事和现实叙事的乡土文学创作，做一概括性的描述。1985 年后，中国的文学叙事艺术发生了巨大变化，出现了有别于此前的叙事艺术新质，新历史叙事就是其中之一种表现。坦诚地讲，在 20 世纪 80 年代，西方文化思想、文学创作思潮等再次涌入国门，形成了 20 世纪中国历史上第二次文化思想解放运动，给当代中国包括乡土文学在内的文学创作，带来了巨大的冲击力。其中美洲的魔幻现实主义对中国文学创作的巨大影响，就是一例。1986 年张炜的《古船》，就明显地受到马尔克斯《百年孤独》的影响，学习模仿的痕迹是显而易见的。陈忠实《白鹿原》，从叙事方式到叙事语言，亦留有《百年孤独》的痕迹。这种新历史叙事，将中国当代文学叙事推向一种新的艺术境地。这就是从一种新的文化与历史视野来解构和建构乡土历史，以期对已有的历史作出新的艺术阐释。其中民间文化立场和民间文学艺术精神，是乡土历史叙事的一种基本立场和情怀。可以说，这种叙事立场和精神，在 20 世纪 80 年代之前的文学叙事中是不可能出现的。也只有经历了十多年的思想解放和改革开放之后，中国当代的文学叙事，方能出现此种历史情境叙述。即便如此，仍有相当一些人不能接受。《白鹿原》出版后的坎坷命运，特别是 90 年代初对于这部作品的批判，以及其获得茅盾文学奖的艰难历程，就说明了问题。

关注社会现实，始终是中国当代文学创作的一个传统。1992 年之后，中国实行社会主义市场经济，这不仅对现实社会生活产生了巨大影响，对文学创作亦产生了巨大影响。中国文学创作走向了大众化、世俗化、平面化、欲望化、媒介化。特别是网络文学的出现，将文学推向了大众创作，作家专事文学创作的历史局面被彻底打破。精英化的文学创作与大众化的文学创作平分秋色。显而易见的是，大众化创作的艺术品位，自然是难以与精英化的创作同日而语的。但是，以网络文学创作为标志的大众化文学创作却有着更为广大的接受群体。这也是中国当代文学发展到 20 世纪 90 年代后所出现的一种不可无视的现象。正是在这种文学创作语境下来审视《马桥词典》《高老庄》等乡土叙事，才更显出执着于纯正文学创作的可贵。

现在我们来探析《活着》这部作品。余华的《活着》代表着一种现代文化乃至后现代文化乡土叙事的文学创作。这类创作，实际上是一种既不同于《白鹿原》又不同于《马桥词典》的完全新的乡土叙事。苏童的《米》、刘震云的《故乡天下黄花》等也可归入此类创作的范畴。于此，他们在解构乡土历史与现实的同时，实质上是在建构着一种新的生命本体化的乡土叙事，甚至超越了乡土现实生活本身，而进入对于人及其生命存在意义的多种思考。

在《活着》之前，余华创作了《在细雨中呼喊》，之后又有《许三观卖血记》问世。而被文学界视为先锋作家代表的余华，虽然此时的创作依然是没有离开他曾经生活过的江苏乡村，他自己也说《活着》是他个人创作的一种延续，但是，"过去肆无忌惮地使用的时空的任意移位、变形、压缩与置换，人物的陌生化、神经质、绝望感与残酷性被一种人间温情、依恋和对生命的热爱取而代之"①。其实，这不仅标志着余华文学创作的转变，即向现实主义的某种回归，更为重要的是，我以为这是其对于当代中国乡土叙事的一种新建构。从文学叙事的外在结构上看，《活着》和此前的乡土叙事具有相似性。以中国现当代社会生

---

① 何鲤：《论余华的叙事循环》，载《湖北大学学报》1996年第5期。

活发展历史为叙事背景，作品主人公福贵讲述了他一生的生活经历。可以说在其他作品中所叙述的中国现当代，特别是当代社会历史上所发生的大的事件，这部小说都有所涉及。作品对中国现当代的乡村生活、环境以及风土人情等也进行了描述。可以说，乡土文学叙事艺术的基本要素，在这部作品中均有所体现。但是，就作品的深层叙事结构而言，它则超越了以往当代中国文学乡土叙事艺术内涵建构，而进入对于人、人生、生命存在与生存的哲学深思。社会现实、历史文化、生活情感，包括人的命运等等，都成为叙事的一种载体，而对于人本体生命及其存在的价值与意义的叩问，才是这部作品的主旨所在。

作品所塑造的福贵是一个具有特殊文学意义的艺术形象。他本是一位富家子弟，父亲辛勤地挣了一份殷实的家业。但是，福贵不务正业，吃喝嫖赌，社会上所有的坏习气和行为他均有。他气死了父亲，家业被别人骗光，在1949年进行"土改"时成为一个穷光蛋，但他却因此而获福，成了地道的贫农。经历了一系列当代社会生活的变故，他所有的亲人都相继离他而去，等到土地承包时，只留下他一人耕种在自己的土地上，与牛相依为命。在别人看来他是不幸的、孤苦的，但是，他却自得其乐，活出了他自己。其寓意可能在于，他在回归土地中，回归了他的生命本体。从这里我们可以窥视到，《活着》的乡土叙事，超越了现实，超越了历史，超越了生活，也超越了福贵生活的情景，而进入自我存在的哲学境遇。也许正因为如此，《活着》作为乡土叙事，才更具有现代文化精神意味。

其实，《活着》的乡土叙事中，蕴含着一种对于人的思考，体现的是一种人文情怀的现代文化精神。它既不是社会现实生活历史演变式叙事结构，也不是现代与传统矛盾冲突式的叙事结构，而是一种生命本体存在的叙事结构。也正是在这一层面上，《活着》开拓出当代中国乡土叙事一种新的路径。这从一个方面说明，当代中国的乡土叙事真正走向了多元化艺术建构的道路。

断裂：城市化视域下的后乡土叙事

陈晓明先生认为，贾平凹的长篇小说《秦腔》，昭示着乡土叙事的终结："与《受活》《石榴树上结樱桃》这些作品一道，《秦腔》以回到中国乡土中去的那种方式结束了经典的主导的乡土叙事，而展示出建立在新世纪'后改革'时期的本土性上面的那种美学变革——既能反映中国'后改革'时期的本土生活，又具有超越现代主义的那种后现代性。更重要的是，它的表意策略具有中国本土性特征：语言、叙述方法、修辞以及包含的所有的表意形态。"①这一分析是有道理的。在笔者看来，中国的乡土叙事自20世纪90年代后期，尤其是进入21世纪之后便终结了，而探寻新的乡土叙事艺术建构的后乡土叙事时代亦随即开启。而贾平凹的《秦腔》，则是传统乡土叙事终结与后乡土叙事开启过程中的一部具有标志性的作品。这是与中国的现代化进程，特别是快速的城市化进程密切相关的。甚至可以说，当下中国的现实历史境遇，为中国当代的乡土叙事提供了一种现实生活情境。

那么，《秦腔》等新世纪的乡土叙事文学创作，与此前的乡土叙事文学创作相比，在叙事上有哪些新的变化呢？

首先是乡土叙事的全球化视野与中国现代化历史进程中城市化的语境。很显然，《秦腔》等乡土叙事的文学创作，开始将当代中国的乡土生活及其叙事，置于全球化的历史进程和文化语境下，这与20世纪50—70年代的封闭式乡土叙事不同，亦与20世纪80—90年代以西方文化比照的视野不同，而是在回归中国本土化叙事中，蕴含着全球化的文化视域。这体现的不仅是文学叙事的艺术视野，更是中国当下现实社会的文化精神与情怀。就中国社会历史转型而言，将视野从乡土转向城市，乡土叙事中蕴含着城市叙事的文化因子。因此，在乡土叙事上，不仅体现着现代文化精神，更具有一定的后现代文化因素。

其次是新世纪的乡土叙事，真实地记述了乡土社会生活与文化的解构历史过程。特别是《秦腔》，贾平凹在对乡土生活与文化逐步消解的历史叙事中，抒写了一曲乡土生活与文化的挽歌。但是，正如作家所说："农村走城市化，或许是很辉煌的前景，但它要走的过程不是十年、二十年，是一个漫长的过程，它必然要牺牲一代、两代人的利益，但是作为一个人来说，这就了不得了，他的一辈子就牺牲掉了，但是从整个历史来讲，可能过上若干年，农村就不存在了，但是在中国的实际状况又不可能。"②路是对着的，但是具体来讲就要牺牲两代人的利益。特别是作品中对于城市生活与文化对乡村生活与文化巨大冲击的记述，

---

① 陈晓明：《乡土叙事的终结和开启——贾平凹的〈秦腔〉预示的新世纪的美学意义》，载《文艺争鸣》2005年第6期。

② 贾平凹、韩鲁华：《写出底层生存状态下人的本质——关于〈高兴〉的对话》，载《西安建筑科技大学学报（社会科学版）》2008年第3期。

包含着乡村生产与生活方式、生活结构与文化思想观念等诸多方面的变化。秦腔作为一种乡土文化符号的象征，面临着消亡的命运，而标志现代乃至后现代的文化现象，进入乡村生活并成为生活与文化建构不可或缺的有机因素。

再次是城乡交汇中出现的"乡下人进城"及其叙事，带有亚乡土生活与文化的特质。实际上这是乡土文化解构过程中所形成的后乡土文化现象。交通与通信等在乡村的发展，缩短着城乡之间的时间与心理空间距离。因此，城乡二元对立的社会结构与文化语境正在被消解。于此情境之下，"乡下人进城"及其文学叙事，实际上也在消解着乡土叙事与城市叙事对峙的界限。而《上种红菱下种藕》的叙事，则是一种"乡村生活与城市生活已无本质差别"的叙事，"反映了乡土和城市关系的结构性变化"。^①当然，也有作品表现的是城乡的紧张关系，甚至是一种二元对立的叙事思维方式。但是，作为一种文学叙事的发展趋向，这种亚乡土文化叙事则体现出更为强劲的城乡文化交融中的新建构。

最后要说明的是，《秦腔》等后乡土叙事，实际上是进行着中国 20 世纪乡土叙事的解构与重新建构。也就是说，作家在进行 21 世纪的乡土叙事时，显然不能以 20 世纪的思维方式进行艺术建构，必然是在解构 20 世纪乡土叙事传统的同时，去建构起新的乡土叙事艺术形态。

从以上对当代中国乡土叙事简单的论述中，可以明显地看到：这三十多年间，中国的乡土叙事发生了巨大的变化。从社会政治化乡土叙事模态到对人本体存在思考的叙事模态，再到城乡二元叙事建构的消解，在全球化文化视野层面去审视乡土生活和城乡关系，建构新的乡土叙事模态，这从一个方面也体现着中国当代文学创作于三十多年间的发展变化，所取得的巨大历史性的进步。其实，当代中国文学创作上的发展进步，亦昭示着中国整个社会改革开放三十多年的运行轨迹，于文化思想、现实生活上所取得的发展变化与进步。

（原载《海南师范大学学报》2011 年第 3 期）

---

① 曾一果：《论八十年代后文学中的"城乡关系"》，载《文学评论》2007年第6期。

当代文学中的非常态视角叙事研究

——以《尘埃落定》《秦腔》《我的丁一之旅》为个案

宋　洁　赵学勇

一

世纪之交，当代文坛颇具影响力的三位作家不约而同地选择了非常态视角叙事，先是阿来《尘埃落定》中的傻子少爷，继而是贾平凹《秦腔》中的疯子引生，再是史铁生《我的丁一之旅》中的行魂。这当然不是作家之间刻意为之的共谋，而是他们创作理念独立发挥的结果。这一非常态叙事视角的选取和运用，具有不容忽视的当代意义。首先，它们与新文学开山之作《狂人日记》有着传统上的呼应和承继关系，同时也有对西方、拉美等现代文学表现技巧的吸收和借鉴。其次，在当代中国文学发展背景下，非常态视角叙事的出现表明创作主体有试图进行多方面突破、创新的渴望与努力，如作为常态视角叙事的补充，或打破常态视角叙事局限以表达更为隐蔽甚至常态视角叙事难以表达的内在体验及纷繁事象，营造阅读过程中的快感、新颖感等。从文学自身发展看，在上述表象背后，这些努力隐含着创作主体对形式创新所作出的探索和追求。

在中国现代文学起点上，鲁迅的《狂人日记》以狂人视角，揭开了漫长的中国封建社会吃人的本来面目，也为中国现当代文学非常态视角叙事奠定了坚实的基础。《狂人日记》中的狂人并非病理意义上的狂人或疯子，而是病态社会中先觉者不为众人理解的"疯"与"狂"。鲁迅这一视角的选择有其必然性，一方面，它显现出病态世界对清醒者的态度，这就将角色与历史和社会现实紧密地结合在一起。鲁迅曾说："我的取材，多采自病态社会的不幸的人们中，意思是在揭出病苦，引起疗救的注意。"[①]另一方面，非常态视角的选取使文本突破了

---

① 鲁迅：《我怎么做起小说来》，见《鲁迅全集》第4卷，人民文学出版社1981年版，第512页。

传统叙述手法的束缚，集中展示狂人的现实遭遇和内心变化，艺术手法上的突破带来了思想高度的提升。

阿来的《尘埃落定》以傻子视角透视熙熙攘攘的尘埃世界。阿来自称是穿行于汉藏异质文化的作家，他笔下的傻子同样具有汉藏混合血液，这不仅指傻子体内流淌的血液，更重要的是指文化层面上的混融。傻子大智若愚，甚至有着先知的自觉和敏悟，但又机锋内敛。他不仅是一个文化的矛盾体，同时也是一个感知的矛盾体，在某种意义上甚至可以说，他具有神性，并以超然的目光静观土司制度的土崩瓦解。作者对这一叙事视角的选取，就将正常视角无法准确表述的现实与历史原因巧妙地糅合在一起，从而消解了其他叙述方式所带来的羁绊。《尘埃落定》中的傻子形象反映了作家独特的历史感及其与异质文化相融合的生命体验，与其说它具有魔幻色彩，不如说它更具有神性。

贾平凹《秦腔》中的疯子却带有相当的魔幻色彩。作品不像《尘埃落定》那样注重权力变迁，而是把所有聚焦点都落到清风街这片邮票大小的地方。在这里，老传统在现实强有力的推动下不以个人意志为转移地化为记忆，而所有的张力、痛苦、不安、焦虑和挣扎都在这种由现实转化为记忆的冲突中展开。其间疯子引生起着联结现实与记忆的桥梁作用，穿行于现实与记忆之间。由于他分身有术（如可"化"为蜘蛛或螳螂），这样就既对君亭、夏风、丁霸槽等人的作为了然于怀，又与夏天义、夏天智等沉迷于记忆迷宫之中。引生的非常态还表现在其肉体的真正残缺上，他为爱而存在，但自残使他对白雪的爱成了无性之爱。这种无性之爱并非性的真正寂灭，而是器的残缺。后来他虽和白娥有过肌肤之亲，但"我是不能干那事的"这一意识已深嵌在他的脑海中，使得他的个体生命总是处于现实与记忆的紧张慌恐之中。

相对而言，史铁生新作《我的丁一之旅》的叙述角色兼具了《尘埃落定》中的傻子和《秦腔》中的疯子二者的功能，而且走得更远。一方面，行魂有神性，但行魂的神性与阿来笔下傻子的神性不同。史铁生赋予了行魂一种基督情怀，这从文本反复引用《圣经》经文即可看出。行魂把伊甸园的分别与现实人生的生离联系起来，使性、爱情、忠诚、背叛等人类最基本的情感超越了时空，主观上追求某种永恒效果。另一方面，行魂又具有魔幻性，可以不受器的制约而随意在存在的肉体间游移。他可以附在那史身上，也可以附在丁一身上，而且能与附着的器对话。魂器分离既反映了灵肉关系永远的不可协调性，又使小说情节在近乎无事的状态下不受时空限制而自由生长。这一形象与史铁生此前显露的神秘主义有关。在长篇小说创作中，这种试验无疑具有重要意义。

二

叙事文本是作者和读者间的语言桥梁，"文本的基本视角有三个：一、作者的视角；二、读者的视角；三、叙述者的视角"[①]。作者视角指从作者角度对文本的观照；读者视角是作者从假想读者角度对小说文本进行的整体把握；叙述者视角则指具体完成小说文本叙述的叙述者的角色。叙述视角在文本中不完全等同于作者视角，但也不完全独立，它要把从作者和读者两个视角上获得的审美满足或相对满足的场景、人物、事件等素材构成一个完整文本。作者通过叙述者面对文本中的场景、人物、事件，同时面对读者。上述作品在共同选取非常态视角叙事的同时，又有着各自的独特性。

前已提及，《尘埃落定》以傻子视角结构文本。声势显赫的康巴藏族土司酒后和汉族太太生下一个傻瓜儿子，这傻子与现实世界格格不入，却有着超越时空超越常态体验的先觉功能，他参与了土司之间争权夺利的斗争并成为土司制度兴衰的见证者。作品沉浸在傻子轻巧而富于魅力的自言自语中。首先，由于作者选择了傻子视角，避免了陷入直接价值判断的纠缠，作者的价值判断不可能没有，而傻子的出现使这种判断隐藏在近乎喜剧的情节结构之中，叙述的自主性大大增强。这是非常态视角叙事的第一个特点。其次，傻子的介入，使叙述过程中理性因素淡出文本，叙述空间扩展，文本更见轻松灵巧，作者驾驭文本的艺术功力蕴含在因傻子出入而铺排的场景之中。再次，傻子不是病理意义上的傻子，他的真正意义是能够穿透表象，将正常视角无法表述的东西以超现实方式揭示出来。傻子曾有过自我剖析："我看见麦其土司的精灵已经变成一股旋风飞到了天上，剩下的尘埃落下来，融入大地。我的时候到了。我当了一辈子傻子，现在，我知道自己不是傻子，也不是聪明人，不过是在土司制度将要完结的时候到这片神异的土地上来走了一遭。"[②]从整体结构分析，《尘埃落定》以非常态视角叙事来结构文本，但从作者与叙述者的关系来看，其叙述结构基本属完整的第一人称形态。

---

① 王富仁：《鲁迅小说的叙事艺术》，载《中国现代文学研究丛刊》2000年第3期。
② 阿来：《尘埃落定》，人民文学出版社1998年版，第403页。

贾平凹《秦腔》的叙述视角就有些复杂。从总体看，疯子引生是贯穿始终的叙述者，但这个叙述者并不完全忠于职守，由于他的游离，文本中就出现了作者补充叙述的痕迹。清风街虽然不大，但这里传统和现代碰撞，老一代人和新一代人的观念产生摩擦，旧的化为记忆，新的像流水一样源源不断地涌来，发生的尽管都是些鸡毛蒜皮的小事，但千头万绪，使得任何写实方式都很难把这一切组成有机的整体。贾平凹采用一种略为变形的第一人称叙述方式，叙述者和作者同时游离，这就使文本鲜活起来。当阅读进入情节，读者不再意识到谁在叙述故事时，疯子就会突然跳出。这样一种设计，使得场景、人物、事件得到自然转换，如叙述白雪梦见箫响之后，文本中出现"该说说我在这一天的情况了，因为不说到我，新的故事就无法再继续下去，好多牛马风不相关的事情，其实都是相互扭结在一起的"。这种设计和疯子自身固有的特异性结合，使整个故事的叙述避免了转换的牵强和人为构建情节的不自然。作者在《秦腔》后记中说："我不是不懂得也不是没写过戏剧性的情节，也不是陌生和拒绝那一种'有意味的形式'，只因我写的是一堆鸡零狗碎的泼烦日子，它只能是这一种写法……我唯一表现我的，是我在哪儿不经意地进入，如何地变换角色和控制节奏。"① 看来，他注重的同样是形式。

　　就叙述视角来分析，《我的丁一之旅》是一部比较奇特的作品。如何处理时间及空间的转换，始终是长篇小说创作中最为棘手的问题。在《我的丁一之旅》中，史铁生设置了一个此前小说中没有出现过的叙述角色：行魂。时间和空间对行魂不构成任何阻碍，他可以和丁一合为一体，体验丁一的体验；又能与丁一分离，用近乎宗教式的语言和思辨与丁一解剖人生，谈性、谈爱情、谈真实和谎言。虽为长篇，有故事、人物、事件，但这一切并不以逻辑关系构筑文本，而是以散文式的片段连缀，连缀的关键可以说是情，可以说是性，也可以说是思绪，更可以说是作者对某种永恒的无法实现的愿望的冥想或体验，最后凝为一股浓郁的惆怅情致。如果说《秦腔》有追求史诗写作的内在冲动，《我的丁一之旅》则把这种冲动化为片片花瓣，只有将所有细小花瓣聚拢到一起之后，才能体味出作者在实与虚、有意与无意之间的精致经营。叙述者在作品结尾处也坦露了自己的这一创作意图："或不如说我从某丁之梦，醒进了某史之

---

① 　贾平凹：《秦腔》，作家出版社2005年版，第565页。

实。——所谓'丁一'不过是一种可能；一种可能，于'写作之夜'的实现。所谓'丁一之旅'不过是一种话语。一种可能的话语在黑夜中徜徉吟唱，又在拘谨的白昼中惊醒。这样说吧：丁一与史铁生并无时间的传承关系，最多是空间的巧遇，或思绪的重叠。"①

作家选择叙述视角受诸多因素的影响。首先，作家个人的文学理念和审美追求；其次，创作环境，包括国内国际环境，如"十七年文学"，在那样一个大的时代背景下，作家不可能也很难进行形式上的探索试验；再次，文学思潮对作家创作的影响，新时期以来，各种国外文学思潮及现代表现技巧大量引入，一定程度上鼓励了作家对形式的试验和创新；最后，文学发展的内在要求，这一点将在后面谈到。也就是说，不管以何种叙述方式构造文本，叙述视角与作家的关系既是思想观念上的，也是审美层面上的。三位作家同时选取非常态叙述视角，既是继承也是创新，《尘埃落定》获茅盾文学奖，《秦腔》《我的丁一之旅》也颇受好评，表明他们的努力已得到了相当的认可。

三

阿来在谈到《空山》的创作感想时曾说："说到这里，就引出一个常说常新的老话题，形式与内容的问题。依我看来，一个小说家在写作过程中，感受更多的还是形式问题：语言、节奏、结构。任何一个环节处理不好，都会让你失掉一部真正的小说。"②《空山》为"机村系列"的第一部，作者用一种花瓣式结构替一个村庄写一部历史。作家重申了形式问题的重要，其实，阿来对形式问题的探索从《尘埃落定》的创作中就已初露端倪。就小说形式的探索来说，贾平凹尽管每一步都迈得比较谨慎，但他从未停止过尝试，从《浮躁》《废都》到《病相报告》《高老庄》《怀念狼》，再到《秦腔》，他在小心翼翼的行进过程中，有得也有失。有论者认为《秦腔》是一个总结，是"反史诗的史诗性写作"③，这是很有见地的。尽管贾平凹在《秦腔》后记里流露出如此的忧虑："在时尚于理念写作的今天，时尚于家族史诗写作的今天，我把浓茶倒在宜兴瓷碗里会不会被人看作

---

① 史铁生：《我的丁一之旅》，载《长篇小说选刊》2006年第1期。

② 阿来：《一部村落史与几句题外话》，载《长篇小说选刊》2005年第3期。

③ 陈思和、杨剑龙等：《秦腔：一曲挽歌，一段深情——上海〈秦腔〉研讨会发言摘要》，载《当代作家评论》2005年第5期。

是清水呢？"①事实证明这种担心是多余的。史铁生对形式的探索同样能从他此前的创作中看出，《我的丁一之旅》与他的前期作品相比，足足迈出了一大步。《命若琴弦》已显出写实手法无力表现精神构建后的转变，《务虚笔记》中的人物以字母形式出现，当然这些并不是真正意义上的形式超越，但与传统小说比较，已能使读者感知其背后所隐含的某种突破要求。《我的丁一之旅》在文本上与《务虚笔记》有交互性，即后者文本在前者中被多次引用，如此，那史与我、与丁一就有了共同辩难的可能，使文本挣脱单一文本的束缚，将某种情绪延伸到既成事实中，从而使其发展变化线索更加明晰。事实上，《我的丁一之旅》更像一篇史诗性散文，那史、行魂与丁一在三个层面上各自诉说，收束于性、爱情以及笼罩二者的忧伤情绪。这忧伤与伊甸园的悲剧纠结在一起，使魂器不可分与无法合一的悖论像一条河，潺潺地流过生命的原野。陈村说："它不是人们阅读经验中的小说，读它会多思多想，会对习惯的所谓爱情与性有个新的思考。"②因为经验并不存在。

形式的重视或探索，与国外文学思潮及叙事技巧的发展也有关系。福克纳于1929年出版了长篇小说《喧哗与骚动》，全书分四部分，由四个不同人物从不同角度叙述一个望族家庭的没落及其成员的遭遇。其中第一部分由康普生家的白痴小儿子班吉叙述，班吉虽已三十三岁，但智力不及三岁，不会说话，也没有时间、因果概念，正是在这样一个奇特的叙述者的眼中，康普生家族几十年发生的大小事件纠缠为一堆乱麻，整体文本形成一种前后颠倒、混乱模糊的流动印象，没有人能得到明晰的答案。马尔克斯的《百年孤独》出版于1967年，这部作品被誉为拉美魔幻现实主义的代表作，作品通过布恩迪亚家族六代人的神奇经历，描绘了小镇马孔多从建立、发展到消亡的百年兴衰史。作品中有很多魔幻描写，如沉默孤独的阿加底奥娶了义妹丽贝卡后，有一天他打猎回家，别人听见枪声时，他已经倒在血泊之中，血从他耳中流出，就像被神灵指引，竟一直流到厨房他母亲欧苏拉的身边，好似在与母亲道别。君特·格拉斯的《铁皮鼓》出版于1959年，叙述者马策拉特是一位身高只有九十四公分的侏儒，他因不愿加入成人世界而自我伤残，但智力却是成人的三倍，且于意外中获得了唱碎玻璃的特异功能，身带铁皮鼓四处游荡。马策拉特的行为既不受现实世界

---

① 贾平凹：《秦腔》，作家出版社2005年版，第565页。
② 陈村：《我读〈我的丁一之旅〉》，载《长篇小说选刊》2006年第1期。

时空的限制，也不受因果关系的制约。事实上，这种神奇的经历在现实世界中是不可能发生的，但作者将这些离奇故事组合到一起，就构成对特定环境下现实生活的真实写照。又由于叙述者有超常智力，环境对他的存在所作出的反应和他对现实生活的透视间就形成一种讽刺效果。通过马策拉特这一人物形象，作品对二战前后德国历史和现实进行了深刻剖析。上述三位作家，尤其前两位，国内早有译作，对中国作家的影响是显而易见的，但在这种影响关系的讨论中，分析其异中之同的同时更应看到同中之异。

20 世纪中国出现过两次大规模引进西方文化的高潮，第一次与新文学运动同时进行，第二次在 80 年代。文学也不例外，各种文学理论、思潮、观念及新的创作方法以共时方式进入中国，对新文学运动的发展和 80 年代后文学的多样化繁荣起到了重要作用。但应看到，中国作家对外来经验的借鉴并不被动，而是自觉地将其与中国的社会现实、历史和民族特性融合在一起。鲁迅笔下的狂人不是果戈理笔下的狂人，阿来笔下的傻子、贾平凹笔下的疯子、史铁生笔下的行魂同样不是福克纳笔下的白痴、格拉斯笔下的呆小症患者。尽管这些形象之间有着内在的一致性，但他们都是唯一的，有着独立的生命。

即使是中国作家笔下的魔幻场景，也带着中国泥土中生长起来的文化特征和文化想象。如贾平凹笔下的疯子，他是一个自残者，能看见活人生命力的强与弱，能化成蜘蛛或螳螂去探秘，但其智力基本正常。引生身上集中了中国传统文化，尤其是民间文化中的某些因素，甚至带有神秘文化的气息。他的异常属于中国农村式的异常，与中国城市，与拉美、西方都不同，他可以说是被作家唤醒了的在中国农村已沉睡良久的某种文化现象。引生的异常没有马尔克斯笔下吃土者强烈的象征意味，也不同于吉卜赛人的飞毯，更不同于福克纳笔下的白痴——白痴将几十年故事搅成一团，引生不仅引领故事、参与故事，同时将本来无序的鸡毛蒜皮的小事调理得井井有条。如果把白痴的叙述比作一团乱麻，其间的一丝一缕没有给读者提供任何具体信息（与传统小说阅读经验相比较），引生的叙述更像一局棋，有古老中国的智慧和中国人对动静的理解，落子未必爽净，但每一子每一布局都能融入整体，丝丝入扣。从叙述者的特异功能来看，引生与格拉斯笔下的侏儒较为接近，但二者仍有着本质上的不同：引生的特异是中国农村式的，它属于感性范畴，具有非理性的特征；侏儒的特异则与西方理性思维有着内在联系，属人之本能的延伸。

同样,《尘埃落定》中的傻子、《秦腔》中的疯子、《我的丁一之旅》中的行魂也各不相同。傻子作为独立叙述者,与剧烈变动的社会现实既有心灵上的感应,又有预言性的理解,但自身行为与社会的变迁有着相当距离,因此,他的视角就显得有些冷,这种冷使作品更具穿透力;疯子游走在记忆和现实之间,从个体行为看,他以参与者的身份出现,但又被现实无情地拒绝,他不仅与现实有距离,与记忆的结合也显得无奈,他是茫然的,但这一身份却为他作为一个叙述者提供了多重角度,且使其在表达上显得应付裕如;行魂以主动方式出现,他是超越个体行为的,使那史与丁一的现实存在场景具有一种形而上的意义。如果傻子是"历史与现实"间的桥梁,疯子是"记忆与现实"间的桥梁,行魂就成了"意义与现实"间的桥梁,他的行为绝对自由,叙述角度无所不在,是全方位的。

内容与形式的关系是最古老的话题,也是最新鲜的话题。纵观新时期中国文学现状,内容与形式的冲突始终处于核心位置。就小说创作来看,新时期以来的所有努力和突破也都集结于此。从伤痕小说、反思小说、寻根小说、新写实小说到个人化写作对宏大叙事的质疑,都主要表现为内容方面的探索,其中虽也隐含着对形式创新的尝试(如新写实和个人化叙事等),但仍未触及形式与内容关系的本质。先锋作家的努力尽管在形式探索上取得了一定成绩,但由于其形式与内容的分离,影响有限,似乎有草草收场的落寞感。这种说明是相对的,只是为便于讨论。总体看来,内容与形式的有机结合仍是当下急需解决的主要问题之一。三部长篇在注重形式探索的同时,也使内容得到了很好的表现,这一大胆尝试与创新,对当代文学来说是极具开拓意义的。

(原载《天津师范大学学报(社会科学版)》2007年第1期)

秦腔慢吟，白鹿长鸣

——地域文化生态视野下的《秦腔》和《白鹿原》比较

许娟丽

自 20 世纪 80 年代初始，西部文学一直是中国现当代文学研究领域里一个经久不衰的热点。陕西作家，特别是陈忠实、贾平凹等标志性作家，具有全国乃至世界影响的作家，更是受到国内外研究者的热切关注。他们以其特殊的地域文化与精神结构，创作出了有别于其他地域文化语境下的文学作品。他们的文学艺术建构，自然是与陕西地域生态文化结构形态建构具有密不可分的内在关系。

一、人情同于怀土兮，岂穷达而异心 ①

人的感情在怀念故乡这一点上是相同的，哪里会因为失意或得意而有所不同？《秦腔》和《白鹿原》是贾平凹和陈忠实在成名成家之后的怀土之情的长篇抒发，表达了对记忆中故土、故人已经消失或即将消失的悲悯情怀。从这个角度来看，两者有许多的相同之处。

首先，两位作家的人生轨迹相近：生存层面上，从农村走向城市；精神层面上，从城市返回故乡。贾平凹出生在陕西省丹凤金盆乡，长在老家棣花乡，一直到十九岁离开故土去西安上大学，后来靠着他的天分和勤奋，贾平凹在城市里成了家，立了业，成了全国著名作家。但随着年龄的增长，贾平凹的思乡之情却愈来愈浓，浓到了化不开的程度："每一作想故乡那腐败的老街，那老婆婆在院子里用湿草燃起熏蚊子的火，火不起焰，只冒着酸酸的呛呛的黑烟，我就强烈地冲动着要为故乡写些什么。"② 陈忠实又何尝不是呢？他甚至比贾平凹

---

① 张冠湘、刘城淮、谷育葛等：《古诗文名句录》，湖南人民出版社1983年版，第35页。
② 贾平凹：《秦腔》，作家出版社2005年版，第563页。

对土地的眷恋还要深刻。因为他在故乡生活了近四十年，他把人生最美好的大半生都给了故乡，进入都市却是不惑之年的1982年。人虽进了城，生活方便了许多，但陈忠实却感到浑身不自在。"我想找一个能使人静下来的地方，跟文坛能够相对保持若即若离的关系。要接受文坛的新的信息，而不要受到一些是是非非的影响。"①身份的改变和渐渐崭露头角，对陈忠实来说，只改变了一样东西，"就是捆桌子腿的绳子。我无非就是把它换成了一条更结实的绳"②。陈忠实比贾平凹优越的地方是离家乡较近，所以他在一定程度上可以身心都回归土地。但实际上，他真正能够回归的仍然只是精神上的，他在生活习惯上虽然保持着农村人的习惯，但谁也不会把他当成真正的农民。

贾平凹、陈忠实是城市里的乡下人，乡下里的城市人，永远漂泊在城市和乡村之间。这种身份的不确定性，实际上既是他们人生的尴尬，也是他们精神的困惑。要摆脱这种境地，只能在精神层面上寻求自我还原。两位作家用了几乎同样的方式做了一次精神困境的成功突围。

第二，贾平凹、陈忠实写作方式惊人地相似。写作态度决定写作方式，贾平凹、陈忠实都是严肃的作家，要为家乡写作或者说要书写出家乡来。在动笔写作《秦腔》以前，贾平凹"祭奠了棣花街上近十年二十年的亡人，也为棣花街上未亡的人把一杯酒洒在地上"③。将近两年的写作时间里，他几乎与世隔绝，从早到晚，一个人关在一个门窗严闭、掐断了电话的屋子里，"我只是写我的"④。几易其稿，反复修改，但还是没有信心拿出来。对这样一部书，贾平凹抱有惊恐之心，他惊恐的是："我倒担心起故乡人如何对待这本书了，既然张狂着要树一块碑子，他们肯让我树吗，认可这块碑子吗？"⑤作家可能唯有对故土才怀有这样的谦卑吧！陈忠实创作《白鹿原》之前没有写作长篇小说的经验，请教了大学教授之后，一个人在穿风透雨的祖屋里生活了两年，带着老伴蒸的馒头和擀的面，维持着最简单的生活，和自己的灵魂对话，和他熟悉的白鹿原上的男男女女对话：写作顺利时，高兴痛快！不顺利时，孤独寂寞无人能理解和拯救唯

① 陈忠实：《陈忠实创作申诉》，花城出版社1996年版，第234页。
② 陈忠实：《陈忠实创作申诉》，花城出版社1996年版，第234页。
③ 贾平凹：《秦腔》，作家出版社2005年版，第563页。
④ 贾平凹：《秦腔》，作家出版社2005年版，第564页。
⑤ 贾平凹：《秦腔》，作家出版社2005年版，第565页。

有雪茄和白酒解怀！写到最后，当他心爱的人物一个又一个死去时，难受得不能自己。断断续续的六年时间，当他为《白鹿原》打上最后一个句号时，他热泪盈眶。

第三，也是两位作家最重要的相同之点，他们都为各自的家乡写了一部前无古人的巨著。贾平凹《秦腔》里的清风街就是作者的故乡棣花街，一个相对独立完整的自然村镇在历史的变迁中被侵蚀风化了，土地越来越少，壮劳力在日渐减少："人在喝风屙屁，屁都没个屁味……我以清风街的故事为碑子，行将过去的棣花街，故乡啊，从此失去记忆。"①

作家想唤回的是对故乡最原始最质朴的记忆。陈忠实在《白鹿原》的扉页上引用了巴尔扎克的一句话："小说被认为是一个民族的秘史。"白鹿原从地理位置和环境上看，是关中平原上一个典型的黄土高原，也是一个相对完整的自然村落。站在白鹿原上俯瞰，长安、渭河、关中大地尽收眼底。由于特殊的地理位置———靠近长安，所以历来成为兵家必争之地，再加上天灾，白鹿原上的百姓经受了许多苦难，见证了民族的兴亡更替。作家以白鹿原为书名，意在追忆天和人祥的农居生活状态。

两位作家在描写各自家乡的历史时，显现出以下几点相同之处。

其一，土地之爱。人类生存的根本是自己脚下的土地。贾平凹在《秦腔》里要说的话是，农民就应该在土地上生活劳动，春播秋收，娶妻嫁女，生儿育女，这才是最踏实的一种生活。让作家痛苦的是，这样最简单最幸福的生活没有了，农民再也回不到那样的生活状态中去了。随着高速公路的建设，城市文明延伸辐射影响到了农村生活，人们在土地上待不住了，年轻人一批批从农村走了出来，在城市里艰难地生存着，家里大片的土地荒芜着，人心散乱，人们不愿守候在土地上已是一个不争的事实。在《白鹿原》中陈忠实坚持庄稼人对土地的守护，他认为土地不但给予了庄稼人肉体生命，同时也滋养着庄稼人的精神生命，成为庄稼人力量的源泉。不管是天灾还是人祸，只要不离开土地，咬紧牙关坚持下去，一切灾难都会过去。相反，不管抱着什么样的目的，离开了白鹿原去闯荡天下的人，在作者的笔下大都没有太好的结局。两位作家所要找寻的家园是海德格尔所说的人在自然中诗意的栖居。

---

① 贾平凹：《秦腔》，作家出版社2005年版，第566页。

315

其二，土地之魂。"生态危机实际上是人性危机的反映，生态失衡本质上是人性失衡的表现。因此，生态文学致力于先拯救人的失衡的灵魂，进而拯救衰败的自然。"① 虽然两位作家从来没有表明自己是生态文学作家，但他们实际上已通过《秦腔》和《白鹿原》做着唤起人们生态良心的工作。清风街上的夏天义只认一个老理，"人就是土变的虫"。他对土地爱得如痴如醉。作为农村最基层的领导，他没有多少文化，对党在不同时期土地政策的变化，他不太弄得清其中的深层原因，也不想弄清。但他清楚一点，庄稼人种好地是永远不会错的。他以这一不变应万变。他常常幻想着七里沟变成良田的美景……最后老人被滑落下来的土石活埋在了七里沟，也许这正是老人的心愿，他可以永远守护在他热爱的这块土地上。如果说夏天义是清风街的土地之魂，那么白嘉轩就是白鹿原上的土地之魂了。他们两人有许多相似之处，都是认死理的人。白鹿原因曾有过白鹿而得名，白鹿带给这个原生机和祥瑞。白嘉轩就认定这是老天赐予他们的土地，就是他们生命之所在的地方。正是有了这样的坚持，他衰败的家业才能一次次振兴，六次娶妻丧妻，没有让他颓败，第七次他成功地娶妻生子，支撑他的是这样一个信念：这个家族需要传人，自家的几亩地上需要劳力。兵荒马乱的岁月里，为了生存，白鹿原上的人干尽了稀奇古怪的事情，包括他的大儿子。唯有他还一如既往地在自己的田地里耕作。即使年老残疾了，腰已经弯到了九十度，仍然没有一天停歇，反而在土地上操劳得更勤快了。夏天义和白嘉轩一生所执着追求的正是作家价值体系的具体实现。

其三，自然框架。乡村文化的一大部分是家族文化，以血缘为基础建立起自然村落，世世代代这样延续下来。往往一个村子就是一个姓氏，彼此之间都有千丝万缕的亲缘关系。《秦腔》和《白鹿原》在建构小说的框架时，都不自觉地遵从了这一习俗。《秦腔》主要写了清风街的两大户人家，一个是夏家，一个是白家。夏家为主，白家为辅。夏家能够在清风街处于政治、经济、文化、道德、人口的中心地位，与家族内部的治理有很大关系。《白鹿原》也写的是两大家族的盛衰。白家和鹿家，白家为主，鹿家次之。以白嘉轩为代表的家族在白鹿原上有着举足轻重的作用。他们不仅建了祠堂，所有重大节日全族人都得去烧香拜祖，而且整理了家谱，修订了家训。家规面前，人人平等，即使是族长的

---

① 王诺：《欧美生态文学》，北京大学出版社2003年版，第56页。

亲儿子，也一视同仁。白孝文不顾家族颜面抛妻别子和小娥鬼混，其父亲白嘉轩在祠堂前，当着全族人的面，按照家训给自己儿子严厉的鞭打。"耕读传家，学好为人"是白嘉轩也是整个家族的价值追求。

二、两刃相割，利钝乃知；两论相订，是非乃见 ①

两部巨著在整体对农村、农民、土地问题的把握上是一致的，都探讨的是农民的生存命运。中国这样一个农业大国，农民占了大多数，农民的升降沉浮往往是社会政治文化的晴雨表。两部作品都犀利地触及了农村社会在不同时期的一些重大问题，不能不引起人们的思考。然而，两位作家毕竟是两个不同的个体，他们的年龄、人生经历、个性、思考习惯，特别是创作风格有很大的差异，这就决定了两位作家在创作上有很多的不同。

首先，叙述角度的不同。叙述视角是当代小说创作和理论研究的一个重大课题。英国著名的小说评论家珀西·卢伯克在他的《小说技巧》一书中说："小说技巧中整个错综复杂的方法问题，我认为都要受角度问题——叙述者所站位置对故事的关系问题——调节。"②《秦腔》采用的是叙述故事时转换叙述角度的复合视角。它使故事处于扑朔迷离的含混状态中，增添了许多使读者急欲深入的诱惑，加大了小说文本动作的幅度，使得小说的故事叙述本身的客观意味更加浓厚。引生是个在正常人看来疯傻的人，贾平凹让引生领着读者看清风街的人和事，是很有意思的。他是个光棍，整天在村里村外闲逛，清风街发生的许多事情他都亲眼看到，甚至是亲自参与了的，更为重要的一点是，他的傻呆意味着他不会取巧，这就给叙述带来了客观性。当然引生不可能在所有的时候都在现场，这种时候，第三人称悄悄地代替了引生。由于合乎逻辑，反而往往让读者丝毫察觉不来叙述视角的转换，等反应过来了，引生又不知从哪儿冒了出来，接着讲故事了。神不知鬼不觉地转换视角，提高了读者的探求欲望，同时也避免了一种视角带给读者的阅读疲劳。理查德·泰勒在他的《理解文学要素》中这样描述全知视角："无所不知的叙述者简直如上帝一般存在，他远离事件，但对那个虚构的世界却洞察幽微；他知道过去、现在以及未来的一切，甚至

① 张冠湘、刘城淮、谷育葛等：《古诗文名句录》，湖南人民出版社1983年版，第35页。
② 韩鲁华、许娟丽：《生活叙事与现实还原——关于贾平凹长篇新作〈秦腔〉的几点思考》，载《当代作家评论》2005年第5期。

那些同一时间在不同地点发生的事情也不能逃脱他的神视，并且他还知道每个人物心底深处的所思所想。"①《白鹿原》采用的就是这样一种全知视角的叙述方式。陈忠实就是叙述者，他有节奏地按自己的意图讲述着在这块土地上发生的与中国命运息息相关的很多大事情，安排着人物的命运，引领着读者的视线，调控着读者的情绪。他把自己深入社会的感知和价值观作为一种道德准绳介绍出来，也是别具匠心的。

其次，性文化的不同。两部作品里都有许多性的描写，从效果来说都写得让读者血脉偾张，面红耳赤。但仔细读来，同中还是有异。《秦腔》在性爱价值趋向上更偏于精神，《白鹿原》则注重的是肉体。这种不同表现在两个方面，一是对女人的态度方面。引生对白雪的爱，可谓如痴如醉。他把白雪完全偶像化神化了。从实用上考虑，他很明白，白雪绝不可能成为他引生的媳妇、女人，更何况白雪已经结婚生子了。但这不仅没有使他停止对白雪的思恋，反而使思恋更甚，他处处关心照顾她，使她不受一点点委屈。他的自残，其实就是向世人的一种昭示：他爱白雪爱得像白白的雪一样纯净。夏天义对俊奇娘的爱恋，开始于对地主婆娘的向往，第一次也是最后一次的得手，给他留下了一辈子的念想。他后来不是没有机会，俊奇娘不是不想念他，但他却住手了，把爱永远地留在两个人之间。黑娃和小娥的偷情，是年轻小伙子对成熟女人肉体的无法抗拒，由性而有了情，这样的情，一旦遭遇性的冷落和外力的引诱，是很难坚守住的。小娥后来和鹿子霖、白孝文的性爱，就是明证。白鹿原上的女人对男人来讲，只有两个意味：一是生娃，一是睡觉，直白而实际。第二点不同表现在细节描写上。很擅长描写细节的贾平凹，在《秦腔》的性爱描写上，却显得节而不细。常常是粗线条地几笔就写完了一场风花雪月。如让夏天义梦魂牵绕一辈子的那场一夜情，只轻轻地写了一个场面，读者还没看足，他就止笔了，给人留下许多想象的空间。而陈忠实就不同了，他把所有的性爱都描写得细致入微、淋漓尽致。特别是小娥和黑娃的初尝禁果，从氛围、心理、动作到生理的变化，整个过程都展现得活灵活现。作者也没放过小娥和其他几个男人在黑窑洞里欲海沉浮时的欲仙欲死，难怪《白鹿原》留给人们最深印象的是小娥，这可能缘于她命运的尖锐，更缘于她的性感。

---

① 　牛炳文、刘绍本主编：《现代写作学新稿》，学苑出版社2002年版，第45页。

第三，两部作品表现手法的同中有异。《秦腔》和《白鹿原》应该说从总体倾向上都属于现实主义的创作。但在具体表现时，两位作家还是有一些不同。贾平凹在现实描写的基础上，吸收了西方现代主义的一些手法。比如对引生爱情心理的描写，他就使用了弗洛伊德的精神分析的方法。引生几次梦见和白雪亲密无间，其实他做的梦都只是梦的显意，其背后有梦的隐意。"这种愿望只能在梦中表达出来，而且借幻觉经验的方式，表示了愿望的满足。"①除此之外，在作品中，贾平凹显然还运用了魔幻现实主义的一些手法，如现实与幻象的结合、象征、暗示等。引生有好几次处在现实与幻象之中，闭着眼睛走路，嘴里念着白雪的名字，果然就把白雪引到了他家里。王老九伐树，树桩苫布满了血，再看树倒下的截面，血水流了一摊，还在流。《白鹿原》在忠于现实的大原则下，则更多地运用中国传统文学中的表现手法。小娥的鬼魂附在鹿三身上，那么一个老实巴交的人，平生最恨的就是狐狸一样的小娥，却好端端地变成了小娥说话的姿态、口气，说的也是小娥应说的话。这种手法是中国志怪小说中常见的。朱先生辞世以后，有人看见有一只白鹿一闪而过。还有白嘉轩的新婚媳妇一个个离奇地死去，也似有许多鬼把戏在里面。

《秦腔》和《白鹿原》，成为中国当代文学创作史上具有经典意义的作品，自然是因其独特而又提供了具有普遍意义的创作实践：《秦腔》对于当代中国乡土叙事艺术建构，以及这种艺术建构过程中所蕴含的地域文化内涵，具有艺术总结和开拓的意义；而《白鹿原》则是在中国传统历史文化的开掘上，达到了空前的高度。就此而言，它们都有艺术创造的不可替代性。正因为如此，这两部作品在中国当代文学史上留下了浓厚的一笔。

（原载《西北大学学报（哲学社会科学版）》2010 年第 6 期）

---

① 弗洛伊德：《精神分析引论》，高觉敷译，商务印书馆1984年版，第67页。

附录

研究总目

YANJIU ZONGMU

肖云儒：《〈秦腔〉：贾平凹的新变》，载《西安交通大学学报（社会科学版）》2005 年第 2 期。

孙德喜：《无法告别的"过去"世界——从〈秦腔〉看当前中国农民的困境》，载《商洛师范专科学校学报》2005 年第 3 期。

李星：《当代中国的新乡土化叙述——评贾平凹长篇新作〈秦腔〉》，载《小说评论》2005 年第 4 期。

邰科祥：《论长篇小说〈秦腔〉在创作上的涨与跌》，载《小说评论》2005 年第 4 期。

李建军：《是高峰，还是低谷——评长篇小说〈秦腔〉》，载《文艺争鸣》2005 年第 4 期。

周景雷：《〈秦腔〉面对丧失的坚守——评〈秦腔〉的精神内涵》，载《艺术广角》2005 年第 4 期。

谢有顺：《尊灵魂，叹生命——贾平凹〈秦腔〉及其写作伦理》，载《当代作家评论》2005 年第 5 期。

韩鲁华、许娟丽：《生活叙事与现实还原——关于贾平凹长篇新作〈秦腔〉的几点思考》，载《当代作家评论》2005 年第 5 期。

王春林：《乡村世界的凋敝与传统文化的挽歌——评贾平凹长篇小说〈秦腔〉》，载《海南师范学院学报（社会科学版）》2005 年第 5 期。

阿峰：《贾平凹〈秦腔〉不是我的自传》，载《中华儿女（海外版）》2005 年第 5 期。

袁爱华：《无言以对的乡土——贾平凹〈秦腔〉叙事解读》，载《理论与创作》2005 年第 6 期。

费团结：《延续与创造：〈秦腔〉叙事艺术论》，载《理论与创作》2005 年第 6 期。

陈晓明：《乡土叙事的终结和开启——贾平凹的〈秦腔〉预示的新世纪的美

学意义》，载《文艺争鸣》2005 年第 6 期。

谢有顺：《贾平凹〈秦腔〉和文学整体观》，载《书城》2005 年第 7 期。

张颐武：《〈秦腔〉一曲，〈空山〉一座》，载《书摘》2005 年第 7 期。

贾平凹、郜元宝：《关于〈秦腔〉和乡土文学的对谈》，载《上海文学》2005
年第 7 期。

肖鹰：《沉溺于消费时代的文化速写——"先锋批评"与"〈秦腔〉事件"》，
载《文艺研究》2005 年第 12 期。

刘保昌：《审美缺席与精神迷失——长篇小说〈秦腔〉论》，载《江汉论坛》
2005 年第 12 期。

蒋心海：《〈秦腔〉的叙事及其他》，载《山东文学》2005 年第 12 期。

杨剑龙、李伟长：《"为故乡树起一块碑子"——论〈秦腔〉的叙事方式与情
感表达》，载《江汉论坛》2005 年第 12 期。

茅家梁：《〈秦腔〉：美丽的土疙瘩》，载《中国社会导刊》2005 年第 17 期。

马彦峰：《试论〈秦腔〉的现实主义终极关照》，载《陕西师范大学继续教育
学报》2006 年第 S1 期。

雷达：《关于〈平原〉和〈秦腔〉》，载《南京师范大学文学院学报》2006 年
第 1 期。

陈思和：《再论〈秦腔〉：文化传统的衰落与重返民间》，载《扬子江评论》
2006 年第 1 期。

陈思和：《论〈秦腔〉的现实主义艺术》，载《中国现代文学论丛》2006 年第
1 期。

李遇春：《对话与交响——论长篇小说〈秦腔〉的复调特征》，载《小说评
论》2006 年第 1 期。

范晶晶：《乡土中国的最后守望——评贾平凹的小说〈秦腔〉》，载《晋中学
院学报》2006 年第 1 期。

刘海洲、李齐鑫：《新经济变动下的乡村文化挽歌——评贾平凹的〈秦
腔〉》，载《商丘职业技术学院学报》2006 年第 1 期。

陈绪石：《〈秦腔〉，一曲悲壮挽歌》，载《宁波教育学院学报》2006 年第 1 期。

曹斌：《实·虚·玄——〈秦腔〉艺术手法散论》，载《商洛师范专科学校学
报》2006 年第 1 期。

张华：《迷惘的背后：乡土终结处的分裂——读解〈秦腔〉》，载《贵州社会科学》2006年第2期。

刘志荣：《缓慢的流水与惶恐的挽歌——关于贾平凹的〈秦腔〉》，载《文学评论》2006年第2期。

樊娟、储兆文：《"表面上很乱，骨子里有数"——阅读接受中的〈秦腔〉》，载《时代文学》2006年第2期。

王军君：《〈秦腔〉叙事艺术突破四题》，载《西藏民族学院学报（哲学社会科学版）》2006年第2期。

崔德香：《论〈秦腔〉的意象层次及其意义局限》，载《汕头大学学报》2006年第2期。

黄秀生：《〈秦腔〉：一曲沉郁悲凉的大绝唱》，载《南宁师范高等专科学校学报》2006年第2期。

马治权：《〈秦腔〉的意蕴》，载《源流》2006年第2期。

白军芳：《试论〈小月前本〉〈秦腔〉中的女性形象》，载《当代文坛》2006年第3期。

陈晓明：《本土、文化与阉割美学——评从〈废都〉到〈秦腔〉的贾平凹》，载《当代作家评论》2006年第3期。

张学昕：《回到生活原点的写作——贾平凹〈秦腔〉的叙事形态》，载《当代作家评论》2006年第3期。

朱静宇、栾梅健：《论〈秦腔〉在乡土小说史上的意义》，载《当代作家评论》2006年第3期。

何英：《对〈秦腔〉评论的评论》，载《文学自由谈》2006年第3期。

黄自娟：《试论贾平凹小说〈秦腔〉中的神秘色彩》，载《宝鸡文理学院学报（社会科学版）》2006年第3期。

褚自刚：《"疯"眼看世界，"痴"心品万象——论〈秦腔〉在叙事艺术探索方面的突破与局限》，载《开封教育学院学报》2006年第3期。

南帆：《找不到历史——〈秦腔〉阅读札记》，载《当代作家评论》2006年第4期。

范小青：《关于〈秦腔〉的几段笔记》，载《当代作家评论》2006年第4期。

吴义勤：《乡土经验与"中国之心"——〈秦腔〉论》，载《当代作家评论》

2006 年第 4 期。

惠雁冰：《梗阻心理·失落意识·苦涩美学：〈秦腔〉新论》，载《理论与创作》2006 年第 4 期。

权雅宁：《从"雅言"到〈秦腔〉：无望的回乡——贾平凹长篇小说〈秦腔〉新论》，载《宝鸡文理学院学报（社会科学版）》2006 年第 4 期。

胡苏珍：《〈秦腔〉：纯粹的乡村经验叙事》，载《宁波大学学报（人文科学版）》2006 年第 4 期。

郑祥安：《当代农村生活的真实写照——贾平凹和他的长篇小说〈秦腔〉》，载《作文世界（中学版）》2006 年第 4 期。

曹斌：《颓败的乡土的回望——论〈秦腔〉的乡土关怀》，载《宝鸡文理学院学报（社会科学版）》2006 年第 5 期。

李莉：《乡村现代化遭遇的困惑——来自〈秦腔〉的报告》，载《海南师范学院学报（社会科学版）》2006 年第 5 期。

张丽丽：《中国现代乡土生活的挽歌和绝唱——论贾平凹的长篇新作〈秦腔〉》，载《济宁师范专科学校学报》2006 年第 5 期。

邵国义：《贾平凹：踯躅于废乡和废都之间——兼论〈秦腔〉》，载《江西教育学院学报（社会科学版）》2006 年第 5 期。

石一宁：《主体性的弱化——从〈秦腔〉透视一种新世纪的文学现象》，载《文艺争鸣》2006 年第 6 期。

张洋：《乡土诗意何以消解——解读长篇小说〈秦腔〉》，载《理论学刊》2006 年第 8 期。

王凤山：《小对联，大内涵——贾平凹〈秦腔〉中的对联赏析》，载《语文知识》2006 年第 8 期。

于新超、韩松：《贾平凹十年唱〈秦腔〉》，载《记者观察》2006 年第 9 期。

阮智：《从小说〈秦腔〉到戏曲秦腔》，载《音乐生活》2006 年第 9 期。

孙艇：《一座无字的墓碑——评贾平凹新作〈秦腔〉》，载《安徽文学（下半月）》2006 年第 10 期。

季雅群：《从田园牧歌到乡村挽歌——谈长篇小说〈秦腔〉与〈长河〉》，载《山东文学》2006 年第 12 期。

默崎、马杰：《痴迷于民族民间艺术的呐喊者——贾平凹长篇小说〈秦腔〉

中的人物夏天智》，载《电影评介》2006 年第 18 期。

董建辉：《精神还乡与失忆焦虑——论贾平凹新作〈秦腔〉的创作理路》，载《名作欣赏》2006 年第 24 期。

张军：《"疯子"：疯癫·魔幻·惊诧——试谈〈秦腔〉的叙事视角》，载《小说评论》2007 年第 1 期。

雷鸣：《沉重与悲怆：乡土生存忧思的"大风歌"——评贾平凹的长篇小说〈秦腔〉》，载《河北工程大学学报（社会科学版）》2007 年第 1 期。

宋洁、赵学勇：《当代文学中的非常态视角叙事研究——以〈尘埃落定〉〈秦腔〉〈我的丁一之旅〉为个案》，载《天津师范大学学报（社会科学版）》2007 年第 1 期。

李德虎：《坚守与寻找——兼谈〈秦腔〉中引生的象征意味》，载《贵州民族学院学报（哲学社会科学版）》2007 年第 1 期。

王平：《求"真"——〈秦腔〉为乡土真实作出的努力》，载《安徽文学（下半月）》2007 年第 1 期。

刘月香：《试论〈秦腔〉中的民间话语》，载《时代文学（理论学术版）》2007 年第 1 期。

王芳：《对乡村精神坐标的重新寻找——关于贾平凹〈秦腔〉的"叙述残缺"》，载《佳木斯大学社会科学学报》2007 年第 1 期。

徐祖明：《农民、乡情、心声与人性美学——评贾平凹的〈废都〉与〈秦腔〉》，载《山西师大学报（社会科学版）》2007 年第 2 期。

姚艳玉、姚小艳：《"为了忘却的回忆"——〈秦腔〉的死亡叙述》，载《成都大学学报（教育科学版）》2007 年第 2 期。

商昌宝：《〈秦腔〉：既非"低谷"亦非"高峰"》，载《孝感学院学报》2007 年第 2 期。

武凤珍：《我国新农村建设的历史必然性及基本原则——以柳青〈创业史〉、路遥〈平凡的世界〉、陈忠实〈初夏〉、贾平凹〈秦腔〉为例》，载《延安大学学报（社会科学版）》2007 年第 2 期。

杨莹：《读〈秦腔〉》，载《福建文学》2007 年第 2 期。

杨俊国：《"日暮乡关何处是？"——读贾平凹的〈秦腔〉兼与福克纳比较》，载《安康学院学报》2007 年第 3 期。

孟兰兰：《谈谈〈秦腔〉之失》，载《今日湖北（理论版）》2007 年第 3 期。

武凤珍：《从〈秦腔〉看建设社会主义新农村的必然性》，载《理论导刊》2007年第3期。

彭广林：《现代性困惑中的审美反思与自我对话——对〈废都〉和〈秦腔〉审美意识同构性的理解》，载《山西农业大学学报（社会科学版）》2007年第4期。

陈国和：《〈秦腔〉：乡村文化的溃散》，载《咸宁学院学报》2007年第4期。

陈思和：《论〈秦腔〉的现实主义艺术》，载《西部》2007年第4期。

王鹏程：《秦腔对陕西当代小说的影响——以〈创业史〉〈白鹿原〉〈秦腔〉为例》，载《沈阳师范大学学报（社会科学版）》2007年第6期。

白浩：《贾平凹诅咒了什么——析〈秦腔〉对乡土神话的还原与告别》，载《江汉论坛》2007年第6期。

崔玲：《"傻子"的真性情——以〈尘埃落定〉和〈秦腔〉为个案》，载《安徽文学（下半月）》2007年第10期。

李娟：《从〈秦腔〉看贾平凹的陕西乡土情结》，载《文学教育（上半月）》2007年第10期。

何清：《关于〈秦腔〉中的精神困惑》，载《文艺争鸣》2007年第10期。

朱冰：《言在戏外——〈社戏〉与〈秦腔〉之比较浅析》，载《文教资料》2007年第10期。

彭娜：《历史的"重塑"与现实的"颠覆"——解读贾平凹的长篇小说〈秦腔〉》，载《安徽文学（下半月）》2007年第12期。

刘月香：《芸芸众生相，婚恋各不同——〈秦腔〉中四种婚恋形式纳析》，载《湖北教育学院学报》2007年第12期。

李旭：《论贾平凹长篇小说〈秦腔〉的悲剧意识》，载《东南大学学报（哲学社会科学版）》2008年第1期。

张玉洁：《逝去的精神家园——读〈秦腔〉与〈喧哗与骚动〉》，载《陕西师范大学学报（哲学社会科学版）》2008年第2期。

王华：《新世纪方言下的真实乡土——评长篇小说〈秦腔〉》，载《怀化学院学报》2008年第1期。

刘同兵、王治国：《真实的乡村，迷茫的情感——解读贾平凹长篇小说〈秦腔〉》，载《商洛学院学报》2008年第1期。

王华：《新世纪乡土的现代性展望——评长篇小说〈秦腔〉》，载《淮南师范学院学报》2008 年第 1 期。

张振强、王亚红：《解读〈秦腔〉的叙事技巧》，载《现代语文（文学研究版）》2008 年第 1 期。

黄芳：《迷失于没有硝烟的战争中——解读长篇小说〈秦腔〉》，载《安徽文学（下半月）》2008 年第 2 期。

韩雷、陈茹：《民间神话的乌托邦写作——论〈秦腔〉及民间写作》，载《集美大学学报（哲学社会科学版）》2008 年第 2 期。

魏永成：《论〈秦腔〉的隐喻——几种被忽略的意义指向》，载《琼州学院学报》2008 年第 3 期。

张爱兰：《论贾平凹〈秦腔〉的挽歌情调》，载《社科纵横》2008 年第 3 期。

岳凯华、林丽：《从〈秦腔〉到〈高兴〉：贾平凹叙事艺术的转变》，载《理论与创作》2008 年第 4 期。

张凤琼：《〈秦腔〉中现实主义特质的剖析》，载《江西科技师范学院学报》2008 年第 5 期。

刘月香：《〈秦腔〉：还原家族历史的细节性特质》，载《商洛学院学报》2008 年第 6 期。

刘磊：《一方碑石，一曲挽歌——论〈秦腔〉的主题意蕴》，载《现代语文（文学研究版）》2008 年第 8 期。

施艺娟：《传统文化破碎的挽歌——贾平凹小说中的秦腔情结》，载《科教文汇（上旬刊）》2008 年第 10 期。

赖一郎：《有趣的万物有灵论写作——简说贾平凹及其〈秦腔〉》，载《中学生时代》2008 年第 11 期。

孙新峰：《一条根上生出的并蒂莲——〈白鹿原〉〈秦腔〉论》，载《山花》2008 年第 11 期。

黄秀生、陆汉军：《〈秦腔〉与〈受活〉创作之比较》，载《小说评论》2009 年第 2 期。

孙新峰：《〈秦腔〉荣获茅盾文学奖的文化意义》，载《商洛学院学报》2009 年第 1 期。

赖一郎：《〈秦腔〉：不问鬼神问苍生》，载《福建教育学院学报》2009 年第 1 期。

张继红、薛世昌：《转型期农民、土地的深层隐喻——以贾平凹小说〈秦腔〉中夏天义为例》，载《长江师范学院学报》2009年第1期。

费团结：《农民将何地为生？——从〈秦腔〉到〈高兴〉的连续性追问》，载《陕西理工学院学报（社会科学版）》2009年第1期。

薛永刚：《作为乡土文化没落符号的〈秦腔〉》，载《作家》2009年第1期。

张丽军：《新世纪乡土中国现代性裂变的审美镜像——读贾平凹的〈秦腔〉与〈高兴〉》，载《文艺争鸣》2009年第2期。

乔焕江：《〈秦腔〉：获奖、评论及文本》，载《艺术广角》2009年第2期。

曹桂玲：《为了忘却的回忆——贾平凹长篇小说〈秦腔〉赏析》，载《新乡学院学报（社会科学版）》2009年第2期。

叶非：《〈秦腔〉：新时期农村的心灵史——简谈小说〈秦腔〉的生存体验》，载《西安建筑科技大学学报（社会科学版）》2009年第3期。

王瑜：《迷惘、辛酸的歌——析贾平凹的长篇小说〈秦腔〉》，载《湘潭师范学院学报（社会科学版）》2009年第3期。

刘月香、褚治明：《〈秦腔〉：对传统文化的宏观性观照》，载《商洛学院学报》2009年第3期。

黄自娟、尚利：《乡村家族文化的当代书写——以贾平凹的〈秦腔〉为个案》，载《宝鸡文理学院学报（社会科学版）》2009年第3期。

张延者：《〈秦腔〉——缅怀传统乡土文化的巨大碑石》，载《当代小说》2009年第3期。

邹淑琴：《中西艺术的完美融合——浅谈小说〈秦腔〉的艺术手法》，载《新疆广播电视大学学报》2009年第4期。

崔登明、王文鸽：《贾平凹：带着〈秦腔〉回家》，载《新西部》2009年第4期。

马振宏：《从〈秦腔〉到〈高兴〉看贾平凹的焦虑意识》，载《理论与创作》2009年第4期。

李勇：《"意象"的衰减——从〈高老庄〉到〈秦腔〉》，载《武汉科技大学学报（社会科学版）》2009年第4期。

李时薇、王家平：《〈秦腔〉的方言与关中文化风俗研究》，载《文艺争鸣》2009年第4期。

郑云海：《谈〈秦腔〉的象征意味》，载《时代文学（双月上半月）》2009年第5期。

余琪：《论贾平凹〈秦腔〉的独特叙事艺术》，载《商洛学院学报》2009年第5期。

蒋正治：《〈秦腔〉：一曲传统文化没落的挽歌》，载《商洛学院学报》2009年第5期。

林金礼：《家园的回望——试谈长篇小说〈秦腔〉和〈高老庄〉》，载《安徽文学（下半月）》2009年第5期。

江利梅：《麦田里的守望者——从〈秦腔〉看贾平凹的乡村文化守望者心态》，载《内蒙古电大学刊》2009年第5期。

马振宏：《〈秦腔〉对我国农村改革进程中存在问题的反映》，载《咸阳师范学院学报》2009年第5期。

韩静：《深沉的思索，深切的悲悯——浅析贾平凹的〈秦腔〉》，载《当代小说（下半月）》2009年第5期。

郝世宁：《论〈秦腔〉的语言艺术》，载《文学教育（上半月）》2009年第6期。

李会君：《〈秦腔〉中对联的叙事功能》，载《襄樊学院学报》2009年第6期。

曾建生：《方言创作的另类解读——以〈秦腔〉等茅盾文学奖获奖作品为例》，载《长城》2009年第6期。

刘海燕：《论〈秦腔〉的"不可靠叙述"》，载《当代小说（下半月）》2009年第6期。

布小继：《从叙述视角到视角叙述——贾平凹〈秦腔〉叙述艺术片论》，载《当代小说（下半月）》2009年第10期。

李会君：《〈秦腔〉：乡土的忧思》，载《襄樊学院学报》2009年第10期。

朱墨：《一个人的史诗与大地的挽歌——以夏天义为线索的〈秦腔〉解读》，载《文艺争鸣》2009年第11期。

沈嘉达、童保红：《论〈秦腔〉的信息传播》，载《新闻爱好者》2009年第12期。

李新勇：《由对〈秦腔〉的不同评价谈评论家应有的社会责任担当》，载《名作欣赏》2009年第25期。

刘海洲、崔海妍：《从〈秦腔〉看乡村的当下关照与言说方式》，载《西南石油大学学报（社会科学版）》2010年第1期。

谷学良：《论〈秦腔〉〈高兴〉中的意象》，载《语文知识》2010年第1期。

孙霄：《文化焦虑与精神病象：〈秦腔〉的存在主义解读——兼论新世纪以

来贾平凹乡土小说的新变》，载《理论与创作》2010年第1期。

韩振英、李登建：《寻根之旅中的父亲意象——贾平凹小说〈秦腔〉论》，载《北华大学学报（社会科学版）》2010年第1期。

邹倩倩：《〈秦腔〉的艺术特色》，载《文学教育》2010年第2期。

颜水生：《论贾平凹〈秦腔〉的悲剧艺术》，载《阿坝师范高等专科学校学报》2010年第2期。

孟万春：《浓浓的乡情，亲亲的乡音——浅析〈秦腔〉的语言艺术》，载《作家》2010年第6期。

王养正、石晓博：《〈秦腔〉——乡土世界的还原与抽象》，载《兵团教育学院学报》2010年第6期。

许娟丽：《秦腔慢吟，白鹿长鸣——地域文化生态视野下的〈秦腔〉和〈白鹿原〉比较》，载《西北大学学报（哲学社会科学版）》2010年第6期。

王丽敏：《贾平凹笔下的性、狗及其相关——以〈废都〉〈土门〉和〈秦腔〉为例》，载《语文学刊》2010年第7期。

王辉、杨国防：《"意象叙事"理论的现代构想——兼论贾平凹的长篇小说〈秦腔〉》，载《绵阳师范学院学报》2010年第10期。

王朝军：《贾平凹长篇小说〈秦腔〉节选批读》，载《新作文》2010年第11期。

洪永春：《〈秦腔〉：乡村道德伦理的一曲挽歌》，载《文学教育》2012年第12期。

王丽然：《为遗失的精神家园唱一曲挽歌——解读〈秦腔〉》，载《青年文学家》2010年第15期。

张伟：《解读贾平凹〈秦腔〉的叙事模式》，载《新闻爱好者》2010年第16期。

蒋红：《矛盾中痛苦的挣扎——〈喧嚣与骚动〉与〈秦腔〉创作情感选择及复调特征研究》，载《大家》2010年第18期。

罗麒：《"乡土女神"的迷失与抗争——从白雪形象塑造看〈秦腔〉中乡土文明的命运》，载《文艺评论》2011年第1期。

商昌宝：《〈秦腔〉走向经典的遗憾——兼谈贾平凹创作困境》，载《天津大学学报（社会科学版）》2011年第2期。

刘俊莉：《〈秦腔〉：社会转型下的当代农村书写》，载《安徽文学》2011年第2期。

吴锦华：《〈秦腔〉里的疾病隐喻》，载《文学界（理论版）》2011 年第 3 期。

苗变丽：《〈秦腔〉叙事时间研究》，载《江汉大学学报（人文科学版）》2011 年第 4 期。

代江平：《圣母与精神乌托邦——论〈秦腔〉中的白雪》，载《凯里学院学报》2011 年第 4 期。

白玉：《追寻精魂逝去的缘由——由〈秦腔〉析秦腔文化缺失的原因》，载《三门峡职业技术学院学报》2011 年第 4 期。

沈嘉达、钟梦娇：《意识形态"隐退"后的政治话语溢出——〈秦腔〉片论》，载《小说评论》2011 年第 4 期。

张新颖：《中国当代文学中沈从文传统的回响——〈活着〉〈秦腔〉〈天香〉和这个传统的不同部分的对话》，载《南方文坛》2011 年第 6 期。

王鹏：《欲望叙事的跨文化实践——〈秦腔〉与〈钢琴教师〉之比较》，载《名作欣赏》2011 年第 6 期。

沈嘉达：《〈秦腔〉："隐喻"作为一种策略》，载《名作欣赏》2011 年第 6 期。

赵璞：《为了忘却的回忆——由〈秦腔〉看乡土文学的未来》，载《太原城市职业技术学院学报》2011 年第 8 期。

高熙、沈嘉达：《〈秦腔〉的民间"表述"及其民间性》，载《新闻爱好者》2011 年第 11 期。

任美衡：《民族书写视角的〈秦腔〉与〈百年孤独〉》，载《重庆社会科学》2011 年第 12 期。

李扬：《论贾平凹小说〈秦腔〉语言的音乐性》，载《淮海工学院学报》2012 年第 2 期。

张一弘：《故乡的赞歌——〈秦腔〉人物形象浅析》，载《群文天地》2012 年第 5 期。

郑剑平、向梦冰：《〈秦腔〉的语言艺术——骨子里的乡土气息》，载《当代文坛》2012 年第 5 期。

李舒琼：《从〈秦腔〉看贾平凹的乡土情结》，载《郑州航空工业管理学院学报》2012 年第 6 期。

苗玉杰：《行走在颓土上的迷茫——以长篇小说〈秦腔〉中三对人物形象关系为例》，载《安徽文学》2012 年第 8 期。

谭逊：《一曲悲悯的乡土之歌——从叙事学上看〈秦腔〉的书写意图》，载《北方文学》2012年第8期。

左文立：《从〈秦腔〉看贾平凹的不介入存在》，载《文学界（理论版）》2012年第10期。

刘春：《乡土、乡俗与乡愁：〈秦腔〉的风俗世界》，载《文艺争鸣》2012年第10期。

程华、李荣博：《秦腔声里知兴衰——论贾平凹作品中秦腔与文化的映照关系》，载《渭南师范学院学报》2012年第11期。

王俊虎、文庄庄：《论〈秦腔〉的悲剧意识与反思色彩》，载《西安电子科技大学学报（社会科学版）》2013年第4期。

杨勇：《论〈秦腔〉叙事艺术的复杂性》，载《昆明学院学报》2013年第4期。

李杨：《乡土中的〈秦腔〉》，载《剑南文学》2013年第4期。

曹刚：《乡土中国叙事的祛魅化写作——重读贾平凹长篇小说〈秦腔〉》，载《安康学院学报》2013年第5期。

刘继业：《最深处是歉疚和忏悔——论〈秦腔〉中的引生和白雪》，载《湖南大学学报》2013年第6期。

连慧英：《一种新的乡土叙事方式——〈秦腔〉叙述视角解读》，载《山西大同大学学报（社会科学版）》2013年第6期。

秦香丽：《〈秦腔〉：城市化进程的活标本》，载《长江师范学院学报》2013年第6期。

刘静：《从〈秦腔〉谈贾平凹小说中的乡土意识》，载《太原城市职业技术学院学报》2013年第10期。

杨昌俊：《长篇小说〈秦腔〉创作艺术特色浅析》，载《长春师范学院学报》2013年第11期。

罗曦：《"疯"系人物形象的审美意蕴——以〈狂人日记〉和〈秦腔〉的主人公之比较为例》，载《名作欣赏》2013年第11期。

王文涛：《为了告别的纪念——论贾平凹长篇小说〈秦腔〉》，载《青春岁月》2013年第18期。

邹淑琴：《文化转型期新一代农民的追寻与困惑——〈秦腔〉中的现代农民形象》，载《名作欣赏》2013年第21期。

尚静宏：《贾平凹小说〈秦腔〉的文化精神浅析》，载《太原城市职业技术学院学报》2014年第1期。

刘霞云：《叙事、审美、立意：也谈〈秦腔〉的文备众体》，载《河北科技大学学报（社会科学版）》2014年第1期。

李仲凡、陈娜娜：《〈檀香刑〉与〈秦腔〉的戏曲元素比较》，载《陕西理工学院学报（社会科学版）》2014年第1期。

鲁莉、郝明星：《贾平凹〈秦腔〉与福克纳〈喧哗与骚动〉叙事比较》，载《西安建筑科技大学学报（社会科学版）》2014年第1期。

刘霞云：《有意味的形式与表达——论〈秦腔〉文备众体的叙事功能》，载《湖南第一师范学院学报》2014年第1期。

关峰：《〈秦腔〉：贾平凹的乡村困境写作》，载《内蒙古大学学报》2014年第2期。

彭维锋：《乡村叙事的艰难与迷茫——以贾平凹〈秦腔〉为中心》，载《山东社会科学》2014年第2期。

默崎：《长篇小说〈秦腔〉人物类型论》，载《长江师范学院学报》2014年第2期。

李伟：《论近年来贾平凹乡土小说中的家庭伦理——以〈秦腔〉〈高老庄〉〈土门〉为例》，载《文艺争鸣》2014年第3期。

陈若晖：《疯傻映像——论〈尘埃落定〉中的傻子与〈秦腔〉中疯子的形象》，载《时代文学》2014年第4期。

毕会雪、王光东：《乡土困境的文学表达——论〈秦腔〉》，载《百家评论》2014年第4期。

杨君：《审美缺席与精神迷失——长篇小说〈秦腔〉探索》，载《青年文学家》2014年第4期。

陈茂、董雅珺：《乡土文明的渐行渐远——由〈秦腔〉中"不健全人"谈起》，载《鸡西大学学报》2014年第5期。

张昊琰：《贾平凹小说语言风格初探——以〈秦腔〉与〈废都〉为例》，载《文教资料》2014年第6期。

吴珊珊：《封建宗法文化和家长权威的没落——对〈白鹿原〉〈秦腔〉的重新解读》，载《现代语文》2014年第8期。

王振：《诗意的栖居，知识分子的百年乡恋情结——〈秦腔〉的文学社会学解读》，载《牡丹江大学学报》2014年第8期。

蓝瑞荣：《中国的乡土化转变风格思路——贾平凹〈秦腔〉探索》，载《大众文艺》2014年第9期。

曾辉：《从〈秦腔〉窥视贾平凹的精神家园》，载《短篇小说》2014年第10期。

王燕：《〈秦腔〉的叙述视角及其意义探究》，载《开封教育学院学报》2014年第11期。

肖智仁：《论贾平凹〈秦腔〉的独特叙事艺术》，载《新西部》2014年第14期。

王建宁：《小说〈秦腔〉中的方言词例析》，载《新西部》2014年第22期。

张展：《疯眼看众生，疯心品万象——论〈狂人日记〉和〈秦腔〉中的疯癫形象》，载《商丘职业技术学院学报》2015年第1期。

刘煜：《传统宗族观念的文化审视——以〈秦腔〉中的夏天义、夏天智为例》，载《安阳师范学院学报》2015年第3期。

叶君：《最后的乡村——论〈秦腔〉》，载《信阳师范学院学报》2015年第3期。

吴珊珊、吴培显：《贾平凹笔下乡土知识分子的精神缺失——以〈浮躁〉〈废都〉〈高老庄〉〈秦腔〉为例》，载《南京晓庄学院学报》2015年第3期。

李星星：《〈秦腔〉中的人物矛盾》，载《智富时代》2015年第4期。

马俐欣：《论贾平凹文学创作思维之嬗变轨迹——从〈秦腔〉到〈带灯〉》，载《美与时代》2015年第5期。

熊冰俏：《〈秦腔〉：聚焦个人的写作》，载《青年文学家》2015年第6期。

李燚：《试论〈秦腔〉中对联的叙事功能》，载《中学语文教学参考》2015年第6期。

巫文广：《"疯子"的精神世界探析——从〈秦腔〉谈起》，载《湖北经济学院学报》2015年第6期。

孙金燕：《贾平凹〈秦腔〉以来四部长篇小说的符号学解读》，载《小说评论》2015年第6期。

曾海津：《城乡忧思与阉割美学——贾平凹小说〈废都〉与〈秦腔〉比较》，载《江苏第二师范学院学报》2015年第7期。

叶婷：《秦地传统文化的挽歌——贾平凹小说〈秦腔〉解析》，载《科教文汇》2015年第9期。

王春霞：《现代性焦虑下的迷茫与失落——解读贾平凹〈秦腔〉》，载《时代文学》2015 年第 9 期。

王玉玲：《"傻子"形象的审美意义——以〈秦腔〉为例》，载《牡丹》2015 年第 9 期。

马英群：《贾平凹〈秦腔〉的方言土语及文化意蕴》，载《安徽文学》2015 年第 10 期。

徐佩：《贾平凹〈秦腔〉的乡土文化特色》，载《文化学刊》2015 年第 11 期。

唐小林：《〈秦腔〉病象》，载《中国现代文学研究丛刊》2015 年第 12 期。

央措卓玛：《论〈秦腔〉在乡土小说史上的意义》，载《商业故事》2015 年第 20 期。

张帆：《从〈秦腔〉看现实主义创作中的"回乡"风潮》，载《名作欣赏》2015 年第 29 期。

常玲：《乡土中国的缩影——〈秦腔〉的生活化叙事》，载《名作欣赏》2016 年第 6 期。

刘利侠：《贾平凹小说中"女性崇拜"的精神意蕴——以〈秦腔〉〈古炉〉〈带灯〉为例》，载《小说评论》2016 年第 3 期。

曹刚：《论新世纪以来贾平凹的乡土叙述和修辞美学——以〈秦腔〉〈古炉〉和〈老生〉为考察对象》，载《小说评论》2016 年第 3 期。

张丽：《谈贾平凹〈秦腔〉的语言音韵美及特色》，载《语文建设》2016 年第 15 期。

王娟娟：《从〈秦腔〉看贾平凹作品的语言艺术》，载《兰州教育学院学报》2016 年第 9 期。

廖永艳：《对〈秦腔〉中迷茫情感的思考》，载《语文建设》2017 年第 9 期。

曹刚：《〈村子〉与〈秦腔〉的叙事比较——兼谈乡土文学的叙事伦理》，载《安康学院学报》2017 年第 2 期。

訾西乐：《〈高老庄〉和〈秦腔〉反映的乡土文化流变》，载《新乡学院学报》2017 年第 4 期。

李雅娟：《贾平凹长篇乡土小说的"卑小化"叙事及其伦理意义——以〈秦腔〉〈古炉〉为中心》，载《文学评论》2017 年第 3 期。

张晓玥、唐碧波：《转型期的乡土惶惑：论〈秦腔〉》，载《浙江工业大学学报（社会科学版）》2017年第2期。

张晓琴：《悲怆的秦声——重读〈秦腔〉》，载《中国文学批评》2017年第3期。

洪丽霁、杨沥娇：《乡野中的传统文化坚守者——关于〈秦腔〉中的夏氏兄弟形象的一种阐释》，载《楚雄师范学院学报》2017年第4期。

薛雨：《冲突话语背景下〈秦腔〉中的引生形象》，载《商洛学院学报》2017年第5期。

黄忆秋：《浅析贾平凹作品中的男性形象——以〈浮躁〉〈废都〉〈秦腔〉为例》，载《农家参谋》2017年第22期。

杨敏：《乡土悲歌——关于贾平凹的〈秦腔〉》，载《开封教育学院学报》2017年第11期。

汪慧静、满建：《从〈秦腔〉与〈百鸟朝凤〉看传统秦文化的流逝与传承》，载《民族艺林》2017年第4期。

蔚琼：《浅探贾平凹〈秦腔〉中的语言艺术》，载《吉林工程技术师范学院学报》2017年第12期。

王丽娜：《贾平凹〈秦腔〉的文化世界》，载《湖北函授大学学报》2017年第24期。

黎婷：《〈秦腔〉研究的回顾与反思》，载《湖北科技学院学报》2018年第1期。

李佳贤：《不变之变：贾平凹笔下的乡村世界——以〈秦腔〉〈古炉〉为中心的考察》，载《当代文坛》2018年第2期。

张伟：《贾平凹小说〈秦腔〉中的乡土文化批判与美学内蕴》，载《渭南师范学院学报》2018年第7期。

李蒙蒙、张岩泉：《贾平凹〈秦腔〉以来的创作风格分析》，载《商洛学院学报》2018年第2期。

李佳贤：《贾平凹的乡村常态世界——以〈秦腔〉〈古炉〉为中心的一种考察》，载《中国现代文学论丛》2018年第1期。

胡少山：《论贾平凹乡土叙事的脉络与情怀——以长篇小说〈浮躁〉〈秦腔〉〈带灯〉为例》，载《安康学院学报》2018年第3期。

李杨：《从〈秦腔〉看现实主义与神性思维之关系》，载《戏剧之家》2018年第19期。

张宇佳：《"疯子不疯"——〈秦腔〉中引生疯子形象分析》，载《名作欣赏》

2018 年第 24 期。

胡娟：《论丰富的戏曲秦腔元素在贾平凹长篇小说〈秦腔〉中的多彩呈现》，载《职大学报》2018 年第 4 期。

蔚琼：《乡土情结在〈秦腔〉中的体现》，载《萍乡学院学报》2018 年第 4 期。

钟思远、王嘉燊、黄元英：《〈秦腔〉的叙述视角与思想意蕴浅析》，载《文化创新比较研究》2018 年第 28 期。

王三敏：《论不规范词语在〈秦腔〉中的使用》，载《安康学院学报》2018 年第 6 期。

刘志权：《"神话"祛魅与乡土"终结"之后的写作——从〈秦腔〉看乡土小说的困境及可能》，载《中国现代文学论丛》2018 年第 2 期。